全新譯校　經典新版世界名著 8

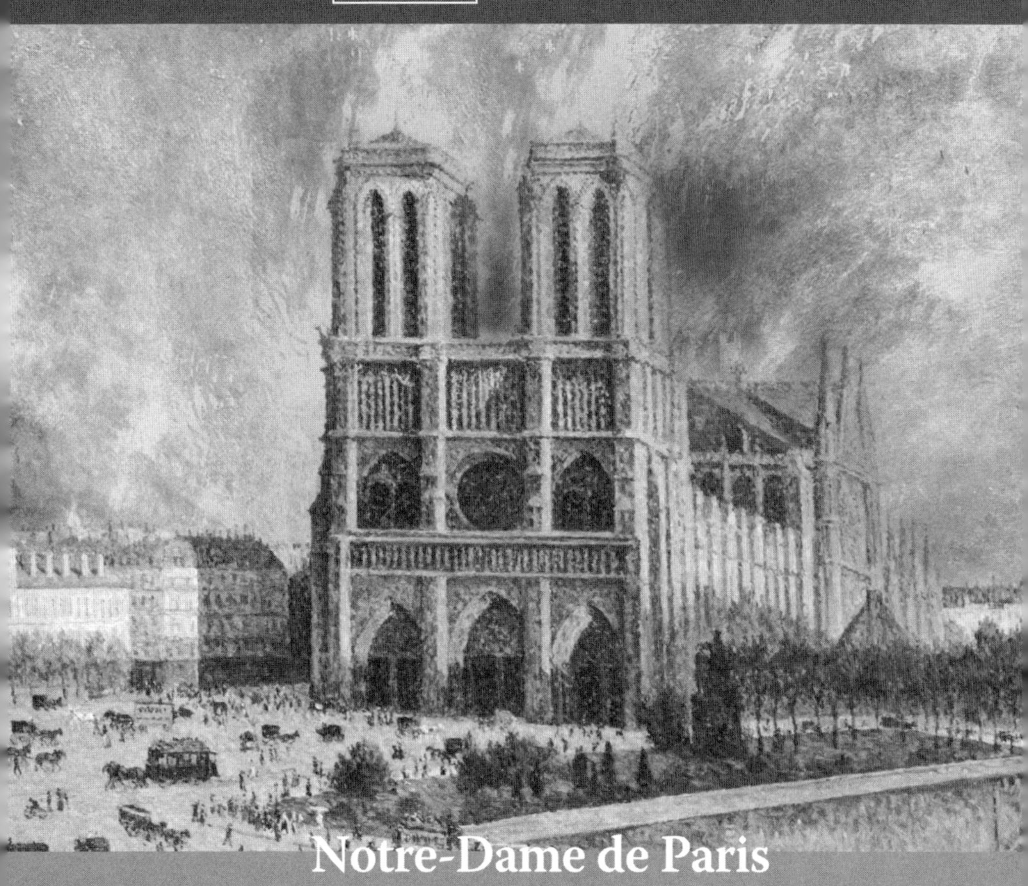

Notre-Dame de Paris

巴黎聖母院之

鐘樓怪人

〔法〕雨果 著

王岩 譯

經典新版　世界名著

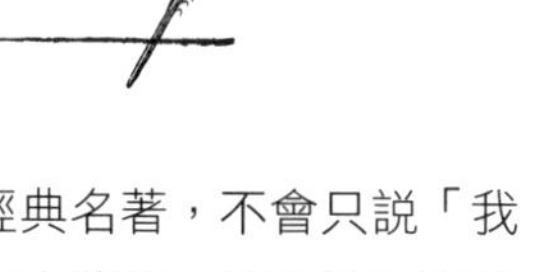

閱讀經典名著確實是不一樣的宴饗。人們對於經典名著，不會只說「我讀過」，而是說「我又讀了」。事實上，我每次去讀它，都會讀出新的東西，新的精神。

——當代義大利名作家、後設小說大師卡爾維諾（Italo Calvino）

真正的光明，絕不是永遠沒有黑暗的時候，只是永不被黑暗掩沒罷了。真正的英雄，絕不是永遠沒有卑下的情欲，只是永不被卑下的情欲所征服罷了。閱讀經典名著，永遠可以使人自我昇華，不陷於猥瑣。

——法國名作家、諾貝爾文學獎得主羅曼羅蘭（Romain Rolland）

閱讀文學經典、世界名著，能夠滋潤現代人的心靈，使人對世事、愛情與人性重新有一番體悟。

——美國現代名作家、諾貝爾文學獎得主海明威（Ernest Hemingway）

台灣曾出版的世界名著與文學經典可謂汗牛充棟，然而，細察譯文品質與內容，大多是三十至五十年代大陸譯者的手筆，其行文用語的方式與風格，早已與當代讀者的閱讀習慣、閱讀趣味脫節，以致不再能喚起讀者的關注。這一套「經典新版　世界名著」是全新譯本，行文清晰、流暢、優雅，用語力求充分符合當代人的品味。故而，是「後真相時代」中尋求心靈滋養者最適切的選擇。

譯者序

王岩

維克多・雨果(一八〇二至一八八五),法國積極浪漫主義文學運動最傑出的代表,人道主義的代表人物,法國文學史上卓越的資產階級民主作家,被人們稱爲「法蘭西的莎士比亞」,是十九世紀群星璀璨的法國文壇上的一顆耀眼的明星。

雨果經歷了漫長的生活道路,他的一生幾乎占了十九世紀六分之五的時間。他歷經了拿破崙帝國的興衰、波旁王朝的兩次復辟、第二帝國的成敗和第三共和國的建立,經歷了法國資產階級消滅封建勢力,建立完備的資產階級政治經濟體系的整個過程。雨果的思想也歷經了複雜的過程,經歷了從保王主義、自由主義到共和主義的轉變。

一八三一年,雨果發表了長篇歷史小說《巴黎聖母院》,此時,雨果受到一八三〇年七月革命的影響,從保王主義轉向資產階級自由主義立場,作品鮮明地體現了反封建、反教會的意識和對人們群眾的讚頌。

小說以十五世紀路易十一統治下的法國爲背景,以巴黎聖母院爲主要場景,描寫了波希米亞少女愛斯梅拉達、聖母院敲鐘人卡西莫多及副主教克洛德・弗羅洛三個主要人物之間錯綜複雜、曲折離奇的故事。巴黎聖母院副主教克洛德,作爲一個祭司,認爲情慾是罪惡的,會毀滅人的靈魂。但是當他看到美麗的波希米亞女郎愛斯梅拉達之後,他的被禁欲主義所壓抑的情感蠢動起來,瘋狂地愛上了她。他不擇手段地想占有她,在罪惡情欲的支配下,他的追逐變成了迫害。

巴黎聖母院的敲鐘人卡西莫多也愛慕愛斯梅拉達。卡西莫多相貌奇醜，但他的愛卻是高尚的，具有人道精神和自我犧牲的特點，和克洛德的罪惡情欲完全不同。道貌岸然的克洛德，在他的罪惡企圖不能達到時，便卑鄙地採取嫁禍於人的辦法，把愛斯梅拉達送上絞刑架。與此同時，對克洛德百般忠實的卡西莫多，卻被他主人的殘暴和無恥所激怒，把克洛德從聖母院教堂的高塔推了下去。

小說反映了作家對封建統治階級的憎恨和對受壓迫的下層人民的同情。被社會嘲弄和迫害的下層人民的代表卡西莫多和愛斯梅拉達都被賦予了天真、善良、真誠等品性。小說中圍繞在愛斯梅拉達周圍的男性除了敲鐘人卡西莫多、副主教克洛德以外，還有詩人格蘭古瓦，騎兵隊長菲比斯，他們分別代表一類人。

四個人物中，最有深度的應屬克洛德，這個人物從表面看來，屬於應該遭受譴責的罪人。作爲副主教，他過著清苦禁欲的修行生活，但其內心卻渴求淫樂，對世俗的享受充滿妒羨。他愈是意識到自己失去了人們的歡樂，便愈是仇恨世人，仇恨一切。他煽動宗教狂熱，製造迷信，散布對波希米亞人的偏見，伙同王家檢察官殘害人民。這個人物是宗教僞善和教會惡勢力的代表。然而從深層次看，作者在把他當做罪人刻劃的同時，更是把他視爲中世紀禁欲主義的犧牲品，愛斯梅拉達被毀滅的只是肉體，克洛羅是首先被毀滅了靈魂，而後又被毀滅了身體。作者通過這個人物，對違反人性的宗教禁欲主義教條進行控訴。

在書中，作者以極大的同情描寫了巴黎下層的人民、流浪者和乞丐群。他們衣衫襤褸、舉止粗野，但在他們的「社會」裡，卻可以找到上層社會所罕見的互助友愛、正直勇敢和捨己爲人的犧牲精神，與路易十一所統治的上層社會形成鮮明的對照。小說中巴黎流浪人爲救愛斯梅拉達而攻打巴黎聖母院的場面，寫得慷慨悲壯、驚心動魄。雨果在此通過書中人物之口，預言人民將起來搗毀巴士底獄，暗示了一七八九年大革命的爆發，這裡的描寫其實是七月革命的回響。

小說在藝術上，有著鮮明的特色，是一部處處散發著浪漫主義氣息的文學作品。

首先，小說塑造的主人公卡西莫多，充分體現了作者的浪漫主義手法。作者以奇特的想像、誇張的手法、浪漫主義的激情勾勒了一個醜得出奇的形象：

他一出世就是「一個小怪物」，「又是獨眼，又是駝背，又是跛足」。長大以後耳聾，「看起來彷彿是一個被打碎了的而沒有好好拼攏起來的巨人象」，「四面體的鼻子」，「馬蹄形的嘴」，猪鬃似的赤紅色的眉毛下面長著小小的左眼，右眼完全被一個大瘤遮沒了，牙齒像城垛樣參差不齊，嘴唇堅硬，一顆牙齒如象牙一樣地從唇上突伸出來，下巴彎曲，尤其是那臉，完全布滿輕蔑、驚奇和混合的表情。他就是書中愚人節裡被人們選為十全的「愚人王」的巴黎聖母院的敲鐘人——卡西莫多。

其次，小說的情節也是典型的浪漫主義，充滿了現實生活中所不可能有的巧合、誇張和怪誕。卡西莫多一個人在聖母院上的抵抗、愛斯梅拉達母女在絞刑之前的重逢、卡西莫多與愛斯梅拉達兩個可憐人的屍骨一被分開就化為灰塵，等等，完全都是作者奇特想象的產物。

再次，小說的環境描寫也是奇特的，不尋常的。小說以浪漫主義色彩濃烈的筆調描寫了巴黎城市的壯麗景色和中世紀陰暗生活的風貌，把讀者帶進一個充滿絢麗色彩和奇特聲響的世界，使他們看到高大的哥德式建築、此起彼伏的屋脊的海洋、縱橫交錯的街道、散布在街頭的刑場絞架、陰森的巴士底獄和流浪人聚居的神秘聖蹟區這一片奇特的景象。

雨果還以不少的篇幅描繪了巍峨壯觀的巴黎聖母院，它是建築藝術的奇蹟，「好像是巨大的石頭交響樂」，「每一塊石頭都生動地表現出藝術家的天才和加以修飾了的、用千百種形式表達出來的勞動者的幻想」，它那雄偉的整體帶著難以數計的繁複的人與獸的浮雕，高踞在中世紀的巴黎廣場上。雨果用生動細緻的描寫把它加以擬人化，寫它像是一個肅穆莊嚴、壯麗而又神秘的有生命的存在物，俯視和見證了歷代的生活和眼前的這個悲劇。這更加重了小說的浪漫主義氣氛。

然而，《巴黎聖母院》最突出的藝術特色還在於以美醜對照的原則來創造浪漫主義的藝術形象。在小說中，我們看到兩組人物對照：卡西莫多、愛斯梅拉達與克洛德、菲比斯；看到兩種愛情的對照：一種是愛斯梅拉達對菲比斯純真的愛，卡西莫多對愛斯梅拉達全心全意的愛，另一種是克洛德對愛斯梅拉達的獸慾，菲比斯對愛斯梅拉達的玩弄女性的風月老手的情欲；看到兩個節日的對照：愚人節與宗教節；看到兩個王朝的對照：乞丐王朝與封建王朝；看到兩個國王的對照：乞丐王國國王克洛潘與法蘭西國王路易十一；還看到兩種法律：乞丐王朝一視同仁的公正法律與封建王朝、教會所操縱的用以鎮壓窮人的反動法律，等等。作者正是通過美與醜、善與惡、光明與黑暗的強烈對照來創造形象並表現其深刻主題的。

總之，《巴黎聖母院》是一部宏大的浪漫主義傑作，具有震撼人心的力量，它不僅展現了浪漫派小說的魅力，也充分展示了雨果作為一個大事記作家的不朽才華。

序言

幾年前，當本書作者去參觀，或者更確切地說，去探尋巴黎聖母院時，在兩座鐘樓其中的一座的一個幽暗角落裡，發現牆上有一行用手刻下的字母：

ʼΑΝÃΓΚΗ（命運）

這幾個大寫希臘字母閱盡滄桑，變得烏黑，並且深深陷入石頭；它們的形狀和筆法顯示出某種爲哥德字體所固有的特徵，像是提示人們它們出自一個中世紀人之手；這些字母所蘊含的悲慘的、宿命的意義震動了作者。

作者努力尋思，極力猜測是一個怎樣的受難的靈魂非要在這古老教堂的前額上留下這個罪惡或悲慘的印記，否則就不甘心離開塵世。

從那以後，這堵牆壁或經粉刷，或遭打磨，究竟屬於哪種情況已經弄不清楚了，字跡已是逐漸消失了。近兩百年來，中世紀遺留的奇妙教堂無不受此待遇。破壞來自四面八方，從外部也從內部。神甫塗抹粉刷，建築師打磨刮擦，然後是民眾把它們夷爲平地。

於是，關於鐫刻在聖母院陰暗的鐘樓牆壁上的那個神秘的單詞，連同本書作者悲傷地敘述的那個一向不爲人知的不幸的命運，除了作者在這裡提供的一點脆弱的記憶之外，再也沒有留下什麼痕跡了。幾個世紀以前在牆上寫下這些字母的人已經不在了，寫在牆上的那個詞也從教堂的牆上消失了，就是教堂本身，恐怕不久也將從地面上消逝。

正是由於這些字母的觸動，作者才寫下了這部書。

一八三一年三月

定本附言

此前預告本版將增加若干「新」的章節，這種說法是錯誤的。應該說加入「未經出版」的章節。因爲「新」意味著是「新寫的」，本版增加的這幾章並不是新寫的，它們與本書其餘部分是同時寫成的，源自同一時代，脫胎於同一思想，它們一直是《巴黎聖母院》手稿整體的一部分。

再則，作者不能理解，此類作品一經完成，如何還能事後再有補充、添加。這可不是隨心所欲的。作者認爲，一部小說誕生時，它的各章各節必定已經完整齊備；一部戲劇誕生時，各幕各場必定已經各就各位。切莫以爲，諸位稱作小說或戲劇的那個神秘的微型世界的組成部分的數目可以任意決定。這種性質的作品應該是一氣呵成，一次定型的，嫁接和焊接上去的部分都長不活。木已成舟，就不能再返工，別去修改。書一經出版，作品的性別，或雌或雄，就已經確認並宣佈，嬰兒哭出第一聲，他就出生了，就待在那兒了，就是那個樣子了，父母已奈何他不得了。他屬於空氣和陽光，只能由他的樣子去生去死。

您的書不成功嗎？隨它去吧。不要給失敗的書再增添章節。它不完整嗎？您本應該在孕育它的時候就讓它完整的。您那棵樹疙疙瘩瘩太多嗎？您是怎麼也修不順的。您的小說得了癆病嗎？您的小說活不成了嗎？它本來就缺乏生命力，您是救不了它的。您的劇本生來就少一條腿嗎？我相信，就是給它裝上假肢也毫無意義。

因此，作者希望讀者瞭解，本版增添的各章並非專爲此次再版而寫的。它們之所以未收入本書此前各版，原因很簡單。《巴黎聖母院》初版時，保存這三章原稿的卷宗丟失了。要麼重寫，要麼付之闕如。作者認爲，這三章中只有兩章篇幅較長，都是關於藝術和歷史的，少了它們也無損於小說或戲劇的本質，讀者不會察覺。只有作者自己知道這個脫漏的秘密，於是他決定採取任其脫漏的辦法。再則，假若必須全部說清楚的話，那是他生性疏懶，重寫丟失的這三章令他望而卻步，有這時間，不如乾脆另寫一部小說。

現在，這幾章拙稿又找回來了，他就利用眼前的機會把它們放還原位。

現在將奉上的便是他作品的全貌，是他原先想像的那個樣子，他創造的那個樣子。不管是好是壞，能傳之後世還是短命，反正他希望的就是這個樣子。

的確，對於那些很有識別力，卻只在《巴黎聖母院》裡尋找離奇情節和悲劇遭遇的人來說，找回來的這幾章價值不大。可是，可能另有讀者不認爲研究隱藏在本書裡的美學和哲學思想是無益之舉，他們樂意在閱讀《巴黎聖母院》時，去感受傳奇故事裡的非故事部分，並且透過詩人現在這副樣子的創作去探索——此話有點狂妄，讀者請勿見怪——歷史學家的體系和藝術家的宗旨。

由於認識到《巴黎聖母院》值得成爲一部完整的作品，也特別是爲了上面提到過的那些讀者，加進本版的這幾章，將會使《巴黎聖母院》完整起來。

在其中一章裡，作者闡述了他關於建築藝術的見解。他認爲這一至高無上的藝術當今正處於衰落狀態中，並且幾乎不可避免地趨向死亡。這一見解不幸在他頭腦中根深蒂固，這也是深思熟慮的結果。不過作者覺得有必要在此聲明，他但願將來有一天能證明是他錯了。他知道各種形式的藝術都可以寄一切希望於後人，何況今天，萌芽狀態的天才正在藝術家的工作室裡破土欲出，其聲可聞。種子已經播入犁溝，豐收在望。他只是擔心讀者會在本版的第二卷裡看出是什麼原因。建築術雖然千百年來一直是培育藝術的最肥沃的土壤，但生命的汁液已從這古老的土地中流失。

然而，今天的藝術青年朝氣蓬勃，精力充沛，堪稱前程遠大，以至於在當今的建築學校裡，教員儘管可厭，卻在不知不覺中，甚至是不由自主地培養了出色的學生。這同賀拉斯[1]提到的那個陶工正好相反，此人本想做雙耳尖底甕，成品卻是罐子。「輪子轉處，罐子出世。[2]」

可是，不管怎樣，不管建築術的將來如何，也不管青年建築師們有朝一日以何種方式解決他們的藝術所面臨的問題，在我們期待新的紀念性建築出現的時候，還是把古老的紀念性建築保存下來吧。如有可能，我們應向全民族灌輸對民族建築的熱愛之情。作者宣告，這是本書的主要目的之一，也是他畢生追求的主要目標之一。

《巴黎聖母院》或許為真正理解中世紀藝術開闊了視野。迄今為止，一些人對這一燦爛的藝術一無所知，更糟糕的是它遭到另一些人的冷遇。不過作者遠不認為他自告奮勇擔當的這個任務已經完成。他已經不止一次為我們古老的建築術辯護，他已經高聲指責過眾多褻瀆、玷污、破壞的行徑。他會堅持不懈的。他決心要經常提起這個話題，他會經常這樣做的。他決心捍衛歷史性建築，其執著程度將不亞於學校和學院裡那幫偶像破壞者們攻擊同一些建築時的凶狠。

1. 賀拉斯（前六五至前八），古羅馬著名詩人，其代表作《詩藝》，對歐洲古典主義文學理論影響很大。
2. 原文是拉丁文，見賀拉斯《詩藝》。此處意為：老師的本領只能教學生做罐子，學生卻做出雙耳尖底甕，比老師高明。

眼看著中世紀建築術落到什麼人手裡，看到當今一幫只知塗抹灰泥之輩如何糟蹋這一偉大藝術的遺跡，委實令人痛心。我們身爲有識之士，眼睜睜看著他們胡作非爲，僅對他們報以噓聲，簡直是我們的恥辱。

我們這裡所說的事情不僅發生在外省，而且發生在巴黎，就在我們的家門口，窗戶底下，在這座偉大的城市，這座有學問、有出版、有言論、有思想的城市裡。

在這篇附言即將結束的時候，我們忍不住要揭發幾個每天都在我們眼皮底下，在有藝術修養的公眾鼻子底下策劃、討論、著手、繼續、並安安穩穩完成的毀壞文物的實例，而且他們毫不在乎批評，倒是批評者面對他們的大膽妄爲反而手足無措。

他們剛剛拆毀了大主教的城堡，那座建築樣式寒磣，所以爲害不大；可是他們竟還連帶拆毀了主教的私邸，這可是罕見的十四世紀的遺跡，拆毀的人竟沒有把它同其餘的建築區別開來，他們把稻秧和稗草統統拔掉。現在，他們又在議論把精美的樊尙小教堂夷爲平地，爲的是用拆下來的石頭去修築什麼防禦工事，可是多梅尼爾[3]當年根本不需要依靠這東西呀。人們耗費鉅資去修復波旁宮這堆破爛，卻聽任春分時節的罡風把聖教堂富麗堂皇的鑲花玻璃窗刮掉。

幾天前，肉鋪聖雅克教堂的塔樓周圍搭起一個鷹架；不定哪一天就會掄開大鎬拆除這座鐘塔了。一個泥瓦匠，竟在司法官令人肅然起敬的塔樓之間蓋了一所白色的小屋。另一個給找來拆毀聖日耳曼·代·勃雷，這是座有三座鐘樓的中世紀的大寺院。就不定有一天還有一個會被找來拆毀聖日耳曼

3.多梅尼爾（一七七七至一八三二），在一八一四年任樊尚要塞司令時，曾打退反拿破崙聯軍的進攻。

奧克塞洛阿教堂。所有這些泥瓦匠自稱爲建築師的，都由省政府或者官兒們給錢，而且都有綠色禮服[4]。他們假裝風雅，可是對真風雅有害的事，他們無所不爲。更令人心痛的是，我們寫作本文的時候，他們中的一個已抓住居勒里宮，另一個對準菲利佩爾·德洛姆[5]劈面砍了一刀。這位先生恬不知恥，竟把自己那個笨重累贅的建築物砸扁以後，強行塞進文藝復興時期最優雅的建築立面中間。我們這個時代雖說對醜聞見多不怪，但這的確不是一樁普通的醜事。

一八三二年十月二十日，巴黎

4. 法蘭西學士院院士的禮服。
5. 菲利佩爾·德洛姆（約一五一〇至約一五七〇），居勒里宮的建造者。

目錄

Contents

譯者序／5
序言／9
定本附言／11

chapter 1 愚人王的誕生
大廳／19
彼埃爾·格蘭古瓦／39
紅衣主教大人／50
雅克·科勃諾爾老闆／58
卡西莫多／69
拉·愛斯梅拉達／78

chapter 2 詩人的命運
從沙西德漩渦到錫拉岩礁／81
格雷沃廣場／84
以愛德待報怨／87
夜裡跟蹤美女的麻煩／99
還有麻煩／104
摔破的瓦罐／107
新婚之夜／130

chapter 3 巴黎
聖母院／145
巴黎鳥瞰／155

chapter 4 副主教與敲鐘人
好心人／183
克洛德·孚羅洛／188
聖母院的敲鐘人／193
狗和牠的主人／202
克洛德·孚羅洛續篇／203
不受歡迎／211

chapter 5

小事往往變大事

聖瑪律丹修道院院長／213
這個將要殺死那個／226

chapter 6

一位隱修女的故事

對於古時司法的公正一瞥／245
老鼠洞／256
玉米麵餅的故事／261
一滴水，一滴淚／286
玉米麵餅故事的結局／296

chapter 7

少女芳心

山羊洩密的危險／297
神甫與哲學家的區別／314
鐘／325
命運／328
兩個黑衣人／345
菲比斯隊長／352
妖僧／358
臨河窗子的用途／367

chapter 8

判刑

銀幣變成枯葉／379
銀幣變成枯葉(續)／390
銀幣變成枯葉(續完)／396
拋棄一切希望／400
母親／416
三個人不同心／421

chapter 9

避難所

昏熱／443
駝背，獨眼，瘸腿／456
聾子／461
粗陶與水晶瓶／464
紅門的鑰匙／476
紅門的鑰匙(續)／479

目錄

Contents

chapter 10 進攻聖母院

倍爾那丹街上格蘭古瓦的妙策／485
你就做乞丐去吧／498
快樂萬歲／501
幫了倒忙的好心朋友／510
法王路易的祈禱室／531
小火把在閒遊／567
菲比斯趕來救援／568

chapter 11 絞刑架

小鞋／571
白衣美女／609
菲比斯的婚姻／619
卡西莫多的婚姻／621

chapter 1

愚人王的誕生

大廳

在離現在已有三百四十八年六個月零一十九天的這個特殊日子裡，巴黎老城、大學城和新城三重城郭內，一大早，群鐘便敲得震天價響、一片轟鳴，巴黎全市人都被驚醒了。

然而，一四八二年一月六日這一天並非什麼值得載入史冊、保存記憶的重大日子。這一天，大清早就動用了巴黎各個鐘樓並且同時發生了驚動全體市民的騷動事件，這種事情也無關緊要，也是不足以記取的。那既不是庇卡底人和勃艮第人[6]來攻城，也不是抬著聖骨盒的大學遊行儀式，既不是拉阿斯葡萄園裡的學生暴動，也不是號稱「萬民敬畏之主——國王陛下」的入城儀式，還不是巴黎司法宮判處的男女盜竊犯的漂亮絞刑，更不是十五世紀常見的那些頭戴翎毛、身披五彩盛裝的外國使團蒞臨。也

6. 庇卡底是法國一省，位於巴黎盆地的北部。勃艮第是古法蘭西的一個公國。

就是僅在兩天前，就有一支這樣的人馬，弗朗德勒御使們[7]，他們前來目的是爲法蘭西王儲和弗朗德勒的瑪格麗特公主兩人締結婚約的。

他們入住巴黎，這可使波旁紅衣主教大人傷透了腦筋，爲了取悅國王，主教大人不得不對這班舉止粗俗、土裡土氣、高聲喧嘩的弗朗德勒市政官、鎮長們笑臉相迎，並在自己的波旁公館上演一齣「極其精彩的寓意劇、滑稽劇兼鬧劇」，本想招待他們以示熱情，誰料下了一陣瓢潑大雨，把府邸門口的華麗帷幔都浸透了。

一月六日，正如望・德・特渥依斯[8]所敘述的那樣，這天是「使巴黎百姓激動不已」的日子，也是一個極其隆重的節日，一個從遠古以來既是慶祝主顯節又是慶祝愚人節的日子。

在那天，巴黎市民要在格雷沃廣場[9]上點燃篝火，在勃拉克小教堂內種植五月樹，在司法宮內演出聖蹟劇[10]。在前一天晚上，府尹衙役們，穿著華麗的紫紅色羽緞上衣，胸首碼著兩個白十字，已經在十字街頭吹著喇叭通知大家了。

一大清早，巴黎市民就關好家門或者店鋪，男男女女，成群結伴，從四面八方湧向三個指定地點。人們各有各的打算，各得其樂，有的想去觀看篝火，有的喜歡觀賞五月樹，有的要去觀看聖蹟劇。話說回來，巴黎遊民很具備那種古已有之的見識，大多數要去看篝火——它正合時令，或是去看聖蹟劇——它要在屋頂嚴實、門窗緊閉的司法宮演出。大家不約而同地冷落了那花朵稀少得可憐的五

---

7. 弗朗德勒是歐洲的一個舊管區，後來分屬比利時和法國。
8. 特渥依斯，十五世紀法國歷史學家。
9. 格雷沃廣場在塞納河的河灘上，以緩慢坡度朝塞納河傾斜。
10. 聖蹟劇是中世紀人根據聖母、耶穌或聖徒們的事蹟編寫成的一種戲劇。

月樹，讓它孤零零地在勃拉克小教堂的墓園裡面、在一月的寒冷天空下獨自顫抖。

聚集在通往司法宮的幾條路上的群眾尤其多，因爲他們知道，前兩天抵達的弗朗德勒使節們也準備觀看聖蹟劇的演出和愚人王的選舉，這個選舉同時也要在司法宮大廳舉行。

在那個日子，要擠進司法宮大廳可不是一件輕而易舉的事，雖然在當時這座大廳被譽爲舉世無雙也就是全世界最大的大廳（誠然，索瓦爾亨利．索瓦爾[11]確實還不曾丈量過蒙塔吉古堡的大廳）。

司法宮廣場上萬頭攢動，站在窗口看熱鬧的人們只能看見一片人海，真可謂人山人海。而廣場的五六條大街就像是通往海洋的河口，隨時吐送著一股股人流，將後來者投入人海。廣場形如參差不齊的一片水域，四周屋宇這兒那兒突出來形狀不規則的牆角，宛若一個個海岬，那不斷擴大的人群，重複地撞擊著這些岬角。

司法宮內宏偉的哥德式[12]建築，正面中央有座大階梯，人流在這裡分成兩股，上上下下，川流不息。與此同時，人潮在台階下散開，又以波濤翻騰之勢向兩側斜坡擴展成巨大的浪潮傾瀉而下。

總而言之，這座大階梯好似一道飛瀑，不斷注入廣場這個大湖中，好似向廣場傾瀉人流。叫聲，喊聲，笑聲，無數人雜遝的腳步聲咚咚鏘鏘，驚天動地，匯成一片巨大的喧嘩和聲響。這一片喧囂隨時增長著，不時加劇，湧向大階梯的人流又折回來，後退了，波動了，混亂了。這因爲一名京城總督的弓箭手跑來干涉，或是一名執達使騎馬橫衝直撞，拚命地維持著秩序。這差使是由京城總督傳給保

---

11. 索瓦爾亨利．索瓦爾（一六二三至一六七六），十七世紀法國著名歷史文獻家，著有《古今巴黎》。
12. 哥德式一詞，大家的理解並不確切，但已經約定俗成了。為了描繪中世紀後半期的建築藝術，我們也像別人一樣勉強來採用這個詞。

安隊，再由保安隊傳給武裝員警隊，再由武裝員警隊傳給今日的巴黎憲兵隊，這可真是令人叫絕、值得稱道的傳統。

我們又可以看見家家戶戶的門口、窗口、天窗、屋頂上，密密麻麻地聚集著成千上萬張市民漂亮的面孔，伸頭探腦，凝望著司法宮，面對著嘈雜的人群，顯得心滿意足、別無他求了。因為時至今日，眾多的巴黎市民非常滿足於觀看熱鬧，因為他們本身就構成熱鬧的場面。今天只要在一堵牆背後有任何動靜，對我們來說已經足以令人心滿意足了。

假如我們這些生活在一八三〇年的人能憑藉想像，有幸混入十五世紀這群巴黎人當中，同他們一道拉拉拽拽、推推擠擠、跌跌撞撞地走進這個司法宮大廳[13]，那所看到的場面就不是既無興趣、又無吸引力的了。正好相反，我們周圍所見如此古老的事物，反而會令人覺得十分新鮮、讓人心滿意足。

假如可以徵得閱讀者的同意，我們邀請您試著想像與我們一起側身於穿著上衣、半截衫、短襖的嘈雜人群中間，當我們一起跨越大廳的門檻時，您會產生什麼印象？

起先是聽到耳邊轟鳴，一片嘈雜聲，然後就是繽紛的色彩使你眼花繚亂。在我們的頭頂上是一道有木刻鑲板的雙拱屋頂，木雕貼面，塗成天藍色彩繪，裝飾著金色百合花的漂亮圖案；在我們腳下是黑白兩色交錯鋪成的大理石地面；離我們幾步遠的地方有一根根高大的柱子，後面又是一根巨柱，一根接連一根，大廳的縱深一共有七根柱子，支撐著雙行尖拱在橫向正中的落點。頭四根柱子的周圍有幾家店鋪，擺著商人們的雜貨攤，閃爍著兼有玻璃片和金屬箔片的亮光；後三根柱子的周圍擺放著幾

13.它在一四八二年一月六日顯得何等窄小

條橡木長凳，但早已被訴訟代理人的短褲和律師們的長袍磨平蹭光。

在大廳四周，沿著高高的牆壁，在那門扉、窗戶和柱子的空間裡，是一長串從法拉蒙開始的法蘭西國王們的塑像，排著看不見盡頭的行列。其中昏庸的國王雙臂下懸，雙目俯視；英武的國王昂首挺胸，雙手高舉，豪邁地直指天空。尖拱長窗上鑲著的是五光十色的花玻璃；在寬大的大廳出口處安裝著華麗的精雕細琢的門扉。

所有的這一切，拱頂、柱子、牆壁、窗框、護板、門扉、雕像，上上下下無不塗得金碧輝煌，色澤斑斕，光彩照人；我們今天看見它時色澤已略顯暗淡，後來到了西元一五四九年時，杜布厄爾仍然遵循傳統並對它讚美不已，其實那時它已滿布灰塵，淹沒在蛛網之下，全然不見當年的燦爛光澤了。

現在讓我們來想像一下，這座長方形的寬闊大廳被一月的暗淡天光映照著，被一股各色服飾的吵吵鬧鬧的熙熙攘攘的人流一下子湧入並佔據著，那些人沿著牆壁亂跑，繞著七根柱子轉悠。這麼一想，你就可以大致對整個場面有個模糊的印象了。下面我們試著更確切地說說一些有趣的細節。

毋庸置疑，倘若拉瓦亞克沒有刺殺亨利四世，那麼司法宮檔案室裡就不會有拉瓦亞克案的那些卷宗，也不會有拉瓦亞克的同謀或從犯們出於利害關係必須銷毀這套卷宗的事；因而也不會有縱火犯由於無計可施，只得放火焚燒檔案室，以燒毀卷宗，爲了火燒檔案室就要火燒司法宮的事。總而言之，也就根本不會發生一六一八年那場大火了。

如果這樣的話，古老的宮殿連同它的大廳也就會依然安然屹立。如果這樣的話，我就可以對讀者說，不妨您出去瞧瞧。這樣我就不必在這裡多此一舉：我也用不著如實來進行描述，您也就省得閱讀了。——這情況也證明一個終古常新的真理：凡是重大事件，其後果往往是難以預料的。

這當然很有可能，拉瓦亞克並沒有同謀，或者即便他有同謀或從犯，他們也與一六一八年的火災毫無關係。這樣，那場大火的起因就可能有其他兩種合情合理的解釋。其一，眾所周知，三月七日後半夜，有一顆直徑一法尺半的火星從天而降，端端地落在巴黎城內的司法宮。其二，有代阿菲[14]的四行詩作證：

那確實是一場悲慘的遊戲，
司掌法律的女神在巴黎，
由於吞吃了太多的賄賂，
放火燒毀了自己的廟宇。

這是與一六一八年司法宮那場大火有關的政治的、自然的、富有詩意的三種解釋。不管如何，火災確實是發生了，這一不幸的事實是確定無疑的。

由於這場災禍，特別是事後接二連三的修復，又徹底掃蕩了災後倖存的一切。這座比羅浮宮年代更為久遠的法蘭西帝王們最早的宮室，到如今就所剩無幾了。它在美男子菲利浦[15]時代就已經存在，並吸引著當時市民前去尋找海爾加都斯所描述過的由羅貝爾國王所建造的宏偉建築的遺跡，然而那些華麗建築的遺跡，在今天幾乎全都蕩然無存了。

14. 古代的一個主教。
15. 美男子菲利浦（一二六八至一三一四），即法王菲利浦四世，一二八五年至一三一四年在位。

聖路易[16]曾經在裡面舉行婚禮的洞房今天在哪裡呢？想當初他「身穿羽紗短襖，上罩無袖粗呢衫，另加黑檀木色的外套，與若安魏耶[17]共同躺在地毯上」，他們共同審理案件的御苑今天又在什麼地方呢？

西吉斯蒙從一三八七年到一四三七年爲匈牙利王，自一四一一年至一四三七年爲德意志皇帝，一四一九年至一四三七年之間爲波希米亞王。他的寢宮今天又在何處呢？查理四世一三四六年至一三七八年爲德意志皇帝。他的寢宮以及「沒有領地的約翰[18]」的寢宮又在何處呢？

查理五世之子查理六世，一三八〇年至一四二二年爲法國國王，他發佈特赦令的大樓梯又在什麼地方呢？馬賽爾是巴黎商會會長，他當著王太子的面，處死羅貝爾．德．克雷蒙聖路易的第六個兒子和香巴涅元帥的那塊石板今天又在哪裡呢？

僞教皇貝內迪克的訓諭被撕成碎片的那道小門在哪裡呢？他的那班傳諭使者被人醜化了，身披袈裟，頭戴法冠，從這個門被帶出去到巴黎城裡遊街示眾。那金碧輝煌的大廳以及尖拱窗戶，雕像，柱子，雕琢剔透的巨大拱頂又在什麼地方呢？那間金色的房間在哪裡呢？它的門口安放著一頭石獅，低垂腦袋，尾巴夾起來，它現在又在什麼地方呢？它與蹲在所羅門寶座前的獅子一樣姿態謙卑，表示暴力要服從正義。還有那一道道精美漂亮的門戶、那金燦燦的臥室都在哪裡呢？

16.聖路易（一二一四或一二一五至一二七〇）即法王路易九世，一二二六年至一二七〇年在位。
17.若安魏耶（一二二四至一三一七）法國歷史學家，路易九世的顧問。他的回憶錄詳細敘述了路易九世統治時期以及十字軍的歷史。
18.「沒有領地的約翰」是英王亨利二世王子，一一九九年至一二一六年在位，青年時代在法王奧古斯特支持下背叛祖國。由於他奪走了法國貴族的未婚妻，被迫宣佈放棄他在法國的領地。

還有那叫畢斯高奈特望而生畏的房門上雕刻的鏤花金屬包皮，杜昂西的那些精心細做的木活又都在哪裡呢……

時光流逝，人事更替，這些卓越的藝術最後都遭受了怎樣的挫折呢？人們將用什麼來替代這一切，替代這整部高盧史，這哥德式建築藝術的傑作呢？在藝術方面，給我們留下的取而代之的是聖日爾韋教堂大門那拙劣的建築師，德．勃勞斯先生那笨重的扁圓拱；至於歷史方面給我們留下的，則是巴推[19]之流對粗大柱子喋喋不休的憶述，嘮嘮叨叨的聲音至今還在繞在耳際哩。

但是這些都無關緊要，沒有什麼了不得。我們還是言歸正傳，還是說說那古老的司法宮裡這間真正名不虛傳的大廳吧。

這座巨大的長方形大廳兩頭都被佔據著，一張赫赫有名的大理石桌子佔據著巨大無比的長方形廳堂的一端，這張桌子那麼長，那麼寬，那麼厚，爲世間少有且及其罕見。這正像是古老的土地賦稅簿籍上經常用的那種足以使卡岡都亞[20]讀後興趣大增的文體所描寫的「此大理石板真乃舉世無匹」。小禮拜堂則被安置在大廳的另一端，在這裡路易十一曾擺放著表現自己跪在聖處女面前虔誠十足的雕像，還把查理曼大帝和聖路易皇帝即法王路易九世[21]的塑像搬到小教堂裡來，他認爲這兩位作爲法蘭西君王是得到上天無比信任的聖人，而且並不在乎使那一列君王塑像裡留下兩個空空的壁龕。

他之所以這樣做，是因爲他相信這兩位法國明君賢主在天上肯定會得寵的。這座小禮拜堂才建

19. 巴推，法國律師，作家布瓦洛的朋友。
20. 法國文藝復興時期著名作家拉伯雷的《巨人傳》中的人物。
21. 路易九世：一二二六年至一二七〇年在位。

成不到六年，面目猶新，具有優雅和卓越的建築、精妙的雕造、玲瓏剔透的金屬鏤刻所體現的特有的迷人韻味。這一韻味也暗示我們哥德式藝術時代已經結束，現在已朝著十六世紀中葉文藝復興時期那一富於想像的仙境邁進。這種建築正門頂端鏤空的玫瑰花玻璃窗尤可成為傑作，極盡細巧與文雅之能事，裝飾得更加優美精巧，好似一顆用花邊形狀做成的星星。

在大廳的中央，面對大門，是一座背靠牆壁，鋪飾著金色織錦的看台。牆上開了一道特別的入口，憑藉走廊上一扇窗戶通向那間金燦燦臥房，這座看台是供弗朗德勒使節們和應邀觀看聖蹟劇表演的其他達官顯貴們觀看演出而搭建的。

按照慣例，聖蹟劇要在那個大理石檯子上演出。為此，桌子在一大清早就被佈置好了。在留有司法宮書記們的鞋跟磨出溝痕的亮堂堂的大理石桌面上，現在已經搭建起了一個相當高的木棚，上端板面在整個大廳都可以看得見，到時候就作為舞台；棚子盡頭用帷幔擋住就可以作為演員的更衣室了。外面，無遮無蓋地放著一架木梯子，聯結舞台和更衣室，演員們上場和下場都從那粗糙結實的梯階爬上爬下。無論出場的角色多麼的出乎意料，劇情多麼的曲折，戲劇效果多麼突兀，包括臨時插入的情節，沒有一樣不是借助此梯子登上這個舞台的。在藝術和機關佈景結合的新生兒面前，早期的戲劇藝術和佈景裝置都顯得那麼的天真而又可敬！

司法官屬下的四位差官忠誠地、直挺挺地把守著大理石檯子的四角，不管是節日還是行刑日，都可以監視市民娛樂活動，當然他們的職責就是保證現場不出亂子。

當司法宮的大鐘敲響十二下時，演出才可以開始。即便是在演戲的時候，開場也未免太晚了，不過也總得遷就使節們到來的時間來行事。

然而，這許許多多群眾一大早就已經在那裡等著開戲。這些既老實又好奇並愛熱鬧的人，他們在天剛剛亮的時候就在司法宮的大台階前等候，已被凍得僵直；甚至還有幾個人聲稱，他們爲了有把握搶在別人的前面進場，已在司法宮的大門口整整熬了一夜、守了一宿。人越集越多，好比超過水位猛漲的水流，開始沿牆壁漸漸上升，朝著各個柱子周圍上漲，一直漫上柱頂、簷板、窗台，攀上這座建築物和它的雕刻裝飾的一切凸起的部位。在使臣們到來之前，有人感到渾身不自在，急躁、煩悶。

這一天原本是可以我行我素、舉城狂歡的自由日，如果有誰的胳膊肘一不小心被別人頂了一下，或者某人的腳被別人鞋子的釘刮了一下，早就已經在摩肩接踵、騷亂打鬧的群眾中引起刺耳的叫嚷了。使節團到達的時間尚早，更何況他們被關禁在這裡，人挨人，人擠人，人壓人，連氣都透不過來，囉唆嘈雜之聲也變得聲聲刺耳。

你會聽到四面八方一迭連聲怨恨的埋怨和咒罵弗朗德勒的使臣們、市政總監、波旁紅衣主教和法官、司法官、奧地利的瑪格麗特公主、市政總監的聲音，天冷、天熱、又時而颳風下雨，巴黎的主教和愚人王，柱子和雕像，這扇緊閉的大門和那扇敞開的窗，總之，把一切的一切全罵遍了。成群的學子和散雜在人群裡的僕役們聽後暢快極了，遂用嘲諷和戲謔對心懷不滿的人群挑逗促狹，挖苦諷刺，簡直是火上澆油，更加激起了大家的惡劣情緒。

在這群人中還有一批嘻嘻哈哈快活的搗蛋鬼，他們先砸破一扇玻璃窗的花玻璃鑽進來，大膽地爬到柱子頂上去坐，居高臨下，東張西望，忽而嘲笑大廳裡的群眾，忽而揶揄廣場外面的人群。你看他們是如何醜化別人，如何放肆地嘲笑群眾，如何和大廳另一端的人彼此長距離地打招呼，相互挖苦嘲罵，你就知道這些年輕書生與其他觀眾有所不同，他們毫無厭煩和倦意。他們自有辦法可以從眼下的眾生相中挖掘出供自己開心取樂的一幕戲來，這幕戲可以使群眾有足夠的耐心等待另一場正式演出的戲劇開場。

「我肯定，這絕對是您老兄，若望．孚羅洛！」這些人中衝出一個金黃色頭髮、漂亮臉蛋的小鬼頭，神態淘氣，高居在一個柱子頂端的雕飾上喊道，「你取名叫磨坊的若望倒挺好呢，瞧您的那胳膊腿兒活像風磨的四個翅膀在風中轉動——您來這裡有多久了？」

「魔鬼在上，」若望回答道，「我在這裡已經待了足足四個多鐘頭了。要是這四個多鐘頭能算在我的淨罪時間裡就好了。我聽到西西里國王的八個唱經人在聖小教堂裡高唱七點鐘舉行的第一遍彌撒曲呢。」

「嘿，那唱經人真不賴，嗓音比他們頭上的尖帽子還尖！」另一位又接過話。「在國王獻給若望先生一支彌撒之前，國王本應該先打聽若望先生是不是喜歡用普羅旺斯口音哼唱拉丁文的讚美詩。」

「國王搞這名堂，就是爲了讓這幫混蛋歌手們有點兒活幹，所以他才特別安排這台彌撒的！」窗戶下人群中，一個老太婆尖聲厲氣地喊道，「我向大家討教討教：舉辦彌撒花了一千個巴黎利勿爾[22]，而且這筆錢還是從巴黎菜市場的海鮮承包稅中弄出來的賬！」

「住嘴！老太婆肅靜，」女魚販身旁有個人板著臉神情嚴肅，捂住鼻子，接過話頭吼道，「不舉行彌撒怎麼能行，你總不能巴望著國王再次生病吧？」

「說得妙哇，吉爾．勒科尼先生，國王陛下的御用皮貨店供應商！」那個盤踞在柱頂雕塑上的小

22. 利勿爾為法國古代記帳貨幣單位，有巴黎利勿爾和圖爾利勿爾之分。巴黎利勿爾又叫老法郎，每個值二十五蘇。圖爾利勿爾每個值二十蘇。

個子學生喊道。

一聽到御用皮貨店供應商這個倒楣的稱呼，學生們都縱聲大笑起來。

「勒科尼！吉爾．勒科尼！」某些人連連喊道。

「有角有毛的。」另一個接著說。

「嗨！」柱子頂盤上的那個小淘氣鬼接著說道，「喂！這有啥好笑的？令人肅然起敬的吉爾．勒科尼是王室內廷總管若望．勒科尼先生的胞弟，凡塞納森林首席護林官馬耶．勒科尼先生的公子，這一家人個個都是巴黎市民，父子兩代個個都是新郎官！」

眾人聽得更是津津有味。胖子皮貨店供應商沒有應聲，一言不答，竭力要擺脫那些從四面八方向他投射過來的目光。他儘管擠得汗流浹背、氣喘吁吁也是枉然：就像一隻深陷在木頭裡的楔子，越是努力掙扎，大腦袋瓜越是緊夾在旁邊人的肩膀中間，他那張又氣又惱，充血的大臉盤漲得紫紅，在人群中更加顯眼。

不過，周圍還是有人出來幫他解圍，此人也與他一樣的五短身軀、又肥又胖、道貌岸然。

「混帳！你們這群窮學生竟然敢對市民如此出言不遜！如果以前你們這樣的話，我肯定會用鞭子先鞭打你們的屁股，然後再用一堆柴火把你們燒死。」

那幫學子一下子嚷嚷開了。

「哎呀！誰敢在這裡唱這個調調？從哪裡冒出來的喪門星？」

「嘿，我認得他啊，」其中一名學生說道，「這是安德里．米斯尼哀老闆。」

「因爲他是大學區四個該罵的書店老闆之一。」另一名學生接著說道。

「這家鋪子樣樣東西都用四來算，」第三名學生又說道，「四個學區，四個學院，四個節日，四個學監，四位選舉人，四個書商。」

「那好哇！」若望接過話頭，「那就讓『四』見鬼去吧。」

「米斯尼哀，我們要燒光你的書。」

「米斯尼哀，我們要揍扁你的傭人。」

「米斯尼哀，我們要騷擾調戲你的老婆。」

「就是那個好心腸，肉墩墩的可愛姐姐烏達德太太。」

「要是她成了寡婦，她也還是又鮮豔又快活的！」

「你們統統見鬼去吧！」安德里老闆不由得咕噥了一句。

「安德里老闆，」若望依舊懸在柱頂雕塑上，聽到了便道，「閉住你的嘴吧，要不我就掉下來砸碎你的腦袋！」

安德里老闆抬起頭並用眼睛望了一會兒，好像是在估量柱子有多高，那滑稽傢伙到底有多重，默默算一下該體重乘以下跌的速度，接著就不敢作聲了。

若望大獲全勝，自然得意非凡，所以接下來又說：

「嘿，我說得出就做得出，我的哥哥可是一位副主教哦！」

「我們大學區的大學生可真夠風光的！像今天這樣的日子，我們應有的特權卻居然得不到別人的尊重！別的姑且不說，市民區裡有五月樹和篝火，舊城裡有聖蹟劇，愚人王和弗朗德勒的使臣們，而在我們大學城，什麼也沒有！」

「但是莫貝爾廣場真的是很大了！」一個駐守在窗台的學生叫道。

「打倒校長，打倒選舉人和學監！」若望高聲嚷道。

「今晚該拿安德里老闆鋪子裡的那些書到加雅田野空地點上一堆篝火，」另一位又說道。

「還有書記們的書桌！」他旁邊的人說。

「還有教堂侍役們的棍棒！」

「還有長老的痰盂！」

「還有選民們的票箱！」

「還有校長坐的那些板凳！」

「打倒！」小若望用打雷般的聲音在一旁嚷道，「打倒安德里老闆、侍役們和書記們！打倒神學家們和醫生們！打倒神學家們、選民們和校長！」

「這可真是世界末日到了啊！」安德里老闆塞住耳朵，低聲喃喃自語。

「正巧，校長來嘍！你們看，他正走過廣場。」站在窗口的一名學生高喊道。

於是，人人爭先恐後扭頭向廣場那兒望去。

「真的是我們可敬可愛的校長蒂波先生嗎？」磨坊的若望問道。他攀附在大廳內部的柱子上，看不見外面發生的事情。

「對啊，對啊，正是他，正是他，」其餘的人答道，「正是他本人，校長大人，蒂波先生。」

外面的的確是校長，校長與大學區的全體要員列隊前來迎接外國使臣們，此刻正好穿過司法宮廣場。學生們一下子擁到窗口，邊冷嘲熱諷，邊鼓掌喝倒彩，向他們表示歡迎。走在隊伍最前頭的是校長，首當其衝；那勢頭委實也夠厲害的。

「校長先生！您好！嘿！您好！」

「這老賭棍怎麼會到這地方來呢？難道他不再擲他的骰子了嗎？」

「瞧他騎在騾子上小跑的神氣模樣兒！騾子的耳朵還沒有他的長呢。」

「嘿！您好，蒂波校長先生！賭徒蒂波！老混蛋！老賭棍！」

「願天主保佑您吧！昨晚您手氣不錯吧？」

「噢！瞧這張老臉皮，賭錢擲骰子，把它熬得鐵青、烏黑，看來又像是挨揍了啊！」

「擲骰者蒂波，您這樣背向大學區趕往市民區，這是想要上哪兒去啊？」

「準是到蒂波賭台街去找個好住處吧。」磨坊的若望嚷道。

這街名一語雙關，引得那群人全都重複著，聲如雷鳴、勢如洪鐘，同時伴以狂烈的掌聲。

「校長先生，魔鬼賭局的賭棍，您老是不是要到蒂波賭台街找個好住處啊？」

「接著輪到嘲笑其他要員們了。」

「打倒教堂侍役們！打倒執杖吏[23]！」

「喂，羅班．普斯潘，那個傢伙究竟是誰啊？」

「這位是吉貝爾．德．許里，他是奧屯學院的掛名校長。」

「喂，拿著，這是我的一隻臭鞋。你站的位置比我方便，拿去狠狠地扔到他臉上去！」

23. 執杖吏是一種裝飾十分精美的棍子，由權杖手舉著走在官員的前面或放在他們的座前，是職位和權力的標誌。

「照準打，會有爛蘋果丟到頭上啦！」

「打倒那六個穿白袈裟的神學家！」

「那些人就是神學家嗎？我還當是聖熱納維也夫學院爲了胡尼采邑送給市民區的六隻白鵝呢。」

「打倒醫生們！」

「打倒無休止的爭論和玩笑！」

「我向你行脫帽禮吧，聖熱納維也夫的校長！你徇私，叫我吃了大虧。他把我在諾曼第學區的好位子給了小阿伽略．法札斯巴達，那傢伙的籍貫是布日省[24]，其實他是個義大利人。」

「真不公平，」全體學生一齊叫喊道，「打倒聖熱納維也夫的校長！」

「嘿！若相．德．拉朵先生！嘿！路易．達於耶！喔嘿！朗貝．阿克特芒！」

「還有讓魔鬼掐死德意志學區的學監吧！」

「還有聖小教堂的披灰毛袈裟的主事神甫！」

「還有那些穿灰毛皮袈裟的！」

「喔——啦——嘿！藝術大師們！清一色的漂亮黑斗篷！清一色的漂亮紅斗篷！」

「這恰好使校長長出了一條漂亮的尾巴。」

「真像是一位去和大海舉行婚禮的威尼斯公爵呀！」

「瞧，若望！聖熱納維也夫教堂的會員們也來啦！」

24. 布日省是法國一省名。

「讓議事司鐸統統都見鬼去吧！」

「克洛德．紹爾長老！克洛德．紹爾博士！您老是在找瑪麗．拉．日法爾德嗎？」

「她現在在格拉蒂尼街呢。」

「她正在給好色大王流氓頭鋪床哩。」

「她付出四個德尼埃[25]。」

「或者光是嚷嚷。」

「要不要她當您的面付給你？」

「各位同學！西蒙．尚甘先生，也就是畢卡第的選舉人也來了！他帶著老婆，他讓老婆坐在馬屁股上哪！」

「騎者身後端坐黑色的悲傷。」

「別害怕，好樣的，西蒙先生！」

「早上好，選舉人先生！」

「晚上好，選舉人太太！」

「噫！他們看見這一切肯定很開心吧，」磨坊的若望依舊高居柱頂的花葉形雕飾上，不禁歎道。

這當兒，大學城宣過誓的書商，安德里老闆，湊到御前皮貨商吉爾．勒科尼老闆面前附耳低語。

「我告訴您，先生，世界末日到了，從來沒見過這麼胡鬧的學生。這應該就是本世紀那些該死的

25. 法國古幣，每個德尼埃等於十二分之一的蘇。

發明把一切都毀了。什麼大炮呀，古炮呀，射擊炮呀，尤其是那印刷術，這真是個從德國傳過來的又一種瘟疫。手稿越多，書越多！印刷術敗壞售書業。世界末日到了。」

「這個呀！我從天鵝絨衣料的風行上也看得出來。」皮貨商說道。

正在此時，正午十二點鐘敲響了。

大廳裡人群異口同聲喊出一聲「啊……」。學生們也就默不作聲了。接下來又是一陣激烈的騷動，萬頭攢動，一陣手忙腳亂，咳嗽聲和掏手絹擤鼻涕的聲音匯成了巨大的嘈雜聲；人人都設法安頓下來，調整位置，坐著或者踮起腳尖，或者聚集成群，接著就是一片寂靜；所有人都伸長脖子，張著嘴，所有的目光都射向那張大理石桌子。

那上面依然空空蕩蕩，司法官屬下四名差官始終直挺挺紋絲不動地把著四角，如四尊彩塑的雕像。大家的視線遂轉向留給弗朗德勒使節專用的那看台。看台那道門依舊緊關著，台上依舊空蕩蕩。大家自清早起就等待著三件事：中午的到來、弗朗德勒使臣們以及聖蹟劇的到來。而現在只有中午時分準時赴約了。

這也實在是太過分了啊。

人們又耐著性子等了一分鐘、兩分鐘、三分鐘、五分鐘，一刻鐘過去了，還是沒有一點動靜。看台上依舊沒有一個人影，空空如也，舞台上仍然鴉雀無聲。觀眾的煩躁到這時已經演變成了惱怒，怨聲轟起。一開始聲量倒還不大，僅是嘀咕：「開演聖蹟劇啊！開演聖蹟劇啊！」後來，腦袋逐漸發熱，一場風暴正在醞釀中，沉悶的雷聲起初只是在人群的頭頂上掃過。一場風暴雖還只是輕輕咆哮，卻在人群上面震盪。磨坊的若望帶頭點燃了火花，發出了第一陣雷電，他如一條蛇盤繞在柱頭，使出渾身勁兒吼道：

「開演聖蹟劇，讓弗朗德勒使臣們見鬼去吧！」

眾人一齊鼓掌，也跟著吼叫：

「開演聖蹟劇，讓弗朗德勒人統統見鬼去！」

「得馬上給我們上演聖蹟劇，」那學生又接著喊，「要不然我可敢把法官吊起來，這件事就算是喜劇和寓言劇了。」

「說得好，」眾人高聲附和道，「咱們先把這幾名當差的衛士吊死算了。」

話音一落，一陣響亮的歡呼聲隨之而起。那四個可憐蟲面面相覷，嚇得臉色煞白。人群朝他們蜂擁而去。中間僅有一道不太牢靠的木欄杆，眼看群眾擠壓柵欄，柵欄被扭彎曲，好像馬上就要倒了。

此刻的情況十分危急。

「衝啊！上啊！殺啊！」人群從四面八方亂喊開來。

就在這當兒，前面描述過的那座更衣室的帷幔突然被掀開了，然後就走出來一個人。此人一露面，像是中了什麼魔法似的，全場一下子停止了喧嘩，眾人的激憤之情此時一下化作了好奇心。

「安靜！安靜！」

這人提心吊膽，戰戰兢兢，畢恭畢敬一直往前走，挨到大理石檯子邊。離桌子邊緣越近，就越顯得卑躬屈膝。

然而場子裡逐漸安靜下來，安靜到能聽見平靜的人群中發出的輕微嘈雜聲。

「各位先生，各位女士，」那個人此時說道，「我十分榮幸地宣佈，我們將不勝榮幸當著紅衣主教大人的面朗誦、上演一齣極其精彩和美妙的寓意劇，名為《聖處女瑪麗亞明斷記》。我扮演的是朱庇特[26]。此時此刻大人正陪伴著奧地利公爵派遣的極其尊貴的使團，他們這時正在波岱門聆聽大學校長的精彩講演，所以稍有耽擱。只要等到至尊至貴的紅衣主教大人駕臨，我們馬上就開演。」

老實講，不用別的，單是朱庇特這一席話和他的突然出現，便著實挽救了司法典吏那四名倒楣的衛士性命。

假如說我們有這個榮幸能編出這個十分可信的故事，那麼也要在職司批評的聖母前對此負責，人們也許在這種場合會慣用「神靈請勿干預」的古訓來指責我們，這卻是不適用的。況且，朱庇特老爹的服裝那麼漂亮，沒費力就吸引了觀眾的注意，這也有助於使他們平靜下來。

朱庇特身著鎖子鎧甲，外罩白銀鍍金的黑天鵝絨鎧甲，頭戴鍍金的銀扣子的尖頂頭盔。若不是他臉上的胭脂和又紅又厚的濃鬚各遮住面部的一半，若不是他手執一個插滿金屬細條的、灑金的硬紙板圓筒（內行人一看便知那象徵閃電），若不是他那雙赤腳上按照希臘方式纏著彩帶的話，那麼，他那身威嚴的裝束和嚴厲的神態，真比得上貝里公爵禁衛軍中布列塔尼的弓箭手了。

26. 希臘神話中掌管宇宙的大神。

彼埃爾．格蘭古瓦

在這個人向觀眾致詞的當兒，觀眾對他的服裝一致感到滿意和崇敬。可在他演說的同時，觀眾的興趣卻漸漸消失了。等他那個不合時宜的結尾剛一說到「等到至尊至貴的紅衣主教大人一駕臨，我們就馬上開演」時，他的聲音被淹沒在雷鳴般的喝倒彩聲中了。

人群高喊：「馬上開演聖蹟劇！馬上開演聖蹟劇！」，大家聽見若望的聲音好像從尼姆[27]的狂亂音樂裡透出來的一片笛聲，高出八度調門兒。他尖聲尖氣兒地喊道：「馬上開演！」

「打倒朱庇特和波旁紅衣主教！」羅班和此刻其他待在窗台上的青年學生齊聲怒吼著。

「馬上開演寓意劇！」人群一遍又一遍地連連喊著，「馬上！立刻！要不然我們可要屠殺啦，我們可要把喜劇演員和紅衣主教都殺死，絞死啦！」

可憐的朱庇特頓時驚慌失措，驚呆了，魂不附體，塗滿脂粉的臉也變得煞白。丟下霹靂，拿下頭盔，放在手裡，戰戰兢兢地趕忙給觀眾點頭行禮，全身哆嗦、結結巴巴地說道：「紅衣主教大人……列位使臣們……弗朗德勒的瑪格麗特夫人……」他此時已經是語無倫次了。他終究還是害怕被絞死的啊。

27.尼姆是法國加爾省的省會。那裡有各種建築物及競技場等。

由於讓群眾等得太久而被他們絞死，或者由於沒有等候紅衣主教而被絞死，這真使他左右為難，此時他只看到同一個深淵，就是絞刑架。

幸虧此時有人過來解救他，替他把責任包攬下來，替他做主。

有一個傢伙站在欄杆後面的大理石桌子近旁的空地上。誰都沒有瞅見他，因為他又長又瘦的身子倚靠的圓柱，完全擋住了眾人的視線，沒人發現他那細長的身影。這傢伙長得瘦削高大，頭髮金褐，面色蒼白，雖說額頭和雙頰都已經起了皺紋，卻還是顯得很年輕，目光炯炯有神，嘴角常含笑意。他身著敝舊、磨得發亮的黑嗶嘰衣裳，慢慢走到大理石檯子跟前，而且對那可憐的受難者做了個手勢。可是，那一位只是發愣，此時也許正在為難根本沒看見。

這個新來的人於是又向前邁了一步，開口說道：「朱庇特！我親愛的朱庇特！」

那一位還是沒聽見。

這瘦高個子的金髮男子終於在末了的時候失去耐心，不耐煩起來，對他大吼道：

「蜜雪兒．吉博倫！」

「誰在叫我？」朱庇特似大夢初醒，驚問道。

「是我。」黑衣服人應答道。

「啊！」朱庇特說道。

「馬上開演吧，」那人命令說，「快滿足觀眾的要求吧。司法官在那邊，我負責去懇求司法官息怒，法官再去請紅衣主教大人諒解。」

此時，朱庇特才開始透了一口氣。

人群還在噓他，他不得不使出全身力氣朝向他吼叫的觀眾喊道。

「諸位市民先生，我們馬上就要開演了。」

「好哇，朱庇特！向你致敬，公民們，鼓掌喝彩吧！」學生們高喊。

「好啊！好啊！」民眾吶喊著。

人們使勁鼓掌叫好，大廳裡響起雷鳴般的掌聲。朱庇特已經退回帷幔後面了，那帷幔被叫喊聲震得還在顫動呢。

這時，好像那個陌生人施了魔法似的，正如我們那個親愛的老高乃依[28]所言，就是「化風暴為水波不興」。此刻他又謙遜地回到那根巨柱的陰影底下去了。要不是站在最前面的兩位年輕女士留意到他同扮演朱庇特者的對話，硬把他從沉默中拉了出來，興許他還像原先那樣不被人看見，一動也不動，無聲無息。

「大師。」她們中的一位喊道，一面示意叫他走過去……

「您不必如此稱呼，別這樣叫他，我親愛的麗埃納德，」另一位說道。她的模樣俊俏、容光煥發，皮膚水靈，穿著節日盛裝更加顯得嬌豔欲滴。「他並不是什麼學者，而是個普通人，不必叫『大師』還是叫『先生』好了。」

「先生，」麗埃納德又喊道。

那陌生人從柱子那兒走近欄杆。

28. 高乃依（一六〇六至一六八四），法國十七世紀著名悲劇作家，著有《熙德》。

「兩位小姐，你們叫我做什麼啊？」他熱心地問。

麗埃納德大窘，忙說道：「嘻嘻，根本沒什麼。是我的同伴吉斯蓋特想跟您說幾句話。」

「沒有的事，不是這樣，」吉斯蓋特一下子漲紅了臉，接過話說，「是因爲麗埃納德叫您『大師』來著，我告訴她說大家都叫您『先生』。」

兩名少女又垂下眼睛。其實那男子巴不得與她們攀談，把談話繼續下去，笑盈盈地盯住她們，說道：「那麼你們並沒有什麼話同我談嗎，小姐們？」

「啊！根本一點也沒有，」吉斯蓋特說。

「沒什麼話，」麗埃納德也說。

於是高個子金髮青年就退後一步準備走開，可是兩個少女尋根究柢的好奇心被激發出來了，不想輕易地放他走。

「先生，」吉斯蓋特帶著像打開了水閘或是下了決心的婦女的那種急躁心情，熱心地說，「那麼，您認得要在聖蹟劇裡扮演聖母的這個兵士吧？」

「您指的是扮演朱庇特的那位吧？」那位不知姓名者問道。

「哎，可不是！」麗埃納德說，「瞧她多笨！那麼，想必您認識朱庇特了？」

「是蜜雪兒．吉博倫麼？」無名氏又接著問道，「小姐，我認識他。」

「瞧他那撮鬍鬚多神氣！」麗埃納德說。

「他們待會兒打算在台上表演，很精彩嗎？」吉斯蓋特怯生生地問。

「非常精彩，小姐。」無名氏毫不遲疑並極其肯定地回答。

「演什麼戲呢？」麗埃納德說。

「《聖處女明斷記》，是一齣極其有意思的寓意劇，要是您賞臉的話，小姐。」

「啊！那可就不一樣了。」麗埃納德說。

然後便是片刻冷場，短暫沉默，接下來是陌生人打破了沉默。

「這齣寓意劇是新編的，還從來沒有上演過。」

「那麼，」吉斯蓋特說，「它和兩年前教皇特使到來那天上演的戲是一樣的了，那天有三個漂亮小姐參加演出……」

「她們扮演的是美人魚。」麗埃納德接下來說。

「而且還赤身裸體。」那年輕男子補充說道。麗埃納德一下子害羞地垂下眼睛。吉斯蓋特看了她一眼，便也低頭垂目。青年微笑著接著說道：

「那挺好看呢。今天的戲是專門爲了弗朗德勒公主寫的寓意劇。」

「戲裡面也要唱牧歌嗎？」

「呸，寓意劇怎會有牧歌！」陌生人接著又說道，「在一齣寓意劇裡唱牧歌，那是和這種戲的性質不相稱的，假如演滑稽劇的話，那當然可以。」

「真可惜！」吉斯蓋特又說，「當年那一天，有些粗野的男女在蓬索泉邊互相打鬧，而且高唱讚美歌和牧歌，表演了好幾種身段呢。」

「那些對於教皇特使是挺合適的，但對一位公主來說並不合適。」陌生人冷冷地說道。

「在他們的身旁呢，」麗埃納德接著又說，「還有好幾件低音樂器，它們一個比一個奏出更加動聽和優美的調子。」

「為了讓過路人精神暢快，」吉斯蓋特接口道，「噴池還從三個噴口裡噴出酒、牛奶和調和飲料，讓人們隨便喝。」

「還有，在蓬索下面不遠的地方，三一教堂有個活人扮演耶穌受難的場面，這是一齣默劇。」

「這個我記得可清楚啦！」吉斯蓋特喊道，「耶穌被釘在十字架上，兩個強盜分別站在左右。」

說到這裡，兩名年輕的多嘴驢女子回想到教皇特使蒞臨的盛況，越發激動興奮起來，你一言我一語，於是便一齊說開了。

「再往前，在畫家門那裡，還有其他一些人，他們的衣著豔麗極了，非常講究。」

「還有呢，在聖嬰泉那邊，有個獵人追趕一隻母鹿，獵狗的叫聲和號角的聲音真響亮！」

「還有，於是就在巴黎屠宰場裡臨時搭起了一座高台，演出進攻迪厄普城堡。」

「當教皇特使在那兒經過時，你知道嗎，吉斯蓋特？咱們的人就發起了進攻，把那些英國佬統統給殺死了。」

「還有，小堡門前有許多盛裝豔服很了不起的人呢。」

「還有，兌換所橋上也全都是人。」

「當教皇特使經過那裡的時候，人們在歐頂熱橋上放飛大約兩百隻各種各樣的鳥雀兒，好看極了，麗埃納德。」

「今天的戲會更加好看！」陌生人聽著她們的對話似乎不耐煩了，終於插嘴道。

「您敢向我們保證這齣聖蹟劇更好看？」吉斯蓋特問。

「這個當然好看。」他回答，然後他又不無炫耀地補充道說，「兩位小姐，我就是該劇的作者。」

「真的嗎？」兩位小姐大吃一驚地問道。

「真的！」詩人沾沾自喜驕傲地答道，「就是說我們有兩個人：若望．瑪律尙鋸好木板，搭好戲台的木架和板壁；我來編寫劇本。我叫彼埃爾．格蘭古瓦。」

就是《熙德》的作者自報姓名「高乃依」，那也不會比他更驕傲、更自負。我們的讀者也許早已經注意到，從朱庇特退回帳幔後的那個時候起，一直到新編寓意劇的作者突然公開了自己的身分，並贏得吉斯蓋特和麗埃納德兩位天真爛漫的讚美爲止，這中間已經過了一段時間。值得注意並且很怪的是，僅僅只憑那名演員的擔保，幾分鐘前還吵吵嚷嚷的人群，此刻卻變得寬容大度，溫順地等待著開戲了。此事足以證明一條亙古常新，並且天天在我們的劇場裡得到驗證的真理：要想使得觀眾耐心等待下去，先得向他們聲明馬上就要開演。

無論如何，大學生若望是不會睡熟的。

正當全場觀眾們在混亂之後的寧靜中靜靜等待的時候，他冷不防又喊道：

「嘿！朱庇特，聖母，可惡的騙子們，都是魔鬼手下混飯吃的傢伙！你們存心拿我們開心是不是？演戲！演戲！趕快開場！要不我們可又要大鬧一場啦！」

看來是不能再拖延了。

高低音樂器在棚子裡齊聲奏響，此時帷幕終於拉開了，突然跳出四個人來，穿著五顏六色的戲裝，臉上塗滿了脂粉，爬上戲台粗糙的梯級來到檯面上，在觀眾面前排成一行，向群眾深深地鞠了一躬。於是樂聲戛然停止，聖蹟劇開演了。

這四位角色在觀眾面前的鞠躬，博得了一片掌聲。接下來全場肅靜，演員念起開場白，我們就不一一贅述了。更何況情況和我們現在完全一樣，觀眾留心演員的服裝更甚於留心他們扮演什麼角色，事實上這也是對的。這四名演員都穿著一式半黃半白的兩色袍子，只是袍子的面料有所差別。第一件袍子是用金銀兩色交織的錦緞製成，第二件是用金銀兩色的絲綢料，第三件是麻布毛料，第四件用棉布料。第一位劇中人右手執一把劍，第二位則手裡拿著兩把金鑰匙，第三位手拿一架天平，第四個手執一把鐵鍬。

儘管這些標誌十分明顯，但是恐怕有懶惰的人不肯動腦筋，看不懂是怎麼回事，所以又在袍子的邊上，用粗大的黑色字母繡出各自所扮的人的身分。錦緞袍子的邊上繡著「我乃貴族」的字樣；綢袍上繡著「我乃教士」的字樣；麻布袍子邊繡著「我是商賈」的字樣；布袍上繡著「我是農夫」的字樣。那兩個男演員，由於他們的衣服特別短，帽子的式樣不同，很容易分辨出來，而那兩個女演員則衣服較長，戴著頭巾。

除非缺少誠意的人才會聽不明白序詩的含義：農夫娶了商賈，教士娶了貴族；這兩對幸福的夫婦，共同擁有一頭光彩奪目的金海豚，他們打算把它獻給婦女當中最美的一位，於是他們走遍全世界去尋找這位美人。他們曾先後否決了戈爾貢德的女王、特雷比崇德的公主、韃靼大汗的女兒之後，農夫、教士、貴族和商賈他們四位，最後又來到了司法宮的大理石戲台上，向這裡公正的觀眾宣讀了這麼多警句和格言——這些都是當時在藝術院系裡進行研究，展開辯論，採取決定，或涉及修辭或制訂條例時才聽得到的，大師們也正是通過這些來取得他們的學位和等級。

這一切真稱得上是美不勝收啊。

就在這四位寓意人物競相向觀眾源源不斷的傾吐並灌輸隱喻之時，沒有哪個人的耳朵比劇作者、詩人，即剛才忍不住向兩位漂亮小姐自報家門的格蘭古瓦的耳朵豎得更挺，聽得更仔細的了，此時沒有人的心比這位好人的心跳得更結實、更快的了，也沒有人的脖子比他的脖子伸得更長，更沒有人的目光比他的目光更加緊張並且專注的了。他已經距離她們幾步遠，然後又回到了柱子後面，躲在那裡細聽、觀看、品味了。觀眾們在序幕開場之時贈與的掌聲在他的心間久久迴盪，他完全沉浸在劇作家看見自己的意圖從演員們口中逐一落到觀眾中時那種狂喜的沉思裡去了。可敬的彼埃爾·格蘭古瓦！

我們這樣說可沒錯，不過這種最初的狂歡很快就受到了干擾。格蘭古瓦剛把嘴唇湊近凱旋與歡樂的酒杯時，便有一滴苦汁滲入其中。原來，有位沒人注意的衣衫襤褸的乞丐，使出渾身力氣擠在群眾當中，卻沒能從身邊人的衣袋中撈到什麼油水，也沒得到足夠的補償，於是他就出奇地坐在了一個顯眼的地方，以便吸引眾人的眼球，徵得施捨。

當演員們還在叨念開頭幾行詩的時候，他就攀爬到那留給御使們專用的看台欄杆下緣的簷板上，一屁股坐下來，一身襤褸，他那身破衣爛衫和右胳膊上那個齜牙咧嘴的惡瘡非常顯眼，這就引起了人們的注意和憐憫，所以他就用不著再多說什麼話了。

他保持沉默，序幕得以順利進行，倘若不是高居柱子頂端的若望看破了這乞丐裝腔作勢的花招，忍不住放聲狂笑，本來是什麼騷動也不會發生的。這淘氣包兒也不管他這樣做會打斷演出，還會擾亂觀眾全神貫注的凝神傾聽，猛然一陣狂笑，興沖沖地嚷道：「嘿！瞧這病鬼在乞討啊！」

這句話不啻於向青蛙棲息的池塘投進一塊石頭，或向一群飛鳥放出一槍，正值全場肅靜之際，突然爆出這麼一句大煞風景的喊話，格蘭古瓦頓時如遭雷轟，不由打了個寒噤，序詩突然中斷，只見萬頭攢動，紛紛轉向乞丐，可他並不感到難堪，毫不慌張，反倒覺得此事是個良機，可以從這個機會裡得到很好的收益，於是半閉雙眼，拿著悲切切和淒慘的調兒喊道：「行行好吧，可憐可憐我吧，先生、太太們！」

「哎喲，我以我的靈魂起誓，」若望接下來說，「這是克洛潘・圖意弗呀。嘿！哥們兒，你的瘡本來是長在腿上的，你怎麼把它弄到胳膊上去了呢？」

正說著，乞丐的手好像猿猴一樣敏捷，拿著油膩的氈帽等人佈施，於是，若望邊說邊往氈帽裡扔了一個小小的銀幣。那乞丐並沒有動彈，穩當當地接受著這施捨和嘲弄，然後繼續用淒慘慘的調兒哭著嗓子喊道：「可憐可憐我，行行好吧，先生、太太們！」

這個插曲大大地轉移了觀眾的注意力，由羅班和大學生們爲首的大部分觀眾帶頭，快活地向這兩位表演者熱烈鼓掌。大學生們用他們極富特色的尖嗓子，乞丐用他那應變不驚的哼唱詩班的聲調，一唱一和即興編演的奇異的二重唱落在序幕中間。

爲此格蘭古瓦很不高興。他起初是一愣，從一陣麻木狀態中清醒過來之後，才向台上四名劇中人物拚命喊叫：「往下演啊！活見鬼，往下演啊！」他甚至對兩個搗亂的、打斷了演出的傢伙投去一個輕蔑的眼神。

此時，他又覺得有人在拉他袍子的下擺。他轉過身去，心裡相當惱火，好不容易才露出點笑容。可是他笑也笑不出來，那是吉斯蓋特跨過欄杆伸出秀美的玉臂，用這種方式來引起他的注意。

「先生，」這位小姐說，「他們還會接著演下去嗎？」

「當然。」格蘭古瓦堅定地答道。這個問題有些觸怒了他，他的心裡相當惱火。

「那麼，先生，您可不可以給我解釋解釋啊……」

「解釋他們還要講些什麼嗎？」格蘭古瓦打斷她說，「那好，您就洗耳恭聽，不就得了嘛！」

「不是這個意思，」吉斯蓋特說道，「而是他們剛才說了些什麼。」

格蘭古瓦不由地抖了一下，彷彿突然被碰了一下新傷口。

「這該死的笨丫頭真煩人！」他低聲說道。

從這個時候開始，他對吉斯蓋特失去了好感。

此時，演員們已執行了他的指示，群眾看見他們重新表演，都留心傾聽著，但是相當多的美妙詞句卻已經錯過了。格蘭古瓦當然看到了，不由得心裡不是滋味。場子裡逐漸恢復平靜之後，那名大學生也不再多嘴，那乞丐自顧數著帽子裡的幾個硬幣，演出終於占了上風，繼續在台上表演著。

說實在的，這的確是齣相當好的戲，假若略加整理，就是現在也還是可以上演的。雖說情節略微冗長了一些，空洞了些，那也是遵循當時的慣例，脈絡還是一清二楚、合乎要求的。在格蘭古瓦誠實無邪、直率的心裡不由自鳴得意，暗中自美。

正如人們所預料的那樣，這四名寓言人物跑遍了全世界的三大地區，還沒找到適合接受他們的金海豚的人，他們有點疲倦了。演到這裡，劇中對這條神妙的魚[29]讚頌備至，通過許許多多巧妙的影射暗示他就是弗朗德勒的瑪格麗特公主年輕的未婚夫。後者此時正位於昂布瓦茲法國盧爾瓦河上的一個城市中，在城堡裡悶悶不樂地隱居著，做夢也沒有想到農夫、教士、貴族、商賈這四位為了找他已經繞了地球一圈。

29. 神妙的魚指海豚。海豚在法文中和太子是同一個詞，所以戲裡用海豚比喻太子。

這隻海豚風華正茂，強壯矯健，尤其珍貴的（這正是一切帝王美德的淵源）是他本係法蘭西雄獅的兒子。我敢說這個大膽的隱喻真令人驚訝，令人讚頌，而且在寓意詩和賀婚詩的時代，戲劇裡演出動物界的故事，對於把一隻海豚比作一位獅王之子是絕不會感到大驚小怪的。這種稀奇古怪的晶達羅斯式的搭配正好同時也證明了劇作者讚美的激情和熱忱。不過，如果也能考慮到評論界人士意見的話，詩人本來可以用不滿兩百行詩句把這一切美妙的思想發揮得淋漓盡致。遵照總督先生的命令，聖蹟劇應該從正午演到下午四點，所以應該好好表演一下，更何況觀眾聽得還挺耐心呢。

正當商賈小姐與貴族夫人吵得不可開交的時候，農夫先生朗誦出一句絕妙得難以置信的佳句：

我從不曾在森林裡見過更神氣的野獸！

一直毫無道理地關著的大門，這時忽然更加毫無道理地給推開了，守門人聲如洪鐘突然通報道：

紅衣主教波旁大人駕到。

紅衣主教大人

可憐的格蘭古瓦！無論是聖・若望的兩響雙料爆竹同時點燃發出的聲響，還是二十柄火繩槍齊鳴，縱使比利炮台那座赫赫有名的蛇形炮一齊炸響[30]，縱使此時聖殿門火藥庫的彈藥全部爆炸，在這

---

30. 往昔巴黎被圍攻時，一四六五年的九月二十九日，星期天，僅僅一炮就炸死了七個勃艮第人。

莊嚴的激動人心的時刻，也不如守門人口中說出的這幾個字更震撼他的耳朵：「紅衣主教波旁大人駕到」。

這倒不是說格蘭古瓦害怕或者說他看不起紅衣主教大人，他既沒有這種懦弱也沒有這種傲慢，他不卑不亢。用我們現今的話來說，他是那些人裡的一個，他們具有高尚、堅決、中庸、溫和的精神，永遠懂得站在一切的中央，有著滿腦子的理智和自由主義的哲學思想，同時又是十分尊敬紅衣主教的折中主義者。

這類寶貴的哲人系一脈相傳，智慧就好比另一位亞里安娜希臘神話中克里特國王米諾斯的女兒，於是她愛上了代茲，授予紅線使他走出迷宮，彷彿給了一個線球，他們便從開天闢地起，順著線球，穿過滄海桑田的迷宮，這線球任憑他們怎麼繞也繞不到盡頭。他們總能適應他們所處的時代，各個時代都有他們的蹤影，以不變應萬變。

就拿格蘭古瓦來說吧，假使我們能夠把他當之無愧的榮譽恢復給他，這類哲人肯定是十五世紀的代表。在十六世紀，肯定也是這一精神指導杜．布厄爾神父，讓他寫下這些率真的妙語，永遠值得流傳下去，並且值得世世代代銘記：「我按籍貫來說應是巴黎人，按言論來講應是帕黎人，因爲『帕黎』一詞在希臘文中的意思是『言論自由』。我甚至對貢第親王殿下的叔叔和弟弟這兩位紅衣主教大人也運用言論自由，同時對他們的高貴懷著敬意，不得罪他們的任何一位侍從，儘管他們的侍從相當多呢。」

那麼，使格蘭古瓦不愉快的，並不是他對於紅衣主教的怨恨，也不是輕視他的蒞臨。其實恰恰相反，我們的詩人有太多的良知，對人情世故懂得太多了，尤其他的長衫的補丁也太多了，他並不會格外擔心他所寫的序幕詩裡暗喻太多，更不怕對法蘭西雄獅孕育的海豚的頌揚太多，能夠使那位高貴人聽到。不過凡詩人都稟性高尚，不太在乎個人的小小利益。用數字「十」來表示詩人的天性，一個化學家若對其進行分析和劑量測定，如同文藝復興時期法國著名作家拉伯雷著有《巨人傳》所言，便會發現其中九成是自尊心，一成私利。

話說，當專用看台的門為紅衣主教大人打開的時候，格蘭古瓦身上那九成的自尊心早已被群眾一致的讚揚吹得飄飄然，暈暈乎乎，不由得無限膨脹起來，致使我們剛才在詩人們的天性之中辨認出來的那一點兒難以覺察的私心此時彷彿已經窒息了似的，早就消失的不見蹤影了。

話又說回來，私利倒是寶貴的組成部分，它好比壓艙之物，假如沒有這壓艙物，詩人是無法觸及陸地的，他們很可能就飄飄然起來了。格蘭古瓦可以感到、看到，乃至觸摸到全場觀眾都如中了定身法而窒息，呆若木雞，張口結舌，個個簡直像活活被悶死一般，其長無比的大段台詞，他心中好不痛快。我甚至敢說，他自己也在分享著全場觀眾這種無上的歡樂的福氣了，與拉封丹正好相反，後者在他的喜劇《佛羅倫斯人》首次公演時曾問道：「這篇狂亂的詩章是哪個低劣的作者寫的？」格蘭古瓦倒很樂意詢問身邊的觀眾：「這是誰的傑作呀？」明白了這些，可想而知，紅衣主教的突然光臨和大煞風景，在他心裡到底應該是什麼滋味，我們現在便可想而知了。

他擔心的事情卻真的過早地發生了。紅衣主教閣下一進場使得全場頓時混亂起來。所有人都轉過頭去看那專用看台，聽不見別的，只聽見異口同聲齊呼：「紅衣主教！紅衣主教！」不幸的序幕再次被打斷了。

紅衣主教在看台入口處停留了片刻。他的目光相當冷漠，傲慢地環視著觀眾，全場的喧鬧聲就變得益發猛烈起來了。群眾個個爭先恐後，競相伸長脖子，以便超出旁人的肩膀，把他看個清楚。

他的確是一位出眾的人物，看他比看任何喜劇都值得。查理‧德‧波旁紅衣主教兼為里昂大主教、里昂伯爵和高盧首席主教。他的弟弟——波熱的貴族比埃爾——娶了路易十一國王的長女，因而他便和路易十一有了姻親。他母親勃艮第的阿涅斯與莽漢查理[31]即勃艮第公爵又是近親，然而，這位高盧首席主教的主要特徵或者說獨具一格的顯著特徵，就是他天生是一塊做朝臣的料，對權勢忠貞不貳。

其實我們不難想像，他的雙重裙帶關係也沒少為他惹麻煩，因而他那心靈小舟不得不頂風逆浪，迂迴繞過眾多礁石，才能避免撞到路易十一，或者撞上莽漢查理從而落得個粉身碎骨的結局。

這兩位君主好比沙西德漩渦和西拉礁石，當年的納姆公爵巴黎總督，幾次反抗路易十一，被處死。和聖波爾大都督就沒有躲過這一關。謝天謝地，他總算順利地穿越海峽，然後安全抵達羅馬。可能也正是因為他到了港口回顧自己如此長期擔驚受怕、歷盡艱辛的政治生涯中能次次僥倖逃生，儘管他到了港口，總還是會讓他心有餘悸的。

因此，他常說一四七六年是他黑色的一年，也就是說，他在那一年裡失去了他的母親波旁公爵夫人和他的表兄勃艮第公爵，不過這一種哀傷由於另一種心情而得到了安慰。

話又說回來，他原本是個好人。他愉快地過著紅衣主教那種輕鬆愉快的日子，樂於享受在皇家莎里約葡萄園釀造美酒、遊玩的生活，與理查德家的俏娘子和托瑪斯家的騷婆娘們並沒有過不去的仇恨，寧可佈施妖豔的少女，也不願施捨給老太婆。這一切也幫助他贏得了巴黎公眾的好感。

他每次出門，身邊都會有一幫主教、修道院長隨行，他們個個出身名門望族，又文雅又輕佻，

31. 莽漢查理（一四三三至一四七七），勃艮第公爵，他一心使勃艮第脫離法蘭西而獨立，一四七六年被瑞士人擊敗。

隨時吃喝玩樂而且喜歡宴飲。聖日耳曼．多克賽爾教區裡虔誠的信徒們在黃昏時分路過燈火輝煌的波旁府邸的窗戶時，不止一次聽到白天對她們念誦經文的那些人正在觥籌交錯的響聲中朗誦教皇伯諾瓦十二世的格言，唱著曾經三次加冕的教皇伯努瓦十二世的酒神頌，這使他們非常反感。

毫無疑問，正是由於他那身分和聲名，人們在他進來的時候就把惡意的表示壓制住了。儘管他們剛才還是那樣的不滿，他們在要選舉愚人王的日子裡，對小小一名紅衣主教並沒有表示多少敬意。不過，巴黎人一向極少記仇，也很不善於懷恨，再說，擅自迫使權威性的戲劇提前開演，已經占了紅衣主教的上風，僅這個勝利就已經使他們心滿意足了。況且，波旁紅衣主教大人天生是個美男子，儀表堂堂，此時又穿著一件華麗、整齊的大紅袍，他贏得了全體婦女，也就是一半觀眾的好感。

一名紅衣主教相貌出眾，大紅袍又穿得極其規矩，只由於他耽誤了演出而去噓他，這未免不太公道了，並且顯得有些小家子氣。

當他步入看台時，對待平民百姓，臉上露出大人物天生的那種微笑向觀眾致意，並若有所思地向那張鋪著華麗的天鵝絨的靠椅款款走去，神色顯得完全心不在焉。在他走上看台的當兒，跟在他身後的隨員們，即如今我們稱之爲智囊團的那些主教和神甫們，更加引起了廳堂裡觀眾的好奇和騷動。

人人爭先恐後，指指點點，指名道姓，少說也得認識他們其中的一個。這一位是馬賽主教阿羅丹大人，假如我沒記錯的話，那一位是聖德尼大堂教務會的主席；這是羅貝爾．德．內斯比納斯，草場聖日耳曼修道院的院長，路易十一一名情婦的浪蕩哥哥。他們說話時，用的差不多全都是輕視的口吻和刺耳的聲調。

至於大學生們，他們就會罵不絕口。我們須知這一天本來就是他們的好日子，是他們的狂歡節，法院書記員和大學生一年一度的狂歡節。在這個日子裡，任何胡鬧都是被允許且被認爲是神聖不可侵犯的。況且人群裡還有幾個婊子，什麼西蒙娜．加特里芙呀，阿涅斯．拉加丁呀，羅賓娜．比埃德布呀，也統統在場。有教會人士和娼妓們做伴，在如此的佳日良辰，起碼也得隨便罵上幾句，顯示對天主略爲不恭，所以他們多半會是恣意妄爲的。

在一片嘈雜聲中，從那些舌頭上滑出了大量可怕的謬論和辱罵，這些青年和大學生，由於他們一年到頭都把舌頭鎖得牢牢的，在今天，個個舌頭難得都解脫了出來，於是便七嘴八舌，嘈雜不堪！可憐的是聖路易[32]，人們在他的司法宮裡對他表現出怎樣的輕視！他們各自從剛進入看台的貴人中選出一個對象進行攻擊，不是這個穿黑袍的，便是那個穿灰袍的，要不就是穿白袍或紫袍的傢伙。至於磨坊的若望，因爲他是一位副主教的老弟，就大膽地穿了一件大紅色的。他用放肆的目光緊緊盯住紅衣主教，扯開喉嚨唱著：「久漫佳釀之袍！」

我們在此用詳細描述來幫助讀者瞭解的這些情景，都被一片喧嘩聲遮蓋著，看台上的人並沒有注意到。何況紅衣主教根本就不以爲怪，因爲恣意放肆在這一天早已成習俗。從他心事重重的神色上看出他另有揪心的事，就是那個弗朗德勒使團，他們緊跟在他後面，幾乎與他同時進入看台。

他本人並不是什麼深謀遠慮的政治家，也不是由於他在考慮表妹勃艮第的瑪格麗特公主和他的表弟，維也納的王儲查理的這樁婚事會產生什麼後果，或是奧地利公爵與法國國王之間勉強維持的親善關係能延續多久，或是英吉利國王怎麼傲慢無禮地對待自己的公主，他對這一切都不在意。他每晚享

32. 即法王路易九世，一二二六年至一二七〇年在位。

受著莎里約王室葡萄園特產的葡萄酒，從未想到路易十一也會誠懇地贈送給愛德華四世[33]幾瓶同樣的葡萄酒，某天早晨使路易十一擺脫了愛德華四世的束縛。

「奧地利公爵大人備受尊敬的使團」沒給紅衣主教帶來任何這類的憂慮，並未使紅衣主教怎麼操心，不過他們也沒有讓他省心。我們在本書第二頁中已約略提到，要他查理·德·波旁去盛情款待這班無名之輩的弗朗德勒人，要他貴為紅衣主教與那些鄉鎮小吏平起平坐，要他作為法國人酒席上的大活寶，在大庭廣眾之間眾目睽睽之下為喝啤酒的弗朗德勒人作應酬，這一切都是令他難堪的。

若說他為了取悅於國王，不得不強顏陪笑的話，這要算是他討好國王的事情裡最可厭的一種了，這一趟差使肯定是最苦的一次。

當守門人用響亮的聲音通報「奧地利公爵殿下的使節們到」時，紅衣主教便轉過臉去朝向大門，做出了他那訓練有素且是世上最優雅的姿態。

不必說，全場觀眾都把目光轉向大門。不用說，整個大廳的人也跟著守門人喊了一遍。奧地利的馬克西米良[34]的四十八名使節排成兩列長隊，為首的是聖貝爾丹修道院的院長、金羊毛法令主管[35]，尊敬的若望神父，和根特市首席執法官，人稱多比先生的加克·德·柯瓦，他們兩個依次走進來，個個都是一副莊嚴的神態，這場面與波旁那夥打打鬧鬧的教會人士形成了鮮明對比。

全場觀眾悄悄忍住笑聲，聽著他們把那些怪誕的名字和不足道的官銜告訴守門人，守門人又把那

33. 愛德華四世（一四四二至一四八三），英吉利國王，一四六一年至一四八三年在位。
34. 馬克西米良（一四五九至一五一九），路易十一同時代的德國皇帝，出生於奧地利。一四九三年至一五一九年在位。
35. 金羊毛勳位法令是號稱好心眼的勃艮第公爵菲利浦於一四二九年在布魯日頒佈的一條法令。

些名字和官銜胡亂攪混著轉報給觀眾，這位是洛易·何雲洛甫，盧汶市的助理長官，那一位是克雷·代居爾德，布魯塞爾市政助理，彼爾·德巴埃斯先生，又稱伏瓦密澤爾先生，同時也是弗朗德勒的議長，若望·戈蘭，安特衛普市長，喬治·德·拉莫埃爾，根特市法院的首席判官；蓋道爾夫·梵·德·哈格，根特市的首席檢察官，還有比埃倍格先生，若望·比埃克，若望·蒂瑪耶日爾等等。

反正不是執法官、市政官、市長就是市長、市政官、執法官。這些人個個挺著腰板，端起架勢，僵硬、古板、迂執，身著絲絨和錦緞，頭戴綴有賽普勒斯金線球的黑天鵝絨帽子。總之，個個都是弗朗德勒人的漂亮面孔，凜然不可侵犯，活像在倫勃朗[36]的《夜巡》中以黑色背景為襯托，用那樣極其強烈、那樣十分莊重的色調，所突出刻畫的那一類弗朗德勒人的莊重而善良面孔。他們的前額上似乎都刻著他們的主人，奧地利的馬克西米良在詔書上寫下的詞句，即他有「充分的理由信賴彼等之識見、勇敢、幹練、忠誠與賢明及其他難得的好品質」。

可是也有一個人是例外。這個人有一副清秀、聰明、機警的面孔，嘴鼻又像猴子又像外交家。只見紅衣主教在這人面前向前邁了只有三步，對他深鞠一躬，可是他的稱呼只不過是「居約姆·韓，根特市的參議官，享俸祿者」。

當時很少人知曉居約姆是什麼角色，他是個稀世罕見的天才，若處在一個亂世、革命時期準會叱吒風雲，幹得轟轟烈烈，領導群眾，可是在這十五世紀時卻只能偷偷摸摸搞些空洞的陰謀詭計罷了，或像聖西蒙公爵[37]所說的：「以挖牆腳為生[38]。」

---

36. 倫勃朗（一六〇六至一六六九），十七世紀荷蘭名畫家兼雕刻家，在光影方面有非凡的成就。
37. 聖西蒙公爵（一六七五至一七五五），《回憶錄》的作者，這部作品記錄了自一六九一年至一七二三年宮廷裡發生的事件，並描述了當時的一些著名人物。
38. 此處暗指裡通外國。

所幸歐洲第一「挖牆腳專家」果然賞識他，他與路易十一兩人合搞陰謀是家常便飯，關係非常密切，因此他們經常插手這位國王的秘密事務。

群眾根本不知道這些情況，看見紅衣主教對這個其貌不揚的弗朗德勒官員表示的那種禮貌，都覺得非常驚奇。

雅克·科勃諾爾老闆

根特市的享俸祿者同紅衣主教大人彎下身軀相互施禮，同時以更低的聲音寒暄了幾句，一個臉龐寬大，身體魁梧，肩闊膀圓的漢子湊了過來，打算與居約姆並肩走進來，那姿態就好比一條猛犬站在一隻狐狸旁邊。他頭戴氈風帽，身穿皮外套，與周圍那些穿天鵝絨衣服的人極不相稱。守門人誤認爲他是個走錯路的馬夫，一把把他攔住。

「喂，朋友！這邊是不允許走的。」

那穿皮短褂的男人用肩膀把他一推，扯起大嗓門嚷道：

「這傢伙想把我怎麼樣？你不知道我是誰嗎？」這奇特的對話驚動了全場觀眾。

「你叫什麼名字？」守門人問道。

「雅克·科勃諾爾。」

「你的身分是什麼？」

「襪店商人，商號三小鏈，住在根特。」

守門人猶豫起來，然後退後了一步。倘若通報執政官和市政官們，那還說得過去，可是去通報一個賣褲子襪子的，這可就真難辦了。紅衣主教如坐針氈。老百姓都在睜大眼睛看著，豎起耳朵傾聽著。兩天以來，紅衣主教竭力去調教這些弗朗德勒狗熊，好讓他們能在大庭廣眾面前稍微可以見得人，可這個惡作劇也真夠他受的。但見居約姆帶著狡黠文雅的笑容走近守門人，用極低的聲音對他說道：「給執政官的秘書雅克．科勃諾爾通報。」

「守門人，」紅衣主教高聲說道，「通報雅克．科勃諾爾，根特城卓越的市政助理官秘書。」

這一下他可捅了個簍子，是一個誤會，本來居約姆一個人出面就能把這個困難搪塞過去，偏偏科勃諾爾也聽到了紅衣主教的這個吩咐。

「不，以十字架發誓！」他聲如雷鳴吼叫著，「雅克．科勃諾爾，褲子襪子商。你聽清了嗎？一字不多，一字不少。以十字架作證！褲子襪子商，這身分很不錯嘛。大公爵殿下不止一次地到我的襪店裡尋找手套[39]呢！」

全場爆發了一陣笑聲、掌聲以及讚歎聲。俏皮話在巴黎是馬上就會被人聽懂的，因此總是受到捧場和喝彩的。

還得補充一句，科勃諾爾是平民中的一員，他周圍的公眾也全都是平民。因此，他們之間感情的交流是敏捷的，迅速的，甚至可以說是坦然的。弗朗德勒褲襪商出言不遜、語氣高傲，羞辱了朝廷貴人，這種傲慢的攻擊在全體平民百姓的心靈中激起了某種難以言明的莊嚴感情，這種感情在十五世紀

39. 法語中「手套」與「根特城」讀音相同。

還是模糊不清的。這名褲襪商竟敢頂撞紅衣主教大人，可真是一個勢均力敵的對手！

在平時，這些可憐蟲對聖熱納維也夫修道院院長的警衛隊的班長僕從尚且畢恭畢敬，俯首貼尾，而那修道院長本人也不過是給紅衣主教牽袍角的角色，一想到他們這些人竟然也如此有自尊，所以一想起來心裡就覺得挺痛快。

科勃諾爾傲慢地向紅衣主教大人施禮，紅衣主教也向這個就是路易十一也懼怕三分的無所不能的市民還禮。然後他們便各歸其位了，紅衣主教困窘不安，憂心忡忡，而科勃諾爾則泰然自若，高傲驕矜。被菲利浦·德·果明[40]稱爲「機智狡詐之徒」的居約姆嘴邊含著一抹優越、意味深長、嘲弄的微笑，他把這一切都看在了眼裡。

科勃諾爾大概還在暗想，說到底就是他這個褲襪商的頭銜並不比其他頭銜遜色多少。就是科勃諾爾今天特意來參加其婚禮的那個瑪格麗特的母親，對這個商人比對一位紅衣主教還要敬畏呢！因爲那紅衣主教根本就沒有本事煽動根特市民起來反抗莽漢查理的女兒的寵臣們，那位弗朗德勒公主在斷頭台底下跑到絞刑台下用眼淚和哀懇苦苦地哀求民眾饒恕她的寵臣時，不是紅衣主教說一句話，就能煽動起群眾對那不予理睬的，而他這個褲襪商只需抬一下穿皮短褂的胳膊，就能叫居耶·德·安培古爾和居約姆·雨果奈大臣，那可是兩個最顯赫的貴人人頭落地。

但是，可憐倒楣的紅衣主教既然已沾上了這般惡劣的夥伴，一切還沒有完結，他的苦酒還遠遠沒有喝到盡頭。

40. 菲利浦·德·果明（一四四七至一五一一），法國編年史家，路易十一的親信和顧問。

想必讀者沒有忘記那個在序幕一開場時就爬到紅衣主教專用看台下緣的厚顏無恥的乞丐吧。這些貴賓駕到，並沒有引起他的絲毫注意，他也沒有鬆手爬下去溜走。當眾位高級教士們與使臣們紛紛入座，活像貨真價實的弗朗德勒鯡魚被裝進木桶一般在看台上擠著就座時，他老先生擺出一副怡然自得的樣子，索性叉開兩腿緊緊盤住柱子的頂托，自由自在地坐在那裡。

起初並沒人發現他如此蠻橫無理，因爲大家的注意力還都在別處，可是他呢，所在那的方位沒有發覺大廳內有任何異常，只見他一副那不勒斯人無憂無慮的神情，搖頭晃腦，時不時地在全場的喧囂中習慣性地冒出一句：「請發發慈悲吧，仁人君子們！」在全場觀眾中，他可能是唯一一個對守門人與科勃諾爾之間的爭執不屑一顧的人了。

然而，說來也真的非常湊巧，民眾已經開始對根特城的褲襪商頗有好感了，他已經成爲眾目注視中心的襪店老闆，他又正好是在看台第一排就座的，位置不偏不倚正好在那乞丐的上方。這位弗朗德勒使節在仔細察看了一下眼皮底下的這個怪人之後，便友好地拍一拍只有些破布遮蓋著肩膀的那人。

全場的人看到這情景，吃驚可不小呀。乞丐回過頭去，兩人四目相對，兩人臉上都現出驚異、熟識和興高采烈的樣子。然後那名褲襪商和乞丐手把手，低聲細語攀談了起來，根本就不在乎自己成爲觀眾萬目所注的對象。克洛潘那身破爛行頭，襯映著看台上鋪的織金毯子，就跟青蟲爬在橘柑上一樣。

這場面真是夠稀奇古怪，不尋常的新鮮事刺激得觀眾欣喜若狂，紛紛起哄。不由得紅衣主教不發覺，於是他稍微欠了欠身想去看看究竟，可是從他坐著的位子上只能隱約看到克洛潘齷齪不堪的衣衫，他想當然的就只能認爲那是乞丐在請求佈施了。這樣的膽大包天激怒了他，把紅衣主教氣炸了，當下便喊道：「司法官先生，請把這傢伙給我扔到河裡餵魚去！」

「以十字架上上帝的名義作證！紅衣主教大人，這位是我的好朋友。」科勃諾爾說道。他此時依舊與乞丐手牽手。

「好啊！好啊！」喧鬧的群眾叫嚷道。自此刻起也跟在根特一模一樣，科勃諾爾老闆在巴黎深受民眾的信任，得到了群眾的愛戴，因爲如菲利浦·德·果明說過的，在巴黎「凡有此等氣魄之人若行事不遵規矩，必孚眾望」。

紅衣主教咬著嘴唇，向身邊的聖熱納維也夫修道院的院長低聲咕噥道：

「大公爵殿下爲瑪格麗特公主聯姻派來的使節，真是叫人哭笑不得！」

「對這幫弗朗德勒畜生講禮貌，閣下不過是白費心。」修道院院長說，「這就是所謂『置明珠於群豚前』也。[41]」

「倒不如說是『置群豚於明珠前』也。」紅衣主教笑著說道。

對這句俏皮話，全體穿長袍的隨從統統讚不絕口。此刻紅衣主教的心裡總算是舒坦了一點，總歸他與科勃諾爾是打了個平手，因爲他的俏皮話也贏得了讚賞。

現在，請讓我們問一問讀者中那些能用現今人們的方法把概念和想像綜合起來的人——此種說法是借用今天時行的說法——請允許我們向您提個問題：您能否清晰地設想出，就在我們要求他們要集中注意力的時刻，那司法宮寬敞的長方形大廳將會呈現出何種景象？

41.「珍珠在豬的前邊」是法國成語，意思是「對牛彈琴」。

大廳的中間是一座鋪著金色錦緞的華麗大看台。隨著守門人的大聲通報，一個接一個從一道尖拱形小門步入看台。許多頭戴貂皮、天鵝絨或者紅緞帽子的達官顯貴們已經坐在了那個看台的前面幾排長凳上。在依然肅靜的看台前面和兩側，到處是人群和喧鬧。

人們的上千道眼光投向看台上每個人的臉孔，上千種聲音在低聲談論他們的名字。看台上的那場面真是十分有趣，非常值得觀眾注意。可是在那邊，在大廳的盡頭，那上下各站著四個彩色木偶般人物的是個什麼檯子呀？在木棚子邊上的那個穿黑大褂，臉色蒼白的人又是誰？天啊！親愛的讀者們，這就是格蘭古瓦和他那劇本的序幕。

我們幾乎把他忘得一乾二淨了。

這恰恰是他所擔心的。

自從紅衣主教進場的那一刻起，格蘭古瓦就一直坐立不安，千方百計想挽救序幕詩的演出。他首先吩咐那些猶豫不決的演員們繼續演下去並且把嗓門提得很高，發現並沒有一個觀眾在聽，他隨後又阻止了他們。

這種停頓繼續了大約一刻鐘之久，這當兒他手忙腳亂，招呼著吉斯蓋特和麗埃納德，讓她們鼓動周圍那些觀眾繼續看戲，但是這一切努力全付諸東流，因爲此時誰都沒有把目光從紅衣主教、使團成員身上和看台上移開，看台成了各個視線輻輳所構成的巨大圓圈的唯一圓心。

我們只好抱歉地說，這也是可以理解的，正是在序幕稍稍引起觀眾厭煩的當兒，紅衣主教的到來才造成了那樣可怕的騷動。說到底，無論是看台，還是戲台，其實表演的是同一齣戲：農夫和教士、貴族與商賈們的衝突。

多數人寧願看這些人物在弗朗德勒使節身上，在戴著主教冠冕的隨從們身上，在紅衣主教的袍子底下，在科勃諾爾的短皮襖底下活靈活現，善良地、摩肩擦背地，呼吸和行動，有血有肉的生活，推推搡搡，也很不情願再看演員們塗脂抹粉，穿得不倫不類，嘴裡念著糟糠一樣的詩句。

然而當我們的詩人看見人們稍微安靜了一點，他就又想出了一個補救的辦法。

「先生，咱何不從頭開始呢？」他側身對身邊一個神色看上去很有耐心的大胖子說道。

「開始什麼？」他懵懂地問道。

「哎！是聖蹟劇呀！」格蘭古瓦說道。

「隨您的便吧。」那人馬上回答。

只要聽到這種半真半假的贊許，格蘭古瓦就已經足夠了。自己的事還得自己來辦，他便親自出馬，夾雜在觀眾的呼聲裡，他大聲高呼：「從頭開演聖蹟劇！從頭開演吧！」

「見鬼了！」若望說道，「他們到底在嚷嚷些什麼啊？[42]」

「諸位同學，你們倒說說看呀！聖蹟劇不是還沒演完嗎？他們倒想重新開演。這可不對呀！」

「不行！決不行！」全體學生一齊嚷道，「打倒聖蹟劇！打倒聖蹟劇！」

但這卻使格蘭古瓦更加活躍起來，喊得更響了：「重新開演！重新開演！」

這一番叫嚷折騰引起了紅衣主教的注意。

「司法官先生，」他向離他幾步遠的一個穿著黑衣服的陰沉沉的大漢子說，「這幫搗蛋鬼鬧得天翻

42. 格蘭古瓦裝作四個人的聲音在喊。

地覆，莫非被關禁在聖水瓶裡了？」

司法官本是兩棲類官員，也就是司法界中的蝙蝠，他既屬鼠類同時又算鳥類，又為法官又是士兵。他走到紅衣主教大人跟前，唯恐紅衣主教發脾氣，便提心吊膽、吞吞吐吐地解釋著這些民眾是何等不守規矩：中午已過，大人尚未光臨，演員就迫不得已，只好沒等尊駕蒞臨便開演了。

紅衣主教一聽，縱聲哈哈大笑起來。

「說句實話，就是換了大學校長遇到這種情形，也只能這樣做的。居約姆先生，您意下如何？」

「大人，」居約姆回答道，「我們倒應該高興躲過了半部戲，也算是占了一點便宜了吧，理應知足、因禍得福了。」

「還讓這些傢伙演下去麼？」司法官問道。

「演下去吧，演下去吧，」紅衣主教說，「我本來無所謂，對於我都是一樣，我可以利用這時間來念念我的日課經。」

司法官走到看台邊上揮了揮手做了個手勢叫大家肅靜，然後高聲大喊：

「諸位市民、鄉民們，有人要求從頭開演，有人希望馬上結束，為滿足雙方的各自願望，紅衣主教大人下令接著演戲。」

雙方都必須忍讓。不過劇作者和觀眾因此都對紅衣主教耿耿於懷。於是台上的演員又重新大發議論了，重新打起精神，格蘭古瓦希望，至少後面的戲還有人觀看。這個希望也像他別的幻夢一樣很快就落了空。

場子裡倒確實勉勉強強安靜下來了，不過格蘭古瓦卻沒有發覺這些，當紅衣主教吩咐繼續演下去的當兒，看台上還遠沒有坐滿，當弗朗德勒使節駕到之後，又突然來了一些隨從人員，這樣，在格蘭古瓦大作的對白中間，穿插著守門人的尖叫聲，通報他們的姓名和身分的聲音，這些通報穿插在戲劇的對話中，造成了相當的混亂。

大家不妨想像一下，當劇情展開一半時，就在兩個詩韻腳之間，甚至常常在兩個音綴中間，守門人的尖聲叨念就像夾註著連珠炮似的插曲：

「雅克．沙爾莫呂閣下，宗教法庭皇家檢察官！」

「若望．德．阿雷閣下，巴黎巡夜騎兵隊辦事處的守衛和武官！」

「加約．德．吉諾亞克閣下，騎士，布魯沙的爵士，皇家炮兵隊長！」

「德厄．阿蓋閣下，國王陛下駐法蘭西、香巴涅．勃里山林水道巡查官！」

「路易．德．格拉維爾閣下，騎士，御前顧問，侍衛，法蘭西水師提督，凡塞納森林總管！」

「德里．勒．梅西耶老爺，巴黎盲人院督辦！」

凡此種種，在這裡不一而足了。

簡直是難以忍受。

這些古怪伴奏攪鬧得使劇情難以連貫，又令格蘭古瓦非常氣憤的是他無法裝作視而不見，他的大作越來越精彩，就是無人願意聽。這也的確是沒有比這齣戲更巧妙、更富於戲劇性的場景了。這些角色卻因爲要命的窘困而歎息起來。

維納斯女神身著繡有巴黎城徽上的戰艦的華麗短襖，邁著輕盈步伐，要金海豚承認她是最美的美人。這頭金海豚既然是許給了天下第一美人，當然，需要她親自前來求婚。朱庇特表示支持這門婚事，並頻發掌心雷。眼看著女神就要取得最終勝利了，直截了當地說就是要嫁給王太子時，不料來了一個穿著白色錦緞衣的小女孩，手拿一朵白菊花[43]翩翩上場，彷彿是來與維納斯爭高低的。

劇情急轉直下，競爭結果，維納斯、瑪格麗特和全體人員一致同意去請求聖母公正裁判。在劇中還有另外一個美妙的角色，就是美索不達米亞國王堂・佩德爾，但因爲演出屢經打斷，已經不容易弄清楚他和劇情有什麼聯繫，雖然全體人員都是從樓梯登上戲台去的。

然而，一切全然不是這樣。誰都對那些美妙演出不感興趣，也不理解。自從紅衣主教進場之後，可以說好像有一條看不見的魔線突然把所有觀眾的目光從大理石檯子上牽向看台，從大廳的南邊拉到西頭去了。

任憑他使出什麼解數，什麼也不能打破觀眾著了魔似的情緒，新來的那些貴賓，他們那該死的雜亂的姓名，他們那長相以及服飾持續不斷地使得觀眾分心，真叫人傷心失望遺憾啊！除了吉斯蓋特和麗埃納德時不時地被格蘭古瓦拉拉她們的袖子，才不情願地轉過身來瞅一眼演出，除了他旁邊那耐心的胖子之外，再也沒有誰在聽，也沒有誰在看那遭到遺棄的可憐的聖蹟劇了。格蘭古瓦傷心地看著觀眾的側面對著戲台了。

他用怎樣的悲痛心情看著自己那座光榮的詩歌高台逐漸傾塌！再想一想，這些百姓迫不及待地等待著要傾聽他朗誦的大作時，還差點兒沒跟司法官打起來！如今戲演了，卻無人理睬了。這就是那開演時獲得了一致讚賞的演出呀！民眾的喜怒無常，歷來如此！想當初，觀眾險些沒把守備手下的差官

---

43. 此乃弗朗德勒公主的化身，菊花的法文發音也是瑪格麗特。

給吊死！假若還能回到那個甜蜜的時刻去，他不惜獻出一切。

守門人粗聲粗氣的獨唱終於停止了，所有的人都已到齊，格蘭古瓦終於鬆了一口氣。演員們起勁地繼續演下去。那個褲襪商科勃諾爾老闆冷不防地又站了起來，在萬眾矚目之下發表令人討厭的演說：

「巴黎的市紳先生們和鄉紳先生們，憑十字架發誓，我不明白我們在這兒幹些啥名堂！我當然看到在那邊角落裡，那個檯子上，有幾個人看起來像要打架似的。我不知這是不是你們所謂的聖蹟劇，但這可一點都不好玩，他們不過是在耍嘴皮罷了。我等他們中有人打出第一拳，已經等了一刻鐘還不見動靜。他們都是些懦弱的傢伙，膽小鬼，只會嘴皮子傷人。最好應該把倫敦或者鹿特丹的角鬥士請來，那才棒哇！你們馬上就可以看到一拳拳重擊，響聲甚至在廣場上都能聽得見。

「這些傢伙真沒用，他們至少也該給我們表演個化裝舞或別的假面舞，原來告訴我的不是這個玩意兒。本來是答應我來過狂歡節的，另外說要選舉愚人王。在我們根特也有愚人王，在這方面我們可不比你們落後，憑十字架起誓！聽聽我們到底是如何選愚人王的吧。

「就像在這裡一樣，大家聚集在一起，亂哄哄的一大群。然後每人輪流把腦袋都通過一個窟窿伸過去，向其他人做鬼臉，哪一個鬼臉最醜惡，也得到眾人的歡呼，他就當選為愚人王。這樣，大家開心得不得了！大家要不要學我們家鄉的方式選你們的愚人王啊？那可不像聽這些傢伙講廢話那麼討厭了。如果他們幾位也願意到窗口扮鬼臉，當然也可以加入。諸位市民先生，你們說怎麼樣呢？這兒男女兩性怪模樣的有的是，我們按照弗朗德勒方式盡可以大笑一場嘍。再說我們也有夠難看的臉，一定會扮出漂亮的怪笑來的。」

格蘭古瓦恨不得回敬他幾句呢，可是惱怒、昏亂和憤慨使他說不出話來。況且，這般市民們被稱作紳士，心裡樂不可支，對深孚眾望的襪商的倡議都熱情洋溢，熱烈擁護。任何什麼反對都是徒然的。只有隨大流了。格蘭古瓦手捂著臉，再不如第芒特[44]畫中的阿加門農那麼幸運，後者還有件大氅蒙住自己的腦袋呢。

卡西莫多

轉瞬之間，實施科勃諾爾的願望所需要的一切全都準備停當了。市民、學生、法院書記大家一齊動手，全都出了力。大理石桌子正對面的那個小禮拜堂選定爲表演怪相的舞台。美麗的玫瑰花窗上的一塊玻璃被人們砸碎了，露出一個石框的圓洞，約定每個競賽者從這圓洞伸出腦袋來。人們不知從何處弄來兩隻大木桶，並馬馬虎虎地把它們重疊起來，參賽者只要爬上木桶，就搆得著那個窗框了。大家約定，爲了能夠保證競賽者做出的怪相留給觀眾完整、新鮮的印象，每個候選人不論男女（因為也可能選上個女的愚人王呢），都得蒙著臉躲在小禮拜堂裡，直到去表演的時候。頃刻之間，小禮拜堂裡就擠滿了競爭者，隨後那扇門就被關上了。

科勃諾爾從他的座位上命令一切，指揮一切，安排一切。在人們的喧鬧聲中，那紅衣主教的尷尬也不亞於格蘭古瓦了。他藉口說有事要做禱告，就同他的隨員們退了出去。群眾在他進場時是如此激

44. 第芒特，西元前四世紀希臘畫家。其創作多以荷馬史詩中故事為題材。阿加門農是《伊利亞特》中的英雄形象。

動不已，對於他的離開卻絲毫無動於衷。唯有居約姆注意到紅衣主教大人像吃了敗仗全軍潰退。群眾的注意像太陽光一般不斷改變方向，它從大廳一端啓程，只在中央稍作停留，就抵達另一端了。大理石桌子和錦緞鋪墊的看台曾一度有過大好時光，現在就輪到路易十一的小禮拜堂了，那地方就成了隨便笑鬧的場所。大家打從這時起便無拘無束，無忌地肆意胡鬧，場子裡只剩下弗朗德勒人和一千多民眾了。

扮怪相表演馬上就要開始了。頭一個出現在小窗洞口的面孔，眼皮翻起，呈現血紅色，嘴巴張開成血盆大口，滿是皺紋的額頭皺得像我們腳上穿的帝國騎兵式的靴子。觀眾發出了一陣忍不住的哄笑，要是荷馬[45]在世的話，也一定會把這些村夫鄉民當做神祇。其實這座大廳本來就是奧林匹克山[46]，可憐的朱庇特和格蘭古瓦比誰都清楚這一點。接著表演了第二個，第三個怪笑，接著是另一個，接著又是一個，愉快的笑聲和踏腳聲接連不斷。

這情景給人某種特殊飄飄然的感覺，具有某種難以名狀的令人癲狂陶醉的力量，實在是令今天的讀者們難以體會。請想想，一連串的面孔出現了，各種各樣，奇形怪狀：三角形的，梯形的，圓錐形的，還有多面形的。不一而足，人類的各種表情，應有盡有，從憤怒直到淫邪；各個年齡階段，從臉發皺的初生嬰兒到臉發皺的垂死老人；各種宗教中像野獸一樣的神鬼，從牧神到倍爾日比特；各種獸形，耳鼻嘴臉莫不酷似。再請讀者們都想像一下，巴黎新橋的所有奇形怪狀的柱頭像，那是日耳曼・

45. 荷馬，西元前九世紀希臘偉大的遊吟詩人，傳說著名史詩《伊利亞特》和《奧德賽》都是他的作品。
46. 奧林匹克是希臘神話中眾神居住的山。

比隆[47]的時刻，個個復活過來，輪番走到您跟前，死死地盯著您看，或者是威尼斯狂歡節上所有的假面人挨個兒出現在你的望遠鏡底下。總之，這真是一個由人的臉譜組成的萬花筒。

這場狂歡鬧劇越來越變成弗朗德勒式的了，縱有鄧尼埃[48]的生花妙筆，也難以畫出它的千姿百態。諸位如能想像沙爾瓦多・羅沙用他那畫兩軍鏖戰的筆力去畫酒神節的狂歡，或能依稀見得。場內學生、使臣、市民、男人、女人等都沒有什麼區別了；克洛潘、吉爾・勒科尼、西蒙娜・加慝里芙、羅班等這些人不再有任何差別。人人都變得無拘無束，整個大廳成了一個厚顏和歡笑的大火爐，那裡的每張嘴都有各自的喊聲，每雙眼睛都閃閃發光，每張臉都醜態百出，人人都裝腔作勢，所有人都在狂呼亂叫。

每當玫瑰花窗露出一張齜牙咧嘴的醜臉時，就好比又在烈焰火堆裡添了一大把柴火，如同火爐上冒出來的熱氣似的，從嘈雜的人群中出現了一聲尖細刺耳的聲音，就好像昆蟲在振動翅膀一樣。

「哎喲！倒大楣嘍！」

「瞧一瞧這副嘴臉！」

「一文不值，這算不了什麼！」

「下一個！」

「居約姆・莫吉比，看你那公牛的鼻子，就差長兩隻犄角了。挑他當丈夫可不大合適。」

---

47. 比隆（約一五三七至一五九〇），法國十六世紀雕塑家。

48. 歷史上有兩個鄧尼埃，父為鄧尼埃（一五八二至一六四九），子為鄧尼埃（一六一〇至一六九〇），均為十七世紀弗朗德勒畫家。後者以用色柔和、筆法細膩著稱。此處多半指後者。

「嘿，又來了一個。」

「教皇的肚皮！這算什麼怪相？」

「啊唉！那是騙人的，他應該把本來面目給人看看。」

「這個該死的貝海特．加爾波特！她可什麼都幹得出來！」

「妙啊！妙啊！」

「笑死我了！我都喘不上氣了！」

「瞧這一個，嘿！他的耳朵太大，伸都伸不出來啦！」

等等，等等。諸如此類，層出不窮。不過，應該提一下我們的老朋友若望了。在場子裡群魔亂舞吵嚷之時，他還高居在柱子頂端，就彷彿桅杆上一朵浪花。但見他怒不可遏，就像中了風魔，用難以想像的瘋勁兒在那裡扭來扭去。他嘴巴張得老大老大，可發出的聲音卻沒人能聽見。不是人聲嘈雜蓋住了他的喊聲，吵嚷聲再大他也無所謂，而是他的聲音是最尖的聲音，大概已達到了人的聽覺極限——梭瓦爾[49]說的一萬二千次，或比阿[50]說的八千次。

至於格蘭古瓦，他在沮喪之後打起精神泰然自若了。他迎頭抵住命運的挫折。

「往下演吧！」他第三次對演員們以及那些會說話的機器喊道，接著就邁開大步在大理石檯子前面走來走去，甚至心血來潮，讓自己也到小禮拜堂的窗洞裡顯露一下身手，想去體驗那些忘恩負義的人怪笑一下的快樂。

49. 梭瓦爾（一六五三至一七一六），法國幾何學家兼物理學家。
50. 比阿（一七七四至一八六二），法國天文學家和物理學家。

「這沒有必要，」他心裡接著又想，「這麼做太有失我的顏面；別去計較了！不用報復了！我要鬥爭到底！對於民眾的影響力，詩歌是巨大的，我會把他們拖回來繼續進行。等著瞧吧，看誰壓倒誰，是怪笑呢，還是好作品？」

唉！他便成了自己作品的唯一觀眾。

情況甚至比剛才更糟。現在他只能看到眾人的後背。

我弄錯啦。曾在一個危急關頭和他談過話的那個耐心的胖子並沒有背轉身去，至於吉斯蓋特和麗埃納德，她倆早早就溜走了。

他唯一的這個觀眾忠心耿耿，使格蘭古瓦深受感動。他向他走了過去，一邊輕輕地搖動他的胳膊，一邊搭話，因爲這位大好人靠在欄杆上正在打瞌睡呢。

「先生，謝謝您。」

「先生，」胖子打了一個呵欠，應道，「謝謝我，爲什麼？」

「我看得出來是誰使您厭煩了，」詩人接著說，「您討厭這大吵大嚷，那嘈雜的吵鬧聲使您無法自由自在地聽戲。不過，別著急，您的大名定會流芳萬代。請問您的尊姓大名，您願意告訴我嗎？」

「雷諾特·加多，巴黎大堡的司印官，樂意爲您效勞。」

「先生，您在這兒是詩神的唯一代表。」格蘭古瓦說。

「您太客氣了，先生。」大堡司印官答道。

「只有您才賞臉聽了這齣戲。」格蘭古瓦又說，「您對它有什麼高見？」

「嘿嘿！」胖法官睡意此時還未消呢，「的確很俏皮呢！」他這麼敷衍其實有點信口開河。

格蘭古瓦只好同意這個贊許，因爲一陣雷鳴般的掌聲和地動山搖的歡呼聲突然打斷了他們的對話，原來是愚人王選出來了。

「好極啦！好極啦！好極啦！」四面八方民眾一齊喊著。

此時，在那窗洞口出現了一個容光煥發的醜怪，真是妙不可言。群眾的想像力可以在這樣的狂歡中大大被激發，他們心目中都有個譜，什麼才算是最理想的怪誕面相，至此爲止，在窗口依次出現的那些五角形、六角形、不規則形的鬼臉之後，突然出現了一個奇特的醜相，把全場觀眾都看得眼花繚亂，博得了喝彩，一舉奪魁了。

科勃諾爾老闆本人帶頭舉手鼓掌。曾經是候選人的克洛潘，可以說他那張臉要多醜就有多醜，也只好甘拜下風，竟然連他也自愧不如。我們無意爲讀者描繪這醜臉的細微之處：四面體的鼻子，馬蹄形的大嘴，完全被一個大瘤所遮蓋的右眼，那上下兩排宛如城垛子似的殘缺不全、亂七八糟的牙齒，那沾滿漿渣、上面露著一顆象牙般大門牙的粗糙嘴唇，開叉似的下巴，尤其是籠罩著這一切的那種表情，狡黠、驚愕、憂傷兼備。如有可能，請諸位看官把這一切綜合起來想想整個面貌吧。

全場一致歡呼起來，大家呼啦一下子湧進小禮拜堂，想把這個享有天福的愚人王，如同凱旋的英雄一般抬出來。這時驚訝和讚歎達到了頂點，原來那副怪樣正是他的本來面目啊。

更恰當地說，他整個人就是一副怪相，一個大腦袋上長滿了紅頭髮，兩個肩膀當中隆起一個駝背，當他走動時，那隆起的部分從前面都看得出來。大腿和小腿扭曲的異常，兩腿之間只有膝蓋才能勉強併攏，以至從正面看過去，活像兩把刀柄相交的鐮刀。他還有寬而肥大的腳板和可怕的巨片掌。並且，這樣一個畸形的身軀，卻有著一種讓人望而生畏的可怕神態，對於那條希望「力」也能像

「美」一樣能導致和諧的永恆法則來說，他可算是一個例外了。這就是新當選的那位愚人王。

他就像是一個巨人被活活打碎，再胡亂拼裝起他的形骸的傢伙。這個獨眼巨人終於在小禮拜堂門檻上露面了。他一動不動地站在那裡，毫無表情，敦實的身材，又矮又胖，身材的高度和寬度差不多是一樣的，如同一位偉人所言，就該是「底座呈正方形」，穿著那件半紅半紫綴滿銀色鐘形花紋的大氅，尤其從他臻於完美的醜陋中，觀眾立刻認出了他，異口同聲地喊道：

「敲鐘人卡西莫多！是卡西莫多！聖母院的駝背！獨眼龍卡西莫多！瘸子卡西莫多！妙哇！」

可見，這位可憐人有的是綽號，隨便挑一個就是。

「那些孕婦需要留神了啊，趕快把臉捂起來！」眾學生喊道。

「想懷孕的也得當心。」若望接著說。

那些婦女們果真用手把臉捂起來了。

「啊！這隻討厭的猴子！」一個女人說。

「又醜又凶。」另一個說。

「他簡直就是魔鬼化身。」第三個又補充上一句。

「我真晦氣，就住在聖母院附近，整夜都可以聽見他在承水槽上來回走動的聲音。」

「他還和貓在一起呢！」

「他經常在我們的房頂上躥來躥去。」

「他經常在各家各戶的煙囪口謾罵我們，興妖作怪。」

「那天夜裡，他跑到我家窗口對我扮了個鬼臉。我以爲那是個男人。可把我嚇壞了！」

「我相信他是參加過魔鬼聯歡會的。有一回，他把掃帚丟在我家屋簷上了。」

「喲！這駝子的醜臉！可惡的靈魂！」

「喲！這下賤胚子！」

「呸！」

男人們恰恰相反，他們高興非凡，拚命鼓掌。

作爲眾矢之的卡西莫多在小禮拜堂門口穩穩站定，神情陰沉而莊重，任憑人家讚賞他。有個學生，我猜一定是羅班，湊到他跟前，對著他的醜臉大笑。卡西莫多則嫌他挨得太近，用不著多說話，攔住他的腰帶往上一提把他抱起來，一聲不響揚手把他從人群頭頂扔出了十步開外。

科勃諾爾老闆則滿心喜歡，驚奇極了，走過去說：

「憑十字架的名義！聖父在上！你真的是我平生見過最醜的醜八怪。在羅馬，你也會像在巴黎一樣當選爲愚人王的。」

他一邊說著，一邊興高采烈地伸出手拍他的肩背。卡西莫多則屹立不動。科勃諾爾接著又說：

「您真是個好漢，我心裡癢癢的，特別想帶你出去一起美餐一頓，就是破費一個嶄新的十二利勿爾銀幣，我也在所不惜。你覺得如何？」

卡西莫多依舊不出聲。

「憑十字架的名義！難道你是個啞巴嗎？」

他確實是個啞巴。

此刻他對科勃諾爾的過分舉動，感到不安了。突然轉身朝他露出牙齒扮了個可怕的怪笑，嚇得那個弗朗德勒大漢連連後退幾步，就彷彿一條猛犬招架不住一隻貓似的。

於是，科勃諾爾既恐懼又敬重，圍著這個怪物兜了一圈，圈內的人們無不對他既懼怕又崇敬。一個老婦人告訴科勃諾爾，卡西莫多的確是個啞巴。

「啞巴！」襪店老闆發出弗朗德勒人特有的粗獷笑聲，說道，「憑十字架作證！這才是十全十美的愚人王呢！」

「哎！我認得他，」若望吼道。他終於從柱頂上下來了。以便於就近來細看卡西莫多。「這就是我家副主教哥哥的敲鐘人。您好，卡西莫多！」

「三分似人七分如鬼！」羅班摔了一個大跤，而且心裡還不是個滋味。「他一亮相，是個駝子。他一走路，就是個瘸子。他瞅著你看，是個獨眼龍。你同他講話呢，他又是個啞巴。這個波利菲姆[51]，他的舌頭生來幹什麼用呀？」

「他要樂意說話的時候才說，」老太婆說，「他是因爲敲鐘敲啞了，不是生來就啞的。」

「這可謂美中不足啊。」若望遺憾地發表著自己評論。

「幸好他還有一隻眼睛。」羅班補充一句道。

「這倒也未必，」若望另有高見，「獨眼比瞎子更不完美，因爲他知道他缺什麼。」

這時，所有的乞丐，所有的僕役，所有的扒手，都同學生們聚在一起，列隊前往大理院書記室，翻箱倒櫃，弄來了狂人教皇的紙板三重冠和滑稽可笑的假道袍。然而卡西莫多則不動聲色，馴順而又

---

51. 波利菲姆是古代神話中著名的獨眼巨人。

高傲地聽憑著群眾給他加冕穿袍。然後人們恭請他坐上一副彩繪花紋的轎子。愚人團的十二名大騎士隨即把他扛起來，獨眼怪物看到個個眉清目秀，昂首挺拔，五官端正人的腦袋在自己那雙畸形的腳板之下胡亂攢動著，此時他陰鬱的神色不由得放晴了，流露出一種苦楚而又輕蔑的喜悅。隨即這喧鬧的行列開始出發，依照慣例，先在司法宮內的各條走廊內遊行一圈，然後到大街上和十字路口去遊行。

拉．愛斯梅拉達

我們很高興地要告知各位讀者，在發生那樁事情的當兒，格蘭古瓦和他的戲始終好好撐持著，硬是頂下來，在他的督促下，演員們滔滔不絕地朗誦，而他又在津津有味地側耳細聽著。他對這番喧囂既然無奈，那就索性下決心堅持到底，沒有停止欣賞，希望群眾會把注意力再轉移過來。

當他看到卡西莫多、科勃諾爾和喊聲震天的愚人王的隨從吵吵嚷嚷地離開大廳時，心中那線希望的火花又重新燃燒起來，但那些群眾緊跟著他們也走了。「也好，」他暗自思忖道，「這些無賴滾蛋了！」不幸的是，全體觀眾全都是搗蛋鬼，都是無賴，轉瞬間大廳裡變得空空如也了。

說實在的，也還有些觀眾留在那裡。零零落落，三三兩兩分成幾堆圍著那些柱子。其實剩下的只是些老弱婦孺，他們是不堪吵鬧和紛亂才留下來的。另有幾個學生騎在窗口上朝廣場望著。

「也罷，」格蘭古瓦心想，「總算還有這麼一些人能聽聽我的聖蹟劇結尾。雖說人數並不算多，卻都是高尚的人，有文學修養的人。」

過了一會兒，那本應該在聖母出場時引起驚人效果的交響樂竟沒有按時演奏，格蘭古瓦這才發覺，他的樂隊早被抬著愚人王遊行的列隊帶走了。所以他只好認命了，無奈地說：「樂曲就免了吧。」

他覺得有一小群市民看上去像是在談論他的劇本，遂湊近去。下面就是他聽到的片言隻語：

「史納鐸老闆，您知道當年屬於納姆先生的那瓦爾公館麼？」

「當然知道，那瓦爾公館就在勃拉克小教堂的對面。」

「好，財政部剛把它租給了歷史學家居約姆．亞歷山大，租金每年六個巴黎利勿爾零八個蘇。」

「這年頭房租漲得太嚇人了！」

「算了吧！」格蘭古瓦自慰地歎道，「其他人總算會聽戲的。」

「各位同學，」跨在窗口上的一個年輕的搗蛋鬼突然叫嚷起來，「拉．愛斯梅拉達！拉．愛斯梅拉達到廣場來了！」

這句話一下子產生了魔術般的效果，頓時大廳裡剩下的所有人又都湧向窗口，爬上牆頭去看個究竟。還一面連聲喊道：「拉．愛斯梅拉達！拉．愛斯梅拉達！」

與此同時，外面傳來一陣鼓掌的歡呼聲。

「拉．愛斯梅拉達，這究竟是什麼意思？」格蘭古瓦合住雙掌，傷心失望地喃喃道。

「啊，我的天呀！似乎現在輪到那些窗戶跟前的人也跑啦！」

他轉身向大理石檯子看去，發現演出此時已中止了。恰好此刻該輪到朱庇特帶著閃電出場，朱庇特卻在舞台底下呆若木雞，呆呆地站在戲台下面。

「蜜雪兒．吉博倫！」詩人激怒地喊叫起來，「你這是幹嗎？這是你演的角色嗎？趕快上台！」

「可是，」朱庇特爲難地說，「剛才有個學生把梯子搬走了。」

格蘭古瓦一看，確實如此。戲台的上下場口被切斷啦。

「無賴漢！」他自語，「他幹嗎拿走梯子啊？」

「爲了去看拉·愛斯梅拉達，」朱庇特喃喃地答道，「他說『嘿，這裡有架梯子閑著沒用』，所以就順手抄走了。」

這是最後的一個打擊。格蘭古瓦不得已只得聽天由命了。

「你們給我統統滾回去吧！」他對演員們嚷道，「要是我得到了賞錢，你們也會得到的啊。」

接著他也耷拉著腦袋，撤退而去了，不過他是最後一個才走的，就像一位大將在英勇奮戰卻失敗之後才撤離的。

走下司法宮的那些七拐八彎的梯級時，他咬著牙抱怨說：「這些巴黎人都是一大群驢子和笨蛋！他們是來看聖蹟劇的，卻什麼也不聽。他們對誰都有興趣，看克洛潘、紅衣主教、科勃諾爾、卡西莫多乃至魔鬼等等，可偏偏他們對聖母瑪麗亞毫不在意。早知如此，我早就把聖母瑪麗亞送給你們，你們這些東遊西逛的傢伙！我這又是何苦來！本是爲看人臉而來的，看到的卻都是大後背！作爲堂堂詩人，卻被當做江湖郎中！想當年，真的，荷馬曾經在希臘村鎮討過飯，納索在莫斯科遭流放致死！可是，我真不知道他們說的那個拉·愛斯梅拉達到底是個什麼詞。我若能弄明白，心甘情願讓魔鬼扒下我的皮來！這到底是什麼話呢？這是埃及話呀！」

chapter 2

詩人的命運

從沙西德漩渦到錫拉岩礁

正月裡夜晚來得很早，格蘭古瓦走出司法宮時，街上已經昏暗了。夜的降臨令他很高興，他正想找一條幽靜的街道，以便隨意沉思，讓哲學家們用其基本原理撫慰一下詩人的創傷。況且，他不知何處安身，只有哲理才是他獨一無二的棲身之所。

當他的戲劇嘗試一敗塗地之後，他再不敢回到乾草港對面水上糧倉街，也就是他自己的寓所裡去了。那是他從巴黎屠宰稅承包商西爾先生那裡租來的，積欠了六個月的房租，合計十二個巴黎蘇了，相當於他所有東西價值的十二倍，這些所有的東西估計包括他的短褲、襯衫和鐵面盔。他本來指望總督大人可以為他的賀婚賞給他一筆錢，也好拿來付債。稍作考慮之後，他暫時躲在聖教堂司庫監獄的小門洞裡，至於過夜的地方，他可以在巴黎的大街小巷中任選一處。

他突然想起來了，上星期曾在鞋店街某位法院顧問家門口，見到過一塊供騎騾子用的墊腳石，有時候這塊石頭倒可以給一個乞丐或是一位詩人當枕頭用呢。他感謝天主賜給他這樣一個好主意。於是他便準備動身穿越司法宮廣場到老城去。

那是一條條宛如姐妹的古老街道，所有暗舊的街道如製桶場街、老呢絨街、製鞋街、猶太街等等，都曲曲折折地佈滿在那裡，它們那些九層樓房至今依舊巍然矗立。

正當他準備穿過司法宮廣場，進而一頭鑽進這座迷宮時，他突然看見愚人王的儀仗恰好從司法宮裡湧出來，火把通明，帶著吆喝聲，一下子擋住了他的去路，還帶領著原本曾歸屬於他支配的樂隊。這個景象使他重新想起了他那自尊心所受的創傷，他躲開了。他編的戲大大失利了，這令他備嘗了辛酸，凡是能使他記起那個節日的一切事物，都使他心酸，使他的傷口流血。

他又想從蜜雪兒橋走，不料那兒有一群兒童手執花炮、焰火在橋上奔來跑去。

「該死的花炮！」格蘭古瓦咒罵著。他只得繞道歐頂熱橋。橋頭堡上掛著三幅很大的油畫像，上面畫的是國王、太子和弗朗德勒的公主，還有六面小旗，那上面畫著奧地利公爵，波旁紅衣主教，德．波熱先生，法蘭西的法朗士夫人，王上的私生子波旁先生，以及一個不知名字的人。

大大小小的旗幡被火把照得通亮，成群的人在那裡觀賞。

「幸運的畫家若望．富爾波！」格蘭古瓦長歎一聲，隨即轉過身去，也不顧大小旗幡，轉身走了。

不知不覺在他面前又出現一個街口：昏暗，僻靜，他希望在那裡可以避開這個節日的全部聲響和光彩，於是便一頭鑽了進去。過了一會兒，他的腳踏著了一個什麼東西，絆了一下，跌倒了。原來那不過是一束五月花束，為了慶祝這極其隆重的節日，司法宮的書記們清早把它拿來放在吏部尚書的家門口。

格蘭古瓦英勇地忍受了這又一次倒楣的打擊。他站起來，走到河邊。把大理院的民事庭和刑事庭扔在背後，踩著那沒鋪路石、爛泥齊踝的河灘，然後來到老城的西端，眺望了牛渡小洲一會兒。這個地方位於舊城的西端，與牛渡洲隔著一道狹窄的白水。這個後來被新橋和橋上的銅馬取代的小島，在黑暗夜色之中呈現出龐大的身影。島上那閃爍的點點亮光，可以猜測出是形狀如蜂房的棚屋，夜裡擺渡的船夫們便在這個棚屋裡棲身。

「幸福的擺渡人！」格蘭古瓦心裡想，「你並不幻想光榮，也用不著寫什麼賀婚詩！皇家的婚事和勃艮第公爵夫人，統統與你無干！除了那些雛菊四月份在你的草地上開放，供應你的母牛們咬嚼的瑪格麗特（白色菊花）外，你根本就不知還有別的瑪格麗特。我呢，我是一個詩人，但我受人譏笑，我冷得發抖，而且負債十二個蘇。我的鞋底也被磨穿，足以做那盞風燈的燈罩了。多謝了！船夫！感謝你的棚屋撫慰了我的眼睛，使我開拓了眼界，讓我忘記這該死的巴黎！」

他正想得出神，幾乎要動詩興了，忽然從那間草屋裡發出一聲「嘣」的聲音，比聖若望節雙響大爆竹的爆炸聲還得大，這把他嚇了一跳。原來那船夫也不甘寂寞，還特意爲自己放了個爆竹，也算是參與當天的慶祝活動了。

這花炮聲使格蘭古瓦嚇得差點兒尿了褲子。

「這該死的節日！」他怒喊道，「你要到處跟著我嗎？天主啊，已經一直追到這船夫的小屋裡，我爲什麼還不得消停呢！」

他低下頭看看腳下的塞納河水，起了一個可怕的念頭：

「唉！假如河水不是那麼冷的話，我真的就想投河自盡，一死了之了！」

這時他下了失望後的決心。既然無法擺脫愚人王、若望・富爾波的旗幡、五月花束、花炮、篝火，那倒不如壯起膽子衝進節日狂歡中心中，到格雷沃廣場去。

他想：「在那裡，我能有一堆篝火取暖，聽說那裡的市立濟貧食堂裡，今天還有滿滿三大櫃子的皇家甜點心呢，至少可以去撿點麵包渣兒來當做晚餐。」

格雷沃廣場

昔日的河灘廣場已依稀難辨了。如今所見到的只是廣場北角那座雅致的小鐘樓，就是這小鐘樓，幾經胡亂粉刷，它生動的浮雕已經被難看的粉刷蓋住，淹沒在那些迅速吞沒巴黎所有古老建築物的新式房屋之中，也許不久就會完全消滅了。

從格雷沃廣場走過的人們，和我們自己一樣，都不會不朝這座塔樓投去憐憫和同情的眼光，它夾在兩座路易十五時期的破屋中間。人們可以很容易在心裡描繪出這座塔樓，它曾是那個建築群的組成部分，進而通過它完整地再現那十五世紀古老的哥德式廣場的本來面貌。

這個地方還是沒有發生什麼變化，仍然是個不規則的梯形，一邊是碼頭，其餘三邊則是一排排又高又窄、鱗次櫛比的陰暗房屋。在白天，人們可以欣賞這些形形色色的建築物，它們到處都有石刻或木刻，展示了中世紀（從十五世紀上溯到十一世紀）各種形式的住宅建築樣式。框式窗戶從那個時代開始，逐漸取代了交叉的尖拱窗戶，被尖拱代替的羅馬式半圓拱，應有盡有。

廣場一邊沿塞納河，另一側靠著鞣皮廠街，有一座古老的羅蘭塔樓，上面幾層都是尖拱的窗戶，二樓卻仍是清一色的半圓拱窗戶。到晚上，就只看得出這堆建築的一排排尖頂，那些參差不齊的黑色輪廓展現在廣場的周圍。

今昔的根本差別就在於此：建築物在今天的城市裡，都是正面朝著街道和廣場，而以往朝向廣場和街道的卻是房屋的山牆。兩個世紀來的坐向恰好掉轉了個方向，房屋都已經翻修過了。

在廣場東邊的正中，矗立著一座分為並排三套的笨重錯雜的建築，有三個名字可以說明它的歷史、修造的目的和它的建築方式。它的名字叫「太子宮」，因為曾是查理五世繼位前的居所；它也叫「商館」，因為它曾經作為總督府；又叫「柱屋」，由於整座四層樓是由一系列粗大的柱子支撐著。

巴黎這樣一個美好都市所需的一切，這裡也是，無不齊備。有小教堂，可以用來禱告天主；有「議事廳」，可供接見、或者必要時在此猛烈還擊國王近衛隊；頂樓還有一個貯滿槍炮的「軍械庫」。因為巴黎的市民都知道，在任何一個非常時期，為舊城區辯護或懇求特權都是不夠的，所以他們經常在總督府的一座頂樓上藏著幾支生銹的好火繩槍。

從那個時候起，這格雷沃廣場就是一派淒涼的景象，時至今日，依然如此，因為它在人們心裡喚起了極為不愉快的回憶，也許還是因為多米尼格．波卡多爾所建造的那座陰森森的總督府取代了柱屋。此外還需要說明的是，廣場中央石塊路面上，有一座永久性的刑台和絞刑架，或者照當時人們的說法：一個法官和一架梯子。這兩件常年設置的刑具也少不了使過路行人的目光避開這個讓人觸目驚心的不祥的鬼地方，曾經有多少健康而富於生命力的人在那個地方斷送了性命，而且在五十年後的那場所謂「聖瓦里埃熱病」（若望·德·布瓦基耶是聖瓦里埃的貴族，曾先後在查理八世即本書中的王太子，路易十二以及弗朗索瓦一世的領導下，率領皇室百人團前往義大利作戰，大批人民死亡，這是「聖瓦里埃熱病」名字的由來）也肇始於此。那是擔心被絞死的病，是一切病症中最可怕的一種，因爲它不是出於天意，而是來自人爲。

言歸正傳，我們也順便說下，想到三百年前那到處稱王稱霸的死刑，今天居於一隅，倒也還令人欣慰。當年格雷沃廣場、菜市場、多菲納廣場、特臘瓦十字架、豬市、駭人的隼山、警衛卡、貓場、聖德尼門、尚波市場、博岱門、聖雅克門，到處密佈著鐵輪子，石絞台還有其他形形色色的刑具也同時牢牢地嵌入地面。這當然還不計算休會會長、主教、教士會議、修道院長和享有司法權的長老們在那裡設置的無數的「梯子」，還沒算上那種把人扔到塞納河去淹死的刑罰等等。

死刑，堪稱封建社會裡的老霸主，可是在今天它的甲冑一片一片地脫落了，已再無從施行其匪夷所思、精益求精的酷刑了，同時也不再是每五年更換一次大堡裡那拷打犯人的皮革床架了，如今幾乎已消失在我們的法律和我們的城市之外了——想到這種情況，實在令人萬分欣慰。

而今它在巴黎這個大城中，就只剩下一個棲身之地了，那便是格雷沃廣場這個不光彩的角落，只剩下一個陰慘的、見不得人的、不安和可恥的絞刑架，它彷彿老在害怕被人當做現行犯，每次行刑完畢就迅速消失不見了！

以愛德待報怨

格蘭古瓦到達格雷沃廣場時已經凍僵了。爲了避開那歐頂熱橋的人流和若望・富爾波的旗幡，他是從風磨橋上走來的。可是主教的所有風磨輪子，在他經過時無情地濺了他一身水，把他的破衣服澆得透濕了，於是他急忙朝著廣場中央那燃燒得很旺的篝火走去。然而，焰火四周人山人海，圍得水泄不通。格蘭古瓦本是戲劇詩人，本來就有自言自語的毛病，見此情景，便念起他的獨白來。

「該死的巴黎人！」他自言自語道，「他們把篝火擋住了，不容我來烤火，可是我此刻太迫切需要取取暖了。我的鞋子進了很多水。那些該死的風磨簡直是朝我下了一場暴雨！這巴黎主教安裝水磨，真是一個邪門歪道的想法！我倒真想知道，一個主教要水磨有什麼用啊！他打算當磨坊主教嗎？假若他不要別的，只要我的詛咒，我就詛咒他，詛咒他的教堂和他那些風磨！等一下，瞧他們現在會不會走開，這些笨蛋！請問他們在這裡幹什麼啊！他們是在烤火取暖呢，還真是消遣舒坦啊；他們在觀看一大捆柴火燃燒，簡直太壯觀了，真是好景致！」

再走近些去看，才看出那裡的人實際上還要多得多，若是爲了圍在國王的篝火上取暖，那本就不應當這樣。觀眾如此之多，並非僅僅被一大捆柴禾燃燒的輝煌景色所吸引。

在人群與篝火之間的一塊寬闊的空地上，原來有一個少女正在跳舞。這位少女究竟是人，還是仙女，或是天使，作爲懷疑派哲人和諷刺派詩人的格蘭古瓦一時也搞不清，因爲那令人眼花繚亂的景象已經使他心醉神迷了。

她的個兒並不高，但她優美的身材亭亭玉立，看起來彷彿很高似的。她的膚色微黑，頭髮略帶褐色，可以猜想，在陽光下，她的皮膚大概像安達盧西亞婦女和羅馬婦女們那樣閃著美麗的金色光澤。她那纖秀的小腳，是安達盧西亞式的，穿在優雅細窄的鞋子裡，顯得貼緊而又自然。她在一條隨便鋪在她腳下的舊波斯地毯上舞蹈著、旋轉著。在旋轉的過程中，每當她那張容光煥發的臉蛋兒從您面前閃過的時候，她那對烏亮的大眼睛就會向你投過來閃電般的目光。

她周圍所有的人都目不轉睛，大張著嘴。這也難怪呀：她把兩隻滾圓結實、淨潔的手臂高舉過頭，敲響那巴斯克鼓，她伴隨著鼓點子起舞時，窈窕、纖細、活潑得像一隻黃蜂；她那毫無皺褶的金色小背心，她轉動時鼓脹起來的帶斑點的裙子；她那裸露的雙肩，她那偶爾從裙裡露出來的一雙漂亮的腿，再加上那如漆的黑髮，如火的明眸──她不會是肉骨凡胎，而是一位神奇的妙人兒吧。

「一點不錯，」格蘭古瓦想道，「說真的，她真是一個精靈，是水仙，是女神，這是梅納倫山上的一位女酒神！」

恰在此時，這個「精靈」的一條髮辮突然鬆開了，插在髮辮上的一支黃銅簪子滾落到地上來。

「不對，」格蘭古瓦說，「這是個波希米亞[52]女郎啊。」

整個幻想一下子就消失了。她又重新跳起舞，她從地上拿起兩把劍，用劍尖頂住了前額，然後把

52. 波希米亞是古代中歐的一個國家，在今捷克共和國境內。波希米亞族後來成為一個流浪民族，波希米亞人也成為流浪人的同義語。波希米亞族同其他流浪民族形成一個很大的流浪群流浪在歐洲各國。在法國稱為波希米亞人，在英國稱為吉普賽人，在俄國稱為茨岡人。

劍朝一邊旋轉，而她的身子則朝相反的方向轉動。

這確實是一個波希米亞女郎啊，一點不錯，格蘭古瓦有幾分不高興，覺得整幅圖景帶著某種妖術和魔法的成分。篝火照得這幅圖景全場通明，在圍成一圈的人臉上，刺眼的火光不停地顫動，在那波希米亞女郎淡棕色的額際閃爍跳躍，同時也向廣場深處射出了慘白的餘光。那裡一側是古老的竹屋暗黑的、皺紋密佈的門臉，另一側是石頭絞刑台的兩根立柱，隨著火光，它們的陰影一起晃動。

在被火光照得通紅的成千張臉孔中間，有一張臉孔似乎比其他的人更加全神貫注地凝望著這跳舞的女郎。他臉色嚴峻、沉著、陰鬱，因爲被他周圍的群眾擋住，看不出這個男子穿著什麼衣。從面容上看，他的年齡最多不超過三十五歲，但是已經禿頂，僅在鬢際還有幾撮兒細疏的花白頭髮。高朗寬闊的額門，已經開始刻畫著一道道皺紋；不過，他那雙深陷的眼睛卻在閃爍著異乎尋常的青春火花，爆發出狂熱的生命力，蘊藏著深沉的情欲。他的目光死死地盯在波希米亞女郎的身上。當那十六歲的活潑少女飛舞著取悅觀眾的時候，他就覺得他的幻夢愈來愈暗淡無光。間或有一絲微笑和一聲歎息同時出現在他的唇邊，但是那微笑比歎息要痛苦得多。

少女跳得已是氣喘吁吁，終於停了下來。民眾滿懷愛意，熱烈鼓掌。

「加里！」波希米亞女郎高喊了一聲。

格蘭古瓦突然看見一隻漂亮的小山羊跑過來，牠雪白、光亮、機靈、敏捷，牠有兩隻金色犄角和四隻金色的蹄子，脖子上還戴著一隻金色項圈。在這之前牠一直是蜷伏在地毯一角看女主人跳舞的，格蘭古瓦還沒瞧見牠呢。

「加里，」那舞女說，「該輪到你了。」

她坐了下來，風度翩翩，同時還溫存地做了個優雅的手勢，把手鼓伸到山羊面前，接著又說：

「加里，現在是幾月份了啊？」

小山羊舉起一隻腳在小鼓上敲了一下。那時的確正是一月，觀眾鼓掌喝彩了。

「加里，」少女把鼓面翻轉到另一面，繼續問，「今天是幾號啊？」

加里又抬起金色的細腿，連連敲了六下鼓。

「加里，」波希米亞女郎改變了一下拿小鼓的姿勢，接著問，「現在幾點了？」

加里又敲了七下。在這時候，柱屋的大鐘正敲響七下。

因此，觀眾對此讚歎不已。

「嘿！其中必有妖法。」人群中突然有個陰沉的聲音說道。那不是別人，正是那個死盯著波希米亞女郎的禿頂男人。

她一聽，戰慄了一下，扭過頭去看。可是觀眾雷鳴般的掌聲卻壓過了那陰險討厭的聲音。那些喝彩甚至把那人的聲音完全從她的心靈上抹去了，她繼續考問她的山羊。

「加里，市民區手槍隊長居夏爾．大雷米閣下在聖燭節的行列裡是什麼樣？[53]」

加里便用兩條後腿站了起來，一邊用十分斯文端莊的姿勢邁步走，一邊咩咩地叫。走路的姿勢那麼莊重、文雅，維妙維肖地模仿手槍隊長利慾薰心的假虔誠樣子，觀眾們笑得前仰後合。由於表演越來越成功，那少女也變得更加起勁，不禁大笑起來，接著說：

53. 西俗在二月二日——即聖母瑪利亞產後淨穢，攜耶穌往聖殿之日，舉行聖燭節，為一年間所用的蠟燭禱告。

「加里，王室宗教法庭的皇家檢察官雅克．沙爾莫呂閣下，是如何佈道祈禱的？」

小山羊坐在後腿上咩咩地叫起來，一面用前腿做出一種十分奇怪的動作，除了學不會雅克．沙爾莫呂的蹩腳法文和蹩腳拉丁文之外，他的動作、腔調、神態可真活靈活現。活像是沙爾莫呂本人在場。

觀眾報以更加熱烈的掌聲。

「這是褻瀆神明啊！這是褻瀆神明的！」那禿頂男子又叫了一聲。

波希米亞女郎再次轉過身來。

「呸！你這個可惡的壞傢伙！」她說。然後她把下嘴唇伸出在上嘴唇外面，做了個撇嘴的表情，看上去像是習慣性的嗔態，隨即旋轉著腳尖，轉過身去，開始托著手鼓向觀眾請賞錢。

各種大銀幣、小銀角和銅錢像雨點一樣落下來。忽然一下子她轉到了格蘭古瓦面前。格蘭古瓦著急起來，只是不經意把手伸進衣兜，她也便在此站住了。詩人格蘭古瓦一摸口袋，發現自己實情，原來空空如也。「見鬼！」他不由抱怨了一聲，然而那漂亮女郎則站定不動，睜著大眼睛看他，把手鼓又遞到了他面前，等待著他給錢。格蘭古瓦的汗珠不禁大顆大顆的流了下來。

假若有一塊秘魯寶石在他的衣袋裡，他一定會把它交給那個跳舞女郎的。無奈，格蘭古瓦確實沒有找到秘魯的金礦，更何況，當時美洲還尚未發現呢。

幸好一件意外的事情解了他的圍。

「你還不滾開，你這埃及的蝗蟲！」從廣場上最陰暗的角落裡突然傳來了一聲尖聲的怒罵。

那少女驚駭地轉過身去。這不再是那個禿頭男子的聲音了，這是一個女人的聲音，一種又虔誠又凶惡的聲音。

這聲尖叫嚇得波希米亞女郎一哆嗦，卻使廣場近旁蹓躂的一幫小孩子十分開心。他們亂哄哄笑成一團，鬧成一堆，大聲叫喊道：

「這是羅蘭塔樓的隱修女，是那個小麻袋修女老婆子在罵人啦！大概她還沒有吃晚飯呢？咱們得到濟貧食堂找點剩飯給她送去填肚子！」

他們全體急忙朝柱子房跑去。

格蘭古瓦趁著跳舞女郎一時的惶惑，趕緊脫了身。孩子們的喊聲使他記起他自己也沒有吃晚飯，於是他朝會餐地點跑去。可是小淘氣們跑得可比他快，等他跑到的時候，冷餐桌上的東西早已一掃而空了，竟連五個蘇一斤的麵包渣也沒剩一丁點兒。給他留下的唯有幾株間雜在玫瑰叢中的纖細百合花，那可是馬第厄．比台納於一四三四年畫在牆上的，這可是一頓寒酸的晚餐啊！

不吃晚飯就睡覺是一件不能忍受的事，沒有地方睡覺也和沒有晚飯吃一樣糟糕。格蘭古瓦偏偏到了這步田地，沒有吃的，沒有住的，他需要應付燃眉之急，因而他倍加感覺到需要它們。他早已發現了這個真理：朱庇特是在一陣厭惡情緒中創造了人類之時，必定一時厭世創造了人類，所以哲人的一生，他的命運老是攻擊他的哲學。至於他，他從來沒有遭到過這樣全面的封鎖。他聽到了自己的肚子在咕咕亂叫，便非常惶惑地認為是厄運利用饑餓戰勝了他的哲學。

這種悲慘的默想使他越來越憂鬱，沉浸在悲天憫人的沉思之中，突然一奇異的充滿柔情的歌聲把他喚醒了。原來是那個波希米亞女郎正在唱歌。她的歌聲和她的舞蹈、她的美貌一樣，都是那麼迷人和難以捉摸，可以這麼說，這歌聲清純，嘹亮，空靈，悠揚，像長著翅膀一樣。這是一連串的旋律和意外的音韻，也是出其不意的華彩樂章，繼之又穿插尖厲、帶噓聲音符的簡單樂句，然後是連串的令夜鶯也自愧不如卻又始終保持和諧的音階在跳躍，接著是隨同那青年歌手的胸脯一起一伏的柔和的低音。她的表情也從最奔放的激情直到最純真的尊嚴，變幻莫測。可以說她一會兒是個瘋子，一會兒是一位女王。

那歌詞是連格蘭古瓦都不懂的語言，而且好像連她本人也不懂似的，因爲她唱歌時的表情與歌詞的意義並沒有什麼關係。下面四行詩從她嘴裡唱出來時，她有一種瘋狂的歡樂：

他們在一根柱子旁邊，
找到一個珍貴的匣套，
裡面裝著新的旗幟，
印著威風凜凜的相貌。

過了一會兒，她又唱出下面一節：

這些阿拉伯騎士啊！
雕塑般的巋然不動，
腰佩利劍，肩頭上，
還有精製的弩弓。

聽了之後，格蘭古瓦悲從中來，潸然淚下。但是她歌聲的基調卻是快樂的，她好像小鳥一樣，唱歌是出於心地安寧和無憂無慮。

波希米亞女郎的歌聲擾亂了格蘭古瓦的遐思，就像天鵝擾亂了平靜的水面一樣。他滿心歡喜、迷迷糊糊地傾聽著她的歌聲，忘記了一切。幾個鐘頭以來，這是他的苦惱第一次得到了時刻的緩解。

然而好景不長。

剛才打斷波希米亞女郎舞步的那個女人的聲音，此刻又來打斷她的歌聲了。

「地獄裡的知了，你還不給我住嘴？」這聲音依然來自廣場最暗的角落。

那可憐的知了突然停住不唱了，格蘭古瓦用手捂著自己的耳朵。

他說道：「啊喲！這該死的鋸子，它把琴弦鋸斷啦！」

這時其餘的觀眾也同他一樣抱怨起來，不只一個人說道：「你見鬼去！」此時若不是愚人王那亂哄哄隊伍的來到吸引了眾人的注意，這個不露面的老怪物肯定會由於惡意攻擊波希米亞女郎而受到懲罰。那遊行隊伍高舉著火把，走遍了大街小巷，吵吵鬧鬧，又走進了格雷沃廣場。

我們的讀者曾經看見離開司法宮的那個隊伍，這一路上，它吸收了巴黎全城的賤民、無所事事的小偷，隨便碰到的流浪漢，不斷地擴大，並分門別類地排開了陣勢，等到他們進入格雷沃廣場時，已經是蔚爲壯觀了。

走在隊伍最前面的是流浪人。那個埃及公爵一馬當先，他手下的伯爵們在他旁邊替他拉著馬轡，扶著馬鞍。在他們後面走著雜亂的流浪人，男的和女的，女人肩頭上坐著哭哭啼啼的小孩。所有的人：公爵、伯爵、老百姓，都穿著破衣爛衫或是華麗俗氣的舊衣裳。之後便是乞丐幫，也就是法國所有的小偷，按等級排列，最卑微的在最前頭。每四人一行，帶著他們各自所佩的等級標誌，以用來表示本人在這個奇怪團體中所屬的等級。

大多數人都是殘疾人，跛腳的跛腳，斷膊的斷膊，當然也有矮墩墩的，冒充失業的、假稱朝聖的、有瘋狗咬傷的、有瘋癲的、有長癬的、有裹手帕裝病的、有斜背酒瓶的、有拄拐棍的、有剪綹的扒手、有燙傷的、有長爛瘡的、有假破產的、有死了爹娘的、有假傷兵，還有裝大痲瘋病的和諸位乞丐幫長老。

乞丐幫裡大小成員其名目之多，連荷馬也會疲於記述的一大群數不清的人，那些假裝患有痲瘋病的和諸位長老，亂糟糟的簇擁著「黑話王國」的國王，也就是乞丐幫的大幫主。他蜷縮在一輛由兩條大狗拉著的小車裡，好不容易才識別出來。

走在黑話王國之後的是「伽利略帝國」，這帝國的皇帝居約姆．盧梭身穿被酒弄髒了的葡萄酒色的紫袍子，威風凜凜、高傲地走著，他前面有幾個雜技演員，模仿戰鬥動作的舞蹈藝人開路，周圍是他的權杖手、護衛和審計院的書記，接下去是司法宮的小書記員們，他們身著黑袍，手捧裝飾滿紙花的五月樹，帶著他們那支可以出席安息日會的樂隊和他們那些有黃色光暈的高大蠟燭。

在這群人的中央，愚人團的諸位大騎士抬著一副擔架，上面點滿蠟燭，就是連在瘟疫流行期間供奉聖熱納維也夫的神龕也不堪相比。擔架上的那個人手執圭杖，頭戴皇冕，身披道袍，神采飛揚地坐著，這就是新當選的愚人王，也就是巴黎聖母院的敲鐘人，駝子卡西莫多。

這個奇形怪狀的行列每一段都有它特別的音樂。波希米亞人把他們的木琴和非洲手鼓敲得響聲震天，黑話王國的臣民向來不諳音律，只知道拉古式小提琴，吹羊角號，彈奏十二世紀哥德式的三弦琴。伽利略帝國也並不比他們高明多少，在它的樂器裡只找得到那種代表早期藝術的只會奏出「來」「拉」「咪」的三弦琴。可是愚人王的周圍，卻用洪亮的聲音奏出那個時代最壯麗的音樂，各種樂器互相爭雄，熱鬧非凡。最高音、次高音和高音三弦琴共同合奏的，長笛和銅管也來助興。可歎啊！諸位想必記得，它就是格蘭古瓦的樂隊啊。

在從司法宮到格雷沃廣場的勝利行列中，卡西莫多愁苦而可厭的臉上表現出來的那種驕傲得心花怒放的神態真是很難描畫。這可是他平生從未體驗過的自尊自愛的滿足。

在這之前，他嘗到的只是由於地位低賤而處處遭受到的侮辱和蔑視，只是由於他醜陋的外表而遭受到的厭棄。所以，他雖然那樣耳聾，卻像一位真正的愚人王似的，欣賞著由於使他感到被人憎恨因而也被他憎恨的人們的音樂。

至於他的臣民，儘管是愚人、癱子、盜賊和乞丐，那又有何妨呢。他們永遠都只是臣民，而他卻是君王，對於那些譏誚的掌聲，對於那種種諷刺的喝彩和嘲弄的恭敬，統統都當真的接收下來。話又說回來，這當中也混雜著群眾對他十分真實的敬畏呢，因爲這駝子可是相當健壯，下手狠毒，這雙羅圈腿卻也相當靈活、行走如飛呀。正因他有了這三項品性，就把玩笑制止住了。

此外，這位新當選的愚人王，怎樣去衡量自己體驗的感受和他引起的其他人內心的感受，這卻遠非我們所能判斷的。就寄寓在這副不完備、殘廢的軀殼裡的精神而言，必然也有不完善和遲鈍之處。所以，對他來說，他此刻之感受，是極其模糊、混沌、紊亂的，不過，他完全被歡樂浸透著，完全被驕傲支配著，那憂鬱的不幸面孔竟泛出了燦爛的光輝。

正當這卡西莫多醉醺醺、樂陶陶、勝利地經過杜屋門前時，人群裡突然跳出一個另類，竟然怒不可遏地奪下了他手中那包金紙的、表示他的愚人王身分的木質權杖，這可是他作爲愚人王的標誌。那情景真是可驚可怕。

這個膽大妄爲的冒失鬼，正是剛才混在人圈中，觀看波希米亞女郎跳舞的那個禿頭男人，他曾出惡言惡語恫嚇那可憐的少女，當時竟然也嚇得她手足冰涼。他穿著教士的道袍。格蘭古瓦起先並沒有注意他，就在他突然衝出人群的那一瞬間，一下子認出他來了，於是不禁失聲驚呼道：「奇怪！他是我的老師，堂[54]克洛德·孚羅洛副主教！他跟這個獨眼傢伙能有什麼仇恨呢？他會被吞吃掉呢。」

果不其然，聽到一聲驚恐的叫喊，可怕的卡西莫多急忙從擔架跳下來，婦女們連忙轉過臉去，免得看到他把那副主教撕成碎片。

但他卻一個箭步跳到了神父近前，望了他一眼，然後虔誠地跪下了。神父一下子掀掉他頭上的冠冕，折斷他那權杖，撕破了他那件閃光的道袍。

卡西莫多依舊跪著，低著頭，交叉著雙手。

接著，他們倆就用暗號和手勢做起了奇特的交談，兩人誰都沒有開口說話。神父怒沖沖地直立著，粗暴地恫嚇著，咄咄逼人；卡西莫多則跪著，卑恭地、順從地、低三下四，苦苦的哀求。然而，那卡西莫多當時只要伸出大拇指，肯定就能把神父捏碎的。

最後，副主教粗暴地搖著卡西莫多健壯的肩膀，做了個手勢示意他站起來跟他走。

54.「堂」是冠於貴族僧侶等人姓名前面的稱號，意即「閣下」、「老爺」。

卡西莫多遵從地站起身來。

最初的驚愕過去後，胡鬧團的會員們這才想起捍衛他們那被人突然拉下寶座並帶走了的愚人王。於是波希米亞人、乞丐幫和法院書記員都圍攏上來，對著那神父嚷嚷開了。

然而，卡西莫多卻挺身站到神父的前面，兩隻有力的拳頭緊握著，青筋裸露，像發怒的老虎一般磨響著牙齒，看著攻擊神父的人們。

神父又裝出了他莊重、陰森、嚴厲的神態，僅向卡西莫多做了個手勢，便悄悄地退去了。

由卡西莫多為他開路，從人群中硬是擠了過去。

他們穿過人群和廣場，一大群愛湊熱鬧的和遊手好閒的人跟隨不捨。於是卡西莫多又改作了後衛，跟在副主教身後，倒退著來護送副主教。憑著他那副矮墩墩的身材，惡狠狠、奇形怪狀的神情，倒豎的毛髮，蜷縮著的手腳，野豬般的舔著獠牙，發出瘋狂的猛獸般的咆哮，他的一個手勢或一個眼色，就把群眾嚇得東搖西擺，紛紛躲閃，大大地騷動一陣。

人們聽任他們走進一條狹小的街巷，那兒可再沒有誰敢跟著走了，僅是想到卡西莫多那咬牙切齒的鬼模樣，就足以叫人望而卻步了。

「真是妙不可言啊，」格蘭古瓦說，「可我又該到什麼鬼地方去討一頓晚飯呢？」

夜裡跟蹤美女的麻煩

格蘭古瓦不顧一切、決心冒險跟上了波希米亞女郎。看見她帶著小山羊走上了刀剪街，他也跟著朝那條街走去。

「爲什麼不呢？」他自言自語道。

熟悉巴黎街道的哲學家格蘭古瓦，覺得沒有什麼事比跟蹤一位你不知她要往哪裡去的美女更有助於幻想的了。

這樣做就是心甘情願放棄自己的自由意志，在那屈從的怪念頭裡面，無疑有著奇特的獨立性與盲目的順從性的混合物——介於自由和不自由之間的某種符合格蘭古瓦愛好的東西。因爲他優柔寡斷，思想複雜，總是懸掛在人性各種傾向之間，並在人類的各種習性之間搖擺不定，結果他們就彼此抵消了。他經常喜歡把自己比作穆罕默德的墳墓，被兩塊巨大的方向相反的磁石緊緊吸引住了，永遠動搖於頂峰和底層之間，蒼穹和地面之間，飛升和墜落，天頂和天地之間。

假如格蘭古瓦是活在今天這個時代，他會不偏不倚站在古典派和浪漫派的中間位置！可是他沒有強壯到活三百歲，這可真是遺憾啊。他去世後留下的那個空白無人填補，時至今日，才使我們感到格外痛切、分外空虛。

不過，這樣在街上心甘情願地跟蹤行人，尤其是盯女人的梢——這是格蘭古瓦樂意做的——更合適的心情莫過於現在他不知道自己該去哪兒過夜。

那個少女看見市民們回來，當天特別批准照常營業的酒店[55]也紛紛關門了，也不自主地加快了步伐，直逼得那頭漂亮的小山羊跟著她一路小跑。格蘭古瓦若有所思地跟在她身後。

「到底，」格蘭古瓦大概是這樣想的，「她總得要住在某個地方吧。波希米亞女人個個都是很善良的。誰知道……」

他欲言又止，緊接著在他心裡還是打了省略號。他內心當然盤算著某種相當文雅卻又難以啓齒的主意。

當他從最後一些正在關門的市民家門前走過的時候，他不時地會聽到他們交談的隻言片語，由於他一廂情願地逐步推想，因此屢屢遭受打斷。

有一處，有兩個老人攀談起來。

「蒂波．菲尼克爾老哥，天冷了，您知道嗎？」

這不，冬天才剛剛開始，格蘭古瓦就領教了厲害。

「可不是嘛！波尼法斯．迭若姆老闆！這個冬天要和三年前，也就是一四八〇年的冬天一樣寒冷，那年每捆柴賣到八個蘇呢。」

「咳！跟一四〇七年冬天相比，那還不算什麼，蒂波老闆！那一年從聖瑪律丹節到聖燭節，一直都結著冰，天寒地凍！天氣那麼冷凜，法院大廳裡的書記們，每寫三個字，那鵝毛筆上的墨水就結成

55.那天只有這類店鋪開門。

冰了！審訊記錄都快寫不下去了！」

另一處，是幾個鄰家婦女，她們手執蠟燭站在窗口攀談時，濃重的霧氣使蠟燭劈啪作響。

「布德拉格太太，你的丈夫有沒有把那件倒楣事講給你聽？」

「沒有呀。你指的是什麼事呀，居爾剛太太？」

「沙特雷法庭公證人吉爾·戈丹先生的馬被弗朗德勒使臣們和隨員們驚了，當下就撞倒了塞勒斯丹休會的居士菲立波·阿孚里約先生。」

「真有此事嗎？」

「千真萬確。」

「一個市民的馬，那還不打緊。要是武士的馬呀，那可就不妙了！」

話音剛落，窗戶就被關上。可是格蘭古瓦的思路也就斷了。

幸好他重新找到了它，而且不費力地把它接上了，那得感謝始終走在他前面的波希米亞女郎和她的加里，這兩個美妙奇巧的生物清秀，優雅，楚楚動人。他高度讚賞她倆那嬌小的秀腳、標緻的身段、婀娜的體態，幾乎把她倆視為一體，分不清她們誰是誰了。聰明和友善使他覺得她倆都屬於妙齡少女，而她們輕捷靈巧的腳步又使他覺得她倆都是山羊。

前面的街巷愈走愈黑，愈走愈荒僻，人也越來越少了。宵禁的鐘聲早已敲過了，偶或在街上能遇見個把行人，窗戶上偶爾透出亮著的燈光。格蘭古瓦尾隨著波希米亞女郎，走進古老的無辜聖嬰墳場[56]那個街區，那些街道彷彿是被貓抓亂了的一團線，「這些個街道難得有旅店的呀，實在是不講邏輯。」

56. 聖嬰墳場是巴黎的一所公墓，它的四周由糾纏不清的小巷、街口和死胡同組成了迷宮。

格蘭古瓦不由得感歎道。

他一下子陷身於千百條兜圈子的盤陀路中迷失了，早已經暈頭轉向了，可是這波希米亞女郎似乎是走上了一條熟門熟路，毫不猶豫地加快了腳步，一路走下去，連想都不想。至於格蘭古瓦，要不是那菜市場巨大的八角形恥辱柱，他就根本不知道自己來到了什麼地方。他在一條街的拐彎處瞥見那個龐然大物的鏤空尖頂上清晰可辨的黑影，醒目地托映在韋德萊街的一家亮著燈的窗戶上。

他的跟蹤引起少女的注意已經有一會兒了。她好幾回心神不安地朝他回過頭來，有一次她甚至索性停了一會兒腳步，借一家半開著門的麵包店裡透出來的亮光，目不轉睛地打量著他的上上下下。之後，格蘭古瓦見她像他上次看見過的那樣撇了一下嘴，就又自顧走她的路。

少女這一撇嘴，使得格蘭古瓦陷入了深思。毫無疑問，這嬌媚的作態中含有輕蔑和揶揄的意思。於是他低下了腦袋，放慢了腳步，離開少女幾步遠之外。少女突然拐進一條橫街，他剛一看不見她，就聽到她的一聲尖銳的叫喊。

他趕緊加快腳步，急忙跑了上去。

但這條街漆黑一團。只是借著拐角處的聖處女像下的鐵籠子裡面燃著油撚子的亮光，格蘭古瓦看到兩個男子突然抱住了波希米亞女郎，他們竭力堵住她的嘴不讓她叫喊，而她卻在兩個男人的胳膊裡拚命掙扎。那可憐的山羊被嚇得魂不附體，低下頭咩咩地哀叫。

「巡防隊員！救人哪！」格蘭古瓦叫喊著。他勇敢地衝了上去。劫持少女的兩名男子中的一個便朝他轉過身來，他一下子認出了原來是卡西莫多那張可怕而又可憎的鬼臉。

格蘭古瓦並沒有逃跑，但他也沒有再向前走一步。

卡西莫多朝著他走來，一反手把他拋到了四步開外的石板路上。然後，他就用一條胳臂舉起波希米亞女郎，就好像搭一條舒卷的紗巾似的，一下子消失在黑暗中。他的同件緊跟在他的後面。可憐的山羊尾隨不捨，咩咩叫著。

「捉兇手呀！捉兇手呀！」不幸的波希米亞女郎高聲呼喊。

「混蛋，站住！你把這女孩給我放下來！」突然霹靂般一聲吼叫，一個騎士從鄰近的岔道上橫衝直撞地急馳而來。

來者戴盔披甲，手執一把寶劍，原來是近衛弓箭隊隊長。

趁著卡西莫多驚愣不已之際，騎士從他懷裡把波希米亞女郎奪了過去，把她橫放在了自己的馬鞍上。那可怕的駝子從驚訝中清醒過來，又猛撲過去奪回他的獵物，此時十五六名緊跟長官的弓手們手執長劍，正好也趕到現場。他們本是近衛屬下的一個班，奉巴黎總督羅貝爾．代斯杜特維爾大人之命在巡視街坊。

卡西莫多一下子就被包圍了，人們抓住他，用繩索捆綁他。他咆哮著，吐著唾沫，咬著牙。要是在大白天的話，只要一看到他那副盛怒之下變得更加可怕的臉，就足以把這支巡邏隊嚇得四處逃竄。但是黑夜解除了他那可怕的武器——醜陋。

趁著他們在搏鬥，他的夥伴早已經逃之夭夭了。

波希米亞女郎在軍官的馬鞍上嫵媚地坐起身來，雙手搭在年輕軍官的雙肩上，仔細地端詳了他幾秒鐘，透出萬分欣喜，想必既為了他俊俏的臉容，也為了他剛才的鼎力搭救。然後她搶先打破沉默，甜蜜的聲音變得更加溫柔地說道：

「請問您尊姓大名，軍官先生。」

「菲比斯・德・沙多倍爾隊長，我願意爲您效勞，我的美人！」軍官挺胸答道。

「多謝您了！」她說。

當菲比斯隊長得意地伸出他的勃艮第式小鬍子想去吻那個少女的時候，她一下子溜下馬背，像支掉到地上的箭一般地逃走了。

她消失得比箭還快。

「他媽的，」隊長命令把捆綁卡西莫多的皮帶繫得更緊了些，又罵了一聲，「我寧可扣留那女孩。」

「您要幹什麼呀，長官？」一名巡兵問，「飛走黃鶯鳥，留下黑蝙蝠。」

還有麻煩

被摔得懵裡懵懂，一直躺在街道拐角聖母像前的路面上的格蘭古瓦逐漸恢復了神志。最初幾分鐘裡，他覺得在一種溫甜朦朧的幻覺裡飄浮，迷迷糊糊，似睡非睡；天使般的波希米亞女郎和白山羊翩若驚鴻一樣顯現；卡西莫多的鐵拳此時也向他襲來。他的身體接觸那石塊路面，覺得冷颼颼的，終於迫使他完全醒了過來。他心想，「我身上哪來這股子涼氣呀？」打起精神，陡然一想，這才發現自己差不多是躺在陰溝裡了。

「見鬼的狗駝背獨眼龍！」他低聲嘟噥著，要爬起來。

可是他摔得太重了，頭暈得厲害，只好躺在原地不動。好在他的雙手還屈伸自如，便用手捂住鼻子，硬忍住聽天由命了。

「巴黎的爛泥，」他想道[57]。

「巴黎的爛泥真他媽臭，特別讓人討厭，裡面肯定有著大量揮發性碳酸鹽和硝酸鹽。況且，尼古拉·弗拉梅爾先生和煉金師們也都持此見解……」

「煉金師」這個詞驀地使他想起克洛德副主教，他記起了剛才隱約看到的暴力場面，記起了波希米亞女郎竭力掙脫兩個男子的劫持，記起了卡西莫多還有個同伴，於是他的腦海中模模糊糊掠過副主教那高傲、陰鬱的面孔，「真是蹊蹺！」他想。於是他從這個前提出發，並在這個基礎上構造了一個離奇的假設體系，一座假想的海市蜃樓，這就是哲學家搭的紙牌城堡。猛然間，他再一次回到現實裡。「哎喲！凍死人了！」他禁不住叫出聲來。

這地方確實越來越待不下去了。陰溝裡流淌的水，每一滴水分子都要奪走格蘭古瓦體內的一個熱分子，他的體溫變得與溝水的溫度一樣了，漸漸開始平衡，這對他可是大大不利的。

突然，另一種性質完全不同的苦惱又猛然向他襲來。

來了一群頑童，就是那些經常在巴黎街頭徘徊，永遠被人叫做「流浪兒」的赤足小野人，在我們小時候，每天傍晚放學回家時，他們都向我們扔石頭，只是因爲我們的長褲整整齊齊，完好無損。這群小搗蛋一窩蜂似的湧到格蘭古瓦躺臥的街口，一路大笑大鬧，毫不在意會不會把街坊四鄰都吵醒

57. 因為他相信這陰溝肯定就是他今夜的住處了，「待在住所除了瞎想還能幹些什麼？」

了。他們身後拽著一個說不出形狀的口袋，單憑他們走路的聲音就能夠把死人驚醒。格蘭古瓦既然沒有完全死去，就只能艱難地撐起身子。

「喂，恩納坎．凡代歇！喂，若望．潘斯布德！」孩子們尖聲叫道，「厄斯達謝．慕邦，拐角處那個叫賣破銅爛鐵的剛才咽了氣。我們搞來他的那個草墊子，正好可以燒起一堆篝火。今天可是歡迎弗朗德勒使臣的好日子呀。」

他們把草席不偏不倚地剛好拋到了格蘭古瓦身上，他們來到了他的身邊卻還沒有看見他呢。同時，有一名小搗蛋扯下一把麥稈，打算湊近聖處女像下的油燈去點著它。

「倒楣！」格蘭古瓦心裡暗暗嘀咕，「莫非這就讓我熱個夠？」

正在千鈞一髮之際：眼看自己難逃水火夾攻之災，他只好使出吃奶的力氣掙扎，其危急之狀不亞於不願下油鍋，就像僞幣製造者怕被人煮死卻又無法逃走一樣。

「聖母在上！」頑童們驚呼道，「鐵器店老闆復活了！」

他們轉身逃之夭夭了。

草墊子獨佔了這塊地盤。宗教裁判官倍爾孚雷．勒居日神甫和考羅澤三家證明：次日該地區的教士以隆重的儀式將草墊子撿起，把它送進了聖奧波杜納教堂的寶庫裡。從此直到一七八九年，該教堂的聖器保管員單單靠它就獲得了一筆可觀的收入，據說莫貢塞那街角的聖母像，曾在值得紀念的一四八二年一月六日至七日的夜間顯靈，驅逐了已故厄斯達謝．慕邦藏在墊子裡的陰魂。爲了跟魔鬼開個玩笑，該人臨死時故弄狡獪，就把自己的靈魂藏在了這草墊子裡。

摔破的瓦罐

格蘭古瓦爬起來拚命地跑呀跑呀，跑了好一陣子，卻不知要跑往何處，跌進好幾條陰溝，跨過許多街道、許多胡同和許多十字路口。他想要從菜市場那些曲折的舊石板路中間找一條通路，在慌亂他還在探索「道路以及和道路有關的」這幾個絕妙的拉丁字到底是什麼意思。

我們這位詩人跑了半天之後，由於喘不過氣兒，忽然停下來，其次又因爲他的腦子裡冒出一個兩難的再也甩不開丟不去的問題。他用手指抵住前額，自言自語道：「格蘭古瓦先生，我覺得您這樣像個冒失鬼一樣瞎跑。那些小搗蛋們怕你，並不亞於您怕他們。

「我跟您說吧，剛才您往北逃跑的時候，您一定聽到了他們那些穿木屐的腳往南邊逃跑。總之，兩者必居其一：要麼是他們被嚇跑了，在恐慌之中必定把草墊子留在原地，正好可爲您充當舒適的床鋪。那就是您從今天早晨起就忙著尋找過夜的床鋪啊。聖母特地顯靈，把這個大獎賞賜給您。要麼就是他們沒有逃跑，他們必定要點燃草墊子，也就是燒起一堆旺火，正好供您享受，給你暖和了身子，烤乾了衣服。

「無論哪種情況，好床還是好火，這草墊子都是從天而降的好禮物啊。莫貢塞耶街轉角慈悲好心的聖母瑪麗亞，可能正是爲了這個原因，才打發厄斯達謝·慕邦趕快死掉的。而您卻活像畢卡第人遇上法蘭西人拔腿飛跑似的，結果反而把自己尋找的財富扔在了背後，您這豈不是胡鬧嗎！您真是一個大笨蛋啊！」

這麼一想，他便掉轉腳往回走，用心窺測、摸索著方向，豎起耳朵細聽，伸出鼻子迎風嗅聞，竭力要找回那床幸運的草墊子。可是沒有找到，只見那房屋、死胡同、岔路口盤根錯節，他又在那裡遲疑不定，左右爲難，那錯綜複雜的漆黑街巷叫他進退兩難，即便是陷入杜爾內爾宮[58]的迷魂陣裡，也不見得如此狼狽。這時，他終於按捺不住了，莊重地呼呼地喊道：「這些岔路口該受到詛咒的，都他媽的是魔鬼仿照他的鐵叉爪子造出來的！」

這聲叫嚷喊過之後，他感到稍稍鬆了一口氣。這時他正好瞅見一條狹長小巷的盡頭有一道淡紅色的光在閃爍，於是，精神振作起來。「讚美天主！」他喊，「它一定就在那邊呢！我把草墊子燒著了！」於是他把自己比作迷失在黑夜中的扁舟，然後虔誠地說了一句：「致敬，致敬，聖母之星！」

這段經文他是念給聖母還是念給草墊子的呢，我們就不得而知了。

那條長巷子是斜坡路，彎彎曲曲，路面沒有鋪石板，越往前走越傾斜，越泥濘不堪。他剛走幾步，便發現一樁十分奇怪的事情。此地竟然還有別的什麼響動呢，這裡、那裡，有些根本說不出什麼名堂的奇形怪狀、朦朦朧朧的東西此時正在向前爬行，都朝著長巷盡頭那搖曳的亮光爬去，猶如在漆黑的夜裡笨拙的昆蟲從這一株草莖挪向另一株草莖，爬向牧人的篝火。沒有什麼比袋裡沒錢更能使人敢於冒險的了。格蘭古瓦繼續大膽前進，不一會兒就趕上了其中那條爬得最慢，懶洋洋地落在最後的毛毛蟲。走近時才發現，原來是個可憐巴巴的沒腳的人，他好像一隻受了傷的蜘蛛，只剩下兩條細腿

58. 杜爾內爾宮是巴黎的一所王宮，法王亨利二世曾在其中被奸臣蒙梅利刺傷。

了，所以全憑雙手支撐身軀往前挪。等到他走到這人面蜘蛛身邊的時候，聽見人面蜘蛛用悲哀的聲音向他嚷道：「老爺，行行好吧，行行好吧！」（義大利語）

「要是我能聽懂你在說什麼，」格蘭古瓦說道，「就讓魔鬼把你和我一塊兒抓走吧！」

他對那人根本不予理睬，徑直往前走。

很快又趕上一個蠕動不已的龐然大物。仔細打量一下，原來是個斷臂缺腿的雙重殘廢人，其裝置之複雜，簡直就像泥瓦匠的腳手架在向前挪動。一向擅長高雅的古典比喻的格蘭古瓦，在心裡把他比作了火神烏爾岡[59]的活動三腳架。

當他經過那個人身邊的時候，這口活的三腳鼎，還向他脫帽行禮致敬，不過他宛若托著刮鬍子用的銅盤子，把帽子舉到格蘭古瓦下巴頦底下，同時又對著他大聲嚷叫：「行行好，騎士先生，給點錢買塊麵包吃吧！」（西班牙語）

「看來這傢伙還真會說話啊，」格蘭古瓦暗說，「可是這話聽來實在難懂啊。假如他懂得這話，那麼他比我更幸運呢。」

隨後，他的念頭突然一轉，不由得拍了一下腦門：「嘿！想起來了，今天上午他們說的『拉・愛斯梅拉達』那又是什麼鬼意思呀？」

他想加快腳步，可是又不知道第三次被什麼東西擋住了去路。這個什麼東西，或者更確切地說是什麼人，原來是個小個子的瞎子，還蓄著猶太人的大鬍子。一條大狗走在前面亂吠給他領路。他撥動

---

59. 烏爾岡是羅馬神話裡的火神，相貌奇醜。

棍子試圖一點點探索周圍的空間，他帶著匈牙利口音，怪聲怪氣兒地對他嚷道，「積德行善吧！」

「好極了！」格蘭古瓦說道，「總算有了一個會講基督徒語言的傢伙，一定是我這囊空如洗的樣子看起來卻是好善樂施的，儘管我的錢袋那麼癟，還總是有人會向我要佈施的。我的朋友（他邊說著，邊轉身面對那瞎子），上星期我剛剛賣掉了最後一件襯衫，這就是說，你們是只懂西塞羅[60]的語言的（拉丁文），我上星期剛賣掉了我最後的一件襯衫呢。」

說完，他便轉過身子，背朝著那個瞎子，繼續向前走。可是瞎子開始與他同時跨大步伐，而後面的那癱子和那缺胳膊少腿的殘廢人，也匆匆拖著拐杖趕上來了，缽子和拐棍在石路上碰得震天價響。三個人匯齊，跌跌撞撞緊跟在可憐的格蘭古瓦的身後，向他唱起歌來。

「行善積德！」瞎子唱道。

「行行好吧！」無腿人唱道。

瘸子接下去，反覆唱道：「求求給幾塊麵包吧！」

格蘭古瓦只好堵住耳朵。「這真是座巴別塔呀！」他大喊。

他拔腿就跑。瞎子也在跑，瘸子也在追，無腿人更著急。

隨後，他越往街道深處裡鑽，無腿人、瞎子和瘸子圍上來的越多，還有從屋子裡、橫街、附近的地窖氣窗裡橫插來的獨眼龍、斷臂的、滿身長瘡的痲瘋病人。他們吼叫、嚎哭、吠叫，磕磕絆絆，跌跌撞撞，慢慢地一拐一拐地向亮光擁去，並且宛如雨後的鼻涕蟲一般，滿身泥汙在泥漿中滾來滾去。

60. 西塞羅（前一〇六至前四三），古羅馬政治家、演說家，以雄辯著稱於世。此處「西塞羅的語言」即指拉丁文。

格蘭古瓦無法甩開身後三個討厭鬼追趕者，而且不知還會有其他什麼事。他嚇得魂不附體，驚慌地在人群中間東躲西繞亂竄亂跑，繞過瘸子，跨過無腿人。無奈這麼多的殘疾人，好像螞蟻沒有任何理由的傾巢出洞，此時格蘭古瓦陷入重圍，猶如被一大群螃蟹困在一堆暗礁當中的那位英國船長，挪不開腳步。

他想還不如試著退回原路，可是太晚了。整個一大群人已經堵得水泄不通，堵住了他的退路，三名乞丐窮追不捨，他只有繼續向前行走，既是被這股難以抵擋的波濤推著他走，也是出於懼怕和暈眩，只能把這一切當做一場噩夢。

他終於到了街道盡頭。這條街通向一片極爲開闊的空地，那是一個大廣場，只見茫茫夜霧中許多星星點點的燈光搖曳閃爍著。格蘭古瓦連忙跑到廣場上去，以爲可以依仗自己輕快的腿力，甩掉這三個窮追的魔鬼。

「哪裡去，老兄！」瘸子居然丟掉了拐棍，吼叫一聲，邁開兩條舉世無雙的大腿，其精確均勻的步伐是巴黎街頭見所未見的，緊追上來。

此時，無腿人也直立了身子，把他那個沉重的鐵皮包邊的瓦缽扣在格蘭古瓦的腦門上。瞎子則睜開亮晶晶的雙眼，凶光畢露。

「我這是在哪兒？」詩人真的嚇壞了，說道。

「到聖蹟區啦[61]。」第四個幽靈靠上來，答道。

61. 聖蹟區是舊時巴黎的一個區。集中大量乞丐，流浪漢等。

「憑我的靈魂發誓，」格蘭古瓦說道，「我見到了睜眼的瞎子，跑步的跛子，可是救世主，你在哪呀？」

他們一聽，陰森森地大笑起來。

可憐的詩人向四周環視了一下。他確實身處在這個駭人的聖蹟區了，還從來沒有一個正派人在這個時刻進入這個地方。

這是個魔法的圈子，沙特雷法庭大堡的軍官和總督府的官兒們膽敢冒險進去，便會粉身碎骨消失的。這乃盜賊的淵藪，是巴黎臉上的一個大膿皰；這是陰溝，是各國首都大街小巷上那種司空見慣、到處溢流的惡棍、乞丐、流浪漢的溪流，每天早晨他們都是從這裡流出去，夜裡又流回這裡並且在這裡滯留。

這是一個陰森的馬蜂窩，一切擾亂社會秩序的黃蜂，每晚都帶著擄獲之物歸巢；這是一個欺詐病院，波希米亞人、還俗的僧人、失足的學生；這裡有世界各國的人：西班牙人、義大利人、德意志的渣滓；這裡有各種宗教信徒：猶太教徒、基督教徒、伊斯蘭教徒、偶像崇拜教的敗類，白天，他們敷上假傷口沿街乞討。晚上他們就在這裡統統變成強盜。

總之，這是個龐大寬闊的更衣室化妝間。盜竊、賣淫和兇殺這種萬古長存的喜劇，其中各種角色的扮演者早在中古時代就已經在這裡上妝和卸妝了。

這是一個寬闊的廣場，與昔日巴黎所有廣場一樣，形狀參差不齊，鋪的石塊也高低不平。晃晃悠悠的火光周圍，坐著一堆奇形怪狀、古怪的人，吵吵嚷嚷，黑影幢幢。只聽見一陣陣尖銳的笑聲，也能聽到兒童的啼哭聲，還有婦女的說話聲。映襯著亮光，這人群的手掌和腦袋，黑黝黝的，此時顯現出萬千奇特動作的剪影。不時還會有巨大的、形狀難辨的黑影，混入地面上搖晃的火光，那是像男人似的狗，或者一個像狗的人在走動。

在這個城邦裡與在地獄之都裡一樣。無論男人、女人、動物，無論年齡、性別，無論健康、疾病，在這裡似乎都不分彼此；一切都相互混合、重疊在一起。這一群人統統有福同享，有難同當。

不管格蘭古瓦是多麼煩惱，借助閃爍的微弱火光，仍可以辨認出這片寬廣空地的四周盡是已被蟲蛀壞了的、破舊醜陋的房屋，和經過風雨剝蝕，已經蛀洞累累、破相變形的門臉。每座房子都開了一兩個亮光的天窗，那就是它們的眼睛。他彷彿覺得這些房子在黑暗中活像一圈老婦人的大腦袋瓜，怪異而乖戾，眨著眼睛在注視這群魔亂舞。

這對他來說是一個新世界，一個蛇行蟻聚的非常陰暗的世界；陌生、擁擠、畸形，知所未知，聞所未聞，這個世界奇形怪狀，麇集著爬行動物，荒誕不經。

格蘭古瓦越看越害怕，但是三名乞丐像三把鉗子把他緊緊夾住；另外還有許多張臉圍著他吼叫、吵嚷、來回遊走，使他愈來愈驚惶失措。可憐的格蘭古瓦竭力振作精神，急想弄清今天是否是星期六[62]，但是他白費工夫了。他的記憶和思想的線索已經中斷了；他一面在懷疑一切，一面在他所看到的和感覺到的事物之間飄飄忽忽，他不停反問自己這樣一個難以解決的難題：如果我自身存在，那麼這一切是怎麼回事？如果這一切都存在，那麼我又是怎麼回事？

正在此時，在各種嘈雜聲中，突然響起一個清晰的喊叫聲：「帶他去見大王！帶他去見大王！」

62. 據西方傳說，魔鬼們都在週六晚上舉行安息日狂歡會。

「聖母在上！」格蘭古瓦心裡嘀咕著，「這地方的大王，必定是一頭公山羊。」

「去見大王！去見大王！」眾人齊聲附和。

大家都來拖拽他，爭先恐後看誰能揪住他。然而那三名乞丐就是不肯鬆手，硬是把他從其他人的手裡奪下，大吼大叫：「他歸我們了呀！」

詩人那件上衣，本來已經很破，更禁不住這番爭奪，當下就咽了氣，完全被撕成碎片了。

穿過那駭人的空地時，他的昏暈已經給趕跑了，走了幾步之後他就恢復了真實的感覺。逐漸開始適應這裡的氣氛。

起初，從詩人的頭腦裡，簡單說就是，從他那空空的胃裡，升起了一道煙霧，也可以說是一股水汽，在他與物體之間這水汽擴散開來，讓他只能隱隱約約瞥見這些物體，就如在噩夢之中隔著飄忽不定的夢魘般的迷霧的所見，又如墜入了夢境中的黑暗深淵，那裡一切事物的輪廓都在顫抖，一切形狀都在擠眉弄眼，獰笑，物體重疊積聚，物與人個個在膨脹變得碩大無比，或化作怪獸，或化為幽靈。

這一陣幻覺之後，他的目光也漸漸不再那麼迷惘，眼中所見也不再那麼誇張，在他的周圍真實的世界又顯現，刺痛他的兩眼，踏痛他的雙腳，把他原先自認為身陷其中的整個可怕的詩情幻景一一撕毀了。他這才發現，他並不是涉行於冥河，而是真的踩著爛泥漿；推搡他的並非魔鬼，而是幾個盜賊；遭到危險的並非是他的靈魂，而是他真實的性命（這是由於他缺少盜賊與誠實人之間的重要聯繫——錢包）。在他更加靠近、更加冷靜地觀察了這狂歡場面之後，他終於從群魔們的安息日狂歡會中一跤跌落進了下等酒店裡。

聖蹟區無非是一個小酒館，但這也是盜匪麇集之所。這裡都染上了葡萄酒的紅色與鮮血的紅色，並且互不相讓。

最後終於到達終點時，他那支衣衫襤褸的護送隊終於把他丟下了。此時，映入他眼簾的景象並沒有把他再帶回到詩的境裡去，即便帶到地獄的詩境也不甚相宜。這是空前粗暴而缺乏詩意的下九流酒館。倘若這事情不是發生在十五世紀，我們就該說格蘭古瓦一跤從米開朗基羅[63]那裡跌進卡羅[64]那裡。

在一個巨大的圓形石板上燃燒著一堆大火，火舌從一隻空的三腳架上伸出來，在這堆火的周圍隨便亂放著幾張蛀壞了的桌子。

那些僕役們從未按照起碼的幾何學常識把它們排列得方方正正，或者至少使各條邊的相交角度都算正常。有幾隻流著葡萄酒和麥芽酒的瓶子在那幾張桌子上發亮。許多醉漢圍桌坐邊，因爲映著火光，用他們黑話來說，也上了些酒勁，於是張張臉孔都變成了紫紅色。

有一個臉色快活的大肚皮男人粗魯地擁抱著一個笨拙肥胖的妓女。一名假扮的士兵，用行話來說，就是「假傷兵」，一邊吹口哨一邊解開他那僞裝傷口的繃帶，舒展一下從早晨起就緊綁起來的千裹萬纏的健壯膝蓋。一個假裝生病的傢伙在對面正在調和白屈菜汁和牛血，準備明天塗在他的「義腿」上。較遠的兩張桌子上，有個穿著整套香客服裝的騙子正在唱「神聖女王」的哀訴，但並沒忘記用鼻音。

另一處，有名年輕的無賴漢正向一個老浪子請教如何裝癲癇病，後者便傳授如何咀嚼肥皂、口吐白沫的訣竅。那個裝患水腫病的忙著給自己消腫，使得四五個正在那張桌上爲了當晚偷來的一個小孩

63.米開朗基羅（一四七五至一五六四），義大利十六世紀的大雕塑家、畫家和詩人。
64.卡羅（一五九二至一六三五），法國十七世紀的畫家和雕塑家。

而爭吵的女騙子連忙捏住鼻子。

這種種情景，正如兩個世紀之後索瓦爾所說：「這些情景在宮廷內覺得非常有趣，便搬來供大王消遣，還作爲王家芭蕾舞團在小波旁宮舞台上上演的四幕皇家芭蕾舞劇《黑夜》的開場部分。」一六五三年，一位曾經看過該劇演出的人又補充說：「聖蹟區的突然變形法從來沒有像那次那樣好地被表演出來，關於此事彭斯拉德[65]還給我們寫過幾行相當優美的詩呢。」

到處都能聽到粗野的笑聲和淫蕩的歌聲，每個人只顧自己笑罵和評論著，全不管旁邊的人在說些什麼。酒罐子給打翻了，爭吵隨之而起，缺了口的罐子上掛到了本已破爛的衣衫，便把它刮得更破爛不堪極了。

一條大狗用後腿蹲坐著，巴望著火堆。此時數名小孩也來湊熱鬧，那個被偷來的孩子哭鬧著；另一個四歲的胖乎乎的男孩子雙腳懸空，坐在一條高板凳上，下巴正好齊到了桌子邊，他一聲不吭；另一個煞有其事樣子的孩子，用他的髒手指把淌下的蠟燭油在桌面上攤開；最後一個小不丁點兒蹲在泥漿裡，整個身子幾乎鑽進一口大鍋裡，用一塊瓦片刮擦那鍋壁，斯特拉第瓦瑞阿斯[66]聽到那嘶嘶啦啦的聲音也一定會被嚇暈過去的。

火邊放著一隻大酒桶，桶上坐著一名乞丐。這就是乞丐王坐殿聽政了。

三名揪著格蘭古瓦不放的乞丐，把他帶到大酒桶前，除了那孩子還在刮他的鐵鍋底，霎時間，狂歡縱飲的人群變得啞然無聲。

---

65. 彭斯拉德（一六一三至一六九一），法王路易十三、路易十四時的宮廷詩人。
66. 斯特拉第瓦瑞阿斯（一六四四或一六四八至一七三七），十七到十八世紀義大利最著名的樂器製造者。

格蘭古瓦大氣兒都不敢出，頭也不敢抬。

「夥計，脫帽呀！」抓著他的三個傢伙中的一個喊道。他還沒聽懂他在說些什麼，另一個人就已摘走了他的帽子。這尖頂帽雖說的確破舊不堪，可是遮遮太陽，擋擋風雨，還是挺不錯的。此時格蘭古瓦唯有歎氣。

正在此時，那高高地站在大桶上的大王對他講話了。

「這個混蛋是什麼來歷啊？」

格蘭古瓦不由得打了個寒噤。這聲音不僅帶著恫嚇而力量加重了，還使他想起了另一個聲音。那就是在今天上午，給他的聖蹟劇帶來第一個打擊的在演出中間用很濃的鼻音高喊「可憐可憐吧」的聲音。他抬頭一看，果真是克洛潘這傢伙。克洛潘掛著王徽，身上的破衣爛衫依然如故。他胳臂上的假瘡早已經不見，他手裡拿著白皮條的鞭子，就是當時的法庭執達吏們用來趕開人群的，被稱之為「趕人鞭」的那一種。他頭上戴著一頂上部合攏的有圈帽簷的帽子，但是卻很難區分這是王冠還是童帽，因為兩者極其相似。

格蘭古瓦認出來了，聖蹟區的國王就是司法宮大廳裡那個跟他搗亂的可惡乞丐，他自己也不知為什麼，反而覺得有了一線希望。

「先生……老爺……」他結結巴巴地說道，「陛下……我該怎樣稱呼您呢？」他聲調越說越高，終於到達最高的嗓音，不知道接下來怎樣才能升高或者下降了。

「老爺，陛下，或者夥計，你愛怎麼稱呼就怎麼稱呼。不過你得趕快說，你要怎樣為自己辯護啊？」

「為自己辯護！」格蘭古瓦心想，「我可不喜歡這種說法。」他結結巴巴地說，「我就是那個今天上午……」

「讓魔鬼用爪子把你抓去！」克洛潘打斷了他，「通報上你的姓名來，混蛋！別的就不要囉嗦。聽著，三位顯赫的君王在你面前：我，克洛潘．圖意弗，土恩王，乞丐幫幫主的傳人，黑話王國至高無上的君主；你看見那邊那個頭上裹著一塊桌布的黃臉老傢伙正是馬蒂亞斯．韓加第．斯比加里，埃及和波希米亞公爵；還有那個大胖子，根本沒聽我們說話，只顧跟那個騷娘們親熱安慰身邊的娼妓，他是居約姆．盧梭，伽利略帝國的皇帝。

「我們三個就是你的審判官。你雖然不是黑話王國的子民，但卻闖進了黑話王國，你已經侵犯了我們城邦的特權，你此時就應該受到懲罰，既然你不是『卡崩』、『法蘭米圖』或者『里福來』，也就是你們那些良民所謂的小偷、叫花子和流浪漢，你就應該受處分。你算不算這一類人呢？你就為自己辯護吧。首先報上你的身分來。」

「哎喲，」格蘭古瓦說，「我沒有這麼榮幸。我就是作家……」

「那就夠了，」克洛潘不讓他把話講完就搶過話說，「你要被絞死，這道理是再簡單不過的了，正派的市民先生！我們要像你們對待我們一樣對付你們。你們用來對付流氓無賴的法律，流氓無賴也如法回敬你們。假如你認為這法律太嚴酷的話，那是你們咎由自取。你們時不時地得讓大傢伙兒看看正派人套上麻繩項圈扮鬼臉，這樣做大有必要，而且也才算說得過去。來吧，朋友，你要高高興興地把這身破爛脫下來，分給太太小姐們。我要命令絞死你，好讓流氓無賴們開開心。你呢，就把錢包交給他們當酒錢吧。假如你想舉行個儀式，在那邊的石臼裡有一個非常精緻的石像，是上帝老子，是我們從聖彼得堂偷來的。你可以去向它禱告五分鐘。」

這番演說實在是嚇人。

「說得好，千真萬確！憑我的靈魂起誓！克洛潘的佈道真像教皇他老人家在講道呢。」伽利略皇帝一面喝彩，一面砸破一個酒罐子，用砸破的酒罐子來墊高桌子。

「列位皇上，諸位君王，」格蘭古瓦冷靜地說，「你們可別那麼想，我名叫彼埃爾．格蘭古瓦，我是詩人啊，今天上午司法宮大廳上演的寓意劇就是我寫的那齣聖蹟劇啊。」他不知怎麼又恢復了勇氣，說得很堅決。

「想起來了，就是你啊，仁兄！」克洛潘說道，「當時我也在場，我敢以天主的腦袋作證！夥計，就算是這樣吧，就因為你今天上午使我們著實地無聊厭煩，難道就成為今晚你免於絞死的理由嗎？」

格蘭古瓦竊想：這回我恐怕是難以逃脫了。不過他還想再作一番努力，便說道：「我不明白詩人為什麼就不能算作流浪漢。伊索[67]是流浪漢，荷馬當過乞丐[68]，墨丘利[69]也當過小偷……」

克洛潘打斷了他的話：「你講話像念咒語，存心糊弄我們不是，少廢話，乾脆就把你絞死吧。」

「請您原諒，土恩王陛下，」格蘭古瓦一步一步地奪取陣地了，隨即反駁道，「廢話也值得一聽……請稍候片刻……請您聽我說……您總不至於不聽我申辯就判我死刑吧……」

67. 伊索，西元前六世紀古希臘著名的寓言家，《伊索寓言》的作者。
68. 古希臘大詩人荷馬曾走遍許多地方吟誦自己的詩歌。
69. 墨丘利是大神朱庇特之子，他是天神們的信使，是雄辯與商業之神，也是小偷供奉的神。

實際上，他周圍突然一片喧囂，他可憐的申辯幾乎被淹沒了。那個孩子也用前所未有的狂熱把那口湯鍋刮得震天響。不但如此，最要命的是一個老太婆剛把一口攤肥油的煎鍋坐在燒紅的三腳架上，肥油受熱之後劈劈啪啪暴響，就像是一群兒童跟在一個假面人身後追著叫喊的響聲。

這時，克洛潘好像又與埃及公爵和伽利略皇帝商量過了什麼。而後者已經喝得爛醉如泥。然後他就沒好氣地大喝道：「肅靜！」然而鐵鍋和煎鍋根本都不理睬他，繼續合唱，於是他便從桶上跳下來，朝湯鍋踢了一腳，湯鍋和小頑童一齊滾到了十步開外，他又朝油鍋踢了一腳，油鍋裡的油完全翻倒在火上了。隨後他又神情莊重地登上寶座，不理會那屁孩子的抽抽噎噎和那老婆子的罵罵咧咧，因為她的晚餐正化作白色火苗，中看不中吃了。

克洛潘做了個手勢，於是公爵、皇帝、要人和假香客們走來圍著他排列成一個馬蹄形，格蘭古瓦始終都被死死地揪著，佔據了馬蹄形的正當中。一眼望去，這半個圈子人，盡都是些破衣爛衫，一文不值的金屬箔片，叉子、斧子，醉後站不穩的光腿子，裸露的粗胳臂，骯髒不堪的、憔悴的、蠢笨的臉孔。在那破衣爛衫的人們的圓桌會中央，克洛潘君臨臣下，儼若元老院的議長，貴族團的領袖，紅衣主教會議上的教皇。首先是由於那高高的木桶，其次是由於某種崇高的神態，既凶猛又可怕，使他的兩眼炯炯發光。粗獷的面容彌補了流浪民族那種豬狗般的特徵，堪稱是群豬中間的豬頭——高出一籌。

「聽著，」他用長滿繭子的手撫摸著消瘦畸形的下巴，對格蘭古瓦嚇道，「我還真看不出為什麼不可以把你絞死。這事情確實是讓你不喜歡，但是道理也非常的簡單，你們這般市民，對絞死這種做法不怎麼習慣，你們把這事情當成一樁大事。其實，我們對你並沒有什麼惡意，眼下也有法子叫你馬上脫身。但是你願不願意入我們的夥啊？」

格蘭古瓦本來看見自己性命難保，已經開始放棄努力準備聽天由命了，可想而知，這個建議對他來說。猶如抓到救命的稻草，熱烈地說道：

「當然，願意之至。」

「你同意加入明火執仗的扒手黨？」克洛潘接著問道。

「扒手，那就再好不過了。」格蘭古瓦答道。

「您承認自己是自由市民中的一員嗎？」土恩王又問。

「不納稅市民中的一員。」

「當黑話王國的臣民嗎？」

「當黑話王國的臣民。」

「當個流浪漢？」

「當個流浪漢。」

「用你的靈魂擔保嗎？」

「用我的靈魂擔保。」

「我得警告你，」國王又接著說道，「即便是這樣，你還得被絞死。」

「見鬼！」詩人格蘭古瓦說。

克洛潘泰然地又往下說：「只不過是留在以後才給絞死，儀式要搞得隆重一些，由這座好心腸的巴黎城負擔這筆費用，派幾個正經人，用一具漂亮的石頭絞刑架把你絞死，這也算是一種安慰吧。」

「但願如您所說。」格蘭古瓦答道。

「還有其他一些好處吧。作爲不納稅市民，跟一般的巴黎市民可不同，你不必交清潔費、濟貧捐、街燈稅。那些都是巴黎市民的事。」

「我當然願意如此啊，」詩人又說，「我同意，我就當流浪漢吧，黑話王國臣民，不納稅的市民，一個明火執仗的扒手黨徒，您說什麼我就當什麼好了。其實我比那些人還多一種身分呢，土恩王陛下，因爲我是一個哲學家。您知道嗎，哲學中包含一切，一切人都包含在哲學中。」

土恩王皺起了眉頭。

「你把我當成了什麼人啦，朋友？你是用匈牙利猶太人的黑話向我們哼哼嗎？老子不懂希伯來語。既然要做強盜，那就不當猶太人。我對小偷小摸早就不屑一顧了，我比那個更高明，現在我要殺人。割喉嚨，我幹，偷錢包，我不幹。」

他越說越生氣，這簡短的一席話也就越說越斷斷續續了，格蘭古瓦好不容易才插進來幾句話，用以表示歉意：「請您原諒我，陛下。我剛才說的那可不是希伯來文，而是拉丁文呀。」

克洛潘勃然大怒：「我可告訴你，我並不是猶太人，我要把你絞死，你這個鬼東西！就像你身邊的那個賣假貨的猶太小商人一樣，他也要被絞死，這傢伙本來就是一枚假銅錢，我巴不得有一天看到他與僞幣有一樣的下場，給釘在櫃檯上示眾！」

說這番話的時候，他一面用手指著那個大鬍子小個子的匈牙利人，就是曾經湊到格蘭古瓦的跟前跟他說「行善積德」的那一個人。這人聽不懂別種語言，莫名其妙地望著土恩王對他大發雷霆。

終於，克洛潘陛下平靜下來了。

「混蛋！」他對我們的詩人說道，「這麼說，你到底願不願意當叫花子？」

「當然。」詩人答道。

「光是願意，還不夠啊。」脾氣暴躁的克洛潘又說道，「善良願望並不能給晚飯的湯裡增加一片洋蔥，只不過對進天堂有點用處，然而天堂和黑話王國畢竟又是兩碼事。作爲黑話王國的臣民，你必須證明你有點出息才行，所以你要會偷錢包。」

「您讓我掏什麼都行啊！」格蘭古瓦說。

克洛潘簡單地做了個手勢，幾名黑話王國的乞丐就走出了人圈，過一會兒就回轉來了。他們扛來了兩根木樁，每根樁子下端都綁著寬寬的、扁平的木板，可以很容易地讓木樁站在地上。等到他們在木樁上端安好一根橫樑時，一副漂亮的便於攜帶的絞刑架便做成了，格蘭古瓦看到絞架在他面前安裝完畢，不由得暗暗佩服。一切齊備，其中包括在橫樑底下搖來晃去的那誘人的繩套。

「他們究竟打算耍什麼花招？」格蘭古瓦有點兒納悶，反問自己道。突然響起一串鈴鐺聲，結束了他的憂慮。原來是乞丐們把一個人體模型的脖子套進了繩圈。這好像只是個嚇唬鳥兒的稻草人，穿了一身紅衣服，身上掛滿了大小鈴鐺，足夠三十頭卡斯蒂恩[70]騾子用的。隨著繩索的晃動，這千百隻鈴鐺輕輕地響了一會兒，隨後漸漸低了下去，最後便無聲無息、完全寂然了。人體模型的運動好像滴漏和沙漏的鐘擺，待它靜止不動了，鈴聲也就停止了。

於是克洛潘指著人體模型腳下的一張搖搖欲倒的破凳子，命令格蘭古瓦說：「踩上去！」

70. 卡斯蒂恩是西班牙的一個城市。

「使不得！」格蘭古瓦詩人表示異議，「我會把脖子折斷的。您的凳子就像馬提雅爾的雙行詩，高一腳低一腳：第一行六個音步，第二行都是五個音步。」

「上去！」克洛潘再次發令道。

不得已，格蘭古瓦踏上凳子，腦袋和胳膊搖搖晃晃了一陣，好不容易才找到了重心。

「現在，」土恩王接著說，「你得把右腳盤到左腿上，再踮起左腳尖。」

「陛下，」格蘭古瓦說，「莫非您真的要把我的胳膊折斷腿摔斷嗎？」

克洛潘搖搖頭。

「聽著，朋友，你說的話太多了。這事情三言兩語就可以說清楚啦。我關照你，你得踮起左腳尖站好，這樣你才能夠得著模型的口袋。你就在那裡伸手去掏，掏出那裡頭的錢包。你這一切辦成了卻聽不到鈴響，那就好了，你就有資格當個小偷了。剩下的事情就只是人們連續八天狠狠地鞭打你。」

「我的天哪！我絕不去碰響鈴鐺，」格蘭古瓦說著，「可是，萬一碰響了呢？」

「那你得被吊死，你懂了嗎？」

「我一點都不明白。」格蘭古瓦答道。

「我再講給你聽一遍，你去搜那模型的口袋，掏走他的錢包。在這個過程中，只要你碰響一個鈴鐺，我們就要把你絞死。這下子你聽明白了嗎？」

「是的，」格蘭古瓦說道，「聽明白了。然後呢？」

「假如你能掏走錢包而不把鈴鐺碰響，你就可以成爲扒手了。然後就要連續鞭打你八天。現在你想必都明白了吧！」

「不，陛下，我又糊塗了。這樣做我又有什麼好處呢？一種情況是被絞死，另一種情況是挨打……」

「可以當扒手呢？」克洛潘又補充說下去，「當扒手呢？這難道不上算嗎？我們揍你是爲了你好，那是爲了讓你經得起摔打。」

「不勝感謝。」詩人感慨道。

「行了，快動手吧！」大王克洛潘邊說邊用腳踩著酒桶，聲音就像敲大鼓一樣響，「快去搜模型身上的口袋，儘快完事。這可是我最後一次警告你了！要是我聽見一聲鈴響，你就得替代那模型的位置。」

眾乞丐對克洛潘的命令熱烈鼓掌喝彩，隨即都圍著絞刑架站成圈，縱聲狂笑，臉上堆著毫無憐憫的笑容。格蘭古瓦心裡明白，他既然已經讓他們如此開心，他們必然是對他什麼都做得出來的，也就不怎麼害怕他們了。除了順利地完成他被迫去幹的那樁極其嚇人的勾當，他好像沒有別的希望了，但是成功的可能真是微乎其微啊。他不得不下決心豁出去，不過在動手前，他也不忘向那模型做熱誠的禱告。雖說他就要去掏它的口袋，或許它比這幫乞丐更容易被感動。那無數的鈴鐺連同它們的小銅舌，在他看來像是無數毒蛇張開的血盆大口，準備隨時咬人，並且時刻準備發出嘶嘶的響聲。

「唉！」他悄悄說道，「難道我的性命就取決於這些鈴鐺裡面最小的一個鈴的最輕微的晃動嗎？」於是他兩手合十，禱告並補充道：「啊！小鈴鐺，千萬別發響！千萬別晃悠，千萬別動啊！」

最後，他想嘗試著再碰碰運氣，說服克洛潘。

「萬一突然刮一陣風呢？」他問道。

「照樣要把你絞死。」對方斬釘截鐵地答道。

眼看既無退路，又沒有緩刑、減刑或逃脫的可能，搪塞又搪塞不了，他只有橫下一條心了。他用右腳勾住左腳，左腳尖踮起來，伸出胳臂。當他的手剛剛搆到模型時，只有一隻腳支撐的身體，就在那三條腿的板凳上搖晃起來，一下子就失去了平衡，他不由自主地想把模型拽住，於是重重地摔倒在地上，模型身上那些要命的鈴鐺一陣亂響，震得他昏頭漲腦，因此他又推了它一把，那假傢伙先是打個旋兒，然後在兩根木樁之間威嚴地擺動起來。

「倒楣！」格蘭古瓦跌下時大喊一聲，就臉孔朝下像死人似的躺在地上。

此時，他又聽見頭頂上那一陣可怕的鈴鐺聲，還有眾乞丐的獰笑聲，還有克洛潘的叫罵聲：「把這傢伙給我拖起來，給我狠狠地絞死！」

他站起身來。早就有人把那模型卸下去了，給他騰出位置。

黑話王國的乞丐們又把他拖上凳子。克洛潘走到他的跟前，把繩圈套到他的脖子上，拍拍他的肩膀安慰道：「朋友，永別了！現在你逃不掉了，哪怕你狡猾如教皇，這會也逃不脫了。」

格蘭古瓦想喊「饒命」，可是話剛剛到嘴邊又咽了下去。他舉目四顧，發現毫無希望，所有人都在奸笑。

「信勒維尼·代多阿爾，」土恩王招呼了一個身材魁梧的扒手，後者立即出列，「你，爬到橫樑上去。」信勒維尼·代多阿爾身手敏捷，一下子就爬上橫樑。過了一會兒，格蘭古瓦恐怖地看見他正蜷伏在自己頭頂的橫樑上面。

「而你，」克洛潘又接著說，「紅臉安德里，只要我一拍手，你就一腳把凳子踢倒。還有你，弗朗索瓦．尚特．普律尼，你就抱住這混蛋的腳給我往下拽。還有你，信勒維尼，你就壓住他的肩膀。你們三個人要同時行動，聽清楚了嗎？」

格蘭古瓦只有渾身發抖。

「你們準備好了嗎？」克洛潘對像三隻蜘蛛窺伺一隻蒼蠅那樣朝格蘭古瓦撲上去的乞丐問。可憐的格蘭古瓦恐懼地等待一陣子，因爲有幾根柴火還沒有燒著，克洛潘就平靜地把它們踢進火堆。「準備好了嗎？」他重複了一遍，並且張開兩手準備拍，再過一秒鐘，他就要拍手了。

可是克洛潘停了下來，彷彿突然又想起什麼似的。「等一等，」他說，「我倒忘了……哎！我們還有個規矩，就是在一個男人被絞死之前，先得問問有沒有女人願意要他啊——夥計，這可是你最後的機會了。要麼你娶個女扒手，要麼就跟絞索成親。」

不管讀者覺得這條波希米亞的法律是多麼離奇，但它至今依舊原原本本地載入古老的英國法典彙編裡。諸位請參看《倍林通觀察報告》吧。

格蘭古瓦又打起精神來大喘了一口氣。半小時以來，這是他第二次目睹生機，所以他也不敢抱太大的希望。

「好啦！」克洛潘又爬上了寶座，喊道。「娘兒們，妞兒們，在你們中間，從巫婆到她的母貓，有沒有騷婆娘願意要這個臭小子啊？喂，戈萊特．拉夏洪！伊莉莎白．徒萬！西蒙．若度因！瑪麗．彼埃德普！長腳托娜！貝拉德．法努埃爾！米謝兒．吉拉伊！咬耳朵克羅德！馬居新．吉羅烏！喂！依莎波．拉蒂耶里！來看看吧！什麼都不用就得到一個丈夫！誰要呀！」

格蘭古瓦正在悲慘的境地，那模樣大概是不會吊人胃口的。眾女丐並沒怎樣爲這個建議所動，不幸的人聽到她們應道：「不要！不要！絞死他，讓大家開開心吧！」

這時，從人群裡跳出三個女人，走過來端詳他。第一位來者是個四方臉的胖妞。她仔細察看了哲學家格蘭古瓦那寒磣的上衣，短衫經緯畢露，千瘡百孔，窟窿眼比烤栗子的烤鍋上的破洞還多呢。那婆娘做了個怪相，「破布渣！」她抱怨著，然後對格蘭古瓦說：「你的斗篷哪兒去啦？」

「丟了。」格蘭古瓦說。

「你的帽子呢？」

「都給人家拿走了。」

「你的鞋子呢？」

「鞋底都快磨穿啦。」

「你的錢包呢？」

「慚愧，」格蘭古瓦吞吞吐吐支支吾吾地說，「我連最後一個銅板也沒有啦。」

「那你就該被絞死，謝謝！」女叫花子說完，掉頭就走了。

第二位既老又黑，滿臉褶皺，相貌奇醜，即使在聖蹟區也是引人注目的。她圍著格蘭古瓦轉了幾個圈，嚇得他身子像篩糠似的，生怕相貌奇醜的她會看中自己呢。可是她在牙縫裡說了聲「他太瘦啦！」就走開去了。

第三位是個小姐，還算妖豔，也不太難看。

「救救我吧！」那可憐鬼向她低聲說。

她端詳他片刻，面帶憐憫之色，接著垂下眼皮，又揉搓著裙子，舉棋不定。他用眼睛追隨她的一舉一動，這是最後的一線希望了啊！

「不，」少女終於表態，「不，居約姆．龍格汝會揍我的。」她也走回人群中去了。

「夥計，」克洛潘又說話了，「你真是不走運呀。」

然後他便從酒桶上挺身站起來，又嚷道：「沒有人要他嗎？」他模仿起拍賣員的腔調，逗得眾人樂呵呵的，「沒有人開價嗎？一──二──三！」於是就對著絞架點頭示意，「判定了！」

信勒維尼，紅臉安德里和弗朗索瓦．普律尼通通來到了格蘭古瓦的跟前。

恰在這時，突然黑話王國的子民中間騰起一片喊聲：「拉．愛斯梅拉達，拉．愛斯梅拉達！」

格蘭古瓦不由打了一個寒戰。他朝著喊聲傳來的方向望去，人群散開來，讓路給一位容光煥發的人物。

「拉．愛斯梅拉達。」格蘭古瓦自語道，他激動得發呆了，這個富有魔力的名字，使他想起了白天的每一件事情。

這個罕見的尤物彷彿是到聖蹟區來試驗她那嫵媚和美貌的魅力的。她所到之處，男女乞丐個個退避兩邊，一旦遇上她的目光，他們那粗野的面容頓時也增添了不少靈光。

她邁著輕盈的步伐向受刑者走來，那漂亮的小山羊加里仍跟在她的後面。格蘭古瓦仍面無人色，她默默地端詳了他片刻。

「您要把這個人絞死嗎？」她向克洛潘鄭重發問。

「是呀，妹妹，」土恩王答道，「除非你要他做丈夫。」

她又撇了一下嘴唇，稍微做了個慣常的嬌態。

「我要他。」她說道。

聽了這話，格蘭古瓦才堅信不疑，從上午起，自己就一直在做夢，眼下這件事，估計就是夢境的延續。

不料柳暗花明，驟入佳境，這般轉折可也太突兀了些。

有人來解開了繩套上的活結，讓詩人從小凳子上下來。可他激動萬分，已經站立不住，只好一屁股坐在地上。

埃及公爵一言不發，抱來一個瓦罐子。波希米亞女郎把瓦罐遞給了格蘭古瓦，「把它摔在地上吧。」她對他說。

瓦罐頓時被摔成四瓣。

「兄弟，」埃及公爵這時才開口，邊說邊把兩手分別按在他倆的額頭上，「她是你的妻子；妹子，他是你的丈夫。婚期四年。禮畢。去吧！」

新婚之夜

過了不多一會兒，我們的詩人就進入一間相當嚴密、溫暖的尖拱頂房間，坐在了一張桌子跟前。那屋子的門窗緊閉，暖意融融，那張桌子與掛在牆上的食品櫃緊貼著，只等著飯菜上桌了。他跟一位俏麗的少女單獨在一起，待會兒還能舒舒服服地躺在床上呢。

他撞上的這豔遇像是被人施過了魔法似的。他也開始把自己當成神話中的人物了，不時環顧四周，彷彿要弄清楚那兩頭怪獸架著的火爐還在不在那裡。只有那只火爐才能如此神奇地將他從韃靼國帶進天堂。有時候他也一個勁地盯著短衫上的一個個窟窿眼，以便緊緊地抓住現實，免得完全墜入雲裡霧裡。他的理智在幻覺世界中飄來盪去，只能靠這一條線維繫著和現實世界的聯繫了。

那個少女似乎絲毫不注意他，她在屋子裡走來走去，挪動著板凳什麼的，或者與小山羊說幾句話，時不時也噘一下嘴。終於她坐到了桌子跟前，格蘭古瓦可以仔細端詳她了。

親愛的讀者朋友，你們都曾經是個孩子吧，也許你很幸運，現在還是個孩子。你們肯定曾經不止一次地沿著潺潺的流水，在明媚的陽光下，從一個叢林到另一個叢林，追逐一隻藍色或綠色的美麗的蜻蜓，牠翩躚飛舞，急旋猛轉，輕擦著每一枝樹梢。

你們想必還記得自己曾滿懷柔情和好奇心，用心思和目光注視牠紫色和碧藍色的翅膀夾著嚶嚶的響聲刮起的那微型旋風。牠那優雅的形體在迅速運動中顯得難以捉摸。翅膀顫動時隱時現的綽約身影，對於你們也許是那麼神聖，那麼虛無縹緲，摸又摸不著，看又看不清。可是當那蜻蜓終於在一莖花枝上停下來時，你能屏息細看牠那一對薄薄的長翅膀，一身琺瑯般光滑的長袍和兩隻水晶樣透明的眼睛，那時你是多麼驚異，多麼擔心牠會重新躲進陰影或是遁入虛空。

你們只要稍稍回想一下這些印象，就根本不難體會到格蘭古瓦此時的感受了。在這之前他透過歌舞喧囂的旋渦，隱約地看到的愛斯梅拉達，如今，她那看得見、摸得著的形體就在他眼前，看得他心醉神迷了。

他愈想愈出神，睡眼矇矓地注視著她，自言自語：「這就是那個拉·愛斯梅拉達？下凡的天仙，街頭的舞女！多麼高貴，又是多麼的卑微啊。是她，今天上午，是她最終斷送了我的聖蹟劇，而今天晚上，她卻救下我一命。她是我的喪門星！同時也是我的守護天使！千真萬確的是個人間天使！她既然救了我，也會熱烈地愛我吧！」他帶著來自他性格和哲學深處的真實感突然站起來說道：「且慢，雖說我仍不知道這是怎麼回事，但是我已經是她的丈夫了。」

他心懷此念，而且目光中也流露出了這樣的想法，向少女那邊雄赳赳地走了過去，有意大獻殷勤，但卻嚇得她倒退了一步。

「您要幹什麼？」她說道。

「這還用得著問嗎？人見人憐的拉・愛斯梅拉達？」格蘭古瓦答道，他的語調竟如此動情，連他自己聽了都感到詫異。

波希米亞女郎瞪圓了那雙大眼睛，說：「我根本就不懂您的意思呀。」

「怎麼啦！」格蘭古瓦變得更加熱情起來。又想到，自己要對付的不過是聖蹟區裡的一位貞節女子罷了，於是又說道：「難道我不是屬於你的嗎，可人兒！難道你不屬於我嗎？」

說著，他就一廂情願地天真地摟住了她的腰肢。

波希米亞女郎的無袖短衫像鰻魚的皮似的從他手裡滑過，她又縱身一躍，從小房間的這一頭跳到了那一頭，低下身子，隨即又挺起身來，手裡握著匕首。格蘭古瓦甚至沒來得及看清這匕首是從哪裡來的。她動怒了，又激動又高傲，噘著嘴唇，閃動著鼻翼，腮幫紅得像紅蘋果似的，眼珠裡電光直閃，同時，那頭白山羊也在她面前拱衛，擺下了要交戰的陣勢，用一對美麗、尖銳的描金犄角頂住了格蘭古瓦。這一切都發生在一轉眼之間。

蜻蜓化作了黃蜂，她不想別的，只想螫人。

我們的哲學家怔住了，他的目光呆癡，來回晃動在波希米亞女郎和山羊之間。

「聖母啊！」他驚魂甫定，但終於能說出話了，「原來是兩個潑婦呀！」

波希米亞女郎也打破了沉默，開口說話了。

「想不到你是一個如此放肆之徒！」

「請原諒我，小姐，」格蘭古瓦笑道，「可是您爲什麼要認我做丈夫呢？」

「難道非看著你被絞死不成嗎？」

「這麼說來，」詩人本來滿懷愛意，這時卻有點失望了，「您願意嫁給我，除了把我從絞架上救下來，難道沒有別的想法嗎？」

「你還希望我會有什麼別的想法？」

格蘭古瓦咬咬下唇。「好吧，」他說，「我在情場並不自認爲是一個勝利的愛神。不過又何必摔破那只可憐的瓦罐呢？」

儘管他們在交談著，但是愛斯梅拉達的匕首和山羊的犄角都始終處於高度戒備的狀態。

「拉．愛斯梅拉達小姐，」詩人說，「咱們和解吧。我不會同你爭辯，你不應該這樣不顧總督大人的禁令，私下懷著一把尖刀。您不會不知道，一個星期以前，諾埃爾．雷克里凡先生就是因爲攜帶了短劍，被判罰款十個巴黎蘇。不過這事和我沒有什麼關係，咱們還是言歸正傳吧。我用我升天堂的份兒向你保證，向您發誓，不得到你的同意和允許，我決不挨近你。可是您最好給我一頓晚飯，好嗎？」

其實格蘭古瓦與代斯普奧先生[71]一樣是「不戀女色」的，他可不是那種突然襲擊猛攻少女的騎士和軍官。他在愛情上也像處理其他任何事情一樣，倒情願主張水到渠成和折中的辦法。尤其在他饑腸轆轆之時，進一頓美餐，還有佳人做伴，這彷彿就是一齣愛情奇遇記序幕和結局之間一段妙不可言的美妙插曲。

女神並未答話。只見她撅了撅小嘴，滿臉輕蔑的表情，然後小鳥似的昂起了頭，然後就放聲大笑起來。那把小巧玲瓏的匕首來無影去無蹤，根本就不容格蘭古瓦看清蜜蜂是怎樣把刺收起來的。

不一會兒，一塊裸麥麵包，一小片豬油就擺在桌上，幾隻乾皺的蘋果，還有一碗大麥酒。格蘭古瓦開始狼吞虎嚥地吃起來，聽見鐵的餐叉和瓷盤碰得叮噹直響，他的全部戀情此時好像都化作了狼吞虎嚥的食欲了。

少女就在他的對面坐著，默默地看著他狼吞虎嚥的樣子。但是，她顯然還別有所思，時時露出笑容，一面用可愛的手撫摸那溫柔地伏在她膝頭上的小山羊。

一支黃蠟燭照亮著這幅狼吞虎嚥和夢幻的景象。

在格蘭古瓦肚裡的一陣騷動平息之後，盤子裡就僅剩下一隻蘋果了。他竟然有點兒不好意思，其實大可不必。「你不吃嗎，愛斯梅拉達小姐？」

她搖了搖頭，若有所思地盯著小房間的圓柄頂。

「她到底在想什麼呢？」格蘭古瓦心裡想，並朝著她的視線望去。「那拱心石上雕刻的那個侏儒

71. 法國十七世紀詩人和評論家，著有《詩藝》。其詩以嚴謹著稱。

的醜臉總不會是如此吸引她的注意力吧，活見鬼！我的長相可不比它差呀！」

他提高了音量說：「小姐！」

她彷彿沒有聽見。

他用更大聲喊道：「拉．愛斯梅拉達小姐！」

還是白費力氣。少女真是心不在焉啊。格蘭古瓦的聲音無力把她召回來，幸好那隻白山羊插了進來，輕輕地拽牠主人的衣袖。

少女像是忽然被驚醒，趕緊問：「你想要什麼，加里？」

「牠餓了。」格蘭古瓦說。他很得意又理開了話頭。

愛斯梅拉達掰了一點麵包。加里就一點一點舔吃著她手心中的麵包，姿態雍容尊貴。

此時格蘭古瓦不容她重新陷入遐想。他壯著膽子又提出了一個尷尬的問題：

「那麼你並不願意要我當你的丈夫了？」

少女審視他後，說道：「不願意。」

「做您的情人呢？」格蘭古瓦又問。

她扁了扁嘴答道：「不願意。」

「做您的朋友怎麼樣？」格蘭古瓦緊緊追問下去。

她依舊審視他，想了想說：「也許。」

也許對哲學家來說，這個字眼向來是珍貴的不確定的詞，格蘭古瓦的膽子稍微大了一點。

「您知道友誼是什麼嗎？」他問。

「是的，」波希米亞女郎笑笑答道，「就是所謂像兄妹一般，兩個靈魂相接而不相溶，就像同一隻手上的兩根手指一樣。」

「愛情呢？」格蘭古瓦又問道。

「啊！愛情！」她說道，聲音發顫，眼睛熠熠發光，「那就是兩個人合而爲一，一個男人和一個女人融合成一個天使。那就是天堂。」

這個街頭舞女講這些話的時候，神態美得出奇，使格蘭古瓦大受感動，在他的眼裡，這種美與她幾乎是東方式的那一往情深的激昂慷慨的措辭極爲相稱。純潔的朱唇間浮現一絲微笑，由於思考，她寧靜的前額不時地變得暗淡無光，像是在鏡面呵上了水汽，從低垂後又長又濃密的睫毛下露出一種難以言狀的神光，使得她的臉容更娟秀靜美，臻於理想。後來拉斐爾[72]重現了這一境界。

格蘭古瓦繼續盤問。

「那必須是怎樣的男人才能討您歡心呢？」

「應該是個男子漢。」

「我呢，」他問道，「那麼我是個什麼人呢？」

「男子漢要頭戴盔，手執劍，靴跟上備有鍍金的馬刺。」

「哦，」格蘭古瓦說，「不騎馬就不算男子漢了嗎？您是否在愛著誰啊？」

「愛情的愛嗎？」

72. 義大利大畫家、建築家和考古學家在畫聖母像時，找到處女的貞潔、母性的慈愛和天神的靈秀的神秘交匯點。

「愛情的愛。」

她沉思了一會，隨後又帶著奇特古怪的表情說道：「你很快就會知道的。」

「爲什麼不是今晚弄明白呢？」詩人又深情地問道，「爲什麼那個男子不是我呢？」

她目光嚴肅，瞅了他一眼。

「我只能愛一個能保護我的男子漢。」

格蘭古瓦的臉一下子紅了，知道那是在責怪他，內心十分慚愧。顯然，少女指的是兩個鐘頭以前在那危急關頭，他未能伸出手來救援。這一晚上由於其他種種險遇太多了，結果上述這件事他倒抹去了記憶，這時才剛剛回想起來。他無奈地拍了拍自己的腦門。

「說起這事呀，小姐，我本該從這事談起的，卻東拉西扯說了許多蠢話。請原諒我的疏忽大意，竟顛三倒四地問了好多廢話，您是怎樣逃脫卡西莫多的魔爪的呢？」

這一問不要緊，波希米亞女郎卻戰慄起來。

「啊！那可怕的駝子！」她用雙手捂住了臉，如有奇寒襲擊全身一般顫抖了起來。

「他確實可怕！」格蘭古瓦說。他還不甘休，繼續追問：「可您究竟是怎樣從他那裡逃脫的呢？」

愛斯梅拉達歎了口氣，微笑一下，保持沉默。

「您知道他爲什麼跟蹤您嗎？」格蘭古瓦又繞個彎，重新回到他提出的問題上。

「我不知道。」少女說。她緊接著又說：「可您也曾跟蹤我來著，您爲什麼要跟蹤我呢？」

「說老實話，」格蘭古瓦答道，「連我也不知道這是爲什麼。」

一陣沉默。格蘭古瓦只是用餐刀輕輕劃著桌子。少女始終面帶笑容，彷彿透過牆壁在注視著什麼。忽然她用幾乎聽不清的聲音唱起歌來：

「當羽毛絢麗的小鳥啊，

疲倦了，而大地……」

她又突然停下來，伸出手去愛撫加里。

「您這頭山羊很可愛。」格蘭古瓦說。

「牠是我的姐妹呀。」她答道。

「人家爲什麼叫您拉．愛斯梅拉達？」詩人問。

「我一點不明白。」

「不過總還有點什麼道理吧？」

她從胸前取出一個橢圓形的小香囊，那是用一串念珠樹果子的項鍊掛在她脖子上的。這個香囊散發出強烈刺鼻的樟腦味。香囊外面是用綠綢做面子，正中有一顆仿翡翠的大玻璃珠子。她一直將它戴在脖子上。

「也許就是因爲這個吧。」她說。

格蘭古瓦想把那香囊拿近些仔細看看。她卻後退一步，「別碰它，這是一個護身符；要麼你損壞它的法力，要麼就是它加害於你。」

詩人聽少女如此一說，他的好奇心越發強烈了。

「誰給您的？」

她把一根手指按在嘴上，隨後就把護身符放回胸前。他又試著提出別的問題，可她幾乎不怎麼理睬。

「拉・愛斯梅拉達這個詞究竟是什麼意思？」

「不知道。」她說。

「屬於哪種語言？」

「我想是埃及話吧。」

「我早就料到了，」格蘭古瓦說，「您不是法國人吧！」

「我一點也不知道。」

「您有父母吧？」

她哼起一首古老的民謠：

父兮烏中雄，
母兮堪匹儔；
我渡滄浪水，
何需艇與舟；
父兮烏中雄，
母兮堪匹儔。

「唱得好，」格蘭古瓦稱讚道，「您是幾歲來到法國來的啊？」

「很小的時候。」

「您是什麼時候到巴黎的呢？」

「去年。我們從巴巴爾門進城時，看到了大葦鶯從蘆葦裡飛過，那會兒正是八月底，我就說冬天一定會很冷的。」

「去年冬天確實很冷，」格蘭古瓦又開始高興地說起來了，「去年整個冬天，我都得往指頭上呵氣過日子。這麼說，您有未卜先知的本事了？」

她還是愛理不理的。

「不是。」

「你們稱為埃及公爵的那個人，他是你們部落的首領嗎？」

「是呀。」

「可是給咱倆主持婚禮的就是他呀。」詩人怯生生地提醒她。

她又撅起嘴，顯露出一貫的嬌態。「可我還不知道您的姓名。」

「我的姓名？您想知道的話，這就告訴您，在下彼埃爾．格蘭古瓦。」

「我知道有個更美麗的名字。」她說。

「狠心的人！」詩人說，「沒關係，你不會讓我發脾氣的。同我熟悉之後你也許就會愛我的。還有，既然你那樣信任我，把你的身世統統都告訴我了，我也得把我的告訴你。

「你知道，我叫彼埃爾．格蘭古瓦。我再告訴你，我是貢乃斯公證事務所佃農的兒子。二十年前，在巴黎受圍困的時候，我父親被勃艮第人絞死了，母親被畢卡第人剖腹殺死了。因此我在六歲就成了孤兒，一年到頭只有巴黎的石板路給我當鞋穿。

「我不知道從六歲到十六歲那十年我是怎麼活下來的。有時候一位擺水果攤的給我一顆酸李子；有時候一位開糕餅鋪的麵包師傅給我扔下來一塊麵包皮；夜晚就設法讓巡邏的把我抓進監牢裡去，好歹能有一捆麥稈讓我睡覺。

「所有這一切都沒有阻擋我長大和變瘦，就像你現在看到的這樣。冬天，每當我待在桑斯公館的門廊下曬太陽的時候，我覺得，聖若望節的那篝火要等到大熱天才燒起來，真是滑稽、荒唐可笑。十六歲時我想找個職業，我不斷嘗試去做各種事情。於是我先是當了兵，可不夠勇敢；接著當過修士，卻又不夠虔誠，再說，我喝酒的本領也不行。最後走投無路，我去給拿大斧頭的木匠當學徒，可是我又不夠健壯有力，我生性更適合當個教師，但當然啦，那時我還大字不識，這是實情，可是這也並未礙事。

「過了一陣子，我發現自己缺少幹任何事情的才幹，看到自己做什麼都不行，我就決定去當一個詩人，一個韻文作者。這種職業，只要是流浪漢，隨時隨地誰都可以幹，總比偷盜要強些吧。我曾有幾位當強盜的年輕朋友，還真勸我去偷去搶過呢。

「有一天，我真走運遇到堂・克洛德・孚羅洛，聖母院可敬的副主教。我就是靠了他，才變成了像今天這樣的一個真正的學者，通曉拉丁文，從西塞羅的《論職務》到塞勒斯丹神父的超度亡靈經，這些我都背得爛熟；只要不是經院哲學、詩學、韻律學那類野蠻的文字，也不是那種詭辯學之詭辯煉金術，我都無所不通。

「今天上午在司法宮大廳裡演出的聖蹟劇，觀眾人山人海、盛況空前，我就是該劇的作者。我還寫了一部差不多有六百頁的著作，講的是一四六五年出現的一顆巨大的彗星使一個男人發了瘋的故事。此外，我還有其他的一些成就。因爲多少我也可以算得上是個製炮木匠，參與製造過若望·莫格的那座大炮。你知道，在沙朗東橋上試炮的那一天，那傢伙當場就爆炸了，二十四個看熱鬧的人一下子就被炸死了。你瞧，當個配角我還是不錯的。

「我還會許多有趣的戲法，可以教給你的小山羊呢。比如說，我教牠模仿巴黎主教，也就是那個該死的僞君子，他在風磨橋設下了那麼多水磨，誰要是從磨坊橋經過，都得濺了一身水。還有我寫的那齣聖蹟劇也可以給我賺一大筆現錢，人家一定會付給我的。最後，我聽任你的吩咐，我本人準備和你一道生活，連同我的靈魂、我的學識、我的文章。小姐，我現在只求能與您共同生活，而且必遵從您的意願。假如您覺得合適，我們可以快樂恩愛地做夫妻，假如您覺得做兄妹更合適，我們也可以純潔無邪地做兄妹。」

格蘭古瓦就此打住，他想看看這番高談闊論對少女有如何作用。但她的目光卻盯著地面。

「菲比斯，」她低聲說道，然後又轉身面向詩人：「『菲比斯』是什麼意思？」

格蘭古瓦弄不明白他那番宏論和這個問題之間有什麼聯繫，但至少能炫耀一下自己博學多才，倒也不覺感到不快。他神氣活現地答道：「這是拉丁文，意思是『太陽』。」

「太陽！」她又複述一遍。

「這是一個非常漂亮英俊的弓箭手，一個天神的名字。」格蘭古瓦此時又補充道。

「天神！」埃及女郎也重複了一句，語氣裡帶有某種所思和熱情衝動的意味。

正當這時候，她的一隻手鐲突然開了，掉在了地上。格蘭古瓦趕緊彎下腰去撿起來。等他直起身來，少女和山羊卻都不見了。而他聽到的是上鎖的響聲，無疑是那扇大約通向鄰室的小門從外面反鎖上了。

「她至少總得留一張床鋪吧！」我們的哲學家說。

他在小房間裡走了一圈，房間裡除了一個四面雕花的大木箱之外，沒有什麼可以當床的傢俱。格蘭古瓦往上一躺，那種感覺就像脖子底下坑坑窪窪，硌得很不是滋味，就如大人國的來客伸直身子躺在阿爾卑斯山頂上的感覺。

「得了吧，」他還是儘量隨遇而安，「人啊，總得認命。不過，這可真是一個離奇的新婚之夜。真是十分遺憾！摔罐成親倒是很對我的胃口，挺合我的口味，大有上古渾厚淳樸之風雅。」

chapter 3

巴黎

聖母院

直至今天，巴黎聖母院毫無疑問仍是一座雄偉壯麗的建築。它雖說歷經歲月但仍風華不減，看到時間和後人藐視奠定第一塊基石的查理曼[73]和砌下最後一塊石料的菲利浦．奧古斯特[74]皇帝，給這可敬的豐碑帶來不盡的毀損和殘害，任何人不免憤慨和感歎。在所有教堂之中，這座教堂就如我國年邁的王后，在她的臉上，我們經常發現每一道皺紋都帶著一絲傷痕，正好應上了一句拉丁文，我們不妨譯作：「時間盲目，人類愚蠢。」

73. 即法王查理曼一世（七四二至八一四），於七六八年至七七一年間為南斯特里國王；七七一年至八一四年間為法蘭克國王；八〇〇年至八一四年間被尊為整個西方的皇帝。

74. 即法王菲利浦二世（一一六五至一二二三）。

假若我們有工夫同讀者去一一觀察這座古代教堂身上的各種創傷，我們就會發現不單時間帶給了它創傷，最惡劣的恰恰是人的毀壞，尤其是「才藝之士」的破壞。我必須說是「才藝之士」，因爲在過去的兩百年當中，曾取得建築師資格的大有人在。

我們舉幾個比較顯著的例子吧。當然首先要數聖母院的正面，建築史上少有的燦爛輝煌的篇章。那三道尖頂拱門的大門道；二十八座列王神龕在門頂上一字排開，組成了精工細雕的束帶層；向上看，中央是巨大的花瓣格子窗戶，兩側各有一個小窗護衛著，如祭司兩側的助祭和副助祭，更上一層，就是高聳的、單薄的三葉草圖案的拱廊，細巧的柱子卻支撐著笨重的平台；最上邊的部分是兩座有石板前簷的黑沉沉的偉岸的塔樓，上下疊成壯觀的五層，都是那雄偉壯麗整體中比較和諧的部分。

所有的這一切在我們眼前展現，雖然擁擠卻並不混亂，連同無數的雕刻、塑像以及雕鏤裝飾，很適合它整體的莊嚴偉大。可以說是一部規模宏大的石頭交響樂。這不妨說是人類和民族的鴻篇巨制，既渾然一體又繁複叢雜，如同與它爲姊妹的《伊利亞特》和《羅曼賽羅》兩部傑作一樣，是一個時代的一切力量通力合作的非凡產物，在每塊石頭上都體現出聽命於藝術家們的天才工匠的奇思妙想。總之，它是人類的一種創造，像神的創造一樣又有力又豐富，彷彿具備著兩重性格：既永恆又多變。

我們所講的是關於這座教堂前牆的一些情況，實際上應該說整座教堂都是這樣。我們關於巴黎這座主教堂所做的描述，應當適合於所有中世紀基督教的教堂。這類藝術所保持的一切都存在於它本身，一切都是相輔相成，比例勻稱，合乎邏輯。量一量巨人的腳趾，也就等於量巨人的全身了。

言歸正傳，還是來說聖母院的前牆吧，今天，當我們滿懷虔誠地前去讚賞這座莊嚴雄偉的主教堂時，看到它的正面依舊莊嚴宏偉令人生畏，遵照它的編年史學家的說法：「用它的龐大把觀眾嚇住了。」

但是，今天，它的前牆早已失去三件重要東西。第一件是往昔把它高高抬出地面的十一級台階；第二件是在三座大門的神龕裡供奉的一列雕像；第三件就是位於其上，佔據二層走廊的二十八個年代更早的先王的雕像，從希德貝一直到手裡握著象徵帝國版圖的圓球的菲利浦—奧古斯特。

是時間把舊城區的地平線不可抗拒地慢慢抬高，使得那座階梯消失不見了。然而，隨著巴黎地面這種漲潮般的上升，逐一吞沒了可以使得這座建築愈顯巍峨的那十一級台階，但是時間所給予教堂的，可能比它奪走的要更多，因爲時間在主教堂的正面塗上了一層多少世紀風化所形成的幽暗色調，使它的老年處於最美麗的時期。

可是，到底是誰拆掉了那兩行雕像呢？是誰使得神龕如此空空如也的呢？是誰在中央拱門的正中心偏鑿出那個嶄新的獨扇門呢？在中央那個大門道的正當中修了一個新的粗劣尖拱的是誰？在畢斯科內特的蔓藤花飾旁邊給那道獨扇門雕刻上了路易十五時代的圖案的人又是誰？答案是人，是當代的那些所謂的建築師和藝術家們。

假若我們走進這座建築裡面去看看，又是誰推倒了巨大無朋的聖克利斯朵夫雕像呢？在一切塑像中這座雕像有口皆碑，它傲視所有其他的雕像，如同司法宮大廳大於其他廳堂，斯特拉斯堡的尖塔高過於其他所有鐘樓。還有，在教堂的本堂和唱詩室裡，在許多柱子之間那千萬個小雕像，或是跪或是站，或是騎馬，有男、有女、有兒童，有國王，還有主教，有近衛騎士；材料有普通石頭的，有大理石的，有銀的，有銅的，甚至還有蠟製的呢，是何人粗魯地把這些雕像掃蕩一空呢？當然不是時間了。

是誰把那富麗堂皇的堆滿了聖龕和聖物龕的哥德式祭壇，換上了刻著天使頭像和雲彩的那口笨重的大理石棺材?這口石棺,像是取自聖恩谷教堂或者榮軍院的不成套的樣品似的!是誰硬把它塞入與之風格迥異的埃爾岡杜斯修築的加洛林王朝[75]石頭地面上,莫非是爲了實現路易十三的遺願,路易十四才幹下這樁傻事的嗎?

又是誰用一些冷冰冰的白色玻璃窗取代「色彩鮮豔」笨重的拼花玻璃窗,使它看起來就像慈惠谷女修院或殘廢軍人療養院拆散了的模型一樣?當年我們祖輩驚喜的目光曾在這上面流連再三,徘徊於大門頂上的玫瑰花窗或者後堂的尖拱窗之間。現在,那幫大主教卻專以破壞文物爲能事,這要是讓十六世紀的一名唱經班歌手看到他們抹在大教堂上美不勝收的黃灰泥,他又會作何感想呢?他會想起,那是劊子手刷在「逆臣」住所上的顏色;他會想到,小波旁宮由於皇室總管的叛變也給刷上了那種顏色。而且,這件事還有索瓦爾的文章作證:「其色名不虛傳,經久不褪,大可宣傳推廣,想必一個世紀之後依然完好如初。」他一定會確認這片聖地已變成罪惡的淵藪,因而嚇得拔腿逃跑。

假若我們不在數不清的野蠻跡象上停留,直接走上這座大教堂的屋頂,我們就會問,那個可愛的小鐘樓的命運又是如何呢?它以前以挺立在樓廊的交點處爲支撐,其纖細與大膽絲毫不讓鄰近的聖教堂的尖塔(也被拆毀了),挺拔、尖峭、玲瓏剔透的身影,直直地伸向藍天深處,讓所有其他鐘塔都自愧不如,淹沒它從雲霄上灑下來的美妙洪亮的鐘聲。在一七八七年,一名自詡趣味高雅的建築師截去了它的頂部,而且認爲只要用一大張鍋蓋似的鉛皮把傷痕遮住就行啦。

75. 加洛林王朝是法蘭西第二代王朝,始於短命貝班,終於路易五世,自七五一年至九八七年。

中世紀奇妙、卓絕、寶貴的藝術，在任何國家，特別是法國，其遭遇大抵如此。人們在它的遺跡上，可以發現破壞這種藝術有三種不同程度的因素：首先是時間，它使得教堂到處都有輕微的裂痕，並且剝蝕了它的表面；其次是一連串政治和宗教的變革，這類事件就憑其特有的盲目和怒氣沖沖的本性，如餓虎撲食般地撲向中世紀藝術，剝掉它那華美的紋石雕刻與金銀雕鏤的外衣，拆毀了其圓花窗，打碎了它曾用小雕像圖案編成的鏈條式花紋，忽而由於看不慣教士帽，忽而因為不滿意王冠，就索性把塑像連根拔除；最後是那些越來越笨拙荒誕的時新樣式，它們那從「文藝復興」以來的雜亂而華麗的傾向，在建築藝術的必然衰敗過程中代代相因。

各種時尚的破壞，比起革命尤甚，它們把利刃捅進活生生的肌體，攻擊藝術的主體骨架，然後截斷，斫傷，肢解，消滅了這座教堂，形式與象徵，邏輯與美感，全都蕩然無存。然後，人們又重新去修建它：這至少是時間和革命所未曾有過的奢望，它們根據所謂的「高雅趣味」，厚顏無恥地在哥德式建築的累累傷痕上增添那寒磣短命的小玩意兒，飾以大理石的飾帶、金屬的球狀裝飾，卵形的、渦形的、螺旋形的裝飾，帳幔、花葉等邊飾，流蘇、石質的火焰、青銅的雲霧、肥胖的愛神、臃腫的小天使……活像真正的大痲瘋，最初在卡特琳．德．梅迪西[76]的小禮拜堂裡吞噬藝術的臉相，兩個世紀之後，這些藝術在杜巴里公爵夫人[77]的小客廳裡受盡折磨之後，終於咽氣了。

綜上所述，導致哥德式藝術改變模樣的破壞可以分為三種。表面上的坼裂和傷痕，那是時間留

76. 梅迪西（一五一九至一五八七），法王亨利二世之妻，弗朗索瓦二世、亨利三世和查理九世之母，曾在查理九世年幼時垂簾聽政。她有政治才能但無真知灼見。

77. 杜巴里（一七四三至一七九三），公爵夫人，曾被路易十五寵信。

下的印記；粗暴毀壞，挫傷和折斷的殘酷痕跡，那是從馬丁．路德[78]直到米拉波[79]的各次改革的作品；割裂、截肢、肢解脈絡、「修復」，那是維持呂弗和維𡡉爾一派的所謂教授們根據希臘、羅馬、蠻族風格動的手術。汪達爾人精心創造的這卓越的藝術，就這樣輕易地毀在了學院派的手裡。

在時光和革命進行破壞之後，他們至少還有點兒不偏不倚、不乏氣魄，而溜在他們屁股後面來了一群嗡嗡嚶嚶的學院出身、領有執照、宣過誓的建築師們，他們用趣味低劣的鑒賞力和選擇去傷害它，用路易十五的菊苣取代哥德式花邊，以便顯示派特農神殿的尊榮。這恰似驢子向瀕死的雄獅狠狠踢了一腳，又好比老橡樹長出了冠冕一般的密葉，由於豐茂，青蟲就去螫它，把它咬傷，把它扯碎。

那個時代已經是多麼遙遠！當年的羅貝爾．塞那里曾經把巴黎聖母院和埃菲斯有名的狄安娜神廟[80]相比，後者是「爲古代異教徒眾口交譽」，埃羅斯特拉脫只要放一把火把它燒掉，就能使自己青史留名。塞那里一直認爲高盧大教堂在長度、高度、寬度和結構方面，都比希臘神廟更爲卓絕。

然而巴黎聖母院絕不能稱爲一座完整的建築，無法確定它屬於什麼類型。它既不是一座羅曼式教堂，也不是一座哥德式教堂，它根本不屬於任何類型。

巴黎聖母院完全不同於圖努斯修道院，它一點也不見凝重粗實的拱腹，渾圓寬闊的拱頂，冰冷赤裸的風貌，莊嚴簡樸的氣概；它也不同於布日大教堂，不是那種華麗而輕浮、雜亂而多樣的高聳入雲的尖拱化建築；它既不可能歸屬於那些幽暗、神秘、低矮、彷彿被圓拱壓垮了的古代建築之列：這

78. 馬丁．路德（一四八三至一五四六），德國的宗教改革家。
79. 米拉波（一七四九至一七九一），法國大革命時期的著名政治家和演說家。
80. 狄安娜是大神朱庇特之女，森林女神，好狩獵。

種類型的教堂，除了天花板，幾乎是接近埃及式的，一切都是難以理解的，一切都是祭奠式的，一切都是象徵式的；這類教堂的裝飾圖案中，菱形和曲折的圖形要比花的圖案多，花的圖案比鳥獸的圖案多，鳥獸圖案又比人像多；它們更多是主教的作品，而非建築師的作品；它們是藝術最初階段的變化，帶著神權和軍事紀律的深刻印記；它們始於後期羅馬帝國，告終於征服者居約姆時代。

巴黎聖母院也不可能歸入另一類家族：這類教堂大都高聳入雲，裝飾著無數玻璃窗和雕像；它們形狀尖峭，姿態大膽，作爲政治的象徵散發著市鎮和市民的氣息，而在藝術方面又奇幻奔放，富於自由的色彩；它們屬於建築藝術第二階段的變化，不再具有難解的寓意，不再一成不變且充溢僧侶氣息，而是具備藝術家們的氣質，循序漸進且富有民間特色，這個變化始於十字軍東征歸來，終止於路易十一時代。巴黎聖母院既不屬於第一類純羅馬式的教堂，也不屬於後一類純阿拉伯風格的教堂。

它是一座過渡時期的建築物。撒克遜族的建築師給它豎起大殿最初的柱子，十字軍帶回來的尖拱式樣，便像征服者大模大樣地坐到了本來準備接待半圓拱的那些粗大的羅曼柱頭上。那尖圓拱從此就成了主角，構成了教堂的其餘部分。然而它一開始好像是缺乏經驗似的，還熟練地、膽怯地約束著自己，然後向外展開、拓寬，不敢像後來在眾多瑰奇的教堂中所表現的模樣，如箭矢或柳葉尖刀直插藍天，它似乎對那近在咫尺的、笨重的羅曼式立柱還有所忌諱。

再說，從羅曼式向哥德式建築過渡方面的研究價值，並不亞於任何風格純粹的建築研究價值，它們表達藝術的某種色調變化倘缺少了，這種差異就無處尋覓了，這是尖拱式樣與開闊穹隆風格的一種結合。

巴黎聖母院尤其是這種變化的一個奇特標本。這座可敬的紀念性建築的每個側面或是每塊石頭，不僅載入了我國的歷史，而且載入了科學史和藝術史。

我們不妨在這裡舉出幾處來吧，那小紅門幾乎已經達到了十五世紀哥德式建築的細巧風格的極致藝術，而中殿的柱子，卻由於粗大和凝重，直逼建於卡洛林王朝的草場聖日耳曼修道院的時代去了。人們會認爲這道門和這些柱子之間，好像相隔長達六百年的時間呢。

甚至連煉金術士，也無一不認爲從那大拱門的種種象徵性圖案裡中，發現了一本滿意的煉金術概要，認爲屠宰場聖雅各布教堂是煉金術最完整的象形符號。而聖雅克教堂的美則恰恰體現了這門學問。因此，羅曼式修道院，哲學教派，哥德式藝術，撒克遜藝術，令人想起的是格雷果瓦七世[81]時代的那笨重的圓柱，在傳說中，尼古拉．弗拉梅爾是個神秘人物。

聖日耳曼修道院，聖雅克教堂，藉以爲路德開路的神秘象徵主義，教皇的集權論和分裂主義。所有這些都融化、組合、混雜在巴黎聖母院的建築之中了。這座佔據了中心位置，繁衍子孫的大教堂在巴黎的古老教堂中是一隻怪物：它身上長著甲的腦袋、乙的四肢、丙的臀部，兼有全部教堂的綜合。

我們重申一遍，在藝術家、考古學家和歷史學家看來，這種混雜的建築是頗具價值的。通過它們展示的東西——希臘的大型石建築遺跡、埃及金字塔、巨大的印度寶塔——這些建築物讓人體會到建築藝術是何等原始的東西。與其說它們是天才的創作，不如說它們是勞苦大眾的藝術結晶。它們是民族的寶藏，世紀的積累，是人類社會才華不斷昇華所留下的見證。總之，它們好比是地質層系，每個時代的洪流，都會把自己的沖積層疊加上去，每一種族都將其沉澱層安放在文物上面，每個人都可以添

81. 一〇七三年至一〇八五年任羅馬教皇，他以捍衛教規與亨利四世鬥爭著稱於世。

磚加瓦。自然界裡的海狸、蜜蜂與人的行爲其實是如出一轍的。巴別塔[82]便是一個蜂房。

偉大建築就像大山一樣，同樣是世紀的產物。往往藝術形式發生了變化，而建築物卻依然如故。於是人們就按照變化了的藝術手法平平靜靜地繼續延續下去。新藝術就此抓住舊建築物，把自己和它鑲嵌在一起，因此必須吸收它，再按照自己的喜好發展它，有可能的話就讓工程進行到底。

這樣遵循著看似平靜的自然法則，大功告成，既沒有阻撓，也不費力，更不會引起反抗。它是一個突然長出來的接枝，一股環流樹身的樹漿，是再一次的生根發芽。有若干種藝術在同一建築物上的不同高度依次相互銜接起來，這個現象真可以寫成好幾本長篇巨著，而且往往是人類的通史。人類，藝術家，個人在這些沒有作者署名的龐然大物之上一一消逝，而人類的智慧卻在其中概括、總結。時間就是建築師，而人民就是泥瓦匠。

我們在這裡只談到歐洲基督教的建築藝術，那便一目了然，它像巨大的岩層，呈現爲由三個界限分明、逐一重疊的層次組成的巨大的地質層系：它們分別是羅曼層，根據地區、氣候和種類，又稱爲倫巴第層、撒克遜層和拜占庭層。哥德層和文藝復興層——我們更情願稱之爲希臘羅馬層。

到了文藝復興時代，半圓拱佔據著最古老、最深厚的羅曼層，由希臘式立柱托起，在這個位置最高的現代層中再現。尖圓拱則位於兩者的中間。分別各隸屬於這三帶之間的任何一帶的建築物，各自都是界限清楚的，統一的，完整的。朱密也格修道院、蘭斯大教堂、奧爾良聖十字大堂，便是佳例。但那三層的邊沿部分卻互相混雜，就像太陽的七種色彩互相混雜一樣，因此就產生了那些複雜的紀念性建築和那些各具特色的過渡性建築。如某一建築的腳是羅曼式，身是哥德式，首是希臘羅馬式，這

82.巴別塔是傳說中的巨塔，建築術的象徵。

是因爲人們一共花了六百年才把它建成。

這種變化是極其罕見的，艾達普城堡的主塔就是一個例子。不過一個建築物相容兩個層次的建築物還是較爲常見的。巴黎聖母院就是屬於這一類的。它是以尖圓拱爲主體，其實它最初的立柱屬於羅曼層次，如同聖德尼大教堂的大門和聖日耳曼教堂的大堂。波什維爾修道院可愛的半哥德式的教務會議廳也是屬於這種類型，羅曼風格一直到它的半腰上，還有盧昂大教堂，要不是它的中央尖塔頂端沾上了文藝復興的風格，那會完完全全是哥德式建築。

話再說回來，所有這一切不同的色度和差異都只涉及建築的表面，藝術只改變了它們的外表。基督教教堂的結構本身並沒有受到影響，內部的骨架和各部分合乎邏輯的配置還是依舊。

不管一座大教堂的外殼是如何雕琢、如何點綴，人們在這外殼底下總會找到羅曼大教堂的雛形。羅曼大教堂也是始終遵循同一法則，在地面上蔓延擴展，不受任何的干擾，永恆地展現著自我。它一成不變地分成兩個殿，交叉成十字形，十字的頂端拓爲圓形，頂端後部就是後堂，也就是祭台所在的位置了。迴廊始終都存在，用來供內部遊行，也供設置小禮拜堂。兩側總是可供散步的某種場所，主殿由柱廊與兩側這種散步場所相通。

這一原則被確認之後，一定數量的小禮拜堂、大門道、鐘樓和尖頂，隨著世紀、人民與藝術的想像力，全部進行了安排，而且不斷地有所變化。只要崇拜儀式所需的一切可以得到保證，那建築藝術便可以盡善盡美地把它實現了。雕像、拼花玻璃窗、玫瑰花窗、阿拉伯圖案、齒形雕刻、柱頭、浮雕等等，建築師可以根據自己的喜好來協調地組合這些想像物。因此，在那些建築物外表不可思議的千變萬化之中，卻依然存在著秩序和一致。樹幹總是一成不變，樹葉卻時落時生。

巴黎鳥瞰

我們剛才試著給讀者描述了巴黎聖母院這座可敬的教堂。我們簡略地概括了它在十五世紀曾經有過、而今天卻不復存在的諸多美妙之處，不過我們還遺漏了最美不勝收的一點，就是當年從它的鐘塔頂上俯瞰的巴黎全景。

情況就是這樣，一道黑暗陡峭的螺旋梯，貫穿了兩座鐘樓的厚牆。只要毛骨悚然地順著這陰暗的樓梯拾級而上，經過長時間的摸索之後，終於踏上兩個充滿陽光和空氣的平台中的某一個。那上面陽光燦爛，清風習習，一幅美妙壯觀的圖畫便從四面八方同時舒展開去，如畫美景盡收眼底。假若你們當中有人幸運地看見過同樣完整的哥德式城市——此類城市今天還留存下來幾座，如巴伐利亞的紐倫堡，西班牙的維多利亞——即便他僅僅見到過更小的樣品，只要這些樣品，如布列塔尼的韋特列，普魯士的諾霍桑城，保存的完好，我們就不難想像出這一天然完美的景色了。

三百年前的巴黎，即十五世紀的巴黎就已經是一座大都市了。我們這些現代巴黎人一般都以為，從那個時期起巴黎的範圍擴大了許多，其實從路易十一時代起，巴黎擴展頂多不超過三分之一，事實上，它失去的美好成分比它增加的面積還要多。

眾所周知，巴黎誕生於古老的、狀如搖籃的城島上。小島的堤岸就是它最初的城牆，塞納河就是它最早的城壕。

在若干世紀內，巴黎始終維持著它島的形狀。它有兩座橋，一南一北，既是城門又是堡壘。大沙特雷門在右岸，小沙特雷門在左岸。從出現了最初的王朝時起，巴黎在這個島上就覺得局促不堪了。於是它跨過了塞納河，再也不能退回去了。那個時代，在大小沙特雷門的外側，之後這修建了最初的一圈城牆和幾個城樓。附有塔樓的城牆開始侵蝕塞納河兩岸的郊野，這座古老的城郭直至上世紀還有若干遺跡，以及四周殘存的地名傳說，如博岱門又稱博都阿耶門或巴戈達門[83]。

漸漸地，房屋如洪流一直從城市中心向外泛溢，侵蝕、損壞和吞沒這道城郭。威嚴的菲利浦曾築起新的堤壩阻擋洪流，特給了它一個新的範圍，他將巴黎城約束在一道由高大堅固的碉堡組成的環狀鎖鏈之中。

一百多年來，房屋相互傾軋，相疊相加，逐漸稠密起來，就如蓄水池裡的水位不斷提高一樣，那些房屋也開始提高，它們變得幽深，拚命地增加著樓層。一座比一座高，宛如液流受壓，膨脹起來，不停向上噴射，爭先恐後，誰有能耐把腦袋瓜伸得比別人高，才能得到一點空氣。

街道越來越深，愈來愈窄，整個廣場都被房屋佔據而消失了。最終，房舍像一群逃犯似的又跳出威嚴的菲利浦的城牆，混亂不堪，到處亂竄，紛亂錯雜地伸展到原野上，根本不成個格局。它們自得其樂又伸拳踢腿，開闢田野又建造花園，開始過舒適的日子。

自一三六七年起，城市就向郊區大力擴展了許多，以致後來不得不需要再建一道新的城牆，尤其是在塞納河的右岸。查理五世把這件事辦得很漂亮，修建了那道城牆。然而巴黎這樣的城市總是無止

83. 巴戈達門是拉丁語的叫法。

境地在那裡擴展，或許只有這類城市方能成爲首都。它們如同水庫，一個國家所有的地理、政治、道德、智慧的河流，一個民族所有當然潮流，都源於此。

不妨說它們是文化的礦井，又是文化的溝渠。一個國家的商業、工業、知識、民眾，凡一個民族的生命、活力和靈魂，都一個世紀又一個世紀，一滴又一滴，不斷地在這裡過濾和沉積。

查理五世的城牆遭到了與威嚴的菲利浦的城牆相同的命運。早在十五世紀末，它也被跨越、踐踏了，城郊的區域也就擴展得更遠。到了十六世紀，查理五世的城牆乍一看好像退縮不見了，彷彿越來越深地陷入舊城區裡面。因爲，新城區已在它的外面蓬勃繁榮起來。

這樣，早在十五世紀——我們暫且就以十五世紀來說明吧——巴黎已經摧毀了那三道呈同心圓分佈的城牆。而這三道城牆，可以這麼說，是從背教者朱利安時代的大小沙特雷門發展起來的。這座大城市接連脹破了它的四道城牆，像一個小孩大起來撐破了去年的衣服一樣。

在路易十一時代，在這片房屋的汪洋大海之中還隨處可見舊城牆的幾組傾圮的炮樓，好像是洪水中冒出水面來的山巔，也好像是淹沒在新巴黎城中的古巴黎群島。

從那時候起，我們很不幸看到巴黎一直在改變。然而它只是越過了一道城垣，即路易十五時代用泥巴拌唾沫築成的那道可憐城牆，這道可憐的城牆倒與修造它的那個國王如此相稱，與詩人的歌唱也極其相稱：

環繞巴黎的牆垣，使全城悄聲埋怨。

在十五世紀，巴黎分成了十分清楚而又各自獨立的三個區域，每個區域各有自己的面貌，自己的姿態，自己的特點，自己的風俗，自己的優點和自己的歷史。這就是舊城、大學城和新城。

舊城歷史最古老，範圍也最小，佔據著整個小島，是另兩個區域的生身之母。它夾在後兩者中間，打個不恰當的比方，就像一個小老太婆夾在兩個高大、美麗的女兒中間。

大學區佔據著整個塞納河左岸，從杜爾內爾塔一直到內斯爾塔的廣大土地，這兩個地區就相當於今天巴黎的酒類批發市場和鑄幣所。它的城牆佔據著當年朱利安修建溫泉浴場的那片鄉野，並圈進去了一大塊，聖熱納維埃夫山也被圍在城牆裡面。

這道弧形城牆的中心頂點是巴巴爾門，大致靠近今天的先賢祠的位置。新城是巴黎三部分中最大的一塊，它佔據整個右岸，沿著塞納河從比里塔到木塔，即從今天的大盈倉所在地到杜伊勒里宮的所在地，築有既連成一氣，又時斷時續的堤岸。

塞納河將首都城牆割斷的四個處所：左岸的杜爾內爾方塔和內斯爾塔，右岸的比里塔和木塔，被叫做「巴黎四高塔」，這真是再恰當不過了。新城比大學區更加深入郊野。市民區的城牆（查理五世修建的）的最高處，是聖德尼門和聖瑪律丹門，它們的位置至今尚未改變。

如我們剛才所說，巴黎的三大區域，每一部分都是一個獨立的城市，但都是一座由於過分特殊而不可能完整的城市，它們每一座都不離開其他兩個城市而單獨存在。三部分外表也迥然不同。舊城教堂林立；新城多是宮殿、官邸；大學城裡則遍佈著各種學院。這裡姑且不談古代巴黎的種種次要特徵，也不談那隨心所欲的過路稅，只按照總的情況和亂七八糟的分區裁判管轄權來講，也可以這樣說，即舊城屬於主教管的，右岸則屬於商務督辦管的，左岸歸大學校長管轄。

巴黎總督是代表王室而不是代表地方，所以統管一切。舊城有聖母院，新城有羅浮宮和市政廳，大學城有索邦。舊城有主宮醫院，新城多有批發市場，大學城有生員草地。

假如學生在左岸的生員草地上犯了罪，就必須在舊城的司法宮裡作審判，然後需要在右岸的隼山去受苦刑。除非大學的校長感到當時的國王軟弱而大學強大，勇於出面干涉，因爲讓學生給絞死在自己的區域裡也算是一樁特權呢。

順便說一下，大部分特權，以及更重要的特權行使，都是靠造反、暴動強行從國王手裡奪過來的。這是亙古不變的做法，難溯其源了。只有人民起來強奪，國王才肯開恩的。有一個古代文獻提到關於民眾對皇室的忠誠說得很明白：「市民對國王的效忠，雖然有時被叛亂所破壞，仍然使市民們得到了很多權利。」

在十五世紀時，塞納河曾有五個小島深入到巴黎城內的水域中：盧維耶島，當年有大片的樹林，如今只剩下叢林了；母牛島和聖母島，兩者皆屬於人跡罕至的島，唯有一所棚屋，兩者都是主教的領地（到十七世紀，兩洲合併為一，重新修建，大興土木，即今天的聖路易島）；還有城島，後來該島頂端的渡牛島就沉到新橋的泥濘中了。

城島當時共有五座橋，三座在右岸：聖母院橋和歐頂熱橋都是石橋，風磨橋是木橋；左岸有兩座：小橋是石橋，聖蜜雪兒橋是木橋，各座橋上都佈滿了房屋。

大學城共有六道城門，都是威嚴的菲利浦下令建造的，自杜爾內爾方塔開始起，依次爲聖維克多門、波代門、巴巴爾門、聖雅克門、聖蜜雪兒門、聖日耳曼門。

新城擁有六座查理五世執政時建造的城門；從比里塔開始，它們依次爲聖安東尼門、廟門、聖瑪律丹門、聖德尼門、蒙馬特爾門、聖奧諾雷門。

這些城門堅固美觀，精美雅致。單憑力氣是不能損壞它們分毫的，有一道又寬又深的溝塹環繞著整個巴黎，其水源就來自塞納河，冬天漲水期會有急流通過。晚間關閉城門，塞納河就被城市兩頭的粗大鐵鍊攔住，如此巴黎便可安然入睡了。

若對這三個區域作鳥瞰時，城區、大學區和市民區都各把一堆糾纏不清的街巷迻進眼中。但是你第一眼就能看出，這三片城區是合成一個整體的。

人們隨即看到兩條平行、不斷延展，毫無毀損和中斷，幾乎是筆直的長街從南到北，從一端延伸到另一端，差不多成爲兩條直線垂直於塞納河。

塞納河貫穿了三座城，把三城聯結並加以混合，不斷地把一個城的民眾連續注入另一城內，於是便把三座城合而爲一。

這兩條大街的第一條是從聖雅克門通向聖瑪律丹門，它在大學城的一段叫聖雅克街，而在舊城一端的叫猶太街，在新城叫聖瑪律丹街，這條長街在小橋和聖母橋的名字下跨過塞納河兩次。

第二條大街在左岸的一段叫豎琴街，在城島上那一段叫木桶街，在右岸叫聖德尼街。在塞納河兩道河汊上各有一座橋，一條河汊上的橋叫聖蜜雪兒橋，在另一條河汊上的橋叫歐頂熱橋，從大學城的聖蜜雪兒門直通到新城的聖德尼門。名稱儘管各異，但街道始終只有兩條街，不過是兩條母親街，繁殖子孫的街，也是巴黎的兩條大動脈。

這座城市其餘的街道，都是從它們引出或是向它們彙集的。這兩條街橫貫巴黎，佔據它全境的主要街道。除了這兩條街道，新城和大學城都各有一條特殊的大街，縱貫各自城池，並與塞納河並行，而且延伸開去，橫過大街時恰好與那條動脈交叉成直角。所以在新城，你可以從聖安東尼門筆直地走到聖奧諾雷門，在大學區，你可以從聖維克多門筆直地走到聖日耳曼門。

這兩條大街與前兩條最大的兩條街交叉，形成總網路，朝各個方向相互散射、彼此擠壓的大街小巷都以此爲依託。然而，只要留神仔細觀察，就可以看見兩堆禾苗一般密集的街道，一堆在大學區，一堆在市民區，從那些橋直達那些城門。這是兩組街道，從橋樑到城門越變越寬。

這種平面幾何圖形直至今天有的還能找到。

那麼，在一四八二年從聖母院鐘樓頂上俯瞰全城，它又該是何種面貌呢？

這就是我們要試著描述的。

眺望的人氣喘吁吁地爬到了鐘塔上，首先就被那些屋頂、煙囪、街道、橋樑、廣場、高塔和尖閣弄得頭昏目眩。

所有的一切一齊湧至眼前：石砌的山牆、尖角的屋頂、牆拐角懸空的小塔、十一世紀的石頭金字塔、十五世紀的板岩方尖碑、碉堡光溜溜的圓塔、教堂精細裝飾的方形塔，大的或者小的，厚實的或者空靈的。

這個迷宮的任何一個層面都足以使人目光久久迷失，這裡的一切建築物無不有它奇異之處，無不有它的來由，無不顯示出它的特性和它的美，從有繪畫和雕刻的木質橢圓形大門道和樑柱外露、門戶低矮、高層比低層更加外突的房子，直到供國王居住的，在當時有一大群塔樓的羅浮宮，這一切建築都是藝術品。不過，假若我們的眼睛在這紛陳雜遝的建築物中尋找時，還是可以區分出那些主要的建築群。

首先是舊城。索瓦爾稱它爲城島。雖然索瓦爾行文雜亂無章，但是偶爾也有神來之筆：「城島的形狀像一隻大船，它擱淺在塞納河中游而且陷進了泥濘。」我們剛才說過，十五世紀時這艘船是由五座橋同塞納河兩岸拴定在一起的。

這個船也曾使記述家感到震驚。因爲，依據法凡和巴斯基耶[84]的說法，巴黎古老的城徽上之所以以那條船作爲紋章，而不是來自所謂的諾爾曼人圍城之役。對於懂得紋章的人來說，紋章就是一種代數學，一種語言。中世紀後半期的全部歷史都寫在那種紋章裡，正如前半期的歷史寫在羅曼式教堂的象徵飾物上一樣。紋章是繼神權象形文字之後出現的封建象形文字。

因此，城島首先映入眼簾的是船尾朝東船頭朝西。面朝船頭，向它的頭部望去，呈現在面前的是一大堆無邊無際的古老屋頂，如背著鐘塔的大象的臀部，托起高高的塔樓。不過，這座鐘塔的尖頂如箭穿空，是所有鐘樓尖頂最大膽求新、最精工細雕、最玲瓏剔透的一具傷口。

在聖母院的正面，有三條街道通向有許多老房子的教堂前的漂亮廣場上，廣場四周圍全都是舊式的房子。廣場南側，斜立著主宮醫院那皺巴巴、陰沉沉的前牆，以及好像佈滿疤痕與痣瘢的屋頂。左面右面、東方西方，在城島如此窄小的城牆內又矗立了二十一座教堂的鐘樓，建造年代各不相同，形狀各異，大小不同，從聖德尼杜帕教堂粗笨低矮、蟲蛀的羅曼式透光的鐘樓，這個所謂的「海神之獄」，一直到聖彼得教堂和聖朗德里教堂那些精巧的鐘樓。

聖母院的背後，在北面，隱修院展開它那哥德式的走廊；在南面，是主教的半羅曼式的府邸；東面，是德罕荒地的島尖，名爲「灘地」。

在這成堆的房屋中，還可以用肉眼辨認出查理六世時代由巴黎市贈送給雨維納爾．代．于爾森[85]的

84. 巴斯基耶（一五二九至一六一五），法國十六、十七世紀著名法學家、文化史學家，著有《法蘭西研究》。
85. 于爾森（一三六〇至一四三一），一三八八年任巴黎市長。

公館，在這座建築最高一層的窗戶上，戴著高出屋頂的、鏤空的石頭的主教帽；再過去一些就是帕呂斯市場塗著柏油的棚屋；另一處則是新落成的舊聖日耳曼教堂的半圓形後堂，在一四五八年擴建這一部分時，把豌豆街的一截也囊括進去了。

還有，人群擁擠的十字路口隨處可見，某街角的恥辱柱，威嚴的菲利浦時代的一段鋪石路面是極其漂亮的——馬路中間專供馳馬所用的鑿出槽紋的石板，到了十六世紀被寒磣的號稱「同盟石塊」的碎石路面所取代——以及一個人跡罕至的荒涼後院，樓梯上有著十五世紀常見的、如今在布林多內街還可以看到的那種半透明的角樓。

最後，在聖教堂的右邊，也就是西面，司法宮的一排塔樓穩坐於河濱。皇家花園的樹林位於城島的西端，擋住了視線，因此就再也看不見渡牛島了。至於河水，從聖母院塔頂只能在城島兩側看見它的蹤影。塞納河在橋樑下面就消失了，而橋樑則在房屋下面消失了。

由於水汽的薰蒸，橋上房舍的屋頂都有些發霉變綠，並非由於年代久遠，而是由於濕氣受潮之故。如果目光離開橋樑，投向左岸的大學城，首先引起注意的就是又寬大又高的塔群。那就是小沙特雷門，它那敞開著的門洞正好容納下小橋的末端。

如果你的目光從東移向西，從杜爾內爾方塔移向內斯爾塔，只見一帶房舍，雕樑畫棟、彩色玻璃窗、層層疊疊的樓宇，它們高居於曲折的鋪石小巷的兩側民居的街巷之上。還可以看見一派市民房舍的山牆，曲曲折折，望也望不到盡頭，一條街的出口也不時被一幢石牆大樓的正面或側面戛然切斷。

這類府邸都雄踞一方，前有院子後有花園，不僅有主樓還有兩個側翼，處在一堆堆狹窄的民居中間猶如大豪紳在鄉巴佬中間一樣。五六個府邸都建在河邊，其中有洛林府，它與聖倍爾那丹學院一齊分享著毗鄰杜爾內爾方塔的大院牆。也有內斯爾府，它的主塔建在巴黎的邊緣，它的黑三角形尖屋頂一年當中得有三個月遮住了殷紅夕陽的一角。

塞納河這一邊遠不如那一邊商業繁忙，學生們在這裡吵鬧和聚會發出的喧鬧聲比手藝人要多。說確實些，除了從聖蜜雪兒橋一直到內斯爾塔才有碼頭，河濱的其他部分，不是光脫脫的沙灘，如倍爾那丹學院大寺院一帶，就是一大排屋基、下部浸泡在水裡的房舍。只有洗衣婦的喧嘩聲會震天價響，跟現在的情形一樣，她們從早到晚叫呀，說呀，唱呀，狠捶衣服呀，這算得上是巴黎一件不小的賞心樂事吧。

大學城看上去像一個整體，從這一頭到那一頭，形成了一個均稱、牢固的整體。成千上萬個屋頂，窄小、嶙峋、拘謹，幾乎全都是按照同一幾何圖形建造的，俯瞰之下，像是同一種物質的結晶體。街巷橫七豎八，並沒有把這一片房屋切割得參差不齊。四十二所學校分佈得相當均勻，哪都有一所。這些美麗建築形式多樣，煞是有趣，與那些高聳入雲的平常人家的屋頂是同一種工藝建成，終究是同一幾何圖形的正方形或立方體罷了。所以它們趨於多樣化，但沒有擾亂整體的統一，補足缺陷又不顯畫蛇添足。

幾何學是一種十分注重和諧的學問。若干漂亮的府邸，高凸在左岸那些如畫的頂樓之中，諸如現在已不復存在的納維爾府、羅馬府、蘭斯府。唯有克呂尼府依然矗立著，總算爲藝術家們帶來些安慰。不過幾年前居然有人愚蠢地砍掉它的塔樓，真是愚蠢至極。

鄰近克呂尼府的這座以漂亮的半圓拱爲主體的羅曼式宮殿，乃是朱利安的溫泉浴場。此外還有很多大寺院，比起那些大廈來更具有一種虔誠的美，更爲莊嚴偉大。

首先惹人注目的，有倍爾那丹學院的三座鐘樓，聖熱納維埃夫修道院的方塔今日猶存，但其餘的蕩然無存，令人不勝惋惜。

索邦學院一半是學校，一半是修道院，倖存下來令人讚賞不已的只有中堂和優雅的四邊形的馬居韓教派隱修院。

聖伯努瓦隱修院與其毗鄰，就在本書第七版問世後，將出第八版的這段時間內，在隱修院的牆上人們馬馬虎虎地造了一個戲台，接著是方濟各會修院三堵巨大的並列的山牆；奧古斯丹修院優美的尖塔，這是巴黎從西面算起，繼內斯爾塔之後的第二個有雉垛的建築。

那些學校事實上是修道院和塵世之間的聯繫，它們位於一排排的大廈和寺廟之間，具有一種優美的嚴峻氣概，雕刻之富麗僅次於宮殿，建築之莊嚴僅次於寺廟。可惜今天這些文物建築幾乎蕩然無存了。

大學城還有許多教堂，座座光彩奪目，從聖朱利安堂的半圓拱直到聖塞弗林堂的尖圓拱這些教堂統率一切。教堂不僅凌駕於其他建築物之上，它們好像還爲這和諧的整體又增添了一抹和諧，不時突出在許多高低不一的尖閣的山牆，鏤空的鐘樓、纖細的塔尖之間刺破山牆那重複的輪廓線。這些尖頂、鐘樓、塔尖的線條，無非是屋頂尖角的華麗誇張而已。

大學城的地面崎嶇不平，聖熱納維埃夫山像一個巨瘤似的矗立在東南方。這倒是很值得我們從聖母院頂上俯瞰一下的：

許許多多狹窄擁擠、彎曲的街巷（今天的拉丁區）都相互穿插，那一堆堆密密麻麻的屋宇又從那塊高地兩旁雜亂地一直伸展到河岸，幾乎一溜筆直地沿著山坡俯衝下去，一直滾到河邊。其中有的像滑坡，有的又像在爬坡，然而彼此勾連，且又抱成一團。

街面上有上萬個縱橫交錯的小黑點在不斷徐徐蠕動，形成了一股浪潮，竟使得眼前的景色整個兒活起來：從遠處、高處看到的人群就是這樣了。

最後，那些無數的屋脊、尖頂以及古怪建築，把大學城的外廓線，折疊的折疊，扭曲的扭曲，蠶食的蠶食，真是千奇百怪。

在奇特的建築空當裡，人們還可以隱隱約約看到一大段佈滿青苔的厚牆，一座堅固厚實的圓塔，一道形似碉堡的雉堞城門——威嚴的菲利浦的老城牆。城牆外面就是綠色的郊野，長長的道路，路的兩旁有一些鄉村房舍，愈遠愈稀少。

這些城郊的小鎮，有些頗爲重要，以杜爾內爾方塔爲起點，首先就是聖維克多鎮了。鎮裡有一座橫跨比埃弗爾河的單拱橋，還有一座修道院，裡面還保存著胖路易[86]的銘文，還有一座教堂。教堂的八角形尖塔四周，圍繞著四座十一世紀的小鐘樓（這樣的教堂在埃唐普現在還有一座，還沒有拆毀）。然後是聖馬索鎮，那有三座教堂和一座女修道院。把戈普蘭磨坊和它的四堵白牆留在左邊，就到了聖雅克鎮了。有座精雕細刻的美麗十字架在它的四岔路口處。

鎮內有座隘口聖雅克堂，在那個時代它還是哥德式建築，尖頂十分可愛；還有聖馬格洛瓦教堂，它秀美的主殿建於十四世紀，拿破崙曾把其漂亮的中堂改做草倉；再有就是裡面有拜占庭式的鑲嵌畫郊區聖母堂。

86.胖路易就是法王路易六世。

然後視線越過平野，就看到查爾特勒修道院，和司法官建在同一個時代的這座富麗的建築，有著分隔成格子狀的小花園，名聲不佳的那伏凡爾廢墟也被劃在它的地盤內，再越過少有人跡的沃維爾廢墟，然後再把目光往西移一點，就能清楚地看到聖日耳曼修道院的三座羅馬式的尖塔了。

聖日耳曼鎮已成了一個由十五到二十條街組成的大教區。聖須爾比斯教堂的尖頂鐘樓高聳在鎮的一隅。在聖須爾比斯教堂近旁，可以分辨出聖日耳曼市場四邊形的圍牆，也就是現在所看到的集市。然後就是修道院長所設置的恥辱柱，那是極其漂亮的小圓塔，塔頂有個鉛皮的塔錐。再往遠處，就是通向民窯的窯場街的瓦窯，小山上的磨坊和痲瘋病院。還有痲瘋病院內那座孤零零的偏僻小房子。不過最引人注目並使之久久不願轉移的，是修道院本身。

這座落落大方的寺院，既像一座教堂又像一座領主府第，稱得上是修道院宮殿，巴黎歷任主教都以在此留宿一夜為榮，建築師賦予它的花園、狼牙閘門、吊橋、帶雉堞的圍牆——那看上去像是把四周綠茵剪成一個個缺口的牆垛子，其中還有各個院落，武士的兵器和教士的繡金披風閃閃發光。這一切合在一起，環繞著三座聳立在哥德式唱詩室上的圓拱高閣，在視野裡形成一副壯觀的圖畫。

在久久瞭望大學區之後，你的眼睛終於轉向右岸，朝新城望去，景色就突然變了性質。新城比大學城可大得多，而且也不那麼劃齊統一。你第一眼就會看到它分成若干個界限極其分明的群體。

首先，在東方，即當年加米羅仁使凱撒[87]的人馬陷入泥淖之處，也就是今天仍沿用沼澤舊稱的那一地區，那裡有一組宮殿。

87. 凱撒是西元前一〇〇年到前四四年的羅馬皇帝，高盧族領袖加米羅仁曾用誘敵深入的戰術抵抗凱撒部將拉比埃尼的進攻。

四座差不多連接在一起的大廈——汝耶大廈，桑斯大廈，巴爾波大廈和皇后大廈——把它們的輕便角樓的石板屋頂投影到塞納河上。

這四座建築物佔據了全部從諾南第埃爾街到塞勒斯丹修道院的所有空間。那家修道院優雅的尖塔，多少也為山牆和雉堞組成的單一輪廓帶來一點生機和活力。

儘管河岸上有幾所暗綠色的破房，但是卻遮不住公館正面的美麗稜角，遮不住公館寬大的石框方形格子窗、堆滿塑像的尖拱門廊、稜角總是那樣分明的牆垣的尖脊，同時也遮不住所有這一切美妙的建築奇珍。

正因為有了它們，看來哥德式的藝術又重新與每座宏偉建築物結合在一起了。在這些宮殿的後面巧奪天工的聖波爾府的無窮無盡、多姿多態的厚重圍牆向四面八方伸展開來，有的部分還帶有內隔牆、圍以柵欄、加修雉堞，猶如一個碉堡，時而像一座女修道院隱沒在大樹之中。

法國國王在聖波爾的府裡，足可以安頓二十二名地位與王太子和勃艮第公爵相等的王子，外加他們的僕人和隨從，當然還不計算其他達官貴人，以及到巴黎來訪問的神聖羅馬帝國的皇帝，諸多的獅子——在國王的別館裡它們還有專用的住所。

這裡不妨說一下，當時一套供王子居住的房子至少擁有十一個房間，從檢閱廳到祈禱室，這還不算那些花樓、浴室、暖房和與住所相連的「多餘的地方」，更不用說國王的每位嘉賓都有專用的花園，也不必說大大小小廚房、食物貯藏室、配餐室和公用餐廳，還有內設有二十二個作坊的若干家禽飼養場，用來研究從燒烤到配兌酒水的各種技藝，再有千百種的娛樂項目，槌球、網球、指環戲等等，還具備若干鳥欄、魚池、動物園、馬廄、牛棚；許多圖書館、軍械庫和冶煉場。

這就是當時的一座王宮，一座羅浮宮，一座聖波爾大廈，一座城中之城。

畢竟，從我們所在的塔頂眺望，聖波爾府幾乎一半被上文說的那四座府邸遮住了，但是它占地廣袤，氣象萬千，相當宏偉。

查理五世把聖波爾府併入這座宮殿的三個府邸，儘管它們由巧妙地用彩繪玻璃窗和小柱子的長廊同王宮連在一起，但仍然可以依稀辨認：小米斯府的大廈邊緣鑲著一道精美的花邊欄杆；聖摩爾修道院長公館外形猶如碉堡，有一個粗壯的塔樓，一些堞眼、槍炮眼、鐵閘。神父的紋章刻在寬闊的撒克遜式的大門上方，吊橋的兩個槽口之間。

艾達普伯爵府的圓柱形主塔的上部現已坍塌，像個殘缺的雞冠，間或還有三四棵老橡樹聚在一起，疏疏落落，好像一朵朵偌大的菜花；天鵝在那波光粼粼的池塘裡嬉水；一直望進去，還可以看到其中一段段美麗如畫的景色。

寵臣們的宅邸獅子館，低矮的尖圓拱均由低矮的撒克遜柱子尖拱托起，有鐵製的狼牙閘門，從早到晚的咆哮[88]。

萬福瑪利亞女修院彩色剝落的尖塔凌駕於一切之上。它的左側是巴黎總督的府邸，兩旁有四幢精巧的小樓。視線的正中和深處，就是那面面可觀的聖波爾府和那繁複的主體建築。

自查理五世以來，僅用了兩個世紀的時光，建築師們踵事增華，爲它添加了繁星似的、雜亂的、多餘的、風格混雜的裝飾，這還不算它的若干個小禮拜堂的半圓形後堂、眾多走廊的遊廊和山牆、成

88.法文寵臣一詞也作獅子講，所以這裡就提到了獅子的吼聲。

千上萬的風信標，兩座高塔相連，圓錐形頂蓋的底部圍著一道雉垛，頂蓋看起來就像卷邊的尖頂帽。

這組宮殿在遠方層出不窮地伸展著，活像是一座半圓形的階梯劇場。接下去，我們的目光越過聖安東尼街的一段，那是在新城的屋頂之間挖出的一條深窪。然後，我們就留意並舉出主要的幾處建築——安古勒姆府。

這是一座經歷了幾個朝代逐漸形成的宏大建築，其中有的部分全新並且十分潔白，在整體中就好比在藍色緊身服上打了一個紅補丁，顯得有些格格不入。不過，這處現代宮殿的屋頂又尖又高，坡度尤其陡峭，還佈滿了細工鑲嵌的閃亮的金色蔓藤花紋，鉛皮上鑲嵌著鍍金銅絲，形成了千姿百態的花藤裝飾，形成了輕舒慢展的奇異圖案。

這座鑲嵌的奇特屋頂，從褐色舊建築的廢墟中脫穎而出，顯得分外飄逸，而那些舊的建築古老、肥大的塔樓因年久失修，中部膨脹宛如由於腐爛而傾頹下來的大酒桶，上上下下全是裂縫，看上去就像敞開衣襟的啤酒肚兒。

再往後，是杜爾內爾宮，它尖閣林立，無論在相波爾[89]或阿朗波拉[90]，還是全世界，這組建築之空靈和神奇、迷人都堪稱之最。但見尖塔、小鐘樓、煙囪、風標、螺旋梯、好像由打洞鉗打穿的鏤空燈籠，紡錘形的塔樓，高下錯落、形狀各異、姿態萬千，真可以說是一個巨大的石塊棋盤。

在杜爾內爾宮的右邊是小塔宮，那成群的墨黑的塔，一個挨著一個，溝塹環繞，像是用一根繩子把它們捆紮在一起，彼此契合。塔群右側有個漂亮的、鑿有許多槍眼和窗戶的圓塔，那座始終拉起的

89. 相波爾，在法國布盧瓦市，當地有弗朗索瓦一世所建雄偉宮殿。
90. 阿朗波拉，西班牙格拉納達地方摩爾王族著名的宮殿及園林。

吊橋，那道永久垂下的鐵閘，那就是巴士底獄[91]。遠遠望去，像是黑色的鳥嘴伸出雉堞之間的東西，那便是大炮。

在這座巨大可怕的建築物腳下，處在炮彈的威脅之下，是掩蔽在兩座高塔之間的聖安東尼門。

從小塔宮外側到查理五世的城牆，鋪展在眼前的是一片片莊稼，一座座林苑，宛如一張精工織成的地毯，中間點綴著若干鮮美的綠茵和繽紛的花壇。

皇家花園的中心，樹木繁茂，幽徑交錯，你可以認出那是路易十一恩賜給誇克紀埃的著名的代達羅斯花園。那個醫生的觀象台猶如一根擎天柱，巍然孤零零地豎立在這座迷宮之上。占星師隱蔽在柱頂的小屋子裡行施著他可怕的占星術。

此地便是今天的皇家廣場了。

像我們剛才所說的，我們努力使讀者對這個宮殿區有個大概初步的印象，但我們只描繪了其中最高大的建築。這個宮殿區在東邊填滿了查理五世城牆在東方與塞納河相交的每一個角落。新城的中心被一大堆平民百姓的房屋佔據著，城島右岸的三座橋事實上都是從那兒修起的。橋下最先出現的是民居，然後才是宮殿，密密麻麻的市民住宅像是亂七八糟蜂窩的小孔一般擠在一起，不過也自有其錯落的美感。

首都樓宇的屋頂大都在此，宛如大海中的波濤，顯得十分壯觀，那些街道，縱橫交錯，千姿百態。市場像一顆星星那樣，在它周圍射出千道華光。聖德尼街和聖瑪律丹街及其無數岔路，就像枝葉

91. 巴黎的大監獄，一七八九年大革命時被攻破。

互相糾纏的兩棵大樹，枝丫交錯，緊挨著往上猛長。然後，石膏窯、玻璃作坊街、織匠街等等，彎彎曲曲的小街又如遊蛇蜿蜒，穿行其間。

還有不少美麗的建築，拔地而起，刺破那一片樓閣之海的硬化了的波浪：那就是小堡。歐項熱橋頭的小堡便是其中一例，在橋的背後還可以看到在風磨橋的水輪機下塞納河水濺出的泡沫。

那個時代所見的小堡，已不再是叛教者朱利安時代的羅馬式塔樓了，而是十三世紀的封建塔樓，石頭非常堅固，即使你用鐵鎬刨上三個鐘頭，也敲不下能擱下一個拳頭大的一塊來。又如聖雅克教堂的華麗方形鐘樓，各個牆角都佈滿了雕刻因而變得鈍了。這座鐘樓在十五世紀時尚未完工，但它的風采已經令人讚歎不已。

當時鐘樓尤其還沒有那四隻直至今日仍然蹲坐在屋頂四角的像斯芬克斯一樣的怪獸，如同四個獅身人面像留給了新巴黎去猜那老巴黎的難解之謎，直到一五二六年，雕刻家何爾特才把它們安放上去，他因此得到了二十法郎的報酬。

再有就是，朝向河灘廣場的柱子閣，我們在前面已向讀者略作介紹了。又像聖日爾凡堂，後來又換上了「趣味高雅」的大門，直弄得面目全非。

聖梅利堂古老的尖圓拱與半圓拱的差別幾乎微乎其微。再如聖若望堂的尖塔可是聞名遐邇。還有其他的二十座建築，它們也不惜將其風采埋沒在黑暗、湫隘的深巷小街裡，還需再加上那豎在交叉路口的、比絞刑架更多的石雕十字架，聖嬰公墓——從老遠處就可以看到它那高出屋頂的氣宇不凡的圍牆，從群鐘共鳴街兩座煙突間，可望見其頂端的菜市場的恥辱柱，在終日人群如蟻的交叉路口的特拉胡瓦十字架階梯，小麥市場有一排環形的簡陋房屋，菲利浦·奧古斯都古老城牆的遺跡清晰看見，散落在房舍當中，常春藤爬滿了塔樓，城門殘破，牆壁搖搖欲墜，已經面目皆非了，濱河邊開設的成千上萬家店鋪和那幾家血淋淋的剝皮場，以及從乾草碼頭到主教碼頭百舸爭流的塞納河。

如上所述，對於一四八二年新城中央以及這個梯形地帶，你就可以有個大致的印象了。

同府邸區和民居區兩個部分一起，新城還有第三種面貌呢，即沿著封閉的巴黎加固城牆的內側從東到西伸展的修道院區。

這個地帶位於那圍住巴黎城的碉堡城郭的後面，修道院和小教堂連成一片，構成了巴黎第二道城牆，例如，在聖安東尼街和老廟堂街之間有個聖卡特琳女修院，緊挨著小塔公園，它的菜園一望無邊，一直延伸到城牆的腳下。

又如廟堂修道院，在新廟堂街和老廟堂街之間，一簇塔樓高聳，形單影隻，淒涼地立在用帶雉堞的圍牆圈起來的大塊園地之中。

在新廟堂街和聖瑪律丹街之間的聖瑪律丹修道院則位於大片花園的中心。這是座堡壘式的教堂塔樓，它們連成一片，鐘樓重疊，宛如教皇三重冠，不亞於聖日耳曼修道院給人帶來了光輝和力量的感覺。

在聖瑪律丹街和聖德尼街之間就是三一修道院的地盤了。最後，在聖德尼街和蒙道戈依街之間的天主之女修道院，在這家修道院一側可以領略聖蹟區周遭東倒西塌的房屋的破敗垣牆。那是寺院的虔誠的鏈條上唯一凡俗的環節了。

最後，在右岸重重疊疊的屋頂中，第四個區域獨自展現在我們眼前。它佔據著城牆靠西的一角與下游的河岸，是一組緊緊貼在羅浮宮腳下的新的相互接連著的宮殿和府邸。

威嚴的菲利浦·奧古斯建造的古老的羅浮宮是個龐然大物，它的巨塔周圍又環繞著二十三座塔樓，其他許多小塔就更不用說了。從遠處望去，就像鑲嵌在阿朗松府和小波旁宮的哥德式頂樓的一樣。這條塔中怪物，巴黎城的守衛巨人，連同它始終昂著的二十四個腦袋，端部屋面大得嚇人，或是鉛皮鑲著的，或是石板爲鱗的，渾身放射著金屬的光澤，出乎意料地在西方終止了令人讚歎的巴黎的輪廓線。

像這樣，讓我們假設有一片望不到頭的，羅馬人稱之爲「島嶼」的民居，它的左右兩側有兩排一大群密集的宮殿，一排是羅浮宮，另一排是杜爾內爾宮，其北側被寺院和修道院的長牆圍住。縱目眺望、融化成一個整體，這千萬座建築的瓦頂和石板重疊起來，勾勒出萬般奇怪景觀，構成凌駕它們之上的是右岸四十四座教堂軋出凹凸花紋或格狀花紋的那些鐘樓，一邊是豎立著若干方塔的高大城牆（大學城的城塔都呈圓柱形），而另一邊是橫架著座座橋樑和佈滿船隻的塞納河，這便是十五世紀巴黎新城的狀況了。

在那些城牆的外側，緊靠城門有幾個城關小鎭，數量少於大學城外側，但卻更加分散。在巴士底獄的背後，圍繞著福班十字架村的新奇雕刻和郊區聖安東尼修道院的飛扶壁，二十來座小茅舍聚集成一團，然後就是一直伸展到麥田裡的波班古爾村，再過去就是古爾第耶村，這是一個到處都開設了幾家小酒館的快樂村莊，聖洛昂從遠處望去，教堂的鐘樓好像和聖馬丁門的尖塔連接在一起，聖德尼鎭裡擁有遼闊的聖拉德爾田園，在蒙馬特爾的門外是白色牆垣環繞的船夫的水運穀倉。

穀倉的後面，蒙馬特爾山的石膏質山坡上教堂的數目大致與磨坊的數量相當，而現在卻只剩下磨坊了，因爲在當今的社會只需要滋養身體的麵包就可以了。

最後，你在羅浮宮的前面，還能望見聖奧諾雷鎮向遠處延伸，當時的規模已十分可觀，還有小布列塔尼的那片森林。然後呈現在眼前的是豬市，其中有個圓形的大灶，是專門用來蒸煮那班製造假錢的人的。

在古爾第耶與聖洛朗之間，您的眼睛早已注意到一座蹲踞在大片無人居住的平地上的小丘，遠遠望去，丘頂的建築物就像屹立在裸露的基礎上的一大圈傾圮的柱子。這不是一座萬神廟，也不是奧林普斯山的朱庇特廟，而是隼山，是巴黎的古刑場，其中有很多絞刑架，地下有墓穴，地上有絞架。

現在，假若我們所作的關於那無數建築的簡要敘述，還不能在讀者心中喚起一個往昔的巴黎的大概印象，我們就再用幾句話總括一下。

在中央是城島，其形狀活像一隻大海鱉，覆蓋著瓦片屋頂的橋樑好似龜爪從灰色屋頂組成的硬殼中伸出來似的。左岸是狀如梯形的大學城，堅固、稠密、緊湊、佈滿尖狀物；右岸是巨大的半圓形的新城，花園和歷史古跡更多。

這三個區域：舊城、大學城和新城，無數街巷縱橫交錯，像大理石上的條紋密密麻麻。塞納河，或如杜布厄爾神父所說的「供人衣食的塞納河」，橫貫三部分。河流被船舶和島嶼擁塞著、被許多橋樑橫斷著，流經全市。

城區的四周是一望無垠的大片原野，種植著千百種不同的作物，看上去像打的補丁，點綴著一座座美麗的村鎮。左邊是伊絲、旺弗、伏吉拉爾、蒙魯日、讓第耶等等，讓第耶鎮擁有一座圓塔、一座方塔；右邊從貢弗朗直到主教城又是另外二十座村鎮。地平線上環繞著一帶山巒，好像是這塊盆地的鑲邊。

最後，在東邊，在遠處是凡塞納城堡的七座四邊形瞭望塔；南面是比塞特及其尖頂小塔；北邊則是聖德尼大教堂及其尖塔；西邊便是聖克魯堡和它的圓塔。這就是一四八二年的那些烏鴉從聖母院鐘樓頂上所看到的巴黎全貌。

然而，像這樣的一座城市，正如伏爾泰所說，在路易十四以前，它只有四座漂亮的古跡：索邦神學院的圓屋頂，慈惠谷女修院和近代的羅浮宮，第四座我不知道是什麼，也許是盧森堡宮吧。

幸好伏爾泰沒有根據這點去寫他的《老實人》[92]，但他仍然成爲最善於冷嘲熱諷的人，但是這也正好證明了：一個人即使對自己缺乏天資的某種藝術一竅不通，也可以是個了不起的天才。

當莫里哀[93]稱拉斐爾和米開朗基羅爲「他們那個時代的小名家」時，難道他不是很恭維他們嗎？

我們還是回過頭來說說十五世紀的巴黎吧。

當時的巴黎不但是個美麗和諧的城市，而且是一座結構勻稱的城市，是一個中世紀的歷史學和建築學藝術的產物，是一部岩石的編年史。這是一座僅由羅曼式和哥德式兩層建築構成的城市，因爲羅曼層早已就消失殆盡了，唯一的遺址就只是朱利安的溫泉浴場，在這個地方，中世紀的厚厚的覆蓋物露出頭角。至於克爾特層，哪怕挖掘許多深井，也無法再找到它的遺跡了。

五十年之後，爲這個如此嚴格卻又如此豐富多樣的統一性，文藝復興摻入了華麗的氣派，叫人眼花繚亂，諸如各種別出心裁的新花樣，各種體系，它那卓絕的羅曼式環形圓拱，希臘式柱子和哥德式

92.《老實人》是伏爾泰的著名小說，書名就是小說主人公的綽號。
93.莫里哀（一六二二至一六七三），法國十七世紀大劇作家。

扁圓拱，它那異常精緻異常理想的雕刻，它那奇特的阿拉伯花紋和葉形花紋，它那和路德同時代的異教建築藝術，不一而足。

巴黎更加美麗勻稱多姿了，儘管在觀感上沒有那麼和諧了。不過這一輝煌美妙的時間並不長久，文藝復興並非大公無私，它不僅喜歡建築，它的確也在拆毀建築。因爲它很需要空間，因此，哥德式的巴黎不過只有過短暫的完整。在聖雅克教堂還沒有修好之時，人們已開始拆毀舊羅浮宮了。

從此以後，偉大的城市一天天變了樣，在羅曼式巴黎的淹沒下，哥德式的巴黎消失了。

可是誰知道，代替它的又是哪一種巴黎呢？

在杜伊勒里宮裡，有卡特琳·德·梅迪西的巴黎，在市政廳裡，有亨利二世的巴黎。這兩座建築也還算是高雅。在皇家廣場有亨利四世的巴黎，是磚砌的立面、石砌牆角和石板屋頂組合成的三色房屋。有路易十三時代的巴黎，那便是慈惠谷女修院，一座傾圮的龐大建築，拱頂好像花籃的提手，柱子有點腫脹，圓屋頂有點扭曲。

有路易十四的巴黎，在榮軍院，氣派宏大，富麗堂皇，金光燦爛，卻又冷若冰霜。有路易十五的巴黎，在聖須爾比斯教堂，渦形裝飾，彩帶繫結，雲霞繚繞，細穗如粉絲，菊苣葉飾，這一切都是石頭雕刻的。

在先賢祠，有路易十六的巴黎，這是羅馬聖彼得大堂的一家拙劣的翻版（該建築不該蜷縮起來，破壞了原來的線條）。在醫學院，有共和國的巴黎，它那種可憐的希臘與羅馬風格與羅馬競技場或萬神廟比較，猶如共和三年的憲法和米諾斯的法規相比，在建築師們的專業術語中將其自稱爲「穡月風格」。

在旺多姆廣場，有拿破崙的巴黎，這個巴黎卓爾不凡，用大炮鑄成一根巨大的銅柱。復辟時期的巴黎，在交易所，是一組雪白的廊柱托起了一道極其光滑的簷壁，整體呈正方形，造價高達兩千萬。

在上述每一座代表性的建築中，在各個街區都具有相當多的風格、建築方式與形態各有特點的房屋作爲它們的附庸，熟悉它們的人一眼就能辨別出來並斷定它的年代。

人們只要善於識別，哪怕是一把敲門槌，也能從中發現某個時代的靈魂和一個帝王的相貌。

現代的巴黎沒有了任何一致的面貌。它是綜合各個世紀的樣式，而其中最精華的建築早已消失了。首都的成長無非就是指增添了些房屋，可這都是些什麼樣的房屋呀！照現在巴黎的發展速度來看，盛行一時的樣式每五十年就得更新一次。於是，它在建築的歷史上的意義愈來愈少。人們彷彿眼睜睜地看這些古跡逐漸被侵吞，終於淹沒在房屋的海洋中。

我們的祖先有過一個石頭的巴黎，而我們的子孫將會有一個石灰的巴黎了。

至於新巴黎的現代建築，我們提起它就寧願緘口不言，這倒並非因爲我們不願恰如其分地加以讚賞。蘇孚洛先生的聖熱納維埃夫大寺院，像一塊漂亮的薩瓦省的糕餅，石頭的建築從來沒有像那樣好的。那榮譽團宮也是一塊非常雅致出色的糕點。小麥市場的圓屋頂就好比英國騎師的一頂鴨舌帽扣在一部大樓梯上。聖須爾比斯的兩座塔樓像兩支並列的單簧管，這種形狀其實不見得沒有別的形狀優美，在這兩座塔樓的頂上，扭曲猙獰的信號杆伸出胳膊不時做出鬼臉，倒也有些惹人喜歡。聖羅克堂華美的大門堪與阿庚的聖托馬斯堂相媲美，後者的地下室裡也具有一個耶穌受難的浮雕像和一個木頭鍍金的太陽，這一切全都異常卓絕。植物園裡那迷宮之燈也是巧妙異常。

至於交易所嘛，它的柱廊是希臘風格的，門窗的半圓拱又是羅馬風格的，寬大扁圓的大拱頂更是文藝復興式。這無可爭辯地是一座極其規範、極其純粹的宏偉建築。證據就是它的屋頂層，即使在雅典都不曾有過。這個屋頂層輪廓線美麗挺直，這裡、那裡間或幽雅地被那些火爐的幾根煙囪恰到好處地分割。

還要補充說明的是，凡是一座建築物，其建築藝術必須與其用途結合得天衣無縫，以至於人們一眼見到這個建築物的構造，其用途也會一目了然。那麼，我們對於這座建築竟能具有做一座王宮、一個下議院、一個市政府、一所學校、一個馬術練習所、一所學院、一個倉庫、一個法庭、一所博物館、一個軍營、一個墓園、一座廟宇、一個劇場等等的用途，就不會感到太驚奇了，不過它暫時只是一個交易所。

此外，任何一座傳之於後世的建築，還應該與當地的氣候相適應，顯然，這座建築是特意為我們抵禦寒冷、多雨的天氣所設計建造的。它的屋頂幾乎是近乎東方式的平坦。所以在冬天下雪時，人們便可以有趣的清掃屋頂，更何況一個屋頂本來就是為了便於打掃而造的，至於我們剛才述說的那些功用，它完成得很好。在法國它是交易所，如果在希臘，它作為神廟又有何不可！

那座大鐘的鐘面，本來可能要破壞該建築前牆優美輪廓的鐘面，建築師卻煞費苦心地把它掩藏起來了。還有，他圍繞建築安排了一個柱廊，以便人們在舉行莊嚴宗教儀式的重大紀念日，經紀人和掮客們在那兒進行堂皇的爭論。

所有這一切，無疑都是極為出色異常高超的建築。此外，還有許許多多漂亮、有趣、式樣繁多、盎然生趣的街道，如意弗里街。所以我相信，假若有一天從氣球上俯瞰巴黎，它會呈現出豐富的線條和多彩的細節以及萬般的面貌，這種外表上的形形色色，這種簡單中的宏偉以及這種好像跳棋棋盤異色方格的意想不到的美。

然而，儘管此刻巴黎在你看來是如此值得讚賞，還是請您在頭腦中想像十五世紀的巴黎吧。先看看透過那好似一道奇妙綠籬的尖塔、塔樓、鐘樓的藩籬照射過來的日光，然後您把目光再轉向塞納河那黃中間綠、色彩變幻、斑斕多彩勝過蛇皮的潺潺流水，看它在遼闊市區的中心一點點舒展，在島嶼的尖端戛然被撕裂，再在橋洞那裡拱起來，您再想像以藍天的背景，清晰地勾畫出古老巴黎的哥德式影剪影，讓其四周漫起在那纏繞於無數煙囪的冬霧之中。

然後，設想這是在一個深夜裡，再觀察光明和幽暗如何在迷宮般的建築中奇特的此消彼長，再投進一道月光吧，以便描繪出它那淡淡的模糊的形象，使那些高塔的巨大頭顱從霧靄中浮現出來。

或者請您就再現那黑黝黝的側影，把那尖塔和山牆形成的千萬個尖角抹上一層陰影，讓它們如一排鯊魚牙齒更加參差不齊地凸現在黃昏時分古銅色的天空裡。

假若你想得到一個古代巴黎的印象，那是現代巴黎不能給予你的，那就請在一個盛大節日的早晨，當太陽從復活節或者從聖靈降臨節升起的時候，攀登到一個可以俯瞰這首都全景的高處，去傾聽晨鐘齊鳴吧。

您只要等到天空發出信號——是太陽發佈的信號——定會看到幾千個教堂，便都一齊顫動起來。首先，會出現分散的叮噹聲，從一座教堂響到另一座教堂，好像是樂師們相互告知演奏就要開始了。然後，突然間，你看吧——因爲似乎耳朵有時也有視覺——看看從每一座鐘樓同時升起那聲響的巨柱與一片片和聲的煙霧。然後，每口鐘的顫震發出的聲音，清純，簡直彼此孤立，不和其他鐘的振動相混，徑直升上燦爛的晨空。接下來，鐘聲會漸漸擴大，融合，混合，相互交融。最後，不分彼此，匯成一曲雄渾壯麗的大合奏。

隨無數鐘樓源源不斷升騰而起的那同一個顫動的巨響在城市上空漸漸飄浮、波動、跳躍、旋轉，並且把它那震耳欲聾的顫音擴散到遠遠的天邊去。

然而這一片聲音的海洋並非雜亂無章，它既深沉又遼闊，而且不失其明朗性。你可以從中發現每一組音符都從群鐘齊鳴中蜿蜒而出，獨自起伏迴盪，你還可以從中傾聽木鈴和巨鐘時而低沉、時而尖厲的唱和；你看到那些八度音自一個鐘樓向另一個鐘樓跳躍，你望著它們自銀鐘上既輕盈又空靈帶著呼嘯聲一飛而過，或者折翅斷翼，瘸著腿兒從木鐘上跌落。

在這一片樂聲之中，你會不由地讚賞聖厄斯達謝七個鐘樓不間歇地忽起忽落的變化多端的豐富音階，你還可以看見八度音奔馳穿過那些清脆而急速的音符，這些音符歪歪扭扭形成三四條明亮光輝的轉折又如閃電一般熄滅。那邊就是聖瑪律丹修道院，它的歌聲尖銳而嘶啞；這裡則是巴士底陰森而暴躁的調子；另一頭是羅浮宮巨塔的豐厚男低音。

皇宮的排鐘也不懈地從四面八方拋出華麗的顫音，聖母院鐘樓沉重的撞鐘聲，每略微間歇就均勻地降落在這片顫動之上，使它們如鐵槌打擊鐵砧一樣火花四濺。你不時還能聽到來自聖日耳曼修道院的那三口大鐘的各種形式的聲音。然後，這匯成一體的崇高的轟鳴會敞開一道口子，給萬福瑪利亞鐘樓的親密迎接讓路。突然爆發的後者會如一團星雲閃爍不已。

在這支協奏曲最深之處，您還可以隱約辨認出教堂內部的歌聲，從拱頂中每個顫動的毛孔裡沁透出來。這是一齣值得傾聽的歌劇。

一般說來，白天裡從巴黎散發出來的哄哄嘈雜聲，是這座城市在講話吧；夜裡則是這座城市在呼吸；此時，卻是城市在歎息。

因此，請您聆聽一下萬鐘齊奏，再把那五十萬人的悄聲絮語，及河水永恆的嗚咽，風聲無休止的歎息，宛如巨大的管風琴散佈在天際，那山丘上的四座森林遙遠、低沉的四重奏統統都撒在這片聲響之上。接著，又如同用中間響度來沖淡那樣，讓鐘聲中最尖細和最沙啞的聲音在天籟中漸趨熄滅。

然後，就請您告訴我，在這個世界上，還能有什麼比這種聲音和鈴聲的匯合，比這種萬千鐘鐸齊奏共鳴，比一萬個石頭長笛在三百尺高的雲端裡齊展歌喉，比這座像樂隊似的大城市，比這曲暴風驟雨般的交響樂更爲壯麗、更爲輝煌、更爲燦爛的嗎？

chapter 4

副主教與敲鐘人

好心人[94]

這個故事發生在距那時十六年以前，復活節後的第一個美好的星期日早晨，聖母院裡做過彌撒之後，一個幼小生命被人遺棄在聖母院前廊左側的一張雕花木榻上，正對著聖克利斯朵夫的巨大塑像。自一四一三年以來，安東尼·代·艾莎爾騎士的石雕就長跪在這座塑像一側，這位信徒的石像一直屈膝仰望著這位聖者。當時的習俗是凡是棄嬰都放在這張木榻上，以求公眾的慈悲之心。誰想領養這棄嬰，就可以領去。木榻前面有一只放捐款的銅盆。

一四六七年的復活節後的第一個星期日早晨，這躺在木床上的活生生的小東西，顯然使圍觀者感到強烈的好奇。他們的人數不少，其中絕大多數人是婦女，差不多全都上了年紀。

94.這是反話，含有諷刺意味。

最靠近木榻的人中間有四個婦女。從她們的灰色披巾和黑色長袍來看，她們是某一個慈善團體的女信徒。我看不出爲什麼，歷史沒有把這四位不引人注目的、神秘可敬的女人的名字傳之於世。她們大概是阿涅斯、讓娜、昂西埃特、戈謝爾，這四位均是老寡婦，她們的身分都是埃吉納．俄德里禮拜堂的信女，蒙主管修女的恩准許可，遵照比埃爾．達耶條例，從家裡出來聽傳道的。

不過，假若這四位信女此時是遵守了比埃爾．達耶的章程，但她們同時卻由於興高采烈而違犯了蜜雪兒．德．布拉什和比薩紅衣主教的條例規矩了，那些條例都是嚴格要求靜默不語的。

「這是什麼東西，我的好姊妹？」阿涅斯對戈謝爾說，一邊端詳著蜷曲在木榻上號叫的小生物，他被許多陌生面孔嚇壞了，他看見那麼多目光注視著他，嚇得哇哇直哭，在那板床上又是尖叫又是扭動。

「假如現在生下的孩子都長成這副德性，」讓娜說，「這世道以後可要變成什麼樣子啊？」

「孩子的事我是不怎麼熟悉，不過看到這樣一個孩子，真是大罪過。」阿涅斯接著說。

「這不是一個孩子，阿涅斯。」

「這是一隻殘廢的猴子。」戈謝爾指出。

「這真是一樁奇蹟。」昂西埃特說。

「那麼，」阿涅斯提醒說，「這是拉塔爾日以來第四個星期裡的第三個奇蹟了，那個嘲笑香客的人，在奧伯維耶聖母院遭受懲罰的奇蹟，那奇蹟距今還不到一個星期哩。那就已經是本月份的第二樁聖蹟啦。」

「這個所謂的棄兒，真是一個可怕醜惡的妖怪。」讓娜說。

「他這樣哇哇號叫，能把唱經人的耳朵都給震聾了，」戈謝爾說，「你快給我閉嘴，吼個沒完的小東西！」

「聽說蘭斯的主教把這個怪物送給巴黎主教了！」昂西埃特兩掌合十，又補充說。

「我想，」阿涅斯說，「這是一個畜生，一隻野獸，是猶太人和母豬交配才生下來的，總之是個異教的怪物，應該扔到火裡去燒死或是扔到水裡去淹死。」

「我希望不要有人來認領他。」昂西埃特補充道。

「主啊，」阿涅斯嚷道，「主教大人府邸旁邊那河岸小街育嬰堂裡的奶娘們實在是太可憐了，如果要是有人把這小妖怪帶給她們去餵奶！我寧願奶一個吸血鬼呢。」

「這可憐的阿涅斯，看她有多天真吧！」讓娜說，「我的姊妹，您沒看出來嗎，這小妖怪至少有四歲了，他饞的不是您的乳頭，而是串燒肉。」

這個「小妖怪」（我們自己也很難找出別的話來形容它）的確不是剛生下來的嬰兒。這是一小堆不成形的活動的肉體，形狀非常分明，蠕動也十分有力，裹在印有當時的巴黎主教居約姆．夏爾蒂耶大人的姓氏圖案的粗布麻袋裡，腦袋露在外面。這顆腦袋長得非常難看，一頭濃密的紅頭髮底下有一隻眼睛、一張嘴、幾顆牙齒，那隻眼睛在哭，那張嘴在號，牙齒好像只想咬人。他整個身子一直在粗布口袋裡掙扎，把越來越多的、走了一批又來一批的圍觀者驚得目瞪口呆。

既有錢又尊貴的貴族婦女阿洛伊思．德．貢德洛里耶夫人，帽子角上掛著一條長長的面紗，手裡攙著一名六歲左右漂亮的女孩，走到木榻前，不由也停住腳步看一眼。她把那個可憐不幸的小東西端詳了好一會兒，而她可愛的小女兒，穿一身綢緞和天鵝絨的麗絲，則用稚嫩的手指指著那塊常年都掛在木榻上的牌子，拼讀著上面的字：「棄兒放置處。」

「真是的，人們就會把孩子放在這種地方。」

那位高貴的夫人感到一股噁心，急忙扭轉過頭去了。

她把一個弗洛林銀幣扔進斂錢的銅盆裡轉過身走了。那銀幣落在幾個銅板當中顯得鋥亮，使得埃吉納．俄德里小禮拜堂那四位可憐的信女睜大了眼睛。

過了片刻，那道貌岸然、莊重而博學的御前大法官羅貝爾．米斯特里果爾從此地經過。他的一隻胳膊底下挾著一本碩大無比的彌撒書，另一隻胳膊挽著他的妻子居葉梅特．美雷斯夫人。因此他身邊就有了兩個調節者了，一個是精神方面的，一個是世俗的。

「棄嬰！」他注視並審視了這個可憐的生物之後說道，「顯然是在弗來吉多河岸上撿來的！」

「就只能看見他的一隻眼睛，」居葉梅特夫人說，「他另一隻眼睛上長了個大肉瘤。」

「這不是大肉瘤，」米斯特里果爾先生接著又說，「這是個胚胎，裡面藏著跟他一個模樣的另一個魔鬼，那魔鬼身上也長著另一個胚胎，胚胎裡又有一個這樣的魔鬼，依此類推，無窮無盡。」

「您怎麼會知道？」美雷斯問道。

「我一看就清楚地知道了。」御前法官答道。

「御前法官先生，」戈謝爾問道，「這種撿來的孩子是預兆什麼事呢？」

「滅頂之禍。」米斯特里果爾答道。

「啊，我的上帝！」聽眾中的一位老婦人又說道，「去年鬧過一場大瘟疫，眼下又傳說英國人就要在阿爾弗勒登陸了，這可真是雪上加霜了。」

「如果糟糕的話，王后在九月份就不再到巴黎來了，」另一位接過話頭，「買賣已經很不好做了！」

「依我之見，最好讓這小魔鬼躺在柴火垛上燒死，而不是讓他在這木榻上。」讓娜對巴黎的百姓們嚷道。

「是一堆燒得旺旺的好柴火！」老媼又補了一句。

「這倒是一個審慎之舉。」米斯特里果爾說。

有一位年輕的神甫，在一旁傾聽俄德里會修女們的推理和御前法官的判決已經好一會兒了。此人面容嚴肅，前額寬大，目光深邃。這時，悄悄地撥開人群擠向前去，端詳了一陣這「小魔鬼」，然後伸過手去。這正是好時機，因為那些虔誠的人已經舔著嘴唇在等待「旺旺的好柴火」了。

「我要收養這個孩子。」神甫說道。

他抱起這孩子，掖進了自己的道袍，就把那個孩子帶走了。全體在場者無不用恐懼驚訝的目光跟蹤他。不多一會兒，他就消失在當時從聖母院教堂通往修道院的紅門裡不見了。

最初的一陣驚訝過去之後，讓娜又附著戈謝爾的耳朵說道：

「好姊妹，我不是跟你說過嗎，這個年輕教士克洛德・孚羅洛先生可是個巫師。」

克洛德．孚羅洛

克洛德．孚羅洛確實不是個平庸之輩。

他出身中等門第，借用上個世紀不恰當的說法，既可以稱之爲高等資產階級，也可以叫做小貴族的中產家庭。這個家族從巴克雷兄弟手裡繼承了本應該歸屬巴黎主教管轄的蒂爾夏浦領地。在十三世紀的時候，爲了獲取該領地上的二十一所房屋，在教會法庭爭訟不休。作爲該領地的擁有者，克洛德成了第一百四十一名自稱有權在巴黎及附郭城鎮收取年貢的貴族，人們早就看見他的名字爲此登記在聖瑪律丹教堂契據集體擁有身分者的名單裡。

早在兒時，克洛德的父母就決定培養他做個教士。他們教他學拉丁文，他學會了低頭走路和低聲講話。當他還是一個孩子的時候，他的父親便把他送到大學城的朵爾西學院當修道士，他是在那裡，守著祈禱書和詞典長大成人的。

他生性憂鬱，莊重，嚴肅，學習勤奮，領會很快。課間休息的時候，他從不大聲叫嚷，他很少同孚瓦爾街的酒徒們混在一起，不懂得「打人家耳光和相互揪頭髮」，在一四六三年的暴動裡也未曾露過面——這次暴動，編年史家們曾鄭重其事稱之爲「大學城第六次動亂」。他不苟言笑，難得揶揄別人，也不取笑道芒學院那班靠獎學金過活的學子，他們穿湖藍、天藍、絳紫三色——就像四重冠冕的紅衣主教的公約裡所說的「蔚藍色和褐色」——拼成的粗呢大氅，腦袋瓜剃得精光。

相反，他孜孜不倦地出入聖若望．德．波維街上大小學堂，聽所有課程，聖比埃爾德瓦爾修道院長在聖旺德勒日西爾學堂每次開始宣講宗教法規，在他講壇的對面，總看到克洛德．孚羅洛緊貼著講壇，緊貼著聖旺德勒日齊爾學校的一根柱子坐下。他拿著墨水瓶，咬著筆桿，伏在褲子已經磨損的膝蓋上寫著，假若是在冬天，他還不斷向手指頭上呵氣。

在每個星期一的早晨，教規博士米爾斯．底斯里耶先生，在歇甫．聖德尼學堂開門之時，看到一個學子最先跑來，上氣不接下氣，這個人就是克洛德。

因此，這位年輕神甫剛到十六歲時，對深奧的神學造詣就足以與教會耆宿分庭抗禮了，在經學方面已經比得上一位議會裡的神甫，在教育學方面已經比得上一位索邦神學院的博士了。學完了這些學科，他又攻讀法典。學完《格言大師傳》，他又去鑽研《查理曼法規》。

由於狂熱的求知欲，他貪婪地接連閱讀了教令，先是學依斯帕爾主教代阿朵爾的教規集，隨後是沃姆斯主教布查理的教規集，然後便以沙特爾主教伊夫的教規集為目標將格拉吉安教規彙編取代了《查理曼法規》，接著是格雷果瓦九世編的集子；接著又是奧諾里烏斯三世的書信《論冥想》。從六一八年代阿朵爾主教開始到一二二七年格雷果瓦教皇為止的那段時期民法和教會法各爭風頭，互不相讓。他對這波瀾壯闊的動盪時代瞭若指掌，鞭辟入裡。

在把那些教規彙編全部攻完了之後，他便一頭撲向醫學和自由學科，中世紀的自由學科，包括文法、論理、修辭、幾何、音樂、天文等。他親自提煉草藥，治療寒熱病、跌打損傷和瘡毒等病症。他也一舉成了治療熱病、挫傷、骨折和膿瘡的專家。雅克．代斯巴爾誇他是內科醫生，理夏爾．埃蘭誇他是外科醫生。他經歷了成為學士、教師和各種學術大師的每一個階段。

他學習了各種文字：拉丁文、希臘文、希伯來文，這三種文字在當時可好比三重聖殿，很少有人可以完全通曉。他學習、吸取知識，可以說已經到了瘋狂的地步。到了十八歲，他已經精通了四種學科，對於這個年輕人來說，好像生活的唯一目的就是學習。

大約就在那個時期，一四六六年的夏天異常酷熱，招來了一場很大的瘟疫，它在巴黎子爵領地奪去了四萬多人的生命，據若望．德．特渥依斯記載，其中有「阿爾努爾大師，御前占星師，乃正人君子，聰明慧黠並善於妙語」。

大學城裡傳聞說，蒂爾夏浦街的疫情特別猖獗。克洛德的父母正住在他們領地中心的那條街上。這年輕的學子驚慌萬分，急忙跑回家去。他回到家中才發現，他的雙親已於頭一天晚上死去了。他那個還裹在襁褓裡的小弟弟，因無人照應，躺在搖籃裡哇哇直哭。

他就是小克洛德唯一的親人了。年輕人把孩子抱在懷裡，若有所思地走出家門，在這之前他一直生活在科學裡，此刻才回到人生中來生活。

這場災難對克洛德來說是生命中的一大危機，一生的一個轉捩點。才十九歲，他就成了孤兒，而且他作為長兄，還要擔當一家之主的重任，他霍然間覺得自己從學校的夢裡被召回到現實的世界裡來了。於是，被憐憫激動著，滿懷惻隱之心，對於這個孩子──自己的親弟弟疼愛備至，盡心盡力。過去還只是一味迷戀書本，如今卻充滿人情味的愛意，這可真是感人肺腑的稀罕事兒。

這種感情竟又發展到奇怪的地步，在一個這麼新鮮的靈魂裡，這真像是一次初戀。他小時剛記事就離開他的父母，當了修道士，被關閉在書齋裡狂熱地學習一切和研究一切，直到那時為止只一心一意要在學識方面發展自己的才智，要在文學方面增長自己的想像力，因此還沒來得及考慮並感覺他的心的存在。這個小兄弟，這個沒爹沒娘的苦命孩子，突然從天上墜落在他懷裡，使他煥然成為新人。

他頓時發現世界上除了索邦學院的思辨和荷馬的詩之外，還有別的東西，他發現人還需要感情，人生若是沒有溫情，沒有愛心，那麼生活就只成爲一種乾燥運轉的齒輪，乾澀枯燥，軋軋直響，淒厲刺耳。然而他以爲骨肉之情是人間唯一的必要的感情，直到現今突然有一個需要他去愛的小弟弟，便足以填滿他整個生活的空隙了。這也難怪，像他那個年齡，正處在一個個幻想接連不斷的時候。

他的性格本來就已經十分深刻、虔誠、專注，現在又被這種狂熱推動著，使他投身於對小兄弟的熱愛之中。這個眉清目秀，頭髮金黃、蜷曲，臉蛋紅潤的小生命，這個除了另一個孤兒之外別無依靠的孤兒，使他心靈深受感動。既然他秉性嚴肅而愛思考，自然會滿懷無限的同情心思考起有關若望的一切。他就好像愛護一件特別脆弱，而又受到特別囑託的東西一樣照料他。對這個孩子來說，他不僅僅是兄長，也是父親和母親。

小若望還在吃奶時便失去了母親，克洛德把他交給奶媽餵養。除了蒂爾夏浦那個領地之外，他還從父親那繼承了一座附屬於讓第耶的方形堡的磨坊。磨坊位於溫舍斯特（比塞特爾）堡附近的一座小小的山上。磨坊的女主人曾養著一個漂亮的孩子，奶水很足。克洛德親自把弟弟小若望送到了她的家裡。

從那時起，他覺得自己時刻肩負一個重大的責任，因此對待生活也就極爲嚴肅認真。他經常思念自己的小兄弟，這不僅成爲他的安慰，而且是他研究學問的動力。

他決心要用自己奉獻給上帝的全部熱忱來照顧小兄弟，並且決心一輩子不討老婆，不要孩子，把小兄弟的幸福和財富視爲自己的幸福和財富。因此，他比以前任何時候更加專心致志於他的宗教職務了。他的才華，他的博學和他直接隸屬巴黎主教的身分，使每座教堂都向他敞開大門。到了二十歲時，承蒙教皇特許，他被授予了神職，成爲聖母院中最年輕的小禮拜堂神甫，執掌「懶人祭壇」——之所以叫這個名稱，是因爲那裡做的彌撒比別的地方庸散一些。

從此，他更加埋頭在心愛的書堆裡面，除非爲了走一小時的長路到磨坊采邑去，否則他一步也不離開。他的學識淵博與修行的刻苦，在他那個年齡段，實爲罕見，很快就贏得了隱修院上上下下的敬仰和尊崇。他博學的名聲從隱修院也傳到了民間，但是，他卻不知道這名聲傳播不知不覺走了樣——這在當時也是常事——變成了「巫師」的稱號。

復活節後的第一個星期天，他在那個「懶聖壇」給懶人們做彌撒。這個祭壇位於主祭壇通向大堂正門的右側，緊挨著聖處女像。在他做完了彌撒要回去的路上，圍著棄嬰床高聲議論的那幾個老婦人引起了他的注意。

於是他走到那十分可怕可厭的不幸的小東西跟前，那種慘狀，那種畸形，那種被拋棄的身世，使他想起了自己的弟弟，心裡突然閃出一個念頭，如果有一天自己死了的話，那小若望也有可能悲慘地被人扔到這棄嬰床上，同樣會覺得孤苦無助。他便產生了惻隱之心，於是便把這個孩子抱走了。

他把這孩子從麻袋裡面拽出來之後，發現他果真是天生的畸形，難看極了。這個可憐的小鬼，左眼上長個肉瘤，腦袋縮在兩肩之中，脊椎弓曲，胸骨隆亢，雙腿彎曲。不過他看起來很活潑，很有生氣。儘管無法知道他嘴裡嘟嘟嚷嚷講的是什麼話，他的哭聲已顯示了他相當健壯和有力氣。

這孩子的醜陋更加激發了克洛德的憐憫之心，他暗自發誓，爲了表達對自己兄弟的愛，也一定要扶養這孩子成人，以便小若望將來不論犯下什麼罪過，都可以用爲他做的這件善事來補償。這就好比是用他弟弟的名義貯備的一樁功德，他現在就要事先爲他攢下一筆義行善舉，以便供給那淘氣鬼，萬一缺少了那種資財時拿去使用。因為通往天堂的買路錢只收這種錢幣。

他給他的養子受了洗，取名叫卡西莫多[95]，可能也是為了借此紀念收養他的那個日子，或者是想用這個名字來表示，這可憐的小傢伙何等殘廢而且發育不全，幾乎連粗糙的毛坯都談不上。確實，卡西莫多獨眼、駝背、羅圈腿，「差不多」只能說是勉強有個人樣兒。

聖母院的敲鐘人

在一四八二年，卡西莫多已長大成人了。他當上聖母院的敲鐘人也有好幾年了，之所以能得到這一職務全靠他的養父克洛德，克洛德則是全靠他的主人路易・德・波蒙大人的提攜才能當上若札斯的副主教。一四七二年波蒙在居約姆・夏爾蒂耶逝世後能當上巴黎主教，得感謝他的保護人奧里維・勒丹。奧里維當上國王路易十一的理髮師，則是由於上天的恩賜。

於是卡西莫多成了聖母院的鐘樂奏鳴家。

這裡先說卡西莫多成了聖母院敲鐘人之後的事情。

隨著時光的消逝，某種親密的關係把這個敲鐘人和這座教堂聯結在一起。出身不明和相貌奇醜這雙重的厄運註定他永遠與世隔絕，這不幸的可憐人從小便囚禁在這雙重難以解脫的圈子當中，靠教堂

95. 卡西莫多的本義是復活節後第一個星期日。

的收養和庇護，對教堂牆垣以外的人世間任何事物一無所見，這早已習以爲常了。在他發育和成長的各個過程，聖母院在他的心目中，就是窩，就是家，就是故鄉，就是宇宙。

在這個人與這座建築物之間，肯定存在著某種先定的神秘的超人默契。在他的幼年，走起路來就駝著背，伸長脖子，歪歪斜斜，東顛西倒，在聖母院拱頂下的幽黑處爬來爬去，憑他那副人模獸樣的德行，他就像是這潮濕、陰暗、滿布羅馬式柱頭投下的奇形怪狀的影子的地方生長起來的一條爬蟲。

後來，當他第一次無意間抓住鐘樓上那鐘繩並且高懸在上面，振響大鐘時，在他的義父克洛德看來，這彷彿是一個小孩第一次出聲講話。

就這樣，他順著大教堂的稟性而漸漸發育成長，一直生活在教堂裡，幾乎從不外出，時時刻刻承受著教堂神秘的壓力，以至於他竟變得同那座教堂十分相像，他把自己鑲嵌在教堂裡，使自己變成教堂不可分割的一個部分。他身體向外凸出的角——請允許我們用這樣的譬喻——正好嵌入那座教堂的往裡凹陷的角裡，於是他似乎不僅是這主教堂的住客，而且是教堂的天然組成部分，甚至可以說，他獲得了教堂的形狀，就像蝸牛具有蝸牛殼的形狀一般。

教堂是他的寓所、他的洞穴、他的軀殼。他與這古老的教堂之間，本能上息息相通，這種交相感應是異常深刻的，兩者之間存在如此巨大的磁性的親和力以及物質親和力，就好像烏龜與其甲殼黏在了一起一樣，依附著教堂，粗糙突兀的教堂就是他的甲殼。

爲了表達一個人與一座建築物之間這種奇特、對稱、直接、幾乎是同質的配合，在這裡我們不得不使用許多的比喻。自然也不必再提醒讀者不要拘泥於文字，在如此長期的親密接觸中，他早已對整個主教堂瞭若指掌了，就好像這座建築是專門爲他而建造的一樣。

這個住所對卡西莫多挺合適，沒有卡西莫多沒到過的深堂密室，沒有一個高處他沒有攀登過，有多少次，他僅僅靠那些凹凸的雕刻的支持就爬上了教堂前牆的最高處。人們經常看到他像一隻爬行在陡峭牆壁上的壁虎，在兩座鐘樓的表面上攀登。這對鐘樓是如此的高大，並且如此的森嚴逼人，而他置身其上卻從不感到眩暈、恐懼或者愣神。鐘樓只要在他的手下竟也變得服服帖帖，如此易於攀登，人們不由會覺得，他已經把它們馴服了。

他在這個巨大教堂的千仞深淵之間，用力地跳躍、攀緣、嬉戲，使他變得有些像猿猴和羚羊一樣輕捷，猶如卡拉布里亞[96]的孩子在還不會走路的時候就可以游泳，他們從小就同大海嬉戲。

再說，不僅僅他的身體好像具有教堂的形狀，就連他的靈魂也是如此。這個靈魂在什麼情況下有過什麼波折，在那隆起一塊的皮囊裡這個粗獷的生命是什麼樣兒，這可是難以說清楚的了。卡西莫多天生就是獨眼、駝背、瘸腿。克洛德花費了極大的心血，付出了非凡的耐心，好不容易才教會他講話。然而不幸的命運卻始終緊隨著這個可憐的棄兒，在他十四歲當上聖母院的敲鐘人之後，又得了一種新的殘疾，鐘聲居然震裂了他的鼓膜，他變成了聾子。造化本來爲他向客觀世界敞開著的唯一門戶，從此突然永遠關閉了。

這扇門一關閉，就截斷了那條唯一能夠滲入卡西莫多靈魂的歡樂和一線光明。從此，他又淪入了深深的黑夜。這個可憐的不幸者的憂傷如同其軀體一樣畸形，這種憂傷到了無以復加、難以醫治的地

96.卡拉布里亞是義大利南部的一個地區，與西西里隔海相望。

步了。還得再說一句，在某一程度上，由於耳聾他又成爲啞巴。在發現自己耳聾以後，爲了不讓人取笑，他就毅然下決心緘口不語，除非當他獨自一個人時才偶或打破這種沉默。克洛德儘管費盡了心機幫他解開的舌頭，他最終又堅決爲它打上一個結。於是，當他迫不得已非開口不可時，舌頭卻麻木和笨拙了，就像鉸鏈生銹的門窗一樣。

現在，假若我們試著透過厚實粗糙的皮囊去探索卡西莫多的靈魂的話，假如我們能夠探測他那畸形軀體結構的深處的話，如果我們能夠有辦法照亮這副不透明的臟腑的內部、探索一下這個不透明生靈的昏暗內心，及其暗角和死巷的話，如果突然以強烈的光芒照亮他那被鎖在這獸穴底裡的心靈，那麼，我們大概就可以發現，這不幸的靈魂的姿態是多麼可憐、畸形、佝僂，猶如威尼斯鉛礦中的囚徒——鉛礦對於他們如一個太矮太窄的石頭匣子，逼著他們把身子折成兩截一直挨到死。

身體殘缺不全，精神無疑一定萎縮。卡西莫多只是隱約地感到身上有個形象與其身體相似的靈魂在遊動，事物的印象在到達他的思想之前，先遭遇到一定程度的折射。他那個頭腦是一種特殊的介質，穿過大腦產生出來的思想，無一不是扭曲的。這個歪曲的頭腦所做出的思考當然也是散漫的和迷亂的。

於是他那有時瘋狂有時癡呆的思想，往往遊蕩在成千種眼睛的錯覺，成千種判斷的錯亂和種種偏差之中。

這一命定的生理構造造成的第一個後果，是他不能用清澈的目光看待事物。他幾乎不能從事物中得到任何直觀明瞭的感知。外在世界對於他似乎比對於我們遙遠得多。

他的不幸的第二個後果，是他變得相當的凶狠。

他確實很歹毒，因爲他生情孤僻粗野，他孤僻是因爲他長得醜陋。他的性格使他有一套他的邏輯，就像我們的性格使我們有一套我們的邏輯一般。

他的精力，發展到那樣非凡的程度，也是他凶狠的一個原因，霍布斯[97]說過，「精力充沛的孩子是凶惡的。」然而，我們應當公正地指出，他的本性也許並不是凶狠的。在他剛學會走路時，他便感到，爾後又看到自己到處受人鄙棄、嘲弄、欺凌、厭惡。他聽到的所有話語，無一不是對他的揶揄或是詛咒。他成長的過程中，又發現自己周圍的人只是憎恨而已，於是他也就有了人所共有的仇恨，他拾起了別人用來傷害他的武器。

結果，他對人就只有轉過臉去，他只要有大教堂做伴就足夠了。教堂裡裡外外四處都是國王、聖徒、主教的大理石雕像，至少他們不會當面大聲嘲笑，他們總是用安詳和藹的目光望著他。至於那些妖魔鬼怪的雕像，它們對他也沒有仇恨。也許是因爲他與它們十分相似，所以它們是不可能恨他的，它們寧願去嘲笑別人。聖徒們卻是他的朋友，他們必然是保佑他的，妖魔也是他的友人，他們保護他不受欺凌，所以他常向它們推心置腹，久訴衷腸，所以有時他會一連幾個鐘頭蹲在一尊雕像的跟前，獨自同它說話。在這種時刻，假若突然有什麼人走來，他便像一個唱夜曲唱得入迷的情人似的飛快地逃開。

教堂對於他不僅是一個社會，並且還是一個宇宙，還是整個的自然界。除了花開四季保持不謝的那彩繪玻璃窗之外，他不會夢想別的貼牆成行的果樹；除了那些撒克遜式柱頂上石刻的樹葉和鳥雀，

97. 霍布斯（一五八八至一六七九），英國哲學家。

他也不夢想別的什麼樹蔭；除了教堂的兩座巨大塔樓之外，他也不夢想別的山嶽；除了在他腳下喧騰的巴黎之外，他也不會夢想別的海洋。

但是在這座慈母般的建築上，他最熱愛的東西，能喚醒他的靈魂的，使他展開悲慘地蜷縮在腦海裡的翅膀，能使他幸福的東西，莫過於大大小小的那些鐘了。他熱愛它們，撫摸它們，對它們說話，懂得它們的言語，瞭解它們，從大堂與耳堂相交處頂上的尖塔裡的編鐘到大門上的那口巨鐘，他對所有的鐘都一往情深。十字窗上的那個鐘樓和那兩座鐘塔對於他來說好像是三個大鳥籠，籠中的鳥兒被他喚醒，只是為了他一人而唱歌。正如一位母親往往偏愛那個最讓她們吃苦的孩子，也正是這些巨鐘震聾了他的耳朵。

誠然，他唯一還能夠聽到的聲音就是鐘聲了。那些鐘裡面他特別喜愛那最大的一口，每逢節日，這些吵吵鬧鬧的少女在它身邊歡蹦亂跳，這就是他最為喜歡的那口叫瑪麗的大鐘。它獨自靠在南邊的那座塔樓裡，陪伴她的是姊妹雅克琳，後者身材因為要小了一號，那關閉它的籠子相應的也小了一圈。雅克琳得名於若望·德·蒙塔居的妻子雅克琳。蒙塔居徒然把這口鐘捐給了教堂，雖然這件禮物並沒能阻止他在隼山扮演掉腦袋的角色。

北邊的塔樓裡共有六口鐘，另有六口更小的鐘住在大堂與耳堂相交接處頂上的鐘樓裡，此外還有一口木鐘。後者一年才敲一回，從聖週四晚飯之後到復活節瞻禮前一日的早晨這段時間裡才可以敲響。這樣，卡西莫多的後宮裡就有十五口鐘，其中最大的瑪麗最為得寵。

人們很難形容他在那些鐘樂齊奏的日子裡享有的那種歡樂。只要副主教一放他出來，對他說「去吧」的時候，他便連忙以比別人下樓梯還要快的速度爬上鐘樓的螺旋樓梯。他氣喘吁吁，一頭鑽進那間四面通風的鐘室，虔誠地、沉思地、愛撫地把大鐘端詳了一會兒，然後他柔聲細氣對它說話，用手摸摸它，彷彿它就是一匹即將長途馳騁的駿馬一般，他爲要勞駕它而感到心疼。如此這般愛撫之後，隨即呼喊鐘樓下層的助手們，命令其餘的鐘先動起來。助手們便使出渾身力氣拽緊纜繩，然後絞車開始吱吱嘎嘎作響，那巨大的金屬蓋子就慢慢晃動起來。卡西莫多則心跳加快，眼睛也就睜得更大更亮，緊盯著大鐘擺動。

鐘舌與青銅鐘壁頭一次相撞，就使得卡西莫多騎在上頭的木架子也隨之微微震動。他從頭到腳就與大鐘一起顫動起來。

「哇！」他忽然爆發出一陣瘋狂的大笑和大叫，這時鐘的動盪越來越快，當大鐘的搖擺到了一個更大的幅度時，卡西莫多的眼睛也越睜越大，像火焰燃燒似的閃閃發光。

大鐘的擺動終於達到最大幅度時，整個鐘樓，包括木架，鉛頂和砌牆的石塊，轟轟聲響從地基的木樁到塔尖的三葉草飾一齊發出。卡西莫多熱血沸騰，白沫飛濺，走過來又走過去，從頭到腳都同鐘塔一起戰慄。

大鐘像脫韁的野馬，如癲似狂，左右來回晃動，青銅大口一會兒對著鐘樓這邊的側壁，一會兒對著那邊側壁，發出暴風雨般的喘息聲，在方圓十幾里遠的地方都可以聽得見，待在這張大嘴的面前，卡西莫多隨著大鐘的往返或起立，或下蹲，吞吸這無堅不摧的氣息，輪流觀看著那條巨大無比、每隔一秒鐘就在他耳際轟響的銅鐘舌，以及那在他腳下萬頭攢動的廣場。

這是他唯一能聽見的話語，這話語也是唯一可以爲他打破那萬籟俱寂的聲音，他宛如小鳥沐浴在陽光之中心花怒放。霍然間，鐘的狂熱感染了他，他的眼光變得非常奇特，像蜘蛛守候蟲豸一般，他等鐘盪回來的時候一下子撲上去吊在鐘上，於是他在空中高懸，同鐘一道拚命地搖來蕩去。但見他兩手緊緊抓住這青銅怪物的耳朵，兩膝緊夾著巨怪，拿腳後跟狠狠地猛踢，加上整個身子的衝擊力和重量，此時巨鐘益發響得狠了。這時，整個鐘樓都在搖晃，他咬牙切齒，並且狂呼怒吼，他的紅頭髮根根豎立，他的胸膛發出拉風箱一般的響聲，眼睛裡射出光芒，而那怪獸一般的巨鐘則氣喘吁吁，在他身下喘息地嘶鳴。

此時此刻，此情此景，聖母院的大鐘和卡西莫多彷彿成了一個夢境，一股旋風，一陣暴雨，成了騎著音響馳騁而產生的眩暈，成了緊攥住飛馬馬背狂奔的幽靈，成了半人半鐘的怪物，成了可怕的阿斯托夫甫[98]騎著一頭活生生的鷹翅馬身的青銅神奇怪獸飛奔。

這個怪人使整座教堂裡流動著某種特別的生氣，好像是他身上散發出的一種神秘氣息使得聖母院內的全部石頭都活躍起來，使這個古老教堂的五臟六腑也悸動起來。只要有他在教堂裡，人們就好像看到走廊和大門的上萬個雕像都活了起來，動起來了。

事實上，教堂在他手底下宛如一個溫馴的活物，在他手下服服貼貼，唯命是從，他可以隨心所欲，隨時叫它放開大嗓門呼喊，它被卡西莫多佔有和填滿，如同有一個熟悉的精靈附在它身上似的。簡直可以說，是他使這無邊巨大的建築喘息起來。

他確實無處不在，他分佈在教堂的每個地方。

有時，人們驚恐萬分，隱約看見個古怪的侏儒在一個塔頂攀緣、匍匐、爬行，探身向虛空下滑，

98.阿斯托夫甫是英國傳說裡的一個王子，據說仙女送給他一支號角，這支號角發出尖厲可怕的聲音，別人都無法忍受。

從鐘樓外面墜下深淵，從一個簷角跳躍到另一個簷角，在某個石雕魔頭的肚腹中搜索著什麼東西：那是卡西莫多在捅烏鴉窩。

有時有人又在教堂某個黑暗的角落撞上一個皺眉蹙額、蹲踞地上的怪模怪樣活像妖精樣的人：這是卡西莫多在沉思。

一會兒人們會在鐘樓下看到，有個偌大的腦袋和四隻互不協調的手腳吊在一根繩端瘋狂地搖來蕩去：這是卡西莫多在敲晚禱鐘或奉告祈禱鐘。

夜間，人們會經常看到一個醜惡的影子在高居塔頂和環繞後堂的纖巧如鏤空花邊的欄杆上遊蕩：這還是聖母院的那駝子卡西莫多。

於是，附近的女人都說，這時候整座教堂顯得頗爲怪誕、神奇和恐怖；到處都是睜著的眼睛和張開的嘴；人們聽到伸長脖子張著大嘴，日夜守護在猙獰的教堂四周張牙舞爪的石狗、石吞嬰蛇和石龍們的吼聲。

若是聖誕之夜，正當那大鐘似乎在咆哮，召喚信徒前來參加半夜燭光彌撒之時，教堂陰森的正面瀰漫著某種恐怖的氣氛，就好像那高大的門廊在吞吃群眾，而大門頂上的雕花窗則在注視人群。

這一切都是由於那個卡西莫多，假如在埃及，人們會把他也當做這座廟宇的神祇，但中世紀的人們卻把他看做魔鬼，認爲他是魔鬼的靈魂。

卡西莫多的影響如此巨大，以至於，對那些所有知道他的人來說，覺得聖母院如今是荒蕪的、沒有生氣的和死沉沉的了，只剩下一副骨架，靈魂早已離它而去，空留著它住過的地方，如此而已。這就好像一具顱骨光有兩隻眼眶，眼睛的光芒卻沒有了。

狗和牠的主人

卡西莫多對任何人都懷著惡意和仇恨，卻對一個人例外。他非常愛他，也許比愛教堂更甚，這個人便是克洛德。

事情說來很簡單，克洛德曾經收養他，給他洗禮，撫養了他，教育了他。他小的時候，每當狗和孩子們攆著他狂叫時，他總是趕緊跑到克洛德的腿膝間去尋求庇護。克洛德教會了他說話、念書、寫字。後來也是克洛德讓他當上了敲鐘人，並把大鐘嫁給了卡西莫多，這好比是把茱麗葉交給羅密歐[99]。因此，卡西莫多的感激之情也是深厚的、熱情的、無邊的，儘管他的養父經常板著臉孔並且經常陰霾密佈，儘管他習慣說話既簡短又生硬，不容反駁，但他對他的這一感激之情卻未曾中止過。

他對於副主教好像一個最卑微的奴僕，最溫順的侍者，最機警的衛士。自可憐的敲鐘人聾了之後，在他與克洛德之間建立起了一種神秘唯有他倆懂得的手語，於是副主教成了卡西莫多唯一還保持著思想溝通的人。他在這個世界裡只同兩件事物有聯繫，那便是聖母院和克洛德。

副主教在敲鐘人心裡的權威以及敲鐘人對於副主教的依戀，都是無可比擬的。只要克洛德做一個手勢，只要想到一個要討副主教高興的念頭，卡西莫多就可以使他自己從聖母院鐘樓頂上縱身跳下。卡西莫多可以盲目地提供自己身上超常發達的體力和十分奇特的精力，去為另一個人效勞。

99.羅密歐和茱麗葉是英國詩人和劇作家莎士比亞的著名悲劇《羅密歐和茱麗葉》中的男女主角。

此事非同尋常，其中當然有維持家族關係的兒子的孝心，有僕人性的眷戀，也有一個人的心智面對另一個人的心智所感到的眩暈與崇拜。這是一個可憐的、愚呆的、笨拙的可憐人，面對另一個深刻、能幹、高貴、有權有勢而才智過人的人物，始終低垂著腦袋，目光流露著乞憐。最後，感恩戴德超越了這一切，這種推至極限的感激之情，簡直無可比擬。最能體現這一美德的實例，並不是見於常人，所以我們說，一切犬馬對牠們主人的愛，也不如卡西莫多對於副主教的愛。

克洛德．孚羅洛續篇

一四八二年，卡西莫多大約到二十歲，克洛德的年齡在三十六歲上下。一個是成年了，另一個卻老去了。

今非昔比，克洛德不再是朵爾西神學院的單純學生，不再是一個孩子的溫和保護人，不再是對好些事物很熟悉，對好些事物很陌生的一位青年玄學夢想家了。他成了一位刻苦律己、老成持重、鬱鬱寡歡的神甫，是掌管世人靈魂的人物。他成了德．若札斯副主教，主教的第二個頭目，兼任蒙特萊里和夏多弗爾兩個教區的首席神甫，並且管轄著一百七十四個鄉村教士。

他是一個威嚴而陰鬱的人物，每當他交叉著雙臂，腦袋低垂從祭台高大的尖圓拱底下緩步走過之時，整個臉只呈現出昂軒的光腦門，威嚴顯赫，人們只能看見他光禿禿的額頭。穿白袍和短罩衫的唱詩班的童子、歌者、聖奧古斯丹會的修士和聖母院司晨禱的教士們，無不戰戰兢兢。

不過，堂·克洛德並沒有放棄研究科學，也沒有放棄對他弟弟的教育，這是他生命中的重中之重。不過這兩件甜蜜舒心的事情隨著時間的流逝也略雜苦味了。

保爾·第阿克爾[100]曾經說過，最好的豬油也會變味的。

小若望因曾寄養在磨坊裡被奶大，所以有「磨坊的若望」的綽號，他沒有按照克洛德所希望的方向發展。兄長指望他成為一個虔誠、溫順、博學、體面的學生，但這個弟弟卻偏偏不顧園丁的苦心，本來應該迎著空氣和陽光的方向瘋長的樹苗，卻一味朝向怠惰、無知和放蕩的方向發展，交錯地、繁多地伸出一叢叢茂密的枝葉。他簡直就是個小魔頭，放蕩不羈，這可使得堂·克洛德傷透了腦筋。不過他又滑稽可笑，機智又詼諧，常常引得克洛德發笑。

克洛德把他送進朵爾西學堂讀書，他本人就是在那裡在勤奮學習和靜思默想中走過少年時代的。當他看到那座曾以孚羅洛的姓氏為榮的聖殿，如今卻因這個姓氏而丟人現眼，這對他來說真是極大的痛苦。有時，他為此聲色俱厲地把若望痛斥一番，若望只是不動聲色地領受。

說得也是，這個小無賴倒是心地善良，如同所有喜劇裡的同類角色。可是，他在聽完訓話之後，又會依舊如故、造反搗亂。一會兒他去戲弄那些「小鷹」（大學裡這樣稱呼新生），以示歡迎。這種欺負新生的可貴傳統，一直流傳至今。一會兒他又唆使一幫學生「似為號聲所驅」，去酒店裡好生地大鬧一場，抄起棍棒痛打老闆，快快活活地把酒店裡的東西一掃而光，直到把地窖裡的酒桶一個個推

100. 保爾·第阿克爾（約七二〇至約七九九），古代義大利倫巴第王國用拉丁文寫作的歷史學家和詩人，著有《倫巴第人史》。倫巴第是西元六世紀日耳曼人侵略義大利部分地方後在那裡建立的一個強國，其末代國王於七七四年為法國查理曼大帝所擊敗。

翻才算盡興。這之後，就接到朵爾西學堂的副監督哭喪著臉給堂．克洛德送來的一份漂亮的拉丁文通知，上頭有著令人揪心的批註：

「鬥毆，其直接起因是縱酒。」

最後，人們說他放縱自己，多次到格拉蒂爾街[101]消磨時光，在一個十六歲的孩子身上發生這些，真是駭人聽聞。

這一切都使得克洛德傷透了腦筋，滿腹憂傷，而且心灰意冷，便更加狂熱地專心致志地投入科學的懷抱。這個姐妹至少不會當面嘲弄你，只要你對她盡了心，她總會有所報答的，雖說她的報答有時是相當空虛的。因此，他越來越博學多識，同時，自然而然地，他作爲神甫就變得越來越嚴謹，作爲人則變得越來越感到傷感了。對於我們每一個人來說，在我們的智力、品行和性格之間存在某種平衡，這種平衡會不斷發展，除非遇到重大變故，才會中斷。

由於克洛德早在青年時代就已經遍歷了人類學問中正面的、外部的和合法的範疇，這使他不得不走遠些去爲他難以滿足的求知欲覓取食糧，除非他認爲「一切都到了盡頭」否則他只能繼續前進，尋找其他食糧來滿足其永遠如饑似渴的求知欲。

我們將自噬其尾的蛇這一古代的象徵用於學問尤爲貼切。克洛德對此就有切身的體會。好幾位嚴肅認真的人斷定，他在窮盡允許人類知識探索之範圍之後，竟大膽鑽進了非法的禁區。

據說，他已經嘗遍了智慧樹的蘋果，或者仍未饜足，或者感到灰心，最終又咬起禁果來。

101. 這條街上有很多賭場。

讀者知道，他轉換了好些地方，參加過神學院的邏輯學會，以聖伊爾爲崇拜對象的哲學協會，以聖瑪律丹爲崇拜對象的宗教法辯論會，和聖母院聖泉邊的生理學會。

這四大名廚——即四門科學——能爲智力所制訂和提供的一切被允准的菜肴，他都狼吞虎嚥了，還沒有吃飽就膩了。可是他的肚子尚未吃飽，於是他更向前發掘，往更深處發掘，一直發掘到這門科學已窮究過的物質的極限之下。

他也許不惜拿自己的靈魂去冒險，深入地穴，坐在煉金術士、星相家、方士們的神秘桌前，中世紀這張神秘的桌子的一端，曾坐過阿威羅伊[102]、巴黎的居約姆和尼古拉·弗拉梅爾；在東方，它在七支燭台的照耀下，這門學問一直有所發展，所羅門[103]、畢達哥拉斯[104]和查拉圖士特拉[105]都曾探索過。

至少人們是這樣猜測的，不管猜得對不對。

副主教一定常去聖嬰公墓那裡，他的父母和一四六六年那場瘟疫中死去的另些人就埋葬在那個地方，不過他對於立在父母墓穴上莊嚴的十字架的虔誠，似乎遠遠不及他對於毗鄰的尼古拉·弗拉梅爾和克洛德·倍爾奈爾[106]墓上的奇特塑像的注意。

人們時常看見他沿著倫巴第人街走去，然後偷偷地走進代書人街和馬里沃爾街轉角處的一所小

102. 阿威羅伊（一一二六至一一九八），古代阿拉伯哲學家和醫學家，原名伊本·路西德，西方人稱他為「阿威羅伊」。其哲學著作涉及唯物論和泛神論，因而被巴黎大學和羅馬教廷判刑。
103. 所羅門（約前九七〇至前九三一），古代希伯來的君主，畢生致力於國政，他的智慧長期流傳在東方各國。
104. 畢達哥拉斯（約前五七〇至前四八〇），古希臘著名哲學家和數學家。
105. 查拉圖士特拉是古波斯的宗教改革者，通譯瑣羅亞斯德。
106. 克洛德·倍爾奈爾是尼古拉·弗拉梅爾的妻子。

屋，這房子是尼古拉・弗拉梅爾建造的，於一四一七年前後，他就死在了這裡。從此以後，這間宅子就一直無人居住，此後小屋就荒蕪了，並且已經開始傾塌，由於世界各國的煉金師和方士們紛紛到這裡來，單是在牆上刻下自己的一個姓名留念就足以使屋牆磨損了。

有些住在附近的人，說有一回從氣窗看到克洛德副主教在兩個地窖裡用小鍬在挖掘並且翻動地面，正是在地窖的這兩個支柱上刻滿了尼古拉・弗拉梅爾本人留下的詩句和象形文字。人們曾以為弗拉梅爾把煉金石埋在地窖裡，所以從馬吉斯特里到巴西菲克神甫，兩個世紀以來，從煉金師們就不斷地來挖掘地窖的地坪，把整所房子都翻了個個兒，搜了個遍，直到房子解體，在他們的腳下成了一堆塵土，他們才住手。

另有件事也確實無疑，副主教對於聖母院那個有象徵意義的大門廊一定抱著一種特殊的感情。這座大門是巴黎的居約姆主教寫在石頭上的一頁天書。

他本人一定被罰入了地獄，因為他把一頁可怕的書名頁放進了這座教堂，而這座建築物的其他部分則永遠高唱著聖詩。

人們以為這位主教對聖克利斯朵夫巨像和當時豎立在廣場入口處民眾把它謔稱為灰大人的那尊瘦長的、謎一般的雕像，也大有研究。不過，人們也經常看到，他常常坐在教堂前面廣場的欄杆上，一待就是好幾個鐘頭，沒完沒了，凝望著那教堂門廊上的許多雕像，忽而觀察那些倒提油燈的瘋癲處女，忽而注視著那些直舉燈盞的聖潔處女。有時候他還在估量左門上的烏鴉所占的角度，這烏鴉老望著教堂某個神秘點，想必煉金石一定藏在那裡，假如它沒有藏在尼古拉・弗拉梅爾的地窖裡。

順便說一下，在那個時代，聖母院教堂在截然不同兩個層次上，受到了這兩個天差地別的人克洛德和卡西莫多如此虔誠的愛戀，真是一樁奇事。它被那個又固執又粗野、只有一半像人的人所愛，是因爲它的美麗，它的高大，以及造成它整體宏偉壯麗的那種和諧；它被那個聰明、熱情、富於想像力的人所愛，是因爲它很有意趣，它的神話性，它所蘊含的意義，它前牆上各種雕刻所表示的象徵意義，然後隱藏在第二次的文字下面。總而言之，他愛聖母院，一句話，是因爲它那不斷向智慧提出的難解之謎。

最後確定無疑的是，副主教在那兩座鐘樓中，其中面向格雷沃廣場的那一座裡，緊貼著鐘室同時也給自己設置了一個十分神秘的小房間，據說不得到他的同意誰也不能進去，哪怕是主教本人。

這個小房間是當年貝桑松的雨果主教建造的，幾乎位於鐘樓頂上，滿目鴉巢，他曾在其中行施過魔法。

房間裡到底藏著一些什麼，誰也不知道。可是，這間屋子還有開在鐘樓背面的扇氣窗。當夜深人靜的時候，河灘空地那一帶的居民常常能看到這個窗口裡一點古怪的紅光，時斷時續，忽隱忽現，而且都是以相同的時間出現、消失，然後重新出現。

它似乎追隨著一個風箱氣喘吁吁的在打著節拍，似源自一道火苗而不是一盞燈。在這麼高的地方，在一片黑暗中閃爍的這點紅光當然會給人特別奇特的印象，街上的婦女們總愛說：「副主教在那兒吹氣啦，在那高高的地方，地獄裡的火在閃閃發亮哪！」

那一切終究不能很有力地證明這是種巫術活動，不過那裡經常冒出煙來，於是使人猜想到火，因此副主教就得到一個相當可怕的名聲。

不過需要說明的是，其實埃及的邪術、招魂術、魔法之類，即使其中最清白無邪的，在聖母院宗教裁判所諸公的面前，再也沒有比副主教那樣更凶狠的敵人和更無情的揭發者了。無論是真正的恐怖還是屬於賊喊捉賊的伎倆，教務會議滿腹經綸的人都把這位副主教看作是在探索地獄徘徊的靈魂，都認為他已陷入魔法的巢穴，在妖法邪術的黑暗世界裡不厭其煩地探索著、尋覓著。

老百姓也沒看錯，因為任何人都把卡西莫多當做魔鬼，把克洛德當做巫師。顯而易見，那敲鐘人必須為副主教利用一段時間，等期限一到，副主教就會把他的靈魂作為報酬帶走。因此，顯然是那個敲鐘人必須在一定的時期內替副主教服役，不管副主教生活得多麼嚴肅，他在善人[107]心目中，名聲仍然是很臭的，即使是沒有任何經驗的虔誠信女的鼻子，也能在他身上嗅出巫師的氣味。

如果說隨著他的逐漸老去，他的學識中出現了深淵，那麼他的內心也同樣變得更加深邃。只要觀察一下他那張臉孔，透過密佈的陰雲看一看那閃爍的內心靈魂，人們至少是有理由這樣認為的。他那禿腦門，總是低垂著的頭，總在歎息的胸膛，這一切到底是何緣故呢？正當他的雙眉緊蹙似兩頭公牛欲鬥之時，又是隱秘的什麼念頭使他的嘴角浮現出苦笑來？剩下的頭髮已花白，為什麼？偶爾在他目光中閃現的究竟是什麼內在的火光，使他的眼睛好像火爐內壁上的窟窿？

凡此種種，他那內心劇烈活動的這種種強烈徵候，在我們這個故事發生期間尤其達到了極其強烈的程度。

不止一回，唱詩班的孩子們在教堂裡撞見他在獨自徘徊，但是立刻就被他那奇特的咄咄逼人的目光嚇得拔腿狂奔了。好幾次，神職人員在祭壇上誦經的時候，他的鄰席神甫聽到他「以諸般聲調」在

107. 這是含有諷刺意味的反話。

單旋聖歌《讚美雷霆萬鈞之力》中夾雜著許多難以理解的插語。不止一次，家住灘地的那些負責「漿洗教務會議」的洗衣服婦女在副主教德．若札斯大人的白色法衣上，發現指掐手抓的痕跡，這像著實感覺到了驚恐似的。

除此之外，他變得加倍嚴厲起來，比以往任何時候都更堪爲典範了。出自身分的考慮，也由於他性格的緣故，他開始一向是遠離女色的，如今似乎比以往更加憎恨女色了。只要一聽到絲綢衣服的窸窣聲，他就即刻拉下風帽遮住眼睛。

在這方面他格外恪守原則，毫不通融，以至於在一四八一年十二月，也就是國王的女兒波熱夫人來探訪聖母院的隱修院時，他竟嚴厲地拒絕讓她進去。爲此提醒過主教，一三三四年聖巴特勒米瞻禮日前夕發佈的黑皮書中明文規定，禁止任何婦女「不論老年、青年、已婚、未婚貴婦或者侍女」進入修道院。

主教被逼得沒法，便引用教皇特使奧多的指令，若是某些貴婦名媛不在此例，「倘拒之門外將引起議論紛紛」。

副主教當即又加以反駁地說道，教皇特使的指令是在一二〇七年發佈的，比黑皮書要早一百二十七年，因此，它事實上早已被後者否定。結果他拒絕在公主面前露面。

此外，人們還注意到，他近來對埃及女子和吉卜賽女子似乎更加憎惡了。甚至他懇求主教下諭明令禁止那些波希米亞女子到教堂大廣場上擊鼓跳舞。也就是從那個時候起，他不辭辛苦地查閱了宗教裁判所發霉的檔案，搜集有關男女巫師因與公山羊、母豬或母山羊勾結施巫術，而被判處火焚或絞刑的案例。

不受歡迎

前文說過，教堂一帶的大人和小孩都不大喜歡副主教和敲鐘人。每當卡西莫多和克洛德結伴同行，就像僕人跟在主人後面一樣，每當他們穿過聖母院一帶荒僻狹窄而且被泥濘弄得陰暗潮濕的街道時，在他們經過之處，總會有不少人對他們惡語相加，或哼唱譏諷挖苦的小調，冷嘲熱諷，除非克洛德——不過這種情況極爲罕見——走路時昂首挺胸，對嘲諷者亮出他嚴峻的額頭，常嚇得他們目瞪口呆，不敢動彈。

在街坊四鄰中間，這兩個人好似雷尼埃[108]在《詩人》中所描寫的：

各種各樣的人跟在詩人背後，
猶如燕雀嘰嘰喳喳尾隨著貓頭鷹。

有時候，爲了窮開心，一個鬼頭鬼腦的小淘氣，竟不惜冒著身家性命的危險，跑去用一支別針扎進卡西莫多駝背的肉裡。有時候，會有個樂呵呵的、輕佻放蕩的漂亮少女，臉皮厚得可以，愉快地羞

108. 雷尼埃（一五七三至一六一三），法國諷刺詩人。

怯地抓住副主教的黑袍邊兒，緊挨著他唱起嘲弄的謠曲：「壁龕，壁龕，關進魔鬼！」有時候，是一群尖牙利嘴、蹲在陰暗教堂大門台階上的老婦人，當副主教和敲鐘人從那兒經過，便大聲鼓噪，嘀嘀咕咕，然後老大不樂意地對他們表示歡迎。

「哼！瞧這一位的靈魂長得和那一位的身子一模一樣！」

要不然，就是一幫正在玩造房子遊戲的學生和正在玩踢石子遊戲的孩子，見到他們便一齊唰地起立，用拉丁文煞有介事地向他們喝著倒彩：

「噫嘻！克洛德和他的瘸子！」

不過，這種傷害往往是在副主教和敲鐘人不知不覺之中進行的，卡西莫多耳聾，克洛德專心想自己的心事，壓根兒沒有聽見這些優美動聽、賞心悅耳的話。

chapter 5

小事往往變成大事

聖瑪律丹修道院院長

堂·克洛德的名聲早已遠揚。大約在他拒絕會見波熱夫人的那個時候，又有人慕名來訪，他把有關這件事的記憶保存了很久。

那是一個夜晚，他誦完經便回到了聖母院隱修院內自己的議事司鐸寮房裡。這間屋子角落裡放著幾隻封好的玻璃小藥瓶，裝滿一種很像是火藥的可疑粉末，除此之外，一片灰塵，絲毫沒有什麼奇怪和神秘之處。

牆上的四周倒是還寫著幾行文字，不是些純粹的科學術語，就是摘錄正經作者勸人信教爲善的一些名言。副主教剛剛在一張放滿了原稿的大檯子前面坐下來，面對著三隻嘴的銅燭台的亮光，靠在一本打開了的書上，他一隻胳膊擱在打開的奧諾里烏斯·多敦的《論命定與自由意志》上，沉思默想，隨手翻弄一本剛拿來的對開印刷品。那冊對開本書是屋子裡唯一的一件印刷品。

正當他沉入了夢一般的境界出神之際，有人在敲門，「何人？」學者大聲喝問，那語氣猶如一條餓狗在啃骨頭時受了打擾而叫起來那麼動聽。門外一個聲音回答：「您的朋友，雅克．誇克紀埃。」他便走過去開門了。

那的確是國王的醫生，一個五十來歲的人，他的面貌由於眼光狡猾才顯得不那麼生硬。還有另一男子與他做伴，兩人都穿著灰色的灰鼠皮裘，腰束皮帶，裹得嚴嚴實實，頭上戴著同樣質地和同樣顏色的軟帽。他們把手都縮在袖筒裡，長袍掩蓋了他們的腳面，軟帽遮住了他們的眼睛。

「願天主保佑我，先生們！」副主教邊說邊讓他們進來，「我沒料到在這種時候還能得到你們來訪的榮幸呢。」

他一邊彬彬有禮地說著，一邊把不安的、追根究柢的目光從醫生轉向他的夥伴。

「對於拜訪蒂爾夏浦的堂．克洛德這樣出眾的學者，這時辰還不能算太晚呀。」誇克紀埃大夫答道。他有純粹弗朗什孔岱的口音，每句話的結尾都拉長些腔調，如同拖著長後襟的莊重晚禮服。

於是副主教和醫生之間開始了當時學者們談話之前的照例寒暄，但這並不能阻止他倆比世界上任何人都更互相仇視。

話又說回來，今天也是一樣，當一位學者出言讚美恭維另一位學者之時，他吐出的蜜汁裡其實摻進了膽汁。

在克洛德對誇克紀埃的頌揚之中，特別提到御醫在他令人稱羨不已的業務上的收益，那些收益是他用他那令人羨慕的職業從國王每次疾病中榨取來的。這也是一種更高明的煉金術，比追求煉金石要可靠得多。

「說真的，誇克紀埃大夫，我非常高興獲悉您的外甥，尊敬的比埃爾．維爾塞大人榮任主教。您的外甥不就是亞米昂地區的主教嗎？」

「是的，副主教先生，這是出於慈悲天主的賜福啊。」

「您可知道，耶誕節的那一天，當你走在你那位審計院的同伴前頭的時候，非常氣派呢？」

「鄙人不過是副院長罷了，堂．克洛德，也就不過如此罷了。」

「您在聖安德列．代．亞克街興造的那座宏偉漂亮的公館，現在弄到什麼階段了？它堪與羅浮宮媲美，我特別喜歡以巧妙手法雕刻在大門上的那棵杏樹和那句雙關妙語：阿伯里古吉萊[109]。」

「別提了！克洛德老師，這般大興土木開銷實在太大了。等到房子蓋成，我快要傾家蕩產了。」

「呵，你不是還有監獄和司法宮執達吏的收入嗎？不是還有克羅居區那麼多房子、商店、肉鋪和店鋪的出租房？這可是一頭擠著好奶的牛啊。」

「今年，我在波瓦塞的領地可是沒給我帶來什麼收益啊！」

「可您還有設在特里埃勒、聖詹姆斯和聖日耳曼昂萊的稅收，經常都是很好的呀。」

「一共才一百二十個利勿爾，而且還不是巴黎的那種利勿爾。」

「您不是還擔任國王進諫大夫的職務嗎，這收入是固定的吧。」

「不錯，克洛德同行，可是我那塊該死的波里尼領地，眾說紛紜，聽說不管好年成還是壞年成都

109. 法語「杏樹」L'abricotier斷開刻成A L' Abri-Cotier，A L' Abri有隱蔽、掩護之意，雙關意是「在杏樹掩護之下」，這裡克洛德是諷刺誇克紀埃有國王做靠山，正是俗話所說的「大樹底下好遮蔭」。

收不到六十個金幣。」

堂·克洛德對誇克紀埃的頌揚帶著譏諷、刻薄和暗暗揶揄的腔調，臉上流露出挖苦的尖刻的諷刺語氣和一種淒苦冷酷的微笑。當一個才智超群然而不幸的人一時遣興與一個富貴俗物周旋的時候，便拿一個庸俗之輩的殷實家私做耍取樂，而對方卻全然沒有發覺。

「憑我的靈魂擔保，」最後，克洛德握住他的手又說道，「看見你十分健康我真高興。」

「謝謝您，克洛德老師。」

「再順便問一句，」堂·克洛德大聲說，「陛下的御恙怎樣了？」

「他不肯付足他的醫藥費呀。」大夫答道，並瞟了他同伴一眼。

「你認爲是這樣嗎，誇克紀埃老兄？」他的夥伴說。

這句用詫異和責備的聲調吐出來的話，引起了副主教對這個陌生人的注意。說實話，自從這陌生人跨入這斗室的門檻時起，他沒有一刻不在留神觀察他。若不是他有一千條理由不能得罪雅克·誇克紀埃——路易十一國王權勢齊天的醫生，他是根本不允許他帶著生人來訪的。

當誇克紀埃在說下面這句話時，副主教的臉色沒有表現出半點興奮：

「對了，堂·克洛德，我帶來一位教友，他仰慕您的大名前來拜會。」

「先生是搞科學的吧？」副主教問道。

他目光炯炯盯住誇克紀埃的那個夥伴，一下他發覺那陌生人眉毛底下也有著不亞於自己的那種深沉的、不信任的眼光。

微弱的燈光下只能約略判斷，這是一個六十歲上下的老頭，中等身材，看上去病得相當厲害，精神衰頹。他的側面輪廓線雖然很清秀，卻帶有某種威嚴和權威感，他的眼珠閃閃發光，彷彿是從獸穴深處射出來的光芒，在他那幾乎遮住了鼻尖的軟帽子底下，可以感到帽子下面具有天才氣質的寬闊的額頭和那聰明的額頭上滾動著一雙大眼睛。

他決心親自來回答副主教的問話，用低沉的嗓音開腔說道：「尊敬的老師，您聞名遐邇，一直傳到敝人耳邊，因此我特意前來求教。我不過是一個走進學者家裡之前先得脫掉鞋子的笨拙的外省紳士。您也理應知道我的名字。我是杜韓若長老。」

「一名貴族會有這麼個怪名字啊！」副主教心想。

然而，他頓時覺得自己面對著某一強勁的嚴肅事物。他那卓越的智慧使他本能地猜得到，在杜韓若的皮軟帽底下藏著一個同樣不同尋常的絕頂聰明。

他仔細打量那莊嚴的容貌，誇克紀埃的到來在他陰沉的面孔上引起的笑容這時便逐漸消失，就像暮色消失在黑夜的天邊一樣。他重又坐進了自己的大安樂椅裡，臉色陰沉，靜默不語，手肘習慣地支在檯子上，手撐著額頭。沉思片刻之後，他示意兩位客人坐下，並向杜韓若長老發話：

「這位老師，您來問我，不知是討論哪門學問？」

「尊敬的大師，」杜韓若答道，「人們說您是一位偉大的艾斯居拉普[110]，我是來請您開一個藥方的。」

「藥方！」副主教搖頭說道。

110. 艾斯居拉普，古希臘神話中的醫藥之神，太陽神阿波羅之子。

他看上去沉思了一會兒，接著又說：「杜韓若長老，既然您是這樣稱呼的，請轉過頭來吧，您會看到，我的答案就寫在這牆壁上。」

杜韓若順從地回過頭去，他在頭頂上讀到刻在牆上的那句話：

醫學乃幻想之女。

——雅北里格[111]。

這時，誇克紀埃聽到他的夥伴提出的問題得到了加倍可厭的回答，於是他俯身貼近杜韓若的耳朵，聲音很低，免得讓副主教聽到：

「我早就告訴您，這是個瘋子，可是您偏要見他！」

「不過，這個瘋子可能也很有他的道理！」杜韓若面帶苦笑，用同樣低的聲音回答。

「悉聽尊便！」誇克紀埃冷冰冰回了一句，然後對副主教說，「您倒是非常坦誠，堂・克洛德，您毫不看重希波克拉特[112]，就好比榛子難不倒猴子一樣。醫學是一種夢幻！我懷疑，如果眾位醫師郎中在場的話，他們肯定會克制不住而向您扔石頭的。這麼說，您是不承認刺激性藥品對於血液的影響以及膏藥對於肌肉的影響了！您否認稱爲一個世界的、特意爲那不斷生病的所謂人類建立的、由花和金屬組成的不朽的藥物學！」

111. 雅北里格（約二五〇至三三〇），西元三至四世紀古希臘新柏拉圖派哲學家。
112. 希波克拉特（前四六〇至前三七七），古希臘的名醫。在西方被尊為「醫學之父」。

「我既不否認藥物，也不否認患者，」堂．克洛德冷淡地說道，「我否認的是醫生。」

「這麼說，」誇克紀埃也動了肝火，激昂地說，「風濕是內臟的皮疹，熱敷烤熟的老鼠可以治療槍炮之傷，適當注射新生的血液可以使老人恢復青春，這一切都是荒誕不經嗎，二加二等於四，角弓反張後必有前弓之反張，這些也都是假的了！」

副主教又不動聲色地答道：「對某些事物我有我一定的看法。」

誇克紀埃氣得臉都變紅了。

「算了，算了，我的好誇克紀埃，咱們不用生氣，」杜韓若說，「副主教先生是我們的朋友。」

誇克紀埃鎮靜下來，口中兀自嘟囔：「總之他是個瘋子！」

「克洛德老師，」杜韓若沉默了片刻之後說道，「您可真叫我為難。我是特意來向您求教兩件事的：一個是關於我的健康的，一個是關於我的星宿的。」

「先生，」副主教又說，「如果這就是您的來意，您大可不必氣喘吁吁地爬上我的樓梯。我既不相信醫學，也不相信占星術。」

「真的？」杜韓若感到非常驚愕。

誇克紀埃在一旁勉強地笑了一笑。

「這下您看清了吧，」他低聲對杜韓若說，「他甚至連占星術都不相信的！」

「我是很難去相信，每道星光都是繫在人們頭上的一根細線！」堂．克洛德接著說。

「那您又相信什麼呢？」杜韓若高聲問道。

副主教猶豫了一下子，隨即臉上露出一絲陰沉的笑容，彷彿是在否定自己的回答：「信奉天主。」

「吾人之主。」杜韓若劃了個十字補充道。

「阿門。」誇克紀埃說。

「尊敬的大師，」杜韓若又說，「看到您如此的虔誠，我真是由衷地感動。不過，您是赫赫有名的學者，竟然連科學都不相信嗎？」

「不，」副主教呆愣愣的眼睛裡射出一道強烈的光，抓著杜韓若長老的胳膊說，「不，我不否認學問。我在有無數分叉的洞穴裡將肚子緊貼著地面，指甲直插入土裡，爬過地洞的無數曲徑支路，並不是沒有看到我前面遠處，在陰暗長廊的盡頭，有一道亮光，有一股火焰之類的東西，大概是令人眼花繚亂的、耀眼的中央實驗室的反光，即患者和智者突然發現了上帝的那個實驗室。」

「說到底，」杜韓若打斷他，「您認爲什麼才是真的和實在的呢？」

「煉金術。」

誇克紀埃叫嚷了起來：「當真！堂．克洛德，煉金術當然有其道理，可是您又何必詛咒醫學和星相學呢？」

「你們關於那些人的學問都是虛妄和空洞的，關於天的學問也是虛妄和空洞的！」副主教斬釘截鐵地說道。

「您這一下子，可是把埃比達須斯[113]和迦勒底[114]一齊給打發走了。」醫生冷笑並反駁道。

「聽著，誇克紀埃閣下，我說的話是很誠懇的。我不是國王的醫生，陛下也沒有賜給我代達羅斯

113. 古希臘城市，濱愛琴海，醫藥之神艾斯居拉普神廟所在地，病人雲集，想以祈禱來治癒所患疾病。

114. 巴比倫王國的一部分，位於美索不達米亞，那裡很早就開始研究天文學。

花園讓我觀察星辰——您別發火，聽我說下去——醫學姑且不論，這門學問太不著邊際了。就拿占星術來說吧，您能從中得到什麼真理呢？請你告訴我那些直上直下的線[115]以及齊魯夫數字、澤費洛德數字方面的新發現又能說明什麼。」

「莫非您不承認鎖骨的感應力和由此產生的異乎常情的通靈術麼？」

「您錯了，誇克紀埃先生。您的信念沒有一個接近現實，但煉金術卻有一些發明。您不承認這些成果嗎？玻璃埋在地下一千年就形成水晶石。鉛是一切金屬之母。因爲黃金並不是一種金屬，黃金是一種光——只要經歷過四個週期，每個週期歷時二百年，鉛便相繼從鉛的狀態轉化成爲雄黃的狀態，從雄黃而變成錫，從錫變成銀。難道這不是事實嗎？但是相信鎖骨，相信星宿和通往星宿的線，那就像中國的居民相信黃鶯會變成鼴鼠、麥粒會變成鯉魚那樣，同樣的可笑！」

「我也研究過煉金術，」誇克紀埃嚷道，「我可以肯定地說……」

副主教咄咄逼人不容他說完。

「可我研究過醫學、占星術和煉金術，唯一的真理只在此地（說著他便把一只我們在前面描述過的蓋滿了灰塵的小藥瓶放在檯子上），光明就在這裡！希波克拉底斯是一個夢想；于拉尼亞[116]是一個夢想；赫爾墨斯才算是思想。而黃金，這可是太陽，製造黃金，那就變成神了，這才是獨一無二的大學問。不瞞您說，我曾鑽研過醫學和占星術！皆是虛無，虛無！人體是神秘莫測的；星辰也是神秘莫測的！」

115.占星術認為每個人頭頂有條看不見的線和天上自己的星宿相連繫，星宿又通過這條線控制人一生的活動。
116.于拉尼亞是九位文藝女神之一，掌管天文地理。

然後他跌坐在他的安樂椅裡，處在受到某種啓示的振奮狀態中。杜韓若默默地觀察著他。誇克紀埃使勁冷笑著，悄悄地微微聳聳肩膀，悄聲一再念道：「一個瘋子！」

杜韓若突然開口：「那麼，你達到那美妙的目的沒有呢？你煉成了黃金沒有呢？」

「假如我煉出了黃金，」副主教好像在考慮什麼似的慢吞吞地字斟句酌地回答，「那麼，法國國王就是克洛德，而不是路易了。」

杜韓若不由得皺眉蹙額。

「我剛才說了些什麼？」克洛德輕蔑地微笑著說，「假如，我能重建東方帝國，法國的王座對我來說又有什麼用處呢？」

「好極了！」杜韓若長老說。

「噢！這個可憐瘋子！」誇克紀埃在一旁喃喃低語道。

副主教繼續往下說，好像僅僅是爲了回答自己的問話。

「不，我仍在爬行，地獄路上的石子已經磨破了我的臉和膝蓋。我好像隱約看到了什麼，但我還看不清。我尙沒有讀懂，只會拼音！」

「到您讀懂的時候，」杜韓若長老問道，「您就可以煉成黃金了嗎？」

「那誰還會懷疑這個呢？」副主教說。

「情況是這樣的，聖母知道我十分需要錢財。我很想閱讀你那些書。請告訴我，尊敬的閣下，您的科學是不是聖母所反對的或者不喜歡的呢？」

對於杜韓若提出的這個問題，堂．克洛德便以居高臨下的姿態、有恃無恐地答道：「那我給誰當副主教呀？」

「說得在理，那是當然的，大師。那好！您願意指點我入門嗎？讓我同您一道拼讀吧。」

克洛德做出沙米埃爾[117]的那種莊重威嚴的架勢。

「老先生，做一次通過這類神秘事物的旅行，需要很多年月呢，這將超過您的有生之年。您現在已經滿頭秋霜了。一般地說，人們走出洞穴時都鬚髮皆白了，但進去的時候必須是滿頭黑髮才行呢。學問本身就足以使人面容消瘦枯槁和烙印重重，它不需要那些由衰老帶來的皺紋密佈的面孔。不過，假若您在這樣一把年紀，還具有讓自己受教育和辨認討厭的字母表的志願，那就來找我吧。我可以試試看。

「我不會叫您這可憐的老頭去觀看先賢希洛多德[118]提到的金字塔裡面的柩室，或是巴比倫的磚塔和埃克林加巨大的印度教白色大理石的神殿。我和您一樣，沒有見過根據塞克拉的神聖格式建造的迦勒底的石頭建築，沒有見過如今已經傾圮的所羅門的廟宇，也沒有見過已經粉碎的以色列國王墓穴的石門。我們要一塊兒去瞻仰手頭上現有的赫爾墨斯著作的片斷。我要給您講克利斯朵夫的塑像，他是播種者的象徵，也要給您講聖禮拜堂拱門上的兩位天使，一位天使的手插在一隻瓶裡，一位天使的手伸在一片雲裡……」

誇克紀埃面對副主教聲色俱厲的駁斥，顯得十分難堪。聽到這裡，他又重新上馬了，振作精神，他用一位學者糾正另一位學者的勝利語氣插話道：「克洛德，我的朋友，你錯了啊！象徵並不是數字

117.沙米埃爾是西元前十一世紀以色列有名的法官兼預言家。

118.希洛多德（約前四八四至約前四二〇），古希臘史學家，有「歷史之父」之稱。著有《希臘波斯戰爭史》。

啊。您可是把俄耳甫斯[119]當做赫爾墨斯了。」

「是您搞錯了，」副主教嚴肅地反駁道，「代達羅斯本[120]是基礎；俄耳甫斯是牆壁；赫爾墨斯是建築物本身，是一個整體。」

整個情況就是這樣。然後他又轉向杜韓若，說道：「您隨時都可以來，我給您看看埋在尼古拉．弗拉梅爾墳墓底下的殘留的金屑，您可以拿著它們和巴黎的居約姆的黃金作個比較，我還可以告訴您希臘詞柏里斯特拉[121]的秘密魔力。不過，我想我首先教您逐一認識字母表上的大理石字母以及書冊裡的花崗石篇頁。

「我們從居約姆主教大門和聖若望的圓形禮拜堂出發，前往聖教堂去。然後一直走到馬里伏街的尼古拉．弗拉梅爾故居，接著再去聖嬰公墓裡他的墳墓上去和他在蒙摩朗西街的兩座醫院去。我要讓您去讀鐵器廠街聖熱爾韋醫院大門上的象形文字，這座大門是四角包鐵的。我們還將在一起來拼讀聖果姆教堂，聖熱納維埃夫．代．阿爾當教堂，聖瑪律丹教堂和聖雅克教堂的前牆……」

不管他的目光何等敏銳，杜韓若好像已有好大一會兒工夫聽不懂堂．克洛德在說些什麼了。他便打岔道：

---

119. 俄耳甫斯原是希臘神話裡有名的歌手，但這裡的俄耳甫斯指的是古希臘的一種哲學思潮，一種稱之為俄耳甫斯的神秘教理，創立於西元前六世紀。這是一種泛神論的思想，它關心靈魂的得救和來世的幸福，提倡禁欲主義。到了西元五世紀，這一教理就和畢達哥拉斯的輪迴轉生說以及雅典附近愛勒齊斯的神秘學說合而為一，變成一種包括研究煉金術等巫術在內的神秘教理。這裡雨果借用來作為神秘學說的代名詞。

120. 代達羅斯本是希臘神話裡木工的始祖，希臘人把鋸斧等發明都歸功於他。他建造迷宮，製作飛行器械，是一個能工巧匠。這裡借作神秘莫測難以理解的事物的代名詞。

121. 希臘神話裡山林水澤女神，維納斯的隨從，後來變成鴿子。

「天曉得！您說的到底是些什麼書？」

「這裡就有一本。」副主教說。

他一面打開密室的窗戶，一面用手指著宏偉的聖母院教堂。在滿是星星的夜空裡，大教堂的兩座鐘樓，教堂的石頭突角和奇形怪狀的後部，好像是一尊巨大的、長著兩個腦袋的斯芬克斯[122]坐在城市的中央。

副主教不聲不響地對著這龐大的建築物靜靜地凝視了片刻，然後他又歎一口氣，把右手伸向攤在桌面上的書本，左手伸向了聖母院，以憂鬱的目光自書本移向教堂，說道：

「可惜啊！這個即將要消滅那個。」

誇克紀埃趕緊湊到書本的跟前，禁不住嚷道：「咦！這有什麼可大驚小怪的，《聖保羅書簡集注》，紐倫堡，安東尼烏斯．科布爾格，一四七四年印行。這並不是新書，這是格言大師比埃爾．倫巴第的著作呀！是不是因爲它是印刷的？」

「您說對了。」克洛德又答道，看上去像沉浸在一種深深的冥想中，站著一動不動，屈下食指頂住有名的紐倫堡印刷廠印製的那本對開的書。

然後他又說了幾句莫測高深的話語：「真可惜啊！真可惜啊！有些小事往往變成大事，一顆牙齒會戰勝一塊岩石，一隻尼羅河的老鼠會殺掉一條鱷魚，一把帶柄的劍會殺掉一條鯨魚。這本書要消滅這座教堂！」

122. 斯芬克斯是長著獅子軀幹、女人頭面的有翼怪物。

正在這時，隱修院的熄燈鐘敲響，誇克紀埃大夫正低聲對其同伴沒完沒了嘮叨著：「此人是個瘋子。」這次他的夥伴也回答道：「我看也是。」

這個時辰，任何外人都不能再停留在修道院裡了，兩名客人只得告退了。杜韓若在向副主教告辭之時說：「大師，我敬愛學者和賢士，我對您尤其敬重。明天請到杜爾內爾宮去，就說是求見杜爾內爾的聖瑪律丹修院的院長。」

驚呆了的副主教回到自己屋裡，他終於明白了這位杜韓若是何等的人物，他記起了聖瑪律丹·德·杜爾修道院記事冊裡的條文：聖瑪律丹修院的長老，即法國國王，像聖沃南提斯一樣，享有小額薪俸，並且主掌教堂的寶庫。

人們斷定就是從這個時候開始，每當路易十一國王陛下來到巴黎，就召副主教去商量事情，還說國王對堂·克洛德的信任引起奧里維·勒丹和誇克紀埃的嫉恨。後者又依照他的老辦法來對付國王，常常故意不給國王好臉色看。

這個將要殺死那個

「這個要消滅那個，這本書要消滅那座建築。」副主教這謎語般的話語有什麼微言大義，我們不妨在這裡略作探討一下，請閱讀此書的女士們多加包涵。

照我們看來，這一意思有兩方面。首先是一種神甫的思想。這是神職人員面對一個新的媒體——

印刷術，而產生的一種恐懼。這是神殿裡的人面對古騰堡[123]光芒四射的印刷機，產生的驚慌不安和眩惑。這是講壇和手稿，口說的話語和書寫的話語，均由於印刷話語的出現而驚惶失措，好比一隻麻雀突然看見萊吉翁天使展開的六百萬對翅膀所感到的那種麻木。這是預言家已經聽到解放了的人類在輕微細語和開始活動時發出的驚呼，他看出了將來智慧要代替教義，輿論要推翻信仰，人們要擺脫羅馬。這是哲學家看到人類的思想被印刷術催化成了氣態，正從科學的容器裡逸出時所作出的預言，這是士兵在察看羊頭青銅撞破城錘，說到「堡壘將要倒塌」現出的驚叫時所表現出來的那種恐怖，這意味著：「印刷機將要消滅教堂。」

以上是第一個想法，這無疑是最基本和最簡單的思想。在第一層簡單的意思下面，還有另一層更新的意思。它是第一層意思的一個推論，不那麼容易看出，卻比較容易發生爭議。這第二個看法也是純粹哲學性的，但它不僅是神甫的見解，也是學者和藝術家們的共同看法。這就是預感到，人的思想隨著思維方式的改變，也會改變其表達方式，從今以後，每代人的重要思想將不會再用同樣的材料和同樣的方式來進行書寫，石頭書雖然堅固而且持久，但是必將讓位於更堅固持久的紙質書。

因此副主教含糊的話還有第二層意思，它表示一種藝術將要推翻另一種藝術，它的意思是說：「印刷術要消滅建築藝術。」

確實，從世界起源的洪荒時代一直到基督紀元第十五世紀（包括該世紀在內），建築術一直是人類的最大的書，是在其不同發展階段人類的力量和智慧最主要的表達方式。

123. 約翰·古騰堡，德國印刷工人，發明活版印刷術。

當最初幾代人的記憶感到負擔過重的時候，當人類記憶的行李變得沉重和繁雜的時候，以至赤裸裸的、輕飄飄的語言有可能在旅途中完全丟失了的時候，人們就會以最顯而易見的、最持久的、也是最自然的方式把它們寫在泥土上，人們把每一個傳統刻寫在紀念性建築上來保留、封印。

早先的紀念性建築是用簡單的大塊岩石堆砌而成。正如摩西[124]所說的，「尚未被鐵觸及過」。建築術的發端與任何書法的發端一樣，先從字母開始。人們只要豎起一塊石頭，這就是一個字母，每個字母都是一個象形文字，每個象形文字都代表一組意念，好似柱身托起柱頭一般。在同一時間裡，世界各處的最初幾代人，都是這樣做的。在亞洲的西伯利亞的克爾特人中，在南美洲的草原，也都能找到克爾特人的「立石」。

稍後一些時，人們就創造單詞。人們把石頭堆疊起來，把花崗石的音綴拼合起來，動詞便試著去把這些詞聯結起來。克爾特人的大扁石和大石台，伊特魯立亞[125]人的土塚，希伯來人的墓穴，就都是單詞。有些單詞，尤其是土塚，都是專有的名詞。偶爾有個地方石多而寬廣，人們就書寫出一個句子來。卡納克[126]的巨大石堆群，便已是一個完整的表達形式了。

最後，人們開始著書。傳統產生符號，卻被符號漸漸淹沒了，這好像樹幹匿身在密枝濃葉之下一樣：所有一切爲人類所信賴的符號隨著歲月的變遷，愈來愈增加，愈來愈繁多，愈來愈交錯，愈來愈

124. 摩西，古代猶太人的領袖。《聖經．出埃及記》記載，摩西帶領在埃及為奴的猶太人遷回迦南（巴勒斯坦和腓尼基地區的古稱），並在西奈山上接受上帝寫在兩塊石板上的十誡。猶太教認為《聖經》的首五卷出自摩西之筆，故有《摩西五經》之稱。

125. 伊特魯立亞，義大利古代一地區名。

126. 卡納克是古埃及南方名城比底斯廢墟上的兩大村落之一。

複雜，傳統從各個方面都被符號淹沒，符號只能勉爲其難地表達原始的傳統。後者與它們一樣簡單，純樸，匍匐在地。於是，隨著人類思想的發達，建築術繁榮起來，它變成了千頭千臂的巨人，把有著象徵意義的飄浮不定的思想固定在一種永恆的，看得見的，捉摸得到的形式下面。

當代表才幹的代達羅斯忙著測量的時候，俄耳甫斯作爲智慧的化身放聲歌唱的時候，柱子就作爲一個字母，柱廊作爲一個音節，金字塔作爲一個單詞，在幾何規則和詩律的雙重作用下，全部活動起來了，聚集、組合、交融、升降、重疊於地面、層層迭起高入雲霄，直至它們按照一個時代的一致觀念，寫出了那些令人歎止的奇書，更是奇妙的建築。例如，印度埃克林加的寶塔、埃及的拉美西斯二世陵墓以及所羅門的神廟。

起始的觀念——動詞，不僅表現在這些建築的內部，還體現爲外在形式。例如那所羅門的神廟不僅是聖書的裝幀，它就是聖書本身。在這所廟宇的每一座圍牆上，神甫們都可以讀到明白曉示的聖言，從一個殿堂到另一個殿堂，他們追隨著聖言的變化，直到他們最後在神廟的聖幕那裡看到它的最具體的形式！那聖約櫃[127]作爲一種建築藝術，因此，真諦寓於建築物中，而其形象卻體現在建築物的外殼上，正如死者的肖像描畫在木乃伊的棺木上面。

不僅僅是建築物的形式，就連它們所選擇的地點也顯露出其思想內涵。根據所要表達的象徵性的東西或優雅，或陰暗，希臘人在山頂上建造賞心悅目的廟宇，印度人則開山劈嶺，在洞裡雕琢由成行

127. 這裡作者把建築藝術的發展和句子的構成作對比。作者認為原始社會的建築如同字母，後來有所發展，就好比進到單詞階段，到宏偉的教堂出現時也就等於構成了一句完整的句子。在句子裡動詞是相當重要的，而在教堂裡最神聖的地方是祭台間裡的聖約櫃，這是安放摩西十誡的地方，所以作者把聖約櫃和動詞相比。

成列的花崗岩石像托起的奇形怪狀的地下塔群。

因此，自開天闢地的最初六千年裡，從印度斯坦最古老的寶塔一直到科倫大教堂，建築術始終都是人類的偉大筆跡。這一點確鑿無疑，不僅一切宗教象徵，而且人類的一切思想，在這本大書和它的紀念碑上都有其光輝的一頁。

任何文明均始自神權，而以民主告終。自由取代統一，這條法則也寫在了建築藝術中。因為我們還必須強調一點：認為建築術的泥水工程只限於建造神廟，表達神話和宗教象徵，把道的神秘十誡書也用象形文字轉寫在石頭書頁上，這種觀點是要不得的。

如果事情果真如此，那麼，假若整個人類社會忽然碰到那麼一天，神聖的象徵會在自由思想的衝擊下消耗、磨滅，世人會逃脫神甫的控制，層出不窮的哲學和體系會像贅疣一樣腐蝕宗教的面孔，蛀蝕宗教的門面，一旦到了那個時候，建築藝術就不再表現人類精神的新狀況，它那些正面寫得滿滿的篇頁，反面將會是空空如也，它的作品將被大肆刪節，它的書將會是不完整的了。

不過情況還不完全是這樣。不妨以中世紀為例吧，這個時期距離我們較近，我們比較容易看得清楚這個時代。

中世紀的初期，神權政治統治歐洲，並且糾集了梵蒂岡[128]，重新組合加比多爾[129]。山周圍的古羅馬遺跡，以圖再造羅馬。基督教日益忙於在往昔文明的破磚碎瓦中尋找社會各個階層，並在它的遺址上重建一個以僧侶制度為主心骨的新的等級世界。正是在這個時期，神秘的羅曼建築藝術，它是埃及和

128.梵蒂岡是羅馬教廷所在地。
129.加比多爾，羅馬的七座山陵之一，上有朱庇特神廟。

印度的神權時代泥水工程的姊妹，一種純粹天主教的永恆標誌，一種表現羅馬教皇的統一權力的不變的象形文字。那個時期的任何思想實際上都是用陰鬱的羅曼風格寫成的，人們到處感到權威、統一、奧秘、絕對；格雷果瓦七世、神甫無處不在而卻絲毫沒有世人的位置；到處都是上等階級，絕沒有平民。

然而十字軍東征時代來臨，這又是一場大規模的群眾運動；而任何大規模的群眾性運動，不論其原因和目的如何，總是在其最後階段沉澱中產生出自由思想，新事物便即將問世。於是雅克團暴動，布拉格暴動和聯盟運動的動亂時代來臨了。

由此，權威搖搖欲墜，大一統分崩離析、土崩瓦解了。封建制度要求與神權政治分享權利，然後必然是人民突如其來地出場登台加入，而且人民總會得到最大的份額，「皆因我名為獅子」，因此，領主政權從僧侶團體下顯露出來，而公社又在領主政權下滋長起來。歐洲的面貌從此大為改觀。

這一來，建築術的面貌也如同文明一樣，相應的改變了，建築術也翻開了新的一頁，已經準備在新時代譜寫新的篇章。

十字軍返程，為建築術帶回了尖圓拱，猶如為各民族帶回了自由。於是，隨著羅馬的逐漸解體，羅曼建築藝術也日漸衰亡。象形文字拋棄了主教座堂去裝飾城堡的主塔，給封建制度增加一點威望。主教座堂，往日是何等道貌岸然的建築本身，從此，自由思想逐漸侵入，資產者和村社逐漸脫離神甫的掌握而聽憑藝術家們的擺佈。藝術家們按照自己的愛好去建造它，什麼奧秘，什麼神話，什麼法度，統統棄之不顧了。於是來了幻想和任性。只要為神甫安排了大堂和祭台，別的事他就統統管不著了，四壁則成了藝術家們的天下。

建築這本大書不再屬於僧侶、宗教以及羅馬；它屬於想像、詩歌以及人民。所以這個只有三世紀歷史的建築術的迅速而無數的改變，和這個已有六七個世紀的羅曼建築藝術的停滯不前相比，這是多麼不同啊。而藝術則闊步前進，主教才能幹的活計，現在具有才智和獨創性的人民也能幹了。每個種族在其經過時，無不在書上寫下自己的一行文字，塗改主教座堂扉頁上那古老的羅曼象形文字，以至於今天的人們，只能在那些新的象徵之下窺見舊的教條。民間的幃幔使人很難想見宗教的骸骨。人們無法想像當時建築師的放肆，甚至對待教堂也是如此。他們在柱頭上竟表現男女修士羞答答地交合，比如巴黎司法宮壁爐廳裡所見，又如布日教堂正門底下「纖毫畢現」雕出挪亞[130]的奇遇，再如，波什維爾修道院盥洗室牆上畫著一個長著驢耳的修士，手執酒杯，嘲笑全體僧眾。

當時，在石頭上書寫思想是那個時代存在著的一種特權，完全可以與今天的出版自由相提並論。這就是建築術藝術的自由。

這種自由曾暢行無阻。有時一道門廊、一堵前牆，乃至整座教堂的呈現與宗教信仰絕無關係，甚至帶著與教堂敵對的某種象徵意義。巴黎的居約姆早在十三世紀，尼古拉．弗拉梅爾在十五世紀，就在這些騷動的篇頁上留下了他們的字跡。聖雅克教堂完全就是一座叛經背道的建築物。

那時的思想只有在這種方式下才是自由的，它也只能全部標明在被人們稱為建築的這些書上。倘若它不依託於建築物，而是貿然寫成書稿的形式保存起來，那它早就遭劊子手的毒手，被劊子手當眾

130. 挪亞是《聖經》裡的一位族長，曾奉上帝之命修造方舟，使許多人免於被洪水淹沒。

焚毀了，教堂大門廊所代表的思維目擊了書籍這種思維蒙受的苦難。

思想以建築術作爲唯一出路，爲了能一見天日，它便從四面八方向著這條大道上迅速地奔湧而來。於是出現了許許多多的主教座堂，遍佈整個歐洲，其數目之驚人，甚至經過我們今天核實，仍令人難以置信。

社會的一切物質力量和一切精神力量都會聚到同一點——建築藝術上，就這樣，以給上帝修建教堂爲藉口，藝術取得了輝煌的發展。任何天生是詩人的人，均變成了建築師。散佈在群眾當中的天才處於封建制度統治下，就彷彿處在青銅盾牌的「龜殼」之下，到處遭受壓抑，唯有在建築術中才可以找到出路，只有通過這門藝術才能湧現出來。他們的《伊利亞特》就採用了主教座堂的形式。所有其他的藝術也服從建築術，歸其驅使，它們無非是實現宏圖偉業的工匠。

建築師就是詩人，是大師，他們身兼數職，既是雕刻家，精雕細刻建築物上的立面，又是畫家，爲大玻璃窗塡彩繪色，也是樂師，撞響大鐘並演奏管風琴。就連那可憐的堅持要在手稿中過日子的所謂詩學，也不得不在聖歌或散文的形式下進入教堂。說到底，詩歌扮演的角色與埃斯庫羅斯[131]的悲劇在希臘的宗教節日裡，《創世紀[132]》在所羅門的神廟裡所起的作用一致的。

這樣，在古騰堡之前，建築藝術一直是主要普遍的創作體裁。這部花崗岩的書從東方開始，被古希臘和古羅馬所繼承，在中世紀寫出了最後一頁。再說，正如我們在中世紀所看到的，那種民眾建築取代等級建築的現象，這種現象在歷史上其他偉大時代裡，將和一切與人類智慧有關的運動同時出

131. 埃斯庫羅斯（約前五二五至前四五六），古希臘三大悲劇家之一。
132. 即《聖經．舊約》的第一卷。

現。那需要寫出幾本書才能講透這條法則，在此我們只能以卷軸的形式簡要地陳述其發展的規律。

在那遠古時代的東方──原始時代的搖籃──繼印度建築術後出現了腓尼基建築，後者還是阿拉伯建築體質豐滿壯碩的生身之母，在古代，希臘建築繼埃及建築而起，埃特魯斯坎風格和巨石堆壘也僅是埃及建築的一種變體，後來的羅馬風格只不過是一種變種，裝飾許許多多迦太基圓頂而已；而到了近代，哥德式建築取代了羅曼式的建築。

我們分解這三個系列建築，各分為二的時候，便能在其中的三位姐姐：印度建築、埃及建築和羅曼建築身上，找到同樣的象徵：神權政治、等級、統一、教條、神話和上帝，至於腓尼基建築、希臘建築和哥德式建築這三位妹妹，不管她們原有的形式如何迥異，在她們身上也能找到同樣的標記，即自由，民眾和人。

在印度、埃及或羅曼建築之中，人們總是感覺到，而且只能感覺神甫的存在，不管這個神甫是叫做婆羅門[133]，麥琪，還是教皇。

相比而言，民眾建築的情況並不如此，它們更加富麗堂皇，少了很多神聖的性質。人們在腓尼基建築藝術中感到商人的氣息；在希臘建築裡感到了共和派政體的氣息；在哥德式建築裡感到了市民氣息。

神權時代一切建築的普遍特徵是一成不變，害怕進步，固守傳統，它把一切原始形式當做神聖，把不可理解的隨意想像當做人和自然界一切形態的象徵已經由來已久，成為習慣。這可都是些晦澀的

133. 印度古代的宗教。

天書，只有入教者方能讀得懂。況且，神權建築的任何形態，甚至任何奇形怪狀，都含有某種意義，正是由於這一意義使它們變得凜然不可侵犯。不能強制要求印度、埃及、羅曼的泥水工程建築改變其圖形或者其雕塑，任何改進對它們來說都是違反教規的。

在這類建築裡，教條的生硬彷佛散發到了石頭裡，猶如被再一次化爲岩石。民眾的泥水工程則相反，它們以多樣和進步、獨創和豐盈壯碩，以及永恆的運動爲其普遍特徵。它們已經在一定程度上擺脫了宗教，它們想的只是自己的美，只注意並且不斷改進自己的雕塑或阿拉伯式的裝飾圖案。它們屬於塵世，它們仍然是產生於神聖的象徵之下，但它們已將某種人性的東西注入其中，並且把它與神聖的象徵不斷地融合，由此產生一些能夠被一切人、智慧和富於想像力的人所領悟的建築物。它們仍帶著象徵性，但和自然一樣易於理解。在神權時代的建築藝術和這種建築藝術之間，存在著神的語言與凡人的語言、象形文字與美術、所羅門與費狄亞[134]的差異。

總而言之，即使忽略那些成千上萬個證據和成千上萬個不足道的細節性的責難，若是加以概括簡要敘述，便能得到如下的結論：

建築藝術一直到十五世紀都是人類的主要記錄，在那段時期，世界上沒有一種稍微複雜的思想不是以建築形式表達的。

任何人民性的觀念，如同任何宗教法度一樣，都有其宏偉的紀念碑，最後人類沒有任何一種重要的思想不被建築藝術寫在石頭上。

134.費狄亞（約前四九〇至前四三一），古希臘最大的雕塑家，曾負責巴特農神廟的裝飾。

緣何如此呢？因爲任何思想，無論是宗教的還是哲學的，都願永遠流傳於天地之間，因爲它蘊含了一代人的想法還要繼續激勵後代，並且留下痕跡。

況且，手稿的經久性又是何等的不可靠！而一座建築才是一本多麼結實耐久經得起考驗的書！只要點一把火或者有一個土耳其人，就足以把書寫的言詞毀盡，毀滅化爲建築的文字卻需要一次社會的革命或一場塵世大變革，例如，野蠻人曾踐踏過古羅馬的大劇場，洪水或許會淹沒古埃及的金字塔。

到十五世紀，這一切都完全改變了。

人類的思想發現了一種可以永久流傳的方法，比建築術更堅固耐久，而且還更簡便易行。建築藝術被趕下王座，俄耳甫斯的石頭字母將被古騰堡的鉛字繼承下來。

書籍將要消滅建築。

印刷術的發明堪稱人類歷史上最重大的事件，它是一切革命之源。它是人類完全革新了的表現方式，這是拋棄了一種形式而獲得另一種形式的人類思想，從亞當以來代表著智慧、具有象徵性的那條智慧的蛇最後一次完全徹底的蛻變。

思想一旦取得了印刷品的形式，就比任何時候都難以被毀滅，而且更易於流傳，它將四處飛翔，逮也逮不住。

在建築術時代它化作山嶽，強有力地佔據整個時代，佔據一個地區。現在思想化爲了群鳥，飛散四面八方，和空氣混合在一起。

我們再說一遍吧，它從僵硬變成生動活潑的了，它從持久轉爲了不朽，它是更難以毀滅了。人們可以摧毀那成堆的東西，可怎麼才能根除那無所不在的東西呢？哪怕就是再來一場洪水，山嶺消失在波濤之下，可鳥雀依舊飛翔如故，只要一條方舟倖免於難，飄浮水面，就會有鳥雀歇腳在這條船上，與它一起浮游，一起目睹洪水的退卻，而從這片渾沌中誕生的新世界一出世，就會看見被淹沒了的那個舊世界的思想在它上面飛翔，生動活潑得像長著翅膀一樣。

這個方式不僅最具保存能力，並且最爲簡單、最易實現；它沒有一大堆行李，也不用機械操作，思想如果要表現爲建築物，就必須要調動其他四五種藝術，投入那堆積如山的石塊，豎起密如森林一樣的木架，雇用無數的工人，而它若變爲書本，只需要幾張紙，一點兒墨水，一支筆罷了。

只要我們想到這一切，就會自然而然地爲了印刷術而拋棄建築術，我們爲什麼還要如此大驚小怪呢？要是突然把一條河流原來水道裡的水和挖在它水位線下管道裡的水來一次截流，河水就會捨棄原來的河床他去。

所以，自從發明了印刷術以後，建築術便逐漸枯燥無味、衰微和敗落了。我們強烈地感到江河日下，元氣喪失，各時代和各民族的思想都離建築藝術而去了！

在十五世紀，這一衰退的過程幾乎覺察不出來，當時印刷機還處於雛形狀態的時候，頂多只能從強大的建築術那裡悄悄地汲取一點它過剩的生命力。但是從十六世紀開始，建築術的弊病便顯而易見了，基本上已不能再表達社會思潮了，它變成了可憐兮兮地古典藝術，從高盧藝術、歐洲藝術和土著人的藝術，它變成希臘羅馬藝術；從真實的、現代的作品，它變成仿古的贗品了。可這種衰落就是人們所謂的文藝復興。然而這一衰落也不失其體面和壯麗，因爲那古老的哥德式天才，這輪在美因茲[135]巨

135. 美因茲，德國城市，在萊茵河左岸。

大的印刷機背後墜落的夕陽，在一段時期之內仍以其餘暉投射在拉丁式拱廊和戈林斯柱廊的一大堆混合建築物上。

這就是我們當做黎明旭日的那個黃昏夕照。

自從建築藝術只是一種普普通通像其他任何藝術一樣的藝術時，自從它不再是包羅萬象的藝術、至高無上的藝術和獨霸天下的藝術，它便不再具有阻擋其他藝術的力量了。其他藝術紛紛得到解放，粉碎建築師的枷鎖，然後各奔一方。與建築術決裂，使得每門藝術都獲益匪淺。彼此隔絕之後，那些藝術恰好可以借此機會發展壯大。雕刻變成了雕塑藝術，畫片變成了繪畫，音樂擺脫了經文。正如亞歷山大死後，帝國被解體，各行省變成了獨立王國。

由此出現了拉斐爾、米開朗基羅、若望．古戎[136]、帕萊斯特里納[137]等，那些在光輝的十六世紀耀眼奪目的藝術家們。

和各種藝術同時，思想也從各方面自行解放。中世紀異端教派的創始者早已經給天主教留下了巨大的創傷，而十六世紀則打碎了宗教的統一。

在發明印刷術之前，宗教改革無非是教派的分裂行爲，有了印刷術之後，它便成了一場革命。如果沒有印刷機，異端邪說便會軟弱無力了。不論是命中註定也罷，出於天意也罷，反正古騰堡總是路德的先驅。

那時，中世紀的太陽完全西落了，哥德式的天才永遠在藝術的天際熄滅了，建築藝術也就日漸暗

136. 若望．古戎（約一五一〇至約一五六六），法國十六世紀雕塑家和建築師。
137. 帕萊斯特里納（一五二五至一五九四），義大利音樂家。

淡，褪色，消逝了。印刷的書籍是建築物的蛀蟲，吮吸其血液，啃蛀其骨肉，使建築藝術蛻皮脫水，明顯地乾癟下去。它變得剝落，凋零，憔悴，毫無價值。它再也不能表達什麼，甚至連表示對一個時代藝術的回憶都不可能了。它孑然一身，因爲被別的藝術拋棄了，也就意味著被其他的藝術所遺棄，從此再也不能吸引其他任何藝術了，只能驅使那些壯工。

於是，平板玻璃窗代替了彩色拼花玻璃窗，石匠繼承了雕刻家。所有的特色，所有的元氣，一切充滿智慧和生命力的東西，都統統喪失殆盡了。

建築術好像工廠裡可憐的乞丐，只能仿製前人的作品。

可能，早在十六世紀米開朗基羅就感到建築術正在死去，最後靈機一動，孤注一擲，這位藝術巨人把萬神祠堆砌在巴特農神廟上面，建造了羅馬的聖彼得教堂。

這件偉大的作品至今仍是舉世無雙，它是建築藝術的創造性的最後新穎之作，是那位偉大藝術家在那本合上了的宏偉的石頭記事冊上面留下的簽名。

米開朗基羅逝世後，建築藝術在幽靈和陰影的狀態中苟延殘喘，還能有什麼作爲呢？於是，它就抓住了羅馬聖彼得大教堂，模仿複製但卻又不得其要領與精華。這是一種癖好，是怪可悲的。

每個時代都有自己的羅馬聖彼得大教堂：十七世紀有慈惠谷女修院，十八世紀有聖熱納維也夫教堂。每個國家也都有其羅馬聖彼得大教堂，倫敦有一座，彼得堡也有，巴黎共有兩三座，這是不足道的遺囑，是一種衰落的偉大藝術臨終前回到童年時代去的胡言亂語。假如剛才提到的這些特殊的紀念性建築，我們姑且不談，而是對十六至十八世紀藝術的概貌稍加考察，我們也會同樣發現，那些藝術的低落和衰敗。從弗朗索瓦二世時代以來，建築物的藝術形式就日益讓位於幾何形式，後者突出其稜角如消瘦的病人顯露其嶙峋的骨架。

藝術那優美的線條被冰冷僵硬的幾何線條所取代，一座建築已不再是一座建築，它僅是個多面體而已。於是建築藝術苦於去遮掩那種裸露。

不妨看一看，羅馬式的三角楣當中鑲嵌著希臘式的三角楣，或者互相摻雜在一起。不過萬變不離其宗，永遠都是在派特農神廟裡安置萬神殿，即羅馬聖彼得大教堂。於是便產生了亨利四世的石頭砌角的紅磚房子，皇家廣場和多菲納廣場；出現了路易十三的教堂：沉重，低矮，像駝子那樣背著一個低低的，矮矮的圓拱頂，緊抱成團，產生了馬紮蘭[138]式的建築。這就是路易十四的宮殿，堪稱朝臣們的長排營房，死板，陰森、令人生厭。

最後還有路易十五式的宮殿：那菊苣和通心粉狀的裝飾，外加種種贅疣，更加使這個陳舊過時、頭痛齒豁猶作媚態的建築藝術面目全非。自弗朗索瓦二世到路易十五，那病患以幾何級數增長。現在藝術只成了裹在骨頭上的一層皮而已，它悲慘地發出了臨終的呻吟。

與此同時，印刷術的景況又如何呢？從建築術那裡所流失的全部生命力都被它所吸收，隨著建築術的每況愈下，印刷術在逐步擴張、壯大，變得更爲有力。人類思想花費在建築上的精力，從此就傾注在書籍上，於是早在十六世紀在路易十四宮廷裡長期成長起來的印刷術。到了十八世紀，在路易十四宮廷裡得到長期發展之後，它重新握起路德的舊劍，以伏爾泰爲武器，氣勢洶洶地奔去攻擊古老的歐洲，雖然它早已放棄了那種建築藝術的表現形式。十八世紀結束之時，它已摧毀了一切，到了

138. 馬紮蘭（一六〇二至一六六一），義大利的紅衣主教，曾任路易十三朝第一任首相。四國大學是他創辦的。

十九世紀，它將要重新建設一切。

不過，現在我們要問，三個世紀以來，兩者中究竟哪一種藝術真正代表人類的思想呢？哪一種不僅表達了人類思想在文學和經院哲學領域的怪癖，而表達了其廣闊、深沉和普遍的變遷運動呢？是哪種藝術既不中斷而又不留空隙地經常盤踞在人類這種行動著的千足怪物之上？是建築術還是印刷術？

當然是印刷術。

假若我們不想欺騙自己，建築藝術是死去了，永不復返地死去了，它是被印刷的書消滅的。它被殺死，是因爲不夠耐久和費用較貴。建造任何一座主教座堂都耗資億萬。

請設想一下，需要多少投資，才能重寫那本建築藝術的書，才能使大地上重現建築，星羅棋佈蜂擁蟻聚的局面，才能返回昔日的鼎盛時代？

據一名目擊者說，那時候「猶如世界撼其身軀，脫卸其敝衣舊服，改披白色教堂織成之新袍」（格拉倍・拉居爾孚斯）。

一本書很快就印出來了，價錢如此便宜，又能夠流傳廣遠！如同水往低處流，都沿著這斜坡傾注，那又何足爲怪呢？這不是說從此以後人們不能再在某個地方建造起一座美麗的宏偉建築，一件孤零零的傑作。在印刷術的統治下，人們確實依舊還有可能不時看到一根圓柱——我想那是由全軍用繳獲的亂七八糟的大炮熔鑄而成——就像在建築術統治下曾經產生過《伊利亞特》、《羅曼賽羅》、《摩訶婆羅多[139]》和《尼貝龍根之歌[140]》一樣，那是由全體民眾對許多行吟史詩加以兼收並蓄和融合而成的。到

139. 摩訶婆羅多，一譯《瑪哈帕臘達》，印度古代梵文敘事詩，意思是「偉大的婆羅多王後裔」。
140. 《尼貝龍根之歌》，德國史詩，形成於西元一二〇〇年左右。

二十世紀可能會突然誕生一位天才的建築家，正如十三世紀突然出現但丁[141]一樣。不過建築術將不再是社會藝術、集體藝術和支配的藝術。人類的偉大詩篇，偉大建築作品，不必再通過建築形式去修建，而是要印刷出來。

從此，縱然建築藝術還可能東山再起，它也不再是主人了。它將要服從文學的管轄，就像文學過去服從它的管轄一樣。兩種藝術的各自地位是可以互相轉換的。大詩篇固然寥若晨星，有如雄偉的建築，這倒是千真萬確的。在印度，冗長繁雜，風格奇異，難以識透，宛如一座巨塔一般。在埃及東部，詩好比建築一樣，有其線條的雄偉與莊嚴；古代希臘的詩作瑰麗，安謐，平穩；基督教的歐洲詩作有天主教的威嚴，民眾的樸實，一個萬象更新時代的豐富多彩和欣欣向榮。《聖經》就像金字塔，《伊利亞特》堪比派特農神廟，荷馬就像費狄亞，但丁好比十三世紀最後的羅曼式教堂，莎士比亞則是十六世紀最後的哥德式大教堂。

這樣，把我們已經講過的當然不算完整的一切概括起來，不妨說人類有兩本書籍，兩種記憶冊，兩份遺囑，即建築術和印刷術，一種是石頭上的聖經，一種是紙上的聖經。

誠然，我們瞻仰這兩部在許多世紀中大大地打開著的聖經時，不免會緬懷花崗岩字體那種顯而易見的壯麗和莊嚴，對這些巨大字母構成的柱廊、塔門和方尖碑，這些從金字塔到教堂的鐘樓，從凱奧甫斯[142]到斯特拉斯堡[143]，遮蔽世界和那悠悠歲月的人工大山顯而易見的莊重威嚴，對此，人們將不勝緬

141. 但丁（一二六五至一三二一），義大利十三世紀下半葉到十四世紀初期最偉大的詩人，有義大利「詩歌之父」之稱，著有長詩《神曲》。
142. 凱奧甫斯，西元二千六百年埃及國王，他建造了最大的金字塔。
143. 斯特拉斯堡，法國城市，市內有著名的教堂及鐘樓。

懷。應當重溫一下建築藝術寫下的著作，應該不斷地翻閱、讚賞這本由建築術寫成的書，但是不應該否認應時興起的印刷術這一建築的偉大。這座巨廈高大無比。

不知是哪位自命不凡的統計專家計算過，若把自從古騰堡以來印製的全部書籍一本挨一本堆積起來，其高度真可以填滿從地球到月亮的空間呢，但我們想說明的並不是這種高大，要是人們願意對直到今天爲止的所有印刷品有個總的印象，它難道不像一座佔據整個世界的巨大建築嗎？

全世界支撐這所建築，全人類不懈地爲它添磚加瓦，但見它碩大無朋的頭顱還隱沒在未來的茫茫的雲霧裡哩。它是智慧的蟻穴，它是一切想像的蜂窩，如金色的蜜蜂帶著蜜汁奔赴而來。這所建築是層樓重疊的，到處可以看到其內部縱橫交錯，通向一座又一座樓梯。在它的表面，藝術處處用阿拉伯花紋、雕刻和雕花窗花邊來使人目不暇接。每一部作品看來似乎是那麼隨心所欲，似乎充滿狂想，各不相干，其實在這所建築裡各有其位置，各有其特點和價值，整體和諧。

從莎士比亞的這座主教堂直到拜倫這所清真寺，成千上萬座鐘樓在這個普遍思想的大都會裡相互混雜，相擠相軋。在其底層，人們重新寫下建築術未能記載的幾項人類古老的篇章標題。在它的入口左側，刻著荷馬的白色大理石古舊浮雕，而在右側，刻著挺起七個腦袋的各種文字的聖經。稍遠處，《羅曼賽羅》這條七頭蛇豎起身子，以及其他一些神秘的雜交怪物，如《吠陀》[144]和《尼貝龍根之歌》。何況這奇異的建築永遠不會完工，印刷機這一龐大機器不停地汲取社會的全部智慧汁液，不斷爲這座建築傾瀉出新的材料。

144.《吠陀》，印度最古老的宗教文獻和文學作品的總稱。

全人類都在鷹架上忙碌奔波，每個才智之士都是泥水匠。最卑微的人也在給它填補空白或是放上石塊。雷蒂夫・德・布雷東[145]背來一筐灰泥，每天都有一層新的磚石就位。除了每個作家各盡其才，標新立異，還有群策群力的集體。十八世紀產生了一部《百科全書》，大革命帶給我們一份《導報》。當然，它也是一項不斷發展和螺旋式上升的建築工程，這裡同樣語言混雜，活動永不停歇，勞作不知疲倦，全人類通力合作，這裡成爲人類智慧對付新洪水，抵禦蠻族行爲的庇護所。它是人類的第二座巴別塔。

145. 布雷東（約一四一六至一四九三），布日省的印刷工人和書法家。傳說他發明印刷術，但有人否認。早在古騰堡之前布雷東就印刷了《巴黎的教義》一書，現為法國國立圖書館所收藏。

chapter 6

一位隱修女的故事

對於古時司法的公正一瞥

在西元一四八二年，羅貝爾．代斯杜特維爾身為貴族、騎士、貝恩領主、馬什省伊芙利和聖安德里兩地的男爵、御前顧問、侍衛、知巴黎府事，堪稱相當走運、福星高照。大約在十七年之前，在一四六五年，彗星[146]出現的那一年的十一月七日，他就奉上諭擔任了巴黎總督這一美缺，那是不僅被看做是一個官職，而且是一個顯要的職務。

若阿納．孚羅洛．勒姆納斯有個說法：「任此職者，得行使極大之治安權力，並享有多項特權。」一位紳士得到國王的信任，這在一四八二年可是件十分了不起的大事。國王的委任狀上寫明任期

146. 這顆彗星出現時，波爾雅的叔父，教皇加利斯特下令普遍舉行祈禱。它就是在一八三五年重新出現的那顆彗星。——作者注

是從路易十一的私生女同波旁的私生子結婚的日期算起。羅貝爾接替雅克·德·維耶出任巴黎總督的那一天，若望·朵威取代了艾爾葉·德·多埃特，當上最高法院首席法官，若望·雨維納·代·于爾森取代比埃爾·德·莫爾維里耶成爲法蘭西掌璽大臣，勒尼奧·代·多爾曼奪走了比埃爾·皮伊的御前常任訴狀審查官職位。

我們需要知道，自從羅貝爾坐進總督府以來，首席法官、掌璽大臣、常任訴狀審查官不知換了多少人呀！

他的委任狀裡載明「俾其執掌」，而他也確實牢牢地執掌著。他同那個官職貼得多麼緊，結合得多麼密，合併得多麼好啊！他何等巧妙地逃過了路易十一那種喜歡更換臣僕的謀算，須知這位國王猜疑成性和愛耍弄人，卻又十分勤奮，並且熱衷於通過頻頻罷官封官，以示天威難測。更有甚者，這位出色的騎士已經爲他的兒子爭取到繼承父職的特許。

兩年前，巴黎府的日常文書上，候補騎士雅克·代斯杜特維爾的名字已列在其父的大名下邊。如此王恩浩蕩，真是稀罕之至！

羅貝爾確實是個好軍人，他曾忠心耿耿，曾經堂皇地討伐「公共福利同盟」，一四××年，王后進入巴黎城之日，他曾獻上一頭非常出色的蜜餞全鹿，令人歎爲觀止。他還有沙特雷法庭的民事案和刑事案的收入，曼特橋與果爾倍依橋的無數筆小額稅收以及巴黎技術學校的技術費、執照製造費和食鹽過秤費。此外還要加上騎馬出巡時馳騁的快樂，市政官們和區長們穿紅褐兩色精美的長袍，更加襯托出他的衣著和頭盔的威武非凡。諸位今天還能在諾曼第的瓦爾蒙修道院裡他的墳墓的雕刻上，看到他那頂壓滿花紋的高頭盔。

關於他的敘述還沒完呢。他還全權管理著沙特雷法庭的十二名士兵的班長、大堡的司閽兼巡夜、大堡的兩名辦案助理、十六個區的區長、大堡的監獄看守、四名有采邑的執達使、一百二十名騎兵、一百二十名執仗手、巡夜騎士及其統率的巡防隊、巡防分隊、巡防檢查隊、巡防後衛隊，所有這一切難道算不了什麼嗎？他掌握著高級和初級的審判權，有處理示眾、絞刑、拖刑的權利，還沒算上憲章裡規定的「初級審判權」，即巴黎子爵領地及所屬七個封邑的最高司法權。

難道這也算不了什麼嗎？如羅貝爾大人那樣，每天在大堡裡威嚴的菲利浦建造的寬闊扁平的尖圓拱下升堂斷案，每天黃昏按照習慣回到王宮附近伽利略街上的那所漂亮住宅去休息，消除因把某個窮鬼打發去過夜做出種種判決而生的疲勞，至於打發窮鬼要去過夜的場所，它是「剝皮場街一間小屋，爲巴黎總督和市政官改作牢房之用，長十一尺，寬七尺四寸，高十一尺」。

羅貝爾大人不但擁有巴黎總督和巴黎子爵的司法權，還使出渾身解數，插手國王的最高判決權。沒有一個略居高位的人不是先經過他才被交給劊子手的。是他前往聖安東尼的巴士底大獄把納姆先生提交出來，然後押送到菜市場行刑，也是他把聖波爾大統領帶到雷沃刑台斬首的。後一位在被押赴刑場的路上憤怒地大喊大叫，對那位陸軍元帥不懷好意的總督先生卻高興之極。

真的，爲了使生活過得幸福而又聲名顯赫，爲了有朝一日能在總督們引人入勝的歷史中佔據醒目的一頁，巴黎總督列傳讀來甚是有趣，我們從中獲悉吾達爾·德·維爾納夫在屠場街有一所住宅，居約姆·德·昂加斯特意買下了大小薩瓦府第，居約姆·蒂波把他在克洛潘街的房產捐贈聖熱納維埃夫的修女，于格·奧布里奧住在箭豬公館，以及諸如此類。

可是，雖然有這麼多理由來使生活快樂而豐富多彩，羅貝爾大人在一四八二年一月七日的早晨醒來時卻悶悶不樂，心情壞透了。

哪兒來的這種壞心情呢？連他自己也說不清楚。是不是因為天色灰暗？還是他那根蒙萊里舊皮帶不合適、束得太緊，把總督大人胖腰身像當兵的那樣勒得太緊了？是他看到窗外大街上走過一幫遊民，四個人一行，穿著緊身上衣卻沒有襯衫，帽子只剩帽簷，肩搭褡褳，腰掛酒瓶，還敢嘲笑他？還是他隱隱預感到，當今的王子，未來的查理八世國王明年將要在總督薪俸裡扣除三百七十利勿爾十六蘇八德尼埃的數目？

任憑讀者們去猜想吧，至於我們，我們比較相信他之所以心情不好，僅僅是由於他心情不好。

更何況，那正是節日的第二天，那是人人都厭倦的日子，尤其是那些負責清除巴黎在一個節日裡所製造的全部垃圾（按其本義和引申意義來講）的官吏，此外他還要到大沙特雷法庭去出席審判。我們已指出，法官們通常都把開庭的日期安排在他們心情不佳之日，以便總能尋出一個人來借國王、法律和正義的名義，在某個倒楣的傢伙身上發洩怨氣。

審判沒有等他到場就開始了，照例由他的民事法庭、刑事法庭和特別法庭的助手們給他料理一切。自從上午八點起，便有成群的男女市民擁擠在大堡的昂巴審判庭裡，在一道堅實的橡木柵欄和一堵牆壁中間，擠壓著幾十個男女市民，個個心曠神怡。

沙特雷法庭預審官孚羅韓．巴爾倍第昂大人升堂問案，主持略為雜亂而又十分隨便的民事裁判與刑事審判的各種有趣審理。

審判廳是窄小低矮的圓拱形，盡裡頭安著一張雕有百合花紋飾的公案，桌後一把橡木雕花大靠椅，它是總督的座位，此時空著。椅子左側是一張凳子，是預審官孚羅韓的位子。下邊坐著錄事，只見他忙碌地漫不經心地塗寫著。對面是旁聽的民眾的席位。門前和桌子前站著總督府的一支衛隊，個個身穿綴有白十字的紫天鵝絨衣服。市民接待廳的兩名差役穿著萬聖節的半紅半藍的粗絨布短衫，站在大廳深處桌子後面一道緊閉的矮門前放哨。唯一的尖拱頂窗戶緊窄地嵌在厚牆上，一月份的慘白日光透過窗口照亮兩副滑稽古怪的面容：拱頂懸垂下來的石刻魔鬼像和坐在廳堂盡頭那張雕百合花的桌子前面的法官。

諸位請想像沙特雷法庭預審官孚羅韓閣下那副尊容吧。他坐在兩摞卷宗之間，兩肘支在桌面上，腳遮在棕色呢料袍子的後幅邊上，整張臉縮在白羔皮襖裡，兩道眉毛被衣領一襯托，顯得格外分明，他臉色通紅，神態粗暴，眼睛粗魯地閃動著，兩頰的肥肉在下巴頦匯攏，倒也添了幾分威嚴。這位就是大堡承審官孚羅韓·巴爾倍第昂老爺。

並且，承審官是個聾子。對於一位承審官，這只是輕微的缺陷罷了。孚羅韓老爺的判決是不用上訴的，它總是判得恰如其分。當一名法官，只要裝作在傾聽的樣子就夠了，這位可敬的預審法官對公正審判這唯一的基本條件是最符合不過了——嚴格審判最為緊要的條件，因為任何聲音都打擾不了他。

但是在旁聽者中間有一個對他的言語動作相當苛刻的審核者，此非別人，他就是我們的朋友磨坊的若望，昨天的那個學生娃。我們在巴黎各處總能遇上這個「遊蕩鬼」，只有在教授的座椅前除外。

「你看，」他低聲向同伴羅班說，那個同伴看見眼前展開的景象，正在咧著嘴笑，「這位不是讓內東·杜·比宋，新市場的懶漢院的漂亮小妞嗎？活見鬼，老東西還判她的罪！他除了耳聾，連眼也瞎了不成！因為她戴了兩串珠子，就罰了她十五個巴黎蘇四個德尼埃！這有點罰得太多啦。律令措辭務嚴……

「這位又是誰？鎧甲匠羅班・謝甫德維爾！只因爲他成了手藝工人師傅嗎？那可是他付的入場費哪。嗨！這幫賤民中間，還有兩位貴人：艾格勒・德・蘇安和于丹・德・梅里。兩位候補騎士侍從！基督之身[147]！啊！他倆賭過骰子呢。

「什麼時候才能在這裡看見我們的校長受審呢？向國王交納一百巴黎利勿爾的罰金！孚羅韓下手狠毒，不愧是個聾子！假如這能讓我戒賭，我倒真願我是我的副主教哥哥。我可是沒日沒夜地賭博，嗜賭若命，生死與共！賭輸了襯衫還拿靈魂作賭注！

「聖處女在上，那麼多小妞！一個挨著一個，我的小綿羊！昂布瓦斯・萊居也爾！伊沙波・拉・貝奈特！貝拉德・吉霍蘭！沒有我不認識的！罰款！罰款！誰叫你們繫著鍍金腰帶的！十個巴黎蘇！噢！法官這副醜相，又聾又蠢！噢！笨蛋孚羅韓！噢！傻瓜孚羅韓！他上桌了！他吃著起訴人，他吃著案件，他大吃大嚼，他脹飽了，他塞滿了！罰金、訴訟費、捐稅、損失賠償費、枷鎖費、牢獄費等等，對於他就像是耶誕節的糕餅和聖若望的小杏仁餅一樣！

「來吧！妙啊！又一個騷娘們兒！蒂波，蒂波家的，一點不錯！只因爲她是從格拉提尼街來的！這小子又是誰？紀埃弗華・馬朋，弓弩手。他辱罵天主。罰款，蒂波家的！罰款，紀埃弗華！兩人統統罰款！這個老聾子！他一定是把兩起案子搞混了！他八成會判那女人咒罵的罪，判那個兵士淫蕩的罪！

147. 原文是拉丁文。這是一句賭咒發誓的渾話。

「注意，羅班！他們領進來的是什麼人啦？這麼多的衙役！朱庇特在上！獵犬傾巢出動，想必是一個大傢伙呢。一頭野豬？果然是一頭野豬，羅班！真是頭野豬。長得多壯！海格立斯！原來是我們昨天的王子，愚人王，我們的敲鐘人，我們的獨眼，我們的駝背，我們的醜八怪！原來是卡西莫多！」

這倒是千真萬確的。

那是被捆綁著監視著的卡西莫多，圍著他的軍警是由候補騎士親自帶領的。好多名衙役把他團團圍住，巡防騎士穿著前胸繡法蘭西紋章，後背繡巴黎城徽的鎧甲，親臨督隊。

卡西莫多除了天生畸形，他身上沒有一絲一毫值得如此這般興師動眾的，劍戟火槍一齊上陣。他沮喪、安靜、不出一聲，難得偶爾用獨眼看一下捆著他身上的繩索，那目光十分陰鬱、惱怒。

當他抬眼環顧四周時，他的目光卻顯得十分暗淡無光神，引得婦女們指指點點，不由得發笑起來。

此時，承審官孚羅韓老爺正在聚精會神地翻閱錄事呈上的指控卡西莫多的案卷。匆匆過目之後，他看上去似乎在凝神熟思。

每次開始審訊之前，他總要這樣小心謹慎地準備一下，必須預先知道被告的姓名、身分、過失，以便他能給某些料想得到的提問預備好解釋和答案，使他能避免審問中的疑難之處而不會過分顯出他的耳聾。案卷對於他來說，就像盲人犬，萬一有什麼前言不對後語，或者什麼難以理解的提問，在一些人看來，這莫測高深，而在另一些人看來，這則是愚笨。

無論法官被人看成是笨拙的還是深奧的，總比被人當做聾子要好得多。因此他老是小心翼翼地在眾人面前掩飾其耳聾的毛病，而且通常瞞得天衣無縫，連他自己也產生了錯覺。

自欺欺人到如此地步，其實比世人想像的要容易得多。正如所有的駝子都昂頭走路，所有的結巴都喜歡高談闊論，所有的聾子都愛低聲說話，至於他，頂多只認爲自己的耳朵有一丁點兒背聽而已。這是他在坦白和捫心自問的時候，對公眾輿論的唯一讓步。

他把卡西莫多的案情反覆推敲之後，便向後仰起腦袋，半閉眼睛，以便裝出一副更加威嚴、更加大公無私的樣子。這樣一來，他就完全變得又聾又瞎了，符合了當完美法官的雙重條件。端著這副威嚴的架勢，他開始審訊起來。

「你的姓名是什麼？」

然而，由一名聾子來審問另一名聾子，這可是未曾「爲法律所預見」的情況。

卡西莫多壓根兒聽不到他在問什麼，繼續死死地盯著他，沒有應聲。

聾法官一點也不知道被告耳聾，就認爲他和一般被告一樣已經回答完畢，於是用死板笨拙的聲調繼續審問。

「很好。你的年齡？」

對於這個問題，卡西莫多依然沒有回答。法官以爲這個問題他已經得到了滿意的回答，便繼續問下去：

「那麼，你的職業是什麼？」

依舊是默不出聲。這時聽審的人們就面面相覷，互相耳語起來。

法官泰然自若，還以爲被告已經回答了他的第三個問題，於是冷靜地接著說：「行了，本庭接到控告，在我們面前你是個犯人，因爲一，你在深夜擾亂了治安；二，你毆打了一個瘋女人；三，你違背和反抗了國王陛下的近衛弓箭隊。以上各項，你必須交代明白。嗯，錄事，被告迄今所言，是否已記錄在案？」

聽到這不倫不類的倒楣問題，錄事和聽眾爆發出一陣哄堂大笑，笑得那樣厲害，那樣瘋狂，那樣有感染力，那樣普遍，連那兩個聾子都覺察到了。

卡西莫多輕蔑地聳起他的駝背，高傲地轉過身子。孚羅韓老爺與他一樣驚訝，他從被告聳肩的動作猜測，一定是他出言不遜，才引得旁聽者哄笑，於是就憤怒地責罵道：

「惡棍，單憑這句回答就該判你絞刑！你明白你是在同什麼人講話嗎？」

這個斥責並不能阻止人們的笑鬧。大家反而覺得這一呵斥荒唐之極，牛頭不對馬嘴，甚至市民接待廳的差役，都發瘋似的捧腹大笑起來。唯獨卡西莫多莊重，默不出聲，因爲他壓根兒對周圍發生的事情一無所知。

法官越來越惱火，他以爲應該用同樣的腔調繼續審問，才能懾服被告。希望用這個來迫使犯人畏懼，以便博得他們對法庭的敬重。

「那麼就是說，你本是那個邪惡的強盜，竟敢誹謗沙特雷法庭的預審官，誹謗巴黎警察局的行政長官，本法官乃是大堡承行政長官，負責巴黎地方治安，受國王任命，懲治諸般罪惡及作奸犯科，監督各行各業，取締一切壟斷，維護街道，制止倒賣家禽野味，監督丈量劈柴及其他木材，清除城裡的污垢和空氣中的傳染病毒，總之，既無報酬，也不指望有薪俸地夜以繼日勤於公務，孜孜不倦地從事公益事業！你可知道本官乃孚羅韓．巴爾倍第昂，總督大人的私人助理，兼任專員、調查官、監督官和考試官，並在總督轄區、隸屬司法區、保管署和初等法院擁有同等權力……」

一個聾子對另一個聾子講起話來滔滔不絕，他沒有任何理由停下來。

孚羅韓老爺口若懸河滔滔不絕，高談闊論。若不是大堂盡裡頭的小門突然開了，總督大人從中踱出，天曉得他到什麼時候、在什麼地方才能停止講話。

見到總督出場，孚羅韓老爺並沒有突然住口，反倒轉身面對總督，把剛才以雷霆萬鈞之勢訓斥卡西莫多的演說詞猛然掉轉話鋒，粗魯地對著他說道：「大人，此被告公然嚴重藐視法庭，請大人立刻嚴懲不貸。」

說完，他上氣不接下氣地重新坐下來，擦著從額上大顆大顆地往他面前的羊皮紙上滴落的汗珠。羅貝爾大人皺了一下眉頭，對卡西莫多擺擺手，以示警告。手勢專橫武斷，用意十分明顯，那個聾子這才似乎有點懂得了他的意思。

總督於是威風凜凜地、聲色俱厲地向他發話：

「你這無賴，你知道自己犯了什麼罪給帶到這裡來的嗎？」

可憐的傢伙以為總督在問他的姓名，便打破一直保持著的沉默，用一種嘶啞的喉音答道：「卡西莫多。」

這一答話是如此牛頭不對馬嘴，又引起了哄堂大笑，以致羅貝爾大人氣得漲紅了臉大聲喊道：「混帳，可惡的東西！你膽敢連我也嘲笑起來了？」

「聖母院的敲鐘人。」卡西莫多答道，他以為應該回答法官自己是幹什麼的了。

「敲鐘人！」總督往下說。

我們已經指出過，他一早醒來心情就不好，他的怒火倒不一定要如此奇怪的回答才能挑動。

「敲鐘人！我罰你遊街，受杖刑，用成捆的細皮條抽你的脊樑。聽明白了嗎，無賴？」

「要是您想知道我的年紀，」卡西莫多又說，「我想，我到聖瑪律丹節就該滿二十歲了。」

這一下真可謂火上澆油了，總督再也不能忍受了。

「豈有此理！大膽！你挖苦起總督來了，武裝的軍警先生們，你們把這傢伙押到格雷沃廣場的刑台上去，給我狠狠鞭打，在輪盤上旋轉他一個鐘頭。這筆賬非跟他清算不可，天主的腦袋！我命令，命令四名法庭指定的號手，在巴黎子爵的七座城堡宣讀此判決，以警眾人。」

錄事急忙把判決記下來。

「天主的肚皮呀！瞧這判得有多公正呀！」學生娃磨坊的若望在那個角落裡嚷道。

總督又回過頭來，用一雙閃閃發亮的眼睛直勾勾盯住卡西莫多，「我相信這壞傢伙說了『天主的肚皮呀！錄事，在判決上增加十二個巴黎德尼埃的罰款，並且把其中六個德尼埃捐送聖厄斯達謝教區財物委員會。我對聖厄斯達謝是特別虔誠的。」

判決書在幾分鐘內就寫好了，全文簡短扼要。

那時，巴黎府和子爵領地的習慣法還沒有經過蒂波·巴耶院長和御前律師何吉·巴爾納的修正。這兩位法學家用密不透風的歪理詭辯，滿紙充塞詭辯遁詞和繁瑣程序，當然那是十六世紀初的事。當初其中的一切都明確、簡便、直截了當。人們從那兒可以直接走向目的地，每條小道見不到荊叢和彎曲，一眼便可以望見盡頭是輪盤、絞刑架和刑台。總之，人們最起碼知道自己是向何處走去。

錄事向總督呈上判決書，總督蓋上大印，便走出去到聽審的群眾中間轉了幾轉。那天，他的脾氣壞到足以使巴黎所有的監獄都人滿爲患。若望和羅班在一旁竊笑。卡西莫多用驚訝而冷淡的神情看著一切。

輪到孚羅韓閣下過目判決書以便簽署的時候，錄事忽然受了感動，憐憫起那被判罪的可憐鬼來了，希望能減輕他的罪狀，他盡可能湊近承審官的耳朵旁，指著卡西莫多告訴他說：「此人是個聾子。」

他以爲這個同樣的殘疾會引起孚羅韓的同情，使他對那個犯人開恩。然而，首先我們已指出，孚羅韓不願意別人發覺他耳聾。其次，他的耳朵實在太不中用了，連錄事說的一個字也沒有聽到。然而他卻裝出聽明白了的樣子，回答道：「啊！啊！那就不同了。我原來不知道此事哩。既然是這樣，就應該讓他多示眾一個鐘頭。」

隨即他就這樣在修改後的判決書上簽了字。

「幹得好！」羅班說。他一直對卡西莫多懷恨在心。「這可以教訓教訓他，看他以後還敢不敢欺侮、虐待人。」

老鼠洞

請讀者允許我們把您又一次領回格雷沃廣場，我們昨天爲了跟蹤拉・愛斯梅拉達，與格蘭古瓦一起離開了這個場所。

那是上午十點鐘，一切都顯示出節日後第二天的景象。石頭地面上到處都是垃圾、緞帶、破布片、羽冠上掉下的翎毛、火炬上滴下的蠟滴、公眾饕餮的殘渣。成群的市民四處遊蕩——如前所述——用腳踢著焰火的餘燼，站在柱子房前面迷迷糊糊地回憶昨天懸掛過的漂亮帷幔，今天只好把看掛帷幔的釘子當做最後的歡樂了。

賣蘋果酒和麥酒的小販滾著酒桶，在人群中穿來穿去，還有幾個有事在身的行人來去匆匆。各家店鋪門口，商人們在交談、相互招呼，大家七嘴八舌，都在談論節日、使團、科勃諾爾、愚人王，比賽誰說得最俏皮，笑得最起勁。

此時，四名騎著馬的官差過來了，站在恥辱柱的四邊。這一下子就吸引了廣場上一大部分閒人的注意力。他們無處可去，百般無聊，正盼望著觀看一次小小的行刑。

假若讀者看過了廣場到處喧鬧活躍的景象，讓我們把目光轉向碼頭西邊一角的那座半哥德式、半羅曼式的古屋，即羅蘭塔樓，你會在那房屋正面的牆角看到一本巨大的、用彩色字母裝飾的華麗的公用祈禱書。燭火輝煌地照耀著它，有一間小披屋給它遮風擋雨，有一道鐵柵欄使小偷無法進去，但人們卻能夠隨時翻讀它。

在廣場的一側，也就是祈禱書的旁邊，有一扇狹窄的尖頂窗，被兩根十字交叉的鐵條擋死。這是老房子底層，在厚厚的牆壁裡挖出的一間斗室的唯一開口。那間屋子沒有門，它是從塔樓底層的厚牆上開鑿而成的，室內充滿了深深的和平與悲哀的岑寂，尤其外面恰好是全巴黎最擁擠、最喧鬧的廣場，這時遊人雲集，人聲沸騰，因而室內的清幽顯得益發深沉，也更加死氣沉沉了。

這間斗室大約在三個世紀以前就聞名於巴黎了。當年羅蘭塔樓的羅蘭德夫人爲悼念在十字軍中陣亡的父親，叫人在自家住宅的牆壁上鑿出這間小屋，然後把自己幽禁其中，閉門不出。她索性把門也堵死了，屬於她的這座華麗府邸，不論嚴冬炎夏，只有那個窗洞一直開著，她把其餘一切都捐贈給窮人或者獻給天主。

哀傷、腸斷欲絕的貴婦在這座提前修好的墳墓裡等死，一等就是整整二十年，她日夜為父親的亡靈禱告，她穿一身黑色喪服，睡時就倒在塵灰裡，甚至連一塊當枕頭用的石頭也沒有，僅靠好心的過路人放在她的窗台上的麵包和水度日，也就是說，她就這樣在捨棄了一切之後接受別人的施捨。

在她去世之前，留下遺囑說，把這間屋子永遠留給傷心的婦女，無論母親、寡婦或者女兒，因為她們有許多悔恨要為別人或為自己祈求上帝寬恕，甚至把自己活活埋葬在深深的痛苦或嚴酷懺悔之中。

和羅蘭德夫人同時代的窮人，曾經用眼淚和感恩來哀悼她。但令他們深為遺憾的是，由於缺少靠山，這個虔誠的女子，沒能被列為聖徒。於是窮人中那些不顧一切的人，曾經希望，在羅馬辦不成的事情可能在天堂裡更容易辦成；既然教皇不予恩准，他們索性便為死者祈求天主的恩典。

大多數人都主張把羅蘭德夫人的紀念日視為神聖，把她留下的破衣當做聖物。巴黎城則為這位名門貴媛設置一部公共祈禱書，特地放置在那間小屋的窗洞旁邊，讓過路的行人隨時可以停下來，哪怕只做一次祈禱也好，通過祈禱使人想到佈施，從而使那些可憐的修行人——那些繼羅蘭德夫人之後的洞穴繼承人，不至於餓死或被人遺忘。

此類墳墓在中世紀的城市裡並不希罕。在最熙來攘往的大街，在最擁擠最熱鬧的市場，在人群中央，在馬蹄和車輪底下，時常可以發現那麼一個洞穴、一口枯井或者一間有牆有柵欄的小屋。那裡面日日夜夜在祈禱，心甘情願地獻身於永恆的悲哀和深深的懺悔。

這個奇怪的景觀，這間可怕的如同住宅與墳墓，公墓與城市之間的寮房，這個從此被視同死人的與世隔絕的人，她就如同一盞在幽暗中燃盡最後一滴油的油燈，在墓穴裡閃爍的殘餘的生命。

這個呼吸、聲音已經關在石頭匣子裡的永恆的祈禱，這張永遠朝向冥間的面孔，這對已被另一個太陽照耀著的眼睛，這對傾聽墳墓談話的耳朵，這個禁錮在軀殼中的靈魂，這副禁錮在囚室中的軀體，這個在皮肉和花崗岩雙重障蔽之內受難的靈魂的呻吟，所有這一切離奇古怪的現象，自然會喚起我們記憶的一切，但是，當時的人卻不會考慮那麼多。

那個時代虔敬有餘，談不上精微看待這件事情，推崇、敬仰這一獻身行爲，必要時也奉爲神聖，但是不會去分析那些遭遇，所生的惻隱之心也不過如此罷了。他們不時給可憐的不幸的苦修人送去一點佈施，透過窗洞口看她是否還活著，不知道她的姓名，也不大清楚她在那裡度著死人般的生活已有多少年了。

當遇到陌生人詢問正在洞穴裡等死的骨瘦如柴的活人是誰的時候，他們只是根據性別這樣簡單地回答：如果穴中人是男性，「這是一位隱修士」；如果是女性就說「這是一位隱修女」。

那個時候，人們就是這樣全憑肉眼看待一切的，不故弄玄虛，不帶誇張，不用顯微鏡。用來觀察物質和用來觀察精神的顯微鏡，當時都還沒有發明。

雖然人們並不覺得怎麼奇怪，城市中心的這一類隱修所，實際上是像我們剛才說的，到處都有。在巴黎就有相當數量的祈禱天主和思罪悔過的寮房，幾乎全都有人居住。

一般情況下，教會不願意看見它們空著，因爲這似乎顯出信徒們的冷淡似的。所以一旦沒有懺悔的人，便把痲瘋病人關進去。除了格雷沃廣場的小屋之外，在隼山也有一處，另一間在聖嬰公墓的窖裡，還有一間我已搞不清在什麼地方，我想也許在克里雄公館吧。還有好些在別的地方，由於其建築已經湮沒，已找不到遺址，只能憑人們傳聞。

大學城裡也有一處隱修所。聖熱納維埃夫山上，有一個中世紀的雅伯之流的人物，在一個水井深處歌唱七篇懺悔的讚美詩，唱了整整三十年。他每唱完一遍就重新開始，夜裡唱得更加響亮，高亢之聲，好像來自另一個世界。時至今日，每當住在附近的考古學家踏進「說話井」街，好像還能夠聽到他的歌聲呢！

提起羅蘭塔樓的石室，我們應該說明，它從來沒有斷過隱修女。自從羅蘭德夫人死後，難得空過一年兩年。很多婦女到這裡來哭他們的父母、愛人，或者爲了她們自己的罪過而哭泣，一直哭到死去。生性狡黠的巴黎人什麼事情都愛插一手，即使是與他們最不相干的事情也要干預。他們堅持認爲，說在她們裡面很少看到寡婦。

按照當時的習俗，用拉丁文在牆上寫一個匾額，向識字的過路人指明這間小屋的虔誠用途。在門楣上寫一個匾額來說明某一座建築的用途的習慣，一直延至十六世紀中葉。因此，今天在法國，我們還能在杜爾維葉領主府的監獄邊門上方讀到「肅靜等候」；在愛爾蘭的福特斯居城堡的大門頂上的盾狀紋章下面，看到「強大之盾，佑我君侯」；在英格蘭的科柏伯爵好客的莊園的主要入口處，見到「賓至如歸」。這是因爲，那個時代的任何建築都會傳達一種思想。

因爲嵌在羅蘭塔牆上的這間小屋是沒有門的，所以人們就在窗戶上方刻上了兩個很大的羅曼字：

TU，ORA[148]

老百姓看事物全憑見識，不會講究那麼多微妙之處，寧願把路易大帝[149]讀作「聖德尼門」。便把這個黑暗陰森潮濕的洞穴取名爲老鼠洞。

這個叫法雖不如前面那一個高雅，但卻比那一個生動形象得多了。

玉米麵餅的故事

發生這段故事的時期，羅蘭塔的小屋裡是住著人的。

假若讀者想知道是誰住在裡面，那只要聽一聽三個正派的婦道人家的談話就會明白了。

在我們把讀者的注意力引向老鼠洞之前，這三個婦女正從沙特雷門沿著河岸，向格雷沃廣場走去，與我們是同一個方向。

其中，有兩位婦女都是一身有身分的巴黎婦女的裝束，白細布胸衣，紅藍條紋相間的粗呢裙，邊角彩色繡花、腿部緊裹著羊毛編織的白襪子，黑底方頭的褐色皮鞋。特別是她們的帽子，就像如今的鄉村婦女和俄國近衛軍擲彈兵戴的帽角上裝飾著絲帶和花邊的那一種，這些都表明她們是屬於富裕的商婦階層，是介於僕役們稱之爲「太太」和「夫人」之間的女人。

148. 意思為你祈禱，它和法文的老鼠洞 Trou aux Rats 一詞讀音相近。
149. 路易大帝即法王路易十四。

她們並沒有帶戒指和金十字架，但也容易看出那並非由於窮苦，而是因爲她們天真地害怕罰款罷了。那位同伴與她們的打扮差不多，不過她的裝束和姿態一看就知道是外地人的氣派。從她把腰帶繫在腰部以上的樣子來看，她剛到巴黎不久。除此之外，她的胸衣打褶，鞋子上飾有緞帶結，裙子的條紋是橫的而不是直的，還有其他區別於高雅趣味的荒謬之處。

爲首的兩位邁著巴黎女人特有的步子，正是這種步態使外省女人明白什麼叫巴黎氣派。那個外省女人手裡牽著一個胖嘟嘟的男孩，那男孩手裡拿著一塊糕餅。

很抱歉，我們需要說明的是，由於季節嚴寒，那孩子正用手巾捂著嘴。

這孩子是被硬拖著走的，正如維吉爾[150]所說的「步子並不穩重」，老是跌跤，惹得他母親大聲嚷叫。原因是他眼睛只盯著手裡的糕餅，而不看腳下的石板路。必定有某個重大的理由使他不敢去咬那塊餅，弄得他只能含情脈脈地盯著它看。其實，這塊餅本來應該由他母親親手拿的，卻把胖小鬼變成了坦塔羅斯[151]，真有點殘忍呢。

這時，那三位「太太」（因為「夫人」這個稱呼只能用於貴族婦女）一邊走，一邊搶著說話。

三人中那個最年輕也最胖的對那個外省來的女人說道：「咱們快點走，瑪耶特太太。我真擔心來不及了。在沙特雷城門口那邊聽人說，馬上就要把他押赴刑台了。」

「啊，啐！你說什麼呀，烏達德．米斯尼哀太太，您說得不對。」另一個巴黎女子接過話頭說

150. 維吉爾（前七〇至前十九），古羅馬詩人。著有《埃涅阿斯紀》等。

151. 是古代里底亞國王，因為得罪眾神，被罰永遠挨饑受餓，想喝水時水就從嘴邊流掉喝不著，想採果子時樹枝就高舉起來採不到。

道，「他要在刑台上綁兩小時呢。我們當然能趕上的。我親愛的瑪耶特，您見過刑台示眾嗎？」

「見過的，」外省婦人說，「在蘭斯[152]。」

「啊唷！你那蘭斯的刑台什麼樣兒？那不過是一只罰鄉巴佬示眾的破籠子罷了。這算什麼大不了的玩意！」

「何止鄉下人！」瑪耶特不服，「在蘭斯的呢絨市場，我們可是見過許多罪大惡極的體面的殺人犯，他們弒父殺母吶！鄉下人！你把我們當成什麼人啦，吉爾維斯？」

外省婦人為了維護家鄉刑台的名聲，真的快要發脾氣了。幸虧烏達德太太為人慎重，及時掉轉了話題：

「順便說一下，瑪耶特太太，您認為那些弗朗德勒使團怎麼樣啊？您在蘭斯也見過這麼漂亮的使臣嗎？」

「我承認，」瑪耶特答道，「只有在巴黎才能看見這麼漂亮的弗朗德勒人。」

「使團中有個身材魁的襪子商，您注意到他了嗎？」烏達德問。

「看見了，」瑪耶特說，「他的神氣活像個薩蒂納[153]。」

「還有那個面孔像個光溜溜的大肚皮的胖子，還有那個矮個子，一雙小細眼，四分五裂的紅眼皮上栽滿硬毛，像薊草的刺球似的。您都見到了？」吉爾維斯又問。

「數他們騎的馬最神氣了，全按照他們國家的方式打扮的！」烏達德說。

152.蘭斯是法國東北部的一個城市。
153.薩蒂納是希臘神話裡森林之神，是生著羊角及羊蹄的半人半獸神。

外省女人瑪耶特打斷她，也神氣地說道，「嗨！親愛的，要是你在六一年——就是十八年前舉行加冕禮的時期，在蘭斯看見了王子們和王室侍從們的那些馬匹，你又會怎麼說呢？那是十八年前了，一色兒的王公大臣和御林軍的寶馬！各種各樣的馬鞍和裝飾品：有大馬士革呢和織金細呢鑲黑貂皮的，有絲絨鑲紫貂皮的，還有金鞍銀韉，還掛著金鈴銀鈴呢！好傢伙，那要值多少錢呀！坐在馬上的隨從都是多麼漂亮的小夥子！」

烏達德太太冷淡地、乾巴巴地反駁道：「不管怎麼說，弗朗德勒人騎的馬最漂亮。而且他們昨天是到總督府去赴商會會長的晚宴的，酒肴才豐盛哩，有糖杏仁、肉桂酒，各種調味品，以及其他種種山珍海味啦。」

「您說到哪兒去了，我的好鄰居？」吉爾維斯嚷道，「弗朗德勒使臣們是由紅衣主教大人在小波旁府邸招待晚餐的呀。」

「不對。是在總督府！」

「才不是呢。在小波旁宮！」

烏達德太太尖刻地接著說：「明明是在總督府，斯古阿伯爾博士還用拉丁文發表了一番演說，客人聽得心裡樂滋滋的。這是我那當書店老闆的丈夫告訴我的。」

吉爾維斯太太也激動地回敬道：「當然是在小波旁宮，紅衣主教大人的代表贈送他們的禮品有：十二誇爾摻混著玫瑰露的白葡萄酒，白色、淺紅色和深紅色的；二十四大盒雙層里昂杏仁蛋黃餅；二十四支每支兩磅重的火炬；六瓶極品博恩葡萄酒，白色和淺紅色的。這可是千真萬確的。這是我從丈夫那兒聽來的，他在市民接待廳當差，手下管著五十個人。今天早晨他還拿弗朗德勒使節跟若望神父和特雷比宗德皇帝的使節相互比較來著，後者是先王在世時從美索不達米亞到巴黎來的，個個耳朵上戴著金環。」

烏德達太太聽到這番炫耀的話，有點按捺不住了，依舊反駁說道：「他們的的確確是在總督府吃的晚飯，從沒有人見過那樣闊綽的酒肉和杏仁糕呢。」

「我告訴您，他們是由城裡軍警護衛著在小波旁大廈用晚餐的，是你弄錯了！」

「我跟您說，是總督府！」

「是小波旁宮，親愛的！我這裡有證據，大門上特地用幻燈打出『希望』兩個字。」

「在總督府！市政廳！于松·勒瓦爾甚至還吹奏笛子來著呢。！」

「我說不是！」

「我說就是！」

「給我聽著，不是！」

好心的肥胖的烏達德太太正要還口，眼看這場爭吵可能會演變成動手互相揪頭髮了，正在這當兒，幸虧瑪耶特突然喊道：「瞧那邊橋頭上擠著多少人呀！他們好像圍在那兒瞧什麼呢。」

「真的呢，」吉爾維斯說，「我聽到鼓聲了。我看，一定是小愛斯梅拉達領著她的山羊又在耍把戲呢，快走，瑪耶特！加快腳步，拽住您的孩子。你到巴黎來就是爲了看熱鬧的。您昨天見到弗朗德勒人，今天該瞧一瞧波希米亞女郎。」

「波希米亞女郎！」瑪耶特一邊說，一邊猛然折回去攥住兒子的胳膊。「上帝保佑我吧！她會把我的兒子拐去的呀！快跑，厄斯達謝！」

她沿著河濱朝格雷沃廣場奔去，把那座橋遠遠地甩在後頭。這時，她拽著的孩子跌倒了，她這才喘著氣停了下來。烏達德和吉爾維斯也趕上來了。

「這個埃及女人會拐走您的孩子？」吉爾維斯問，「你這個想法真是古怪！」

瑪耶特一聽，若有所思地搖了搖頭。

烏達德說道：「說來也奇怪，那個教姊對埃及女人也有這種看法。」

「你說的是哪一個教姊？」瑪耶特問。

烏達德答道：「呃，就是那個居第爾修女。」

瑪耶特追問：「居第爾修女又是什麼人？」

「您真是從蘭斯來的，連這些也不知道啊！」烏達德答道，「她就是老鼠洞的隱修女啊。」

「什麼？」瑪耶特又問，「就是我們要給她送餅去的那個女人嗎？」烏達德點頭稱是。

「正是。待會兒，通過朝向河灘的小窗口，您就可以看到她了。她跟您一樣，總不放心敲著手鼓給人算命的埃及流浪人。她對波希米亞人和埃及人的這種恐懼心理，不知道是因何而來的。可是您，瑪耶特，為什麼您一聽說埃及女人就掉轉腳跟跑開呀？」

「啊！」瑪耶特雙手抱著兒子的圓腦袋瓜，說道，「我可不願意遇到巴格特．拉．尚特孚勒里那樣的災難。」

「啊，看來你要給我們講一個故事了，我的好瑪耶特。」吉爾維斯拉住她的胳膊說道。

「我倒是願意，」瑪耶特答道，「但你真是個道地的巴黎人，連這也不知道！那就讓我來告訴你吧。可是用不著站在這裡講呀。那是十八年前的事了。巴格特．拉．尚特孚勒里是個十八歲的漂亮少女──那一年我也十八歲。她今天沒跟我一樣是一個三十六歲的、體態豐滿，容光煥發，有丈夫和兒子的女人，那全是她自己的過錯。況且，打從十四歲那年起，她就走上邪路了！

「她是蘭斯船上提琴手居倍爾多的女兒。當查理七世國王舉行加冕典禮的時候，在國王面前拉提琴的就是他，從西勒里沿著維斯爾河順流而下直到穆衣松，當時聖女貞德也在那條船上。

「巴格特還在幼年的時候，她的老父親就已去世了，身邊只有母親。她母親有個弟弟，叫馬蒂厄．布拉東，在巴黎的巴亨卡蘭街開銅鐵炊具店，去年才過世。

「你們看，她原本是出生在多好的人家啊。可惜她母親是個善良、老實的婦道人家，只教會她做一點針線活和小玩具，總算把孩子養得挺壯實，但他們依舊是十分窮苦。母女倆住在蘭斯城河沿上的風流苦街。請你注意這個街名，我想那正是巴格特不幸的根由。

「且說六一年，也就是天主保佑的吾王路易十一加冕的那一年，巴格特長得活潑又俊俏，真是百裡挑一，人家都管她叫『尚特孚勒里[154]』。可憐的女孩！她的牙齒很漂亮，她總愛笑，好讓人瞧見她的牙齒。俗話說，愛笑的女孩，哭還在後頭呢，漂亮牙齒往往會毀掉漂亮的眼睛。巴格特就是這樣的一個同母親艱苦度日的女孩。

「自從提琴手死後，家境就一落千丈，完全敗了。做針線活收入微薄，一周就能賺到六個德尼埃，還不到兩枚鷹幣。想當初居倍爾多老爹在加冕禮上唱一首歌就能夠掙到十二個巴黎蘇。六一年的冬天，天氣冷得出奇，母女倆既沒有劈柴燒又沒有柴火棍，凍得巴格特臉上像開了鮮花一樣，惹得男

154.「尚特」法文原意是歌唱，「孚勒里」是開花的、容光煥發的意思。

人都叫她『雛菊』，有些人乾脆叫她『雛菊花』！這一下就把她給毀了。

「厄斯達謝！你膽敢咬那塊糕餅！有一個禮拜天，她脖子上掛著金十字架上教堂去，一看就明白她墮落了——才十四歲，就幹出那種事情來了！

「第一個情人是年輕的果爾芒特耶子爵，他的府邸距離蘭斯城有四分之三法里[155]，接著是亨利・德・特里安古老爺，國王的騎師，再往後，又降了一等，近衛軍小隊長西亞爾・德・博里翁，然後就更是一個不如一個，是國王的切肉師耶里・阿倍雍，太子的理髮師馬賽・德・弗雷比，御廚師外號修士的代勿南，再後來，越跌越慘，她靠上琴師居約姆・拉新，點街燈的提耶里・德・梅爾。

「可憐的巴格特竟落到了這一般地步，於是成了每個人的情婦。她那塊金幣早已經不值錢了，所值無幾了。兩位太太，還有什麼好說的嗎？六一年，就是在加冕大典的那一年，她竟然給民兵頭兒鋪床了！就在那同一年呀！」

瑪耶特歎息了一聲，揩掉滴下的淚水。

吉爾維斯卻說：「這個故事算不上怎麼特別呀，我也看不出這一切與埃及女郎和小孩子們有什麼相干的。」

「別著急！耐心聽吧！」瑪耶特說接著說下去，「說到孩子，你會聽我講到一個孩子的。六六年的聖保羅日，也就是距離今天本月份的聖保爾節約十六年，巴格特生下了一個小女孩。這個不幸的女人！她高興極了！她早就期盼生個孩子了。她的母親，那個只知道閉著眼睛裝作一無所知的老實女

155. 法里，法國古代長度單位。一法里約合四公里。

人，已經死了。巴格特在這個世界上已經沒有誰可以愛，也沒有誰愛她了。

「自從墮落之後，五年來她一直是個悲慘的人兒，這可憐的巴格特，她在世上真是怪可憐見的，孑然一身，在這紅塵中無依無靠，到處被人指指點點，被街上的人叫罵，被軍警毆打，連一身破爛的小毛孩子也敢嘲弄她。

「後來，她滿二十歲了。對於煙花女子，二十歲已經人老珠黃了。放蕩營生越來越掉價，並不比從前賣針線活掙得多，來了一條皺紋，就去了一個銀幣。冬天對於她又艱難起來，爐膛裡又難得有木柴，食櫥裡又難得有麵包。再也不能幹活了，因為那種皮肉生涯使她變懶惰了，而且她比旁人更加傷感、痛苦，因為懶惰又使她只想操營皮肉生涯。那一類女人為什麼到老年就比別的窮女人更加受凍受餓，至少聖雷米的本堂神父是這麼說的。」

「一點不錯，」吉爾維斯提醒說，「可是那埃及人呢？」

「等一會呀，吉爾維斯！」比較有耐心的烏達德說道。「假若一切都要從頭講起，那得什麼時候才講得完呢？瑪耶特，為了這個可憐的巴格特，繼續往下講吧。」

瑪耶特又接著往下說：「她弄得很傷心，很可憐，常常哭泣，哭得兩頰都陷下去了。不過她既蒙受恥辱，放蕩形骸，遭人唾棄，不由萌發一種念頭，總覺得如果這個世界上能有件東西或者有個人能被她所愛而且也能愛她，那麼她就不會那麼恥辱、那麼瘋癲和那麼被人唾棄了。

「這個人只能是一個小孩子，因為唯有稚童才能那麼天真無邪，對此毫不在意——在她試著去愛一個小偷之後，她悟出了這個道理。那小偷便是唯一可能會要她的男人，可是沒過多久，她就發現就連小偷也瞧不起她。大凡癡情女子，總需要一個情人或者一個孩子來充實她們的心靈，要不然就非常不幸和淒慘了。她既然不可能有愛人，她便回心轉意，一心想要有個孩子。她向來就很虔誠，於是，她日夜禱告，請求天主賜她一個孩子。

「承蒙天主垂憐，終於給了她一個女兒。她那快活的樣子，我不用說你們也想像得出。她哭了一個暢快，對孩子親啊，抱啊，都不會覺得累。她親自給孩子餵奶，把自己床上唯一的一條被子拿去給她做襁褓，自己再也不覺得饑餓寒冷了。

「她又恢復了美貌，重新變得漂亮起來，因爲她成爲年輕的母親。一幫浮蜂浪蝶重返巴格特身邊，她又給自己的生意找到了主顧。她把這些下流勾當掙來的錢，統統拿去給女兒買小衣服、小頭巾、花邊襯衣、緞子帽子什麼的了，倒沒有想到爲自己重置一床被褥——厄斯達謝先生，我跟您說過，不要吃那塊糕餅——

「小女孩叫阿涅斯，這是受洗禮時的名字，沒有姓，因爲巴格特早已沒有姓了。包裹那個小女孩的綢緞綾羅和繡品之多，肯定比任何一個正宗的公主都多呢！

「說來一點不假，單說她那一雙緞子做的小鞋子，路易十一國王決不會有那麼好的東西呢！這可是當母親的親手縫製、刺繡的作品，她使出那種給慈悲的聖母做袍子的最精巧的手工和最好的刺繡來做這雙鞋。

「這是世人所見的一雙最爲可愛的粉紅色小鞋，長不過我的拇指。要不是看到那孩子的那雙小腳丫兒從鞋子裡脫出來，您絕不相信她的腳能夠伸得進去。她那雙小腳是多麼小巧，多麼漂亮，多麼粉紅呀！當你有了孩子的時候，烏達德，你就會明白再沒有什麼比那些小腳小手更好看的了！」

烏達德歎口氣說：「我不嚮往比這更好的事啦！不過但願安德里・米斯尼哀先生能有這樣好的

福氣。」

瑪耶特接著說：「再說，巴格特的孩子不光只有一雙腳長得漂亮、舉世無雙。見到這孩子時她才四個月，真叫人見人愛！她一雙眼睛比嘴巴還大，一頭秀髮又柔軟又烏黑，天生蜷曲。如果等她長到十六歲，定是一個神氣活現、膚色深褐的美人兒！

「她母親一天比一天更加發瘋的愛她，她撫摸她，搖晃她，親她，給她洗澡，同她玩，只差把她含在嘴裡了！她爲女兒高興得糊裡糊塗，念念不忘上帝的恩德。尤其是孩子那對粉紅的小腳丫兒，更是使她神魂顛倒，高興得不知所措。她常常把嘴唇貼上去，怎麼也弄不明白怎麼會有這樣小巧玲瓏的腳丫兒。她給它們穿上小小的鞋，穿上又脫下，端詳著，歎賞著，崇拜著，就這樣度過整整一天，她試著讓那雙小腳在床上學步，有著說不盡的憐惜。她心甘情願像侍候聖嬰耶穌一樣，終生跪著爲她穿鞋脫襪。」

「這個故事很動人很好，」吉爾維斯低聲說，「可是在整個故事裡，我們的埃及人在哪兒呢？」

瑪耶特答道：「在這兒，這就來了。有一天，蘭斯城裡居然來了一夥奇形怪狀的騎馬人。他們是一幫在全國各地流浪的乞丐、無賴，由他們的公爵和伯爵帶領著四處遊蕩、流浪。他們臉色發黑，頭髮捲曲，耳朵上戴著銀耳環。婦女比男人更醜，臉色也更黑，頭上總是什麼也不戴，身上穿著破衣裳，肩頭披著舊披巾，頭髮像馬尾巴一樣。在她們腳跟打滾的兒童，恐怕連猴子見了也都會覺得恐怖的。總之，他們是一幫被逐出教門者。

「他們從埃及經過波蘭直接來到蘭斯。據說教皇聽過他們的懺悔後，命令並懲罰他們在全世界流浪七年，不許睡在床上，以彌補她們犯下的罪過。所以他們自稱懺悔者，渾身發散著臭氣。好像他們早先是撒拉遜人[156]，因此信奉朱庇特，並且在所經之處，向所有執權杖、戴主教冠的大主教、主教和修道院長索取十個圖爾利勿爾。

「教皇的一道訓諭是這樣規定的，他們是打著阿爾及爾國王和德意志皇帝的名義來蘭斯給人算命的。你們可以想到單憑這一條，就足以阻止他們進城了。那幫人也心甘情願地在勃萊恩門附近那座小山上宿營。在從前的石灰坑旁邊一個有磨坊的山岡上住下來。

「蘭斯城裡的人都搶著去看他們。他們可以給你看手相，預言前程，並且說得天花亂墜。他們預言猶大將來可以當上教皇。同時到處在傳他們拐騙小孩，搶東西和吃人肉的事。聰明的人就對愚笨的人說：『可別上他們那兒去呀！』自己卻悄悄地跑去。簡直是一陣狂熱呀。

「事實上是，他們所說的預言，連紅衣主教聽了都會吃驚的。那些做母親的自從埃及女人看了孩子的掌紋後，根據異教徒和土耳其人的奇怪預言，頭頭是道，說出萬般奇蹟來，無論哪個母親都會喜不自勝。那些人說這一家的孩子能當皇帝，那一家的少爺會當教皇，另一家要出什麼將領。可憐的巴格特偏也動了好奇心。她很想知道自己的命運如何，她的阿涅斯有朝一日會不會當亞美尼亞皇后或別的什麼的，她就抱著孩子去了埃及人那裡。

「那些埃及女人很稱讚她的孩子，她們拍她，伸出黑嘴唇親她，她們尤其佩服她那雙小手。哎呀，那位母親多麼高興，她們特別稱讚孩子美麗的腳和漂亮的鞋。那孩子還不滿一周歲，已經嘰哩咕嚕學講話了，像小傻瓜似的朝她母親直笑。她又胖又圓，會做出許許多多天使般可愛的小動作來。她

156. 撒拉遜人，中世紀歐洲人對阿拉伯人或西班牙等地的穆斯林的稱呼。

見了埃及女人很害怕，馬上就哭了起來。可她母親卻更加愛憐地熱烈地親她，然後就抱著她回去了。

「算命女人關於阿涅斯說的好話叫她滿心的受用：這孩子將會成爲一個絕代佳人，一個貞操女子，一位王后。她回到風流苦街的破閣樓時，還爲抱回一個王后而感到十分自豪呢。

「第二天早上，趁著孩子還在床上熟睡著的時候——她總是讓孩子跟她一起睡的——她便輕輕把門推開一條縫，跑到曬衣場街找一個女鄰居去聊天，說她的女兒阿涅斯日後如何大福大貴，英國國王和衣索比亞大公爵會親自給她端酒上菜，還有其他許多意想不到的美事呢。可等她回家時，並沒有聽到孩子的哭鬧聲，於是心裡就想：『真好！孩子還沒有醒呢！』霍然間，發現房門大開，比她剛才離開時開得大多了。

「可憐的母親不管三七二十一，硬著頭皮跨進屋子，急忙跑到床前……發現孩子不見了，床上是空空的。除了一隻漂亮的緞子小鞋之外，沒有那孩子的一點蹤影。她一下衝出房間，奔下樓梯，用頭撞牆，呼天喚地嚷道：『我的孩子！誰帶著她呢？誰把我的孩子抱走了？』

「這條街上空空蕩蕩，僻靜極了，她家的房子冷冷落落，沒有誰能夠告訴她什麼。她跑遍了全城，找遍了大街小巷，整整一天到處亂竄，瘋了似的，神情恍惚，形容可怕，面容憔悴，像一隻丟失了小獸的母獸，使勁地敲打每家的門窗。

「她跑得上氣不接下氣，頭髮蓬亂，那模樣嚇人極了。她眼睛裡像冒著火，把眼淚都燒乾了。她見到行人，攔住他們便嚷道：『我的女兒！我的女兒！我那漂亮的小女兒！誰能把我女兒還給我，我情願做他的奴婢，給他的狗當奴婢，只要他願意，他可以吃掉我的五臟六腑。』

「遇到聖雷米的本堂神父，她就對他說：『神父先生，我情願用手指甲去刨地，請求您把我孩子還給我呀！』

「烏達德，這也真叫人撕心裂肺，我知道一個鐵石心腸的人，訴訟代理人朋斯・拉加布先生，我看見他也哭了。唉！可憐的母親！晚上，她才又回到家裡。當她不在的時候，有個女鄰看見兩個挎著大口袋的埃及婆娘偷偷上樓去，然後關好了房門下樓，就匆匆溜走了。從她們走後，就聽到巴格特家裡傳出像是孩子的哭聲。

「這個母親回來一聽，便放聲哈哈大笑，頓時像長了翅膀似的飛上了樓梯，又好像炮一樣衝開房門，那可真是駭人聽聞啊，烏達德！不是她那可愛的小阿涅斯，不是她的那個臉色何等紅潤、何等鮮豔的心肝寶貝，而是一個活像小妖怪的醜八怪，瘸腿、獨眼、畸形的小妖怪，在石板地上瞎嚷嚷、爬來爬去。她嚇得連忙捂住眼睛，喊出聲來：『天哪！會不會是那些巫婆把我的女兒給變成這麼一個令人可怕的怪物了？』鄰居趕忙把這個小怪物抱走了，否則他會把巴格特逼瘋的。

「這準是某個把靈魂出賣給魔鬼的埃及女人生下而又拋棄的一個怪胎，他看上去有四歲左右，說起話來不像是人話，而是一些無法聽懂的字句。巴格特撲向那只小鞋子，這是她曾經愛過的一切留給她的唯一的一個紀念。她跪著待在那裡許久許久，不開口也不喘氣，大家以爲她已經斷氣了。猛然間，她渾身顫抖起來，狂熱地把那只聖物般的小鞋吻個遍，又號啕大哭，好像她的心都撕碎了。

「我敢說，要是換了我們，也會一樣悲慟的。她說：『天啊！我的女兒！我漂亮的女兒呀！你在哪兒？』她那樣慘叫，誰聽了，誰都會斷腸的。每當我一想到了這些，還止不住想哭呢。你們不知道，我們的孩子便是我們的骨肉啊。厄斯達謝我的小可憐！你呀，你長得那麼帥！你們不知道他有多麼的乖！昨天他對我說：『我長大了要當近衛騎兵。』哦，我的厄斯達謝！萬一我失去了你，叫我怎麼活呀！

「巴格特突然站了起來，隨即跑遍了蘭斯所有的街道，一邊嚷叫：『到埃及人的營地去！到埃及人的營地去！叫兵士去把那些女巫燒死！』埃及人已經撤走了。此時已是深夜，漆黑一團。根本追趕不上他們。

「第二天，在離蘭斯城兩法里的地方，在葛歐和蒂約瓦之間的一個灌木林裡，找到過篝火的痕跡，幾根屬於巴格特女兒的緞帶，還有幾處血斑和幾粒山羊屎。前一天晚上正是星期六。人們可以斷定，埃及人在灌木林中舉行了群魔會，並且按照回教徒的習俗，和大魔頭倍爾日比特一起把孩子吃掉了。巴格特聽到這可怕的消息後，反而沒有哭泣。她只是動了動嘴唇像是要說話，可是什麼也沒有說出來。第二天，她的頭髮一下就白了。第三天，她便失蹤了。」

「這的確是個駭人的故事，」烏達德說，「勃艮第人聽了也會痛哭的！」

吉爾維斯補一句：「難怪你一聽到埃及人就嚇得要命呢！」

「你剛才馬上帶著孩子躲開埃及人是對的，聽說他們也是從波蘭來的呢。」烏達德說。

吉爾維斯說：「其實不是。聽說他們是從西班牙和卡塔盧尼亞來的。」

烏達德答道：「卡塔盧尼亞？這也有可能。波蘭、卡塔盧尼亞、瓦洛尼亞，我老把這三個地方弄混的。但他們是埃及人這一點卻是肯定的。」

吉爾維斯接口說道：「而且他們肯定都長著獠牙，是來吃小孩的。別看拉·愛斯梅拉達老撅著小嘴，我覺得，她也對吃小孩不感到奇怪。她對著那頭白山羊就能玩那麼多的把戲，其中必有歪門邪道。」

瑪耶特默默地、不聲不響地走著。她有點像是沉浸在從那個慘痛故事引申出來的夢境裡，她戰慄起來，直到內心深處。此時吉爾維斯卻跟她說起話來：「巴格特後來的下落如何呢？」

瑪耶特沒有回答。

吉爾維斯搖撼她的胳臂，叫她的名字，又問了一遍，瑪耶特這才從沉思中驚醒過來。

她聽到這個問話，好像初次聽到那樣，不由機械地重複一遍：「巴格特下落如何呢？」等她弄懂了這話的意思之後，便趕忙激動地說：「人們再也不知道了。」

稍停一會兒，她又補充說：

「有人說在黃昏時候，看見她從佛雷相波門走出了蘭斯，也有人說她在天剛亮時分從老巴塞門出城。有一個窮人在某市場的那塊地裡的石十字架上，發現了她掛在上面的那金十字架。正是這件首飾在六一年毀了她，這是她的第一個情人、一表人才的果爾芒特耶子爵贈送給她的禮物。

「巴格特雖然很窮，但也不捨得變賣它。她如同珍惜生命一樣珍惜它。如今，看到這個十字架也被拋棄了，我們大家就可以猜想到她已經死了。可是房特酒店的人說，曾在通往巴黎的那條石子路上，看見她赤著腳在石板路上走過。不過，如果事情真是這樣的話，她應該是從維斯爾門出城的。總之眾說不一。我相信她的確是從維斯爾門出城的，但那也就是走出這個世界了。」

「我不明白您的話。」吉爾維斯說道。

「維斯爾，」瑪耶特悲哀地笑了一下答道，「是一條河的名字呀。」

「可憐的巴格特被淹死了！」烏達德不由地打了一陣顫抖說道。

「淹死了！」瑪耶特接過話頭，「想當年，她父親居倍爾多乘船，唱著歌穿過了葛橋順流而下，誰會告訴他說，他親愛的小巴格特有一天也會從這座橋下經過，但是既沒有歌聲也沒有船隻？」

「那只小鞋呢？」吉爾維斯問道。

「同那母親一道不見了。」瑪耶特答道。

「可憐的小鞋子！」烏達德說道。

胖女人烏達德多愁善感，她倒是很樂意陪著瑪耶特長吁短歎下去。可是比較好奇的吉爾維斯卻還要尋根究柢。

「還有那個小怪物呢？」突然她對瑪耶特說道。

「哪個怪物？」後者反問道。

「就是巫婆丟在巴格特家換走了她小女兒的那個小怪物，你們是怎麼處理它的呢？我巴不得你們把他淹死才好呢。」

「沒有。」瑪耶特答道。

「怎麼，那是把他燒死的？話說回來，對付巫婆的孩子，這樣做更好！」

「也沒有淹死他也沒有燒死他，吉爾維斯。大主教大人對這個埃及孩子很關心，為他驅邪，給他祝福，仔細地祛除了附在他身上的魔鬼，然後把他送到了巴黎，當做一個棄嬰放在聖母院門口的小木榻上了。」

「這些當主教的！」吉爾維斯嘀咕道，「他們滿肚子學問，做起事來也非同一般。我倒要向您請教一下，烏達德，把一個妖怪孩子當成孤兒算是怎麼回事呀！這小怪物肯定也是魔鬼。得了，瑪耶特，這小怪物在巴黎又怎麼樣了呢？依我看來，沒有哪個好心人會願意收養他的。」

「我不知道，」那個鄉下蘭斯女人答道，「正好那時我丈夫買下貝魯的公證人的職位，那地方離城有兩法里遠。從這以後，我們便不再關心那件事情了，何況塞爾奈的兩座土山擋在貝魯的前面，使人望不見蘭斯大教堂的鐘樓。」

三位可敬的女市民這樣交談著，已抵達了格雷沃廣場。因爲有心事，所以她們走過羅蘭塔樓的公共祈禱書前也沒有停一下，就下意識機械地向刑台方向走去了。

每時每刻刑台周圍的人都在增多。此時那個萬人矚目的場面可能吸引了她們的注意，要不是瑪耶特手裡攙著的六歲胖小子厄斯達謝忽然提醒了她們，他說：「媽媽，我現在可以吃糕餅了吧？」說不定會使她們完全忘記了此行的目的——那個老鼠洞。

假若厄斯達謝比較直率，也就是說假若他不那麼饞嘴，就會再等些時候，直至回到大學城裡，也就是拉瓦朗斯夫人街安德里．米斯尼哀師傅的住所裡，當塞納河的兩股河汊和舊城的五座橋樑隔開老鼠洞和這塊糕餅時，才怯生生地問：「媽媽，我現在可以吃糕餅了吧？」

厄斯達謝此時提出這個問題是非常冒失的，這也正好給瑪耶特提了個醒。於是她叫道：

「糟了！我們把隱修女給忘了！帶我到老鼠洞去吧，以便於我把糕餅送給她。」她一下子叫了起來。

「咱們馬上就去，」烏達德說，「這可真的是一件好事啊。」

這才是厄斯達謝意料不到的呢。

「哎呀，我的糕餅！」一面說一面扭著肩膀，搔著耳朵，連連直碰著各邊耳朵，那是他極爲不快的表示。

三個女人轉身往回走，走到羅蘭塔樓附近，烏達德就對另外兩人說：「我們三個人可別同時朝洞裡看，免得嚇著麻袋女。我先到窗口去打看一下，你們兩個裝作念著祈禱書的贊主篇，而我把臉孔貼到窗洞口上去看看。麻衣女也就是我們所說的隱修女，有點認得我。我會告訴你們什麼時候可以過去的。」

她獨自來到窗口。剛剛看了一眼，心裡就一陣一陣地感到難過，臉上立即露出一種悲天憫人的表情。原來活潑鮮豔的表情和臉色頓時變了，彷彿從日光下轉入月光下一樣。她的眼睛濕了，嘴巴抽搐著像快要哭起來似的。過了一會兒，她把一根食指叉豎在唇前，示意瑪耶特可以過來看了。

瑪耶特十分激動，躡手躡腳地走了過來，就像朝一個快死的人的床前走去一般。

兩個婦女屏住氣一動不動，朝洞裡瞧著。眼前的景象真是慘不忍睹啊。

那小屋子又窄又淺，尖拱形，從裡面看很像一頂主教的大法冠。在光禿禿的石板地的一個角落裡，與其說是坐著，倒不如說是蜷伏著一個女人。她兩手交叉抱住緊貼胸口的雙膝，下巴也抵靠在膝蓋上，整個身子縮成一團，身上裹著一件皺巴巴的棕色粗布袍。灰白的長髮從前額披垂下來，沿著雙腿一直拖到腳跟。乍一看，她活像映托在小屋陰暗底部的一個奇怪的形體、一個黑色的三角形，從窗口射進來的陽光把她清楚地分成兩半，一半陰暗，一半明亮。

她就好像是，人們在夢幻中或在戈雅[157]的奇特畫作中所見的那種，那種半明半暗的幽靈，蒼白、呆滯、陰森，蜷伏在墳墓頂上或是監獄的鐵檻上。這既非女人，也非男人，既不是活人，也不是確

157. 西班牙畫家。

定的形體，她是個形象，也是個幻影，一種真實與虛幻交錯、黑暗與光明交織的幻影。長髮拖到地上，讓人很難看清楚被長髮遮住了的枯瘦冷峻的臉孔，長袍下緣隱隱約約露出一隻縮在又冷又硬的地上的赤裸的腳，在冰涼、堅硬的石板上兀自抽搐。這緊裹在喪服下若隱若現的依稀形體，叫人看了就不寒而慄。

這個如同嵌死在石板上的形體似乎不會動彈，彷彿沒有思想，也沒有氣息。大冬天她只裹一條薄的麻袋，缺鋪少墊的半臥在不生火的牢房角落裡的花崗石石板上。那通風口只能吹進冷風卻透不進陽光。就這樣，她好像也並不覺得痛苦，似乎沒有感覺，她彷彿已伴同這囚室化作了石頭，隨同這季節變成了冰塊。她雙手合抱，目光呆定，第一眼看去像個幽靈，第二眼看去像個塑像。

然而，她發青的嘴唇間歇地微微張開透一口氣，間或顫抖一下，然後如風中飄盪的枯葉一般機械地顫動著。

有時候，從她那雙暗淡的眼睛中露出一道難以形容的目光來，一道深沉、陰鬱、呆滯的目光，不動地盯住寮房裡一個無法從外面看得清的角落，那是把這不幸靈魂的全部悲慘緊緊拴在什麼神秘事物上的眼光。

就是這個生靈，因其住處而被叫做「隱修女」，因其穿著又被喚作「麻袋女」。

吉爾維斯此時已與瑪耶特和烏達德湊到一起來。三個女人一起朝著窗口裡張望。

雖然她們的腦袋遮住了囚室內微弱的光線，但是那可憐女子仍未注意到她們。烏達德低聲說：

「我們不要驚動她，」烏達德說，「她正在專心祈禱呢。」

同時，瑪耶特益發不安地仔細察看那張消瘦、憔悴、披頭亂髮的臉孔，心裡益發惴惴不安。她眼中滿溢淚水，喃喃嘀咕道：「這真太不可思議了。」

她把腦袋伸進窗口的鐵柵欄當中，好不容易才看清了那不幸女子正在一直死死盯住一個角落。

她把頭從窗口縮回來時，只見她淚流滿臉。

「你們怎麼稱呼這個女人？」她問烏達德。

烏達德回答道：「我們叫她居第爾修女。」

瑪耶特接話：「可是我呢，我叫她巴格特．拉．尚特孚勒里。」

烏達德聞言大吃一驚。

她伸出一根手指頭按住嘴巴，叫她也把頭伸進窗口去張望。

烏達德照辦。她看見隱修女陰沉地死死盯住的那個角落裡，有一隻繡滿了金銀花線的粉紅緞子的小鞋。

吉爾維斯跟在烏達德後面也往裡張望。於是三個女人一起仔細瞧著那悲慘不幸的母親，一下都流淚了。

可是，她們端視也罷，落淚也罷，絲毫沒有分散隱修女的注意力。她依舊是兩掌合十，雙唇紋絲不動，眼睛依舊呆愣愣的。凡是知道她底細的人，見她這樣望著這只小鞋，怎麼會不十分難過呢。

三個婦女依舊沒說一句話，她們甚至連悄聲細語也不敢。面對這種深深的沉默，這深深的痛苦，這個除了一件東西之外什麼也記不起的深深的記憶，她們感覺好像在復活節或耶誕節面對主祭壇一樣。她們默不作聲，凝神斂氣，幾乎就要下跪了。她們又彷彿在耶穌苦難紀念日剛剛走進了一座教堂一般。

三個人中吉爾維斯最爲好奇，且比較不善感。她終於發話並試圖引導那女修士開口：「喂！教姊！居第爾教姊！」

儘管她重複喊了三遍，而且聲音一遍比一遍高。但坐關修女紋絲不動，不說一句話，不轉頭看一眼，不歎一口氣，沒有一點反應。

於是輪到烏達德用既溫柔又動聽的聲音勸道：「教姊！居第爾教姊！」

同樣的沉默，同樣的寂然不動。

「真是個怪女人！」吉爾維斯說，「大炮都驚不醒她的！」

「她可能是聾了吧。」烏達德歎口氣說道。

「也許瞎了。」吉爾維斯附和著。

「也許是已經死了。」瑪耶特接著說。

事實上靈魂並沒有離開那毫無生氣的、夢沉沉的軀體，至少它退避或隱藏到深處，而外界的聲音已不能再到達那裡了。

烏達德說：「看來我們只有把糕餅撂在窗口了。可是這樣一來，野小子們會來拿走的。怎麼才能喚醒她呢？」

再說那厄斯達謝，一直專心在看一條大狗拖著一輛小車走過來。等車過去後，他才突然發現三個大人趴在窗口張望著什麼。他也起了好奇心，攀上一塊界石，踮起腳尖，把一張緋紅的胖臉貼到窗口上，嚷道：「媽媽，瞧我也看見啦！」

一聽見這清脆、純真、響亮的童聲，隱修女不由顫抖了一下。猛然轉過頭來，動作迅猛，好比鋼製彈簧一般，然後一雙乾枯的手臂把額前的頭髮掠向腦後，然後用驚訝、苦澀、絕望的眼神盯住這孩子。目光只不過就像道閃電，一閃即逝。

「啊，我的天哪！」她忽然把頭埋到膝蓋上喊道，她的聲音顯出她的心完全碎了，「至少不要把別人的孩子給我看呀！」

「您好，太太。」那孩子神情嚴肅地喊道。

剛才這一聲呼喚已把隱修女給喚醒了。她從頭到腳哆嗦了一陣，牙齒直打冷戰，咯咯作響，半抬起頭來，兩肘抵住腰部，好像是為了暖和暖和腰部，然後又把雙腳握在手中。「哎喲！太冷了！」

「可憐的女人，」烏達德不勝憐憫地說道，「您這是要點火嗎？」

她搖了搖頭，表示不要。

「好吧，」烏達德遞給她一個小瓶子，接著說道，「這是甜酒，喝了會讓你暖和一些的。您喝點吧。」

她又搖了搖頭，眼睛定定地望著烏達德，說道：「麻煩您給我點兒水吧。」

烏達德堅持己見。「不，教姊，一月裡的涼水喝不得。喝點兒甜酒對您的身體比較好，吃下這塊我們特地為您做的玉米發酵餅。」

她推開瑪耶特遞過來的糕餅，說道：「請給我點兒黑麵包。」

此時，吉爾維斯也起了善心，解開她的羊毛披風，說道：「拿去吧，這件大衣比您那件要暖和些，你披上它吧。」

她像拒絕酒瓶和麵餅一樣拒絕了這件外衣，回答道：「只要粗布衣服。」

好心腸的烏達德：「不過，你多少也該看出來了吧，昨天是節慶日子呀！」隱修女說：「我覺察到了。因爲我的水罐裡已經兩天都沒有水了。」

她沉默了一下又說：「由於過節，人家都把我忘了，人家做得對。我不惦念人世，人世爲什麼還要惦念我呢？常言道，人走茶涼。」

話音一落，好像是說了這麼多話疲倦了，她又把腦袋垂下去，靠在膝蓋上。

烏達德頭腦簡單而心地善良，自以爲聽懂了她最後幾句話的意思，認爲她依舊在抱怨寒冷，便天真地答道：「這麼說，你是想烤火吧？」

「生火！」麻袋女用一種奇特聲調說道，「我那可憐的小女兒在地下已經躺了十五個年頭了。你們能給她生個火嗎？」

她手腳哆嗦，聲音發顫，眼睛閃著亮光，直挺挺地跪了起來。突然她伸出蒼白瘦削的手來，指著那個此時正驚奇地望著她的孩子，喊道：「把這孩子帶走吧！埃及女人就要來了！」

於是她臉朝下跌倒在地上了，她的頭碰在石板地上，發出好像石頭同石頭相碰的聲音。三個女人以爲她死了。但過了一會兒，她卻又動彈了。只見她用兩隻手和兩隻腳爬到放著那只小鞋的角落。於是她們不敢再往下看了，也看不見她了，可是還能聽到一聲接一聲的親吻和歎息，間以撕心裂肺的哭泣和重重的頭撞牆的聲音。最後一聲撞擊尤爲猛烈，驚得她們三個幾乎站不穩了。接著，就什麼都聽不見了。

「莫非她想自殺了嗎？」吉爾維斯壯著膽把頭伸進氣窗裡。

「教姊！教姊！居第爾教姊！」

「居第爾教姊！」烏達德也喊道。

「喲，我的天主！她連動都不動了！」吉爾維斯接著說道，「她死了嗎？居第爾！居第爾！」

瑪耶特一直哽咽在那裡，連話都說不出來了。她終於來勁了，於是振作起精神來：「等等。」隨即她向著窗口俯下了身子，說道：「巴格特！巴格特．拉．尙特孚勒里！」

一個小孩無心點燃一個爆竹爆痛了眼睛，也沒有瑪耶特突然向那小屋裡喊出這個名字那麼可怕。瑪耶特突然向居第爾教姊的寮房叫嚷這個名字，此舉造成的驚心動魄和可怕的效果，把她嚇得都魂不附體了。

隱修女全身發抖，用赤裸的腳直僵僵地站起來，跳到了窗口，眼睛裡射出火星，嚇得瑪耶特、烏達德、吉爾維斯和孩子忙不迭後退到河堤的欄杆邊才停住了腳步。

同時，坐關修女把淒慘的臉孔緊貼到氣窗的鐵柵上，獰笑著喊道：「噢！噢！埃及女人在喚我哪！」

就在這時候，刑台前出現了一個情景，印到了她慌亂的目光中。她憎惡地皺起額頭，把一雙枯骨似的手臂伸出了鐵窗，又像垂死的人那樣喘著粗氣，聲音嘶啞地吼道：「原來是你呀，埃及女人！是你在喊我呀，偷小孩的女人！好哇，你該死！該死！該死！該死！」

一滴水，一滴淚

隱修女的這些話[158]不妨可當做兩個場面的交匯點。在此之前，這兩幕特別的戲同時在各自特別的舞台上並行展開，其中是你們剛才讀到的，發生在老鼠洞那兒。另一個，我們即將看到，發生在刑台的梯子上。只有三個女人目擊了第一個場面，相信您已經認識了她們三位婦女了。第二個場面的觀衆是在格雷沃廣場前面見過的那些擁擠在刑台和絞刑架周圍的公衆。

四名衙役從上午九點鐘就開始在刑台的四角上站崗，因此，人們十分期待見到貨真價實的刑罰場面。即使不是絞刑，也會是笞刑、割耳或別種苦刑。轉瞬，閒人越聚越多了，那四個軍警被擠得太厲害，迫使他們不得不揮舞起大棒或用馬鞭去衝撞人群，用當時的說法叫「彈壓」。

群衆有等候觀賞公開行刑的習慣，所以並沒有表現出十分不耐煩的樣子，他們用觀看刑台來消磨時間。這個建築物其實再簡單不過了，無非是一個十法尺高的中空的水泥檯子。有一道稱爲梯子的陡峭的粗糙石級，被恰如其分地叫做「梯子」，直通向上層的平台。平台上平放著一輪橡木輪盤。犯人跪著，雙臂反綁，綁在輪子上。空心柱內有一絞盤帶動傳動裝置，因此輪子可以在水準方向上保持轉動，以便廣場上任何一個角落都能看得見。就是所謂給犯人「示衆」。

如人們所見的那樣，格雷沃廣場的刑台遠不如菜市場的刑台，它能提供各種消遣。就建築術方面

158.「這些話」指上一章末段隱修女望見刑台時叫嚷的話。

而言，沒有什麼建築藝術的意趣，沒有一星半點的宏偉氣派。沒有帶鐵十字架的屋頂，沒有八角燈，沒有那些突出在屋頂邊上的有飾花和葉片的精緻柱子，也見不到奇形怪狀的神秘水槽，沒有精雕細刻的屋架，沒有玲瓏剔透的石刻。

可供觀看的，就只有碎石砌成的四個樁子和兩根支柱，還有旁邊的一個凶相畢露的石柱絞刑架，乾癟癟，赤裸裸。

對於愛好哥德式藝術的人們來說，根本談不上一飽眼福。誠然，中世紀那班愛看熱鬧的閑漢對建築的優雅或宏偉都毫無興趣，他們自然不在乎那個刑台是否美觀了。

犯人終於被綁在一輛小車後部押送到場了。隨即被拖上平台，被繩索和皮帶捆定在刑台的轉盤上面，在四面八方都能看清時，這時候，廣場上頓時爆出了一陣狂笑聲和呼喊聲。人們認出他就是卡西莫多了。

的確是他。他這次回來真是今非昔比，太讓人不可思議了。昨天，同樣在這廣場上，他曾被人崇拜，在埃及公爵、土恩王和伽利略皇帝的陪同下，被擁戴爲愚人王。有一點可以肯定，就是人群中沒有一個人，包括一會兒是勝利者一會兒又是受刑者的卡西莫多本人在內，弄得清這兩種處境之間有什麼聯繫，格蘭古瓦與他的哲學也沒有見過如此的場面。

不一會兒，吾王陛下的宣誓號手蜜雪兒．盧瓦爾便打了一個手勢示意眾人肅靜，並根據總督大人的裁決和命令，大聲地朗讀判詞。隨後，他便帶領他那些穿制服的隨員們繞到車子後面去了。

卡西莫多神情冷漠，連眉頭也不抬一下。任何反抗都是徒然的，因爲按照當時的刑事判決術語來說，「捆綁至嚴至實」，也就是說，鐵索和皮條都勒進皮肉裡去了。再說，這是監獄和苦刑的一種傳統，至今並沒有消失，我們這個溫良謙和、講究人道的文明民族還依舊寶貴地使用手銬（且不說苦役場和斷頭機）便是一種明證。

卡西莫多任人又拖又推又抬，綁了又綁，人們從他的臉上只能看到一個野人或笨人受驚後的表情，人們知道他是個啞巴，還可能把他當成瞎子。

當差役的把他拽上圓形底座，讓他跪下時，他只是聽任擺佈，要跪就跪。他們扒掉了他的外衣和襯衣，直到露出胸膛，他也聽之任之，要扒就讓他們扒去。人家又用許多皮條把他綁在輪盤上，他依舊聽任擺佈，要綁就讓他們綁去。不過他不時喘著粗氣，好比一頭被綁在屠夫大車上的小牛，腦袋耷拉在車沿上搖來晃去。

若望向他的朋友羅班（兩名學生自然跟著犯人來到這了）說道：「瞧這笨蛋，什麼都不懂，他還沒有一隻關在盒子裡的金龜子明白呢。」

群眾一看到卡西莫多赤裸的駝背，突起的雞胸，長著許多硬皮和汗毛的雙肩，不由一陣狂笑。正當大家笑鬧的時候，一個穿著官府制服的結實的矮個子男人爬上平台，到了犯人身邊。他的名字立即在觀眾中傳遍開來。他就是比艾拉．多爾得許，沙特雷法庭施笞刑的掌刑吏。

他先把一隻黑色的鐘漏放在刑台的一角，那鐘漏的上一層裝滿了紅色的沙子，不斷向下面一層漏去。然後他脫掉雙色對拼的大氅，眾人見他右手上還掛著一根細長的鞭子。這條鞭子是用白色長皮條編成的，油光閃亮，盡是疙瘩，還嵌有金屬的蒺藜。他用左手漫不經心地挽起襯衣的右邊那只袖子，一直捲到腋下。

這時，若望高高地探出他那顆滿是金色鬈髮的腦袋（為此他踩在羅班的肩膀上），大聲喊道：

「先生們，太太們，快來看呀！這兒馬上要專橫地鞭打卡西莫多先生了！他是我哥哥若札斯副主教大人的敲鐘人，好像古裡古怪的東方式的建築，脊背像圓拱頂，兩腿像彎曲的柱子！」

觀眾哈哈大笑，兒童和少女們笑得格外開心。

掌刑吏終於用腳踩一下輪盤，輪子開始轉動起來了。卡西莫多雖被綁得結結實實，也搖晃了一下。頓時，畸形的臉孔驚慌失色，周圍的觀眾笑得更厲害了。

正當轉盤把卡西莫多的駝背送到比艾拉先生面前時，他冷不防舉起胳膊，那精緻的皮鞭就揮起在半空中，發出水蛇般的嘶嘶聲，一鞭又一鞭瘋狂地落到那可憐人的肩膀上。卡西莫多好像突然被驚醒似的，往上一蹦。他這才明白是怎麼一回事了。他用力掙脫束縛，在驚愕和痛苦之中抽搐，臉部的肌肉扭曲變形。不過他還是一聲不吭，只是把頭向後轉轉，向右轉轉，又向左轉轉，並且把頭搖得像腰上被牛虻叮過的公牛。

第一鞭，緊接著是第二鞭，第三鞭，連續不斷。輪子不停旋轉，鞭子飛快地像雨點般急速打下來。很快，他的血就冒出來了，人們看見駝子的黑皮肩膀上淌出一道道血絲，千道萬縷，而細長的皮鞭在空中盤旋之後落下，血滴四濺，飛濺到觀眾的身上。

卡西莫多又恢復了原先的冷靜沉著，至少表面上是如此。他最初不露聲色，在默默地使勁，外表上也看不出什麼動靜。眾人看到他那隻獨眼發亮，筋脈鼓起，四肢蜷縮，皮索和鐵鍊拉得緊緊的。這番掙扎真是力大無比，卻又毫無希望。總督府的刑具倒是堅固得很，軋軋響過一陣之後，未見一絲鬆動。卡西莫多筋疲力盡，只好放棄努力。他臉上的呆笨表情變成了痛苦和懊喪，他閉上獨眼，把頭垂到胸前，彷彿死去了似的。

從這時起他就不再動彈一下了，再沒有什麼能引起他輕微的動作，無論是他身上不停地流出的血，加倍瘋狂地落到他身上的皮鞭，還是沉醉在行刑裡的施刑人發作出來的怒氣以及那可怕的皮鞭揮動時的嘶嘶響聲。

沙特雷法庭一名守門人穿一身黑，騎一匹黑馬，自一開始就守候在梯子的邊上。這時他把手上的烏木棒向鐘漏伸去。掌刑吏停止了鞭打，轉盤也停止了轉動，卡西莫多的獨眼也慢慢地睜開了。

鞭刑算是執行完了。宣過誓的掌刑吏的兩名隨從幫助犯人清洗他流血的肩膀，給他抹上了立刻治癒一切創傷的藥膏，以便於傷口癒合，並往他背上扔了一塊狀如祭披的黃披布。與此同時，比艾拉抖動著被鮮血浸透的皮鞭，以便使得鮮血灑落在地面上。

對卡西莫多來說，事情還沒有完結。他還需要在刑台上再示眾一小時，這是孚羅韓老爺在羅貝爾大人的判決詞之外合理合法又增添的刑罰。這樣做，正好應了若望・居門那句兼顧生理學和心理學上的妙語：「聾子行事荒謬。」

有人把沙漏撥倒過來。駝子仍被綁在木頭平台上面，以示執法嚴明，一絲不苟。

民眾，尤其是中世紀的民眾們，他們在社會上就像孩子們在家庭裡一樣。只要他們依然長久地停留在原始的愚昧狀態，停留在道德和智力均未成熟的階段，就可以用形容兒童的話來形容他們。

在這種年紀是沒有憐憫心的。

諸位已從上文中看到，卡西莫多被眾人借種種理由憎惡，這倒也不假。人群裡沒有誰有理由或者覺得有理由去憐憫聖母院的可惡的駝子，看到他被押上刑台，人人都歡呼雀躍。他剛才受到的酷刑以及刑後罰跪示眾的悲慘處境，非但沒有打動群眾的惻隱之心，反倒爲他們的仇恨增添了一樁樂趣，使他們的厭惡情緒表現得更爲惡毒。

當「公訴」（按照法官們至今沿用的行話）執行完畢，就輪到千萬種私人的報復了。在這裡和在司法宮大廳裡一樣，婦女們特別起勁。那些婦女們無不與他結有宿怨，有的因爲他使壞，有的因爲他醜陋。而後一種女人的憎恨最爲厲害。

「呸，邪教的怪物！」一個婦女喊道。

「騎掃帚柄的惡魔！」另一個婦女又嚷道。

「做個淒慘的怪笑吧！今天要是昨天的話，單憑這個你就能當選愚人王！」第三個婦女又吼道。

「得啦！」一個老婦人接著說，「這就叫刑台上的鬼臉，何時該你扮演絞刑架上的惡相呀？」

「什麼時候該你在百尺黃泉下頂著大鐘，該死的敲鐘人？」

「竟然讓這個魔鬼敲晚禱鐘！」

「呸！聾子！獨眼！駝子！怪物！」

「這個醜相比所有的醫藥還能使孕婦流產呢！」

那兩名學生，磨坊的若望和羅班，扯直嗓門唱起了古老的民謠來：

一根藤條子，

對付一個惡漢子！

一條木棍兒，

對付一隻老猴兒！

千萬聲咒罵猶如大雨繽紛而下，場上處處都有人詛咒他，嘲笑他，向他叫罵，向他投石子。

卡西莫多雖然耳聾，但他看得一清二楚。群眾的狂怒表現在臉上的並不比表現在話語裡的少。何況石頭砸在他的身上，也比哄笑聲聽得清楚。

起初他一直默不作聲，但那在施刑人的鞭打下已達到極限的忍耐力，在這些殘酷的蟲豸的刺激下卻漸漸減弱甚至喪失，對西班牙鬥牛士的打擊向來不在意的阿斯杜里[159]公牛，對犬吠和短戟的撩撥卻大為惱火。

他先是對群眾投去恫嚇的眼光。但是由於被捆綁得死死的，單憑目光無力驅散搔咬他傷口的蒼蠅。於是他不顧繩捆索綁，猛力掙扎，狂怒扭動，震得在木軸上那陳舊的輪盤軋軋直響。看見他這個樣子，觀眾的嘲諷和噓聲更加凶狠了。

既然無法打碎身上的鎖鏈，這個悲慘的人像頭被鎖住的野獸，只是不時從胸膛裡間或迸出一聲粗重的歎息，他臉上毫無羞愧之色。因為他離文明社會太遠了，太接近自然狀態，還能表現出什麼羞恥呢？何況他畸形到這種程度，羞恥不羞恥，又怎能看得出來呢？

不過怒火、仇恨和絕望，給這張奇醜的臉孔慢慢罩上一層陰雲，它越來越陰暗，像逐漸蓄滿了電流，這獨眼巨人的那隻眼睛遂迸發出萬道閃電的光芒。

然而，當一頭騾子載著一位神甫經過那裡之時，他臉上的陰雲化開了一會兒。可憐的犯人從大老

159. 阿斯杜里，西班牙舊省名。

遠瞥見了這個神父和這頭騾子，頓時和顏悅色起來。剛才他還是怒不可遏，全身抽搐，此刻他面露難以形容的甜蜜寬厚而溫和的微笑，像是救星駕到，這個不幸的人在向他致敬。

不過，當騾子逐漸靠近恥辱柱的時候，騎騾人足以認出犯人，但神父卻偏垂下眼皮，突然撥轉了方向急忙轉身走開了，好像在逃避一聲恥辱的呼喚似的，避免一個處於如此境地的可憐蟲把他認出來並且向他致敬。

這名神父正是副主教克洛德。更加濃密的烏雲籠罩降落在卡西莫多的額頭。微笑還在一片陰雲間停留了一會兒，但那是痛苦的、無力的、帶著深深悲哀的微笑。

時間漸漸過去。他待在那裡至少已經有一個半小時，肝腸寸斷，備受虐待、受盡嘲弄，甚至被人投石子。

突然他又開始在鎖鏈下躁動不安掙扎起來，用勁猛烈，不顧身上戴著鐐銬，連身子底下整個輪盤木架都震動起來。到現在爲止他打破了一直固執地保持著的緘默，用嘶啞的嗓子怒吼一聲，與其說像人叫，倒不如說似狗吠，壓過了眾人的嘲罵聲，只聽得一聲吼叫：「渴！給水喝！」

這聲慘叫非但沒有喚起周圍觀眾的同情心，反而使得刑台四周巴黎圍觀的善良百姓笑得更加厲害了。說句實話，這些烏合之眾，就整體而言，殘忍和愚蠢並不亞於那夥可怕的乞丐幫。

我們已經領讀者見識過那個團夥了，他們無非是處在最底層的平民百姓。除了嘲笑那不幸的犯人的口渴之外，此刻他那副模樣不止顯得可憐巴巴的，而且顯得更加滑稽可笑，令人生厭了，只見他憋得滿臉通紅，汗流如柱，目光迷惘，嘴裡冒著憤怒和痛苦的泡沫，舌頭拖出一大半在外面。還有必要說明的是，即便人群中有好心腸的男女市民，有意要送一杯水給這個受苦受難的可憐蟲，但刑台的可惡的石級被當做十分可恥和醜惡的東西，善人們是不願意上去的。

幾分鐘後，卡西莫多又以絕望的目光環顧一下全場人們，用更加撕心裂肺的聲音再次喊道：「渴！給水喝！」

眾人又是一陣哄笑。

「喝這個吧！」羅班迎面扔給他一塊在溝水裡浸泡過的抹布，叫喊著，「拿去，可惡的聾子！算我欠你的情吶。」

一個婦女邊朝他的頭上扔石頭，邊說：「這是給你在黑夜裡用那些倒楣的鐘驚醒我們的教訓！」

「好啊！壞小子，」一名跛腳吃力地想用拐杖揍他。「看你還敢從聖母院鐘樓頂上使壞呀，咒我們倒楣吧？」

「給你一勺水喝！」一名男子把一隻破瓦罐朝他胸脯扔過去，叫道：「我老婆就是因爲看見你從她面前走過，才生下了一個兩個腦袋的娃娃！」

「還讓我的貓生了六條腿的小貓！」一個老婦人尖聲地怪叫著，然後拋出一塊瓦片砸向他的頭。

「給水喝！」卡西莫多上氣不接下氣，第三次高喊。

就在這關頭，他看到人群裡閃開一條路，走出一個打扮奇怪的少女，身邊帶著一隻金色犄角的雪白的小山羊，手裡拿著一只巴斯克手鼓。

卡西莫多的獨眼突然一亮。這正是他昨夜曾經千方百計想要搶走的那個波希米亞女郎。他模模糊糊意識到，自己正是由於這起爭鬥而受到懲罰的。何況這種事在這個世界上並不算稀罕，他不是由於不幸耳聾，又由於被一個聾法官審問，才受到懲處的麼？他不懷疑那少女也是來報仇的，也會像別人一樣給他點兒苦頭吃。

果然，只見她迅速快步登上台階。憤怒和悔恨交加，使他透不過氣。假如他那可憐的獨眼能夠射出有雷電威力的目光的話，那麼沒有等到波希米亞女郎踏上平台，早就被他殛爲齏粉了。

她一言不發地走近那扭著身子枉自躲避她的犯人，從胸前取出一隻葫蘆，溫柔地舉到那可憐人乾裂的嘴邊。

這時，只見他那乾燥如焚的眼睛裡，滾動著一大滴淚珠，順著這張因絕望而久久抽搐的鬼臉緩緩淌落下去。這也許是那不幸的人生平第一次流出眼淚。

此時他竟忘了要喝水。埃及女郎不耐煩地撅起小嘴，臉帶笑容，把壺嘴貼緊卡西莫多那張齜牙的大嘴。他大口地喝著，顯然是渴到極點了。

可憐的人一喝完水，便伸出烏黑的嘴唇，大概是想要吻吻那隻剛援救過他的秀手。可是那少女也許有所戒備，並且想起昨夜那件未遂的暴行，便像小孩害怕被野獸咬著似的，嚇得連忙把手縮回去。

於是那可憐的聾子用充滿責怪和無限悲哀的眼光望著她。

一個如此鮮嫩、清純、嫵媚，卻又如此柔弱的美麗少女，竟然這般虔誠地救援這個集眾多不幸、畸形與凶惡於一身的怪物，這樣的場面出現在任何地方都會非常感動人。而這件事又發生在一個刑台上，那就更爲動人了。

連這幫觀眾也被感動了，突然鼓起掌來，齊聲喝彩。

這時，恰好隱修女從地洞的窗孔裡望見埃及女郎站在刑台上，隨即又刻毒地詛咒道：「該死的埃及女人！該死！該死！」

玉米麵餅故事的結局

愛斯梅拉達臉色發白，踉踉蹌蹌從刑台平台上走了下來。隱修女的聲音仍然縈繞在她耳邊：「你下來呀！下來呀！埃及女賊，總歸有一天你也會在上面遭受同樣的下場！」

「麻袋女又胡思亂想了。」民眾喃喃說道，這之後大家就再不說什麼了。這類女人向來是被人當做神聖並受到人們尊敬的，因此不容觸犯。那年月，誰也不願意去打擾那日夜祈禱的人臨到把卡西莫多開釋的時候了。他被解了下來，人群也就紛紛散開了。

瑪耶特和兩個女伴便一起往回走，走到大橋附近突然又停下來問道：「想起來了！厄斯達謝，你那塊玉米麵餅呢？」

「媽媽，」孩子說，「你同老鼠洞裡那位太太談話的時候，一條大狗跑來把我的餅咬了一口，我也就吃起來了。」

「怎麼著，先生，」瑪耶特又接著說道，「您全都吃光了嗎？」

「媽媽，是狗把它吃掉的，我叫牠別吃，可是牠不聽，於是我也就吃了，就是這樣。」

「這孩子真是要命，」母親一面微笑一面責備道，「您可知道，烏達德，在我們家夏勒朗日的園子裡有棵櫻桃樹，他一個人就把所有的果子吃掉了。所以他爺爺說他長大了以後要當統帥的。我得好好教訓你，看你下次再敢，厄斯達謝先生。走吧，胖饞貓兒。」

chapter 7

少女芳心

山羊洩密的危險

轉眼之間，幾個星期過去了。

正是三月初。古典修辭學之祖杜巴爾達斯還沒有把太陽叫做「蠟燭裡的大公爵」，但是太陽還是同樣光明燦爛。這一天，巴黎也如同往常一樣，是風和日麗、美妙甜蜜的一個春日，各處廣場和散步場所人山人海，就像過節一樣慶祝春天的美景。

在那種光明、熱烈、莊嚴的日子裡，總有某個時辰是規定可以瞻仰一下聖母院的倩影的。當太陽西沉，就要落山的時候，那大教堂正面幾乎全都被夕陽照亮了。光線愈來愈斜，慢慢離開了廣場地面，漸漸地又從廣場的砌石地面上移開，沿著陡峭的門面往上爬升，照亮那千萬個浮雕，而大教堂中央的巨大圓形雕花窗就像是塞克羅平的獨眼，反射出煉鐵爐裡的紅光[160]。

現在正是那一個時刻了。

在夕陽映紅的巍峨大教堂的對面，在形成巴爾維街和巴爾維廣場拐角的那座富麗的哥德式宅第的門廊頂上，其門廊頂上的石砌陽台上，有幾位年輕漂亮的少女在說笑。

真是千種風流，萬般輕狂。從她們綴滿珍珠的尖帽子上掛下來直拖到腳跟的長長面紗上，從那蓋著她們雙肩的照當時風尚略微袒露出處女胸脯的繡花胸衣上，從她們裙子上的褶子上，從她們披在華麗的（華麗得出奇的）衣服外面的小外套上，從她們裝飾在衣服上的棉紗、絲綢和天鵝絨上，尤其是從她們顯然沒有做過苦工的雪白雙手上，足見終日無所事事，遊手好閒。顯而易見她們都是富貴人家的千金小姐。

確實，這就是貢德洛里耶家的麗絲小姐和她的朋友們：狄安娜、蒙蜜雪兒、高蘭布和小女孩倍韓日爾。

這些名門閨秀都聚集在孀居的貢德洛里耶夫人家裡，等待波熱大人及夫人在四月份來到巴黎，為瑪格麗特公主挑選幾個貴族小姐作儐相。

中選者將去庇卡底，到弗朗德勒使臣那裡去迎接公主。於是方圓百里的所有上等人家都盼望自家的女兒能得到這份榮幸，其中有好些人已經把女兒帶到或送到巴黎來，交托給嚴謹而令人敬佩的前御林軍弓手統領的遺孀阿洛伊思．德．貢德洛里耶夫人來管束。

這位夫人的丈夫生前是禁軍的弓弩師，她孀居後帶著獨生女兒退居巴黎，居住在聖母院前面廣場

160. 塞克羅平是希臘神話裡的獨眼巨人，在埃特納火山下幫助火神烏爾岡打鐵。

邊自己的住宅裡。

這些少女所站的陽台緊連著一個掛滿黃地金條紋的華麗幃幔的房間，大天花板上那些平行的燦爛的橫樑上，有成千種奇特的描金塗色雕刻，望上去很愉快。一個個衣櫥精雕細刻，到處都閃耀著琺瑯的光澤。一隻彩陶瓷野豬頭穩穩當當的擺在那華麗的食櫃上。

食櫃分兩層，表明這房子的女主人是方旗騎士[161]的妻子或是遺孀。客廳深處，從上到下有一個雕滿徽章紋飾的高大壁爐，旁邊擺著一把紅色天鵝絨安樂椅。貢德洛里耶夫人就端坐其中。

從她的面貌和裝束上都看得出她有五十五歲左右。在她身旁站著一位青年人，神態甚是自命不凡，雖然有點輕浮和好強，卻仍不失為一位美少年，所有的女子一見就會傾心。然而，那些嚴肅和善於看相的男士只會聳聳肩膀嗤之以鼻。

這青年騎士穿著近衛弓箭隊長金碧輝煌的服裝，很像本書第一卷裡那個朱庇特的裝束，我們就不必再來描繪一遍了。

小姐們都端坐著。有的坐在房間裡，有的坐在陽台上，有的坐在鑲著金角的烏德勒支[162]絲絨方墊上，有的坐在刻有花卉人物的橡木小凳上。她們正在一起繡著花的那幅很大的繡花幃幔，一半鋪展在她們的膝頭，另一頭拖在蓋住地板的草席上。

她們交談著，就像平常女孩說悄悄話似的。凡有一位男士在場時，年輕少女莫不如此。至於這位男士，雖說他在場足以刺激這些女子顯示她們各種各樣的虛榮心，他自己卻似乎並不在意，似乎專心

161. 方旗騎士是能召集足夠附庸參戰而有權舉方旗的領主。
162. 烏德勒支，荷蘭城市。

致志地忙於用麂皮手套去擦他皮帶上的鈕釦。

那個老太太間或低聲同他講幾句話，他儘量呆板地勉強地回答著。貢德洛里耶夫人跟衛隊長說話時面帶著笑容，夾雜些聰明的小動作以表示彼此十分默契，並向女兒麗絲不時瞟上一眼。不難看出，那個青年與麗絲一定是有了婚約的。而從軍官不耐煩與冷淡的神情來看，顯而易見，至少在他這方面根本就沒有什麼愛情可言了。他的整個神色顯得既厭煩又疲倦。遇上同種心情，如今的城防軍官中就會說：「真他媽的活受罪呀！只配打掃的娼婦！」

這位和善的夫人，那很爲女兒驕傲的可憐的母親，並沒看出青年軍官毫不熱心的樣子，反而還在一個勁兒地竭力慫恿叫他注意，麗絲穿針走線地繡著未完工的幃幔多麼靈巧！

「您瞧，好侄兒，」她拉了拉他的衣袖，附在他的耳邊低聲說道，「你就看一看吧！瞅她正在彎腰的模樣兒！」

「是呀。」青年回答了一聲，隨即又默不作聲，一副心不在焉、冷冰冰的樣子。

稍過片刻，他不得不又俯下身來聽貢德洛里耶夫人的問話說：「您見過比您這未婚妻更標緻更可愛的女子嗎？誰能有比她更白的皮膚和更好的金褐色頭髮呢？誰有她那樣的巧手呢？還有她那脖子，難道不是像天鵝的脖子一般，儀態萬方，把人看得心醉神迷？你這放浪的傢伙，身爲男人多麼幸福！我的麗絲難道不是美麗得叫人傾慕、令您發狂麼？你不是被她迷住了嗎？」

「那當然。」年輕人嘴上這樣回答，其實心裡正想著別的事情呢。

「那您還不去跟她說說話！」貢德洛里耶夫人突然推了他肩膀一下說道。「快去跟她隨便說點什麼，你變得夠膽小的啦。」

我們可以向讀者保證，這位英俊的衛隊長可不是真正的膽小，這也不是他的優點，也不是他的缺陷，不過他還是嘗試著照別人的意思行事。

「親愛的表妹，」他邊說邊朝著麗絲走去，「這幅幃幔上繡的是什麼呀？」

「親愛的表哥。」麗絲答道，聲調中帶一些輕蔑，「我已經告訴過你三遍了：這是海神的洞府。」

顯然，麗絲比她母親看得更清楚些：衛隊長那種冷淡和心不在焉的樣子。他感到必須要交談一番。隨即又問：

「這海神洞府的幃幔，是給誰繡的呢？」

「替郊區聖安東尼寺院繡的。」麗絲答道，眼睛連抬都沒抬一下。

衛隊長伸手抓起掛壁毯的一角，問道：

「親愛的表妹，這個鼓著腮幫吹喇叭的胖武士是誰呀？」

「那是特西多。」她回答道。

麗絲答話老是隻言片語，腔調中帶點賭氣的味道。那個青年男子知道自己必須附在她耳邊講講話，講幾句無聊的恭維人的話，於是，他就俯下身子去，卻怎麼也想像不出比下面這句話更溫柔更親密的話兒來：「您母親爲什麼總是穿著刺繡紋章的那條長袍子呢？那可是查理七世時代我們祖母輩穿的衣服呀。親愛的好表妹，請告訴她，這種衣服現在不流行了。她衣服上繡的鉸鏈形和桂花形紋章，使她好像是活動的火爐架子。我敢擔保，人們現在真的再不打這種旗號了。」

麗絲抬起漂亮的眼睛，用責怪的目光瞅著他，她低聲地說道：「您要向我說的就是要諷刺我母親的長袍嗎？」

這時，好心腸的老太太見他倆這樣緊挨著絮絮細語，便欣喜若狂。她擺弄著祈禱書上的搭扣又說道：「多麼動人的談情說愛的場面呀！」

這使衛隊長感到越來越尷尬，便又撿起那幅幃幔的話題來，讚道：「這真是一件漂亮的手工！」

另一位皮膚白皙的金髮美女高蘭布，身穿低開領藍緞衣服。她聽到這話後，便怯生生開口說話。話雖是對麗絲說的，心底裡同時卻希望英俊的衛隊長來搭腔：「親愛的麗絲，您見過羅歇·居榮府邸的幃幔嗎？」

「是不是羅浮宮裡林日爾花園旁邊的那座大廈？」狄安娜笑著問道。她牙齒很美，所以老是笑瞇瞇的。

「那裡還有一座巴黎古代城牆的大箭樓吧。」皮色淺褐、兩頰鮮紅、頭髮烏黑捲曲的迷人的蒙蜜雪兒附和道。

「親愛的高蘭布小姐，」貢德洛里耶夫人接著說道，「你說的是國王查理六世時候的巴格維勒先生的府邸嗎？那裡的豎紋幃幔那才是華美無比哩，全是豎紡織就的！」

「查理六世！查理六世國王！」年輕的衛隊長捋著鬍子抱怨道，「我的上帝呀，老太太對這些老古董記得多麼清楚啊！」

貢德洛里耶夫人又接著說：「的確是漂亮的幃幔呀！世上罕見呀。」

這時，七歲的嬌小女孩倍韓日爾，正靠在陽台欄杆的梅花格子裡望著廣場。她突然尖叫地喊道：「嗄！親愛的麗絲教母，您快來瞧！那漂亮的跳舞女郎又在石板路上敲著鼓跳舞啦，就在那邊的平民堆裡！」

果然，外面傳來巴斯克手鼓響亮的顫音。

「是個流浪的波希米亞女郎吧！」麗絲懶洋洋地邊說邊扭頭向廣場張望。

「咱們看去！咱們看去！」那些活潑的女伴們嚷著，全都跑到陽台邊去了，而麗絲心裡一直在想著未婚夫為什麼對她那麼冷淡，慢吞吞跟了過去。她的未婚夫卻因為這件突如其來的事打斷了那惱人的談話，倒覺得挺高興，便帶著完成任務的軍人的滿足心情回到房間盡頭。

其實，給美麗的麗絲小姐站崗，這在往日倒是一件愉快而容易完成的任務，但年輕隊長卻早已漸漸厭煩了，並隨著婚期日益臨近，他變得越來越冷淡。此外，他這人沒有恒心，不僅如此，而且趣味低俗。儘管出身豪門貴族，但他已經在行伍生涯中沾了不止一種兵痞的習氣。他喜歡酒店以及隨之而來的一切，他喜歡的是酒家，經常在裡面混，鍾情的是下流話，軍人式吊膀子，水性楊花的美女，輕而易舉的情場得意，方便和自在。

話說回來，雖然他曾經在自己家裡受到教育，學習禮貌，但是他非常年輕時就已經跑遍全國，非常年輕時就被送進了軍隊，而他那上等人的光澤，逐漸被武士服的肩帶磨去了。好在他還知道人世間的禮貌，不時還來探望一下麗絲，但在麗絲家加倍覺得難為情了。首先因為他到處浪費愛情，他並沒有給麗絲留下多少，其次是因為在那麼多有教養又文雅又羞怯的少女中間，他老在擔心他那說慣了粗話的嘴忽然發瘋，溜出一句酒店裡的話來。請想想那種情景該多麼精彩吧！

再說，這一切和他的自命高雅、衣冠楚楚及英俊臉龐攪混在一起，又會怎樣？請諸位去想像吧，我只不過是一個講故事的人罷了。

於是，他站在那裡好一會兒，若有所思也罷，若無所思也罷，默默地靠在雕花的壁爐框上。忽然，麗絲又轉過身來和他說話。畢竟，可憐的少女也不是真心願意和他賭氣啊。

「親愛的表哥，你不是告訴過我，說你在兩個月前某個晚上巡夜的時候，從十多個強盜手裡救出一個波希米亞少女嗎？」

「好像是這樣的，親愛的表妹。」衛隊長說。

「那麼，也許就是那個現在在廣場上跳舞的波希米亞流浪女郎吧。」她接著說道，「您過來看一下認識她不，親愛的菲比斯表哥。」

她喚著他的名字叫他到身邊來的這個邀請，暗中含有表示和解的意思，衛隊長菲比斯拖著緩慢的腳步走近陽台。

「瞧！」麗絲將手輕輕搭在菲比斯的胳膊上說：「您看看在人堆裡跳舞的那個，她就是您說的那個波希米亞女郎吧？」

菲比斯看了看說：「沒錯，是她，從她的山羊就可以認出是她。」

「啊！真是隻漂亮的小山羊！」蒙蜜雪兒拍手稱讚地說道。

「牠的兩隻犄角是真金的麼？」倍韓日爾問道。

貢德洛里耶夫人坐在安樂椅上紋絲不動，她說：「是不是去年從吉巴爾門進城的那些波希米亞人裡面的一個？」

「母親大人，」麗絲輕聲說道，「這個門現在已經叫做地獄門了。」

麗絲很清楚，母親那種談論老古董的話使得衛隊長如坐針氈。果然，不出所料，衛隊長開始輕聲挖苦，咬牙切齒地冷笑道：「吉巴爾門！吉巴爾門！那是因爲她想起了國王查理六世喲！」

「教母，」倍韓日爾滴溜溜的眼睛不停地轉動著，突然抬起頭望了一眼聖母院鐘塔頂，不由驚叫起來，「那上面穿黑衣服的人又是誰呀？」

少女們全都抬起頭，的確有個男子倚在靠北邊的朝向格雷沃廣場的那座鐘塔的欄杆上，那是一個神甫，看得清他的衣服和用雙手支著的臉孔。而且，他像一尊雕像似的紋絲不動。他的眼睛直勾勾地緊盯著廣場。

這情景就好像是一隻老鷹剛剛發現一個麻雀窩，死死盯著它看，一動也不動。

「那是若札斯副主教先生。」麗絲說道。

「這麼遠你都認出了他，可見你的眼力真好！」高蘭布奉承道。

「他好像入神地看那個跳舞的女子呀！」狄安娜又說。

「那埃及女郎可要當心才好，」麗絲說，「他是不喜歡埃及人的。」

「這男人這麼盯著她，真是大煞風景啊，」蒙蜜雪兒說，「她跳得真棒！」

「親愛的菲比斯表哥，」麗絲忽然又說道，「既然您認識這位波希米亞的少女，那就打個手勢叫她上來吧！那樣會使我們高興的。」

「啊，就這樣！」少女們都拍著手嚷道。

「但這是件傻事呀！」菲比斯答道，「她一定早就把我忘了，何況我連她的名字都不知道。不過，既然小姐們願意如此，那我就去試試吧。」

說著他就探身到陽台欄杆上喊道：「小姐！」

跳舞的少女那時正巧沒有敲鼓，聽見有人喊她，就朝著喊聲的方向轉過頭來，亮晶晶的眼光落到菲比斯身上，突然停住不跳舞了。

「小姐！」衛隊長又喊了一聲，並招手示意叫她過來。

少女依舊望著他，臉上頓時浮起紅暈，好像有一團火燒到了她的面頰。她把小鼓夾在腋下，穿過目瞪口呆、驚訝的觀眾，朝著菲比斯喊她的那幢樓房的大門口走來。她腳步緩慢而搖晃，眼光困惑得好像一隻無法逃避蛇的引誘的鳥兒。

過了片刻，幃幔被掀起，波希米亞女郎出現在房間門口。她滿臉通紅，手足無措，氣喘吁吁，低著頭，兩隻大眼睛望著地板，不敢再向前邁一步。

倍韓日爾高興得拍起手來。然而，小舞女依然呆站在門檻一動也不動。

對這群少女來說，她的出現產生了一種奇特的影響。毋庸置疑，所有這些少女們的內心裡都同時萌發出一種朦朧的念頭，設法取悅於英俊軍官。他那身華麗的軍服正是少女們賣弄風情的焦點。他只要在場，她們之間便悄悄展開了一場暗鬥，儘管她們自己都並不願承認，但那會表現在各自的行爲和談吐上，以及那精緻的制服上。

她們的美麗程度彼此差不多，她們都用同等的武器在競爭，而且每人都可望取勝。然而波希米亞女郎的到來突然打破了她們這一均勢。

她的美貌，真是世所罕見，她一出現在房間門口時，彷彿就散發出一種特有的光芒。在這間擁擠的房子裡，在這陰黑的壁毯和護板的襯托下，她比在廣場上更加顯得嬌豔欲滴，光彩照人。她像一支火炬一樣，一隻突然從大太陽底下帶到陰暗處來的火炬，頓時，高貴的小姐們全都黯然失色，似乎都感到自己的美貌受到了某種挫傷。因此她們的陣線——請原諒我用這個詞——也立刻轉變了，雖然她們並沒有交談一句，可是她們已經互相瞭解得很清楚，婦女的直覺，比男人的聰明更能互相瞭解，互相呼應呢。因此，她們立刻重新打起精神。一滴葡萄酒就可染紅一杯水，而要讓一群美麗女子感到不快，只需要再來一位更漂亮的女子。尤其是只有一位男子在場的時候。

所以，波希米亞女郎得到了格外冷淡、冷若冰霜的待遇。她們從頭到腳打量她一番，然後面面相覷，一言不發，彼此一下子便心領神會了。與此同時，少女正等著有人和她說話呢，她激動萬分，連眼睛都不敢向上抬一下。

衛隊長首先打破沉默。「我敢保證，這位小姐才是真正的閉月羞花的美人哩！」他用毫無顧忌的自負聲調說，「親愛的表妹，您說呢？」

這句讚歎，比較文雅的崇拜者本來應該講得輕聲些的，因爲這樣的品評當然消除不了站在流浪女郎面前的小姐們的妒忌。

麗絲裝模作樣，但用略含蔑視的口吻假惺惺地應道：「還不錯。」

其他少女們則低聲交頭接耳。

貢德洛里耶夫人有些爲她的寶貝女兒打抱不平，也漾起了醋意。她終於也同樣妒忌地對小舞女說：「小姐，過來！」

「小姐，過來！」老太太身後的倍韓日爾學說了一遍，並同時擺出一副滑稽莊嚴的架勢。其實，倍韓日爾剛搆著她的腰。

埃及女郎便向這位貴婦人走過去。

「漂亮的小姐，」菲比斯向她跟前邁了幾步，略帶誇張地說道，「不知我是否有被您認出來的殊榮……」

她抬頭無限溫柔地向他笑了笑，打斷了他的話說：「啊，是的！」

「她記性真好。」麗絲接著評論了一句。

「那麼，」菲比斯又說，「那天晚上你很快逃開了，是我把你嚇著了嗎？」

「啊，不是的。」流浪女郎說。

在這一聲「啊，是的」和「啊，不是的」之中，其間彷彿有點不可掩飾的情意，這使麗絲非常傷心。

「我的美人，」菲比斯用那種向街頭女郎講話的隨便語氣說道，「那天您留給我一個兇神惡煞般的傢伙，獨眼加駝背，一個怪物。我相信他就是那主教的敲鐘人吧！據說他是某副主教的養子呢，天生的魔鬼。他有一個可笑的名字，叫什麼『四季』啦，『復活節萬花』啦，『封齋前的星期二』啦，我記也記不清！總之，都是某個要敲鐘的節日的名字。他狗膽包天，竟敢搶走你，倒像你是爲了那些教堂工役才出生的！太過分啦！那貓頭鷹究竟想把你怎麼樣呀，嗯？告訴我吧！」

「我不知道！」她回答道。

「想想那多麼無聊！一個敲鐘人竟敢搶起一位女孩來了！倒像他是一位子爵呢！一個平民竟玩起上等人的把戲來了！真是少有少見！不過，他也付出了很高的代價。比艾拉．多爾得許是有名的蠻漢，他從來不會輕饒一個什麼潑皮的。要是你同意，我可以告訴您，他會巧妙地揭掉那敲鐘人的皮！」

「可憐的人。」波希米亞女郎說。隊長的這番話使她想起刑台上的場景。

衛隊長縱聲大笑著說道：「牛角尖，瞧這種憐憫的樣子，就像把一根羽毛插在豬屁股上。我也願意挺著像教皇那樣大的肚子，假如……」

他猛然住口說：「請原諒，小姐們，我想我又要講出傻話來啦！」

「呸！您打住吧！」高蘭布小姐呵斥他道。

「他向那個東西講的才是他的真心話呢！」麗絲心中越來越惱怒，輕聲添了一句。看到衛隊長被波希米亞女郎迷住了，尤其是他那自鳴得意的樣子，她愈來愈煩惱不安了，這種煩惱絲毫沒有減少。他腳跟旋轉了一下，顯出一副粗俗而天真的兵痞式媚態，不斷向少女獻殷勤喊道：「說真的，的確是一位美人呀。」

「穿得真夠簡陋。」狄安娜說。她依然露出美麗的牙齒笑呵呵的。

這一看法簡直像是一線光明，使各位小姐都眼前一亮，既然無法誹謗她的美貌，她們便朝她的裝束方面撲了過來。

「不過這話倒是千真萬確啊，」蒙蜜雪兒說，「小瘋丫頭，你從哪裡學會了不穿胸衣、不繫圍巾就在大街上亂跑呢？」

「瞧她這裙子，短得嚇人。」高蘭布補充道。

「親愛的，」麗絲尖刻地接著說道，「你身上那鍍金腰帶，小心巡防兵把你抓去了。」

「小姐，小姐，」狄安娜小姐冷酷地說道，「你要是規矩點，要是你的衣袖能遮住胳膊，就不會被太陽曬疼了。」

這一情景的確值得讓一位比菲比斯聰明的旁觀者來觀賞，來看看這些漂亮少女怎樣講著毒辣尖刻的話，她們怎樣在那街頭舞女的周圍和她糾纏。她們既冷酷又文雅，毫不在乎地把街頭舞女那身綴著鍍金裝飾品，寒磣而輕狂的裝束，惡意地盡情地冷言冷語，傲慢的關懷，凶狠的目光，一股腦兒向埃及女郎傾瀉而來，這情景無異於羅馬貴婦用金針扎進漂亮女奴的胸脯中取樂，又好似一群美麗的獵犬張大鼻孔，兩眼冒火，圍著樹林裡一隻牝鹿轉來轉去，可是主人的目光卻禁止牠們把牝鹿吞吃掉。

在這些大家閨秀的眼中，她終究不過是一個大街上跳舞的窮女孩罷了！她們對她的在場毫不在意，竟當著她的面，對著她本人，就這樣高聲品頭論足，就像在評論一件十分不潔淨、十分好玩又十分好看的玩意兒。

那流浪女郎對於這類傷害並不是感覺不到。她的眼睛和臉頰，不時燃燒著憤怒的光芒，浮現出羞辱的紅暈，她嘴唇顫動，似乎支支吾吾說著什麼侮慢的話。她鄙視地做出那個讀者們都熟悉的那種不屑的嬌態，但她始終都沒有開口。她一動不動地用一種無可奈何的又悲哀又溫柔的眼神望著菲比斯。她似乎是因爲怕被趕走才努力克制著。

至於菲比斯，他帶著半憐惜半粗魯的神氣站在那流浪女郎一邊。

「小姐，讓她們說去吧！」他一再重複著這句話，並碰響了一下金馬刺。「您這身打扮確實有點古怪和簡陋，不過，像您這樣俊俏的少女，那又有什麼關係呢！」

「我的上帝，」金髮的高蘭布小姐挺起她天鵝般的脖子一下子叫了起來，露出苦澀地一笑，「看得出，御前侍衛弓手們是很容易被埃及女郎的美麗眼睛所迷惑的。」

「怎麼不是？」菲比斯說道。

隊長無心地講出的這句話，好像扔出一塊石頭卻沒看見它落到了什麼地方。高蘭布聞言也大笑起來，狄安娜、蒙蜜雪兒和麗絲也跟著笑了起來。同時，麗絲的眼睛裡含著一滴眼淚。

波希米亞女郎聽到高蘭布的話時，眼睛一下子耷拉下來，緊盯著地板，這時又抬起頭來，目光閃爍，充滿著喜悅和自豪。她重新看著菲比斯。這當兒她真是美極啦。

老夫人見此情景，覺得當時是受到了侮辱，但卻又弄不明白是怎麼一回事。

「聖母呀，」她突然嚷了起來說道，「什麼東西跑到我身邊來啦？啊，討厭的畜生！」

原來是那隻山羊剛剛走來找她的女主人，牠向女主人跳過去的時候，兩隻犄角碰著了那貴婦人坐下時滑在腳上的毛毯。

這倒是個轉機，波希米亞女郎一言不發地走了過去，將山羊解救了出來。

「噯！瞧這小山羊的蹄子，還是金的呢！」倍韓日爾高興地跳起來嚷道。

波希米亞女郎雙膝跪著，把臉孔偎著可愛的羊頭，你會以為她是在請求羊兒原諒自己離開牠這麼久呢。

狄安娜小姐這時候俯下身子，湊到了高蘭布的耳邊說道：

「噯，我的上帝，我怎麼就沒有早點想到呢？她不就是那位帶山羊的波希米亞女郎嗎！聽說她是個女巫，她的山羊會玩些很古怪的把戲。」

「那麼，」高蘭布說，「該讓這山羊來個奇蹟，讓我們也開開眼界吧。」

狄安娜和高蘭布趕忙對埃及女郎說：「來給我們表演一個把戲吧！」

「我不太明白你們的意思。」小舞女回答道。

「一個把戲，一場魔法，總之，一種巫術！」

「我不懂。」說著，她開始撫摸那漂亮的山羊，不斷喊著：「加里！加里！」

這時，麗絲發現山羊脖子上掛著一隻繡花的小荷包，便問埃及女郎：「這是什麼呀？」

埃及女郎抬起雙眼望著她，鄭重其事回答道：「這是我的秘密。」

「我們倒很想知道你葫蘆裡賣的是什麼藥。」麗絲心想。

這當兒那位好夫人發起脾氣來了：「喂喂，波希米亞女郎，既然你和你的山羊都不肯給我們跳個舞，那你們待在這裡幹嗎？」

波希米亞女郎沒有應聲，緩緩地向門口退去，然而，她離房門越近，腳步就越慢下來，似乎有個難以抗拒的磁石在吸引著她。忽然她含著淚花的濕潤的眼睛望著菲比斯，停住了腳步。

「真是天曉得！」菲比斯嚷道，「不能這樣走掉呀。回來，回來，給我們跳點什麼吧。先說說，我的小美人，你叫什麼名字？」

「拉．愛斯梅拉達。」舞女回答道，眼睛依然沒有離開衛隊長。

聽到這古怪的名字，少女們發出一陣哄笑。

「瞧！一個女孩家，怎麼起了一個這麼可怕的名字。」狄安娜小姐說。

「你明明知道，」蒙蜜雪兒，「她是一個女巫。」

貢德洛里耶夫人莊嚴地喊道：「親愛的，你這個名字一定不是你的父母給你施洗禮時起的。」

這當兒，倍韓日爾便趁著別人沒看見，用一塊糖把羊兒領到屋角裡去了好幾分鐘，不多一會兒她倆就成了好朋友。好奇的小女孩把皮袋從山羊的脖子上解下來，把它打開，把裡面的東西倒在了地板上。原來裡面是一組字母表，每個字母都單獨寫在一小片黃楊木板上。

這些玩具似的字母剛剛倒在地板上，那孩子便驚奇地看見羊兒用金爪子抓起幾個字母，輕輕地放在地板上，按照奇怪的順序排列起來。不一會兒工夫，就排成一個詞，這大概就是牠的「奇蹟」之一了吧。山羊似乎事先受到過訓練，非常熟練、毫不費勁地就拼出了一個單詞。倍韓日爾突然合手驚歎道：

「麗絲教母，瞧山羊剛才幹了什麼！」

麗絲跑過去一看，不由得全身一陣戰慄。原來，地板上的字母排成了一個詞：

「PHOEBUS[163]。」

「這真是山羊寫的嗎？」麗絲嗓音嘶啞地問道。

「是的，教母。」倍韓日爾回答道。

這是用不著懷疑的，那女孩本人並不會寫字。

「這就是所謂的那個秘密呀。」麗絲心想。

就在這時候，所有的人，母親、少女們、波希米亞女郎及軍官，聽到小女孩的驚叫聲之後，都圍過來看熱鬧。

波希米亞女郎看見山羊剛才幹下的蠢事，她的臉一會兒發紅一會兒發白，像個罪犯似的在隊長面前發起抖來，隊長卻滿意而驚訝地笑著看她。

「菲比斯，這不是衛隊長的名字嗎？」少女們簡直驚呆了，互相耳語道。

---

163. 這個詞就是菲比斯的名字，本意是太陽神。

「你的記性可真好！」麗絲對呆若木雞的波希米亞女郎說，接著又歎了幾口氣。

「啊，」她用美麗的雙手捂住了臉頰，痛苦地喃喃道，「這是一個女巫！」

但是她聽見心靈深處有個悽楚的聲音告訴她：「這是一個情敵！」

麗絲當下就昏了過去。

「我的心肝，我的女兒！」母親被嚇壞了，吼道，「快滾，地獄裡的波希米亞女人！」

拉・愛斯梅拉達立刻收拾起那些晦氣的字母，向加里招了招手，一起從那道門走了出去。同時，麗絲被人從另一道門口抬了出去。

只剩下菲比斯隊長獨自站在那裡。在兩道門當中，他猶豫了片刻，隨後跟著波希米亞女郎也走了出去。

神甫與哲學家的區別

幾位小姐們剛剛看到的那個神甫，的確就是副主教克洛德。他斜靠在鐘塔頂上，凝神望著流浪女郎跳舞。

我們的讀者還記得副主教在塔上給自己保留的那間密室吧。（順便再提一下，我不知道今天是否還能看到那一間。它位於托起鐘樓的平台上面，從東邊一人高的地方，在方形窗口那裡依舊能望見它內部的那一個，外牆光禿禿的，裡面更是光禿空洞而破舊，馬馬虎虎粉刷過的牆壁上，零零落落裝飾著幾幅反映大教堂門面的發黃的蹩腳版畫，表現幾座大教堂的正面。我推測，這個小密室可能是經常被蝙蝠和蜘蛛佔據著的，倒楣的蒼蠅在這裡將陷入雙重殲滅戰之中。）

每天日落之前一小時，副主教就爬上鐘樓的樓梯，然後就把自己關進這間密室，有時整夜就待在裡面。那天，他一來到他那休息室的低矮門前，把他經常掛在身邊的小荷包裡的鑰匙插進鑰匙孔，一陣鼓聲和響板聲就傳到了他的耳朵裡，聲音是從巴爾維廣場來的。我們前面已經說過，那個密室只有一扇朝向大教堂屋脊的天窗。克洛德急忙抽回鑰匙。不一會兒，就來到了鐘樓頂上。剛好被那些尊貴的小姐們看到他那陰森沉思的樣子。

他待在那裡，神色莊嚴，紋絲不動，全神貫注地凝視著、沉思著。整個巴黎都在他的腳下，連同全城無數樓房的建築塔頂，遠處環繞著的柔弱山丘，從一座座橋下蜿蜒流過的塞納河，市民好像小魚一樣，在大街小巷裡游來游去。如雲朵繚繞的煙霧，似鏈條起伏的屋頂，以及擠壓著聖母院的重重疊疊的鏈環，但是在這整座城市裡，副主教的眼睛在所有的街道中只注意一個地方，那就是巴爾維廣場，在所有的人中只注意一個人，那就是那個流浪女郎。

很難說清楚那副眼光是什麼性質，眼中閃爍的火焰又是打哪裡來的，那是一副呆愣愣的目光，然而充滿著煩惱與不安。他全身木然不動，只是不時身不由己地顫抖一下，就像一棵迎風而立的樹杆，撐在大理石欄杆上的雙肘，比大理石更加僵硬，直愣愣的笑容，整張臉都繃緊了。這一切足以讓人們認爲，克洛德全身只有兩隻眼睛還是活著的。

波希米亞女郎正翩翩舞著。她讓小鼓在手指尖上轉動，在跳普羅旺斯的沙拉邦德舞[164]的當兒，就把小鼓拋到空中。她步履矯捷、輕盈快樂，絲毫感覺不到頭頂上那駭人的目光像鉛一樣直落而下的分量。

人群在她的周圍攢動。有個穿紅黃兩色外衣的男人偶爾到那裡來繞一圈，然後又坐在離那跳舞女子幾步之外的一把椅子上，把山羊的腦袋抱在膝頭。克洛德站在高處，無法看清他的長相。

當副主教發現了這個陌生人之後，他心猿意馬，在注意舞女的同時，又要注意這個男人。他的臉色越來越顯陰暗。突然，他直起了身子，全身一陣哆嗦，然後從牙縫裡擠出兩句話來：「這男人是誰？我一直看見她是單獨一人啊！」

一說完，他從彎彎曲曲的螺旋梯下樓去。當他經過敲鐘房時，從半掩著的門裡冷不防發現一件事情，這令他心裡一動、吃驚不小。原來卡西莫多俯身靠著石板屋簷上一個大百葉窗似的窗口，也像他自己一樣在望著廣場。他看得那樣入神，連他的養父經過那裡都沒有覺察到。他那粗獷的眼睛中帶有一種奇怪異樣的溫柔，那是一種著迷的、含情脈脈的目光。

「這倒怪了！」克洛德喃喃自語道，「他這樣注意看的難道是那個埃及女郎嗎？」他繼續下樓。幾分鐘後，不安的副主教便從鐘塔下面的一道門裡走出，到廣場上來了。

「那波希米亞女郎到哪裡去了？」他混在那群被手鼓聲吸引來的觀眾當中，問道。

「不知道，」旁邊一個人應道，「她忽而不見了。我想她可能是去對面的房子裡去跳芳丹舞去了，

---

164. 沙拉邦德舞是一種熱烈的三步舞曲。

剛剛有人招手叫她過去呢。」

剛才，埃及女郎還在那張地毯上翩翩起舞呢，婀娜多姿，遮掩了地毯上的花葉圖案。現在，就在這塊地毯上，副主教只看見了那個穿半紅半黃衣裳的男人。為了能夠掙上幾個小錢，這男人正在走著圓場，他在觀眾面前繞圈兒走著，雙肘護著腰部，腦袋後仰，臉孔通紅，脖子伸長，嘴裡咬著一把椅子，椅子上拴著在旁邊一個女觀眾那裡借來的一隻貓。那貓因為害怕，正在大聲叫喚著。

「聖母啊！」那街頭賣藝人帶著那個由小貓和椅子做成的金字塔淌著大顆汗珠走過副主教面前時，副主教便驚叫了起來：「聖母呀！格蘭古瓦先生在幹什麼呀？」

副主教聲色俱厲，把那個可憐蟲嚇了一大跳，頓時不知所措了。他那椅子和貓疊成的金字塔便失去了平衡，椅子和小貓亂七八糟地倒在近旁人們的頭上了。其他的人就發出一片叫罵。

要不是副主教做了個手勢示意他跟著走，趁著混亂之機，趕緊躲進教堂裡去，那貓的女主人和臉被劃破、擦傷的觀眾也許會找格蘭古瓦先生來算帳，也許會發生一場爭吵，那可有他好看的。

這時，大教堂裡已經變得暗淡無光，空無一人了，正堂四周的迴廊裡黑黝黝的。小禮拜堂的燈光已經像星星似的在閃爍，只有教堂前牆上巨大的雕花圓窗被落到天邊的夕陽照成五光十色，像一堆寶石在暗中閃亮，把炫目的反光投射到本堂遠遠的盡頭。

他們剛走了幾步，克洛德神甫忽然停下來，往一根柱子上一靠，目不轉睛地盯著格蘭古瓦。格蘭古瓦倒並不害怕這種目光，因為他被這樣一位嚴肅又博學的人撞見自己身著小丑的服裝只覺得慚愧，真是丟人現眼。但神甫的眼光並沒有嘲笑的意思，而是認真的、安靜的、穿透一切的。副主教首先打破了沉默。

「過來，格蘭古瓦先生，您得向我說清楚許多事情。首先，將近兩個月了，您連個影子也沒有，這是怎麼回事呀？而現在卻看到您在大街上，奇裝異服的，難道這不奇怪嗎？您穿得半紅半黃，簡直就是一個活動的科德拜克蘋果。」

格蘭古瓦可憐巴巴地答道：「這身穿著確實怪裡怪氣，您看我這副模樣，羞死人了，比一隻貓兒戴著椰子殼做的帽子還要尷尬。我也覺得這樣不好，簡直就像一位畢達哥拉斯派的哲學家來敲打這件可笑衣服裡面的畢達哥拉斯派哲學家的肩膀。可是，尊敬的老師，您叫我又怎麼辦呢？全怪我那件舊外褂，在剛剛入冬，它就不仁不義地把我拋棄了，還找藉口說它已經成了破布條兒，只配扔到撿破爛的人的籃子裡去。

「怎麼辦呢？文明總還沒有發達到像老學究狄奥瑞納[165]所宣導的那樣，可以赤裸著身子到處行走。再說，寒風冷凜，一月的天氣要讓人嘗試那種新花樣可行不通呀！這件短袖外套自己送上門來了，我就拿了，這才丟了那件又舊又破的黑罩衫子。對我這個嚴謹嚴密嚴明的人來說，那件破罩衫已經遠遠不能嚴密地遮體了。所以，我只好像聖吉雷斯特[166]那樣，穿上小丑的服裝。您說我該怎麼辦呀？這叫書生落難啊。阿波羅[167]還給亞代梅來斯[168]餵過豬呢！」

「您這個，可真是個漂亮差使啊！」副主教又說。

「老師，我明白在火爐裡點火或到天上取火，都要比在大街上牽著一隻貓更富於詩意和哲學意

165. 狄奥瑞納（約前四一〇至約前三二三），又譯第歐根尼，古希臘的犬儒學派哲學家。
166. 聖吉雷斯特是古羅馬的殉教者。
167. 阿波羅是古希臘羅馬神話中的太陽神和一切藝術之神，又名菲比斯。
168. 亞代梅來斯是古代菲爾國王。阿波羅被山林女神追逐時，亞代梅來斯收留了他，他便替亞代梅來斯牧豬。

味。所以，您剛才訓斥我，我確實比待在烤肉叉前的驢子還要笨，頓時羞愧難當、六神無主了。可是有什麼法子呢，先生？是人每天都要過活呀。即使最美的亞歷山大詩句嚼起來也不如一塊勃里乾酪值錢啊。

「這不，您也是知道的，我曾給弗朗德勒的瑪格麗特公主寫過一首挺有名的賀婚詩，可是市府不給我報酬，藉口說那首詩寫得不好，就好像索福克勒斯[169]的一部悲劇只值四個埃居。就是這樣，我眼看就快餓死了。幸好我覺得自己的下巴骨倒還挺結實，於是，我便向它說道：『努力撐持著，玩玩平衡之類的戲法，自己養活自己，自食其力。

「一幫乞丐後來成了我的好朋友，他們已經教給我二十多套大力士的戲法。現在，我每天晚上都得靠白天滿頭大汗耍把式掙來的麵包給我的牙齒嚼了。話又得說回來，我承認這樣浪費我的天才終究很可悲，一個人不能光是敲敲鼓咬著椅子過日子。可是，尊敬的老師，不光要活下去，還得自己掙錢活下去啊！」

克洛德神甫一言不發在靜靜地聽著。猛然間，他那深沉凹陷的眼睛露出機敏、銳利的目光，格蘭古瓦覺得這目光好像要看透自己的靈魂一樣。

「很好，格蘭古瓦先生。不過，您現在怎麼會同那個埃及跳舞女郎在一塊的呢？」

格蘭古瓦說：「怎麼回事？因爲她是我的妻子，我是她的丈夫。」

神甫那眼睛差點一下子冒出火來。

169. 索福克勒斯（約前四九六或前四九四至前四〇六），古希臘悲劇詩人。

「你竟做出了這種事嗎，可憐的東西？」他怒沖沖地抓住格蘭古瓦的胳膊說，「你要爲了做那女子的丈夫而被上帝拋棄嗎？」

格蘭古瓦渾身直打哆嗦，戰戰兢兢地說道：「大人，憑我進天堂的份兒，我向您發誓，我還從來都沒有碰過她呢，如果這正是您所擔心的事情的話。」

「那麼你怎麼說你們是夫婦？」神甫說。

格蘭古瓦趕快儘量簡明扼要地把讀者已經知道的那段經歷講給他聽：他冒險到聖蹟區以及他的碎罐婚禮。看得出，這場婚姻還毫無結果。每天晚上，波希米亞女郎都像新婚之夜那樣避開他。末了他又說：「這是有苦難言呀，都因爲我不幸是和一位聖女結婚的緣故。」

「你這話怎說？」副主教問道。他聽了格蘭古瓦剛才的話以後，怒氣漸漸消了。

「這可不容易講清楚啦，」這位詩人回答道，「那是由於一種迷信。據那個我們稱爲埃及公爵的老傢伙告訴我，我的妻子是一個被拋棄的或是撿來的孩子——這兩回事本來差不多。她的脖子上帶著一個護身符，據說護身符可以保佑她，使她以後可以與父母重逢。但是，如果這女子失去了貞操，護身符隨即將失掉魔力。因而我們兩個人都一直潔身自好。」

克洛德臉色越來越開朗了，說道：「格蘭古瓦先生，那麼您認爲，這小東西沒有碰過任何男人，是吧？」

「克洛德大人，你想要一個男人拿迷信怎麼辦？她的頭腦裡裝著那個東西呀。我認爲，在這些唾手可得的流浪女子當中，像她這樣修女般守身如玉的，的確是鳳毛麟角。對了，她有三樣法寶防身：一是埃及公爵把她置於直接保護之下，他或許是打算把她賣給什麼女修道院吧；二是她的整個部落，那裡人人都像對待聖母一般尊敬她，簡直把她當成聖母；三是一把小巧的小匕首，這位潑辣女子不顧總督大人的禁令，總是把它藏在身上隱蔽的角落，要是你迫近她的身子，她就把匕首舉在手裡。這是一隻惹不起的小馬蜂，誰都別想打她的任何主意！」

副主教並不就此甘休，喋喋不休地向格蘭古瓦發問。

在格蘭古瓦看來，愛斯梅拉達這個倩女，馴良而又俏麗迷人，除了那種特具一格的撅嘴之外，她是個天真熱情的少女，什麼也不懂，但對什麼都熱心，她連男人和女人的差別都不明白，就是在夢裡也弄不清。

她就是那一種人，特別喜歡跳舞，喜歡熱鬧和新鮮空氣。她是一種蜜蜂式的女人，腳上長著看不見的翅膀，生活在永遠的迴旋中間，總之，這種性情是她過去一直過著流浪的生活養成的。

格蘭古瓦得知，她很小的時候就走遍了西班牙和卡塔盧尼亞，一直走到西西里，他甚至認爲，那個吉普賽人車隊曾經把她帶到過阿爾及爾王國，這個王國位於阿卡雅的境內。那是阿加以伸向阿爾巴尼亞和希臘的一角，另一角伸向西西里海岸，是通向君士坦丁堡去的。

據格蘭古瓦說，阿爾及爾國王是白摩爾族人的首領，這些流浪者都是他的臣民。但是有一點可以肯定的是，即拉．愛斯梅拉達在很小的時候曾轉道匈牙利來到了法國。因而，這個少女從所有這些地方帶來了幾句零零碎碎的奇異歌曲和想法。不過，她常去的地方的人都很喜歡她，由於她的善良，她愉快的性格，活潑的姿態以及她的歌聲和她的舞蹈。

她自己也認爲，在全城只有兩個人痛恨她，一談起這兩個人就十分恐懼。一個是羅蘭塔可惡的麻袋女，也不知道這個坐關的老婆子是怎麼回事，她特別痛恨埃及女人，每當愛斯梅拉達經過她的窗前都要挨她咒罵。另一個就是一位神甫，每次遇到時向她投射的目光和話語，無不叫她心裡發怵。

副主教聽到後一種情況時相當不安，只是格蘭古瓦沒怎麼注意。這位無憂無慮的詩人真是非常健忘，只有兩個月的工夫就把那天晚上遇見埃及女郎的種種奇怪情況，以及副主教那天晚上在這當中出現的情景，統統忘到九霄雲外。

不過，跳舞女郎也並不十分害怕，因爲她從來不替人算命，一般波希米亞女人經常遭遇到的巫術官司，從來也牽連不到她的身上。再說，格蘭古瓦雖然算不上是她的丈夫，起碼也稱得上是兄長。總之，這位哲學家能用很大的耐心忍受這種柏拉圖式的婚姻。因爲總算有了住處和麵包啦。

每天早晨，當他離開乞丐的大本營，通常是跟埃及女郎一起走的。他協助她在大街小巷裡賣藝，收取小錢和小銀幣，每天晚上，同她一起回到同一個屋頂下，任憑她把自己鎖在她單獨的小房間裡，他卻安然入睡了。

他認爲，這生活總的來說，還挺溫馨的，也有利於冥思默想，再者，在他的靈魂深處，他並不能肯定自己是多麼迷戀這位波希米亞少女，他倒挺愛那隻母山羊。這隻山羊真是可愛，又溫順，又聰明，又有才情，是一隻訓練有素的山羊。

這些令人十分欣賞、驚歎不已、有學問的動物，常會使其馴化者遭受火刑，這在中世紀是司空見慣的。其實，這隻金蹄山羊的妖術只是些無傷大雅、十分天真的把戲罷了。格蘭古瓦詳細地向副主教敘述的這些情況，好像真是十分有趣，常常只要隨便把一隻小鼓遞給那小山羊，牠便會表演你想看的戲法，這是牠從那流浪女郎那裡學會的。

那流浪女郎有一種罕見的才能，只需兩個月工夫就教會了山羊用一些活動的字母拼寫出 Phoebus

（菲比斯）這個詞。

「Phoebus（菲比斯）！」神甫突然喊道，「爲什麼是Phoebus（菲比斯）？」

「我也不知道，」格蘭古瓦回答說，「也許是她認爲這是一個具有某種神秘法力的詞吧。她獨自一人的時候，翻來覆去低聲念著這個詞。」

克洛德用他那特有的敏銳目光盯著他，又問道：「您能肯定這只是一個詞，而不是一個人的名字嗎？」

「誰的名字呀？」詩人問道。

「我怎麼知道呢！」神甫說。

「我也這樣想過的，先生。也許是這些流浪人有點兒信奉拜火教，崇拜太陽神菲比斯。所以才有Phoebus（菲比斯）這個詞兒。」

「我可並不像您覺得那麼明白，格蘭古瓦先生。」

「可是這對於我沒什麼關係，隨便她怎樣去嘀嘀咕咕地念她的『菲比斯』吧。但加里愛我差不多同愛她一樣，這可是確實的。」

「加里是誰？」

「是那頭母山羊。」

副主教用一隻手托著下巴，彷彿沉思了一會兒。突然，他猛轉身子面向格蘭古瓦。

「你敢發誓說你沒有碰過她嗎？」

「碰過誰？母山羊嗎？」格蘭古瓦說。

「不是，我說的是那個女人。」

「碰我的女人？我向您發誓，我從來沒有碰過她。」

「可是你不是經常單獨同她在一道嗎？」

「是的，每天晚上大約一個多小時。」

克洛德大人一聽，眉頭緊蹙。「唉！唉！一個男人同一個女人單獨在一起的時候，是不會想起去念《主禱詞》的。」

「以我的靈魂擔保，我能念《主禱詞》，也能念《聖母頌》和『我相信上帝——我們萬能的父』。」

要知道她對我並不比一隻母雞對教堂更關心呵。」

副主教粗暴地重複道：「拿你母親的靈魂發誓，你連手指尖也沒碰過那個女人。」

「我還可以用我父親的靈魂擔保呢，這樣一來這個保證就不會只有一種效驗了。但是，我尊敬的老師，也請你允許我問一個問題。」

「您說吧，先生。」

「這事跟您有什麼關係呢？」

副主教蒼白的臉孔頓時漲紅得像少女的雙頰似的，好一會兒也沒有回答出來，隨後才露出明顯的窘態說道：

「聽著，格蘭古瓦先生，據我所知，您還沒有被註定打入地獄，所以我才關心您的，我這是為您好啊。然而，假若你同那魔鬼般的埃及女郎接觸一下，就會使你淪為撒旦的奴隸。您明白，往往都是肉體毀滅靈魂的，您只要接近了那個女人，你就會遭殃！就是這麼回事，說完了。」

「我試過一次，」格蘭古瓦搔著耳朵說，「就在新婚的那天。可是我給刺了一下。」

「格蘭古瓦先生，您居然這樣厚顏無恥啊？」

神甫的臉色隨即又陰沉下來了。

「還有一回，」詩人笑瞇瞇地說道，「我在睡覺前從她房門的鎖孔裡瞅了一下，正好看見只穿著襯衫的那個絕世佳人，只穿著內衣，在她那赤裸的腳底下，床榻是不會發出半點響聲的。」

「你給我滾到魔鬼那裡去吧！」

神甫大叫了一聲，眼睛裡露著凶光。隨後，揪住格蘭古瓦的肩膀，把這個飄飄然的詩人猛烈一推，隨即大步流星鑽到教堂最暗的拱頂下面去了。

鐘

自從在刑台受刑的那個早晨起，聖母院的鄰居們都認爲，卡西莫多敲鐘的熱情銳減了。在那以前，遇到什麼事都要敲鐘，早禱鐘，晚禱鐘，高音彌撒鐘，婚禮鐘，洗禮鐘，一長串的鐘聲瀰漫在空氣裡，好像是各種鐘聲交織成的一幅織錦。

整座古老的教堂顫震不已，響聲迴盪不絕，彷彿籠罩在永恆的歡樂裡面。人們時時感到有個別出心裁而又喜歡喧鬧的精靈，通過這一張張銅鑄的嘴巴放聲歌唱。

現在那個精靈好像離去了，那座大教堂彷彿死掉了似的悄無聲息。節日和葬禮的鐘聲簡單單調，又枯燥又無味，寧願啞然無聲了，如此而已。構成一座教堂的二重奏——內部的風琴聲和外部的鐘聲，現在就只剩下風琴聲了，似乎音樂家已經不在那些鐘塔裡了。

其實，卡西莫多一直都在。那麼究竟什麼事使他苦惱呢？莫非是他對刑台上所感受的羞辱和絕望至今還盤踞在他的心頭？或是行刑吏那無休止的鞭笞仍然擾亂他的靈魂？抑或是這種遭遇引起的憂傷消滅了他身上的一切，甚至對大鐘的熱情也泯滅了呢？

要不然，是在聖母院敲鐘人的心中瑪麗遇上情敵，使那口大鐘同她的十四個姐妹由於另一個更美麗更可愛的人而遭到了冷淡？

西元一四八二年的聖母領報節到來了，那天正當三月二十五日，禮拜二，空氣非常純潔輕柔。卡西莫多突然覺得他對那些鐘又有幾分愛戀了。於是當教堂僕役把下面的每道大門打開來的時候，他爬上了北鐘樓。那時候，聖母院的門全是用橡木做成的，外表包著獸皮，四周鑲著鍍金的鐵釘，週邊鑲嵌著「精心設計」的雕刻。

到了鐘塔的最高一層，卡西莫多悲哀地注視了一會兒那六口鐘，不由心酸，搖了搖頭，似乎他心中有什麼奇怪的東西，而這東西在他的心裡，已經把他和鐘隔離了。可是當他把它們推動起來，當他感覺到那一群鐘在他手底下搖晃，當他看到（因為他是聽不到的）八度音程在那些發音器上像鳥兒在許多樹枝中間跳來跳去的時候，當那音樂的精靈，那使節奏顫音和清音四處傳播的精靈迷住了那不幸的聾子時，他又快樂起來了，他一下就忘記了令他痛苦的一切，他的心又開始舒展開來，臉上也露出了笑容。

他走來走去，拍著手，從一根繩子跳到另一根繩子上，高聲呼喊，比手畫腳，鼓動著那六位歌手，就像一位樂隊指揮在激勵天才的演奏者一般。

他喊著：「幹呀，加布西耶，快幹呀！把你們的聲音全部都傾注到廣場上去！今天是節日呀！」

「蒂波，別偷懶！你太慢了啦。快！加油！難道你鏽了不成？小懶蟲！」

「好了，就這樣。快幹！快得讓人看不到你的擺動。讓他們都像我一樣給震聾吧。就這麼幹，蒂波，幹得好！」

「居約姆！居約姆！你是最大的，而巴斯吉萊是最小的，可是它奏鳴得比你好。我可以保證大家都認爲它比你還要響亮呢。」

「好！好！我的加布西耶，響點！再響點！」

「嘿！你們兩隻麻雀在上面幹什麼來的？我沒有看見你們發出一丁點兒聲響。」

「怎麼回事？你們的銅嘴並不是在唱歌，好像在打哈欠一樣。好好幹活吧！今天是聖母領報節，陽光好極了，應該奏一陣很好的鐘樂。可憐的居約姆，你氣都透不過來啦，我的胖朋友！」

他全神貫注地正忙於調教那幾個大鐘，那六口鐘一個比一個起勁地跳躍著，擺動它們光亮的腰肢，好像一群被趕騾人吆喝著的西班牙騾子。

忽然，他從擋著鐘塔的山牆石板中間向下望去，望見廣場上有一位裝束古怪的女子，她停了下來，把一塊地毯鋪在了地上。一隻小山羊隨即走過來站在了毯子上面，一群觀眾便在她的四周圍成一大圈。這個景象忽然使他改變了主意，彷彿空氣使溶化的樹脂凝住似的，把他對音樂的熱情凍結起來。他停住敲鐘，扭身背向那些大鐘，在石板遮簷後面蹲了下來，用迷惘、深情、溫柔的目光目不轉睛地凝望著那個跳舞的女郎。

這種使得副主教大吃一驚的神情已經有過一次了。這時那些被遺忘的鐘便一齊靜下來了，使愛聽這些鐘聲的人非常失望，他們本來正在歐頂熱橋上快樂地傾聽著，這時只好快快地走開了，這正好像一條狗，在人家給牠看過一塊肉之後，卻扔給了牠一塊石頭。

命運

就在這同一個三月裡的一個美好的早晨，我想就是二十九日那個禮拜六吧，那天是聖厄斯達謝紀念日，我們的朋友、青年學生磨坊的若望起床穿衣下床的時候，發覺他褲子口袋裡的錢包沒有半點錢幣的響聲了。

他把錢包從褲腰小口袋裡掏出來，一邊嘟囔著：「可憐的錢包呀，怎麼了！連一枚小銀幣都沒有啦！瞧，那骰子、啤酒、維納斯多麼殘酷地把你掏得精光！瞧你變得多麼空虛和皺縮，鬆垮得多麼厲害呀，跟老太太的胸脯沒有兩樣了！

「西塞羅老先生和賽倫加老先生，你們那些皺縮的書丟得我的地板滿地都是，我請問你們，儘管我比一位造幣廠廠長或者歐頂熱橋的猶太人更清楚，一個有王冠的金幣值三十五個昂仁，一個昂仁值二十五個巴黎蘇零八個德尼埃，一個帶新月的銀幣值三十六個昂仁，每個昂仁值二十六個圖爾蘇零六個德尼埃，但這有什麼用呀？假若我連可以去壓一次雙六的可憐的黑銅錢都沒有。啊！執政官西塞羅！這場災難可以不是一個比擬法或用『怎樣』和『但是』就逃得掉的呀！」

他不高興地穿好衣服，扣鈕釦的當兒忽然起了一個念頭，起先他克制住不去想，這會兒卻又想起來，弄得他背心都穿反了，顯然是他心裡有什麼在劇烈鬥爭。最後，他粗暴地將帽子往地下一摔，嚷道：「管它呢，隨它去吧，我要去找我的哥哥。雖然少不了受他一頓訓斥，但是我卻可以撈到一個銀幣的。」

於是，他匆匆忙忙披上裝有皮領的外衣，撿起帽子戴上，怏怏不樂地出了門。

他順著豎琴街向舊城走去，在經過號角街的時候，那不斷飄散在風中的烤野味香氣送進了他的鼻孔，引誘得他那嗅覺器官直發癢癢，於是他向那家龐大的燒烤店愛慕地看了一眼。就是這個店，曾有一天使成員卡拉塔吉隆發出可憐的感歎：這烤肉店可真了不起呀！

但是若望沒有分文可以用來買早點了。他長歎了一聲，一頭鑽進了小沙特雷門的拱門裡。小堡是排列成雙三葉草花形的數座巨型的塔樓式建築，扼守在舊城的入口處。

他甚至來不及像往常那樣，在走過倍西內．勒克韋爾那糟糕的石像前時，撿一塊石頭扔過去。此人曾在查理六世時將巴黎出賣給了英國人。為了懲罰他，他的那張石臉就被石塊砸得破爛不堪，被污泥濺得污穢不堪。三個世紀以來，他一直在豎琴街和比西街上受著折磨，就像是在一座永久性的刑台上一樣。

穿過小橋，大步流星走過了新熱納維耶芙街，磨坊的若望來到了聖母院前面。這時他又躊躇、猶豫起來了，圍著勒格里先生的雕像徘徊了一會兒，焦急不安地連連說道：「挨罵是一定的，銀幣卻不一定弄得到手！」

他攔住一位從教堂後院出來的教堂僕役問道：「若札斯的副主教先生在哪裡呢？」

「我想他是在塔上他自己的小房間裡吧，」僕役說，「我勸你不要到那裡去打擾他，除非你是教皇或是國王陛下派來的什麼人。」

若望高興得拍了一下手，「真見鬼！這可是難逢的良機，我可以看知一下那間赫赫有名的巫術密室了。」想到這裡，他也就下定決心了，毅然決然衝向那道黑黑的小門，開始沿著通往鐘樓頂層的聖吉爾式螺旋樓梯向上爬。

他一邊走一邊自言自語地說道：「我倒要看看！憑聖母的名義！我那可敬的哥哥把自己小心地關在裡面，人家說他有時在那裡燒起地獄的火爐，用大火烤那塊煉金石呢。天主！煉金石對我來說不過是一塊普通的石頭罷了，我才不在乎呢，我倒寧願希望在他的爐子上看到一盤大復活節的豬油煎雞蛋，而不是什麼世界上最大的煉金石！」

爬到小圓柱走廊跟前，他停下來喘了一口氣，接著便用千萬個魔鬼的名字咒罵起那走不完的梯級來了。隨後他鼓足勇氣又穿過了北鐘樓那扇狹窄的小門，繼續往上爬行，現在這北鐘樓已不再向遊人開放了。

經過掛鐘的那個柵欄幾分鐘後，他碰到一個側面的壁龕和一道低矮的尖拱門，正對著螺旋梯扶壁的地方有一個槍眼，使他看得見門上的那把大鎖和那高高的鐵框。

今天來訪問的人們還會看到這道門，看到那些刻在發黑的牆壁上的這幾個白字一定會十分驚訝，這些字是「我愛果拉里。一八二九年，雨仁簽署」。「簽署」二字原文裡就有。

「嗨！一定就是這兒了。」若望說。

鑰匙還插在鎖孔裡呢，門虛掩著。若望躡手躡腳把門輕輕推開，然後從門縫裡伸進頭望了過去。

想必讀者們已經翻閱過倫勃朗（他是畫家裡面的莎士比亞）的美妙畫冊，在許許多多卓絕的版畫之中，特別有一幅銅版腐蝕畫，據猜測描繪的是博學多才的浮士德，叫人看了不由得被它迷住、讚歎不已。

那幅畫上畫著一個陰暗的小房間，房間中央有一張桌子，桌上擺滿了好些可怕的東西：骷髏頭呀，地球儀呀，蒸餾瓶呀，圓規和象形文字羊皮書呀，等等。那位博士就站在桌前，身穿粗布寬袍，戴著壓到眉毛的皮帽子，只能看見他的上半身。

他正從巨大的椅子中半抬著身子，兩隻緊握著的拳頭撐在桌上，好奇而又驚恐地注視著一個用魔幻文字構成的光亮的巨大光圈。那光環就在對面的牆上，如同太陽的光譜在陰暗的房間裡，閃耀著光芒。這個陰暗的太陽好像在眼睛裡顫動，把它神秘的光輝充滿了那個小房間，真是又好看又可怕。

若望把腦袋伸進半開的房門時，某種與浮士德的密室十分相似的景象呈現到他的眼前：

這也是一間幾乎沒有一點亮光、陰沉沉的陋室。裡面也有一把大椅子和一張大桌子，桌上擺著幾隻羅盤和幾隻蒸餾器，天花板上吊著一些動物的骨架子，地上有個還在旋轉的地球儀，還有一些馬頭瓶和短頸大口瓶混雜在一塊兒，瓶裡有幾片金色葉子兀自抖動著，幾個骷髏頭擱在塗滿圖形和文字的羊皮紙上，一大摞手稿，隨隨便便讓攤開在桌上的羊皮紙的脆角邊完全翹開來。

在那些亂七八糟的東西上面到處是灰塵和蛛網，不過那裡並沒有光亮的文字所構成的光圈，也沒有出神的博士像鷲鷹一樣在望著光輝的幻影。

不過，小屋裡也並非空無一人。有個男人坐在一把安樂椅上，手肘靠著桌子，他背朝著門，若望只能看到他的雙肩和後腦勺兒。然而若望用不著費神，一眼便認出這個禿頭來。大自然給這個人已經作過了永恆的剃度，彷彿是要通過這一種外貌的特徵，決意要標明副主教那不可抗拒、無與倫比的神職感召。

若望認得那就是他的哥哥。他推門聲音很輕，以致克洛德絲毫沒有覺察他的到來。好奇心十足的學生趁機把小屋子不慌不忙地仔細察看了一番。

他起初沒有發現，在天窗的下面，椅子的左邊，有一個偌大的爐灶。光線從窗子裡照了進來，先通過一張又大又圓的蜘蛛網，有趣地在窗子的尖拱上雕鏤出一個大菊花形，那蟲豸建築家像是菊形網的軸心似的盤據在當中。

爐灶上雜亂地堆著形形色色的瓶瓶罐罐，小陶罐、曲頸瓶、裝木炭的長頸瓶等等。若望發現在火爐上一口飯鍋也沒有，不禁唉聲歎氣，心想：「這套廚房用具，真是新鮮！」

而且火爐裡並沒有火，好像很久就沒有生過火了。若望還發現，在這些煉金工具中有個玻璃做的面罩，大概是副主教在冶煉某些危險物質時用來遮住臉部的。現在，這個面罩也被扔進了一個角落裡，上面佈滿了灰塵，似乎早已被忘卻了。旁邊還躺著一個風箱，蓋滿灰塵，上面有銅刻的銘文「靈感，要有信心」。

牆上還有大量煉金家常用的銘文，有的是用墨水寫的，有的是用金屬尖器刻的。另外，還有哥德體文字，希伯來文，希臘文和拉丁文都混在一起，這些銘文胡亂塗寫，互相掩蓋，新的掩蓋住舊的，就像灌木叢中的荊棘彼此交錯，或是混戰中的戈矛長纓。

確實，這是集人世間一切哲學、一切夢幻、一切智慧的大雜燴。偶然可以看到有一個字在其餘的字跡上閃亮，好像一面旗子在一堆戈矛中一樣。

這些文字大多數是一句拉丁文或希臘文的簡短格言。

例如：「從何而來?緣此而生歟?」

「自相魚肉」

「星星，營盤，名稱，神意」

「大書即大禍」

「大膽求知」

「願在何處，即在何處顯現」

有時又是一個並無半點明顯意義的希臘字[170]；有時候是用嚴格的六韻步詩句寫成的一句簡單的神甫戒律箴言：上帝是統治者，世人是統治者。還有希伯來文巫術書中的零亂字句，若望就連希臘文都認不了幾個，這就更如天書了，一點也不懂。

在所有這些文字中間還到處點綴著星星、人像、動物圖形和交叉三角形，把牆壁弄得活像猴兒用飽蘸墨汁的筆劃得亂七八糟的一張紙一樣。

此外，整間小屋的概貌是無人照管、破敗不堪。從那些雜亂的器具看來，小屋主人正在專心致志的忙著做其他事情呢，已經好久無心煉金了。

然而此時，小屋主人卻正低頭在看一本繪有古怪插圖的厚重手稿，好像被一種不斷來到他心裡的念頭弄得昏頭昏腦。至少若望是這樣想的，因爲若望能聽到他斷斷續續地發出的叫喊，像在夢中大聲

170. 這個希臘字的意思是「強制的飲食作息制度，就像競技者要遵守的那一種」。

講話的夢遊人那樣嚷道：

「是啊，瑪魯就這麼說的，查拉圖斯特拉也曾這樣訓誡過：太陽生於火，月亮生於太陽。火是宇宙的靈魂，它所有的原子不斷形成無數細流，向地球傾瀉流注，這些細流在空氣裡相遇的焦點就產生光，在地球上相遇的焦點就產生黃金……光和金，同物也，均是火之物態……所以異者，一爲可見，一爲可觸，實乃同一物之流態與固態，如水蒸氣與冰之分那般，僅此而已！這並非夢幻……而是自然的普遍的規律……

「但是怎樣用科學去把這種一般規律的秘密探尋出來呢？怎麼，照在我手上的這種光竟是黃金嗎？這些原子按照某種法則擴散開去，只要按照另一種法則把它們凝結起來就行啦！怎麼做才是呢？有人曾經夢想過藏起一道陽光來……阿威羅伊……對，是阿威羅伊……阿威羅伊在科爾圖大清真寺古蘭聖殿左邊的第一根柱子的下面就埋藏了一道太陽光，但是，但是沒有人能把那墓穴掘開，看看那個試驗在八千年後成功了沒有。」

「見鬼！」若望在一旁說道，「爲了一個銀幣得等很久呢！」

「……有人曾經想過，」副主教依舊像在做夢似的自言自語，「不如用一道天狼星的光去試驗更好些。但是要找到天狼星的光可就困難了，別的星辰的光同它攪在一起。弗拉梅爾認爲使用地獄的火去試試更爲簡便一些。弗拉梅爾！真是生來註定的好名字，這就是火焰……對，就是火，就是如此……黑炭裡出鑽石，火光裡出金子……但是如何提取呢？馬吉斯特里認爲，有些女人的名字具有一種非常甜蜜、無比溫馨、無比神秘的魅力，只需在實驗時念出來就行了……

「咱們讀一讀瑪魯的話吧：『女人受尊敬的地方，神明滿懷喜悅；女人受歧視的地方，祈禱上帝也是徒勞的。女性的嘴唇總是純潔的，它是一股甘泉，是一縷陽光……女人的名字應該是甜蜜的、溫馨的、異想天開的，女人的名字應該以長長的母音來結束，讀起來就像禱告辭一樣。』是呀，這位學者有道理，事實上，瑪利亞，索菲亞，愛斯梅拉……該下地獄！我怎麼老想這個呢！」

說到這裡，他把書使勁合上了。

他用手捋捋自己的前額，彷彿想把那使他痛苦的念頭趕開。然後他從桌上又拿了一枚鐵釘和一把錘子，錘子上怪誕地刻著些神秘字句。

他苦笑著說道：「長久以來，我的實驗老是失敗！有個固執的想法老是糾纏著我，像三葉草花烙鐵似的烙著我的腦子裡一樣。我甚至連伽斯阿朵爾的秘密都不能發現，就是他曾經製造過一盞不用燈芯也不用油就能點燃的燈，這本是簡易的事情！」

「見鬼！什麼話！」若望嘀咕道。

神甫繼續說：「只要一個可憐的念頭，就足以叫一個人懦弱而瘋狂。啊！克洛德・倍爾奈爾該笑話我了，她沒能使尼古拉・弗拉梅爾的注意力從他追求的偉大事業中引開。什麼！我手裡握的是塞西埃雷的魔錘呢！這位可怕的猶太法學博士只需待在他的小屋子裡，每當他用那錘子敲打一下釘子，他所詛咒的兩千里外的仇敵就會沉落到地底下一胳膊深。

「就是法國國王本人，假如有一天晚上不小心衝撞了這位魔法師的大門，腳也曾在巴黎的砌石路上陷至膝蓋……此事發生還不到三百年呢……瞧！我現在也有錘子和釘子，它們在我的手裡並不比刀具工手裡的尺子更可怕！然而，問題就在於只要能夠找到塞西埃雷敲打釘子時所念的咒語。」

「廢話！」若望心裡想道。

「咱們要瞧瞧，咱們要試試！」副主教說得較快，「要是我試驗成功了，我就會看見一朵藍色的火焰從釘子頭上迸出來……艾芒——艾當[171]！不是這樣！西熱阿尼[172]！西熱阿尼！願這釘子把任何名叫菲比斯的人都送進墳墓裡去！」

「該死！永遠是這個同樣的念頭！」

於是，他氣憤地一下子扔掉錘子，隨後一屁股癱坐在了椅子裡，伏到桌子上。因爲高大的椅子靠背擋住了視線，使得若望看不見他了，有好幾分鐘若望只看得見他的拳頭緊握著放在一本書上。忽然，克洛德先生又站起身來，拿起一隻羅盤針，默默地在牆上刻了一個大寫的希臘詞：

'ANÁГKH[173]。

若望自言自語地說道：「我哥哥他真的是發瘋了，寫拉丁文不是更簡單嗎？並不是每個人都非懂得希臘文不可呀。」

副主教重新在椅子上坐下來，把頭擱在雙手上，像個發高燒的病人，頭昏昏沉沉似的。

中學生驚訝地觀察他的哥哥，這個心地坦白的人，這個除了自然法則之外便不知世上還有別種法則的人，這個聽憑感情自然流露的人，他心裡的強烈感情的湖泊永遠是乾涸的，他十分習慣於每天早上挖些新的溝渠來把其中的水排掉。

他這樣的人自然無法理解，有些人心中感情波動的海洋，倘若被人堵住了出口，就會洶湧澎湃。

171. 這是巫師在赴安息日會時念的咒語，意思是「這裡——那裡，這裡——那裡」。
172. 一個精靈的名字。
173. 希臘文，意為命運，請參看卷首的作者原序。

它就會集積、膨脹、溢流，然後會磨穿心靈，會激發出內心的抽泣，無言的痙攣，最終會衝垮那堤防氾濫成災，一瀉千里。

克洛德那嚴厲冷峻的外表、道貌岸然和拒人千里之外的冷冰冰的矜持面孔，一直在矇騙著若望。這個生性快活的學子，壓根兒就沒有想到在埃特納火山白雪覆蓋的山岩下，竟會有洶湧的、深沉的、瘋狂的岩漿。

我們不清楚他是否也突然萌發這些想法，但性情愉快的他知道自己看見了不應該看見的景象，他這才發覺他兄長的靈魂進入了一種最最神秘的境界，因此，也曉得不應當讓克洛德發現這一點。他見副主教又回到了原先那種木然的狀態中，像先前那樣紋絲不動了，便把頭悄悄地又縮了回來，故意在門外踏響幾聲，弄出聲響來，好像有人剛剛到來，在向屋裡的人通報似的。

「進來！」副主教在密室裡喊道，「我正在等著您呢。我特意把鑰匙留在了門上。你就進來吧，雅克先生！」

那個學生大著膽子進去了。

這個時候碰到這樣一種來訪，使副主教相當不便，他在椅子裡抖了一下說：「怎麼！是你呀，若望？」

「反正我的名字也是同一個字母開頭的。」學生漲紅著臉，厚著臉皮，輕鬆地應道。

克洛德先生又板起那副嚴厲的面孔了。

「你來這裡幹什麼？」

「我的哥哥，」學生回答說，竭力裝出一種規矩的、可憐巴巴的、穩重而謙遜的樣子。帶著天真無邪的神態擺弄著那帽子，「我來向您討求……」

「又要什麼？」

「一點我迫切需要的教訓。」若望不敢大聲再說下去，「還要一點我極其需要的錢」這句話，一下子頓住，沒有說出來。

副主教語氣冷淡地說道：「先生，我對您很不滿意呢。」

「唉！」學生歎息道。

克洛德先生把椅子轉動了一下，目不轉睛地盯著若望說：「我正要見你。」

這是一個不吉的預兆，若望準備挨一頓狠狠的罵了。

「若望，每天都有人來向我告你的惡劣行爲。那次鬥毆，您用棍棒把一個名叫阿倍爾·德·拉蒙相的小子爵打得鼻青臉腫，到底是怎麼一回事？」

若望回答說：「噢，那算什麼大不了。那個壞蛋的侍從在尋釁鬧事，騎著馬在污泥裡猛跑，濺了我們學生一身泥水。」

副主教又說：「那麼，您把那個馬西耶·法爾吉的袍子給撕破了，又是怎麼回事？袍子被撕破，訴狀上是這麼說的。」

「啊，呸！只不過是撕破了一塊劣等蒙泰古斗篷罷了。」

「那人說的是『袍子』，不是『斗篷』，您懂不懂拉丁文啊？」

若望沒有回答。

神甫搖了搖頭，又說道：「現在的人文化水準竟到了這個地步，拉丁語幾乎都聽不懂，古敘利亞語也沒人懂，希臘語那麼被人厭惡，甚至最博學的人也偶爾跳過一個希臘字不讀，還不覺得無知，還不努力學習。居然說什麼這是希臘文，根本無法辨認了。」

於是，學生毅然抬起眼睛說道：「我的兄長大人在上，請允許我用最純正的法語，把牆上那個希臘字解釋給您聽？」

「什麼詞？」

「’ANÁΓKH。」

副主教那蠟黃的面頰上一下子泛出了一道紅暈，猶如一座火山口上的煙霧在向外界預示著內部隱藏的洶湧岩流。不過學生倒並沒怎麼留意。

哥哥費了很大力氣才勉強結結巴巴地說：「若望，那好，你說這是什麼意思吧？」

「命運。」

這時候，克洛德的臉色已經十分慘白了，而學生還是漫不經心地繼續在說著：

「還有下面這個希臘詞語，是同一個人刻的，是『淫穢』的意思。您瞧，我的希臘語還不錯吧。」

副主教緘默不語。這一堂希臘語課使他困惑不解，沉思起來。小若望像一個被嬌慣壞了的孩子，樣樣靈精，看出這正是他可以提出要求的大好時機，便用柔聲細氣的聲音說道：

「我的好哥哥，你一定不會因爲我同一群貓狗般的孩子——一群醜八怪[174]有點小小的口角和鬥毆就討厭我吧？我親愛的哥哥，您瞧，我的拉丁語也還不錯吧。」

174. 原文是拉丁文。

然而，這些虛假的哀求在嚴肅的兄長身上並沒有起到往常慣有的效果，獵狗不咬蜜糕啊，副主教額上的皺紋一絲也沒有舒展開。

「你到底是來幹什麼的？」他用毫無感情的口氣問道。

「這麼說吧，事實上……乾脆實說了吧，我需要點兒錢。」若望壯著膽子說道。

一聽到這坦率的表白，副主教的面孔看起來好像師長和慈父一樣，逐漸變得和顏悅色了。

「若望先生，您一定知道，我們家的蒂爾夏浦采邑的收入並不好，連年貢和二十一幢房子的租金全算在一起，也就是三十九利勿爾十一蘇六德尼埃巴黎幣。這比巴克雷修士那時候要多一半了，可是並不算多呢。」

「我需要錢。」若望泰然地、無動於衷地說道。

「你知道，教會法庭已經裁定了，決定要我們拆遷那靠近主教管區的二十一所房子，如果要贖回這一隸屬關係來，就得向尊敬的主教償付兩個鍍金的銀馬克，價值六個巴黎利勿爾。僅僅是這兩個馬克我還沒有積蓄呢。這您知道的。」

「我只知道我需要錢。」若望第三次說道。

「你要錢幹什麼？」

聽到這一問話，若望的眼睛裡掠過一道希望的亮光，他又裝出溫順和討好的可愛樣子來。

「您瞧，親愛的克洛德哥哥，我向您要錢絕無壞心，我決不和那些巡防兵去泡酒店的，也不會穿上金光閃爍的彩錦緞馬披騎著駿馬，也不會攜帶僕從到巴黎街頭出風頭。都不會的，哥哥，我是為了做一件好事情。」

克洛德聽了覺得十分意外，驚異地問道：「什麼好事？」

「我有兩個朋友，他們想給一個聖母升天會的孩子買襁褓布。這是行善的事，需要三個弗洛林，我也想出一份。」

「您那兩個朋友叫什麼名字？」

「比埃爾和巴甫第斯特[175]。」

「哼！要想叫這兩個傢伙做好事，等於想在神壇上放炮仗。」副主教說道。

無疑，若望挑選了這樣兩個人做朋友真是糟糕，可是發覺得太晚了。

精明敏銳的克洛德接著說道：「什麼樣的襁褓布要值三個弗洛林呢？而且還是送給一個聖母升天會的孩子。我倒要問一下，從什麼時候起，寡婦修女有需要穿小衣服的孩子呢？」

若望再次打破尷尬的騙局，又一次厚著臉皮說，「得了，乾脆說白了吧，我需要錢，是爲了今晚我得去愛情谷看看依莎波·拉·蒂耶里。」

「不要臉的壞傢伙！」副主教叫喊起來。

「『淫穢』的東西。」若望道。

若望可能是不懷好意地借用了寫在房間牆上的這個詞，但這個詞卻對神甫產生了奇怪的作用，他咬著嘴唇，氣得臉都紅了。

於是，他就對若望說：「給我滾，我正在等一個人。」

175. 這兩個名字的意思是劊子手和賭徒。

學生試圖再做一番努力。「克洛德哥哥，請您至少得給我一個小錢兒吃飯吧！」

「你那格阿紀昂的手諭錄學得怎麼樣了？」克洛德神甫又問。

「我的練習本一不小心丟了。」

「拉丁人文科學你學到哪裡了？」

「我的賀拉斯的講義被人偷走了。」

「亞里斯多德[176]學得怎麼樣？」

「天哪！哥哥，教堂裡的神父爲什麼說異教徒老是在亞里斯多德的哲學裡尋找遁詞呢？爲什麼是亞里斯多德！我才不想讓他的形而上學毀壞我的宗教信仰呢。」

副主教又說：「年輕人，上次國王進城的時候，有個叫菲利浦．德．果明的侍從貴族，他的鞍披上就繡著一句格言，我勸您好好地想一想：不勞者不得食。」

學生半晌不作聲，沉默了一會兒，抓著耳朵，眼睛盯著地面，臉上帶有慍色。猛然間，他敏捷得就像隻白鶺鳥似的轉向克洛德。

「哥哥，這麼說，你連買一塊麵包皮的小銀幣也不肯給我的了？」

「不勞者不得食。」

副主教毫不容情，仍舊如此的回答。若望便雙手捂著臉，像女人哭哭啼啼一樣，帶著絕望的表情嚷道：「哈！哈！咿！喲！喲！」

176. 亞里斯多德（前三八四至前三二二），古代希臘哲學家、著名學者。著有《倫理學》和《修辭學》等。

克洛德聽到這種奇怪的聲音，很吃驚，於是便問道：「先生，你這是什麼意思？」

學生用拳頭把眼睛揉得紅紅的，裝出剛剛流過淚的樣子，然後抬頭望著克洛德說：「怎麼！這是希臘文呀！這是埃斯庫羅斯的一個抑抑揚格，表示傷心透頂。」

說到這裡，若望縱聲哈哈地大笑起來，笑得那麼滑稽，而且又是那麼厲害，副主教也情不自禁地露出了笑容。其實要怪克洛德自己，他爲什麼要把他嬌寵壞了呢？

若望見哥哥被逗樂了，於是膽子也就大了，接著說：「啊！好哥哥克洛德，看看我的靴子底都已吐出舌頭來了，你看見過比這更慘的嗎？」

副主教一下子又恢復了原先的那種粗聲厲色。「我會給你一雙新靴子，但錢是沒有的。」

若望央求道：「哥，只要給個小錢就行！我保證把格阿紀昂給背熟，我還保證相信天主，我還保證會成爲一個科學和真理方面的畢達哥拉斯！可是，行行好，給我一文小錢吧！饑餓張著大口，就在這兒，在我眼前，更髒，更臭，更深，連韃靼人或是僧侶的鼻子都望塵莫及，難道您就忍心看我被饑餓吞吃掉。」

克洛德搖了搖那皺起眉頭的腦袋，還是說：「不勞者……」

若望沒讓他說完，便嚷道：「算了，見鬼去吧！快樂萬歲！我去下酒店了，我去打架，去打碎酒罈，還去玩女人！」

說著，他便把帽子往牆上一扔，把手指捏得像響板一樣響。

副主教神色陰沉，瞅了他一眼。

「若望，你沒有靈魂。」

「這個嗎?用伊比鳩魯的話來說，我是缺少一種沒什麼用的無名的東西。」

「若望，您應該認真地考慮悔過自新。」

「這個麼，」學生叫道，同時看看哥哥，又瞧瞧爐灶上那些裝在盒子裡的蒸餾瓶，「這裡的一切都挺古怪的，種種想法和瓶瓶罐罐一樣古怪。」

「若望，你已經站在滑溜溜的斜坡上。你知道你將要滑到什麼地方去嗎?」

「滑向酒店去。」若望說道。

「酒店會把你帶上刑台。」

「這只是一隻像別的燈籠一樣的燈籠而已，也許打著這個燈籠，狄奧瑞納可以找到他夥伴的。」

「刑台通向絞刑架。」

「絞刑架是一架天平，它的一頭是人，另一頭是整個世界。當那個人可是件妙事。」

「絞刑架會把你帶進地獄。」

「地獄是一團大火。」

「若望，若望，那結果會是很慘的。」

「人生只要開場好就足夠了。」

這時，樓梯上又傳來腳步聲。

「別出聲!」副主教邊說邊把一根手指頭按在嘴唇上說道:「是雅克先生來了!聽著，若望，」他又低聲說道，「永遠不要說出你在這裡聽見看見的一切。快躲到那個爐灶裡去，千萬別弄出聲。」

學生蜷縮在火爐下面，他忽然有了一個美妙的念頭。「順便說一句，克洛德哥哥，要我不出聲，給一個弗洛林。」

「住口！我答應你就是了。」

「得馬上拿給我。」

「好，你拿去吧！」副主教生氣地把錢包扔給了弟弟。

若望又鑽到爐底下，這時房門正好也打開了。

兩個黑衣人

進來的人身穿黑色長袍，神情陰鬱。我們的朋友若望就躲在那個角落裡，不出所料，他蜷縮在角落裡儘量設法採取能隨意看到和聽清密室裡的一切動靜的姿勢。

他第一眼就感到這位來客的服裝與面容異乎尋常的黯淡。不過，在他的臉上也有幾分溫存，但這種溫存像是狡黠的貓兒或法官的溫和，叫人肉麻的溫柔。此人頭髮已相當花白，臉上皺紋很多，大約六十來歲，目光炯炯，眉毛雪白，嘴唇下垂，兩隻手很大。

若望看見進來的是這麼一個人，也就是說，大概是一個醫生或是一位法官，因爲這人的鼻子與嘴巴的距離遙遠得有些誇張，一副蠢相。若望便縮回到他躲著的洞裡去了。心想，在這麼個鬼地方陪這麼個怪人受罪，也不知要到什麼時候，倒楣、失望透了。

副主教並沒有起身迎接來人。只是做了個手勢，叫他在靠近門的一個小凳子上坐下，好一會兒都不聲不響，似乎副主教還在繼續剛才的思考。稍後他略帶居高臨下、寒暄的語氣說道：「請坐，雅克先生！」

「向你致敬，閣下！」那個黑衣人回答道。

一個稱呼雅克先生，另一個意味深長地、絕妙地稱呼閣駕，兩種稱呼雖都是先生之意，卻存在著天壤之別，有如稱「閣下」的顯赫人物與稱「先生」的凡夫俗子，主人與下人之別。

副主教又是一陣沉默，雅克先生小心翼翼，不敢打擾他，他隨後才接著說：「怎麼樣？您成功了嗎？」副主教問道。

「哎，我的閣下，」那一個悲哀地笑了笑說，「我常常吹氣，灰多得出乎意料，可是沒有一粒黃金。」

克洛德先生顯出不耐煩地樣子，擺了擺手說道：「我說的不是這碼事，雅克．沙爾莫呂先生，而是您所承辦的那位巫師的官司。您叫他馬克．塞奈納是吧，就是審計院的那個廚師，對吧。他承認他的巫術罪了嗎？您的官司勝訴了嗎？」

「唉，還沒有呢，」雅克還是苦笑著回答道，「我們並沒有得到那種安慰。這傢伙是塊頑石，硬著呢。除非我們把他送到豬市去煮了，他也不一定願意供出一個字的。但是我們會不惜採取一切手段，逼他說出實情的。我們已用了各種酷刑，他現在已經四肢殘缺不全了，正如喜劇大師柏拉圖[177]說的：

177. 柏拉圖（前四二七至前三四八或前三四七），古希臘哲學家。主要著作有《理想國》等。

面對著棍棒、烙鐵、腳鐐和拷問架，
面對著皮鞭、鎖鏈、足枷、絞索和頸枷。

「但毫無結果。那個人真是讓我一點辦法都沒有了，即使把我的拉丁語用盡了也一無所獲。」

「在他屋裡再沒有找到別的新證據了嗎？」

「有的，」雅克先生摸著他的衣袋說著，「喏，就是這張羊皮紙。上面寫著一些字跡，但是我們一竅不通，刑事律師菲利浦．勒里耶先生倒是懂點希伯來文，是他在承辦布魯塞爾康代斯坦街猶太人案件中學的，連他也不認識。」

雅克先生一面說一面在桌上攤開一張羊皮紙。

副主教說：「給我看看。」然後往這文卷上瞥了一眼又說道：「雅克先生，這純粹是妖術啊。艾芒——艾當！這可是女巫到達群魔會時的叫聲。通過自身，與自身同在，在自身之中！這是把魔鬼鎖到地獄去的口令。阿克斯，帕克斯，瑪克斯！這是藥方，專治狂犬咬傷。雅克先生，您在教會法庭是國王的代訴人，這卷羊皮書是很討厭的！」

「我們還得接著審問那個傢伙。還有這個，是從馬克．塞奈納家裡搜查出來的。」雅克先生又掏了一次腰包後說道。

那是一隻罐子，同克洛德火爐上那些罐子差不多。

「啊，」克洛德說，「這是煉金罐呀。」

「我得向你實說，」雅克先生帶著他那膽怯乖張的笑容說道，「我已經把它在火上試過了，但是它不如我自己那一個好用。」

副主教開始仔細察看那個罐子，「這煉金罐上面刻的是什麼字？噢唏！噢唏！這一定是驅趕跳蚤的咒語了。這個馬克．塞奈納真是無知透頂！我完全相信，你用這只罐決不會煉出黃金來。夏天放在您的壁櫥裡還有點用處，僅此而已。」

國王代訴人說：「既然我們都會弄錯，那麼，我剛才上樓以前研究了一下大門，您能夠肯定在大醫院旁邊的這扇大門上有著進入這門學科的奧秘嗎？在聖母院底層的七個裸體雕像中，能確定那個腳跟上長翅膀的就是墨丘利嗎？」

「當然，」神甫答道，「一個義大利博士奧古斯丹．尼孚寫的。他有一個大鬍子魔鬼，什麼都能教給他。好吧，我們得下去了，我當場指著文字來給您講解。」

「謝謝老師，」沙爾莫呂深深地鞠了一躬，「順便再問一句，我差點忘了，您什麼時候吩咐我去逮捕那個小女巫呢？」

「哪個小女巫？」

「就是您知道的那個不顧官府禁令，每天到廣場來跳舞的流浪女郎呀！她有一隻鬼魂附身的母山羊，頭上長著兩個魔鬼般的犄角，會認字，會寫字，會算術，算術比得上畢加特里斯。單憑這一點，就足以使那流浪女郎受絞刑哪。審訊已經準備好了，說什麼時候辦就什麼時候辦。憑良心說，那跳舞女郎真是個美人兒，有一雙最黑的黑眼睛！像一對埃及寶石！我們什麼時候動手呢？」

副主教臉色變得異常蒼白。

「這我會告訴你的。」他用含糊不清的聲音結結巴巴地回答，隨後又鼓起勁說道，「還是忙你的馬克・塞奈納吧！」

沙爾莫呂笑著說：「這您就放心好了。我回去就會把他綁在皮床上的。不過，這傢伙可真是個魔鬼。比艾拉都打疲乏了，他的手比我的還粗。就像那位柏拉圖說的一樣：

假若把你光著身體綁著，倒掛起來一稱，淨重足有一百磅。

「絞盤審訊！這是我們最厲害的手段了。得叫他嘗嘗這個滋味。」

克洛德神甫似乎又沉浸在憂鬱的遐想之中，他轉身對雅克說道：「雅克先生，要我說啊，您還是先管好馬克・塞奈納那個案子吧。」

「當然，當然，克洛德先生。那可憐的人啊，他就要像墨莫勒那樣受難了。參加什麼群魔會，虧他想得出來。一個審計院的膳食總管，他應該知道查理曼大帝的這條法令，一個半狗半女人的吸血鬼，或者是一個狡猾的女子！至於那個小女孩，他們稱作愛斯梅拉達的，我等候您的吩咐了。對了，從那大門道底下經過時，您還要給我講解教堂進口處那個浮雕的園丁是代表什麼的？是不是播種人？哎，老師，您在想什麼呀？」

克洛德神甫深深思索起來，不再聽他說話了。

雅克順著他的視線看去，見他愣愣地盯著天窗口的那個大大的蜘蛛網。恰好就在此時，一隻莽撞的蒼蠅昏頭昏腦地尋覓三月的陽光，一頭便撞在了蜘蛛網上，被黏住了。網一振動，那隻躲在蛛網中央的大蜘蛛便急忙爬過來，用兩隻前觸角將蒼蠅折為兩段，同時把那可惡的角刺進了牠的腦袋。

教會法庭的國王代訴人不由說道：「可憐的蒼蠅！」並伸出手來要去救牠。

副主教一看，如猛然驚醒，渾身劇烈痙攣著抓住他的胳膊，便叫道：

「雅克先生，聽天由命吧！」

檢察官驚駭地轉過身來。他感到似乎有一把鐵鉗夾住了他的胳膊。神甫的眼睛直勾勾地，驚恐不安，閃閃發光，一直緊盯著蒼蠅和蜘蛛那一對可怕的東西。

「啊！是啊！這就是一切的象徵。」神甫繼續說道，那聲音彷彿是肺腑的聲音，接著說道，「蒼蠅牠飛翔，牠是快樂的，牠出生不久，牠尋找春天、空氣和自由。啊！是呀，可是命中註定在此停下來，偏偏撞上了那不祥的圓窗戶，蜘蛛撲出來了，可惡的蜘蛛！可憐的舞女！註定該死的可憐的蒼蠅！雅克先生，隨牠去吧，這是命運啊！

「唉，克洛德，你是蜘蛛。克洛德，你也是蒼蠅！你飛向科學，飛向光明，飛向太陽，你只想向著新鮮空氣飛去，去到永恆真理的無邊光輝裡。但是，當你撲向那扇光彩奪目的窗洞，撲向光明、聰慧和科學的另一個世界，盲目的蒼蠅呀！愚蠢的學者啊，你卻沒想到，命運已經把薄薄的蛛網張掛在光明和你中間，你全身撲進去了，可憐的瘋子啊，現在你可跌跤啦，你的腦袋粉碎了，翅膀折斷了，你在命運的鐵腕中掙扎！雅克先生！雅克先生！別去管那蜘蛛吧！」

雅克不知道其中的原委，只是莫名其妙地望著他說道：「我向您保證，我絕不去碰牠。請您放開我的胳膊，老師，求求您！您的手跟老虎鉗一樣緊。」

副主教好像根本沒有聽見，依然望著窗口說道：「啊！你真不知道天高地厚啊！就算你能用翅膀把這可惡的蛛網撞破，你以爲就可以飛到陽光裡去了。算了吧！你哪裡想得到，前面稍遠處還隔著一扇玻璃窗，這道水晶般透明的障礙物，它比那個把哲學家和真理分開的空間還要堅固，你怎能跨越過去呢？啊！科學的虛妄！曾有多少聰明志士遠道而來，像蒼蠅一樣飛舞，結果碰得頭破血流；又有多少糾纏不清的問題在這永恆的窗前吵鬧不休！」

副主教住口了，剛才那些把他不知不覺地帶到科學裡去的想法，彷彿使他恢復了平靜。雅克便向他問了一個問題，就使他又完全回到了現實中，「那麼，先生，您什麼時候來幫助我煉出黃金呢？我老是煉不出來。」

副主教苦笑著搖搖頭說：「雅克先生，讀一讀蜜雪兒・普塞呂斯的書去吧，《能量對話與魔鬼法術》。我們做的事情並不是完全無罪的呢。」

「老師，輕點聲！這我也料得到，」雅克說，「但是我只不過是個年俸三十個圖爾銀幣的王室教廷檢察官，不搞點煉金的行當可怎麼行？不過，我們還是小聲點爲好。」

就在此時，突然從爐灶底下傳出一種類似咀嚼食物的聲音，引起了具有疑心病的雅克的注意，於是便問道：

「這是什麼聲音？」

原來是躲在爐底下的若望覺得非常不舒服，百無聊賴，總算找到一塊乾麵包和一塊發了霉的三角形的乳酪，不管三七二十一，便大嚼起來。權當消遣和早餐。因爲他餓極了，便嚼得很響，每一口都嚼出聲音，把檢察官嚇了一跳。

副主教連忙解釋道：「那是我的一隻貓，估計正在嚼老鼠什麼的。」

這一解釋倒使雅克感到非常滿意。

他很有禮貌地笑了一笑說：「倒也是，所有偉大的哲學家都有他們心愛的家畜。您知道，塞爾維烏斯[178]也曾說過：守護神無所不在。」

這時，克洛德生怕若望又弄出什麼惡作劇來，便提醒他那好弟子，說他們還得一塊兒去研究大門道的雕像，於是兩人一同走出了小房間。若望如釋重負，鬆了一大口氣，因爲他正在發愁，生怕膝蓋頂著下巴會磨出老繭來。

菲比斯隊長[179]

「我讚美主！」若望這樣嚷著從灶洞裡爬了出來，叫道，「兩隻夜貓子總算是走了。噢唏！噢唏！阿克斯！帕克斯！瑪克斯！跳蚤！瘋狗！魔鬼！他倆的談話真把我膩壞了！弄得我的頭簡直跟鐘樓敲鐘似的，嗡嗡作響。還吃了市場上到處都有的發霉乾酪！算了！趕緊下去吧，帶上我哥哥的錢包，把裡面的錢統統用來買酒喝！」

他向那寶貴的錢包溫柔地、讚賞地看了一眼，整頓了一下衣服，擦了擦皮靴，撣了撣沾滿爐灰的袖子，打個呼哨，用腳跟轉了一圈，看一看小屋裡還有什麼好拿的，從爐灶上順手牽羊拿了幾個彩色

178.塞爾維烏斯（前五七八至前五三四），古代羅馬王政時代第六位國王。因進行一系列軍事和政治改革而著稱。
179.原題是「用一串咒罵公開罵人的結果」。

玻璃護身符，好把它當做禮物，送給依莎波．蒂耶里。最後，拉開由於他哥哥對他最後的一次寬大而沒上鎖的門，而他爲了做最後一次惡作劇，沒有鎖門就像小鳥似的蹦蹦跳跳地下了螺旋梯。

在黑暗的樓梯中，發出一陣哼哼的聲響，他碰到一個什麼東西，他咆哮著走開了。他猜想大概是卡西莫多了，感到非常滑稽，跑下其餘的梯級時他一路捧腹大笑，到了廣場上還笑個不停。

回到地面時，他便跺了跺腳說：「巴黎的石砌路面真是可敬可愛啊！可惡的旋轉樓梯，連雅可布的引路天使都會喘不上氣的樓梯真該罵。我真是鬼迷心竅，怎麼會想起鑽到那高插雲霄的石頭螺旋樓梯裡去，難道只是爲了吃那塊發霉的乳酪嗎？或是爲了從一個天窗張望巴黎所有的鐘樓嗎？」

他走了幾步，瞥見了那兩隻夜貓子，即克洛德神甫和雅克先生。他們正在觀賞大門口前的那尊雕像。他於是踮起腳尖走到他們跟前，聽見副主教低聲向雅克先生說道：「是巴黎的居約姆吩咐把約伯的肖像刻在這金邊的青石上的，約伯象徵著煉金石，這塊石頭也該受點考驗和折磨才能變得完整呢。正如雷蒙．呂勒所說：把它用特殊形式加以保存，靈魂方能得救。」

「那對於我是一樣的，」若望說，「有錢包的是我呀！」

這時他聽見身後有一種又大又響的聲音在一迭連聲地咒罵：「天主的血！天主的肚子！天主的身子！倍爾日比特的肚臍眼！教皇的名字！獸角和雷電！」

若望叫道：「我敢用靈魂擔保！這個人一定是我的朋友菲比斯隊長。」

菲比斯這名字傳到了副主教的耳朵裡時，他正向王室教廷檢察官津津有味地解釋說，那條龍將尾巴藏在一個浴池裡，從浴池裡立即升起一縷青煙和一個國王的腦袋。他聽到菲比斯這個名字之後，不由打了個寒噤，中斷了講述，這令雅克不知所措。他轉過身，看見他的兄弟若望正在和一個站在貢德洛里耶府邸門口的高個兒軍官談話。

這個軍官正是衛隊長菲比斯。他背靠著未婚妻家的牆角，像異教徒在那裡破口大罵。

若望拉著他的手說：「哎呀，是菲比斯隊長呀！你罵得好起勁呀！」

「喇叭和雷霆呀！」隊長回答道。

「喇叭和雷霆對著你自己吧！」學生回敬他道，「得啦，我可愛的隊長，誰惹您了，幹嗎在這裡這樣滔滔不絕，妙語連珠呢？」

「請原諒，好哥們若望，」菲比斯搖晃著他的胳膊喊道，「一匹脫了韁的馬，哪能一下子停住呢。我還要野馬奔騰般地破口大罵哩。我剛剛從那些假正經的女人家裡出來，我每次出來時嘴裡都裝滿了咒罵。我一定得罵出來，要不然我就會憋死！」

「您想不想去喝兩杯啊？」學生問道。

衛隊長聽到這個提議後，頓時平靜了下來。

「我當然願意，可我身上沒有錢啊。」

「我有哇！」

「是嗎？快拿出來給我瞧瞧！」

若望神氣活現，當眾坦率地把錢袋掏出來放在隊長的眼皮底下炫耀了一番。這時，副主教撇下已經驚訝得呆若木雞的雅克，向他們這邊跑過來，在幾步開外的地方停下來，注視著他們兩個的一舉一動。那兩個人正在十分專心地察看錢包，沒有注意他。

菲比斯叫嚷了起來：「若望，在您口袋裡的錢袋，簡直就是映在一桶水裡的月亮。看得見，摸不著，只不過是月亮的影子罷了。老天有眼，你那不過是些石子兒，我敢打賭！」

若望冷冷地回應道：「那好，這就是我衣袋裡的石子兒！」話音一落，把錢袋裡的錢幣全部抖落在了附近的一塊界石上，那副神氣就像一個赴湯蹈火救國的羅馬人。

菲比斯驚叫道：「天哪，還都是真的呢！瞧，這麼多盾幣，大銀幣，小銀幣，圖爾銅幣，巴黎德尼埃，真正的鷹頭里亞！真叫人看得眼花呀！」

若望依然一副神氣十足和矜持的樣子。有幾個里亞滾到了泥土裡去了，衛隊長興沖沖地彎下身去撿起來。若望連忙阻止他說：「由它去，菲比斯！」

菲比斯數了數錢，轉身對若望鄭重其事地宣告道：「你知道嗎，若望，一共有二十三個巴黎蘇呢！你昨晚在割咽街搶了誰的錢呀？」

若望把滿頭捲曲的金髮向後一甩，瞇著眼睛，然後趾高氣揚地說：「我可是有一個當副主教的糊塗蛋哥哥呢！」

「天主的喇叭！」菲比斯叫道，「他是那麼可敬的人啊！」

「咱們喝酒去吧！」若望說。

「到哪裡去呢？」菲比斯說，「到『夏娃的蘋果』酒店裡去好嗎？」

「不要吧，衛隊長。還是去『老科學』酒店吧！『老太太鋸壺把』，這是個連音字謎，我喜歡這名字。」

「討厭的謎！若望，夏娃蘋果酒家的酒比較好，而且門邊還有一架照滿陽光的葡萄，我喝酒時看著挺開心。」

「那好，就去夏娃和她的蘋果那裡去吧！」學生挽起菲比斯的胳膊說道，「對啦，親愛的衛隊長，您剛才說到『割咽街』是吧。這樣說也太難聽了。現在的人已經不那麼野蠻了，管它叫『割喉街』了。」

於是兩位難兄難弟動身向夏娃蘋果酒家走去，不用說，他們先把錢收拾好了，副主教跟隨著他們。

副主教一直尾隨他們，神色陰沉而粗野。難道他就是菲比斯嗎？自從和格蘭古瓦談話之後，這個該死的名字就佔據了他的思想。他自己也不清楚是不是他，但這畢竟也是個菲比斯，單憑這魔幻般的名字就足以使副主教懷疑任何一個人。於是他便悄悄地跟在了這一對無憂無慮的朋友的後面，不安地留心傾聽著他們的談話，仔細觀察著他們的一舉一動。再說，去聽他們的全部談話是再容易不過的，他們講得那麼大聲，並不因爲多半過路人聽到了他們的談話而覺得難爲情，他們談論決鬥，談論女人、酒瓶和放蕩行爲。

在一條街的拐角處，他們聽到從附近的十字路口傳來了一陣巴斯克手鼓的響聲。克洛德神甫聽見那個軍官對學生說道：

「手鼓聲！咱們走快些。」

「爲什麼，菲比斯？」

「我怕被那個波希米亞女郎看見。」

「哪一個波希米亞女郎？」

「就是那個有隻山羊的女子。」

「是愛斯梅拉達嗎？」

「就是她。若望，我老是記不清她那個鬼名字。趕快，她會認出我的，我不願那女人在大街上靠近我。」

「菲比斯，難道您認識她嗎？」

說到這裡，副主教見菲比斯揶揄一笑，附在若望的耳邊低聲說了幾句話。接著，菲比斯便哈哈大笑了起來，得意洋洋，搖了搖腦袋。

「此話當真？」若望問道。

「憑藉我的靈魂擔保！」菲比斯說道。

「今天晚上嗎？」

「就今天晚上。」

「您有把握她會來嗎？」

「你是笨蛋吧，若望？這種事情還有什麼好懷疑的？」

「菲比斯隊長，您這位騎兵可真他媽的有福氣啊！」

副主教一五一十把這些談話都聽在耳朵裡，把他氣得咬牙切齒。可以看出他渾身一陣一陣地戰慄。他需要稍微休息一會兒，他像醉漢似的靠在一根柱子上，然後又重新跟上了那兩個飄飄然的渾小子。

等到趕上時，他們早已經改換了話題。只聽見他們低聲唱著那支古老的迴旋曲的迭句：

小方塊街的傻孩子，
被當做小牛犢絞死。

妖僧

這家馳名的「夏娃的蘋果」酒館，坐落在大學城之內，柳條筐街和首席律師街的拐角處。這是底樓的一間大廳，房裡擺滿了非常低矮的桌子，上面有個拱頂，正中央有一根漆成黃色的大木柱支撐著拱頂，到處都是桌子，牆上掛著閃閃發亮的錫製酒壺，桌上經常坐滿很多酒徒和放蕩的女人。臨街有一排玻璃櫥窗，門口有一棵葡萄樹，門上方有一塊軋軋響的洋鐵皮，鐵皮上用彩色畫著一個蘋果和一個女人。這塊洋鐵皮被雨水澆濕生了鏽，在一根釘子上迎風轉動，這種朝著街面的風信旗就是酒店的標記。

夜幕漸漸降臨，街上一片漆黑。酒店裡燈火通明，從遠處看去，好似黑暗中的一家打鐵鋪子。透過窗戶玻璃，可以聽得到碰杯的聲音，宴飲的聲音，咒罵的聲音和吵架的聲音。

大廳裡熱氣騰騰，鋪面的玻璃窗上蒙著一層薄霧，可以看見似乎有百來張密密麻麻、模糊不清的面孔，時時傳出一陣哄笑聲。有些行人似乎需要辦正經事，路過這喧鬧的玻璃窗前，便匆匆而過，也不屑一顧。只有幾個破衣爛衫的小男孩踮起腳搆到酒店鋪面的窗台上朝裡面張望，並且喊出當時用來嘲笑醉漢的老調:「見鬼去吧，酒鬼呀，酒鬼呀，酒鬼呀！」

然而，這時卻有一個人不動聲色的，在吵鬧的酒店門前來回徘徊，不停地向裡面張望著，而且一步也不離開，就像哨兵不肯離開崗哨似的。此人披著一件遮住鼻子的斗篷。這件斗篷，是他剛剛從「夏娃的蘋果」酒店附近的那家舊衣店裡買來的，也許是爲了抵禦三月夜晚的風寒吧，也說不定是爲了掩飾身上的衣服。他時時在那鉛絲網擋住的玻璃窗前停下來傾聽著，察看著，還輕輕地踏著步。

酒店門終於打開了，他要等待的人總算是出現了。兩位酒客從裡面走了出來，門裡射出的亮光有一刻把他們快活的臉孔照得通紅。披斗篷的漢子連忙一閃，躲進街對面的一個門廊裡，監視著他們。

「喇叭和雷霆呀！」兩位酒客中其中一人說道，「就快七點了，我約會的時間已經到了。」

「我告訴你，」他的同伴用含糊不清的聲音回答道，「我並不是住在惡言街上，我的住所是若望麵包卷街，若望麵包卷巷。要是你說顛倒了，那您就比獨角獸荒謬啦。人人知道，爬到過大熊背上去一次的人是永遠不會害怕的，可是瞧您吃東西挑東撿西的那副嘴臉，就像主宮醫院的聖雅各布像。」

「若望，我的好朋友，您喝醉了吧，」另一位說道。

這一位踉踉蹌蹌地又說道:「您願意怎麼說就怎麼說吧，菲比斯，反正柏拉圖的側影像條獵狗卻是千真萬確的。」

讀者肯定已經認出了這兩位情投意合的好朋友——衛隊長和學生。在暗中監視他們的那個男人，當然也認出了他們，因此他不緊不慢地跟在他們後面。學生拖著那個隊長走過每條曲折的路，也把菲比斯給弄得踉踉蹌蹌的。不過衛隊長的酒量比他的同伴大些，因此他還保持著清醒的頭腦。那穿斗篷的男子留心聽他們說話，在全部有趣的對話裡他抓住了下面幾句:

「您他媽的走直一點好不好哇，學士先生。到七點鐘了，您知道我該走了，我要跟那個女人去約會的。」

「那你就別管我呀！我看見了星星同火花，你就像丹浦瑪律丹的城堡一樣笑開了花啦！」

「若望，我憑我祖母的瘤子作證，您這樣就太可笑了。我問您，若望，您真的沒剩一點錢嗎？」

「隊長先生，沒錯，那可就是個小小的錢包，小肉店，小屠場啊。」

「若望，我的好朋友若望！您知道我同那女人約會的地點是在聖蜜雪兒橋頭上，而且我只能把她帶到橋邊的法洛代爾家去，我得付那老婆子房錢。那個長白鬍子的老婆娘，她可不會讓我賒帳的。若望，行行好吧！難道我們把一包錢都喝光了嗎？你手邊連一個小錢都不剩了嗎？」

「自信沒有虛度其他好時光，這是餐桌上最佳、最美味的作料。（這是一個典故——譯者注）」

「想到曾痛痛快快地花錢，別胡扯了！魔鬼若望，告訴我吧，還剩下多少錢？看在天主的分上，快拿出來，要不，我可就要搜你的口袋啦，哪怕您像約伯是個痲瘋病人，或像凱撒那樣長一身疥瘡，我也敢動手的。」

「先生，加里雅謝街一頭有個玻璃廠街，另一頭是個織布坊街。」

「對極了，我親愛的朋友若望，我可憐的夥伴，加里雅謝街，很好，好極了。可是，看在老天的面上，醒一醒吧。我只要一個錢，而現在已經七點了。」

「靜些，別響！聽聽這迴旋曲的迭句吧：

等到老鼠吃貓的時候，

阿拉城主換吾王；
當那遼闊溫暖的海，
聖若望日全凍上；
君不見那浮冰之上，
人們便會看到阿拉百姓從冰上逃開。

「好了好了，異教徒的學生，你怎麼不用你母親的腸子把自己勒死呢！」菲比斯叫嚷著，用勁魯莽地把醉醺醺的學子一推，若望便順著牆壁滑了下去，渾身軟綿綿地給摔倒在了威嚴的菲利浦·奧古斯特鋪設的石板路上了。酒徒們總懷有兄弟般的同情心，菲比斯用腳翻動了若望，讓他靠在上帝給窮人預備的枕頭上。那是天意的安排，在巴黎每塊界石底下丟棄的雜物，有錢人稱之爲垃圾堆。衛隊長將若望的頭枕在了一堆白菜根上，若望立刻呼嚕呼嚕打起鼾來，好比在哼著一支男低音的美妙曲子。但是衛隊長心頭的怨恨還沒有消失，他向睡著的學生說道：「這樣，魔鬼的車子經過時正好把你帶了去！」說完便自顧自走了。

穿斗篷的男人一直跟蹤著他們。這時走過來在熟睡的學子跟前，停了片刻，好像有點兒猶豫不決，心煩意亂，隨後一聲長歎，離開學生依舊跟上了前面的那個隊長。

我們也像他一樣讓若望在星光的好意看護下睡他的覺吧，假若讀者高興，我們也來跟蹤那兩個人吧。

走進聖安德列拱廊街時，衛隊長菲比斯已發現有人在後面跟蹤他了。他偶然回頭，看見一個人影沿著牆跟過來，他站住，他也站住，他走，他也走。對於這個發現，他並不覺得有什麼不安。他自言自語地說道：「管他呢，反正我又沒錢。」

他在俄當學院門前停下來歇一歇。想當初，他在這所學院開始了他所謂的學業。他曾經也是位頑皮的學生，仍保留昔日淘氣學子的搗蛋習慣，每次從這學堂的門前經過時，總要侮辱一下大門右邊那位紅衣主教比埃爾·貝特朗的雕像，也就是賀拉斯諷刺詩裡普里亞普斯曾滿腹辛酸抱怨過的那種侮辱，感歎地說的「我曾經是無花果樹的樹幹」。

他每次幹起這種事都勁頭十足，結果塑像的題詞「高盧人主教」幾乎都被他砸得看不見了。這回他照例在雕像前站住，街上寂無行人，他迎風懶懶地扣衣服時，看見一個人影向他移過來，腳步那麼慢，使他有足夠的時間看清楚那個人影是披著斗篷戴著帽子的。然而，這個黑影的兩隻眼睛卻目光矇矓、死死地盯著菲比斯，儼如夜間貓一樣的瞳孔射出來的那種光，閃閃發亮。

衛隊長生性膽大，本也不在乎一個手持短棍的毛賊的突然襲擊，然而就這尊行走的石像，這個石化了的人卻令他不由心裡發忧，手腳冰涼。他模模糊糊地想起了當時流傳的話，說是有個妖僧夜間在巴黎的街頭四處遊蕩，鬧得滿城風雨。他嚇得呆呆地站了幾分鐘，最後勉強打破沉默笑起來。

「先生，您要是像我所想的那樣，是個強盜的話，您搶劫我就如鷺鷥啄核桃一樣，根本不費勁。尊敬的先生，我是落魄的貴族子弟，我勸您還是到別處去打主意吧！這個學校的小禮拜堂裡倒有些真正的做十字架的木料，藏在倉庫裡，全是用銀子打造成的。」

那個人影從斗篷裡伸出手來，猶如鷹爪攫物一樣，猛然抓住了菲比斯的胳膊。同時，黑影也開口說道：「菲比斯隊長！」

約會。」

「見鬼！您知道我的名字？」菲比斯說道。

「我不但知道你的姓名，」披斗篷的人用一種好像墓中人的聲音說，「我還知道你今天晚上有個約會。」

「對呀。」菲比斯驚呆了。

「就在七點鐘。」

「也就是大約一刻鐘以後。」

「地點是法洛代爾老婆子家裡。」

「對極了。」

「是那個在聖蜜雪兒橋邊的客店。」

「像經文所說的，是大天使聖蜜雪兒。」

「邪惡的東西！」黑影低聲地吼道，「是跟一個女人幽會去吧？」

「你說對了。」

「她叫什麼名字？」

「拉・愛斯梅拉達。」菲比斯輕鬆地應道，他又逐漸恢復了他那種滿不在乎的神情。

一聽到這個名字，黑影的鷹爪便使勁地搖晃菲比斯的胳膊。

「菲比斯隊長，你撒謊！」

此時，衛隊長突然發怒，臉孔漲得通紅，猛然往後一躍，使勁掙脫了被抓住的胳膊。面對如此怒氣，穿披風的人依然神色陰沉，巋然不動。如果普通人看見這樣的情景一定會嚇壞的，這彷彿是唐璜[180]與情敵石像間的一場大搏鬥。

衛隊長叫道：「耶穌和撒旦啊！很少有人有膽量衝著姓沙多倍爾的人這樣大放厥詞！我料你不敢再說一遍！」

「你撒謊！」黑影冷冷地說道。

衛隊長氣得牙齒咬得咯咯直響。妖僧、幽靈、迷信的傳說，頃刻間全拋到九霄雲外。他眼裡只有一個男人和一種侮辱。

「啊，那好得很！」他用被憤怒堵塞住的聲音結結巴巴地說著，隨即拔劍出鞘，氣得渾身直發抖（因為憤怒也像恐怖一般使人發抖），「就在這裡，馬上出劍！快！出劍！出劍！我們要血灑街面！」

然而，那一位卻沒動彈。當他看到對手擺開架式、準備好戰鬥，他說：「菲比斯隊長，別忘了您還有約會。」聲調中夾帶著無限的痛苦，聲調微微顫抖。

像菲比斯這樣感情容易衝動的人，就如煮沸了的奶油羹，一滴涼水就能立刻使它平靜下來。僅僅是這麼一句簡簡單單的話，便使他立即放下手中寒光閃閃的長劍。

「衛隊長，」那人接著又說，「明天，後天，一個月或者十年之後，無論何時吧，你總能看見我是

180. 唐璜是西班牙傳說中的貴族青年，法國十七世紀劇作家莫里哀以他為主角寫過一齣五幕喜劇；十八世紀時高乃依為之寫過韻文劇；英國詩人拜倫為之寫過一部反映當時政治生活的詩體小說（未完成）；莫札特曾與羅倫左以他為主角合作寫過一齣歌劇；俄國詩人普希金也是以他為主角創作了詩劇《石客》。

準備好要砍掉你的腦袋的。但是先去赴你的約會吧。」

「沒錯，」菲比斯說，好像在給自己找個台階來下，「在一次約會中既碰到了劍，又有女人，可謂好事成雙呀，但我不明白爲什麼不能兩兼，爲什麼顧了一頭就得錯過另一頭呢？」

剛一說完，便把劍插入劍鞘。

「快赴您的約會去吧！」陌生人又說道。

「先生，」菲比斯有點不好意思地說道，「非常感謝你的好意。的確，明天還有時間在亞當神甫的汗衫上戳幾個洞洞呢。我感謝您允許我再度過快活的一刻鐘。本來我指望把您撂倒在陰溝裡，還來得及趕去同美人幽會，尤其因爲讓女人在約會時等一等會更顯風度。不過，您這個人看起來倒是個熱心的人啊，把這場比武留到了明天更穩妥，這您也清楚的。」說到這裡，菲比斯搔了搔耳朵，「唉呀，糟糕！我身上一分錢也沒有了，所以沒有辦法付那討厭的閣樓的租金呀，何況那死老婆子非得要先付房錢不可。她是不會讓我賒欠的。」

「喏，把這錢拿去付房租吧！」

菲比斯感到陌生人那冰涼的手塞給他一個大銀幣，他禁不住收下這錢，並且緊握住那人的手。

他叫道：「今天真走運呀！您真是個好人啊！」

那人說：「但是我有一個條件，就是您得向我證明，是我錯了，而您的話是對的，您把我藏在某個角落裡，讓我親自看看那個女人，她是不是你告訴我的叫那個名字的女人。」

菲比斯回答說：「哎，我才不在乎哩。我們要在名叫聖瑪爾泰的那個房間裡約會，旁邊的那個狗窩，您可以躲在裡面隨便看個夠，您願意怎麼看就怎麼看吧。」

「那就走吧！」黑影說道。

「樂意爲您效勞。」衛隊長說道，「依我看，我並不知道您是不是魔鬼的化身。不過，今晚先讓我們交個好朋友吧！明天，我所有的債跟您一起算清，錢的債和劍的債。」

於是他們快步往前走，急匆匆地趕路。不一會兒，河水聲預示著他們已經到了聖蜜雪兒橋上，當時橋上擠滿了房屋。菲比斯對他的夥伴說道：「我先帶您進去吧，然後去找我的美人兒，她一定是在小沙特雷門附近等我呢。」

那個夥伴沒有搭腔。自從兩個人並肩而行，他就一聲不響。菲比斯在一家房子的矮門前停了下來，使勁地敲門。一線亮光隨即從門縫裡透了出來，只聽見一個含糊不清的聲音問道：「誰呀？」

「天主的身子！天主的腦袋！天主的肚皮！」衛隊長回答道。

門立即打開了，只見一個抖抖索索的老太婆，手中也抖抖索索地提著一盞老油燈。老太婆彎腰曲背，一身破舊衣裳，腦袋搖來晃去，眼睛眯得很細，頭上頂著一塊破布，手上、臉上、脖子上，到處佈滿橫七豎八的皺紋。兩片嘴唇癟了進去直陷到牙齦下面，嘴巴周圍盡是一撮撮的白毛，看上去就像嘴上長著鬍鬚的貓臉。

她住所內部的景象也同她一般破爛。牆上蓋滿灰塵，天花板上是黑黑的椽子，一個每個角上都有蜘蛛網的破爐灶，屋子當中有幾張缺腿的桌凳，一個骯髒的小孩在玩爐灰。屋頂有座樓梯，實際上只是一架通向頂棚的木頭梯子。菲比斯一鑽入這個豬窩似的場所，他的那位神秘夥伴就把斗篷一直拉到眼睛底下。衛隊長一邊破口大罵像撒拉遜人那樣罵個不停，一邊急忙炫耀著一枚像可敬的雷尼埃所謂的「太陽般閃亮的銀幣」，「聖瑪爾泰房間。」他說。

老太婆像接待貴人似的接待他，她緊緊拽住那枚金幣，隨即把它塞進了抽屜裡。這枚金幣就是穿黑斗篷的男人送給菲比斯的那一枚。

她一轉身，那個在煤灰裡玩耍的蓬頭垢面、破衣爛衫的男孩，敏捷地走近抽屜。他從抽屜裡拿走了那個埃居，並在那裡放下了從柴火上摘下來的枯葉。

老婦人向那兩位她稱爲紳士的人打了個手勢，叫他們跟著她，她自己先爬上樓梯，上了樓，便把那盞燈放在一只木箱上。

菲比斯是這裡的常客，熟門熟路，便打開一扇通到一個黑暗小間的門，對他的夥伴說道：「親愛的夥計，請你進去吧！」穿斗篷的男人也不答話，十分順從地地鑽了進去。

門一下子又關上了。他聽見菲比斯在外面插好門閂，然後同老太婆一起走下了梯子。燈光一下子就消失不見了。

臨河窗子的用途

想必讀者比菲比斯聰明，早在這整個歷險中看出來了，妖僧不是別人，正是副主教。克洛德在被衛隊長反鎖進的黑暗小屋中摸索了一陣子。這是一間建築師有時在頂樓和攔牆間留下的角落蓋成的小閣樓。它的縱剖面就好似一個三角形，既沒有窗戶也沒有通風口，菲比斯把它稱之爲狗窩，倒也十分恰當。

另外，屋頂從兩邊往上斜，使人在屋裡無法站直。克洛德只好蹲在灰塵和被他踩得粉碎的灰泥殘片裡。他的頭火熱發燙，他用雙手在周圍摸來摸去，在地上摸到一片玻璃後，他便拿來貼在額頭上，玻璃的涼意稍稍給了他一點安慰。

此時此刻，副主教的陰暗心靈裡有些什麼念頭掠過？也許，只有天主和他自己才知曉。

究竟是何種命運的安排，使他的思想裡出現了所有這些形象和所有這些怪事，拉·愛斯梅拉達、菲比斯、雅克，他愛之至深卻被他拋棄在泥濘中的弟弟，副主教的法衣袍子，也許還有他那在法洛代爾家受到連累的名聲，總之，他如何安排所有這些形象，所有這些奇遇呢？我可說不清楚。但是這些念頭在他頭腦裡攪成了可怕的一團卻是事實。

他等了一刻鐘，好像覺得已經過了一個世紀似的，忽然他聽見木板樓梯響，有人上樓來了。這時樓梯蓋板給推開了，透進來一道亮光。在小屋那蟲蛀的門上有一道很寬的縫隙，他就把臉貼上去了。這樣，他便能夠看清楚隔壁房間裡的情況了。

貓臉老太婆首先從蓋板洞口鑽了出來，手裡掌著燈，緊跟著她後面上樓來的是菲比斯，邊走邊捋著他的小鬍子，第三個上來的真的就是拉·愛斯梅拉達，她那美麗優雅的面孔終於出現了。神甫見她猶如一個光彩奪目的仙女，從地下探出來。克洛德戰慄起來，眼前展開了一片雲霧，脈搏劇烈地跳動，四周的一切好像都在轟鳴和旋轉，他再也看不見也聽不見什麼了。

待到他清醒過來，看見房間裡只有菲比斯和拉·愛斯梅拉達兩個人單獨相對了。他們兩個人坐在那只大木箱子上，旁邊放著一盞油燈。燈光把兩張年輕的臉和那陋室盡頭的一張簡陋的床鋪呈現在副主教的眼中。

床邊有一個窗戶，窗上的玻璃就像被暴雨打壞了的蜘蛛網一般滿是洞眼，透過那些洞眼可以望見一角天空和遠遠地臥在像絨毛一樣的雲堆上的月亮。

年輕少女羞答答，直愣愣，神色慌亂。低垂的長睫毛的影子罩住了她緋紅的雙頰。她不敢抬頭看他一眼，只是機械地做著一種孩子般的天真可愛的動作，用手指尖在板凳上胡亂劃來劃去，美麗的眸子一直在望著手指。無法看到她的腳，因爲小山羊就蜷坐在她的腳前。

衛隊長卻打扮得特別風流，領子和袖口上都綴著金線的鑲邊，那在當時是十分時髦的。

克洛德神甫的熱血在沸騰，太陽穴嗡嗡作響，要聽清楚他倆在交談什麼，那可不是輕而易舉的，而要費好大的勁兒，相當的留神。

其實，談情說愛是相當乏味的，嘴上「我愛你」永遠說個沒完，要是不加點花哨的修飾的話，在不相干的旁人們聽來，這句歌詞十分平淡無味的，膩味得很。然而克洛德並不是毫不相干的旁聽者。

「啊，」少女說，眼睛依舊沒有抬起來，「別瞧不起我，菲比斯老爺。我這樣做，我覺得很不對。」

「看不起您？美麗的小姐！」軍官擺出一副又巴結又驕傲又高雅的神態，說道，「瞧不起您，天主的腦袋！怎麼會看不起你呢？」

「因爲我跟著您來了。」

「說到這個嘛，我的美人兒，我們還沒有互相瞭解呢。我不應該看不起您，而應該恨您。」

少女驚恐地瞅了他一眼：「恨我！我究竟做錯了什麼事使你恨我呀？」

「因爲你讓人求你多次。」

她歎道：「這是因爲我要違背曾經許過的誓言，不但找不到我的父母，而且護身符也會失靈的。

不過那又有什麼關係？我現在還要父母做什麼！」

她這樣說著，兩隻烏黑的大眼睛，水靈靈，喜盈盈，含情脈脈，直勾勾地盯著衛隊長。

「魔鬼才懂得你的話是什麼意思！」菲比斯叫道。

愛斯梅拉達沉默了片刻，然後眼睛裡流出一滴淚水，嘴裡吐出一聲歎息：「啊，老爺，我愛您。」

少女渾身都有著一種純潔的芳香，顯示出一種貞潔的嫵媚，使得菲比斯在她身邊不敢過於隨便。但聽到這句話兒，頓時放大了膽子，心蕩神馳，說「您愛我呀！」他狂熱地說著，突然伸出胳膊抱住她的腰身，他等待的就是這麼個機會。

看到這個場景，神甫遂用手指尖試了試藏在胸口的一把匕首的尖鋒。

波希米亞女郎輕輕地推開衛隊長牢牢緊摟著她腰帶的雙手，說道：「您心好，而且又慷慨，英俊。我不過是一個落到波希米亞人中的可憐的孩子，好久以前我就夢見過一位軍官來救我。我的菲比斯，在沒有認識您以前，我可是就已經夢見過您了。我夢中的人跟您一模一樣，也穿著一身漂亮的軍服，也有一副高雅的容貌和一柄劍。您叫菲比斯，多好聽的名字呀！我喜歡您的名字，喜歡您的長劍。菲比斯，把劍拔出來，讓我瞧瞧。」

「真孩子氣！」衛隊長笑眯眯地拔出劍來。

埃及女郎看看那劍柄又看看劍身，露出了惹人喜愛的好奇心。她用讚美好奇的眼光看著劍柄上的符號，吻了吻那劍對他說：「這是一位勇士的佩劍。我愛我的衛隊長。」

菲比斯趁她低下頭的當兒，在她美麗的脖子上深深地吻了一下，少女猛地抬起頭，雙頰羞得像紅櫻桃似的。在黑暗中的神甫見狀氣得咬牙切齒。

埃及女郎接著說道：「菲比斯，您聽我說。您往前走幾步，讓我看看您魁梧的身材，聽聽您的馬刺聲響。瞧，您多麼的英俊啊！」

衛隊長爲了討得她的歡心，隨即站起身來，躊躇滿志，笑容可掬，帶著抱怨責備的口吻說：「不過你是多麼孩子氣呀！說起來，可愛的人，你還沒有看見過我穿著禮服吧？」

「唉！還沒有。」她回答道。

「那才漂亮呢！」

菲比斯回來坐到了她的身邊，比剛才更加靠攏一些。

「聽我說，親愛的……」

埃及女郎用美麗的手輕輕在他的嘴上拍了幾下，帶著小孩般的瘋癲、快活、歡悅的神氣。「不，不，我不想聽你說話。你愛我嗎？我願意聽你說說你愛我不愛。」

「還用得著說嗎，我生命的永遠的天使！」衛隊長喊著便半跪了下來。「我的身體，我的血液，我的靈魂，完全是屬於您的，一切都是爲了您而存在的。我愛您，從來只愛您一個。」衛隊長曾在許許多多類似的場合裡講過成千上萬遍了，所以就準確無誤地一口氣和盤托出，一丁點兒差錯都沒有。

聽到這種富於感情的告白，埃及女郎抬起像天使一樣善良的眼光，望著代替天空的骯髒的天花板。

「啊，」她柔聲地喃喃說道，「人真應該在這種時候死去的呀！」

衛隊長覺得「這時候」正好可以再給她一個偷偷地吻。但是在那骯髒角落裡的可憐的副主教又要如煎似熬了。

此時，多情的衛隊長喊道：「去死？你說的什麼話呀？好天使，這正是應該好好生活的時候呢！

否則朱庇特就只是個頑童。美事兒才剛剛開始就要死去，牛角尖！開什麼玩笑！不是這麼回事。聽我說，親愛的西米娜……愛斯梅拉達……對不起，您這個名字太像撒拉遜人了，我怎麼也記不住。就像一個攔路虎，把我纏得不能動彈了。」

「天哪，」那可憐的少女說道，「我認爲這個名字漂亮就是由於它別致呢！既然你不喜歡，我就改名叫葛東吧。」

「嗳，我的美人兒，別因爲這點小事難過傷心了。這個名字，我得慢慢地習慣，僅此而已。等我記住了以後也就順口了，也就記住了。聽著，親愛的西米娜，我愛您愛得入迷。我真正地愛您，我熱烈地崇拜你。我知道還有個小妞兒會氣得發瘋的。」

少女便嫉妒起來，打斷他的話說道：「她是誰？」

「那同我們有什麼關係呀？」菲比斯說，「你愛我嗎？」

「噢……」她說道。

「好啦，這不得了麼！你也看得出我是多麼愛你。要是我不能使你成爲世界上最快樂的女子，那就讓大海鬼奈普頓用大鐵叉把我給叉死。我們將在某個地方擁有一個漂亮而溫馨的小家。我要讓我的那些弓箭手們列隊在你的窗前。他們都騎上高頭大馬，活活氣死那些米農隊長的部下。他們手裡都拿著戈矛弓箭和槍炮。我會帶您去呂利穀倉去看下巴黎人的那些大鬼怪，真是好看極了。那裡有八萬種兵器，三萬副銀白色馬具、戰衣或胸甲，六十七面各行各業的旗幟，還有大理寺、審計院、包稅人金庫、鑄幣助理等處的各種旗幟，總之，都是魔鬼的全套行頭！我要帶你到王宮大廈去看那些獅子，全都是猛獸。所有女人都喜歡看這些。」

有好一會兒的時間，少女沉浸在令人陶醉和迷人的想像之中，只是聽著他優美的聲音，而不再去管他的話是什麼意思。

「啊，你會幸福的！」衛隊長說，同時輕輕地動手去解少女的衣帶。

「您這是要幹什麼？」她急切地說。

這樣的「動手動腳」，使她從夢幻中清醒了過來。

菲比斯說：「沒什麼。我只是想說，以後我們在一起的時候，您必須把這種奇怪的街頭裝束通通扔掉。」

「當我同你在一起的時候呀，我的菲比斯！」少女溫柔地說。

她又變得默默無言、若有所思了。

衛隊長被她的柔情鼓起了勇氣，摟住了她的腰，她也沒有拒絕，隨後他便輕悄悄地解她的上衣，猛一下把她的頸飾扯開了。神甫呼吸變急促了，看到從薄紗羅下露出波希米亞女郎那渾圓的、微褐色的雙肩，好像沐浴在天邊雲霧中的月亮。

少女任憑菲比斯動手動腳，似乎並未有什麼覺察。得意忘形的衛隊長眼睛中的慾火變得越來越旺。

突然，少女轉向他，懷著無限深情和依戀地說道：「菲比斯，叫我也加入你的宗教吧。」

衛隊長聽了又哈哈大笑起來說：「我，我介紹你加入我的宗教呀！喇叭和雷霆啊！你爲什麼要我的宗教呢？」

「爲了咱倆能夠結婚呀。」她回答說。

衛隊長的臉上立刻露出了十分複雜的表情，驚異、輕蔑、不在乎和放肆。他說：「是嗎，難道一定要結婚嗎？」

波希米亞女郎的臉變得煞白了，悲哀地把頭低垂在胸前。

菲比斯溫柔地對她說：「我心愛的美人兒，那些傻事有什麼意思呀？結婚有什麼了不起！難道不在神甫的店鋪裡念幾句拉丁文，就會相愛得差些嗎？」

他一邊說著甜言蜜語，一邊又故意地靠近埃及女郎，兩隻溫存的手又放回了原位，摟著纖細而靈巧的腰身，眼裡的慾火越燒越旺。一切預示著菲比斯顯然到了那一時刻，在那一時刻就連朱庇特自己都會發呆，使好心的荷馬不得不叫一片雲彩為他遮醜。

克洛德神甫目睹了這一切。此時此刻神甫那老鷹般的目光正好從破門縫中穿過。這位皮膚棕黑、兩肩寬闊的神甫，以前一向守著修道院的嚴肅和貞潔，此刻卻在這愛情、黑夜和逸樂的景象之前戰慄起來。

那年輕漂亮的少女正在解衣敞懷，委身於這位慾火中燒的年輕男人，頓時他覺得血管中流動著熔化的鉛漿，體內爆發著異常的衝動。他的眼睛帶著淫蕩的妒忌，鑽到了那些鬆開的別針底下。此刻，無論誰見了這不幸者貼在腐爛門板上的面孔，都會以為是一隻被關在籠子裡的眼巴巴看著豺狼吞食著羚羊的老虎呢。他的瞳孔噴著火焰，就如同門縫裡面有支蠟燭在燃燒。

突然，菲比斯手腳敏捷地扯開了埃及女郎的抹胸。可憐的孩子，剛才還在幻想，這時臉色蒼白了，一下子好像從夢中驚醒過來了。她突然推開了膽大妄為的軍官，看了一下自己袒露的前胸和肩膀，羞得滿臉通紅，不知所措，再也不敢說話。

她迅速將兩隻美麗的胳膊交叉在胸前遮住雙乳。要是沒有那照在她臉上的燈光，那麼，看見她那麼靜立不動的樣子，真會把她當成一座羞怯的塑像。她的眼睛依舊低垂著。

然而，衛隊長那一扯，露出了她戴在脖子上的那神秘的護身符。

「這是什麼東西？」他利用這個藉口去重新靠攏剛才被他嚇跑了的美人兒。

「別碰！」她趕忙說道，「這是我的護身符。就是它，能使我將來找到我的親人，只要我還配得上。啊！請放開我，隊長先生！我的母親！我可憐的母親！我的媽媽呀！你在哪裡？求求您了！救救我，菲比斯先生！把抹胸還給我吧！」

菲比斯退縮了一下，冷淡地說：「嘿，小姐！我看得出來，您並不愛我啊！」

「我不愛你！」可憐而又不幸的少女喊道。同時撲過去勾住隊長的脖子，叫他坐在她身旁說道，「我不愛你，我的菲比斯！你為什麼這樣說呢，可惡的人？為什麼這樣來傷我的心？啊，來吧！把我拿去吧！整個兒拿去吧！隨你愛怎麼辦就怎麼辦吧，我是屬於你的。護身符算得了什麼！我母親又算什麼！既然我愛你，你就是我的母親了。

「菲比斯，我心愛的菲比斯，你看到我了嗎？是我，你就看一看吧。我就是你不願意拋棄的女孩，她來啦，她自己來找你啦。我的靈魂，我的生命，我的身體，我整個的人，都是屬於你的呀，我的衛隊長。這樣，我們不結婚就不結婚，既然你討厭結婚。再說，我是什麼身分的人呀？一個從陰溝裡出來的可憐女孩。而你，我的菲比斯，你是貴族。真是做美夢！一個跳舞女郎同一位軍官結婚！我發瘋啦。不，菲比斯，不，我情願當你的情婦，你的玩物，供你取樂就行，只要你願意，我幹什麼都行。只要你願意，我就是一個屬於你的女人，我就是為此而生的，被人輕賤蔑視又有什麼關係？只要被你愛就行了。

「我將成爲世上最驕傲最快活的女人。等到我年老珠黃了，變醜了，菲比斯，等到我配不上再愛您的時候，老爺，請允許我繼續伺候您。讓別的女人給您刺繡綬帶，而我——你的奴婢，我來照料你。讓我來給您擦馬刺，刷淨你的鎧甲，撣掉馬靴上的灰塵。我的菲比斯，您會對我這樣憐憫的，是吧！在這以前，你就要了我吧！菲比斯，我完全屬於你，只愛我一個人吧！我們這些波希米亞女郎就只要這個，只要空氣和愛情！」

她一邊這樣說著，一邊用兩隻胳膊摟住軍官的脖子。帶著含淚的微笑仰頭望著他。她那嬌嫩豐滿的胸脯摩擦著軍官的粗呢上衣和粗硬的刺繡。她在軍官的膝蓋上扭動著漂亮的半裸的身體。衛隊長已經如癡如醉了，把他火熱的嘴唇緊貼在她那微黑的美麗肩膀上。少女仰著頭，望著天花板，眼神迷亂，被親吻得神魂顛倒，胸口突突地直跳，激動得全身戰慄起來。

不料此時，她突然在菲比斯的頭頂上，看到另一個人的腦袋，灰白、鐵青，不斷抽搐的臉，惡魔般的目光閃閃爍爍。就在這張臉的旁邊，一隻手握著一把匕首。

這是那個神甫的臉和手。他從剛才的小黑屋裡破門而出，菲比斯看不見他。那個少女被這個可怕的景象驚呆了，動彈不得也說不出話，好像一隻鴿子偶然抬起頭來，發現老鷹正圓睜雙眼往牠的窠裡窺探。

她甚至連喊都喊不出來。她看著那匕首刺向了菲比斯，拔出來時鮮血四濺。

「該死！」衛隊長僅喊了一聲，便倒在血泊中。

埃及女郎當時就被嚇得昏了過去。

她一合眼便昏昏沉沉，她似乎又覺得那嘴唇被火灼了一下，這是一個滾燙的吻，比劊子手燒紅的烙鐵還要灼人。

等她甦醒過來的時候，只發現自己被巡夜的兵卒緊緊圍住，人們抬走了血泊裡的隊長。神甫早已經無影無蹤了，房間深處臨河的那扇窗戶敞開著，有人撿到一件斗篷，大家還都以爲是軍官的呢。此時她聽見周圍的人在議論：「她是一個女巫，就是她刺死了衛隊長。」

chapter 8

判刑

銀幣變成枯葉

格蘭古瓦和聖蹟區的所有人全都是提心吊膽的，因爲他們已經整整一個月不清楚愛斯梅拉達遇到了什麼事情。這事使埃及公爵和他的乞丐朋友們都非常憂慮，也不知道她的小山羊的遭遇，這使得格蘭古瓦加倍苦惱。

那個埃及女郎在一天傍晚突然失蹤了，從此便杳無音訊，再也沒有半點表明她還活著的跡象。大家四處尋訪，卻都是枉然。

有幾個愛捉弄人的乞丐告訴格蘭古瓦，那天傍晚他們曾看到她正和一個軍官在聖蜜雪兒橋一帶散步。但這位按波希米亞習俗結婚的丈夫是一個懷疑派的哲學家，而且他比任何人都明白自己的妻子像聖處女一樣貞潔。他能斷定符籙的魔力和埃及女郎的貞潔結合起來是何等的堅不可摧，而且他也用數學方式計算過這種貞潔對另一種力量的反抗。因此他在這方面倒是挺放心的。

但他還是對她這次失蹤深爲愁苦，弄不清究竟是怎麼回事。假若他不是已經骨瘦如柴，那他一定會更瘦下去。他爲此把一切統統淡忘了，甚至連他對文學的興趣，連他的大作《論規則與非規則修辭》也都淡忘了，他本來打算一弄到錢就馬上印行的。自從見了用斯比爾的最好的活字出版的雨格·德·聖維克多的《論學識》，他就一直念念不忘，崇拜起印刷術來了。

有一天，他悲傷地經過刑事監獄[181]，看見一群人聚在司法宮的一道大門前。

「那裡有什麼事？」他向一個從司法宮出來的年輕人問道。

「我不清楚呀，先生。」那年輕人回答說，「聽說是在審訊一個殺了近衛騎兵的女人。那個案子好像有些巫術成分呢，所以連主教和宗教法庭的審判官都參加審判了。我的哥哥是若札斯副主教，他把全部時間都花在處理此類案子上。我想同他說點事，可人太多，我無法到他的跟前。這可真讓我苦惱，因爲我正急著需要錢呢。」

「唉，先生，」格蘭古瓦說，「我倒是願意借錢給您的，可是衣袋破了洞，卻並不是裝錢戳破的。」

他不敢告訴年輕人，說自己認識他的哥哥。自從上次在教堂裡見了副主教之後，他再也沒有去找過他，一想到這種疏忽，他便覺得難爲情。

那個學生逕自走了。格蘭古瓦跟著人群，沿著階梯向上朝大廳走去。在他看來，沒有什麼比審問案子更能消愁解悶的了，那些法官們通常都是愚笨可笑的傢伙。他混雜在人群裡，大家默默地擠著向

181. 這個監獄是大理院的一部分。

前走。當他索然無味地走完一條陰暗的迴廊，這條迴廊像這古老建築的腸道一樣在司法宮裡蜿蜒，終於來到開向大廳的一扇矮門前。這樣，高人一頭的格蘭古瓦從亂哄哄的人群那波動的頭頂上望進去，可以看到整個大廳。

大廳很寬敞，卻極其陰暗，因此看上去顯得更大。太陽落山了，尖拱形的長窗裡透進來一線微弱的夕陽，還沒有照到巨大的尖拱形屋架的鐵柵上就早已消失了，屋架上面成千的雕像彷彿在陰影裡晃動。大廳裡桌子上已經點亮了幾支蠟燭，照著正注視著大堆卷宗的書記們的腦袋。

大廳的前半部分都被群眾佔據了，左右兩側有些穿著長袍的人坐在桌前。大廳盡頭高高的審訊台前坐著幾排審判官，最後一排已隱沒在黑暗中了，他們的臉色全都冷漠無情。四周牆壁上裝飾著無數百合花紋，還可以隱約看見一個巨大的耶穌受難十字架掛在法官們頭頂上，到處豎立著槍戟，映著燭光的尖端好似朵朵火焰。

「先生，」格蘭古瓦向身邊的一個人問道，「這麼多人像神甫公會的高級神甫一樣坐在那裡，那都是些什麼人啊？」

旁邊那人答道：「先生，右邊是大法庭的議員們，左邊是審訊參事官，那些穿著黑袍子的是公證人，穿紅袍子的是法官大人。」

格蘭古瓦又問：「那邊那個滿頭大汗的紅臉大個子是什麼人呢？」

「那是院長先生。」

「他背後的那群公羊呢？」格蘭古瓦又問。我們已經說過，格蘭古瓦先生不喜歡官吏，也許是因為他的戲劇在司法宮上演失敗後產生怨恨的緣故吧。

「那是王宮的查案官們。」

「他前面那頭野豬又是誰？」

「那是大理院的書記官。」

「他右邊那條鱷魚呢？」

「那是菲利浦・勒里耶閣下，國王的特別律師。」

「左邊那隻肥肥胖胖的黑貓呢？」

「那是雅克・沙爾莫呂閣下，王室宗教法庭的檢察官，同他在一起的是宗教審判官們。」

「噢，可是，」格蘭古瓦問道，「那些傢伙究竟在那裡幹什麼呀？」

「他們在審理案子。」

「他們在審問誰呢？我並沒看到被告啊。」

「被審問的是個女人，先生。你看不到她，她背朝著我們，人們把她擋住了。看呀，她就在那邊一排槍戟的地方。」

「這女人是誰？」格蘭古瓦又問道，「你知道她的名字嗎？」

「不知道，先生，我也是剛來。不過我猜測這案子大概涉及巫術吧，因爲連宗教審判官們都參加審問了呢。」

「得了吧！」我們的哲學家說道，「我們馬上就會看見這幫穿長袍的傢伙吃人肉了，這種場面跟以往沒有什麼區別，總是老一套！」

「先生，」身邊那人提醒道，「你不覺得雅克先生看起來挺溫和的嗎？」

「哼！」格蘭古瓦答道，「我可不相信那個塌鼻翼、薄嘴唇的傢伙有什麼溫和嘴臉呢！」

這時，旁邊的人喝令這兩個談話的人肅靜，因爲法庭正在審問一個重要的證人呢。

「大人們，」大廳中央站著的一個老婦人說道，她的臉孔完全被衣服遮住，看起來整個人就像一堆會走路的破布。「事情就像我名叫法洛代爾一樣真實。我在聖蜜雪兒橋開店居住已四十年了，每年按時交付地租、捐稅和貢金。我家的門正對著河流上游的洗染匠塔散．卡雅爾的房屋。我現在成了窮苦的老婦人，但我從前也是位很漂亮的女人，大人們！以前就有人對我說過：『別老在晚上紡紗了，魔鬼就喜歡用犄角來梳老太婆的紗線。真的，去年在廟堂附近橫行的妖僧，現在正在舊城到處亂竄。法洛代爾老太太，當心他來敲您的門啊……』

「那天晚上，我正在紡紗，聽見有人來敲門。我問是誰，那人就罵開了。我把門打開，走進來兩個男人。一個穿黑衣人和一位漂亮的軍官。那黑衣人全身除了一雙燒紅的煤塊一樣發亮的眼睛外就只見斗篷和帽子了。他們隨即告訴我要『聖瑪爾泰房間』，是我樓上的一間客房，各位大人，那是我店裡最乾淨的一間房。他們丟給我一個銀幣。我順手就把那枚銀幣放在抽屜裡，心想明天可以到肉鋪去買點肉吃了。然後我們就上了樓。

「到了樓上的房間，我剛一轉身，那個黑衣人就不見了，當時差點沒把我嚇昏了。那軍官倒是個體面人，像老爺似的，他跟我一起下了樓，便走了出去。

「當我大約紡了一小支紗線的時候，那軍官帶著一個漂亮女孩又折了回來，那女孩要是經過好好打扮，定會像太陽那樣使你們眼花呢。她帶來了一隻公山羊，是白的還是黑的，我可記不清了。我當時就考慮了，女孩嘛，倒沒什麼關係，可那公羊，我不喜歡這種牲畜，牠們長著鬍子和犄角，像人似的，並且帶著幾分妖氣呢。不過當時我什麼也沒有說。我收了人家的銀幣，可不是嗎，法官大人？我把那軍官和少女都帶到了樓上的房間裡，就讓他倆單獨在一起，也就是同那隻公山羊在一起。我又下樓紡起紗線來。

「應該告訴大人們，我的房子有一樓和二樓兩層，後牆臨河，像橋上別的房屋一樣，樓下和樓上的窗戶都是臨河開的。我正在忙著紡紗，也不知爲什麼，那公羊讓我想起了可怕的妖僧來，而且那個美麗的少女的打扮也那麼古怪。突然，我聽到樓上一聲慘叫，接著有什麼東西倒在樓板上，同時又聽見開窗戶的聲音。

「我趕緊衝到樓下自己那個房間的窗戶邊，只見一個黑影子從我眼前晃了一下掉到河裡去了，那是一個穿著神甫衣服的幽靈。那天晚上正好有月亮，我看得很清楚。那黑影朝著舊城的方向游去了。那時，我嚇得全身發抖，趕緊跑去叫來了巡防隊。

「那些個巡防兵先生來了，都是醉醺醺的，他們一開始不知怎麼回事，倒把我揍了一頓。等我向他們解釋了一番之後，才一起上樓去。樓上的景象真是慘不忍睹，我那可憐的房間全是血，軍官直挺挺躺在血泊裡，脖子後面插著一把匕首，女孩昏在一邊，那頭公羊也嚇得半死。

「我心想，得了，我得花上兩個多星期來洗地板了，還得好好擦洗一番，那太可怕了……軍官被抬了出去，那可憐的女孩上身赤裸著，也給抬走了……還有，更糟糕的是，第二天我要拿那枚銀幣去買肉時，卻發現抽屜裡放銀幣的地方只是一片枯樹葉！」

老太婆住口了，人群中是一片恐怖的嘀咕聲。

格蘭古瓦身邊的一個人說道：「那個幽靈和那隻山羊，整個兒看起來真有點巫術的味道。」

另一個人插嘴說：「還有那片枯樹葉！」

第三個說：「毫無疑問，一定是女巫和妖僧勾結起來，去刺殺那個軍官。」

甚至格蘭古瓦自己也覺得這一切既可怕又逼真。

「法洛代爾老太太，」庭長威嚴地說，「您還有別的話要向本庭陳述嗎？」

「大人，沒有了。」老婦人回答道，「可是因爲那件事，我的房屋被人當成了破房子，骯髒可恥的地方，這說得太欺侮人了。橋上的房子外表的確不怎麼好看，因爲住戶太多了。可是話得說回來，屠夫們還是喜歡住在那裡，他們可都是些有錢人，還都和正經的女人結了婚呢。」

這時，格蘭古瓦認爲像鱷魚的那個法官站起身來說：「肅靜！我請各位大人不要忽視在被告身上發現的一把匕首。法洛代爾老太太，幽靈把您的銀幣變成的枯葉，帶來了嗎？」

「帶來了，大人，」她回答說，「我找到了，在這裡。」

一名傳令官把枯葉遞給了鱷魚，鱷魚陰鬱地搖搖頭，把它轉遞給庭長，庭長再轉遞給宗教法庭檢察官。這樣，枯葉就傳遍了整個大廳。雅克先生說：「這是一片白樺樹葉子，是妖術的新證據。」

一名議員發言說：「顯然，您說同時去了您家裡的有兩個男人。一個是穿黑衣的那個人，您先看著他不見了，後來又看到他跳到了河裡去，另一個是軍官。那麼給你銀幣的是哪一個呀？」

老婦人想了一下說：「是軍官給的。」人群中響起一陣喧鬧聲。

「瞧！」格蘭古瓦想，「這可叫我弄不明白了。」

然而，這時候，國王特別律師菲利浦．勒里耶重新插話道：「我提醒各位先生們，被刺的軍官在床前的訴狀裡宣稱：當那位黑衣人來同他搭訕時，他頭腦裡很混亂，模模糊糊掠過一種想法，此人很可能就是妖僧。他還補充說，正是這個幽靈催促他去和被告約會的。據軍官說，因爲他當時身邊沒帶錢，那幽靈就給了他一個銀幣，軍官就是用這枚銀幣付給了法洛代爾房錢的。因此，這枚銀幣是地獄裡來的了。」

這一結論性的意見，彷彿把格蘭古瓦和其餘聽眾的疑慮打消了。

「諸位手上都有案卷的，」國王的律師又坐下來補充道，「可以核對菲比斯的訴狀呀。」

被告一聽到這個名字便一下子站起來了，她的頭高出人群。格蘭古瓦驚恐地一眼認出被告就是愛斯梅拉達。

她臉色蒼白。她的頭髮往常都是梳成漂亮的辮子並且戴著金屬的飾物，此刻則蓬亂地披散著。她的嘴唇發青，眼睛深深地陷進去了。唉！

「菲比斯！」她瘋狂地叫道，「他在哪啊？各位大人，求求你們，在你們把我殺死以前，請告訴我他是否還活著吧！」

庭長回答說：「住口，你這個女人！那可不關我們的事情。」

「啊！行行好，告訴我他是不是還活著！」她合起兩隻消瘦的手說，同時人們聽見鎖鏈順著她的袍子發出輕微的聲響。

「那好吧！」國王監訴官無動於衷地說道，「他就要死了。您滿意了吧？」

那不幸的少女一下子倒在被告席的座位上，沒有哼聲，也不流淚，臉色蒼白得如同一尊蠟像。

庭長俯身轉向一個坐在他腳邊的人。這人頭戴金帽，身穿黑袍，脖子上掛著一條鐵鍊子，手裡拿著笞杖。他說道：

「守門人，帶第二名被告來。」

此時，所有的眼睛都望著一個小門。門打開了，格蘭古瓦的脈搏劇烈跳動著。

進來的是一隻金腳爪的漂亮母山羊。這隻優美的牲畜在門口停留了片刻，伸長了脖子，好像站在崖頂上眺望著遼闊的天際。忽然牠發現了波希米亞女郎，隨即縱身從桌子和書記官的頭頂躍過，一蹦一跳，兩下就跳到了女主人的膝邊。然後，牠輕輕地蜷縮在她的腳上，討求她能說一句話或撫摸牠一下。但是被告依舊紋絲不動，可憐的加里都不能逗引主人看牠一眼。

「啊，這就是我說的那隻討厭的畜生！」法洛代爾老婆子說道，「她們兩個我都認得很清楚！」

雅克插話道：「如果諸位大人高興，我們就開始審問這頭山羊吧。」

山羊就是那第二被告了。

在當時，審訊一隻動物在巫術案件裡是家常便飯。拿一四六六年的總督府帳目來說，就可以看到一筆奇怪的開支，那是爲審訊吉萊·蘇拉爾和他的母豬所花的費用。這一人一畜「以褻瀆神靈罪被處決於果爾倍伊」。

帳目什麼都記載著：劊子手和死囚友好分享最後一餐所開銷的麵包和三品脫葡萄酒的費用，甚至十一天內每天看管和飼養母豬的八個巴黎德尼埃，一切都記錄在案。有時不僅僅懲罰牲口，查理曼大帝和寬厚的路易還下過詔書，一定要嚴懲那些對敢於在光天化日之下顯形的幽靈。

這時，教會法庭國王代訴人嚷著：「如果附在山羊身上的魔鬼，繼續用巫術惑眾來破壞一切驅魔法，堅持行妖做祟，以此恐嚇法庭的話，我們現在就要警告它，我們將不得不以絞刑或是火刑來對付它了。」

格蘭古瓦冒出了一身冷汗。雅克從桌上拿起波希米亞女郎的巴斯克手鼓，用某種特別的方式舉到母山羊的跟前，然後問道：「現在是幾點鐘？」

母山羊用聰慧的眼睛望了望他，然後抬起金色的腳，在手鼓上敲了七下。那時正是七點。人們普遍顯出害怕的樣子。

格蘭古瓦再也忍受不了了，遂高聲喊道：

「牠在自己害自己呢，你們明明看得出，牠根本不知道自己在做什麼。」

守門人尖聲喝道：「大廳那一頭的平民肅靜！」

雅克借助手鼓擺弄幾個姿勢，引誘那山羊表演了另外幾套戲法，如說出當天的日期和月份啦，等等。

其實，這些戲法讀者們早已見過了。然而，同樣是這些聽眾，過去曾在街上多次爲加里無害的把戲喝彩叫好，但由於審判以及法庭辯論所引起的幻覺，他們就驚嚇起來，也認爲這山羊肯定是魔鬼啦。

還有更加糟糕的事，當王室宗法檢察官把山羊頸上的一個皮囊裡的活動字母，一股腦兒全抖落在桌上時，人們看見山羊從那些零亂的字母中抽出了一部分，拼寫出那個致命的名字：菲比斯。至此，人們更加相信，害死衛隊長性命的巫術便鐵證如山！而波希米亞女郎，這位往日眾人眼裡美麗迷人的舞蹈家，曾多次以其絕美的風姿，叫路人炫目的那個迷人的吉卜賽舞女，頃刻間被當成了一個兇惡的巫婆。

況且，她看上去好像一點兒生氣也沒有了。不論是加里多彩多姿的表演，還是檢察官凶相畢露的嚇唬，或是聽眾中低聲的咒罵，她全都毫不在意。

爲了使她清醒過來，一位差役就跑去狠狠搖晃她，同時庭長也提高嗓門嚴厲地說道：

「小姐，您原是波希米亞人，慣行不正當的事情。您和與本案有牽連的那隻著魔的山羊共謀，在今年三月二十九日的晚上，串通陰間的勢力，憑藉魔力與非法手段，謀害並用匕首刺殺了一位國王近衛弓手隊長菲比斯。您還不招認嗎？」

「真駭人聽聞呀！」少女用雙手捂住臉，喊道：「我的菲比斯！啊！這真是地獄！」

「您還不招認所犯下的罪行嗎？」庭長又冷冷地問。

「不，我當然不承認！」她用可怕的聲調說道，只見她眼睛裡射出了怒火，猛然站立起來。

庭長直截了當地接著問道：「那您如何解釋指控您的那些事實呢？」

她斬釘截鐵地答道：

「我已經說了，我不知道。那是一個神甫幹的，一個我不認識的神甫，一個老是跟蹤著我的凶惡的神甫！」

「就是那麼回事兒，」法官接過話頭來說，「就是那個妖僧。」

「啊，各位大人，行行好吧！我不過是一個可憐的小女孩……」

「埃及女郎！」法官打斷她說道。

雅克先生用柔和的聲音開了口：「鑒於被告可悲的固執，我請求動用刑具來審問。」

「同意。」庭長說。

不幸的少女全身戰慄起來。不過，在持槊的捕役們的喝令下，她依然聽從地站了起來，邁著相當堅定的步伐，夾在兩排槍戟當中，被雅克和宗教法庭的神甫們帶領著向一道便門走去。

便門忽然打開了，等她剛一走進去又重新關上了。傷心的格蘭古瓦覺得彷彿是一張血盆大口把她吞沒了。

在少女消失在那扇便門裡之後，人們聽到了一陣傷心的咩咩叫聲。那是小山羊在哭泣牠的女主人。

審案暫時停下來。一位評議官提醒庭長說，各位大人都已疲倦了，要等到刑訊結束，恐怕還得很長時間。庭長不以爲然，作爲一名官員應該爲了恪盡職守而懂得自我犧牲。

「這個可惡的下流女人！」一位年老的法官說道，「偏偏在人家沒有吃飯的時候來受刑。」

銀幣變成枯葉（續）

愛斯梅拉達依舊被槍戟包圍著，在大白天也要點燈的黑暗過道上上下下爬了好幾層樓梯，最後被司法宮的差役推進了一間陰森森的屋子。

這是一個圓形的房間，佔據了一座巨大塔樓的底層。司法宮裡有無數座這種塔樓，即使到了本世紀，新興的巴黎以現代建築群淹沒了昔日的巴黎，這種高塔依舊矗立在現代建築之上。

這間墓穴似的地下室裡沒有窗戶，除了那個低矮的入口和那道巨大的鐵門之外，就再沒有任何其他的出口。不過，亮光倒是不缺。厚厚的牆壁裡砌了一個壁爐，燃燒著很旺的大火，照亮了整個地下室，牆角裡一枝可憐的蠟燭反而變得黯然無光。用來關閉爐門的鐵柵此刻已經提起。在黑牆壁上的紅彤彤的爐口上，只能看到鐵柵的下端，恰似一排鋒利稀疏的黑牙齒一般的鐵條，使得火爐很像傳說中口吐火焰的蛟龍。

借著火爐光亮的映照，女囚看見房間四周有許多可怕的器械，不知道是用來幹什麼的。房間中央擺著一張皮革床墊，上面懸著一根帶鉤的皮條，另一頭拴在一個銅環上面，而銅環由刻在穹隆拱頂石上的怪物含著。各種鉗子、夾子、寬大的犁鏵等在火爐中燒得通紅。火爐噴出血紅的火光，照亮了房間裡那堆令人害怕的刑具。

這個地獄般的處所就是所謂的「刑訊室」。

宣過誓的掌刑吏比艾拉懶洋洋地坐臥在那張床上。他的兩名下手像方臉精怪，穿著皮革圍裙和燈籠褲，正在撥弄炭火上的那些鐵器。

不幸的少女鼓足了勇氣，但仍然無濟於事。她一被扔進這屋子裡就害怕得要命。

司法官的差役排列在一側，宗教法庭的神甫們在另一側。角落裡一位錄事官坐在桌前面，桌上擺著文具盒。雅克先生帶著溫和的微笑走近埃及女郎說：「親愛的孩子，您還是堅持不招認嗎？」

「是的。」她回答說，聲音則微弱得幾乎聽不見。

雅克接著說：「既然如此，我們也很爲難，那就只好用嚴厲的刑罰拷問你，我們本不願意這樣做。勞駕您坐到這張床上來吧。比艾拉先生，給這位小姐讓出地方，去把門關好。」

比艾拉抱怨著站了起來，喃喃地說道：「關上門火會熄滅的。」

「那好，親愛的，」雅克又說，「就讓它開著吧。」

然而，愛斯梅拉達依舊站著。在這張床上，曾經有多少不幸的人吃過苦頭，她見了嚇得魂飛魄散。恐懼使她的骨髓都顫抖起來，她惶恐地站在那裡，不知所措。雅克做了個手勢，兩名助手就揪住她，把她拉過去坐在床上。

他們並沒有把她怎麼樣，可是當這兩人的手碰到她的身體之時，當她接觸到那用於行刑的皮床時，她便覺得周身的血液倒流回心臟了。她用驚恐的眼睛、目光迷離地環視了一下那房間，彷彿看到那些奇形怪狀的刑具從四面八方向她襲來，向她猛撲，爬到她的身上，咬她、夾她。這些刑具對於她曾經見過的工具而言就像蝙蝠、蜈蚣和蜘蛛對於昆蟲和鳥類。

「醫生在哪裡？」雅克問道。

「在這裡。」她剛才還沒有看見的一個穿黑袍子的人回答道。

她不禁戰慄起來。

「小姐，」宗教法庭國王代訴人以愛撫的聲音重又問了一遍，「您還是堅持不招供指控您的罪行嗎？」

這一次，她僅僅搖了搖頭，因爲她的嗓子已經說不出話來了。

「您繼續否認？」雅克又說，「那麼我很失望，但是我不得不履行我的職責了。」

比艾拉突然問：「國王代訴人先生，我們從哪種刑具開始呀？」

雅克猶豫片刻，露出一副詩人在尋找韻腳的怪相。

「先用鐵靴吧。」他終於答道。

不幸的少女感到自己已經徹底地被神和眾人拋棄了，她的頭垂在胸前，像個毫無力氣的笨重物件一樣。

掌刑吏和醫生一起走近她身邊，同時，那兩位下手便在那可惡的武器庫裡胡亂地翻找。聽到這些可怕的鐵器叮噹作響，不幸的少女戰慄得像隻通上電了的青蛙。她喃喃地喊著，聲音低得沒有人能聽得見：「啊！我的菲比斯呀！」隨後她又像大理石似的一動不動，無聲無息。

此情此景，誰見了都會難過心疼的，只有法官們的鐵石心腸是例外。這情景就像是一個罪孽深重的靈魂，在地獄那火紅的鐵柵裡受到撒旦的拷問。這一大堆可怕的鋸子、碾子、架子將要扣住的那可憐的肉體，這些劊子手用粗暴的雙手、鐵鉗和粗糙的牙齒將要折磨的生靈，卻是一位溫順、美麗和嬌弱的少女。人間司法將用毒刑的磨盤去磨的，是多麼可憐的小穀粒！

這時，比艾拉的下手已經用長滿了厚繭的老手，粗暴地扯脫了她的長襪，裸露出那雙迷人的嫩腿和小巧的腳。在巴黎街頭，這雙腿和腳曾以它們的精巧和美麗多少次使過往的行人迷惑啊。

「真可惜呀！」行刑官看著如此美麗而纖弱的腿腳，嘟囔著說。假若副主教在此，這時肯定會記起他那個蜘蛛和蒼蠅的比喻。

不一會兒，不幸的少女透過罩在眼前的一片雲霧，看到了鐵靴向她逼來，又見她的腳很快就被放進鐵器裡，消失在那可怕的刑具之下。恐懼反使她獲得了力量，便瘋狂地喊叫著：「快把它拿開吧！」她披頭散髮直直地坐了起來，高喊：「饒了我吧！」

她一下子從床上跳了起來，想到國王代訴人面前跪下，無奈雙腿被那沉重的橡木鐵靴鎖死了，動彈不得。她軟癱在鐵靴上，那慘相比翅膀上壓著鉛塊的蜜蜂還要疲弱無力。

雅克一揮手，他們又把她放回了床上，兩隻大手將拱頂上懸著的皮帶直接綁在她那柔弱的腰間。

「我再最後一次問您，」雅克問道，「你招認你犯的罪嗎？」

「我是無辜的。」

「那麼小姐，您將要怎麼解釋原告證人對您的指控呢？」

「哎呀，大人哪！我不知道。」

「那麼您是不招認嘍？」

「不。」

「上刑。」雅克對比艾拉說。

比艾拉扭動起重杆的把手，鐵靴立刻越來越緊了，不幸的少女發出人類語言中從來沒有的一種慘叫。

「停！」雅克對比艾拉說。「你招認啦？」他向埃及女郎問道。

不幸的少女喊道：「我招！我招，全招了！開恩吧！」

可憐的少女在嚴刑之下再也鼓不起勇氣了，一向過著快樂甜美光明生活的不幸的孩子，第一種苦刑就把她制服了。

「出於人道，我不得不對您說，」國王代訴人指出，「一旦您招供了，那麼等待您的就是死亡了。」

「我情願死。」她說完，便癱倒在那皮床上，好像身體被折爲兩截，奄奄一息地蜷伏著，任憑拴在胸部的皮帶捆綁著。

比艾拉把她扶起來說道，「來，漂亮的孩子，振作點，再稍微忍耐一下吧。您那神氣，真像掛在布林戈尼老爺脖子上的金綿羊。」

雅克放聲說：

「錄事官，寫吧。埃及女郎，您招認經常和惡鬼、假面人、女妖等一起參加地獄裡的盛宴、群魔會和行妖嗎？回答吧。」

「是的。」她應道，聲音輕得像吹了口氣。

「您招認曾經見過倍爾日比特的那頭公羊嗎？那是倍爾日比特爲了召集安息日會放在雲端上的，唯有巫師才能看見的東西，是嗎？」

「是的。」

「您招認崇奉那些窮凶極惡的聖殿騎士的偶像波浮梅的腦袋嗎？」

「是的。」

「您招認經常同牽連在案子裡的那個變成一隻山羊的魔鬼有來往嗎？」

「是的。」

「最後，您招認並且懺悔，於今年三月二十九日夜間，夥同魔鬼和俗稱爲妖僧的鬼魂，刺殺了名叫菲比斯的衛隊長？」

聽到這名字，她抬起水汪汪的雙眼望著法官，沒有慌亂，沒有震動，一點反應也沒有，只是像機器一般地回答道：「是的。」

顯而易見，她的心完全碎了。

「快記下來吧，錄事，」雅克說，然後又對掌刑者說道，「把女犯人放下，再帶到堂上去。」

女犯被「脫去鞋」後，宗教法庭國王代訴人察看了一下她那雙還在疼痛的腳，說道：「沒事，這還沒弄壞。幸虧您喊得及時啊。美人兒，您還可以跳舞的！」

接著，他轉向宗教法庭他那幫幫兇說道：

「到底問出結果來了，真是大快人心啊，先生們！這位小姐可以證明我們剛才是竭盡全力做到優待她的。」

銀幣變成枯葉（續完）

埃及女郎臉色蒼白、一瘸一拐回到了審訊大廳裡，迎接她的是一片歡快的低語聲。

在聽眾方面，不耐煩的情緒終於緩解，這好比在劇院裡好不容易等到一齣喜劇幕間插曲已經結束，幕布重新拉開，結局就要揭曉了。

對法官來說，馬上就可以回家吃晚飯了。那隻可憐的小山羊也高興地咩咩叫，牠想跳到牠的女主人跟前去，但牠被綁在凳子上動不了。

天色已經完全黑下來了。廳裡並沒有比先前增多的蠟燭，閃著微弱的光，連四周的牆壁也看不清了。黑暗給各種東西都蒙上了一層薄霧。幾位法官那無精打采的面孔勉強模糊看得見。在他們對面，有一個朦朧的白點，襯托著陰暗的背景，顯得分外惹眼，那便是女被告。

她拖著搖搖欲倒的步子來到位子上。

雅克又威嚴地回到了自己的座位跟前，一屁股坐下，然後站起身，竭力不過分流露出沾沾自喜的神情說道：「被告全招認了。」

「流浪女郎，」庭長接著說道，「您供認了行妖、賣淫、刺殺菲比斯等種種罪行嗎？」

少女的心頭發緊。人們只聽見她在黑暗中啜泣，用微弱的聲音應道：「你們希望我招認的一切，我全招認，不過快把我處死吧！」

「王室宗教法庭檢察官先生，」庭長說道，「大理院準備聽取您的訴訟報告。」

雅克先生攤開一本嚇人的本子來，用過多的手勢和訴訟中誇張的語調以拉丁語手舞足蹈地叨念了起來。其中所有訴案的證據，都是用西塞羅式的句子七拼八湊起來的，他還穿插著他最鍾愛的喜劇作家勃拉特（古羅馬用拉丁文寫作的喜劇詩人）的話語。

很遺憾，這篇出眾的東西，我們不能與看官共賞了。

演講人用奇特的姿勢高聲念誦，還沒有念完開頭的引言，額上就冒出了汗珠，眼球好像要跳出眼眶。正念到某一個長句中間，他驀地停頓下來，那雙通常相當溫和而愚蠢的眼睛，立刻變得惡狠狠的。這次他用法語來說話，因爲本子裡沒有這些話。

「先生們，撒旦已經插手本案了，而且就在我們這裡聽審，並扮著鬼臉侮辱本庭的尊嚴。請看！」

他一面說一面手指著那隻山羊，山羊看見雅克的手勢，以爲是應該表演一番了，便用兩條後腿坐起來，牠那兩條前腿和有鬍鬚的腦袋拚命在模仿王室宗教法庭檢察官那副悲壯的模樣。假若人們還記得，這是山羊最討人喜歡的絕技之一啊。這個偶然事件便成了最後的證據，並產生了特別的後果。人們手忙腳亂，趕緊把山羊的四蹄捆了起來。國王代訴人重新口若懸河，繼續演講。

演講詞太冗長了，不過結尾倒是美妙，令人叫絕。下面就是那最後一段話，讀者自己可以想像出雅克先生沙啞的聲音和直喘粗氣的姿勢：

根據以上論述，諸位大人，巫術已經被證實了，罪狀已很清楚，犯罪動機也已瞭解，憑著擁有大小各種司法權的聖殿巴黎聖母院的名義，本庭依法判決如下：

一、繳付一筆特別賠償費；

二、在主教堂聖母院大門前舉行懺悔儀式；

三、根據判決，將該巫女及其山羊在格雷沃廣場，或者在突出於塞納河並與皇家花園相連的小島上就地正法。

一念完，他戴上帽子重新就座。

格蘭古瓦悲痛欲絕，唉聲歎氣道：「多麼低劣的拉丁文啊！」

這時，被告身邊一個穿黑衣服的人站起來了，那是她的律師。法官們因爲肚子餓了，都低聲嘀嘀咕咕起來。

庭長說：「律師，請說得簡短些。」

辯護律師說道：「庭長先生，既然被告已經供認了全部罪行，我只有一句話向諸位大人說明。撒利克法典裡有這樣一項條款：『如果有一女妖吃掉一個男子，且她認了罪，可處以八千德尼埃罰款，合二百金蘇。』可否請法庭判我的當事人付這筆罰金？」

國王特別監訴官說：「該條款已經作廢了。」

「不對。」辯護律師申辯說。

一位評議官說：「表決吧！罪狀已被證實，現在已經太晚啦。」

於是，當庭表決。法官們隨意舉帽附和，他們正忙著退庭回家。聽到庭長低聲向他們徵求意見，只見昏暗中他們一一脫帽。不幸的女被告好像也在朝他們看，但她那模糊的眼睛幾乎什麼都看不見了。

接著，錄事開始忙著記錄在案，隨後便把一張羊皮紙交給庭長。

這時，不幸的少女聽到，人群中忙亂了一陣，有戈矛碰撞之聲，還有一個令人不寒而慄的聲音對她說道：

「流浪女郎，在國王陛下高興指定的一個中午，你要只穿襯衣，赤著雙腳，脖子上套著繩子，在一陣鼓聲裡被帶到聖母院大門前，手裡拿著兩磅重的大蠟燭進行懺悔。然後被送往格雷沃廣場，在本城絞刑架上被吊起來絞死，你的這隻山羊也要被處死。你還要向教會法庭交納三枚金獅幣，用來抵消您所犯並招認的巫術、魔法、賣淫、謀殺菲比斯先生本人等罪行。願上帝收留你的靈魂吧！」

「啊！真是一場噩夢！」她低聲喃喃自語，隨後就感到有幾雙粗大的手來把她帶走了。

拋棄一切希望

在中世紀，一座稱得上完整的建築物，地下和地面大約各占一半。除了像聖母院這樣的用木樁做地基的之外，其他任何一座宮殿、一座堡壘、一座教堂無不擁有雙層地基。

各大教堂裡，可以說還有另一座地下的主教堂，它低矮、黑暗、神秘、位於地面中堂之下，基本上是既瞎又聾的狀態；中堂裡則光輝燦爛，日夜響著管風琴聲和鐘聲。

有時候，地下一層則是一座墓穴。在宮殿和城堡的底下，則是一座監獄，有時也是一座墳墓，或者兩樣都有。

這些結實的泥土建築，我們在前面曾經敘述過其構造形式，它們不僅具有雙層的地基，而且可以說還存在眾多根鬚，向地下分叉，構成地下房間、走廊、樓梯等，都是半截埋在地下的。

就這樣，一座建築物的地窖就是另一座建築，要到那裡去無須往上爬，只要往下走，其地下各層作爲上面一層建築的地下層，猶如森林和山巒向清澈如鏡的湖水投下的倒影。

在聖安東尼城堡裡，在巴黎司法宮，在羅浮宮，這些建築的地下都是監獄。這些監獄的各層越往下去越狹窄、越黑暗，這些樓層的恐怖程度也逐級遞增。

但丁在這裡能夠爲他的地獄（但丁所著《神曲》分為《地獄》、《煉獄》和《天堂》）找到最好的實物。那些類似漏斗形排列的牢房，通常蜿蜒而下直抵地牢深處一個盆底狀的密牢。那裡，但丁用來安置撒旦，而社會用來囚禁死囚。

任何一個悲慘的生靈一旦進入了這個地方，那就意味著他必須告別陽光、空氣、生活，把一切希望通通拋棄。休想從那裡出來，除非是去上絞刑架或火刑柴堆。有時，他就在裡邊等待腐爛。人類司法把這種情況稱之爲「遺忘」。

在人類和囚犯之間，他只能感覺到壓在頭頂上的大堆石塊和獄卒，而那整個牢房，那牢固的監獄就是一把十分複雜的巨鎖，將他鎖住，與活生生的世界隔絕。

被判絞刑的愛斯梅拉達就被關押在這樣一個盆底裡，在聖路易修造的遺忘角，在小塔的安息之處，大概是怕她逃跑吧。她的頭上頂著巍峨的司法宮，其實她不過是連這個龐然大物的一顆小石子也搬不動的可憐的蒼蠅啊。

誠然，上帝和社會都是同樣的不公平，要摧毀這麼一個柔弱的人兒，何須那麼多的苦難和酷刑呢！

她迷失在地牢裡，被黑暗吞沒了，埋葬了，掩藏了，禁錮了，四面都是牆壁。此刻，如果曾經見過她在陽光下歡笑、跳舞的人們看到這樣的情景，一定會戰慄起來。

黑夜死亡般的寒冷，頭髮裡沒有一點空氣，耳朵裡聽不到一點人聲，眼睛看不見一縷陽光，她身子彎成兩截，被沉重的鐵鍊壓著，蜷伏在一張草席上，旁邊擺著一個水罐和一點麵包，身子下面是牢房滲出的水所匯成的小水潭，她沒有動彈，幾乎沒有呼吸，甚至連痛苦也感覺不到了。

菲比斯、陽光、中午、巴黎的街道、博得一片喝彩聲的舞蹈，同那個軍官纏綿細語的談情說愛，然後是神甫、老婆子、那把尖刀、鮮血、酷刑、絞刑架，等等，所有這一切不停地在她的腦海中浮現，歷歷在目。有時像愉悅的金色幻景，有時又像一個可怕的噩夢，然而，這一切無非是一種可怖而渺茫的掙扎，逐漸在黑暗中消失，或者是一種遙遠的音樂，在大地上凌空演奏，其樂聲是這掉進深淵裡的悲慘少女所再也聽不到的。

自從來到這裡以後，她既不是醒著也不是睡著。在這場橫禍中，在這個地牢裡，她再也無法分清醒和睡，更無法區分夢境與現實，就如同分不清黑夜與白晝一樣。

這一切都已混雜、破碎，都在她的思想裡飄浮著、流散著。她已經不能感覺，不能辨識，也不能思考了。如果要形容現在的她，也只能說她像做夢般恍恍惚惚。從來沒有一個活人像她這樣深深陷在虛無縹緲之中。

她渾身麻木、四肢冰冷，呆定、凝冷，幾乎沒有聽見她頭頂上一扇活門兩三次打開的聲音，甚至也沒有注意到那裡透進來的一絲光亮，有人扔給她一塊黑麵包。獄卒定時前來送飯，這是她與活人世界的唯一聯繫了。

還有一個東西機械地佔據著她的聽覺，就是頭頂上的滲水，那透過拱頂上長滿青苔的石塊縫裡沁出的水珠均勻地滴落下來的聲音。她呆呆地聽著水滴落在身邊小水潭裡的聲音。

這水珠滴下的聲音就是她周圍僅有的響聲，就是告訴她時間的時鐘，是地面上一切聲響中唯一傳到她那裡的聲音。

不管怎麼說，她總算還能感覺到在這漆黑的爛泥坑裡，有什麼冰涼的東西滴落在她腳上或手臂上，使她戰慄。

她到這個地方多久了？她一無所知。她只記得在什麼地方有人判了某個人的死刑，這之後她便給帶到了這裡，只記得她是在黑夜和沉寂中凍醒過來的。她曾經用手在地上爬著，但是她的腳踝被鐵環劃破，鎖鏈叮噹作響。她辨認出四周只有牆壁，她身下是一塊滴滿了水的石板和一小束麥秸。這裡沒有燈，也沒有通風孔。於是她只好在稻草上坐了下來，有時爲了換一下姿勢，就坐到牢房中的最低一級石階上。

有一段時間，她試圖去數那水滴向她報告的黑暗的分秒，但不一會兒，這個病弱的腦子就從那悲慘的努力中自動中斷了，留給她的只是呆木的感覺。

終於有一天或一個夜晚，（因為在墓穴裡子夜和晌午都是同樣的顏色）她聽到頭頂上一陣響聲，比往常獄卒給她送麵包和水罐時開門的聲音要響些。她抬起頭來，看到寂靜的地牢拱頂上的活門縫隙裡透進了一線紅紅的亮光。同時，活門在生銹的鎖鏈上軋軋地磨響一陣便轉開了。

她看見一盞燈籠，一隻手和兩個男人的下半截身子。因爲門太低矮，她瞧不見他們的頭。燈光刺痛了她的眼睛，她只好閉上雙眼。

她睜開眼睛時，活門已經關上，燈放在一級石梯上面，一個男人隻身站在她的面前。一件黑風衣一直拖到他的腳面，黑風帽遮著他的面孔。他全身任何部分都看不見，包括他的臉和手，那真是一塊長長的黑色的裹屍布直立在那裡，但是又能感到有樣東西在底下顫動著。

她呆定定地緊盯著這個幽靈看了一陣子。其間兩人誰都不說話，就像兩尊雕像那樣面面相對。地穴裡似乎只有兩樣東西還有些生氣：那就是潮濕空氣引起的燈芯的爆響聲和從屋頂滴下的水聲——它用單調的淅瀝聲應和著那有規律的爆響，使反射在水潭裡的燈光隨之抖動，在水面上泛起同心圓形的波紋。

女囚終於打破了沉默：「您是誰？」

「一個神甫。」

這句話，這聲調，甚至連嗓音都使她禁不住戰慄起來。

神甫又用清楚沉重的聲音問道：「您準備好了嗎？」

「準備什麼？」

「準備好去死啊。」

「啊！很快了吧？」她說。

「明天。」

她先前在歡樂中抬起的頭，一下又垂到了胸前。

她喃喃地說道：「還要等那麼久呀！爲什麼不在今天呢？」

神甫沉默了一會兒，又問道：「您感到很難受，是嗎？」

「我很冷。」她答道。

她隨即用雙手握住了雙腳，這是不幸的人感到寒冷時常有的動作，我們曾經見過羅蘭塔樓的坐關修女也是如此。她的牙齒也在碰得咯咯作響。

神甫似乎用他那蒙在頭巾下面的眼睛，悄悄環視了一下這牢房。

「沒有亮光！沒有火取暖！您一直浸在水裡！真可怕！」

「是的。」她用不幸給她造成的驚慌語氣說道，「全世界都有白天，爲什麼給我的卻只有黑夜？」

「你可知道，」神甫又沉默了片刻，然後說：「你爲什麼在這裡？」

「我想我原是知道過的，不過現在不知道了。」說著，她把瘦瘦的手指按住額頭，好像爲了幫助記憶。

突然她像小孩子一般哭起來了：「先生，我要離開這裡。我冷，我怕，並且有些討厭的東西在我身上爬。」

「那好，跟我走吧！」

神甫一面說一面抓住她的胳膊。

那苦命的少女本來就已經冷得好像五臟六腑都凍僵了，可是這隻手給她的感覺比冰還要冷。

「啊！這是『死亡』的冰冷的手呀。」她自言自語說，接著問道，「您究竟是誰？」

神甫把風帽拿掉了。

她一看，原來是長久以來一直追蹤她的那張陰森森的臉孔，就是在法洛代爾家，從她心愛的菲比斯頭頂上冒出來的那個魔鬼的腦袋，那雙她上次看見在一把尖刀旁邊閃亮的眼睛。

這個危害她的幽靈，這個曾經把她從災難推到災難，使她遭受刑律的幽靈的出現，使她從呆木狀態中驚醒了。頓時覺得，蒙住她記憶的那層厚厚的布幕好像突然拉了開來，所有悲慘遭遇，從在那天夜晚法洛代爾家的那一幕起直到小塔法庭中被判處死刑，一樁樁一件件，一下子都回到了她的心裡，不再像先前那樣模糊混亂，而是清楚的、鮮明的、跳動的、可怕的。

那些記憶本來一半已經遺忘了，而且因爲過度痛苦而幾乎抹掉，如今看見面前出現這個陰森森的人影，這些記憶頓時又被召喚回來了，就好像用隱寫墨水寫在白紙上的無形字跡，一挨近火就清楚地顯現出來一樣。她覺得所有的心靈創傷又都被重新撕裂開來，鮮血直向外湧。

「啊！」她大聲地叫了起來，雙手捂住了眼睛，痙攣地哆嗦著嚷道，「還是那個神甫！」

一說完便洩氣地垂下無力的胳膊，一屁股癱坐下去，耷拉著腦袋，眼睛盯著地，依舊不斷地哆嗦。

神甫一直盯著她，目光就像一隻在高空盤旋的老鷹，死盯著一隻躲在麥田裡的可憐的雲雀，悄悄地不斷縮小其可怕的包圍圈，突然像閃電般，向獵物猛撲下去，用利爪抓住那喘息著的雲雀將牠捕獲。

她開始低聲呢喃著：「結束我的生命吧！結束我的生命吧！快給我那最後一擊吧！」她恐懼地把頭縮在雙肩中間，彷彿一隻母羊等待著屠夫的那致命一刀。

「是我把你嚇住了嗎？」他終於說。

她沒有應聲。

「是我把你嚇住了嗎？」他又說。

她的嘴唇似笑非笑地動了一下，好像在苦笑。她說：「是的，這好像是劊子手同死刑犯開玩笑呢。這幾個月以來，他一直在追蹤著我、威脅我、嚇唬我！要不是他，我的上帝，我是多麼的幸福！是他把我丟進了萬丈深淵！啊，天哪！是他殺死了……是這個傢伙殺了他，殺了我的菲比斯！」

說到這裡，她突然大哭起來，抬眼望著那神甫：「啊！可惡的人！您是誰？我妨礙您什麼了？您爲什麼如此的仇恨我呢？唉，您對我有什麼怨仇啊？你爲什麼要反對我？」

「我愛你！」神甫喊道。

她的眼淚霍然打住，只用癡呆的眼光看著他。

他跪下來，盯著她，用火焰般的眼睛死死地盯著她。

「你聽見了嗎？我愛你。」神甫又叫道。

「是什麼樣的愛呀！」不幸的少女戰戰兢兢地問道。

「下地獄的人的愛！」他回答。

有一陣子，雙方默不作聲，雙雙被感情的重量給壓碎了，好一會兒沒說話。

他是喪失理智，而她則是呆愣愣的。

「聽我說，」神甫終於開口說話了，他終於恢復了異常的平靜，「你馬上就會全知道的，我馬上就能告訴你。我要把我在上帝似乎看不見我們的漆黑夜晚，捫心自問時都不敢向自己說的話告訴你。聽著，小姐，在遇到你之前，我很幸福……」

「我也是啊！」她有氣無力地歎息了一聲。

「不要打斷我的話。是呀，我本來是幸福的，至少我以為自己是幸福的。我那時也十分純潔，我的靈魂充滿了明淨的光輝。沒有人比我更自豪，把頭高高昂起，精神煥發。神甫們向我請教貞潔情操，博士們向我請教教義的學說，等等。科學，對於那時的我來說就是一切。它是一個姐妹，有這個姐妹我就足夠了。

「然而，隨著年歲的增長，我並不是沒有別的念頭的。不止一回，只要看見女人的形影走過，我的肉體便興奮不已。我在少年時就以為被生活窒息了的這種男人的生理和血液的精力，不止一次痙攣地解開了把我這可憐人拴在神壇冰冷石頭上的鐵鍊。

「但是，修道院的齋戒、祈禱、學習和禁欲制度，使我的靈魂重新成了肉體的主宰。於是我迴避一切女人。此外，只要我打開一本書，我腦子裡一切不潔的煙霧，就會在崇高的科學面前煙消雲散。不一會兒，我就覺得塵世雜務全逃之夭夭了，在永恆真理那祥和的光輝照耀下我恢復了平靜，感覺到滿目燦爛，神清氣爽，在教堂裡，在大街上，在草地上，魔鬼曾經多次用在我面前經過的婦女的模糊影子來誘惑我，但幾乎都不會闖入我的夢境，我都可以輕而易舉地戰勝它。

「唉！如果說我沒有保持勝利，那是上帝的過錯，是他沒有賦予人和魔鬼同等的力量。聽我說，有一天……」

說到這裡，神甫突然頓住，犯人聽見他胸中迸出幾聲歎息，那聲音好像是在垂死掙扎。

他接著說：

「……有一天，我坐在我那小房間的窗口……我當時正在讀一本什麼書呀？啊！這一切在我腦子裡已亂成了一團了……我正在看書，窗子朝向廣場。突然，一陣手鼓和音樂聲，擾亂了我的沉思，我憤怒地向廣場的方向看去。我看到的景象，當然其他人也看到了，是一種不是人類的眼睛應該看見的景象。

「在那裡，在石板路當中，當時正好是中午，陽光燦爛，有個女人在跳舞。她是那樣的美麗，若與聖母相比，連上帝也會覺得他更喜歡這個女子，寧願選她做自己的母親的。假如在他化身為人時，如果她已經在人間，他一定願意自己是她生下的呢！

「她一雙眼睛又黑又亮，滿頭烏黑的頭髮，正中有幾根照著陽光，像縷縷金絲閃閃發光。她的腳跳起舞來就像車輪的輻條在迅速轉動。她的髮辮盤繞在腦袋的周圍，無數金屬飾片在陽光下熠熠地閃耀，在她的額頭上面形成一圈星星。她那佈滿亮片的衣裙閃爍著藍光，繁星點點，恰似夏夜的星空，閃出千萬道光芒。她那靈活的棕色臂膊，在她的腰際裡盤繞，展開，好似兩條絢麗的絲巾。她的身段是驚人的美麗。啊，那光輝的形體，甚至在太陽光裡也像是發光的東西一般！

「唉！小姐，她就是你呀！我感到了驚奇，陶醉，迷惑，情不自禁地盯著你一直看。看著看著，我突然感到了一陣恐懼，我全身戰慄起來，我感到命運之手已把我抓住了。」

神甫情緒激動，又停頓了片刻，接著又往下說：

「已經半著迷了，我就試著要抓住什麼免得墮落。突然想起撒旦過去曾經多次向我張開過的羅網。眼前這女人美貌非凡，那只能是從天上或地獄裡來的。絕非用一點凡間的泥土捏成的普普通通的女人，內心也絕非像一個婦道人家那樣渾渾噩噩，靈魂裡只有顫悠悠的一點亮光照著而已。她真是個天使！但是她是一個黑暗中的，火焰的天使，卻不是光明的天使。

「在我這樣想著的時候，我看見你身邊還有隻母山羊，一種經常同巫師在一起的動物，正笑著注視我。中午的陽光把牠的犄角照得像火一樣發光。那時我已經隱約看到了魔鬼的圈套，我毫不懷疑，你肯定來自地獄，是來使我墮落的。我是非常相信這一點了。」

說到這裡，神甫直視女囚，冷冰冰地又說：「我現在依然相信這一點，而且魔法也逐漸在發生作用。你的舞蹈一直在我的頭腦中飛旋，我感到，那神秘的符咒已經控制了我，我的靈魂中一切本應覺醒的反而沉沉入睡，我就像在雪地裡凍死的人那樣，滿懷喜悅地慶幸著這一睡眠的到來。忽然你唱起歌來了。我怎麼辦呀，我這個不幸的人？你的歌聲比你的舞蹈更加迷人，我想逃，但是辦不到，我似乎被釘住——似乎在地上生了根，好像石頭人一樣。我只好依舊站在那裡，我的雙腳冰冷，頭卻熱得發暈。

「終於，你也許是在可憐我，才停止不唱了，消失了。那燦爛的幻景，那甜美的音樂在繼續迴盪，在我的眼前、耳際，漸漸消逝了。但是，我卻一下子癱倒在窗邊的角落裡，比一尊離座的雕像還要僵直、還了無生氣。晚禱的鐘聲把我驚醒了，我清醒過來便想逃開去，可是，哎，我心裡有什麼東西已經垮掉，再也扶不起來，好像有什麼東西壓在我身上，使我再也逃不掉了。」

他又停頓了一下，然後又繼續說：

「是的，自從那天起，我就變成了一個我不認識的人。我想試用一切療法，修道院、聖壇、工作、書籍。啊！真是癡心妄想！當熱情的頭腦開始失望的時候，科學變得多麼空虛！

「你知道從那以後，在書本和我之間一直浮現在眼前的是什麼呢？那就是你，你的影子，你的形象，某一天從天上降落到我面前的那個光輝燦爛的形象。但這個形象不再是原來的顏色，它變成了陰森的、慘澹的、幽暗的，好像望太陽望得太久之後，在眼前跳動的一圈黑影。

「我擺脫不了這個形象，我常常聽見你的歌聲在我腦子裡鳴響，看見你的腳在我的祈禱書上跳舞，夜裡在夢中，你的形象便滑過我的肉體。我就想再看到你，撫摸你，想知道你是什麼人，看看當我再見到你時，你與我腦海中留下的那個完美的印象又是否一致，現實會粉碎我的夢幻也說不定。總之，我希望能有個新的印象，來消滅那前一個形象，因為前一個使我無法忍受。

「我在四處尋找你，我果真終於再見到你，真是災難呀！我見過你兩次後，就恨不得再見你一千次，恨不得常常看到你。那麼，我就思考怎樣才能在滑向地獄的斜坡上剎住不往下滑呢？但是，我已經不能自制了。魔鬼縛住我翅膀的長線，另一端則捆綁在你的腳上。我一下子變得神情恍惚，我變得跟你一樣到處流浪起來，我在許多大門口等候你，在許多街角上窺伺你，在我的鐘塔頂上偷看你。回到我的房間後我就更加入迷，更加失望，更加瘋癲，更加喪魂失魄！

「我終於知道你是什麼人了，你是埃及女郎，波希米亞女郎，流浪的女郎，漂泊的女郎，那還能同巫術沒關係嗎？聽著，我希望會有一場審判來把我身上的魔法解除掉。曾經有個女巫蠱惑了阿斯特的布魯諾，他就用火刑把她給燒死了，之後他就痊癒了。我知道這件事，我也想試一下這種解脫方法。我首先禁止你到聖母院一帶來，以爲你不再來，我便能把你忘記了。但你竟然並不理睬，還是經常來。然後，我想到把你搶去。

「有一天夜裡，我試圖把你搶走。我們一共有兩個人，我們已經捉住你了，不料半路上來了那個倒楣的軍官，他解救了你，你的災難、我的不幸，還有他的不幸也就開始了。最後，我簡直不知道怎麼辦才好了，也不知道事情會怎麼樣，所以就向宗教法庭告發了你。

「當時我以爲這樣做，自己就會痊癒的，像阿斯特的布魯諾那樣。但我又混亂地想到要用訴訟的辦法把你弄到手，想著把你關進監牢我就能得到你，在那個地方你就不能逃避我了。

「在監獄裡，我可以抓住你，佔有你，你就再也逃不出我的手心了，你已經佔有我的心很長時間了，這回該我來佔有你了。一個人只要幹了一件壞事，就想幹盡一切壞事。如果做壞事卻在半路放棄，那不是太荒唐了嗎！罪惡到了極端，會有狂熱的樂趣。一名神甫和一個女巫可以在牢房的麥秸堆上沉醉在那種歡樂裡的！」

「於是我控告了你，碰見你時我就嚇唬你，我讓你掉進我的圈套，我堆積在你頭上的風暴，還有所有的威脅和閃電，都是從我這裡一一發出去的。因爲我還有點猶豫不決，我的計畫裡有些可怕的成分使我退縮不前。

「我也許本來可以放棄你，也許我的可怕念頭會在我頭腦裡毫無結果地消失了。我原來以爲，這場審判是審是停都是我說了算的。但是，任何罪惡的思想都是十分堅決的，非要成爲事實才肯甘休。

但是，正是在我自以爲很有力量的地方，命運都比我更強大。唉，是命運把你抓住了，並且把你放在我私自做成的機器的可怕齒輪下面了，聽著，我快要講完啦。

「有一天，在另一個陽光明媚的日子裡，我看見一個男人從我面前走過，笑著，眼神淫蕩。該死的！我就開始跟蹤他。後來發生的一切你全知道了。」

他住口了。少女只能喊出一句：

「我的菲比斯呀！」

「別喊這個名字！」神甫狠狠地抓住了她的胳膊說，「不許提這個名字！啊！我們多麼不幸，就是這個該死的名字毀了我們的幸福！更確切地說，我們彼此都受命運莫名其妙的捉弄而相互毀滅！你痛苦，是不是？你很冷，黑夜使你成爲瞎子，牢房緊緊包圍著你，不過，也許在你心靈深處還有點光明，雖然那只是你對那個玩弄你感情的行屍走肉的幼稚的愛情罷了！而我呢，我內心裡是牢房啊！我的內心只是冬天，充滿了冰霜和失望，我的靈魂一直在漫漫長夜中掙扎。

「你知道我遭受的一切嗎？我參與了你的案子，我坐在宗教審判官的位置上，是呀，在那些神甫頭巾裡，有一塊頭巾遮蓋著一個罪人的怪模樣。你被帶上法庭時，我在場；你在受審問時，我也在那裡。真是狼窩呀！那是我的罪惡，我的絞刑架，但是我卻看見人們把它安在你的頭上。

「傳訊每一個證人，出示每件證據，提出每項指控，我都在場；我能夠計算出你踏在那苦難路程上的每一個腳步，我還在那裡，當那頭凶猛的野獸……啊！我沒有預料到他們會動用酷刑！聽我說，我跟著你走進了刑訊室。我看著施刑人卑鄙的雙手脫去你的鞋襪，使你腿腳半露著。我看見了你美麗的腳，我曾經希望吻一下便死去的腳，要是踏在我的頭上就會使我沉醉的腳，我卻看見人們把它們裝進鐵靴裡去，那種鐵靴曾經使無數活人的腳變得血肉模糊呢！啊！悲慘的人兒！當我看見這一切時，我就用藏在衣服內的匕首刺割我的胸口。聽到你一聲慘叫，我便把刀向肉裡刺去，聽見你第二聲慘叫時，刀尖刺進了心臟！你看，我相信傷口仍在流血。」

他掀開神甫袍子。果然，他的胸膛像是被虎爪抓破了一般，而且側肋還真有一個相當大的傷口尚未癒合。

女囚恐懼得接連倒退了好幾步。

神甫說：「小姐，可憐可憐我吧！你認爲你自己是不幸的，唉！唉！你並不知道什麼才是不幸。啊！鍾愛一個女人！身爲一個神甫！會被人厭惡！卻以他整個靈魂的全部狂熱去愛她，覺得爲了換取她的微微一笑，就能使他把自己的鮮血、五臟六腑、名譽、幸福、不朽和永恆、今生和來世通通拋棄；他恨自己不能身爲國王、天才、皇帝、大天使、神靈，不能在她腳下成爲一個偉大的奴隸，他只想日日夜夜在睡夢中緊緊擁抱住她。但是，卻眼睜睜看見她迷上一個軍官的制服，而自己能奉獻給的只是一件骯髒的神甫法衣，叫她害怕和嫌棄！就在眼前，滿懷嫉妒和憤怒，看著她將愛情與美貌獻給一個既愚蠢又卑鄙的笨蛋！

「我就在現場，心懷嫉妒，怒火沖天！看著那使人燃起慾念的玉體，那無比溫柔的酥胸，那在別人的熱吻下白裡透紅的顫動肉體！老天！迷戀她的腳，她的胳膊，她的肩膀，夢想她那發藍的血脈，棕色的皮膚，以至於整夜蜷伏在密室的石板地上折騰。但是看見他所夢想的種種溫存竟導致她遭受毒刑！結果使得她被按倒在受刑的皮床上……那儼然是用地獄的烈火燒紅了的真實的鐵鉗呀，哪怕被五馬分屍，也比這要強！

「你知道這樣的折磨是什麼滋味嗎？在那漫漫長夜裡，我血液沸騰，心靈破碎，頭腦脹痛，牙齒咬住雙手，這種酷刑是什麼滋味呀！就像輾轉在燒紅的烤架上，承受愛慾、嫉妒和絕望的煎熬！小姐，慈悲吧！別再折磨我，讓我歇一歇吧！朝這火上撒把灰吧！我懇求你，給我擦去前額上如注的大汗珠吧！小姐！請你用一隻手來懲罰我，但用另一隻手來安撫我吧！可憐可憐我吧，小姐！憐憫我吧！」

神甫在石板地上的水潭中打滾，腦袋一下又一下碰在石階角尖上。

少女一直在聽著，看著。當神甫說得累了、筋疲力盡地喘氣時，她才低聲又說一遍：「我的菲比斯呀！」

神甫跪爬到她跟前。

「我懇求你，」他喊道：「你如果還有一點良心的話，就不要再拒絕我！啊！我愛你！我也是一個可憐蟲！可憐的女孩，你一說出這個名字，就像你是在搗碎我心上的每一條神經！你開開恩吧！如果你是來自地獄，我就跟你回地獄去，我所做的一切就是爲了這個。你所在的那地獄，就是我的天堂了，你的目光比上帝的目光更加可愛！

「啊！說話呀！那你是不要我了嗎？如果一個女人能夠拒絕如此這般的愛情，我想高山也會移動的。啊！只要你願意！啊！我們會很美滿的！我們可以逃走，我可以幫你逃跑，我們一起逃到某個地方去，我們會在大地上找到一個陽光更好、樹木更多、天色更藍的處所。我們要彼此相愛，我們要互相充實彼此的靈魂，我們之間有著如饑似渴的愛情，讓我們雙方不斷地來斟滿我們那杯愛情之酒吧！」

她突然放聲大笑，可怕的笑聲打斷了他的話。

「神父，快看！您的指甲在流血了！」

神甫好幾分鐘驚駭得發了呆，眼睛緊盯著自己的手。

最終他又以異常溫柔的聲調說道：「啊，是的。侮辱我吧，嘲弄我吧，使我更加難受吧！可是你來呀，來呀！抓緊時間，我告訴你，刑期就是在明天。格雷沃廣場上的那絞刑架，你知道嗎？它隨時準備著呢。太可怕了！眼看著你坐在囚車裡遊街！啊！可憐我吧！我從來也沒有像現在這樣明白自己愛你愛到了什麼程度。啊！跟我一起走吧。等我救你出來之後，你還來得及愛我。你願恨我多久都可以。可是來吧。明天！明天！絞刑架！處決！啊喲！你救救你自己吧！饒了我吧！」

他一把抓住了她的胳膊，神經錯亂地想要拉著她逃走。

她用呆定的目光看著他，說：「我的菲比斯怎麼樣了？」

「啊！」神甫鬆開了她的胳膊，「您太冷酷無情了！」

她神色凜然地重複道：「菲比斯怎麼樣了？」

「他已經死了！」神甫喊道。

她依舊冷若冰霜，一動也不動，說：「死了！那你幹嗎還勸我活下去，這有什麼用呢？」

神甫沒聽見她的話。「啊，對呀，」他自言自語地說，「他一定是死掉了，刀刺進去很深，我相信刀尖刺進了他的心臟。啊，我是全神貫注在刀尖上的呀！」

少女像狂怒的雌老虎一般向他撲去，用超人的力量把他往石級上一推。

「你這個魔鬼，快滾！兇手，快滾！讓我死吧！讓我們兩個人的血在你額頭上留下一塊永遠的印記！跟你？跟一個神甫？做夢！永遠不能！我死也不會同意跟你結合，哪怕在地獄！滾吧，該死的傢伙！永遠都不可能！」

神甫踉蹌地跌倒在了樓梯上。他默默地將腳從他的黑袍子底下解放出來，提起燈籠，開始慢慢地登上通向門口的石階。他打開門，走了出去。

突然，少女看見他又從門口探進頭來，滿臉駭人的表情，以狂怒和絕望的聲音吼叫道：「我告訴你，他已經死了！」

她臉孔朝下跌倒在地上了。牢房裡再也聽不到什麼聲響了，唯有水珠在黑暗中落到水潭時發出聲聲的歎息。

母親

我不相信世界上有什麼事情比得上一個母親看見自己孩子的小鞋更愉快的了，尤其假若它是節日星期日或受洗禮時穿的鞋，連鞋底上都繡著花的鞋，孩子還不會走路時穿的鞋。

這只鞋是那麼的精美、小巧玲瓏，孩子穿著是走不了路的，而對母親來說，看到它就像看到了自己的孩子一樣，她朝它微笑、吻它、跟它說話。她尋思現實中能否真有一隻腳這麼小，而且，即使孩子不在她跟前，只要有了漂亮的鞋子，就彷彿是那柔弱可愛的小人兒在她跟前一般。她以為看見了她，她也確實見到了她，見到她的整個身子，活潑、歡快，還有她精美的手，圓圓的腦袋、純潔的嘴唇、白中透著淡藍的明亮的眼睛。

若是冬天這小人兒就在那裡，在地毯上爬，好不容易攀上一隻凳子，而母親戰戰兢兢，怕她靠近火邊。假若是夏天，就好像她腳步不穩地走到庭院裡，花園裡，去拔石板縫裡的雜草，天真地看著那些大狗、大馬，一點也不害怕，還同豆莢、花兒一起玩耍，弄得園丁在花壇上發現了砂子，在小徑上發現了泥土，嘀咕地抱怨起來。

她周圍的一切都跟她一樣也在歡笑，在閃光，在嬉戲，連風兒和陽光也在她頸後柔軟的細髮中間盡情玩耍。這小鞋把這一切呈現在母親面前，像燭火一般把她的心熔化了。

可是，當孩子丟失了以後，聚集在小鞋周圍的萬般歡樂、迷人、溫柔的形象，頃刻變成千百種可怕的噩夢。

那漂亮的繡花鞋變得只不過是一種永遠使母親心痛的刑具。振動著的還是同樣的心弦，那根最深藏的、最敏感的心弦在顫抖著，可是彈奏它的不再是那安慰人的天使，而是一個魔鬼了。

一天早上，當五月的太陽升起在澄藍的天空，加俄法洛[182]喜歡把耶穌從十字架上解下來的情景畫在這樣的背景上，羅蘭塔的隱修女聽見格雷沃廣場上響起一片車輪聲、馬蹄聲和鐵器碰響的聲音。她迷迷糊糊有點受驚了，只是把頭髮捋在耳邊去不聽，然後跪下來凝視著那個她供奉了十五年的沒有生命的東西。

這只小鞋我們已經說過，在她看來就是整個宇宙。她的全部思緒已封閉在裡面了，到死都不會出

182. 加俄法洛（一四八一至一五五九），義大利畫家。

來了。

爲了這玩具般的那可愛的粉紅緞子鞋，她向蒼天傾吐過多少痛苦的呼籲、感人肺腑的怨情、祈禱和嗚咽，只有羅蘭塔樓的陰暗地洞才知道。就是在一件更優雅、更精緻的物品前，也絕沒有人流露過更多的悲哀。

那天早上她好像比往常更加傷心，從外邊都聽得見她那尖聲的、令人心酸的悲歎。

「啊。我的女兒！」她哭訴道：「我的女兒！我可憐的親愛的小寶貝呀！我再也見不到你了。這下子可完啦！我老是覺得這是昨天發生的事呀！我的上帝，我的上帝，您這樣快就把她帶走了，還不如早先就不要把她賜給我。您難道不知道，孩子是我們肚子裡的一塊肉。我真倒楣呀，偏偏在那天出去了。

「主啊！主啊！您就這樣把她給奪走了，您可曾見過我是如何疼愛她的麼？我快樂地讓她烤火，她含著我的乳頭甜笑，我讓她的小腳蹬上我的胸口上，一直蹬到我的嘴唇邊。啊，要是您看見過這些，我的上帝，您就會同情我的歡樂了，就不至於把我心頭唯一的愛情奪走了！

「主啊，難道我就那麼壞嗎，使您看也不看我就懲罰我嗎？唉！唉！鞋就在這裡：那腳呢，腳哪兒去了呀？身子在哪兒？孩子在哪兒？我的女兒，我的女兒呀，他們把你又怎樣了？

「主啊，請您把她還給我吧。我已經跪著向您禱告了十五年，膝蓋磨脫了皮，我的上帝，難道這還不夠嗎？請把她還給我吧，哪怕只是一天、一個鐘頭、一分鐘、就一分鐘也行啊，我的主！然後您把我永遠地扔給魔鬼，我也心甘情願！

「啊！要是我知道在什麼地方能夠拽住你衣袍的下擺，我就會雙手緊緊抓住它，那您就只好把我的孩子還給我呀！她那只小鞋子多漂亮，主啊，難道您一點兒也不憐惜嗎？您能用長達十五年的折磨來懲罰一位可憐的母親嗎？天上慈悲的聖母呀！慈悲的聖母！我自己的孩子，有人把她從我這裡搶去，把她偷走了，在一塊灌木叢裡把她吃掉了，喝乾她的鮮血，嚼碎她的骨頭！

「慈悲的聖母！可憐可憐我吧！我的女兒！我要我的女兒！就算是她現在生活在天堂裡，可是那對於我又有什麼好處呢？我不要你們的天使，我只要我的孩子！我是一頭母獅，我只要我的小獅子。啊！您假若不還我孩子，我就要在地上作踐自己，用額頭在石板地上磕碰，要受天罰，我要詛咒您，主啊！您看得很清楚，我把自己的手臂都咬傷啦，主啊！慈悲的上帝，難道您就沒有一點憐憫之心嗎？啊！只要我找到我的女兒，她能像太陽一樣地溫暖著我，哪怕您只給我鹽和黑麵包，我也心甘情願！

「唉！上帝，我的主啊！我只不過是個卑賤的在這裡贖罪的母親，而且我的女兒使我成了虔誠的信徒。那時候，出於愛她，我一心一意信奉宗教，她的微笑像通往天堂的門戶，我從她的微笑裡看見了您。啊！我假若能把這鞋穿在那只漂亮的粉紅色小腳上，只要一次，唯一的一次，慈悲的聖母，那我就是死了，也會向您祝福的！

「啊！十五年！現在她一定長大了！不幸的孩子！什麼？難道我真的不能再看見她了嗎，哪怕在天堂裡也見不到她了，因爲我無法到達天堂啊。啊！多麼悲慘，只有她的鞋在這裡，如此而已！」

不幸的母親又撲倒在小鞋上，多少年來給她安慰、使她絕望的鞋，她的五臟六腑像發現孩子丟失的那天一樣在抽噎聲中撕碎了。

因爲對一個丟了孩子的母親來說，每天都像是剛剛把孩子丟失了似的。這種痛苦是不會過時。喪服雖然舊了，發白了，但內心依舊悲痛欲絕，漆黑一團。

這時，一陣陣富有生氣的孩子歡樂的聲音從小屋外傳來，每次聽見他們的聲音，那可憐的母親都要躲到她那像墳墓一樣的小屋的最暗的角落裡去，好像是爲了好把耳朵貼在石板地上不去聽他們。這一次正相反，她卻突然一下子站起來，聚精會神地聽著。

一個小男孩剛說：「今天就要絞死一個埃及女郎了。」

用我們看見過的蜘蛛撲向一隻在蛛網上發抖的蒼蠅那樣的突然一跳，她跳向了天窗口。

我們知道，這窗口正是對著格雷沃廣場的。的確，有一架梯子放在那永久性的絞刑架跟前，劊子手的助手們正在忙著調整因風吹雨打而生銹的鐵鍊。周圍還站著一群人。

那幫說笑的孩子已經走得很遠了。麻袋女用目光搜尋她能問訊的過路人。她發現就在她住處旁有一個神甫，裝出在讀那本公用祈禱書的樣子。其實他更多關心的是絞架，而不是「鐵花柵欄後的聖書」，因爲他不時朝絞架投去狂亂的惡狠狠的眼光。她認出來了這是若札斯副主教，一位神聖的人。

「神甫，要在那裡絞死誰呀？」

神甫望了望她，沒有回話。她又問了一遍。他才說：「我不知道。」

坐關修女接著又說：「剛才有些孩子說，是要絞死一個埃及女郎。」

「我想是吧。」神甫說。

於是巴格特就發出一串瘋瘋癲癲的笑聲。

「教姊，」副主教問道，「那麼你很恨埃及女人吧？」

坐關修女又喊道：「我豈能不痛恨她們？這還用說嗎！她們都是巫婆，偷小孩子的女賊！她們分吃了我的小女兒、我的孩子、我的獨生女！我再沒有心了，我的心也被她們吃掉了。」

她樣子可怕極了，神甫則冷冷地看著她。

「我特別恨其中的一個，我詛咒過她，」她又說，「那是一個少女，她的年齡和我的女兒差不多，要是她母親沒有把我的女兒吃掉的話。這條小毒蛇每次經過我的屋子，就使我的血往上湧！」

「那好，姊妹，這下您可以開心了，正是這個女人，您馬上就可以看到她要被吊死。」冷漠得像一座墓地雕像的神甫說。

他的腦袋垂在胸前，慢吞吞地走開了。

坐關修女快樂地揮舞著胳膊。她大喊：「我早就詛咒過她了，她一定要上絞刑架的！謝謝你，神父！」

於是，她大踏步在她那洞穴的鐵格窗口前走來走去，披頭散髮，眼睛冒著凶狠的火花，用肩膀撞擊著後牆，活像一頭已經餓了很久的籠中惡狼，現在已經感覺到餵食的時間臨近了。

三個人不同心

實際上，菲比斯並沒有死。這種男人的生命往往是很頑強的。當國王監訴官菲利浦・勒里耶對愛斯梅拉達說「他就要死了」時，那是出於口誤或玩笑。而當副主教發狠地對女囚重複「他已經死了」時，事實是他根本不知道菲比斯死了沒有。他估計，他不懷疑，他真心希望他死了。要把關於他的情敵的好消息告訴那個女人，在他是太難啦。任何人處於他的地位也會同樣覺得為難的。

菲比斯的傷勢並不是不重，不過沒有副主教所渲染的那麼厲害。軍警們把菲比斯抬到外科醫生家時，醫生擔心他只能活一個星期，並且用拉丁話告訴了他。然而，青春的力量最後還是占了優勢。這是常有的事，雖然醫生做了種種預測和診斷，經常大自然還是喜歡和醫生開玩笑，硬把病人救活了。躺在外科醫生病榻上的那段時期，菲利浦．勒里耶和宗教法庭的調查官也在對他仔細盤查，這使他十分厭煩。因此，一天早晨，他感覺好了些，就留下了金馬刺作為醫藥費用，悄悄地溜了。

可是，這並沒有使案情的審理受到什麼影響。當時的司法機構好像不大在乎刑事審判的細緻嚴謹問題。它所需要的只是把被告絞死了，那就是做了他們該做的事。況且，法官們已經掌握了足夠的不利於愛斯梅拉達的證據。既然他們認為菲比斯已經死了，那就沒有什麼可說的了。

至於菲比斯，他也並沒有逃得很遠。他只不過回到了他的兵營裡了，就在離巴黎只有幾站路的法蘭西島上，在格．昂．勃里鎮的駐防軍裡。

總而言之，他根本不想親自出庭，他模糊地感到自己在這件案子裡不過是個可笑的角色，他根本不知道應該怎樣看待整個事件，他只是個頭腦簡單的軍人，不信宗教，同時卻又有些迷信。那隻山羊，與愛斯梅拉達奇特的相遇，她表達愛情的奇怪方式，還有她那埃及女郎的品質，最後又是妖僧，他都覺得疑慮不安。

他模糊看見在這一豔遇中，巫術成分遠遠大於愛情。她也許是一個女巫，也許就是魔鬼，說到底，這一齣滑稽喜劇，或者用那時的話來講，是一齣很乏味的聖蹟劇，而他在裡面扮演了一個很愚蠢的角色，一個挨打、受人嘲笑的角色。想到這兒，衛隊長十分羞愧。正像拉封登曾經描繪得絕妙的那種羞恥：

羞愧得就如一隻被母雞捉住的狐狸。

而且，他希望這事不要張揚出去，希望只要他不出庭，他的名字就不會被人大聲提起，至少不會傳出這個小塔法庭的範圍。

在這一點上他倒是對的，當時還沒有《法庭公報》呢。既然在巴黎的無數次審判中，沒有一個禮拜不煮死僞幣製造者，不絞死女巫，或是不燒死異教徒，人們已經十分習慣於跑到各個公共場所去看年老而封建的代米斯[183]捲起袖子，光著胳膊在絞刑架、梯子和刑台上行使職權，他們對於這些事是滿不在乎的。

當時的上流社會人士，幾乎不知道從街角邊經過的受刑的犯人姓甚名誰，那多是留給老百姓去享用的粗俗菜肴。行刑是公共場所的例行公事，就像對於麵包匠的烤爐或屠夫的屠宰場那樣已經司空見慣了。劊子手也只不過比屠夫稍微凶惡一些罷了。

因此，菲比斯很快就心安理得了，有關女巫愛斯梅拉達，或是如他所稱呼的西米娜，有關波希米亞女郎或妖僧的那一刀，有關審訊的結果，都覺得心平氣和了。可是，他的心在這方面感到空虛的時候，麗絲的形象又回到他的心頭。菲比斯隊長的心靈和當時的物理學一樣，厭惡空虛。

183. 代米斯即司法女神。

何況格·昂·勃里是一個枯燥乏味的村莊，住著一些釘馬掌的鐵匠和雙手粗糙的放牛女人，一條大路，兩邊排列著破房子和茅屋，形成半法里長的長帶，活像一條尾巴。

麗絲在他的情欲世界裡位居倒數第二。她是一個漂亮的女人，有一筆誘人的嫁妝。在一個晴朗的上午，這個戀愛中的騎士，他的傷口已經痊癒，而且料想流浪女郎的案件在過了兩個月之後也該早已結束並且被人遺忘，便裝模作樣地去叩貢德洛里耶府邸的大門了。

相當多的人正聚集在巴爾維廣場聖母院的大門前，他並沒有怎麼在意。他記得這天正是五月，猜想人們正在舉行什麼巡列儀式、慶祝什麼聖靈降臨節、或某個慶典活動什麼的。於是他把馬拴在了門旁一個鐵環上，愉快地上樓找他漂亮的未婚妻去。

她正單獨和她母親在一起。

麗絲一直對那女巫，她的小山羊，該詛咒的字母片兒，還有那長久不照面的菲比斯耿耿於懷。此刻，當她看到她的衛隊長進來，發現他氣色那麼好，穿著那麼新的軍服，繫著那麼輝煌的肩帶，神態那麼充滿熱情，她快樂得紅起臉來。

這位高貴的小姐比過去更加嬌媚。她那漂亮的金黃色頭髮編成了髮辮，益發迷人，全身衣服都是適合白淨皮膚的天藍色，這是科倫布教她的賣俏打扮，那雙眼睛流露一種因爲愛而感到痛苦的神情，越發顯得美妙。

菲比斯自從在格·昂·勃里駐防以來所見的無非都是些醜陋的村婦，與這般美色已經久違了，簡直一下子就給麗絲深深迷住了。這位軍官就顯得分外殷勤，百般巴結，當初的齬齟立刻和解了。老是恪盡母職地坐在那張大安樂椅中的貢德洛里耶夫人，不忍心再去責備他。至於麗絲的責怪，頃刻化作喁喁的私語。

少女靠窗戶坐著，一直繡著那幅海神的洞府的圖案。衛隊長倚靠在她的椅子背上，少女低聲而又撒嬌地在責怪他。

「您真壞！這兩個月您都幹了些什麼？」

有點被這個問題窘住了的菲比斯回答說：「我向您發誓，你美得連大主教肯定也會想入非非的。」

她聽了，忍不住笑了。

「夠了，先生，夠了，先把我的美撇在一邊，回答我的話吧。不過，漂亮倒是不假！」

「那好！親愛的表妹，我是被召回軍營駐防去了。」

「請告訴我，那是在什麼地方？那您為何不來向我道別一下？」

「在格．昂．勃里。」

菲比斯慶幸第一個問題讓他免去了回答第二個問題。

「可是那裡很近啊，先生，為什麼你連一次都不來看我？」

說到這裡，菲比斯倒真的不知所措了。「因為……軍務……再說，可愛的表妹，我也病了。」

「病了！」她嚇了一跳。

「是……受了傷。」

「受傷！」

可憐的少女聽了這話後簡直驚呆了。

「啊，你可別為這件事生氣，」菲比斯卻滿不在乎地說：「那算不了什麼。吵一次架，一場決鬥。

這同您有什麼關係呢？」

「同我有什麼關係？」麗絲抬起飽含熱淚的美麗眼睛喊道，「啊，你簡直不明白你在說些什麼。那場決鬥是怎麼回事？我全想知道。」

「那好吧！親愛的美人兒，我跟馬代・費狄打了一架，您知道的，就是聖日耳曼・昂・萊伊的那個副官，我們各自破了寸把長的皮，不過是這麼點事。」

愛撒謊的衛隊長心裡十分明白，一場決鬥總會使男人在女人眼中顯得特別出色。果然，麗絲用既激動又後怕，既高興又欣賞的眼光直望著他的臉。不過她還是有點放心不下，她說：

「但願您確實痊癒了，我的菲比斯！我不認識您的什麼馬代・費狄，但他肯定是個無賴。你們到底爲什麼吵起來的呢？」

菲比斯的想像力實在是不怎麼樣，這一問使他又沒了招兒，一時間不知該怎樣替自己解圍。

「啊，我怎麼知道？由於一點小事，由於一匹馬，一句閒話！好表妹，」爲了改換話題，他喊道，「巴爾維廣場上爲什麼鬧哄哄的呀？」

他走近窗前。

「啊！我的上帝，美麗的表妹，聖母院廣場上人可真是多呀！」

麗絲說：「我不清楚，今天上午好像有一個女巫要在教堂前面懺悔，然後去受絞刑。」

衛隊長真以爲愛斯梅拉達一案早就結束了，因此對麗絲的話完全無動於衷。不過還是提了一兩個問題。

「這個女巫叫什麼名字呀？」

「我不知道。」她回答說。

「他們說她幹了什麼呢？」

麗絲依舊聳了聳她那白皙的肩膀：「這我也不知道。」

她母親便插嘴說：「啊！我的上帝耶穌！現在有許許多多巫師，人們把他們燒死，想要知道她們的名字就和想要知道天上每朵雲彩的名字一樣難呢。總之，可以靜靜心了，仁慈的上帝掌握生死簿。」

說到這裡，這位可敬的老夫人站起身走向窗口，說：「主啊！菲比斯，您說得對。瞧，有好大一群人呢。讚美上帝！連房頂上也站滿了人。您知道嗎，菲比斯？這情景使我回想起我年輕的時候。國王查理七世在入城時，人也多得很呢。我記不清是哪一年了。我對您說這些的時候，您會覺得都是相當陳舊的了，可不是嗎？可對我來說，那些還都是很新鮮的事情。

「啊！那時候人要比現在多得多。連聖安東尼門的垛口裡也都擠滿了人。國王騎馬，國王的馬後面坐著王后，緊接著是貴婦們全坐在貴族老爺的馬後邊。我記得那天人們都哈哈大笑呢，因爲在身材矮小的阿馬里翁·德·加爾蘭德身旁是身材魁梧的騎士馬特法隆先生，曾經殺死過成堆的英國佬呢。

「當時那真是彩旗飄揚、五彩繽紛啊。法國所有的侍從、貴族都排列成行，他們的旗幟像波浪一般在空中飄動，映入眼簾。有打三角旗的，也有打戰旗的。我呀，說也說不清。加朗爵士打著三角旗，讓·夏多莫朗打著戰旗，古錫爵士打的也是戰旗，全都精神抖擻，僅次於波旁公爵……唉！想到這一切曾經顯赫一時，而今卻全都蕩然無存，真是可悲呢！」

但這一對情侶卻並沒聽可敬的富孀的一席話。菲比斯靠在未婚妻的椅背上，那是個迷人的位置，他可以從那裡自由自在地把眼光射到麗絲頸飾的全部開口處，領口開得那麼大，好像就是爲了讓他看見那美妙的部分，讓他去猜想其餘的部分似的。菲比斯望著這閃著綢緞般光澤的皮膚感到眼花繚亂，於是自言自語地說道：「放著這麼個白嫩的女人不愛，還能愛誰呢？」

兩人都默不吱聲。少女不時朝他抬起快樂、溫和的眼睛，他們的頭髮在春天陽光照耀下混雜在一起了。

突然，麗絲低聲說道：「菲比斯，再過三個月我們就要結婚了。您要向我發誓，除我之外，您從來沒有愛過別的女人。」

「我向您發誓的確如此，美麗的天使！」菲比斯回答說道，他的目光充滿著情欲，語調十分真誠，使麗絲完全相信了，這時或許連他自己也信以爲真了。

在這當兒，善良的媽媽見兩人那種心心相印的神態，不由樂滋滋的，遂出去料理一些家務瑣事去了。菲比斯看見她離開，這位色膽包天的衛隊長頓時放大膽子，腦子裡產生了種種荒唐的念頭。既然麗絲很愛他，她是他的未婚妻，此刻，她和他單獨在一起，他以往對她的興趣已經復活，這種興趣並不在其新鮮勁兒，但激情似乎不減，況且，提早嘗一嘗他那尙未成熟的麥子，該不是什麼大不了的罪過吧！

我不知道他的腦瓜裡是否掠過這些念頭，不過有一點是肯定的，就是麗絲完全被他的眼神駭住了。她朝四周望了望，發現母親不再跟前了。

她紅著臉，驚慌不安地說：「我的上帝！天真熱呀！」

「我想是吧，」菲比斯回答說，「我想是快到中午了吧，太陽挺厲害，放下窗簾就好多了。」

「不行，不行！」可憐的少女大聲說，「我倒需要一點空氣。」

正像牝鹿聽到了獵狗的呼吸，她站起來跑到窗前，把窗門打開，到了陽台上。

菲比斯很不樂意地跟在她後面。

陽台朝向聖母院的廣場，這一點讀者早已經知道了。

此刻，廣場上呈現出一派悲慘奇怪的景象，頓時使得害羞的麗絲恐懼倍增。

一大群人把那個廣場四周擠得水泄不通，附近各條街道都擠滿人。要不是有二百二十名軍警和火銃手們組成人牆，手持火銃來保衛，前庭周圍的齊肘矮牆是阻擋不住人流的，說不定早就被人群擠塌了。幸虧槍戟林立，廣場方是空蕩蕩的。入口處由一隊佩戴大主教紋章的戟兵把守著。

教堂每道大門都關得緊緊的，相反，廣場上無數房屋的窗戶卻大大敞開，成千的腦袋重重疊疊地擠在窗口，差不多就像是炮彈製造廠裡的一堆堆炮彈。

亂哄哄的那群人的臉上是灰濛濛的，骯髒而灰暗。人們等待觀看的場景顯然具有把平民中最被人嫌棄的人召攏來的特別威力。沒有什麼能比從這堆土黃色帽子和泥汙頭髮的蠕動人群中發出的聲響更令人厭惡的了，人群中笑聲多於叫喊聲，男人多於女人。

間或有一聲顫抖的尖叫刺破這一片喧囂。

……

「喂！馬耶．巴里孚爾！就在這裡吊死她麼？」

「蠢貨，只不過身穿內衣在這兒懺悔，只穿內衣呢！慈悲的上帝將把拉丁話吐在她的臉上！這種事一向都在正午時分在這兒舉行。假若你想看絞刑的話，就快點滾到河灘那邊去吧。」

「這兒完了就去。」

……

「嗳，布剛勃里太太，她真的拒絕了聆聽懺悔的神父？」

「好像是的，拉·倍歇尼太太。」

「您看，她是異教徒呀！」

……

「先生，這是習俗如此。法官一定得把判了刑的犯人交付行刑，假如是一個俗民，司法宮大法官就會把他交給巴黎總督，要是個神甫，就由主教區的宗教法庭來處決。」

「謝謝您，先生。」

……

麗絲見狀說：「啊！我的上帝！多可憐的人兒哪！」

這個想法使她望著人群的眼光充滿了痛苦。

衛隊長一心想的是她，才不管下面那幫破衣爛衫的人群。

他從身後動情地攬住她的腰。她微笑著轉過頭，懇求道：

「行行好，放開我吧，菲比斯！要是我母親過來，她會看見您的手。」

這時，聖母院的大鐘慢悠悠地敲了十二點。人群中響起了一陣滿意的低語之聲。第十二下鐘聲的顫音剛停，所有的腦袋像被風吹動的波浪一般騷動起來，街道上、窗子上、屋頂上發出一片巨大的叫喊：「她來了！她過來了！」

麗絲用手蒙住眼睛不看。

菲比斯對她說道：「美人，您想回屋嗎？」

「不。」她回答說，剛才因為害怕而閉上了的眼睛，因為好奇又睜開了。

一輛由一匹肥壯的諾曼第大馬拉著的雙輪囚車，在身穿繡著白十字紫色制服的騎兵簇擁下，從聖比埃爾街駛入了廣場。

巡防隊的官兵們在人群中使勁揮著鞭子，為他們開路。囚車旁有幾個司法和治安軍官騎馬押送，通過他們的黑色制服和在馬上耀武揚威的姿勢一眼便可以認出來。雅克先生威風凜凜地走在最前面。

那不祥的馬車裡坐著一個少女，她兩手反綁在背後，身邊沒有神甫。她只穿著襯衫，長長的黑頭髮（照當時的規矩，要到了絞刑架跟前才剪掉）蓬亂地披在她脖子上和半裸的肩膀上。

透過那頭比烏鴉羽毛還要閃亮的波浪狀頭髮，可見一根灰色粗繩緊緊地纏繞在她的身上，套在不幸的少女的漂亮脖子上，扭扭曲曲，打著結，擦著她細膩的皮膚，猶如一條蚯蚓纏住了一朵嬌豔動人的小花兒。

繩索下閃爍著一個鑲著綠玻璃的小小護身符。顯然是由於不便拒絕快死的人的要求才給她留下了的。

窗口上的觀眾還看得見車子裡面她赤裸的腿，好像出於女性的最後本能，她總想把腿縮在身子底下。有一隻山羊綁在她的腳邊。女囚用牙齒咬住沒有扣嚴的襯衣，在那種悲慘的情況下，她好像還為在眾目睽睽之下衣不遮體而感到難爲情。

唉！羞恥心可不是爲了這樣的顫抖才產生的啊。

「耶穌啊！」麗絲激動地對衛隊長說道，「看呀，表哥！原來是那個帶著山羊的流浪女郎！」

話音一落，同時又轉過身來去看菲比斯，只見他雙眼緊盯住囚車，臉色非常蒼白。

「哪個帶山羊的波希米亞壞女人？」他結結巴巴地問道。

「怎麼！」麗絲接著又說，「您不記得她了？」

菲比斯打斷她說：「我不懂你的話是什麼意思。」

他跨了一步想走進屋裡。可是麗絲就在前不久，被這位埃及女郎刺激過的妒忌心這時又甦醒了，遂用充滿不信任的洞察一切的目光瞅了他一眼。她還模模糊糊地想起曾聽人談過有一位衛隊長與這個女巫的案子有牽連。

她問菲比斯：「您這是怎麼啦？別人會當那個女人使你不安呢。」

菲比斯強裝訕笑：「我？根本沒有的事兒！」

「那麼留在這裡，」她命令道，「一直看到終了。」

晦氣的衛隊長被迫停留在那裡。使他稍微有些安心的是，那女囚的目光始終不離囚車的底板。

那當然是愛斯梅拉達。

就是在遭受這種恥辱和不幸的最後時刻，她仍然是那麼漂亮。那雙烏黑明亮的黑眼睛在這消瘦的面頰上顯得更大了，發青的臉面又純潔又崇高。她仍然像從前的模樣，就像馬沙西奧[184]畫的聖母和拉斐

184.馬沙西奧（一四〇一至一四二八），義大利畫家。

爾畫的聖母一樣，不過虛弱些，瘦削些，單薄些。

可是，她的內心中，所有的東西都在搖晃，除了羞恥心外。

她一概聽其自然，她深深地被絕望傷害了。囚車每顛簸一次，她的身體就像個死人或被摔碎的物件那樣蹦一下，她的目光又淒涼又呆滯。人們還看見她眼裡有滴眼淚，卻滯留著不動，好像凍住了一般。

同時，陰森森的騎兵隊伍穿過了歡呼的奇形怪狀的人群。不過，作爲忠實的吏官，我們只好說，見她那麼美，又那麼痛苦不堪，許多人都動了惻隱之心，就是心腸最硬的人也很同情她。

囚車最後來到廣場上。囚車在中央正門前停下來。押解隊的人分立兩旁。此時的人群鴉雀無聲，在這充滿莊嚴和不安的沉默中，教堂大門的兩扇門扉在鉸鏈發出短笛般的刺耳聲中，彷彿自動打開了。於是，人們可以一直望到教堂深處，那裡黑黝黝的、陰慘慘的，掛著黑紗的主祭壇上幾支蠟燭在遠處閃著微光，似明似暗，遠遠地看見有幾枝蠟燭還在閃爍。

在耀眼的陽光之下，這敞開的門洞猶如深不可測的魔洞。在教堂深處的半圓室的陰影下，模糊可見一個巨大的銀製的十字架，展現在從穹頂垂掛到地面的一條黑帷幕上。

整個本堂裡空無一人，但是人們看到在遠處唱詩室的神甫座位上有幾個頭在來回轉動，大門打開的時候，教堂裡便升起一片莊嚴、響亮、單調的歌聲，悲涼的讚美詩的片段好像被疾風吹送著落到了那囚犯的頭上：

……我決不怕周圍成千上萬的人，起來，主啊！救救我吧，上帝。

……救救我吧，上帝！因為水已進來了，一直淹沒我的靈魂。

……我深陷在淤泥中，沒有立足之地。

在合唱之外，同時有另一種聲音，在主神壇的梯級上唱著那支悲哀的獻祭歌：

誰聽我的話並深信派我來的人，將得到永生；他並不是來受審，而是從死亡走向永生。

在遠處陰暗的地方老人們，從遠處爲這個美麗的生靈歌唱。雖然她春風拂面、陽光浴體，可是他們卻爲她唱亡靈安息彌撒曲。

人群虔誠地聽著。

不幸的少女驚惶失措，彷彿她的目光和思想都消失在了教堂黑暗的深處。她慘白的嘴唇在微微蠕動，好像是在禱告。當劊子手的手下把她拽下囚車的時候，只聽見她低聲反覆念著：「菲比斯」。

助手給她的雙手鬆了綁，也把小山羊鬆了綁，讓牠跟著她下車，小山羊感到自由後，便高興得咩咩直叫。她赤著腳，在堅硬的石板上一直走到大門的石階下。她脖子上的粗繩子拖在背後，彷彿一條蛇跟在她身後似的。

這時，教堂裡的歌聲已停止。一個碩大的金十字架和一排蠟燭在暗影中搖曳起來，穿著彩色服裝的教堂侍衛手中的鐵戟鏗鏘作響。又過了一會兒，一長隊身穿無袖祭衣的神甫和穿法衣的助祭們唱著讚美詩，莊嚴地向這女囚走過來，在那囚犯和群眾的面前排成長隊。可是她的目光卻停在隊伍最前列、緊跟在扛十字架的人後面的那位神甫身上。

她抖索著，低聲說道：「啊！又是他，那個神甫！」

的確是副主教。他左邊是副領唱，右邊是手執指揮棒的主領唱。副主教朝前走著，頭向後仰，睜著呆愣愣的眼睛，高唱著：

我從陰間深處來呼喚，你就俯聽我的聲音。
你將我投下海深處，翻滾波濤吞沒了我。

當他身披繡著黑十字的銀色長披肩，從高大的尖拱門裡走到陽光之下的時候，面色煞白，人群中不止一個人還以為他是跪在唱詩室墓石上的大理石主教雕像裡的一個，現在站起身到墳墓門口迎接那個即將死去的女人，把她帶到冥界裡去。

她也是如同石像一般蒼白，有人把一支點燃的黃色大蠟燭塞在她的手裡，她幾乎沒有察覺，她沒有聽書記官尖聲宣讀那要命的懺悔書。別人要她回答「阿門」的時候，她就照樣回答了「阿門」。當她看到神甫示意讓看守她的人走開，單獨向她走過來的時候，才好像清醒一些，恢復了一點氣力。於是，她感到血液在頭腦中翻騰，已經麻木、冰冷的靈魂又重新燃起了憤怒之火。

副主教慢吞吞地走到她跟前。

到了這種時刻，她仍能看到副主教眼中閃爍著淫欲、嫉妒和渴望的目光，在她赤裸的身上貪婪地掃視。隨後他高聲問道：「你請求上帝寬恕你的錯誤和罪惡了嗎？」隨後他又湊到她的耳邊（旁觀的人還以為那是在聽取她最後的懺悔呢）說道：「你願意要我嗎？我還能夠救你。」

她盯著他說：「魔鬼，快給我滾開！不然的話，我就揭發你。」

他惡狠狠地笑了一笑：「別人不會相信你的話，那不過是在一個罪名之上再加一個誹謗的罪名罷了。快回答！你願意要我嗎？」

「你把我的菲比斯怎麼樣了？」

「他死了。」神甫說。

恰好在這時候，倒楣的副主教機械地抬起頭來，看到在廣場那一頭貢德洛里耶家陽台上，居然發現衛隊長正站在麗絲的身邊看熱鬧呢。

他搖晃了一下，把手搭在額頭上又望了一會兒，低聲罵了一句，整個臉孔都皺縮成一團。

他低聲罵了一句，咬牙切齒地說：「那好！你去死吧！誰也不用妄想得到你。」

於是，他把手放在埃及女郎的頭上，用陰慘慘的聲音說道：

現在去吧，罪惡的靈魂，願上帝憐憫你。

這是人們通常用來結束這一淒慘儀式的可怕慣用語，是神甫與劊子手約定的最終暗號。

圍觀的群眾都跪了下來。

上帝請寬恕我！

依舊站在大門尖拱下的神甫們也齊聲說。

「上帝請寬恕我！」觀眾們附和著，嗡嗡聲越過眾人的頭頂，好像騷動的大海在咆哮。

「阿門。」副主教說。

他轉過身去，背對著女囚，腦袋耷拉在胸前，雙手交叉合十，走進了神甫的行列。

過了一會，連同十字架、蠟燭、披肩一起就消失在主教堂那陰暗的拱門裡了。他那響亮的嗓音逐漸淹沒在這絕望的詩句的合唱聲中，漸漸遠去：

主啊，你的波浪洪濤，都漫過我身。

與此同時，衛兵的兵器又發出重重的撞擊聲，在中堂石柱間也漸漸低微了下去，好像鐘錘似的，在給犯人敲著最後的喪鐘。

聖母院的每道大門依舊敞開著，可是裡面的場景卻是空空蕩蕩，充滿了陰森的氣息，沒有蠟燭，也沒有聲音。

女囚依舊待在原處，一動也不動，等待處置。這時需要一個執棒差人來稟告雅克大人下令。他在整個這段時間內都在研究大門拱頂上的浮雕，有人說那代表阿伯拉罕的獻祭，也有人說它代表煉金術的實驗，天使代表太陽，柴捆代表火，阿伯拉罕代表做實驗的人。

看來，若使他從專心致志的狀態中清醒過來實非易事，不過他終究還是回過神來了。他的手一揮，兩個身穿黃衣的人和劊子手的助手，便走近埃及女郎，把她的手重新綁上。

不幸的少女在重新登上囚車駛向她生命的終點站時，想必爲生命短暫而十分痛苦。她抬起通紅乾澀的眼睛，望著蒼天，望著太陽，望著到處把天空截成藍色四邊形或三角形的白雲。然後，她又低頭環顧四周，再看看土地，人群，房屋……

突然，當黃衣人綁縛她的胳膊時，她猛然發出一聲可怕的叫喊，一聲歡樂的呼喊。就在那邊廣場拐角的陽台上，她剛才發現了他，她的朋友，她的主宰，她的菲比斯，仍然好好地活著呢！法官們撒了謊，那個神甫撒了謊！那的確是他呀，她不能不相信，他在那裡，那麼漂亮，生氣勃勃，穿著他那輝煌的軍服，頭上戴著翎毛，腰上佩著寶劍！

她叫了起來：「菲比斯！我的菲比斯！」

她想朝他伸出因愛情和狂喜而戰慄的雙臂，可是雙臂被綁住了，根本不能動彈。

這時，她看見衛隊長眉頭皺了皺，一位漂亮少女靠在他的身上，嘴唇輕蔑地翕動，眼睛激怒地盯著他。然後是菲比斯說了幾句什麼，但愛斯梅拉達聽不見，兩個人趕快溜到陽台的玻璃窗門後面，窗門隨即關上了。

她發瘋叫喊：「菲比斯！難道連你也相信了嗎？」

這時她心中閃出一個奇怪的念頭。她記起了自己是因謀殺菲比斯而被判處死刑的。

那時以前她一直都還勉強撐持著，可是這最後一個打擊太厲害了，她倒在石板路上不動了。

雅克說：「快，把她架上囚車去，趕快了結！」

這時還沒有人注意到，就在那個尖拱正門上面的列代國王雕像廊子裡，有一位奇怪的觀眾一直非常冷靜地在那裡觀看。

他面無表情，脖子倒是伸得老長，相貌奇醜，若不是他穿著半紅半紫的奇怪衣服的話，一定會被當做主教堂上的那些六百年來伸出滴水簷外、口吐雨水的石雕怪獸。

這個旁觀者把聖母院大門前中午以來發生的一切全都看在眼裡，從一開頭，趁著人們沒有注意，他就在樓廊的一根柱子上繫了一條打結的大粗繩，一直垂到石階上。做完這件事，他就安安靜靜地在那裡觀看，還時不時朝飛過他面前的烏鴉打一聲呼哨。

突然，當劊子手的助手們正要執行雅克那冷酷的命令時，他一下跨出走廊的欄杆，用雙手、雙膝和雙腳勾住了繩索，只見他像一滴雨水滑下玻璃窗那樣，從教堂的正面滑了下來，又像從屋頂跳下的貓兒一樣撲向那兩個劊子手，用巨大的拳頭把他們打倒，用一隻手托起埃及少女，好似一個孩子提起他的玩具娃娃，一個箭步跨進教堂，將少女舉過頭頂，用可怕的聲音喊道：「避難！」

這一切都是如此迅速，假若是在黑夜，只要電光一閃便能全部看清楚了。

「避難！避難！」人群反覆喊道，千萬隻手拍著，使得卡西莫多的獨眼閃出興奮和自豪的光芒。

這陣震天響聲使女囚突然甦醒過來。她睜開眼睛看見卡西莫多，又急忙合上眼，彷彿被她的救命者嚇住了。

雅克、劊子手及押解官兵全都愣住了。只要一進入聖母院的垣牆內，女囚是不可侵犯的。主教堂就是個避難所，整個人類司法權不准越過它的門檻。

卡西莫多在教堂大門下停了下來。他巨大的雙腳站在教堂的地面上，似乎比沉重的羅曼式石柱更牢固。頭髮蓬亂的大腦袋縮在肩膀中，猶如長滿鬣毛、沒有脖頸的雄獅頭。他粗糙的雙手舉著還在心跳的少女，好像舉著一幅白布。

爲了怕把她弄傷或怕她受驚，他是非常小心地舉著她的。他似乎覺得她是一件嬌弱、精緻、寶貴的東西，是爲別人的手而不是爲他那樣的手生的，他好像不敢碰她一下，甚至不敢對著她呼吸。

後來，他忽然緊緊地把她抱在懷裡，摟在瘦骨嶙峋的懷抱裡，彷彿那少女是他的寶貝，好像他是這孩子的母親一樣，那隻如鬼似的眼睛朝下看著，把溫柔、痛苦、憐憫的眼波流注到她臉上，然後又突然抬起頭來，眼中充滿光芒。

於是，婦女們又哭又笑，群情振奮，因爲這時才顯出了卡西莫多真正的美。他真美，他這個孤兒，這個撿來的孩子，這個被遺棄的人，此時孔武有力。他敢正面藐視那個曾經驅逐他而此刻顯然被他征服了的社會，他藐視人間的司法，肆意地從它的巨口中奪取其犧牲品，藐視所有這幫豺狼虎豹，那些警吏，那些法官，那些劊子手和所有的國王的其他威力，都被他這個殘疾人憑藉上帝的力量打得粉碎。

一個如此醜陋的人竟然去保護一個如此不幸的人，卡西莫多搭救了一位被判了死刑的女囚，這是多麼動人的事啊，這是大自然與社會造成的兩個極其不幸的人，在此相遇，互相幫助。

勝利的幾分鐘過去之後，卡西莫多便突然帶著他拯救的人鑽進了教堂。

民眾總是崇尚一切壯舉的，張大眼睛望著陰暗的教堂，想找到他，惋惜他這麼快就跑掉了，不容他們盡興地喝彩。忽然人們看見他又出現在法蘭西歷代國王的雕像長廊的一端，雙手高舉著他的戰利品，像瘋子一般從這一頭跑向那一頭，邊跑邊喊：「避難！」

人群中再次歡呼起來。

跑完了整個長廊後，他又鑽進了教堂裡面。過了一會兒，他又出現在最高的平台上，仍然雙臂高舉著埃及女郎，仍然在瘋狂地跑，仍然在喊：「避難！」

群眾再一次歡呼起來。

最終，他第三次出現在大鐘鐘樓的頂端時，他好像驕傲地把救下的少女炫耀給全城人看，用他那人們很少聽得到，他自己則永遠聽不到的聲音狂熱地喊了三遍：「避難！避難！避難！」

那聲音響徹雲霄。

「好啊！好啊！」人群立刻給予熱烈地響應，這巨大的歡呼聲很快傳到對岸，震撼著河灘廣場上的人群和那個眼盯著絞刑架，一直等著看熱鬧的隱修女。

chapter 9

避難所

昏熱

克洛德拿來套在埃及女郎身上，同時也套在自己身上的命定的活結，突然被他的養子解開的時候，他已經離開聖母院了。

在此之前，一回到聖器室，他就馬上脫掉罩袍、披肩和修士服裝，把它們一起扔給驚呆了的教堂執事，然後從修道院的便門兒跑了出去，吩咐灘地的一個船家把他渡到塞納河的左岸去，一頭鑽進大學城裡高高低低的街道，他不知道該往哪裡去。

他每走一步，就能遇見三五成群的男女，他們抱著「還趕得上」看絞死女巫的希望，邁著大步向聖蜜雪兒橋那邊去跑去。

副主教魂不附體，又蒼白又憔悴，比大白天被頑皮的孩子放掉後又追趕的夜鳥還要盲目和昏亂。

他不知道自己是在什麼地方，在想著和夢著什麼。他往前走，有時快跑、有時慢步，見路就走。他根本不加選擇地直往前奔，總覺得老是被可怕的格雷沃廣場追趕著，他感到那可怕的格雷沃廣場也許就在身後。

他這樣沿著聖熱納維埃夫山走去，終於從聖維克多門走出了該區。只要他回頭還能看到大學城的塔樓城垣和城郊稀疏的房屋時，他就一直往前奔跑。當那崎嶇的地面終於遮擋住了他的視線，可憎的巴黎徹底隱沒了。當他相信已走了百把法里，在荒郊，在野嶺，他才停住，好像又能夠呼吸了。

但這時，萬千種恐怖的念頭一齊湧進他的腦海。他又看清了自己的靈魂，不禁戰慄起來。他想起了那個毀滅了他，也被他毀滅了的不幸的少女。他用驚慌的目光環顧著命運使他們兩人走過的路，這兩條崎嶇的路，各自向前延伸，直到交匯之處，無情的命運讓他們相互碰撞，碰得粉身碎骨。

他想到那些永恆誓言的愚昧，想到貞操、科學、宗教和真理的空虛，上帝的無能，他狂喜地沉浸在惡念裡，沉得越深，他越覺得心頭爆發出一種撒旦的獰笑。

他在這樣深深發掘自己靈魂的時候，發現大自然在他的靈魂裡爲情欲準備了一個多麼寬廣的天地呀！於是，他便愈發苦澀地怪笑了。

他把心靈深處的一切仇恨和惡毒，用醫生檢查病人的冷靜的眼光進行觀察，結果發現這些仇恨和怨毒都不過是那被損害了的愛情，他還發現，這種愛，在男人身上可以說是一切德行的源泉，在一位神甫的心靈裡則成了可怕的東西。

可是，像他這樣氣質的人一旦成爲神甫就成了魔鬼，於是他毛骨悚然地大笑。接著又想到他命中註定的感情，那腐蝕性的、有毒的、可恨的、難以控制的愛情的悲慘的一面，他又突然臉色發白了，正是那種愛情把一個人引向了絞刑架，把另一個人引向了地獄，她被判了絞刑，他墮入了地獄。

接著，他又笑了。他想到菲比斯還活著，不管怎麼樣，衛隊長還活著呢，而且活得還挺輕鬆愉快，他的軍服比以前更華美，還帶著一個新情人在看他的舊情人被絞死。

當他想到，在所有他欲置於死地的人之中，那個僅有的不爲他所憎恨的人偏偏沒能從他手裡逃脫，他便笑得更加厲害了。

他從衛隊長又想到別的人，產生了一種聞所未聞的妒忌。

他想到了那些民眾，所有的民眾，都看過他所愛的這個女人穿著內衣，幾乎赤身裸體。他在黑暗裡偷看了一下就覺得無比幸福的那個女人。竟然在中午，光天化日之下，穿得像彷彿要去度午夜準備的衣裝，暴露在民眾面前，這幾乎令他捶胸頓足了。

他憤怒地痛哭，爲了那被褻瀆被玷污被辱沒的永遠枯萎了的愛情。想到有多少淫惡的目光在看著她那件沒有扣好的襯衣起了邪念，想到那漂亮的少女，那百合花一般的處女，他只要挨近唇邊就會渾身戰慄的純潔美酒，剛才竟變成了公共的大鍋飯，偷兒們乞丐們小廝們等等巴黎最低賤的民眾，竟從中品嘗無恥的污穢的荒淫的歡樂。

他挖空心思想像著一個幸運的觀念，假設她不是波希米亞的少女，他自己也不曾是神甫，菲比斯也並不存在，她也愛他，一種充滿安寧和愛情的生活對他自己也是可能的啊！

他想像著就在那同一時刻，世界上到處都有幸福的伴侶在夕陽下或有星星的夜晚，在橘柑林中或是小溪邊情話綿綿，想像著假若上帝願意，他同她也可以成爲這些幸福伴侶中的一對。想到這些，他的心就在溫柔和失望中酥融了。

啊！是她！還是她！這個牢固的念頭不斷回到他心裡，使他痛苦，吸吮著他的腦子，折磨著他的五臟六腑。但他並不遺憾，也不感到後悔；他所做的這一切，他還準備再去做；他寧願看見她落到絞刑劊子手的手中，而不願看見她落到那個隊長的手中；不過他悲痛欲絕，有時難過極了，便扯下一把一把的頭髮，看看它們白了沒有。

這中間有一會兒他忽然想到，也許正是此刻，他早上見到的那根可憎的鎖鏈正收緊連結，勒在那纖細而又優美的脖子上邊。想到這裡，他情不自禁地又冒出了一身冷汗。

又有一會兒，他一邊像魔鬼一樣譏笑自己，一邊在回想頭一次所看見的愛斯梅拉達，那個天真活潑，喜笑顏開，無憂無慮，打扮得漂漂亮亮，舞姿翩翩，係如雙肋生翼，動作協調，情感激揚，像隻百靈鳥。同時又想像最後一次見到的愛斯梅拉達，她只穿著襯衣，脖子上套著繩索，慢慢地用赤腳走上絞刑架的扶梯。在這樣想著這雙重景象的時候，他終於迸出一聲可怕的叫喊。

這個失望的颶風在他的靈魂裡徹底傾覆，破碎，坼裂，根除了之後，他望著周圍自然界的景象：在他面前，幾隻母雞在灌木叢裡啄食，色彩斑斕的金龜子在陽光下跑來跑去，在他的頭頂上的碧空裡，飄浮著幾片灰白的雲朵，天際的聖維克多教堂的鐘樓，用它的石板方塔刺破了那山丘起伏的曲線，科波墩上的磨坊主打著口哨，觀看自己磨坊裡轉動著的水車。

這整個生動的、安排得很好的、安靜的生活，在他四周以上千種形式呈現出來，使他非常痛苦。他又開始奔跑起來。

他就這樣一直跑到黃昏時分，這種想逃避自然，逃避生活，逃避自己，逃避人類，逃避上帝的奔跑，繼續了整整一天。

有幾次他撲倒在地，他就面孔朝下，隨手拔起新生的麥苗，有好幾次，他在某個村莊空無人跡的街道上停下來。思想痛苦得難以忍受，便用雙手扳著腦袋，恨不得將它從肩頭上揪下來，在地上摔個粉碎。

太陽即將落山的時候，他又開始重新審視自己，發現自己差不多快瘋了。

自從失去了拯救那個埃及女郎的希望時就開始在他心裡翻湧的風暴，並沒有在他的心頭留下一條清晰的思路，也沒有任何站得住的思想。他的理性在這風暴中差不多完全摧毀。

最後，他的心裡只剩下了兩個清晰的形象：愛斯梅拉達和絞刑架，其餘全是一片漆黑。

這兩個形象緊密相連，構成可怕的組合。他越是緊盯著他的注意力和思想中殘存的形象，越看它們以變幻莫測的進度在發展變化，一個變得越來越優雅迷人，越來越美麗、光輝燦爛，另一個變得越來越可怕、醜陋，最後他竟覺得愛斯梅拉達好像是一顆星星，絞刑架好像一隻枯瘦的大胳膊。

但值得注意的是，當他一個人忍受這所有的痛苦折磨的時候，他從來沒有產生過尋死的念頭。這個可悲的人，生性就如此——貪生怕死。也許他真的看到了，他死後必是地獄。

天色繼續暗下去。內心尚存的性靈模糊地想要使他回去。他自以為已經遠遠逃離了巴黎，但仔細辨認一下方向之後才發現，他只不過是沿著大學城的城牆繞了一圈。

聖須爾比斯教堂的尖塔和聖日耳曼教堂的三個高高的塔尖，在他右邊聳入天際。他便朝那個方向走去。聽見修道院長的武裝警衛在聖日耳曼周圍喊口令的聲音，他就轉身回來，走在修道院的磨坊和痲瘋病院之間的一條小路上，過一會就到了教士草場的邊上。這片草場曾經因為僧侶學生們日夜爭吵而小有名氣；這是聖日耳曼可憐僧眾的七頭蛇，對於聖日耳曼修道院的僧侶們，這個草場往往是在神甫們的吵鬧中一再抬起頭來的一條七頭蛇。

副主教擔心在那裡碰見什麼人，凡是人的臉他都害怕，他剛剛避開大學城和聖日耳曼小鎮，想盡可能晚一些回到教堂。於是沿著神甫草場往前走上了一條把草場和新醫院分開的荒蕪的小徑，終於到了河邊。在那裡，克洛德神甫找到了一個船家，給了幾個巴黎德尼埃，船夫就帶著他逆流而上，直到城島岬角處，讓他在這塊荒涼的沙嘴處下了船。

此地正是上文曾說過的，即格蘭古瓦大發遐想的那地方，這塊沙嘴伸展在同渡牛島平行的王家花園的外面。

那小船單調地晃蕩著，水聲嘩嘩啦啦一直響，使不幸的克洛德心靈多少得到了一點安寧。船家漸漸遠去，他依舊呆呆地站在河灘上，眼睛空望著前方，可是再也看不見什麼東西，只見一切都在搖曳，膨脹，一切全像幻影一般。

這種因爲深沉的痛苦引起的疲勞、因爲疲勞而產生幻覺的情形屢見不鮮。太陽已經墜落到內斯爾塔背後去了，這正是黃昏時分。

正是暮靄蒼茫的時分，天空是一片白，河水也是一片白。在水天雙白之間，他雙眼緊盯塞納河，左岸投射黑壓壓一大片黑影，越向遠方延伸，越變得細薄，最後像一枝黑箭，鑽進了天邊的雲霧裡。岸上到處都是房舍，只能看到它們陰暗的輪廓，鮮明地襯托在水和天的明亮的背景上，顯得格外黝黑。

窗戶亮起了，像一個個爐門。聳立在天空與河水兩幅白幔之間的這個龐大的方形尖碑的灰黑身影，顯得尤爲寬闊。克洛德神甫產生了一種奇特的印象，就彷彿是一個人仰面躺在斯特拉斯堡鐘樓腳下，一動不動地仰望他頭頂上那巨大的尖塔鑽進了灰白的暮靄之中，在黃昏的暮色之中若隱若現。

只是，克洛德覺得，在這裡自己是站著的，而那巨型方碑反而躺著；倒映著天空的河水，使他感到特別深，像深淵一樣，巨大的岬角彷彿也像教堂的任何尖頂一般，肆無忌憚地刺向太空，這兩者給人的印象也完全一樣。可是，克洛德的印象同樣因爲奇特而更加深刻，就像斯特拉斯堡鐘樓所能產生的那樣。

只不過斯特拉斯堡鐘樓有兩法里高，乃是巨大無比，高不可測和無法估量的東西，是肉眼凡胎從未見過的建築，是又一個巴別塔。房頂上的煙囪、牆頭的雉垛、屋頂斜切的山牆、奧古斯坦修道院的鐘樓尖塔、內斯爾塔等等，所有那些把巨大方尖塔的輪廓切成許多缺口的突出部分，那些古怪地出現在眼前的雜亂而富於幻想的齒形邊緣，都使人產生了幻覺。

克洛德身處於幻覺之中，他好像親眼看到了地獄：千萬盞燈火恐怖地閃爍在整個塔身上，好像是成千個地獄裡的大火爐的爐口；從裡面傳出來的嘈雜人聲，喧鬧不止，好似地獄裡傳出的垂死喘息聲。於是他害怕起來，用雙手捂著耳朵不再去聽，背過身不再去看，並且邁著大步遠遠地離開了那個幻景。

可是，這幻覺就在他的心裡。

當他回到街道上時，看見店鋪門前燈光照耀下熙熙攘攘的行人，覺得他們彷彿是一群永遠在他四周來來往往的幽靈。突然他耳朵裡老有古怪的轟鳴聲，心頭老有些奇特的幻象在騷動。他看不見房屋和道路，也看不見車輛和過路的男男女女，眼前都是捉摸不定的東西，一連串模糊不清的事物互相纏繞在一起，形成一片混沌。

製桶場街的拐角上有一家雜貨店，房簷周圍照古時習慣掛著許多洋鐵環，洋鐵環上繫著一圈木製假蠟燭，迎風發出響板一般的聲音。他以爲是聽到了隼山刑場的一串串骷髏在黑暗裡碰撞出的響聲。

「啊，」他低聲說道，「夜風吹得它們相互碰撞，使得鐵鍊的聲音和骨頭的聲音混雜在一起！她或許已經到那裡了，在它們裡面！」

他昏昏沉沉地不知道該往哪裡走。又走了一段路，他發覺自己是在聖蜜雪兒橋上。一所房子底層的窗口射出了一道亮光。

他走上前去，透過那破碎的玻璃窗，他看見一個骯髒的大房間，這在他心中喚醒了一種模糊的回憶。客廳裡，暗淡燈光之下，竟見一個面色紅潤的金髮青年，手舞足蹈，大聲笑著，正與一個打扮妖豔的女人卿卿我我。油燈邊，還有一個老太婆坐在燈旁紡紗，一面用抖抖索索的聲音唱著一首歌。當那個年輕人偶然不笑不鬧的時候，老婦人的歌詞有幾段就傳進了神甫的耳朵，不很清楚，但是相當可怕：

格雷沃，叫吧，格雷沃，吠吧！
紡啊，紡啊，我的紡線錘，
給劊子手紡出繩子來，
他在監獄庭院裡打著口哨。
格雷沃，叫吧，格雷沃，吠吧！
漂亮的大麻絞繩！

從伊西到旺伏，
都種大麻吧，不要種小麥，
盜賊不會去偷盜，
漂亮的大麻絞繩啊！
格雷沃，叫吧，格雷沃，吠吧！
想看看那風流的女人，
吊在骯髒的絞架上，
那些窗戶是眼睛。
格雷沃，叫吧，格雷沃，吠吧！

老太婆唱到這裡，青年又在那裡笑著，用手撫摸著那女人。這老太婆就是法洛代爾，那女人是一個妓女，那個年輕人正是克洛德的弟弟——若望。

他繼續觀望，這個景象同另一個是何等相似！

他看到若望走到房間盡頭的窗戶前，把窗戶打開，朝遠處那個有著許多明亮窗戶的碼頭看了一眼，他聽見他在關窗戶的時候說：「我的天哪！天色已經晚了，人們已經點上了蠟燭，慈悲的上帝也點亮了星星。」

隨後，若望又回到了那個妓女身旁，砸碎桌上的一個酒瓶，大聲地喊道：

「牛角尖，已經空了！可是我已經沒有錢啦！依莎波，親愛的，我是不喜歡朱庇特的，除非他把您那兩個白乳頭變成兩隻黑酒瓶，好讓我日夜吮吸波納葡萄酒哇。」

這句玩笑話使那個妓女快活地笑了，若望便走了出來。

克洛德神甫剛剛來得及躺倒在地，免得被他的兄弟遇上，面面相對而且認出來。幸好那街上很黑，而且學生也已經喝醉了。那傢伙醉醺醺的，他偏偏看見副主教正躺在泥濘的道路中間。他說：

「哈哈，這兒有個今天過得蠻快活的傢伙。」

他用腳踢了踢克洛德神甫，克洛德屏住氣息。

「醉得像個死人，」若望又說，「瞧，他也灌飽了，活像一條從酒桶上拽下來的螞蟥。」他彎下腰來看了看，又補充說道，還是個禿頭呀，一個老頭！幸運的老頭兒。

隨後，克洛德神甫就聽見他邊走開邊說：「反正一樣，理性是個好東西，我那副主教的哥哥可幸運呢，他又有學問又有錢。」

副主教一下子爬起來，一口氣朝聖母院跑去。他看到兩座巨大鐘樓在眾多房屋暗影裡高高地聳立在黑暗中。

一口氣跑到聖母院廣場的時候，他卻退縮不前了，不敢朝那陰森森的建築望去，哪怕一眼。「啊，」他低聲地自言自語道，「難道這是真的嗎？今天，就在今天的上午，在這裡發生了那樣的事！」

然後，他鼓起勇氣又望了望教堂。教堂正面是漆黑一片，後面的天空繁星閃爍。剛剛從天邊升起的一彎新月，此刻正停留在靠右邊那座鐘樓的頂上，宛如一隻發光的小鳥棲息在那雕著黑色三葉形花紋的欄杆邊上。

修道院的大門緊閉著。可是神甫身邊常常帶著鐘樓上的鑰匙呢，他的實驗室就在那上面。他掏出鑰匙開門走進了教堂。

他發現教堂裡像岩洞一般黑暗沉寂，他看見了從各個部位投下來的大塊陰影，他知道那是早上舉行懺悔儀式時掛的幃幔還沒有撤除。那個巨大的銀十字架就在黑暗中幽幽發光，上面點綴著一些光點，好像是陰森夜空的銀河。唱詩班後面的那幾扇長窗口，其尖拱窗頂上的彩繪玻璃在月光下呈現出朦朧的色調，那種只有死人臉上才有的發紫發白發綠的色調。

副主教看著唱經班四周這些蒼白的尖拱頂點，以為看到了墮入地獄的主教們的法冠。他合上眼又睜開來，覺得那是一圈蒼白的面孔在盯著他看。

於是，他跑步穿過教堂。這時，他覺得教堂好像在搖晃、移動，教堂動起來、活起來了，每根巨大的柱子都變成了又粗又長的腿，用它那巨大的扁平足趾拍擊著地面。巨人般的教堂變成了一頭其大無比的大象，把那些柱子當做腳在那裡氣喘吁吁地走動，兩座巨大鐘塔就是它的犄角，大黑幔就是它的裝飾。

他的昏熱或是瘋狂竟到了那樣厲害的程度，在這個不幸的人看來，整個外在世界就不過是上帝的啓示，讓人看得見，摸得著，令人驚駭。

偶爾有那麼一會兒，他稍稍鎮靜了一點。他在轉向側廳時，看見一排柱子後面射出一道朦朧的亮光。他飛快地朝它奔去，彷彿奔向星星似的，原來那是日夜照著鐵欄下聖母院公用祈禱書的那盞昏暗的燈。他熱忱地撲向鐵柵欄裡面的那一本聖書，指望能找到一絲安慰或鼓勵。聖書正好翻在《約伯》這一段上，他目不轉睛地通讀了一遍：「我看見一個鬼魂在我面前走過，我聽到輕微的鼻息，於是我身上的毛髮都豎起來。」

讀了這段陰慘慘的詞句之後，他覺得自己像一個盲人，被自己撿來的棍子戳了一樣。他雙腿發軟，倒在石板地上，想著白天死去的那個女人。他便覺得腦子裡飄過、塞滿一團團魔鬼的黑煙，好像他的頭變成了地獄的煙囪。

他有好一陣就這樣什麼也不想地躺在那裡，像是墮入了地獄，落在惡魔的手心裡。最後，他清醒了一點，便想躲到鐘樓上去，靠近他忠實的卡西莫多。

他站起身來，因爲害怕，便把照亮祈禱書上的小燈拿走了。這可是一種褻瀆神明的行爲，可是，他已經顧不上這些小事了。

他慢慢地登上鐘樓的石階，心裡充滿了一種不可告人的恐怖。

他牽著手裡神秘的亮光，在深更半夜沿著一個個槍眼徐徐而上，直到了鐘樓的頂部，如果讓廣場上稀少的行人看了，也會嚇得魂飛魄散。

忽然他感到有一陣清風吹到他的臉上，發現自己已經爬到了最高的樓廊口。空氣清冷，天空中飄浮著幾朵白雲，大片的白雲彼此交錯在一起，邊角被擠得支離破碎，像冬天河裡的冰塊解凍一般。一彎月亮嵌在浮雲之間，宛如一葉天舟，被封凍在上空的冰塊環繞著。

他低下頭，任目光俯看下去，穿過兩座鐘樓間的一排廊柱的小圓柱欄杆，向遠方眺望了一會兒，透過一片雲霧繚繞，只看見巴黎成堆的靜悄悄的屋頂，尖尖的，數也數不清，相互擁擠，好像夏夜裡平靜海面上的波瀾。

月亮撒下微弱的光亮，使天空和大地呈現一片灰色。

正在這時，銅鐘發出細微又嘶啞的聲響。

午夜鐘響了。

神甫又想起了今天中午，也是同樣的十二下鐘聲。

他自言自語地說道：「啊！她現在一定已經僵冷了！」

突然，一陣風把他的油燈吹滅了，差不多就在同一剎那，他看見鐘樓對面的拐角處出現了一個影子，一身白衣服，女人形體，一個女人。

他不由得打了個寒噤。

在這個女人的身旁還有一隻小山羊，跟著最後幾下鐘聲咩咩地叫著。

他鼓起勇氣看過去。

啊！果真是她。

她面色慘白，神情十分憂鬱，頭髮像上午一樣仍披在肩上，可是脖子上已經沒有繩索了，雙手也不是綁著的了。她自由了，因爲她已經死了。

她穿一身白衣服，頭上蓋著一幅白頭巾。她仰望天空，慢慢朝他走來。那神奇的山羊就跟在她身後。

他覺得自己變成了石頭，太重了，逃不開了，只能做到她向前走一步，他就往後退一步，就這樣，他一直退到樓梯口黑暗的拱頂下面。一想到她或許也會走到樓梯上來，他嚇得渾身冰涼，假若她真的過來了，他肯定會被嚇死的。

她真的來到了樓梯口，停留了一會兒，向黑暗裡看了看，但是好像並沒有看見神甫便走過去了。在他看來，她彷彿比活著時更高些。他看見月光透過她那白色的裙子，還聽到了她的呼吸聲。

等她走過去了，他就起步下樓，腳步慢得跟他看見過的幽靈一樣，他覺得自己就是一個幽靈。他失魂落魄，汗毛倒豎，手中依舊提著那盞吹滅了的油燈，走下曲曲折折的樓梯時，他清清楚楚地聽見一個聲音一邊笑，一邊重複地念道：

「有一靈魂在我面前走過，我聽到了輕輕的喘息聲，於是我身上的毛髮都豎起來。」

駝背，獨眼，瘸腿

直至路易十二時代，中世紀法國的所有城市，都有它的避難場所。在淹沒整個城市的洪水般的刑法和野蠻的審判權中間，這些避難所彷彿是聳立在人類司法之上的島嶼。任何罪犯一旦踏進這避難所就能得救。

在城郊，避難所的數量差不多和行刑的處所一樣多。這就是濫用苦刑的同時濫用赦免，兩件壞事在企圖互相矯正。國王宮廷，王公的府邸，尤其是教堂都擁有提供庇護的權利。有時把一個需要移民的城市整個兒定爲臨時避難所。國王路易十一就曾經在一四六七年將整個巴黎變成了避難地。

只要跨進避難所，罪犯就不受法律的制裁了，不過，他得千萬小心不要再出去。只要邁出聖地一步，他就會重新掉進汪洋大海。碾車、絞架、吊杆等就在避難所四周虎視眈眈，不停地監視著他們的獵物，好像在船隻四周游弋的鯊魚。

常常看見一些犯人就這樣藏在修道院裡，在宮殿的樓梯上，在寺院的田園裡，在教堂的拱門下……就這樣一直待到白頭，如此說來，避難所同樣是一座監牢，沒有什麼區別。

有時候，高等法院會下一道森嚴的命令，踐踏避難權，把犯人重新抓走，交給劊子手，不過，這種情況是罕見的。高等法院法官也妒忌主教，所以，當這兩種掌權的人物發生了衝突的時候，法官總是鬥不過主教的。

不過，有時候，例如巴黎的劊子手小若望的被殺一案，又如謀殺若望·瓦爾雷的兇手愛默里·盧梭一案，司法部門也曾越過教會，逕自執行自己的判決，可是，除非大理院作出判決，要不用武力強行侵入避難地是要倒楣的！

法蘭公元帥羅貝爾·德·克雷蒙是怎麼死的呢，香檳省元帥若望·德·夏隆又爲何丟了小命，大家也都知道，其實，事情只涉及一個叫貝蘭·馬克的微不足道的兇手，一個錢幣兌換商的兒子，可是元帥和都統打碎了聖梅里教堂的門，那就罪大惡極了。

聖地是那樣被人尊敬，傳說它甚至澤及動物。艾滿講起過一隻被達戈倍爾[185]追獵的牡鹿逃到了聖德尼的墳墓旁邊，獵狗群立刻停了下來，只是在那裡狂吠，不敢追了。教堂裡通常有一間小屋子收留那些避難人。一四〇七年，尼古拉·弗拉梅爾差人在聖雅克教堂裡曾爲他們建了這樣一間房子，花費四個利勿爾六蘇十六德尼埃巴黎幣。

在聖母院裡，這間小屋就建在扶壁拱頂下的側面閣樓上，正對著修道院，恰好在現今鐘樓看門人的妻子開闢花園的那個地方。這個小花園同巴比倫城的空中花園比較起來，打個具體的比喻，就如同

185. 達戈倍爾（六〇〇至六三八），法蘭克國王，在他統治時期保護教會，並修建了聖德尼教堂。

拿那萵苣去比棕櫚樹，拿一個女守門人去比塞米拉米斯[186]。

卡西莫多在鐘樓和長廊裡瘋狂而又得意地亂跑了一陣之後，便把愛斯梅拉達安頓在了那個地方。

發生剛才那些事情的時候，那少女還沒有清醒，還在半睡半醒的狀態，什麼也感覺不到，只覺得好像是升高到了空中，在空中飄浮、飛翔，好像有什麼東西帶著她離開了大地。她的耳邊不時響著卡西莫多的大笑聲和粗野的聲音，她半睜著雙眼，模模糊糊看見下面巴黎城密密麻麻的一片石板地和瓦片的屋頂，如同一幅紅藍相間的鑲嵌畫，頭上則是卡西莫多那令人害怕但又快樂的面孔。於是，她閉上了眼睛，她以為一切都結束了。

她以為人們在她昏迷的時候絞死了她，而這個統治她命運的難看的鬼魂便把她抓住帶走了。她不敢朝他看，只是聽天由命。

可是，當披頭散髮、氣喘吁吁的敲鐘人把她放在避難所的小屋子裡時，當她感到了那雙粗大的笨手輕輕為她解開擦傷她雙臂的繩索時，她當時心靈上所受到的震驚，就彷彿一艘船在黑夜裡撞到了岸邊，一下子驚醒了旅客似的。

她的記憶也醒過來了，許多事情回到了她的心裡，她發現自己是在聖母院裡，便記起自己曾經被劊子手抓住，記起菲比斯還活著，記起菲比斯不再愛她了，兩個念頭一齊湧現在可憐女囚的腦海中，其中一個使另一個變得格外痛苦，她轉過身來面向著卡西莫多，卡西莫多站在她面前，依舊讓她有些害怕。她問他：「您為什麼要救我？」

186. 古代傳說中阿西里和巴比倫的王后，據說巴比倫城和城中的許多空中花園都是她修建的。

他惶恐不安地看著她，好像在努力地猜測她在說些什麼。

她又問了一遍。於是，他無限悲哀地望了她一眼，隨即跑開了。

她驚訝地待在那裡沒有動。

過了一會，他又跑回來了，放了一包東西到她的腳下。這是一些好心的婦女放在教堂門口給她穿的衣服。這時，她才低頭看了看自己，發現自己差不多是赤身裸體，不由得漲紅了臉。生命又回到她心頭來了。

卡西莫多似乎也受到這種羞怯的感染。他立刻用大手遮住自己的眼睛，重新走了出去，不過走得很慢。她連忙穿上了衣服。那是一件白色長袍和一塊白頭巾，是主宮醫院見習護士穿的服裝。

她剛穿好衣服，就看見卡西莫多走了回來。他一隻胳膊挽著一隻小籃子，另一隻胳膊夾著一塊床墊。籃子裡裝有一瓶水，幾塊麵包和一些食物。

他把籃子放在地上說：「吃吧。」他在石板上鋪開床墊，說「睡吧。」原來敲鐘人把自己的食物和自己的床褥給她送來了。

埃及女郎抬起頭來，想要向他表示感謝，可是她一句話也說不出來。可憐的卡西莫多長相確實太可怕了。她恐懼地戰慄著，只好低下頭去。

這時，卡西莫多又對她說：「我嚇著你啦。我很醜，不是嗎？可別看著我，只要聽我說話就行了。白天你就待在這裡，晚上你可以在整座教堂裡散步。可是不管白天還是黑夜，都不要走出教堂一步，一出去你就會遭殃，人們會把你殺死，我也就只有死去。」

她聽了非常感動，抬起頭來想回答他的話。可是他卻已經走了。

她又是獨自一人，便回想著這個近乎妖怪的人剛才說的話，他那嘶啞的聲音竟相當溫柔，令她很驚訝。

接著，她仔細地又把那小屋打量了一番。這是個差不多六尺見方的房間，有一個小窗洞和一扇門朝向略微傾斜的石板屋頂。幾個獸面滴水簷好像朝著她，逐漸要把臉湊過來，還伸長著脖子想透過天窗往裡看一看。屋頂的邊緣上，她看見成千根高高的煙囪頂梢在她眼前吐著青煙。全巴黎家家戶戶都已經點起了爐火。那可憐的埃及女郎，那判了死刑的棄兒，那沒有故鄉，沒有家，沒有爐灶的不幸的人，看見這個景象心裡十分難過。

正當她這樣比一向都更厲害地對自己孤苦伶仃的身世感歎的時候，她覺得有一個毛茸茸的有鬍鬚的腦袋從她的手中滑過，滑到了她的膝頭。她不由得打了個哆嗦（此刻一切使她感到恐懼），低頭一看，原來是她的那隻可憐的小山羊。

機靈的加里，趁著卡西莫多驅散了雅克的押送隊伍之時，也跟著逃出來了，牠偎依在主人的腳邊已將近一個小時，卻沒能得到主人的一眼顧盼。埃及女郎一下抱起牠來，連連親吻牠。

「啊，加里，」她說，「我竟把你給忘了！你卻一直在想著我呀！啊！你從來都不是忘恩負義的傢伙！」

就在這時，好像有一隻看不見的手把那長久將她的眼淚壓制在心裡的東西拿開了，她一下子痛哭起來，隨著眼淚的流淌，她覺得最辛酸、最苦澀的苦難也隨之而去。

黃昏來到了，她覺得夜晚是多麼的美好，月亮是這樣的溫柔，便信步來到了環繞教堂的長廊上走了走。從這般高度往下觀看，大地顯得寧靜可愛，她的心從中得到了安慰。

聾子

第二天早上她醒來的時候，明白自己睡了一個好覺，這件奇怪的事使她驚訝起來，她很久都沒有睡過一個安穩覺了。

一縷愉快的朝陽透過窗洞照射進屋裡來，照在了她的臉上。在看見陽光的同時，她也發現天窗裡有個東西嚇了她一跳，那也就是卡西莫多的那張醜臉。

她總是不由自主地用手遮住眼睛，不過沒有用。她覺得，透過自己紅玫瑰色的眼皮，總還能看見那張只有一隻眼睛、缺牙豁齒、魔鬼面具般的面孔。

她一直閉著雙眼，但卻聽見一個粗啞的聲音溫柔地向她說道：「別害怕。我是你的朋友，我是來看你睡覺的。我來看你睡覺，這對你沒有什麼壞處吧，不是嗎？當你閉著眼睛的時候，我在這裡看你有什麼關係呢？你瞧，我躲到牆後面去了，你可以睜開眼睛了。」

如果說還有什麼比這些話更慘痛的話，那就是這說話的聲調了。

埃及女郎深受感動，於是睜開眼睛。果然，他已經不在天窗孔前了。她走到窗前去，看見那可憐的駝子坐在牆角，帶著痛苦的順從的表情。她努力克制住對他的厭惡，向他溫和地說：「來吧。」

看到埃及女郎嘴唇上的動作，卡西莫多以為她在攆他走，於是便站了起來，低著頭一跛一跛地慢慢走開去，耷拉著腦袋，眼神裡充滿了失望，甚至不敢向少女抬起充滿失望的目光。

「來吧！」她喊道，可是他繼續走遠了。於是她衝出小屋向他跑去，抓住了他的胳膊。當感到被她輕輕地一碰，卡西莫多便渾身哆嗦起來。他重又抬起頭來，用懇求的目光看著她，可是感到少女把他拉到了身邊，這時，他的臉上一下子流露出歡樂而又溫柔的光芒。

她想讓他走進她的小屋，可是他堅持要待在門檻上，連聲說：「不行，不行，貓頭鷹怎麼能進雲雀的窩裡呢。」

於是，她姿態優雅地蹲在她的床墊上，小山羊也躺在她的腳邊。

兩個人好一會兒沒有動彈，只是默默對視著，一個是那樣優美，一個是那麼難看。每多看一次，她就發現卡西莫多身上多出一個畸形之處。她的目光從他的羅圈腿慢慢移到駝背，又從駝背移向那隻獨眼。她真的不明白，世上怎麼會有長得如此不成形的生靈呢。可是，在這一切中間又包含著無窮悲傷和無比溫柔，她也有點心軟了。

卡西莫多首先打破了沉默。「您剛才是叫我回來嗎？」

她肯定地點點頭答道：「是的。」

他明白點頭的意思了。

「唉！」他說，好像要說又有些猶豫不決，「只是……我是聾子。」

「多可憐的人兒！」波希米亞女郎以一種善意的同情大聲說道。

他痛苦地笑了笑。

「您發現我不只有這一樣殘疾了，是嗎？我就連耳朵也聾了。我生來就是這副模樣。這真是可怕，不是嗎？而您呢，您是那麼的漂亮！」

在這位不幸的人的聲調之中，有一種對於自身不幸的深深感慨，少女聽了，真的連一句話都說不出來了。更何況即使回答他也聽不見。他接著往下說：

「我從來沒有像現在這樣明白自己的醜陋。我把自己同你比較的時候，我就非常憐憫自己，我是多麼可憐的不幸的怪物呀！我一定使你把我當成野獸了。您呀，您是一道陽光，您是一滴雨露，您是小鳥的歌聲！而我呢，我是一種可怕的東西，不是人，也不是獸，比石子還要硬、更遭人踐踏、更不成形，是一個說不出名字的玩意！」

說著，他笑了起來，這笑聲是世上最痛心的聲音。他接著說：

「是的，我是聾子。不過，您可以用動作和手勢來對我講話。我有個主人，他曾經教給我這種辦法。這樣，從你嘴唇的動作和你的眼光，我很快就會明白你的意思。」

她微笑著接著說：「我說，能告訴我為什麼要救我嗎？」

她說話時，他目不轉睛地盯著她在看。

「我明白了，」他回答道，「你問我為什麼要救你，你忘了，一天晚上，有個壞傢伙想把你搶走，第二天你卻在他們可恥的刑台上幫助了他。哪怕是一滴水，一絲同情，我以生命相報也還是不夠啊。您把這個不幸的人忘了，而他，他還記得。」

她聽著他的述說，心裡深受感動。

一滴眼淚在那敲鐘人的眼睛裡滾動，不過沒有讓它掉下來。

他好像覺得，能否強忍眼淚是一件榮譽攸關的事。

「聽我說，」他不再擔心眼淚掉下來了才說道，「那邊有兩座很高的鐘塔，一個人假若從那裡掉下去，還沒有掉到地上就會摔死。如果您要我跳下去的話，您連一句話也不用說，只要使一個眼色就行。」

於是，他又站了起來。雖然波希米亞女郎自己是那樣不幸，卻還是對他產生了幾分同情。她打個手勢叫他不要走。

「不，不，」他說，「我不應該待得太久了。您這麼看著我，我感覺有些不自在。您只是出於憐憫才不肯掉轉頭。我去待在某個看得見您，而您卻是看不到我的地方。那樣我會覺得更好些。」

他從衣袋裡掏出了一個金屬哨子，說：「拿著，你需要我的時，想叫我來，當您不怎麼怕見到我的時候，您就吹吹這個哨子。口哨的聲音我是聽得見的。」

他把哨子放在地上之後便跑開了。

粗陶與水晶瓶

日子就這樣一天天過去了。

寧靜漸漸回到了愛斯梅拉達內心。極度的痛苦，就像極度的歡樂一樣，雖然來勢猛烈卻一樣不會經久。人的心是不可能長期處於某種極端的情緒之中的。波希米亞女郎經受了太多的悲痛，剩下的就只有驚訝了。

有了安寧，她的心中又產生了希望。她置身在社會之外，生活之外，可是，她又模糊地感到，再返回社會、重返生活也許並不是不可能。她就像一個已經死去了的人，手裡保留著打開自己墳墓的鑰匙。

她覺得，那些曾經長期以來盤踞她心頭的恐怖形象正在漸漸散去。所有可惡的幽靈，如比艾拉、雅克等，所有的人，也包括那個神甫吧，在她的心中逐漸消失了。

此外，菲比斯還在活著，這一點她深信不疑，因爲她親眼看見了他。菲比斯的生命便是她的一切。在遭受了一連串摧毀了她的致命打擊之後，她發現自己心中只有一樣東西依舊屹立不動，那便是她對那個衛隊長的愛情。因爲愛情就像一棵大樹，它能自行生長，深深紮根於我們整個內心，在荒蕪的心坎裡繼續發綠。

尤其無法解釋的是，這種激情越是盲目，也就越頑強。當它自身毫無道理時反倒是最最堅決。

毫無疑問，愛斯梅拉達又想起了衛隊長，心中當然是不無苦楚的。但可怕的是，也許菲比斯也受了欺騙，他相信了那件絕不可能的事情，認爲那個寧願爲他捨棄上千次生命的少女竟會用匕首刺殺他。不過，說到底不應該過分責怪他，她不是自己承認了她的「罪名」嗎？她這個弱女子，不也在酷刑下屈打成招了嗎？一切錯處都在她。她就是讓人拔去手指也不應該說出那句話。

總之，假若她能再看見菲比斯一次，哪怕一分鐘，她只要一句話或一個眼色，就能使他醒悟，使他回心轉意，她對這一點仍是毫不懷疑。可是也有幾件怪事使她覺得糊塗，當眾請罪那天意想不到菲比斯恰巧也在場，和他在一起的那個女子又是誰呢？想必是他的妹妹吧。

雖然這樣的解釋非常不合情理，但她對這種解釋感到滿意，因爲她需要相信這一點，即菲比斯一直愛著她，並且只愛她一人。他不是向她發過那麼多山盟海誓嗎？像她那麼天真那麼輕信的人，還能想望別的什麼呢？何況，那種事公開化對於他不是比對於她更不利嗎？於是她等待著，她希望著。

何況那座教堂，那座宏偉的教堂從四面八方包圍著她，保護著她，救助著她，它本身就是一副最靈驗的止痛藥。這座建築上的莊嚴輪廓，少女四周所有的物品都散發著一種虔誠的氣息，可以這麼說，從這座巨石的每個毛孔中滲透出來的純潔和寧靜的思緒，不知不覺地在她身上發揮著作用。這座建築也發出莊嚴和祝福的聲音，使她病弱的靈魂得到安慰。

主祭們那單調的歌聲，教民對神甫那時而含含混混、時而響亮的應和，彩色玻璃窗那和諧共鳴的顫動，像上百隻號角一般突然響起來的管風琴，又彷彿數巢巨蜂轟鳴的那三口大鐘，所有這一切宛如一支樂隊，其氣勢磅礴的音階活蹦亂跳，不斷在人群和鐘樓之間上升下降，這樂隊使她的回憶、她的想像、她的痛苦平息下來了。這些巨大的樂器經常噴湧出音樂的波濤，猶如一股強大的磁力。

因此，每天早晨的朝陽發現她一天比一天呼吸更均勻，情緒更安靜平和，臉色也更加紅潤。隨著心靈創傷的逐漸癒合，她又容光煥發起來，但比以前更加深沉，更加安詳。

她又恢復了過去的性情，如感染人的歡樂，嬌媚的撅嘴，以及對山羊的疼愛，對唱歌的愛好，對貞潔的珍重。清早，起來穿衣服時，她還要小心翼翼地躲在小屋的角落裡，擔心隔壁閣樓有什麼人從窗口上偷看。

偶然不想菲比斯的時候，埃及女郎就有幾次想起了卡西莫多。這是她和人類、和活人們之間唯一的聯繫，唯一的來往。

可憐的少女！她比卡西莫多更和世界隔絕！她對於機緣偶然送給她的這位陌生朋友，她一無所知。她常常埋怨自己，做不到因感恩而對醜陋視而不見，因爲她怎麼也看不慣這個可憐的敲鐘人，他長得實在是太醜了。

她沒有把他給她的口哨從地上拾起，但這並不能阻止卡西莫多在最初幾天時時走來。她盡可能克制自己，當他提著食物籃子或水罐來的時候，不至於表現出太厭惡的樣子，可是只要她稍微流露出一點點這種情緒，總逃不過他的眼睛，他便垂頭喪氣地離開了。

有一次，正當她撫愛加里的時候，他忽然來了。他待了好一會兒，在山羊和埃及女郎這一對優美的生靈前若有所思。最後，他晃著又大又醜的腦袋說道：「我的不幸就在於，我還是太像人了。我情願完全是頭畜生，跟這山羊一樣。」

她抬起頭，驚訝地看著他。

他看了看她的目光說：「啊！我知道是什麼原因了。」說完，就走開了。

另一次他出現在他從來沒有跨進去過的小屋門口，愛斯梅拉達在哼著一首古老的西班牙民謠。她並不懂歌詞的意思，但歌的旋律仍在她的耳邊迴響，因爲她在很小的時候，波希米亞婦女總哼這曲子哄她睡覺，所以她一直記得這支歌。

當她正唱到高興的時候，突然看到那張醜陋的臉孔，少女陡然停住不唱了，還不由自主地表現出恐懼。不幸的敲鐘人一下子跪倒在了門檻上，帶著哀求的神態合著他那粗糙的大手。他十分痛苦地說：「啊！我求求您，唱下去吧，不要趕我走吧。」

她不願意使他難堪，便戰戰兢兢地重新唱起那首歌來。唱著唱著，她的恐懼感就逐漸消失了，讓自己完全沉醉在歌聲的憂鬱氣氛裡了。他依舊跪在那裡，像在祈禱似的合著雙手，他全神貫注，好像連呼吸都停止了，目不轉睛地緊盯著波希米亞女郎那雙水靈靈的眸子。可以說，好像他是從她的眼睛裡聽到她的歌聲似的。

還有一次，他又尷尬又膽怯地來到她面前，好不容易說出：「您聽著，我有件事要告訴您。」

她做了個願意聽的姿勢。於是他開始大口大口地喘著粗氣，張開嘴，剎那間好像正要說出話來，緊接著他又看看她，搖了搖頭，把臉埋在手裡慢慢走開了，使埃及女郎如墜入雲霧。

在牆上雕刻的許多怪誕人物之中，有一個是他特別喜歡的，好像經常跟他兄弟般地交談著。有一次，埃及女郎聽到他向那個雕像說：「啊！爲什麼我不是像你一樣的石頭人呢！」

有一天早晨，愛斯梅拉達終於走到屋頂邊上，越過聖若望圓形教堂的尖頂望著廣場。卡西莫多當時也在場，就站在她的身後。他總是這樣安置自己，以便盡可能給那少女減輕看見他的驚嚇。突然，波希米亞女郎哆嗦了一下，一顆淚珠和一絲歡樂的光芒同時在她眼睛裡閃爍。她跪在屋頂的邊緣上，痛苦地朝廣場伸出雙手呼喊：「菲比斯！來呀！快來呀！跟我說句話兒，看在老天的分上，就說一句話吧！菲比斯！菲比斯！」

她的聲音，她的臉孔，她的姿勢，整個人的表情叫人看了如萬箭穿心，好像覆舟者在向遠處天際陽光裡歡樂的船兒呼救似的。

卡西莫多俯身向廣場上看去，發現這番溫柔熱烈的呼喚是對著一位年輕男子發出的。他就是衛隊長，一個全身閃亮著盔甲，飾物的英俊騎士，他躍馬穿過廣場的另一端，正舉起羽冠裝模作樣地向一個站在陽台上微笑著的美貌小姐致敬。可是那軍官並沒有聽見不幸的少女喊他，他離得太遠了。

可是，這可憐的聾子卻「聽」到了。他胸膛裡深深歎息了一聲，胸部都氣鼓鼓的。他轉過身去，心裡貯滿強忍的淚水，那雙痙攣的拳頭使勁敲打自己的腦袋，當他縮回雙手的時候，發現每隻手裡都抓著一撮發紅的頭髮。

埃及女郎絲毫沒有注意到他。他磨著牙齒低聲說道：「見鬼！就得像那種樣子！只要表面漂亮！」

這時，她依舊跪著，非常激動地在呼喊著：「啊！瞧他下馬了！他要到那房子裡去了！菲比斯！他聽不見我的喊聲了！菲比斯！那個和我同時向他說話的女人真可惡！菲比斯！菲比斯！」

聾子看著她，他是明白這種默劇的。可憐的敲鐘人眼睛裡充滿了傷心至極的淚水，但他一滴也不讓它流下來。突然，他一下抓住了她的袖口輕輕拽拉。她轉過身來。

他裝出若無其事的樣子，問她：「要不要我去把他找過來？」

她一下子快樂得叫了起來：「啊！去！快去！跑步去！快點！這個衛隊長！就是這個衛隊長！快給我把他帶來！我會喜歡你的！」她抱住他的膝蓋。

他禁不住悲哀地搖了搖頭。他用微弱的聲音說道：「我會把他給你帶來的。」然後，他轉過身，大步走向樓梯，已經泣不成聲。

他到達廣場的時候，再也看不見什麼，只有那匹漂亮的馬拴在貢德洛里耶府邸的大門上，那個隊長剛剛走進府邸去了。

他抬頭望了望教堂屋頂，愛斯梅拉達一直待在原地，還是保持著原來的姿勢。他悲哀地朝她搖了搖頭，然後靠在了貢德洛里耶家門口的一塊界碑上，決心等候衛隊長出來。

在貢德洛里耶公館裡，正在舉行婚禮前的慶祝。卡西莫多看見許多的人進去了，卻不見有人走出來。他不時地望望屋頂，埃及女郎仍和他一樣紋絲不動。

一個馬夫走了出來，解開了轠繩，把馬也拉進了公館的馬廄。

整個白天就這麼在等待中過去了，卡西莫多靠著柱子，而愛斯梅拉達待在屋頂上，菲比斯呢，當然是在麗絲的腳邊。

夜幕終於降臨，這是一個沒有月光的夜晚，一個昏暗的夜晚。卡西莫多凝望著愛斯梅拉達，但夜太黑看不見。不一會兒，暮靄中就只看得見一個小白點，然後就什麼也看不到了。一切都消失了，天地一片漆黑。

卡西莫多看到貢德洛里耶公館正面的窗戶從上到下全都亮起了燈。他看到廣場四周另外的窗戶也一個接一個地有了燈光，他也看著這些燈一盞盞地熄滅，直到最後的一盞。

原來他整個晚上都靠著那根柱子站著，可軍官還是沒出來。等到最後的過路人回家了，別的房屋窗口最後一盞燈火也熄滅了，卡西莫多還獨自在黑暗裡站著。當時聖母院前面廣場上是沒有燈的。

可是，直至子夜過後，貢德洛里耶公館的窗戶依舊非常明亮。卡西莫多紋絲不動，目不轉睛地盯著五光十色的玻璃窗，只見窗上人影綽綽，舞影翩翩。隨著巴黎漸漸沉睡、嘈雜聲漸漸消隱，若他不是聾子，他就可以越來越清晰地聽出貢德洛里耶府邸內有一種節日的喧鬧，一片笑聲和音樂聲。

約凌晨一點鐘，賓客才開始告辭了。卡西莫多躲在黑暗之中，看著他們一個個從火炬照亮的門洞下走了出來，卻沒有那個衛隊長的身影。

他心裡充滿了悲苦。有時他像疲倦了的人一樣望望天空。大片烏雲，沉重而凌亂，像黑紗吊床一般掛在綴滿星星的夜幕下，彷彿是張在天頂的蜘蛛網。

就在這時候，他看見陽台上的落地窗忽然神秘地打開了。那陽台的石頭欄杆正好在他的頭頂上，從兩扇狹長的玻璃窗門裡走出兩個人來，窗門在他們身後無聲地合上了，那是一個男人和一個女人。卡西莫多仔細辨認，不無痛苦地認了出來，那男人就是英俊的衛隊長，那女人則是他上午見到的同一個陽台上向那軍官表示歡迎的少女。廣場上完全黑了。當門關上時，深紅的雙層窗簾重新落下，房間裡的光線一點也照不到陽台上了。

聾子聽不到他們說的一句話，可是，如同他所能想像的那樣，年輕男人和這位少女好像正沉迷於甜蜜的卿卿我我之中。少女好像已允許軍官摟著她的腰身，卻婉轉地拒絕他的親吻。

卡西莫多在下面看到了那本來不準備讓人看見因而特別出色的一幕。他凝視著這個幸福美滿的場面，心中卻充滿悲苦。

畢竟，說到底，這可憐的醜鬼的生理本能並沒有被泯滅，他的脊樑骨雖然歪歪斜斜，但其動情的程度去不亞於常人。他想到命運給他安排的悲慘身世，想到女人，愛情，肉體的快慰永遠從他眼皮底下溜過，想到他永遠只能看著別人享樂。可是，在這一場面之中最使他心碎的，使他的氣惱與憤慨交織在一起的，是想到假若埃及女郎也見到這場面，她會有多麼傷心啊。

確實，夜很黑，就是愛斯梅拉達還在那裡（他對此毫不懷疑），不過確實太遠了，而他自己最多只能分辨出陽台上有對情侶罷了。想到這，他心裡稍微安慰些。

可是，他們的談話越來越親密了。少女好像懇求軍官不要再要求些什麼了。在這一切之中，卡西莫多能看清的，只是她那雙緊握著的秀手，含著眼淚的微笑，少女仰望著天空的目光，和衛隊長那雙看著她的充滿慾火的眼睛。

當那少女已經只能微微掙扎的時候，幸好陽台的窗門忽然打開了，出現了一位老太太，那漂亮的少女好像很爲難，軍官現出惱怒的神情，三個人一道進裡面去了。

又過了一會兒，只見一匹馬從門廊裡蹦跳出來，英俊的軍官裹著夜間大衣急速從卡西莫多的面前走過去。

敲鐘人讓他繞過街角之後，才用猴子般的敏捷在他身後邊跑邊喊：「喂！衛隊長！」

衛隊長聞聲勒住馬繩。

「你這無賴想對我怎麼樣？」他說著，發現暗影中有一個粗笨的人影一顛一拐地朝著他跑過來。

卡西莫多這時已經跑到了他眼前，猛一下抓住了馬的轡繩說：「衛隊長，請跟我走，這兒有個人想同您談談。」

「見你的鬼！」菲比斯吼道，「哪來的蓬頭醜鳥，我好像在哪兒見過你的。喂！你這傢伙，還不快把馬轡繩放下？」

聾子說：「衛隊長，難道您不想問一問我是誰？」

菲比斯不耐煩地說道：「我叫你放開我的馬。你這傢伙吊在我的戰馬頭上想幹什麼？你是把我的馬當成絞刑架了吧？」

卡西莫多非但沒有鬆開轡繩，反而打算讓戰馬掉轉頭往回走。他無法理解衛隊長為什麼要拒絕，便連忙對他說道：「快來呀，衛隊長，是個女人在等著您。」他又使勁地加上了一句：「一個愛您的女人。」

「罕見的混帳！」衛隊長說道，「你以為我非得到每個愛我或者自稱愛我的女人那兒去？假如她正好和你一樣，一張臉活像貓頭鷹呢？去告訴那個打發你來的女人，就說我馬上就要結婚了，叫她見鬼去吧！」

「請聽我說，」卡西莫多喊叫道，他以為用一句話就能打消他的疑慮，「來吧，老爺！就是您認識的那位埃及女郎。」

這句話的確對菲比斯產生了極大的影響，可是並不是那個聾子所期望的那種影響。大家應該還記得吧，這位風流軍官是和麗絲一起回屋子裡去的，就在卡西莫多從雅克手裡救出女囚之前不久。自從那以後，每次來到貢德洛里耶家時，他都在竭盡全力避免重提這個女人，每次想到她心裡難免有點內疚；從麗絲方面呢，她覺得告訴他埃及女郎還活著一點都不聰明。於是，菲比斯以為那可憐的西米娜已經死了，已有一二個月了。再說，衛隊長也已經意識到了，現在是深更半夜，街上就跟碰到妖僧的那天晚上一樣空無一人，還想到他的馬看著卡西莫多直打鼻響。

「埃及女郎！」他近於恐懼地嚷道，「怎麼，你是從陰司地府來的嗎？」

他急忙用手握住了劍柄。

「趕快！趕快！」聾子說著就去拉馬，「從這邊走。」

菲比斯卻對準他的胸口猛踢了一腳。

卡西莫多眼睛裡閃出怒火，他做了一個打算向隊長撲過去的動作，隨後又忍住了說：「啊！你是幸運的，有個人愛你呢。」

他把「有個人」字眼說得很重，然後又鬆開了轠繩說：「您走吧！」

菲比斯咒罵著，用兩個馬刺踢那匹馬，卡西莫多看著他鑽進街上的霧裡不見了。

「啊，」可憐的聾子低聲說道，「連這點事也要拒絕！」

他又回到聖母院內，點上燈，爬上鐘樓。

正像他猜想的那樣，波希米亞女郎一直待在原地。遠遠地看見他來了，她就跑上前來。

「就你一個人嗎？」她喊道，悲傷地合起漂亮的手。

卡西莫多冷冷地說道：「我沒有找到他。」

她激動地說：「你應該整夜等著他呀！」

他看見了她憤怒的手勢，知道她在責怪他，便低著頭說道：「我下次再好好盯住他就是了。」

「走開！」她對他說。

他離開了她。她不滿意他呢，他寧願受她虐待也不願使她難過，他自己承擔了全部的痛苦。

從那天起，埃及女郎再也沒看見過他，他不再到她的小屋跟前來了。至多有時候，她瞥見了敲鐘人的面孔在遠遠的塔尖上悲哀地注視著她。可是，她一看見他，他就又躲開了。

應該指出，她對可憐的駝背這樣甘心迴避內心並不覺得難過。相反，在她的內心深處，她心底裡倒很感激他不來。

雖然少女見不到卡西莫多了，可是她能時刻感受到有個善良的精靈守在她的四周。在她睡著了時，有一隻看不見的手爲她更換新鮮的食物。

一天早晨，她發現窗台上多了一個鳥籠。小屋的上方有一尊雕像，叫她看了害怕，她曾多次在卡西莫多面前表示過。一天早晨（因為所有這些事都是在夜裡做的），她看不見那個雕像了。因爲有人把它打破了。要爬到雕像那裡可得冒著生命危險才成啊。

還有幾個晚上，她能聽到一個聲音躲在鐘樓遮簷下唱著一支淒涼古怪的歌曲，好像給她催眠似的。那是一些沒有韻律的詩句，正像一個聾子所能編撰出來的那樣：

不要光看臉蛋是否漂亮，

少女啊，要看那心靈，
英俊少年常常醜陋。
有些心裡並沒有愛情。
少女，松柏雖不好看，
並不像白楊那麼美麗，
冬天它卻枝葉翠綠。
唉！提這個有什麼用？
不漂亮的生來就不該；
美麗的只愛美麗的，
四月背對著一月。
美麗就是完整無瑕，
美麗就是全能，
美麗是唯一不會只有一半的東西。
烏鴉只在白天飛翔，
鴟鴞只在黑夜飛翔。
天鵝卻不管白天黑夜都能夠飛起。

一天早晨，她醒來時看見窗口放著兩隻插滿了花的瓶罐。

一只是水晶瓶，非常漂亮、鮮豔奪目，但有了裂痕，澆進去的水全都流出來了，而且裡面的花已經開始枯萎。另一只是粗糙平凡的陶罐，可是它能貯存所有的水分，因此，裡面的花兒開得嬌豔欲滴，鮮麗紅豔。

不知愛斯梅拉達是不是故意的，她卻摘下了那束凋謝的花，整天把它捧在胸前。

那天她再也沒有聽到鐘樓裡的歌唱。

對此，她不怎麼在意，她把每天的時間都用來撫摸加里，瞭望貢德洛里耶公館的大門，輕聲念叨著菲比斯，或者掰著麵包餵燕子，這樣來消磨時間。

從那以後，她再也看不見卡西莫多，也聽不到他的聲音。可憐的敲鐘人好像從教堂裡悄悄消失了。可是，有一天夜裡，當她沒有睡著，正在想念她那位英俊的衛隊長，突然聽到有人在小屋的附近歎息。她驚恐萬分，於是連忙起身來到窗口。

在月光下看見一堆難看的東西橫躺在房門外，原來是卡西莫多睡在石頭上。

紅門的鑰匙

在這一段時間裡，副主教從群眾的傳聞中得知，埃及女郎如何在奇蹟般的情況中被人救走了。當他得知這事時，他不明白自己對它究竟有什麼想法。他原來只當愛斯梅拉達已經死去了，這樣，他的心裡倒也平靜了，因爲他已經超越痛苦的極限了。人類心靈（克洛德神甫曾經思考過這類問題）只容得下一定程度的絕望。海綿浸滿了水，縱使海水從上面流過，但它無法再增添一滴水了。

既然愛斯梅拉達已經死了，就像海綿吸滿了水，克洛德神甫與塵世的瓜葛也就成為過去。可是知道她還活著，菲比斯也還活著，痛苦又重新開了頭，又開始震撼他，又要反覆出現和發展，不過克洛德對於這一切都已經疲倦了。

他得知這個消息之後，便把自己關在隱修院那間密室裡，既不出席神甫會議，也不參加日常的聖事。他對所有人都閉門不開，哪怕是主教來也一樣。他就這樣把自己囚禁了幾個星期。大家以為他病了，他也確實是病了。

他為什麼要把自己這樣關起來呢？這不幸的人是在哪些念頭裡進行掙扎呢？是否還要與可怕的激情做最後的鬥爭呢？是否還在籌畫讓那少女死去也同時毀滅自己的計畫嗎？

他那個親愛的弟弟，他所嬌慣的孩子若望，有一次來到了門口，敲門，罵人，懇求，並通報自己的名字，可是克洛德卻始終不開門。

他成天把臉貼在玻璃窗上，從修道院這間房的窗子上，他看得見愛斯梅拉達的房間，他常常看見她同她的羊兒在一起，有時同卡西莫多在一起。他注意到這個可恨的聾子對埃及女郎小心順從，關懷備至，俯首貼耳。他突然想起什麼，因為他的記憶力出奇的好，而記憶正是製造妒忌的材料。他想起曾有一天晚上，敲鐘人用那奇特的目光溫柔地望著跳舞女郎，他不禁自問，到底是什麼動機驅使卡西莫多去解救她的呢？

他親眼目睹波希米亞女郎和聾子之間千百次接觸的小插曲，從遠處看去，用他情欲的眼光加以品評，他覺得那一幕幕默劇無不充滿深情。他對女人奇特的性格不放心，他模糊地感到自己心裡產生了一種意想不到的妒忌，一種使他因羞恥和憤怒而臉紅的妒忌。

「衛隊長嘛，還說得過去，可他算是個什麼東西！」這個念頭叫他迷惑不解。

每個夜晚，他受盡可怕的煎熬。從他得知埃及女郎還活著的那一刻起，一度糾纏他不放、使他毛骨悚然的關於幽靈和墳墓的念頭就完全消失了，肉欲重新開始統治他。一想到那膚色淺褐的少女離他這麼近，他就在床上輾轉不眠。

每天夜裡，那瘋狂的想像力把愛斯梅拉達的婀娜多姿和嬌豔欲滴呈現在他的眼前，更加使他全身的血都在沸騰。他看見她朝著那受傷的隊長躺著，兩眼緊閉，裸露的胸脯上濺滿了菲比斯的血，他自己極其幸福地在她蒼白的嘴唇上印下了一個吻。

不幸的少女雖已經半死不活，但仍能感覺到那滾燙的一吻。他又看到掌刑吏那雙粗蠻的雙手剝掉她的衣服，她的鞋襪，把她赤裸的小腳、秀麗圓潤的腿和雪白柔軟的膝頭放進鐵靴裡去。

他還看到，只有她那美如象牙的膝蓋還孤零零地留在那個可怕的刑具外面。最後，他還想像少女穿著襯衣，脖子上套著繩索，露出肩膀，差不多全裸，就像他最後一天見到她時那樣。這些形象使他捏緊拳頭，全身一陣顫抖。

特別是有一天的夜裡，這些美麗而殘酷的畫面把他童男的血液燒得直到沸騰。他血管裡流動著的血一下子發熱起來，慾火中燒，只得狠命去咬枕頭，又從床上跳下來，在襯衣上面套上了一件罩衫，走出了他的小屋，手裡拿著燈，半裸著身子，一副驚慌的樣子，但眼睛裡卻冒著火一般的光。

他知道哪兒可以找到從修道院通向教堂的那道紅門的鑰匙。

而且，眾所周知，他總是把鐘樓樓梯的鑰匙隨身攜帶。

紅門的鑰匙（續）

那天晚上，愛斯梅拉達帶著一種忘懷一切和充滿希望與溫甜的心情，在她的小房間裡睡得很熟。當她聽到近旁有些聲響時，她已經睡著了好一會兒了，並且像往常一樣夢著菲比斯。

正在這時，她好像聽到了四周有什麼東西在響。她一向都是像雀鳥那般提心吊膽，睡眠一向輕微警覺，只要一有動靜就驚醒了。她睜開眼睛看，屋裡一團漆黑。此時，她看見了天窗上有一張面孔在瞅她，還有一盞燈照亮了此人的身影。

這人影一發現被愛斯梅拉達察覺，便一下子把油燈吹滅了。雖然如此，少女還是能看得清楚他是誰。害怕得閉上了眼睛，用微弱的聲音說：「啊！那神甫！」

她過去的全部不幸像一道閃電似的都回到她的眼前，她倒在墊褥上，驚嚇得好像凍僵了。

過了一會兒，她覺得自己的整個身體被人抱住了，不由一陣戰慄。此時她已完全清醒了，怒氣沖沖地坐了起來。

神甫剛剛偷偷摸摸溜到她的身邊，用雙臂抱著她。

她想喊叫，但已叫不出聲來。

她用憤怒和驚恐得戰慄的低低的聲音說道：「給我滾開，魔鬼！快滾，你這個劊子手！」

「行行好！開開恩吧！」神甫一邊喃喃說道，一邊連連地親吻她的肩膀。

她雙手抓住他那禿頭上僅有的一撮頭髮，盡可能使他吻不到自己，似乎認爲他是在咬她。

不幸的神甫反覆說道：「開開恩吧！你不知道，我對你的愛情有多深！那愛是火，是燒熔的鉛，是一千把插在我心上的刀子啊！」

他以超人的力量抓住她的雙臂。她已經氣憤到極點了，對他說：「放開我！否則我就要向你臉上吐唾沫了！」

他放開了她。

「咒罵我吧，打我吧，狠心吧！你願意怎樣都可以！但是憐憫吧，愛我吧！」

於是，她馬上像小孩子生氣似的狂怒地打他。她伸出美麗的手去擰他的嘴臉，說：「妖怪，快滾！」

「愛我吧！愛我吧！行行好！」

可憐的神甫大聲叫道，同時滾倒在她身上，用親吻回答她的捶打。

她突然感到他力大無比。最後他咬牙切齒地說：「應該來個了結啦！」

此時，可憐的少女已經敵不過他，喘著粗氣，全身無力，被他摟在懷裡，任他擺佈。

她感到有一隻淫蕩的手在她身上胡亂摸。她鼓起最後一點力氣，大喊起來：「救命啊！來人啊！有吸血鬼！吸血鬼！」

誰也沒有來。只有加里被驚醒了，焦急地咩咩直叫。

「住口！」神甫氣喘吁吁地說道。

埃及女郎掙扎滾到地上的當兒，她的手突然觸到了一個冰涼的，金屬的東西，原來是件鐵器。那是卡西莫多的哨子。她頓生希望，激動得痙攣起來，抓住口哨，送到嘴邊，用僅剩的一點力氣拚命吹起來，發出清脆刺耳的聲音。

「這是什麼東西？」神甫問道。

差不多就在同時，他覺得被一隻有力的胳膊提了起來。可是小屋裡一片昏暗，他看不清抓住他的人是誰，但他聽到那人憤怒地把牙齒咬得咯咯直響。在黑暗中剛好有稀疏的微光，使他看得見頭頂上有一把明晃晃的短刀。

神甫好像已看出來了，那是卡西莫多的身影。他猜測這人只能是他。他突然想起進屋的時候，曾經在門外踩著一包什麼東西。何況這人一句話也不說，他更確定無疑了。

他抓住那隻手持短刀的胳膊喊道：「卡西莫多！」情急之下，他竟然忘了卡西莫多是個聾子啊。一眨眼工夫，神甫就被扔到了地上，感到有一隻灌鉛似的膝蓋重重地抵住了他的胸口。從那稜角凸出的膝蓋的壓力，他認出了卡西莫多。但怎樣設法讓卡西莫多認出自己呢？黑夜使聾子又變成了瞎子。

他這下可慌亂起來。埃及女郎好似一隻憤怒的猛虎，毫無憐憫之心了，根本沒打算救他。眼看那刀就朝著他的頭砍了過來，此刻情勢危急，突然，對手又顯得有些猶豫了，以低啞的聲音說：「不能把汙血濺到她的身上。」

的的確確是卡西莫多的聲音。

這時，神甫感到有隻粗大的手拽住他的腳，把他拖到小屋外面。那是他應當去死的地方。不過，他真僥倖，這時月亮已經出來了好一會兒了。

當他倆剛跨出小屋門檻的時候，慘白的月光正巧照在他的臉上。卡西莫多正面看了他一眼後，不由得渾身發抖，放開了神甫，不由得向後一退。

埃及女郎跨過了小屋的門口，驚異地看到這兩個人突然調換了角色。現在是神甫咄咄逼人，卡西莫多則在那兒哀求。

神甫連說帶比劃，用憤怒和責罵把聾子鎮住，粗暴地揮手要他立刻滾回去。

聾子便低下了頭，然後來到埃及女郎的門前跪下。聲音低沉，用嚴肅而忍耐的聲音說：「主人，您先殺了我吧，以後您愛怎麼幹隨您的便。」

他這樣說著，把刀遞給了神甫。

憤怒極了的神甫連忙伸手去抓短刀，可是少女的反應比他更快。她一把從卡西莫多手中奪過那刀子，瘋狂地縱聲大笑，對神甫說：「你過來吧！」

她將刀舉得高高的。神甫心裡七上八下，他猜她肯定會砍下來的。

她對著神甫怒吼道：「你現在可不敢靠近了，膽小鬼！」接著，她以毫不憐憫的神情又添了一句，她明明知道那等於是將成千根燒紅的鐵扡直戳進神甫的心坎，「哈哈，我知道我親愛的菲比斯還沒有死。」

神甫一腳把卡西莫多踢翻在地，憤怒地發著抖，又重新鑽進了樓梯的拱頂之下。

神甫走了之後，卡西莫多拾起剛剛救了埃及女郎的那只口哨。

「它已經生銹了。」他一邊說，一邊把哨子還給她。

隨後他走了，又留下了她獨自一人。

埃及女郎被這一猛烈的情景擾得驚魂未定，筋疲力盡，一下子癱倒在床上，然後開始大聲痛哭起來。這時，她覺得她的天空重新變得陰暗了。

至於神甫，他摸索著回到了他的小室。

事情就這樣了結了，克洛德神甫對卡西莫多也產生了妒忌！

他用深思熟慮的神氣重複講著那句要命的話：「誰也休想得到她！」

chapter 10

進攻聖母院

倍爾那丹街上格蘭古瓦的妙策

自從看到那整個案件怎樣改變，並且斷定總是繩索絞刑架和其他不愉快的結局在等待那一齣喜劇的主要角色，格蘭古瓦就不怎麼打算牽連進去。而他混跡其中的那些無賴漢們就不同了，說到底，埃及女郎也算是他們在巴黎的最要好的一個夥伴，所以他們繼續干預她的案件。

這也並不奇怪，因爲這幫傢伙也像那個少女一樣，前景無非是落入雅克和比艾拉的手裡，不像他那樣去展開波戈斯[187]雙翅在幻想的領域裡飛翔。他從他們的談話之中得知，他那位摔罐成親的妻子躲藏在聖母院裡，他也就心安理得了。不過，他甚至連去看看她的打算都沒有。有時，他倒是會想念小山羊，如此而已了。

187. 波戈斯是希臘神話中文藝女神所乘的有翅膀的天馬。

再說，白天他必須要些賣力氣的把戲掙口飯吃，夜裡還得思索對付巴黎主教的辦法。他記得主教的那水磨輪曾把他全身都澆透了，他爲此懷恨在心。

他還在評論魯阿雍和杜奈伊大主教波德里．勒呼日的佳作《論石刻》。這部書在他心裡喚起了對於建築藝術的強烈興趣。這種興趣替代了他對煉金術的興趣，前者不過是後者的自然結果，因爲煉金術同磚石工程之間是有緊密聯繫的。格蘭古瓦從愛好一種觀念進而愛好起那種觀念的形式來了。

有一天，他停留在聖日耳曼．奧克塞羅瓦教堂的附近，這教堂坐落在一座稱爲主教法庭的府邸的拐角處，這座建築和國王法庭正好相對。

「主教講壇」內還有一個十四世紀精緻的小教堂，祭壇前部面臨街道。格蘭古瓦虔誠地觀察著那些外部的雕刻。此時，他像藝術家那樣，眼中世界就是藝術，藝術包含著世界，盡情獨自享受著莫大的樂趣，不容他人分享一二。忽然他感到有一隻手臂重重地搭在他的肩頭，他回轉身來，原來是他從前的朋友和老師副主教先生。

他一下子愣住了。他已經很久沒有見到這副主教了，克洛德先生是那種既嚴肅又熱情的人，見了他，任何一位懷疑派哲學家都會失去平靜的心情。

副主教好一會兒沒有說話，格蘭古瓦恰好可以趁著這空隙觀察他。他發現克洛德先生與以前相比判若兩人，臉色像冬天的早晨那樣蒼白，兩眼凹陷，頭髮差不多都白了。最後還是神甫首先打破沉默，聲調平靜而冷冷地說道：「格蘭古瓦先生，你近來身體好嗎？」

「我的身體？」格蘭古瓦回答說，「嘿，嘿！馬馬虎虎，可以說還過得去吧，我對什麼事都不求過分。老師，您知道嗎？根據希波克拉特的意見，『健康的秘訣，乃在飲、食、眠、愛，一切都須節制。』」

「那麼，您沒有憂愁啦，格蘭古瓦先生？」副主教牢牢地盯著格蘭古瓦，又問道。

「確實沒有的。」

「那您現在在幹什麼呢？」

「老師，您這不是看到了嘛！我在觀察這一堆石頭，看這些浮雕是什麼刻法。」

副主教微微一笑，那是僅僅掛在嘴角上的痛苦微笑。「您覺得這個有意思嗎？」

「這是個樂園！」格蘭古瓦叫道。話音一落，隨即俯身細看雕刻，不禁喜形於色，像一位生命現象的簡報者一樣，容光煥發地說：「難道您不覺得，比方說，這種淺浮雕的變形是花了很多巧思和耐心製成的嗎？請看這根小圓柱吧。您在哪裡見過這樣的柱頭啊？這葉飾上的刀法中有多柔和，有多細膩呀。瞧，這是讓・馬伊文的三個圓形浮雕。這個還不算這位偉大天才的最好作品呢。雖然如此，但個個人物面部天真，那溫和的表情，姿態和衣褶的歡暢明快，以及連所有瑕疵都帶有難以言傳的那種快感，這一切使得那些造型非常生動，栩栩如生，或許猶有過之。您不覺得這很有意思嗎？」

「這倒也是。」神甫說道。

「假若您再看看小教堂的內部，那才叫美呢！」詩人又熱心地喋喋不休，「到處都是雕塑，像成堆的花椰菜心一般！聖壇廳異常莊嚴肅穆，獨具一格，我在別處從來都沒有見過同樣的！」

克洛德先生打斷了他的話：「這麼說，您肯定過得很幸福啦。」

格蘭古瓦激動地回答道：

「當然幸福！我最初喜歡女人，後來愛動物。現在我喜歡石頭囉。石頭跟動物和女人一樣十分讓人開心，而且沒有那麼虛僞。」

神甫把一隻手放在前額上，這是他慣常的姿勢，說：「確實如此！」

格蘭古瓦說：「瞧！這也很有樂趣呢！」他挽著神甫的胳膊，把他拽進「主教講壇」的樓梯小塔的下面，神甫任由他挽著。

「瞧這座樓梯，這才稱得上是座樓梯！每當我看到它時就十分高興。這是巴黎最簡單、最罕見的樓梯。每一石階下面都鑿成了薄片。它的優美和簡潔就在於一個個石級都寬一尺左右，互相銜接著、聯繫著、嵌合著，用又牢固又美觀的方式互相吻合！」

「您沒有任何其他的欲望了嗎？」

「是的，沒有。」

「你什麼也不悔恨嗎？」

「既無悔恨也無欲望。我的生活已經安排妥當了。」

「人們已經安排好了的，」克洛德說，「往往有些事情會把它打亂。」

格蘭古瓦回答說：「我是懷疑派哲學家，我凡事只求保持平衡。」

「那您如何維持你的生活呢？」

「我偶爾寫點史詩和悲劇，不過收入最多的，還是老師您看見過的那種職業：用牙齒咬著椅子搭架金字塔。」

「這種職業對於哲學家是低下的呀。」

「這也是爲了平衡，」格蘭古瓦說，「當你頭腦裡有了一種觀念的時候，你就會把它應用到每件事情上。」

「這我知道。」副主教說。

一陣沉默之後，神甫又說：「可是，您還相當窮苦吧？」

「窮，倒不假，可是倒也快樂。」

正在這此時，傳來一陣急促的馬蹄聲。這兩位談話者尋聲望去，從道另一頭過來一隊御前侍衛弓手，戈矛高舉。爲首的是一個軍官，浩浩蕩蕩，策馬而來。這支馬隊燦爛奪目，耀武揚威地在石板路上奔馳。

「您盯著這位軍官在看什麼？」格蘭古瓦問副主教。

「因爲我好像認識他。」

「他叫什麼名字？」

克洛德說：「我想，他的名字是菲比斯。」

「菲比斯！這名字好怪！我知道一個菲比斯，他是法克斯伯爵。我還記得我認識一個少女，她只有憑著菲比斯的名字才肯發誓。」

神甫說：「請您跟我來，我有話要對您說。」

自從這隊人馬經過之後，副主教冷若冰霜的外表就變得很激動。他拔腿就往前走。格蘭古瓦緊跟其後，他對副主教是順從慣了的，無論誰，只要接近過那卓越的人一次，也總是如此，副主教很善於支配一切。

他倆默默來到倍爾那丹街，這時街上空無一人。克洛德神甫才停了下來。

「您有什麼話對我說呢，老師？」格蘭古瓦問道。

「難道你不認爲剛才走過的那些騎士，」副主教深思地回答道，「衣服穿得比你我都漂亮嗎？」

格蘭古瓦搖了搖頭：「說真的，我反倒更喜歡這一身半黃半紅的罩衣，它比那些鋼鐵做的衣服漂亮得多。穿著那些走起路來真是可笑，一邊走一邊發出響聲，就跟地震時廢鐵沿河街的聲響一樣！」

「格蘭古瓦，難道您從未羡慕過那些身著鎧甲的小夥子嗎？」

「副主教先生，羡慕什麼呀？是羡慕他們的力氣，還是他們的盔甲，或是他們的紀律？我雖穿著破衣爛衫，但專攻哲學又能無牽無掛，豈不更好？我寧做雞頭，不做鳳尾啊。」

「這想法倒是很奇特，」神甫像在做夢似的說，「漂亮的軍服到底還是漂亮啊。」

格蘭古瓦看見他若有所思的樣子，就走到旁邊去觀看一座房子的門廊，接著他又拍著手走回來。

「要不是你那麼一心在想戰士們的漂亮服裝，副主教先生，我就想請你去看看這個門廊。我常說俄伯里大人的房子有一個全世界最好的入口處。」

副主教說：「格蘭古瓦，你爲那個跳舞的女郎做了些什麼？」

「您是說愛斯梅拉達吧？您怎麼突然改變了話題？」

「她不是您的妻子嗎？」

「是啊，可是，我們只不過是摔罐締結的婚姻。我們可以做四年夫妻。」格蘭古瓦帶著半嘲諷的神情又加上一句，「對啦，這麼說來，這件事您老是掛在心上啦？」

「那您呢？難道您就不再想了嗎？」

「我很少想啊。我要做的事多著呢！我的上帝，那小山羊可真是漂亮啊！」

「那個波希米亞女郎不是救了您一命嗎？」

「這是千真萬確的。」

「那麼，她現在怎麼樣了？您把她怎麼辦啦？」

「我說不清楚啊。我想她給人絞死啦。」

「您相信嗎？」

「我不敢斷定。當我看到他們想要絞死人的時候，我就從這個把戲中抽身出來了。」

「這就是你所知道的全部情況麼？」

「請等一等，聽說她躲進聖母院裡了，據說在那裡很安全，我聽了非常高興，但我弄不清那隻山羊是不是也跟著她一起得救了。我知道的只有這些。」

「我還可以再告訴你一點！」克洛德先生嚷道。他剛才的聲音一直低沉緩慢，差不多有些沙啞，這時忽然變得響亮起來。「她現在確實是在聖母院裡避難。可是再過三天，司法機構將再次把她繩之以法，並要在格雷沃廣場上把她絞死。高等法院已經下了一道命令。」

「真太可惡了。」格蘭古瓦說。

一眨眼，神甫又恢復了原來的冷漠與平靜。

詩人又說：「是哪個壞傢伙為尋開心，居然搞這種維持原判的命令？難道就不能讓法院清靜清靜嗎？一個可憐的少女躲在聖母院的沿壁下和燕子們做伴，關他們什麼事呢？」

「這世上還是有撒旦的。」副主教回答說。

「那是脾氣頂壞的魔鬼。」格蘭古瓦評論道。

副主教沉默了一會兒，接著說：「她不是救過您的命嗎？」

「就在我那些乞丐朋友那裡，我差點被吊死。要真把我給吊死了，他們今天會後悔莫及的。」

「您不想替她出力嗎？」

「我再願意不過了，克洛德先生。可是假若我自己惹上什麼麻煩，那可怎麼辦？」

「那有什麼要緊？」

「什麼！有何相干！老師，您倒是好心人！可是我有兩部巨著才剛開了個頭呢。」

神甫拍了拍腦門。雖然他故作鎮靜，但還是偶爾做出劇烈動作，洩露出他內心的騷動。「怎麼才能救她呢？」

格蘭古瓦對他說：「老師，我來回答你，有句土耳其話說：『上帝是我們的希望』。」

「怎樣才能夠救她呢？」克洛德像在做夢似的說道。

格蘭古瓦這次也拍起了腦門。

「老師，您聽我說。我有點想像力，我會給你想出點計策的。可不可以請求國王開恩？」

「向路易十一國王請求特赦？」

「爲什麼不行呢？」

「那無異於到餓虎嘴巴裡去取骨頭呀。」

格蘭古瓦又開始考慮另外一些計策。

「有了，您看可以不可以讓我去請穩婆來檢查一番，就說這個少女已經有孕在身了？」

神甫一聽這話，深陷的眼睛閃出怒火。

「懷孕！蠢貨！你是不是知道些什麼真相？」

格蘭古瓦被他那副神情駭住了。趕緊解釋說道：「噢，我沒幹那事啊！我們的婚姻是名符其實的『門外婚姻』。我總是被關在門外的。可是，這樣可以獲得緩刑啊。」

「笨蛋！可恥的傢伙！住口！」

「您發怒就不對了，」格蘭古瓦嘟囔著說，「這樣能得到緩刑，對誰都沒有壞處，還可以讓接生婆得到四十個巴黎德里埃的報酬，而且她們也都是些窮苦的女人。」

神甫沒有聽他說話，自顧自低聲道：「無論如何她得離開那個地方。判決在三天內就要執行！另外，都怪這個卡西莫多，否則就不會有這個判決了！女人的口味真是太奇怪了！」他提高嗓門又說，「格蘭古瓦先生，我認真考慮過了，只有一個辦法才能救她。」

「哪一種辦法？我可看不出來還有什麼辦法了。」

「您聽我說，格蘭古瓦先生，您可要記住，你應該用生命來報答她。我把我的想法都坦率的告訴您吧。教堂日日夜夜有人把守。他們會讓看著進去的人出來。所以您可以先進去。您進去以後，我帶您去她那裡。你要同她換穿衣服，以掩人耳目。她穿上您的外衣，您穿她的裙子。」

哲學家評論道：「這辦法說到這裡還行。可是以後呢？」

「然後？然後她穿著您的衣服出來，您就穿著她的衣服先留在那裡。你也許會被絞死，可是她就得救了。」

格蘭古瓦搔搔耳朵，態度非常認真。

「瞧！」他說，「這麼個念頭決不會自個兒跑進我的腦子！」

聽了克洛德神甫這出乎意料的建議之後，詩人的臉色頓時大變，原來開朗愉快的面容一下子就陰沉下來，好像賞心悅目的義大利風景遭到了討厭的風暴襲擊，一朵烏雲遮住了太陽。

「您說說，格蘭古瓦！這辦法怎麼樣？」

「老師，依我看，我也許能逃過絞死的命運，可她只要被抓住必是被絞死無疑。」

「這不關我們的事。」

「鬼話！」格蘭古瓦說。

「她救過您的命呀。這筆債你就要還清了。」

「我應該還的債還多著呢！」

「格蘭古瓦先生，這筆債您是一定得還的。」

副主教的語氣斬釘截鐵。

「克洛德先生，您聽著，」詩人驚惶失措地答道，「您假若堅持這個意見，那就大錯特錯了。我不明白爲什麼我一定要替別人去受絞刑。」

「生活中還有什麼可讓您留戀的呢？」

「啊！有一千個理由啊。」

「您說說，具體有哪些呢？」

「有哪些？空氣、天空、清晨、晚上、月光、還有那些無賴漢的好朋友們，我們同好脾氣的女孩們閒聊，巴黎尙待研究的漂亮建築，三部要寫的巨著，其中還有一篇是要控告大主教及其水磨的……

其他的我也說不清了。安納克沙戈拉斯說[188]，他活在世上就是爲了讚賞太陽的。再說，我從早到晚和一個才華橫溢的偉大詩人、哲學家一起度過，那真是太愜意了！這個人就是我自己。」

「你這個腦袋只能當鈴鐺用！」副主教低聲罵道，「那好吧！你說說，你今天爲什麼有這樣美妙的生活，是誰替你保全的？您在呼吸空氣、欣賞天空、還能讓你那雲雀般的簡單腦袋瓜盡說廢話，盡幹蠢事，這些應歸功於誰呢？假若沒有她，哪裡還有這些呢？

「正是她使你還活著，你倒情願讓她死掉？讓她去死？她是那麼美麗、溫柔、那麼可愛，缺了她日月就將無光，她比上帝更加聖潔！而你呢，半聰明半瘋癲，毫無用處的像草一樣的東西，某種自以爲會行走，會思考的草木，將繼續憑著從她那裡竊取來的生命活下去，這生命不就同中午的燭光一樣毫無用處嗎？算了，發點善心吧，格蘭古瓦！你也該表現勇氣才對。她已經先慷慨大度了。」

神甫一番激烈的陳詞，格蘭古瓦起先用猶豫不決的態度聽著，後來才開始受感動，最後做了一副難受的怪樣子，面部活像新生兒腸絞痛時的樣子。

「您的話真是感人肺腑啊，」他擦著眼淚說，「好吧，可是我需要考慮一下。您這主意真是太滑稽了。」他沉默了一會兒後又說，「不過，誰知道呢？也許他們不會吊死我的。訂了婚的人往往不能成婚。當他們看到我在那間小屋裡，衣著離奇、穿著裙子、戴著女帽，他們或許會大笑一場。再說，如果他們要絞死我的話，那就來吧，絞索！這也是一種死法，與別的死法都相同，或者說得好聽點，和別種死法不一樣。這種死，是一個終身猶豫不決的智者值得一試的死，這種死既非肉又非魚，正像真

188.安納克沙戈拉斯（約前五〇〇至約前四二八），西元前五世紀的希臘哲學家。

正懷疑派的思想。這種死充滿著懷疑主義和猶豫心態，是介乎天地之間的吊著的死。這是哲學家的死法，也許是我命中註定的。出生時和死時是同一種狀態，也是可歌可泣的。」

神甫打斷他的話說：「那麼您同意了嗎？」

格蘭古瓦興致不減繼續激動地說著：「說到頭，死又算得了什麼？無非是一個不愉快的剎那，一道關卡，從存在到烏有的過渡。有人曾問過一個大城市的居民塞爾西達斯，問他會不會甘心死去，他應道：幹嗎不呢？因爲我死後可以見到那些偉人，如哲學家中有畢達哥拉斯，歷史學家中有埃加德斯，詩人中還有荷馬，音樂家中也有奧蘭普。」

副主教向他伸過了手去：「那麼說定了？您明天就來。」

他的動作把格蘭古瓦帶回了現實。

「啊！這可絕對不行！」他用從夢中驚醒的語氣說道，「被人絞死！這簡直太荒唐了。我不願意。」

「那麼告別了！」話音一落，副主教咬牙切齒地說道，「我會再來找您的！」

「我可不想讓這個魔鬼般的傢伙再來找我了，」格蘭古瓦心想，隨即跑去追趕他，「等一等呀，副主教先生，老朋友之間犯不上鬧彆扭嘛！您關心這個少女，我是說我的妻子，這本來是個好主意。您也想出了把她救出聖母院的辦法，可您這個辦法對我格蘭古瓦來說絕對不適用。當然假若我有個良策就好了。我可以告訴您，我剛剛靈機一動想到了一個好主意。我如果能想出一條妙計來，既能把她救出來，又不至於用小小的活結套住我的脖子，您說怎麼樣？對您來說這還不夠嗎？難道非得讓我被絞死，才令你滿意嗎？」

神甫不耐煩地扯著衣服扣子又說：「廢話真多！您的辦法到底是怎樣的？」

「好，」格蘭古瓦用食指按著鼻頭，好像在思索，又好像在自言自語，「是這樣！無賴漢們個個都是勇敢的小子，而且埃及部落也很喜歡她。只要一聲令下，他們就會挺身而出，再沒有比這事更容易的了。來一個奇襲，趁著混亂，輕而易舉把她拯救出來，可謂不費吹灰之力。明天晚上開始。他們正求之不得呢！」

「那辦法呢，你說呀！」神甫搖晃著他說道。

格蘭古瓦莊嚴地轉過了身來，對他說：「請放開我！您不是看到我正在策劃嗎？」他又考慮片刻。突然，他笑著拍手讚賞自己的想法，「妙極了！肯定會成功！」

「用什麼辦法？」克洛德神甫憤怒地又說。

格蘭古瓦立即容光煥發。

「您過來，我小聲說給您聽。這是一條大膽的反攻計，非常巧妙，它可以使我們大家全都脫身。老天有眼，可得承認我並不是一個笨蛋吧。」

他突然停住：「唉，那小山羊是不是和她在一起呀？」

「是的。讓魔鬼去收拾牠吧！」

「他們也要把牠絞死，不是嗎？」

「這跟我有什麼關係？」

「是的，他們要絞死牠，上個月就絞死過一頭母豬啊。劊子手喜歡這樣，然後他們可以吃到肉。要吊死我那漂亮的加里！可憐的小羊羔啊！」

克洛德神甫喊了起來：「你才是個劊子手呢！該詛咒的傢伙，你有什麼好辦法救她呀，惡棍？要用鉗子才能把你的想法鉗出來嗎？」

「妙極了，老師，辦法在這裡。」

格蘭古瓦湊近副主教的耳朵邊，輕輕地對他說著，時不時地用不安的眼光向街上張望，雖然街上一個人也沒有。當他說完之後，克洛德神甫拉住他的手冷冷地說道：「那好，明天見。」

「明天見。」格蘭古瓦重複一遍。當副主教向一邊走時，他則向另一邊走了去，自言自語地低聲說：「格蘭古瓦先生，這可是一樁值得自豪的事情。沒關係，不能因為人渺小，就害怕大事業。比多[189]曾經把一頭大公牛扛在肩膀上，鶺鴒、黃鶯和岩雀也能飛越海洋。」

你就做乞丐去吧

當副主教回到隱修院時，在他的小屋門口發現他的弟弟若望在等他。因為等得不耐煩了，便撿起一塊木炭來，在牆上畫起哥哥的肖像來，並加上了一個碩大無比的鼻子。

克洛德神甫幾乎沒有看見弟弟，因為他正想著別的事情。那喜笑顏開的無賴則容光煥發，曾經多少次使神甫陰沉的面容明朗起來，此刻卻怎麼也無力消除這個腐爛發臭、毫無生氣的靈魂日益聚集的濃霧。

189. 希臘神話裡女祭司之子。

「哥哥，」若望膽怯地喊了一聲，「我來看望您啦。」

副主教連眼皮都不朝他抬一下，說：「還有什麼事呢？」

「哥哥，」口是心非的弟弟又說道，「您對我那麼好，勸導我的真是金玉良言，我們得常來往才對。」

「然後呢？」

「唉！哥哥，您確實說得有道理。您常常對我說：若望呀若望，爲人師者治學不嚴，爲學生者紀律鬆弛。若望，要聽話。若望，要用功學習呀。若望，沒有正當的理由、不經老師批准不得擅自離開學校。若望，勿攻擊庇卡底人，不要像目不識丁的驢子一般在學校的麥秸上腐化墮落[190]。若望，老師的教誨您得服從。若望，每天晚上都該去小教堂裡，唱首讚美歌，還要靜默和禱告，獻給光榮的聖母瑪麗亞。唉！這一切可全是至理名言啊！」

「然後呢？」

「哥哥，在您面前我是一個該打該罰的人、罪犯、可憐蟲、浪蕩鬼、窮凶極惡的人！親愛的哥哥，若望把您的忠告視爲稻草和糞土踏在腳下。於是，我就得到了應有的懲罰，仁慈的上帝非常公正呀。我只要有了錢，就知道大吃大喝，尋歡作樂。啊！表面上看，放蕩是那麼迷人，可是從深層看卻又令人生厭又醜惡！我現在一分錢也沒有了，我賣掉了我的桌布、襯衣、毛巾，快樂的生活已不復存在了！燦爛的蠟燭熄滅了，只剩下油脂燭芯可惡地直熏我的鼻子。女人們都取笑我。我只好每天靠著

190. 當時學生把麥秸鋪在教室裡。

喝涼水過活，我被悔恨和債主們苦惱著。」

「還有呢？」副主教說。

「唉！親愛的哥哥，我也很想讓自己過上美好的生活。所以我又來找您，心中悔恨交加。我是個懺悔者，我向您懺悔來了，我用拳頭狠狠地捶擊我的胸脯。您希望我能成爲學士，當上托爾希學堂的副訓導員，您這種想法的確很有道理。我認爲我有做那些事的才能。但我現在連墨水都沒有了，需要去再買，筆也沒了，得去再買，紙也沒了，書也沒了，全都要去再買。爲此，我得有點錢才行。所以，我又來求您了，我的好哥哥，我滿懷著悔恨到你跟前來了。」

「這就是你全部要說的嗎？」

「是的，我是真的需要一些錢啊。」學生說。

「我沒有錢。」

於是那學生用又認真又堅決的態度說道：「那好，哥哥，那我就非常抱歉，不得不告訴您，別人向我做了很好的建議。您不願給我錢，是嗎？這樣的話，我就去當乞丐了。」

這可怕的話兒一說出口，他就擺出一副阿雅克斯[191]等待五雷轟頂的表情。

可是，副主教卻冷冷地說：「那你就去做乞丐吧！」

若望向他深深地鞠了一躬，打著口哨便走下樓去。

當他來到隱修院院子，走到他哥哥那小屋窗戶底下的時候，忽然聽到了打開窗子的聲音。他抬頭

91. 阿雅克斯是特洛伊戰爭中希臘軍主要將領之一，在和奧德修斯發生爭執後，發瘋錯殺希臘軍中的牲口，醒悟後自殺。

一看，就見副主教那嚴肅的面孔探出窗口。克洛德神甫說：「滾遠點！這是最後一次給你錢了，下次可別再指望我。」

同時，神甫把一個錢袋扔給若望，正好在學生的前額砸起了一個大包。若望走時既憤怒又高興，像一隻狗得到了人家拋給的幾塊骨頭。

快樂萬歲

也許親愛的讀者朋友還記得，聖蹟區的一部分是被市民區的古老城牆圍著的。很早以前，許多箭樓就開始傾塌。其中一座箭樓現已改成了無賴漢尋歡作樂的地方了。底層大廳做了酒店，樓上各層就是活動場所。這座箭樓是乞丐幫會裡最活躍、最骯髒的聚會場所，因而也是最可怕的一處。它就像個馬蜂窩，夜以繼日地嗡嗡作響。

深夜，當乞丐幫的其他成員已經入睡了之後，當廣場四周滿是污泥的前牆上再沒有一個窗戶裡還亮著燈時，當這無數的房屋裡一窩窩的竊賊、娼妓、偷來的孩子和私生子都不再亂喊亂叫了，人們就能從它發出的吵鬧聲和猩紅的燈光裡，辨認出那座快樂的箭樓，那燈光從通氣孔、窗戶和龜裂的牆縫裡，總之從它所有的毛孔裡向外透射。

這個地窖就是酒店。要想進去，必須穿過一道矮門，走下一道跟亞歷山大詩體一般陡直的樓梯。門上有幅絕妙的粗畫權當做招牌，上面畫著幾個簇新的錢幣和一隻宰殺的雞，下面寫有一句諧音雙關語：「為死者敲鐘的人。」

一天夜裡，當巴黎大小鐘樓敲響宵禁的鐘聲時，假若巡防隊長有機會進入這可怕的聖蹟區，就會發現，無賴漢們的酒店裡喧鬧聲比往常還要大得多，喝的酒還要多得多，叫罵得也更加厲害。在外面廣場上，人們三個一群，五個一夥，低聲談著話，好像在籌畫一個什麼重大陰謀，隨處都能看見無賴漢們蹲在石街上磨著寒氣逼人的鋼刀。

可是，在酒店裡面，喝酒的、打牌的，興致極高，對今晚的主要活動卻並未注意，要從喝酒的人談話裡猜出他們的計畫可不容易。只是他們比平常更加興奮，可以看到每個人的腰邊都閃亮著某種武器，如割草的鐮刀、板斧、雙刃大砍刀，或是舊火銃槍托。

大廳呈圓形，非常寬敞。可是，桌子挨著桌子擺得很擠，而且酒客無數，使得酒店裡的男男女女、板凳、酒罐、喝酒的、睡覺的、賭錢的、身強力壯的、瘸腿的都亂作一團，比一堆雜亂無章的牡蠣殼還要混亂許多。

幾張桌上都點著蠟燭，但是把酒店照得像歌劇院那樣明亮的卻是那個爐灶。地窖長年都很潮濕，所以爐火從不熄滅，哪怕夏天也如此，那個大爐灶的爐台上有雕刻，笨重的鐵架和炊具擺在四周，裡面是木頭和泥炭燃起的熊熊大火。這種爐火在夜裡，在村莊的街道上，紅紅的火光射到對面的牆上，看上去真像是鐵工場的窗戶。有一條大狗一本正經地坐在灰堆上，一根穿滿烤肉的鐵叉在炭火前已轉動著。

雖然裡面很亂，但稍稍看一下之後，就可以區分出三個主要的團體來，他們正分別圍著三個讀者已經知道的主要人物。

其中一個身穿鑲著東方金飾的奇裝怪服，那是埃及與波希米亞公爵馬蒂亞斯・韓加蒂・斯比加里。這傢伙坐在一張桌子上面，兩腿交叉，舉起一根手指，正高聲講授借助惡魔和不借助惡魔的巫術，四周幾個人目瞪口呆地聽著。

另一幫人則圍著我們的老朋友，全副武裝的勇敢的土恩王。克洛潘神情嚴肅，低聲號令，監督武器的分發。一隻裝滿武器的大桶掀開了蓋子，放在他面前，從劈開的大口一下子倒出來一大堆斧頭、佩劍、火叉、鎧甲、短刀、矛頭、箭尖、弩弓和箭，好像從豐收角[192]裡不斷流出的蘋果葡萄。眾人隨自己高興領取，有的拿頭盔，有的撿長劍，有的抄起十字把短刀。孩子們也裝模作樣地武裝自己，就連沒腿的殘廢人也都全身披掛著，像大甲蟲一樣在酒客們的大腿間爬來爬去。

最後是第三堆人，他們最會嚷嚷，最快活，人數也最多，他們把桌子和凳子都占了，從他們那全副甲冑裡不斷發出尖聲的咒罵。這傢伙隱藏在戎裝之下，幾乎看不見身子，只能看到他的一隻通紅的、向上翻的、厚顏無恥的鼻子，一束棕色的頭髮，一張淡紅的嘴，一雙膽大包天的蛤蟆眼兒。他的腰帶上插滿短刀和匕首，腰間還佩著一把長劍，左側一把生了鏽的大弓，面前擺著一個巨大酒壺，右側還有一個衣衫不整的妓女。他四周的每一張嘴都在笑罵和痛飲。

此外還有二十多個次要的人堆，還有那些捧著酒罐來回奔跑的侍男侍女，還有蹲著賭博的人，玩彈子的、下三子棋的、擲骰子的、玩小母牛的，還有熱鬧快活的投圈遊戲。這邊角落吵架的，那邊角落親嘴的。酒店裡，那熊熊火焰在搖曳，使幾千個巨大古怪的影子好像在酒店的四壁上跳舞。

192. 豐收角是古歐洲藝術品中一種裝滿花果和玉蜀之類的羊角，表示豐收。

還有那些雜訊，簡直就像一座鐘樓裡所有的鐘通通敲響一樣。

一口大煎鍋裡油花四濺、滾開的油正在翻著泡沫，大廳裡此起彼伏的談話聲稍有點兒空隙，這油爆聲就會即刻充填補齊。

就在這一片喧鬧聲中，在酒店盡頭處的爐灶角落裡坐著一位哲學家，他的雙腳埋在灰堆裡，眼睛盯著燃燒的木柴，正在冥思苦想。他就是格蘭古瓦。

「來呀，快一點！加快速度，快武裝起來！一個鐘頭後就要出發了！」克洛潘對乞丐幫弟子們說。

有個女子顫聲唱起來：

爸爸媽媽，晚安！

最後走的熄燈滅火。

兩個玩牌的又吵了起來。兩人中臉色較紅的那一個向對方揮舞著拳頭罵道：「狗奴才，老子來給你烙個梅花印，讓你代替米斯蒂格里[193]，參加國王大人的牌局吧！」

「哎喲！我們可是像加育維爾的聖徒一般在這兒吃飽喝足啦！」一個諾爾曼人叫道，一聽他那甕聲甕氣的口音便知是哪裡人了。

埃及公爵用假嗓子向他的聽眾喊：「孩子們，法國的女巫去赴群魔會不帶掃帚、不塗油、不騎馬，只用幾句符咒。義大利的女巫總是有隻公羊等在她的門口。可是她們都必須從煙囪裡爬出去。」

193. 米斯蒂格里，紙牌中侍從的名字，專指梅花「J」。

一個全副武裝的青年聲音比誰都高：「妙呀，妙呀！」他喊道，「我今天才第一次武裝起來！乞丐！我當上乞丐啦！耶穌的肚子！倒酒給我喝吧！朋友們，我名叫磨坊的若望，我是一個紳士。我認為，假如上帝不是個員警，他肯定也要當強盜。弟兄們，我們要好好地洗劫一番，我們都是勇士。我們圍攻教堂，砸破大門，救出我們的漂亮女郎，把她從那些法官手中救出來，從神甫手中救出來，砸爛隱修院，把主教燒死在主教府裡，我們一會兒就能把事情辦妥，都用不了鎮長喝一勺湯的工夫。我們的事業是正義的，我們去洗劫聖母院，這是說定了的。我們將絞死卡西莫多。

「小姐們，你們認識卡西莫多嗎？在聖靈降臨節你們可看見過他氣喘吁吁地吊在大鐘上面嗎？媽的！真漂亮！簡直就如魔鬼騎在獸嘴上一樣。

「朋友們，聽我說呀，我打心眼裡是個乞丐，靈魂深處是個講黑話的，我生來就是叫花子。我曾經非常有錢，我把我的財產吃光了。我母親想讓我去當軍官，我父親要我做副助祭，姑媽要我當審訊評議官，奶奶要我當國王的大法官，姑奶奶還要我當短袍司庫呢。可是我自己卻自願來當無賴漢。我把這事告訴了父親，他把我臭罵一頓；告訴了母親，這個老太婆便號啕大哭一場，一把眼淚一把鼻涕，並且像那火上的烤肉一般噓氣。

「快樂萬歲！我是個真正的比塞特人！親愛的老闆娘，倒酒！我還有錢付帳。我不要須雷遜酒了，這酒燒喉嚨。我真高興，咳，喝了一筐酒呢！」

嘈雜的人群哈哈大笑，拍手叫好。隨著四周更加喧囂的吵鬧聲，學生也大聲喊叫起來：「嗨！多美的吵鬧聲！『這是瘋狂的人群的大規模發作啊！』」

於是，他唱起歌來，調子跟神甫念晚禱一般，眼睛閃出陶醉的光芒：美哉聖歌！美哉樂器！美哉歌聲！此處樂音不絕，管風琴之聲甜如蜜，優雅旋律只在天上有，頌歌中最雄偉豪華者！他突然不唱了，把話頭一轉：「該死的老闆娘，快拿飯來給我吃呀。」

稍稍安靜了一會兒，就輪到埃及公爵用他那尖嗓子向流浪人發命令了：「……黃鼠狼名叫安君，狐狸叫藍腳或叫森林跑步家，狼叫灰腳或叫金腳，狗熊叫老頭或叫老爹。扮侏儒的人要讓別人看不見你們，你們卻能看見別人。每隻受過洗禮的癩蛤蟆都應該穿上紅色或黑色的絲絨衣裳，脖子上要掛只鈴鐺，腳上也掛只鈴鐺。教父捧著腦袋，教母托著屁股。這是能夠使女人們裸體起舞的魔鬼西特亞加沙啊。」

若望插話說：「憑彌撒的名義，我倒願意當魔鬼西特亞加沙。」

這當兒，無賴漢們在酒店的另一頭一邊低聲策劃著，一邊繼續武裝自己。

有個波希米亞人說：「愛斯梅拉達真夠可憐的！她是我們的姊妹，我們一定得把她從那地方弄出來。」

「那麼她還在聖母院裡面嗎？」一個猶太人模樣的小販說。

「當然在了！」

「那好，弟兄們，快去聖母院！」破產商人喊道，「特別是在聖費雷奧和聖費呂雄小教堂裡有兩尊塑像，一個是聖巴甫第斯特，另一個聖安東尼，兩個都是黃金鑄成的，一共要值十七金馬克五盎司十五艾司特蘭，兩個鍍金的銀座也值十七馬克五盎司。這我非常清楚，我是金銀匠啊。」

這邊，有人端來了晚飯給若望。

若望躺在身邊一個女人的胸脯上大聲叫道：「我以聖烏特．德．呂格的名義保證，也就是平民叫著聖果格呂的，我非常快活。我面前站著一個笨蛋用大公爵一般的狡猾樣兒瞧著我。還有左邊這個傢伙，一副牙齒長得給擋住了下巴。此外，我真像紀埃元帥[194]進攻彭多瓦斯時那樣，右邊靠在一隻乳頭上。穆罕默德的肚子！老兄！您長得真像販賣網球的小商販，怎麼能坐在我的身邊！朋友，我是個貴族。商業和高貴是勢不兩立的。快給我滾開吧！

「唉呀呀！瞧你們這些個傢伙！別打了！怎麼回事，巴甫第斯特・阿瓦松，瞧你那鼻子多俊俏，假若被那蠢貨的拳頭給砸著了，就太可惜了呀！傻瓜蛋！『並非人人都有鼻子。』咬耳朵的雅克林，你真是聖潔無瑕啊！可惜你沒有生出好頭髮。

「喂！我叫若望，我哥哥就是副主教。讓他見鬼去吧！我跟你們講的句句都是真話。我哥哥允許我分居一半的天堂裡那幢房子，而我卻當了無賴漢，心甘情願放棄了這一權利。『天堂所居之半』。我可以引用拉丁原文，我有一塊值得誇耀的蒂爾夏浦領地，所有的女人全都是我的情婦，這件事就像聖艾洛阿是個金匠一樣千真萬確，就像巴黎這座好城市的五種職業是皮匠、製革商人、皮帶商人、錢包商人和苦力一樣千真萬確！就像聖洛昂是被蛋殼燒死的一樣千真萬確！弟兄們，我向你們保證：如果我說謊！就喝一年的辣湯！

「我的美人兒，月亮出來了，你從窗孔往外看看吧，瞧大風怎樣卷刮那些雲彩！所以，現在我該撕開你的抹胸了。女人們！給孩子們擤擤鼻涕，給蠟燭剪剪燭花[195]。基督和穆罕默德！朱庇特！我吃的都是些什麼東西呀！嗨，老婆子，我在你們這些傢伙的腦瓜上沒發現頭髮，卻發現頭髮跑到我的炒雞

194.紀埃元帥（一四五一至一五一三），路易十一和查理八世時代最優秀的將領。
195.原文擤鼻涕和剪蠟燭是同一個動詞，在這裡當雙關語用，譯文只好分開。

蛋裡來了。老婆子，我喜歡不帶頭髮的炒雞蛋。讓魔鬼把你弄成個塌鼻頭！倍爾日比特漂亮的酒店老闆娘，惡漢們在你的店裡用叉子梳頭髮呢！」

說完後，他把盤子摔碎在石塊地上，然後高聲唱起來：

我呀！憑上帝的血起誓！

我沒有信仰，也不守法律，

無家也無鄉，

不信上帝，

不服國王！

與此同時，克洛潘已將武器迅速分發完畢了，並向格蘭古瓦走了過來。格蘭古瓦雙腳架在爐架上面，好像陷入了深思。「朋友，你在想什麼鬼事兒？」土恩王問道。

格蘭古瓦回過頭來，帶著憂鬱的微笑對他說：「親愛的老爺，我喜歡火。這倒不是因爲火能暖腳、能煮湯等那些平庸的原因，而是因爲火中有火星。我有時能花幾個鐘頭觀察那火星。從這些黑漆漆爐膛中爆出的火星使我發現了千萬種事物。一個火星便是一個世界呀。」

「我假若懂得你的意思，就讓雷劈了我！」無賴漢說道，「你知道現在是幾點了？」

「我不知道。」格蘭古瓦回答說。

於是，克洛潘向埃及公爵走了去。

「馬蒂亞斯夥計，這個時機不太妙。聽說國王路易十一在巴黎。」

「那就更應該把我們的姊妹從他們的魔爪裡救出來了。」老波希米亞人說。

「你說這話真像個男子漢，馬蒂亞斯，」土恩王說，「再說，我們會速戰速決的。大家不必怕教堂裡會有人抵抗。神甫都是些膽小鬼，而我們強壯有力。高等法院的人明天就來提審她，那我們就吃大虧了！教皇的肚腸！我可不願意人家把這位美麗的女子給活活吊死。」

克洛潘走出了酒店。

與此同時，若望又大聲怪叫了起來：「我喝酒，我吃飯，我醉了，我是朱庇特！嗨！屠夫比埃爾，你假若再這麼看著我，我就要用手指把你的鼻子彈得嘣嘣響！」

格蘭古瓦待在一邊，沉思已經被打斷。他開始觀察四周狂飲喧鬧的景象，從牙縫裡喃喃地說道：「『酒與酒後喧鬧皆誨淫』。唉！我不喝酒是多麼的明智呀，聖伯努瓦說得好：『酒能使賢人叛教。』」

這時克洛潘回來了，用雷鳴般的聲音喊道：「半夜到了！」

聽到了這句話，就像停止前進的軍隊聽到「上馬」的口令一樣，所有無賴漢、男人、女人、孩子，全都忙亂起來，武器與鋼鐵響聲大作。

月亮也藏到了雲後。

聖蹟區一片漆黑，伸手不見五指。可是，裡面的人還很多。隱約可以聽到一大堆男男女女還在低聲交談。只聽那聲音還在嗡嗡作響，只見在黑暗中各種武器閃閃發光。克洛潘爬上一塊石頭高聲喊道：「好漢幫，列隊！埃及幫，列隊！伽西略幫，列隊！」黑暗中到處在騷動。大隊人馬好像已排列成了縱隊。土恩王不一會兒又提高了嗓門喊：「現在，悄悄穿過巴黎！口令是『小火把在閒遊』！到達聖母院後再點火！出發！」

幾分鐘以後，黑壓壓的一長隊人朝著歐頂熱橋開了過去，巡夜的騎兵隊看見他們，便驚慌地穿過通到人煙稠密的菜市場曲曲彎彎的街巷，四散逃開去了。

幫了倒忙的好心朋友

這天晚上，卡西莫多沒有睡覺。他剛剛把教堂巡視了最後一遍。關那些大門的時候，他沒有注意到副主教從他近旁走過，也沒注意到他露出諷刺的神色看著自己把那道大鐵門關緊並且加上鐵門，這根鐵門使那兩扇大門堅固得跟牆一樣。克洛德神甫的神情比往常更加心事重重。另外，自從那天夜裡在小屋裡冒險之後，他待卡西莫多就一直非常苛刻。

雖然遭到粗暴的對待，有時甚至還挨打，忠心耿耿的敲鐘人那順從、忍耐和逆來順受的態度絲毫沒有改變。他忍受著副主教的咒罵、恫嚇和拳打腳踢，毫無怨言也不歎息一聲。至多是在克洛德神甫爬鐘樓的樓梯時，心神不定地密切注視著他的舉動。可是副主教也留心著不讓自己再次在埃及女郎眼前出現了。

話說那天夜裡，卡西莫多看了看雅克琳、瑪麗和蒂波，他們都是些被遺棄了的人們，隨後爬到靠北邊那座鐘塔的屋頂，把密不透風的馬燈擱在了屋簷上，眺望起了巴黎夜景。我們已經說過，夜色很黑，巴黎在那段時間可以說是完全沒有燈光的，呈現眼前的是一些雜亂的黑堆，被發白的塞納河到處截斷，露出些缺口。卡西莫多在樓頂只看見聖安東橋那邊，遠處有座建築物陰暗模糊的側影高居在所有的屋頂之上，那座建築物有扇窗戶發出光亮。那裡也有人徹夜不眠。

敲鐘人憑著他那隻獨眼環視著夜霧瀰漫的天際，頓時，心理產生一種莫名其妙的騷動。連續幾天來他一直這樣的提防著。他時不時地看到主教堂四周有一些相貌凶惡的人晃來晃去，眼睛牢牢盯著少女的避難所。他猜想那些人多半在策劃著某種不利於那個避難人的陰謀詭計，他猜想大家也憎恨那個少女，就像憎恨他本人一樣。所以，他就在鐘樓上站崗，虎視眈眈，如拉伯雷所說的，「在夢境中夢想」。那隻獨眼一會兒看看小屋，一會兒又看看巴黎，懷著滿肚子疑問，就像一隻忠實的牧羊狗，十分警惕。

上蒼好像做了某種補償吧，那隻獨眼擁有十分敏銳的眼光，足足能夠代替卡西莫多所缺的其他一切器官。正當他用這隻眼睛仔細察看全城時，忽然看見老皮坊河岸的倒影有點特別，好像有什麼動靜，那黑黝黝的突出在白色河面上的欄杆輪廓，不像其他河岸那般筆直而平靜。相反，看起來好像河裡的波浪在波動，又像一群一群前進中的隊伍，有眾人的腦袋晃動。

他覺得這有些蹊蹺，於是加倍留神起來了。那運動的方向好像朝著舊城這邊移動，不過沒有一點火光。它在堤岸持續移動了一陣，然後像流水似的漸漸流過去，好像那流經過去的什麼東西進了城島裡面。這時，碼頭的欄杆又恢復了原先的挺直和平靜。

正當卡西莫多絞盡腦汁、多方尋思時，他覺得那移動的人群彷彿走進了巴爾維街，這條街在老城垂直地一直延伸到聖母院的正面。雖然夜色深沉，他還是看到了一支縱隊的前列從這條街湧出，只一轉眼的功夫，一群人在廣場上四處散開。廣場上什麼也看不清楚，只看得出是一大群人罷了。

這個景象異常駭人。可能因爲這奇怪的行列爲了避免暴露，一直小心地保持著肅靜，這當兒卻難免有了些聲音，雖然不過是腳步聲，可是這種聲音鑽不進我們這位聾子的耳朵，面對這一大堆的人群，他差不多看不見，壓根兒也聽不見，卻又近在咫尺，甚至還在來回走動，他覺得那彷彿像一大堆的死人：無聲無息，不可觸摸，融化在煙霧裡。他好像看到一層佈滿了人的霧氣在向他迫近，看見陰影中移動著一群人影。

於是，卡西莫多心裡又恐懼起來。腦子裡又想起了有人要謀害埃及女郎的念頭。他模糊地感覺到，一場風暴迫在眉睫。在這危急之際，他用他那簡單頭腦裡意外的機智考慮著應該採取什麼行動。要不要叫醒埃及女郎？讓她逃走嗎？從哪裡逃呢？街上都被佔領了，教堂背後就是一條河，沒有船！也沒有出路！只有一個辦法，就是單槍匹馬地在教堂門檻上拚死抵抗，至少抵抗到有援軍到來，但不必去驚擾愛斯梅拉達的睡夢，那不幸的人還有足夠的時間，要等睡夠了才死呢。下了這個決心之後，他就更加安心地觀察著「敵人」。

聖母院廣場上的人好像時時刻刻都在增多。他猜想他們大概只弄出了極小的聲響，因爲廣場四周街道上的窗戶都還好好地關閉著。轉瞬之間，一個亮光閃出，七八支火把一下子點燃，在人頭上晃動，在黑暗中團團火焰搖曳不定。這時，卡西莫多明明白白地看到聖母院廣場上宛如波浪起伏，一群群衣衫襤褸的男男女女，手裡拿著割草刀、長矛、鉤鐮槍，千萬支刀劍在閃閃發光。到處都有一些黑黑的鐵叉從那些可怕的頭上伸出來，像犄角似的。他模糊地想起這幫人，好像認出了他們所有的面孔。幾個月前，這些人還向愚人王致過敬呢。有個人一手舉著火把，一手拿著短棍爬上了界石，好像在發表什麼演說。與此同時，這支奇怪的軍隊改變了隊形，彷彿在佔領教堂四周的陣地。卡西莫多拿起馬燈往下走，來到兩個鐘樓的平台上，以便就近進行觀察，並且考慮防禦方法。

克洛潘早已部署手下的部隊做好了戰鬥的準備，這時來到聖母院高大的正門前面。他雖然估計不會有什麼抵抗，但仍然情願像謹慎的將領那樣嚴陣以待，以便在必要時抵禦從守門人或從二百二十人的夜巡隊方面來的任何襲擊。

他把他的隊伍排得那麼整齊，如此一來，從高處和遠處看，真以爲是艾克諾馬戰役中的羅馬三角陣、亞歷山大大帝的豬頭陣，或古斯塔夫－阿道爾夫著名的楔形陣。這個三角陣的底邊在廣場盡頭，正好把前庭街擋住，有一邊對著主宮醫院，另一邊對著聖比埃爾街。克洛潘、埃及公爵、我們的朋友若望以及那些最膽大的進攻手站在了三角陣的頂端。

在中世紀的城市裡，乞丐在這種時辰襲擊聖母院之類的事並非罕見。我們現在所謂的「警察局」，那時候是沒有的。

在人口眾多的城市裡，尤其是在首都，並不存在常規的獨一無二的集中的武裝力量。封建制度就以奇怪的方式逐漸建築起了巴黎這個巨大的市鎮。一個城邦就是千百個封建領主的集合體，他們把它分成大小不一、形形色色的地域。由此出現了千百種互相矛盾的治安勢力，有一千個互相搞摩擦的警察局，那就等於一個警察局都沒有。

就拿巴黎說吧，從擁有一百五十條街道的巴黎主教到擁有四條街道的郊區聖母院的長老，它一共有一百四十一位各自爲政的領主擁有領地權，二十五個領主擁有司法權和領地權。所有這些封建司法者僅僅是在名義上承認國王的無上權威。他們都管理著交通，一切都各自爲政。

路易十一恰是個不知疲倦的工匠，他開始大規模地拆除那座封建制度大廈，黎世留和路易十四爲了王權的利益又進一步加以拆毀，最後在米拉波[196]手裡才徹底完成，以此有利於人民。

路易十一煞費苦心打破了遍佈巴黎的領主網，接連發出兩三道聖旨，採取激烈的措施廢除了一切，胡亂推行統一的治安。比如在一四六五年，命令居民在天黑之後必須在窗口點上蠟燭，並把狗關起來，違者處以絞刑，就在這一年，又下令每晚都要用鐵鍊將街道都封鎖起來，禁止夜間攜帶短刀或其他什麼進攻性的武器上街。可是不久這些規定又不執行了。市民們聽任窗口的風把蠟燭吹滅，讓他們的狗四處遊蕩，鐵鍊只在戒嚴時才拉起來，禁止攜帶武器的法令也沒有帶來什麼變化，只不過改了一條街的名字罷了，把割咽街改成了割喉街，這就算是一個明顯的進步了。

各種封建裁判權依然屹立不動，領地把城市劃分成無數區域，一個個互相妨礙，磕碰，糾纏，穿插，大量的盜竊搶劫和暴動事件都被那些衛隊、下衛隊和近衛隊放過。在這種混亂狀態中，即使在人口最稠密的地段，一群強盜襲擊某座宮殿、府堂、房屋，也不罕見。

在大多數情況下，若搶劫不殃及到自己家，一般的鄰居是不管這種事情的。他們對火槍聲充耳不聞，只是關閉自家的百葉窗，堵緊自家的大門，聽任打劫自行解決，管它有沒有巡防兵干預。第二天巴黎就會到處傳說「昨晚艾丁．巴爾倍特家被搶了」或是「克雷蒙元帥被捉去了」等等。

這樣一來，不僅是皇家的住宅如羅浮宮、王宮、巴士底獄、杜爾內爾宮，就是一般的領主官邸如小波旁宮、桑斯府、安古勒姆府等，牆上都有箭眼，大門上都設有槍眼。雖然教堂有神聖來護衛，不過其中也有一些教堂還是設置了防禦工事的，可聖母院是沒有的。聖日耳曼修道院武裝得如同一個男

196. 米拉波（一七四九至一七九一），法國大革命時期著名的政治家和演說家。

爵府，在那裡，鑄鐘花的銅還不及造炮用去的銅多呢。一六一〇年時還可以看見那座炮台呢。這座修道院今天差不多就只剩下一座教堂了。

咱們還是來談聖母院吧。

我們必須指出，這幫流浪者的紀律真是令人稱讚，克洛潘的命令都被他們悄悄地極準確地執行了。當初步部署一完畢，這個名不虛傳的乞丐幫頭子爬上聖母院廣場的護牆，面對聖母院站著，提高沙啞的粗嗓門，向聖母院揮舞著手中的火把。

那火焰被風吹得忽閃忽閃的，他本人不斷地被隱沒在煙霧裡，被火映紅的主教堂的正面時隱時現。克洛潘提高嗓門說道：「路易．德．波蒙，巴黎大主教，高等法院顧問，我是克洛潘，土恩王，龍頭大哥，黑話王國的君主，愚人們的大主教克洛潘。我告訴你：我們的姐妹遭受了冤枉，被以妖術罪名判處了死刑，躲進了你的教堂裡，你必須給予庇護，而高等法院又想去逮捕她，你竟然也同意了，假若上帝和無賴漢不出面干預的話，她明天就會在格雷沃廣場上被人吊死了，所以我們來找你，主教。

「假如你們的教堂是神聖的，那麼我們的姐妹也是神聖不可侵犯的；如果我們的姐妹算不上神聖，那麼你的教堂也不神聖。因此我們勸你把那位女子交還給我們，假若你願意救你的教堂，不然我們就要把她搶走。還要搶劫你的教堂，那就更好了。我為此豎起我的旗幟宣誓。但願上帝保佑你，巴黎大主教！」

這些話帶有某種陰沉、粗獷的威嚴口氣，可惜卡西莫多聽不見這些話。一個無賴漢把手中的戰旗交給克洛潘，克洛潘隨即把戰旗嚴肅地插在了兩塊石板之間。其實那是一把鋼叉，齒上叉著一塊流著血的腐肉。

豎起旗之後，這位土恩王就轉過身來巡視他的隊伍，那是些眼睛跟槍矛一樣閃亮的人。他頓了一下喊道：「向前衝呀，小子們！幹吧。硬漢們！」

三十個腿脛粗大臉如黑鐵的壯漢從行列裡跳出來，肩頭上扛著大錘鋤頭和鐵釬。只見他們向教堂主大門衝去，爬上台階。隨即，全都在尖拱那裡蹲下，用鉗子和撬杠撬起門來。一群無賴漢也跟著過去，有的幫忙，有的圍觀。正門前那十一級台階全都站滿了人。

可是，大門非常牢固，巋然不動。一個人說：「見鬼！還挺堅實頑固！」另一個人說：「它老了，骨頭還挺硬。」克洛潘又說：「夥計們，加油幹呀！我敢用我的腦袋去碰拖鞋打賭，你們打開大門之後，搶走女郎，把主神壇搶空，還沒等到教堂執事醒過來呢！瞧！我看鎖已經鬆動了。」

克洛潘的話突然被他背後一個可怕的響聲打斷了，他轉過身來，看見空中掉下了一根大樑，把教堂石階上的流浪漢壓死了十二個。然後，它又從石板地上滾跳著，如炮彈轟鳴，又一路砸斷了幾個乞丐的棒骨。

人群驚恐萬狀，呼號著逃開去。轉瞬間，廣場圍欄中已經空無一人了。那些壯漢雖然躲在深深的門廊裡，這時也棄門而逃。克洛潘自己也退避到了離開教堂很遠的地方。

若望喊道，「我差一點兒送了命！牛的頭！我感到它旋起的一陣風呢。可是屠夫比埃爾卻被砸扁了！」

這根大樑落在這幫強盜們中間，使他們驚恐萬分，真是難以言表。許久，他們直愣愣地傻站在那裡，目光定定地望著天空，他們害怕那根木頭遠甚於害怕兩萬名王室弓箭手。

埃及公爵吼道：「撒旦！這裡面一定有妖術！」

紅臉安德里說：「八成是月亮給我們扔下的柴火。」

弗朗索瓦．普律尼接著說：「這麼說來，月亮就是聖母的朋友嘍！」

克洛潘大聲吼道：「一千個教皇作證！你們個個都是些酒囊飯袋！」但他自己也無法解釋掉下樑木來是怎麼回事。

這時，教堂前牆上什麼也看不見了，火把的光亮照不到教堂的頂部。那可怕的樑柱躺在廣場中央，只聽見在它掉下時挨了一下或者肚皮在石階角上碰破了的人們在呻吟。

一陣驚慌之後，土恩王終於找到了一種解釋，同伴聽了覺得十分有道理。「上帝的懲罰！神甫們是不是在抵抗呢？那就洗劫！快洗劫！」

「去洗劫！」嘈雜的人群狂怒地喊道。一陣箭弩、火銃向教堂正面齊射。

這陣轟隆轟隆的巨大的聲音，把四周房屋中安睡的居民們都驚醒過來了，有幾個窗戶已經打開來，戴睡帽的頭和持蠟燭的手出現在窗口上。

「向窗戶開火！」克洛潘喊道。

窗戶立刻又關上了。這些可憐的市民，還沒來得及偷看一下這片火光和喧鬧的場面，就被嚇得滿頭大汗地回到妻子身邊。尋思著，聖母院廣場是不是在舉行什麼群魔會，或像六四年那樣，勃艮第人又來進攻了。於是丈夫們想到了搶劫，妻子們想到了暴行，個個都被嚇得直發抖。

「快去搶啊！」乞丐幫的人們一再喊叫著，可是誰也不敢靠近。他們望望那教堂，又望望大樑。大樑一動不動地躺在地上。教堂看起來依舊十分寂靜和安寧，沒有一個人影，卻有什麼東西使無賴漢們個個膽寒。

「快幹呀，撬鎖行家們！把門撬開。」克洛潘喊道。

但誰也不敢朝前走一步。

「鬍子和肚子！」克洛潘說，「瞧你們這幫廢物，竟害怕一根椽子。」

一個年長的撬鎖賊對他說道：

「統帥，倒不是這根椽子把我們嚇倒了，而是那大門被鐵條封得死死的。鉗子對它根本無可奈何。」

「那你要用什麼東西才能衝開它呢？」克洛潘問。

「這個嘛，非得要攻城槌不可。」

土恩王勇敢地跑向那根可怕的大樑，用腳踩著喊道：「這不就是攻城槌嘛！這可是那些神甫送給你們的。」說著朝教堂那邊嘲笑地鞠了一躬，說：「神甫們，多謝了！」

他膽大包天的行為即刻產生了好效果，大樑的魔力好像也被破除了。無賴漢們重新鼓起勇氣，不一會兒，那根沉重的橫樑像羽毛一樣被二百條粗壯有力胳膊抬起來，對著大門猛烈地撞去。剛才他們想打開大門卻未能如願，這回可好了。在照著廣場的火炬的微弱光亮中看去，一大群人抬著這根長樑飛奔，迅速向教堂撞去，見此情此景，還以為是一隻千足怪獸埋著頭向石頭巨人發起攻擊呢。

柱子撞過去，那半金屬的大門就像一面大鼓似的響起來。大門還沒有撞開，但那座教堂整個兒給震動了，聽得到那座建築的胸膛在深深地歎氣。就在這時，許多大石頭從正面高處雨點般地落了下來，向進攻者砸來。

「見鬼！」若望喊道：「難道是樓搖晃得連欄杆都倒塌了，石塊直往我們頭上掉？」

但這時正是士氣正旺，氣可鼓而不可泄的時候，土恩王也以身作則。毫無疑問，肯定是大主教正在抵抗呢。因此，雖然落石隨處砸得頭顱開花，但他們更加勇猛地攻打著大門。

令人費解的是，雖然這些石頭一塊一塊落下來，卻十分緊密，接二連三一直落個不停。乞丐們差不多個個能同時領教到兩塊石頭，一塊砸在腿上，另一塊砸在頭上。很少沒有被打中的。

進攻的人們腳前已經躺著一大堆打死了的和打傷了的以及還在流血和扭動的人體，於是他們盛怒之下不斷振作精神，用那根大樑柱一下接一下像敲鐘一樣以同樣的間歇撞那道大門。石塊依舊雨點般往下落，大門怒吼不已。

不用說，讀者顯然已經猜測到了，這激怒了流浪漢們的意外抵抗是來自卡西莫多。

不幸得很，因爲偶然的原因，使得勇敢的聾子一直佔據著上風。

他走到兩座鐘樓中間的平台上時，頭腦裡一片混亂。他像瘋子似的沿著樓廊來回跑了一圈，從高處看著乞丐們準備衝進教堂，不知應該請求上帝還是應該請求魔鬼來援救那個埃及女郎。他先是想爬上南鐘樓去敲警鐘，可是轉念一想，等他能夠把瑪麗敲響一下，發出一聲怒吼之前，教堂的門恐怕早被人攻破十次了。這時，正好那些撬鎖賊帶著器具向大門走了過來。怎麼辦呀？

他忽然想起泥瓦匠成天都在修理南邊那座鐘塔的牆壁、屋架和屋頂，這是一線光明：牆是石頭壘的，屋頂是鉛皮的，房架是木頭的。這裡的木架又大又密，簡直可以稱之爲「森林」了。

卡西莫多於是向那座鐘樓跑去。果然，下面房間裡面堆滿了各種建築器材。有成堆的石頭，成卷的鉛皮，一捆捆鋸好的木頭，一堆堆汞砂，真是一個應有盡有的工廠。情況危急。下面的鉗子和錘子已經幹起來了。臨近危險時，他陡然間力氣猛增十倍，舉起一根最重也最長的橫樑，從一個天窗裡拋了出去，隨後又從鐘樓外面抓住，把它擱在環繞平台的石欄邊上，從石欄角往下滑去，然後，猛然一鬆手讓從半空中落下去。

那根大木柱從一百六十法尺的高處擦過牆，撞碎了一些雕刻，穿過空間時像風磨的輪子一般旋轉了幾下，最後碰到地面，引起一片驚恐的叫喊。隨後這根黑色的橫樑在地上來回彈跳了幾下，宛若一條蟒蛇在那裡跳動。

卡西莫多看到橫樑墜落之處，無賴漢們四處散開來，就像小孩吹散的灰塵一般到處都是。利用無賴漢們驚魂未定，趁他們用迷惑的目光盯著這根從天而降的大棒，趁他們亂箭齊發，亂扔霰彈，毀壞門廊上諸聖石像的眼睛時，卡西莫多又悄悄地在投下橫樑的欄杆邊壘起一堆堆的灰渣、石塊、料石，還搬了泥瓦匠的一袋袋工具，一齊堆到他拋下那根大木柱的欄杆角上。

因此，當他們開始攻打大門之時，石頭像雨點似的紛紛落下，乞丐們以爲是教堂倒坍在他們頭頂上了。

這時誰若看到卡西莫多的話，那真要被嚇壞的。除了在欄杆邊堆積了大量投擲物以外，他還在鐘樓平台上堆起了一堆堆的石頭。欄杆外緣上的石頭一用完，他就用後一堆來補充。只見他不斷地彎腰、直立、再彎腰、再直立，其行動之敏捷簡直難以令人相信。他那鬼似的大腦袋只要往石欄外一伸，就有相應的一塊巨石立即落下，隨後又是一塊，緊接著又是一塊。有時他眼看著一塊石頭落下，每當石頭打中，嘴裡就哼一聲：「呵！」

可是，乞丐們並沒有灰心喪氣。百來人齊心協力，抬著沉重的橡木槌全力以赴地撞擊著大門，那厚厚的大門已經晃動了二十多次。門板已軋軋作響，雕刻四散飛落，每撞擊一下，鉸鏈就在搭扣上跳動一次，門板已開始破裂了，鐵筋之間的木塊被撞得粉末紛紛掉落下來。那大門上鐵料比木料多，這對卡西莫多來說真是好運氣。

不過，他依然感到大門在搖晃。他雖然聽不見，但木槌每一次撞擊，都會引起教堂內部的震動，也同時震動了他的肺腑。他從高處看到，無賴漢們充滿了勝利的信心，怒氣沖天，向黑漆漆的教堂正面揮舞著拳頭。他多麼希望自己和埃及女郎能像頭頂上飛過去的貓頭鷹那樣，肋下生翅遠走高飛。

雖然石如雨下，但並不能使流浪漢們後退。

在這萬分焦急的關頭，他突然注意到石欄下面不遠處有兩根長長的滴水槽，正好在大門之上，也就是剛剛砸死乞丐的地方。這兩個水槽朝裡的開口處正好同平台在一個水平線上。他不由靈機一動，急忙從敲鐘人住處找來了一捆柴火，又架上大量的木條，上面放上鉛皮卷，這是他從沒使用過的軍火。等他把柴垛通通放在滴水槽洞口後，便用馬燈把它點燃。

這時，石頭不再往下掉了，無賴漢們也不再仰頭張望了。強盜們氣喘吁吁，好似一群獵犬逼近野豬的窩，亂哄哄地擠在教堂的大門口。大門雖然被木槌撞得了完全走了形，但依舊沒有被撞開。他們興奮地戰慄地等著那最後一擊，把它完全撞垮。每個人都願意站得近些，以便在大門被撞開後第一個衝進去。教堂可是擁有長達三個世紀的財富的巨大寶庫呀。

他們欣喜若狂，貪婪地怒吼，相互提醒裡面有精美的銀十字架，有華麗的織錦神甫服，有漂亮的鍍金墳墓，還有唱經班的璀璨物品等等。他們還回想起燭光輝煌的耶誕節和陽光燦爛的復活節等節日中那些眼花繚亂的用品，在所有這些輝煌莊嚴的盛大慶典上曾經見到過的聖骨盒、燭台、聖體盒、聖體櫃、聖骨箱等，包著黃金，鑲著鑽石，全都堆積在聖壇上。

誠然，在這麼美好的時刻，盜賊和假殘者也好，地痞和無賴也好，他們希望搶劫聖母院一定比希望拯救埃及女郎強烈得多。我們甚至認爲，營救愛斯梅拉達只不過被當做搶劫聖母院的一個藉口罷了，假若強盜打家劫舍也需要什麼藉口的話。

無賴漢們聚集起來，圍著木槌做最後的努力，他們個個都屏住呼吸，繃緊肌肉，使出渾身力氣用在那決定性的一擊上。不想，就在這時候，忽然聽到人群中發出一片嚎叫聲，這叫聲比橫樑砸開腦袋、靈魂出竅的那種慘叫聲還可怕。沒有喊叫的、還活著的人都呆若木雞地看著。居然有兩股融化的鉛水從教堂高處傾瀉而下，落在了這幫烏合之眾最稠密的人堆中。人海在這沸騰的金屬溶液下面頓時像潮水般退下。

鉛熔液流瀉下來的兩個地方，成了兩個大黑洞，直冒濃煙，好像滾燙的開水澆在雪地裡一般。只見那些臨死者大半已經被鉛凝住了，痛苦萬分，慘叫不迭。在這兩股主流四周，可怕的鉛雨四處飛濺，散落到進攻的人們身上，火焰就像銳利的鑽子，錐進他們的腦袋。這是重逾千鈞之火呀，它灑下來的千萬顆雹粒把那些可憐的人燒得七零八落。

哀號聲撕心裂肺。不論是最膽大的還是最膽小的，乞丐們直接把大樑扔在了屍體上就四散逃跑了。聖母院廣場再次空無一人。

所有人的眼睛一齊向教堂頂上看去，呈現在大家眼前的是一片十分奇異的景象。在比正中的圓花窗更高的那層樓廊頂上，熊熊烈火帶著無數火花從兩個鐘樓之間騰起來，火焰捲著火星狂飛亂舞，這狂亂的烈火被風一刮，火苗又化作濃煙。

在那股烈焰下面，在那有三葉形木花邊的欄杆下，只見兩個魔舌般的滴水槽不斷地噴出熾烈火紅的雨水來，銀白色的鉛液襯托著教堂下方十分昏暗的正面牆壁，顯得格外分明。越接近地面，草捆那麼粗的兩股鉛流就越向四周擴散，形成一條條束狀的細流向四面飛濺，好像從噴壺的千萬個孔裡噴射出來的水一般。

在火焰之上，兩個巨大的鐘樓呈現出各自粗獷和清晰的輪廓：一個黑黝黝，另一個紅彤彤。它們的巨大身影直刺向天空，在黑影襯托中，鐘樓本身顯得更加巍峨。它們的無數鬼怪龍蛇的雕刻，都顯出陰森森的樣子，在映著閃爍不定的火光中彷彿全都活動起來了。

那些半獅半鷹的怪獸好像正在哈哈大笑，滴水簷好像在汪汪吠叫，火蛇在向火裡吹氣，塔拉斯貢怪獸好像在濃煙中打噴嚏。被火光和聲響從熟睡中驚醒的這些怪物裡面，還有一個怪物在不停地走動。只見牠不時在火光裡來來去去，就好像一隻蝙蝠從蠟燭前掠過一般。

這座離奇古怪的燈塔，一定會把那些遠在比塞特山上的樵夫驚醒，他們看到聖母院巨大的陰影在灌木林上搖晃，準會嚇得魂飛魄散。

無賴漢們全都驚呆了，保持著出奇的肅靜。在這寂靜的隱修院裡只聽見各種響聲，比失火馬廄中的馬匹更要煩躁不安。附近的窗戶又迅速地打開了，又迅速關上了，聲音輕得差不多聽不見，四周房屋和主宮醫院裡一片忙亂的聲音。火焰中風在怒號，垂死者在做最後的喘息，鉛雨不斷地落在石板地面上，發出劈啪之聲。

這時，無賴漢的頭頭們已經退到了貢德洛里耶寓所的門廊下，共商對策。

埃及公爵坐在一塊界石上面，帶著迷信的恐懼仰望著空中二百尺高處冒著火光的幻景般的柴堆。

克洛潘怒髮衝冠，發瘋似的咬著自己的拳頭。他咬牙切齒地嘟囔著：「看來還是衝不進去啊！」

「這個施了巫術的老教堂！」老波希米亞人馬蒂亞斯低聲抱怨說。

「憑教皇的鬍子打賭！」一個花白頭、曾經服過兵役的老流氓接著又說道，「瞧這些滴水槽噴鉛水，真比從來克杜爾的槍眼裡射出的子彈還厲害。」

「你們看見那個火光前面來來去去的鬼怪了嗎？」埃及公爵說。

克洛潘說：「他娘的！就是那個可惡的敲鐘人卡西莫多。」

老波希米亞人搖了搖頭：「我告訴你吧，那是大侯爵，主司城防的惡魔沙布納克的幽魂，他的形體像武裝的兵士，腦袋像獅子。有時他騎一匹醜陋的大馬，他會將人變成石頭，並用來建造箭樓。他統率著五十個軍團，那正是他，我一看就認出是他了。他有時扮成土耳其人，穿著漂亮的金袍子。」

「倍勒維尼哪裡去了？」克洛潘問。

「他剛才死了。」一個女無賴回答道。

紅臉安德里像個傻子似的大笑說：「聖母院讓主宮醫院有活兒幹了。」

「這麼說，難道真的沒有辦法攻破這道鬼門了嗎？」土恩王跺著腳喊道。

埃及公爵愁苦地向他指著兩道鉛水柱子，沸騰的鉛水還在教堂正面的黑暗中向下流淌，就好像兩隻長紡錘，紡出磷來。他歎息道：「我們從前倒是見過的，有的教堂就是這樣保衛自己的。四十年前，君士坦丁堡的聖索菲亞教堂，曾經連續三次搖晃著他的圓腦袋把穆罕默德的新月旗扔到地上。這座教堂是巴黎的居約姆修建的，他本人就是一個巫師。」

克洛潘說：「難道咱們能夠像大街上的膽小鬼一般可恥地逃開嗎？難道就這樣把咱們的妹子丟在這兒不管，讓她等著明天被那些披著人皮的豺狼給絞死？」

「何況還有聖器室裡放著的幾車黃金呢！」一個無賴漢又插嘴說道。可惜我們不知道他的名字。

「憑穆罕默德的鬍子作證！」克洛潘嚷道。

「我們再試一次吧！」剛才那個無賴漢接著說。

馬蒂亞斯・韓加蒂搖了搖頭說：「從大門是進不去的了。必須尋找那武裝的老妖婆身上的弱點。或許有個洞，有一條暗道，一個隨便什麼接合處都行。」

克洛潘問：「還是我去摸一下底細吧。誰願意陪我去？噯，那個叫若望的小個子學生娃到什麼地方去了？剛剛還見他全身披銅掛鐵的呢。」

「大概死了吧，再也沒聽見他笑了。」有人回答說。

土恩王皺了皺眉頭。

「那就算了。多可惜，鐵甲裡面的那顆心倒是挺勇敢的。還有，格蘭古瓦先生呢？」

紅臉安德里回答說：「克洛潘統帥，我們走到歐頂熱橋時他就悄悄地溜走了。」

克洛潘跺著腳大罵道：「該死！是他唆使我們來到這裡的，而他半道上就把我們給甩了！無恥的膽小鬼，把拖鞋當鋼盔的傢伙！」

「克洛潘統帥，」紅臉安德里看著前庭街喊道，「克洛潘統帥，小個子學生在那兒。」

克洛潘說：「應該感謝普路托[197]！但他背後拖著個什麼鬼東西呀？」

不錯，那的確是若望，他一身流浪武士的披掛，把一架挺長的扶梯拖在地上飛快地走來，跑得氣

197. 普路托，冥王。

喘吁吁地，就像一隻螞蟻拉著比牠長二十倍的草葉子。

勝利萬歲！讚美上帝！學生喊道，「這是聖朗德里港碼頭的梯子。」

克洛潘走到他身邊。

「孩子！天哪！你要這梯子幹什麼用呢？」

若望喘著氣回答：「我弄到了梯子。我知道它在什麼地方。就在副長官公館的倉庫裡。那兒有個我認識的女孩子，她覺得我像丘比特[198]一般漂亮。我利用了她一下，通過她才搞到了梯子。帕斯克穆罕默德！那可憐的女孩差不多只穿著襯衣就來給我開門！」

克洛潘說：「幹得好，可你拿梯子幹什麼用呢？」

若望用狡猾和能幹的表情看著他，手指彈得像響板。他此刻真是氣吞萬世，頭戴十五世紀沉重的頭盔，單是頂部各種稀奇古怪的裝飾就足以把敵人嚇得魂飛魄散。他的這頂頭盔伸著十隻鐵嘴，因此若望可以同荷馬的涅斯托爾[199]的船一樣，去獲得十個衝角這個可怕的形容詞了。

「我拿它幹什麼用？尊敬的土恩王，您沒有看見三道大門上方的那排白癡似的雕像嗎？」

「看見了，那又怎的？」

「那是陳列那些法蘭西君王雕像的走廊。」

「這跟我有何相干？」克洛潘說。

「你聽我說！在這長廊的盡頭有一道門，從來只插著門閂。我用這架梯子爬過那扇門，不就進了

198. 丘比特是希臘神話中的愛神。
199. 涅斯托爾，荷馬史詩中以深謀遠慮著稱的軍事首領。

教堂了嗎？」

「孩子，讓我頭一個爬上去。」

「不，不，夥計，梯子是我的。來吧，您第二個上來。」

「讓倍爾日比特把你掐死吧！我決不落在任何人的後面！」克洛潘惱怒地說。

「那好，克洛潘，你就自己去找個梯子吧！」

若望拖著梯子在廣場上跑著喊道：「弟兄們，跟我上！」

不多一會，梯子架好了。它靠在一道側門上端的下層長廊的欄杆上，就在邊門之上。無賴漢們歡聲雷動，紛紛湧到梯子下，打算往上爬。可是若望有優先權，第一個把腳踏上了梯子。

到樓頂上的距離相當長。陳列法蘭西君王雕像的長廊如今距離石板地面六十來尺高。那時，要到那道門還要加上大門跟前的十一級台階的高度。

若望慢慢向上爬，一手抓著梯級，一手拿著弓箭，沉重的盔甲使他只好用很慢的速度。當他爬到梯子中間時，他向躺滿在台階上的死者憐憫地看了一眼。他感歎道：「唉！這麼一大堆屍體，應該用《伊利亞特》第五章來歌頌呢！」話音一落，繼續往上爬。

無賴漢們緊跟其後。每級梯子上都有一個人。看著這甲冑構成的線條彎曲著往上延伸，會以爲那是一條有鐵鱗的大蛇直立在教堂前面呢。若望排在最前頭就是那蛇的腦袋，他打著口哨，使得這種幻象更加逼真了。

學生終於可以觸到長廊的陽台了，在全體無賴漢的歡呼聲中，他頗爲麻利地一下就跨了上去。就這樣他儼然成了教堂的主人了，他高興得喊叫起來。可是，才歡呼了一聲就突然停住，呆若木雞。他剛剛發現，卡西莫多正藏在一座國王雕像的後面，在黑暗之中，那隻獨眼閃閃發光。

還沒等第二位進攻者跨上長廊來，那令人生畏的駝子便一個箭步衝到梯子前，一言不發地用兩隻大手抓住梯子的兩邊，把梯子拎了起來，推離了牆面，在一片焦急的喊叫聲中，他把這架長梯連同從高到低的無賴漢們空晃了一陣子，然後，他突然用一種超凡的力量，把這串人一下子向廣場上摔去。

那瞬間，即使最鎮靜的人也會心驚肉跳的。梯子被往後一推，直挺挺地豎立一會兒，好像在猶豫不決，隨後又晃了晃，最後突然就倒下了，畫出了一個半徑達八十尺的可怕圓弧，帶著乞丐們一下子倒在石板地上，比斷了鐵鍊的吊橋下落還要急速。

只聽見人們發出一片喧鬧的叫罵聲，然後，一切都無聲無息了，幾個斷臂殘腿的可憐人從死人堆裡爬了出來往後退。

圍攻者們憤怒的痛苦聲，替代了最初的勝利歡呼聲。卡西莫多卻對之無動於衷，雙肘撐在石欄上向下觀看，那副神態就像一位亂髮蓬鬆的老國王站在窗口眺望。

若望正處在危險的境地。他在長廊裡與那個恐怖的敲鐘人單獨對峙呢，八十法尺高的陡牆把他同夥伴們隔開了。當卡西莫多在玩弄梯子的時候，他急速向暗道裡跑去，朝他認爲一定沒有上門閂的側門跑去。其實不然，那道門已經上了閂，因爲聾子進來時在身後把它關上了。於是若望只好躲在一尊石雕國王的後面，大氣不敢出一聲，兩眼緊盯著駝背的怪物，嚇得魂不附體，就像一個追求動物園看門人老婆的男人，某一天晚上去幽會，結果爬錯了牆頭，突然發現自己面對著一頭大白熊。

起先聾子還沒有注意到他，可是後來終於扭過頭，猛地直起身子。原來他剛剛發現了那個學生。

若望準備接受他猛烈的打擊，可是聾子卻站著一動也不動，他只是轉身向盯著他看的學生走來。

若望說：「喂！喂！你用悲哀的獨眼看著我幹什麼呀？」

趁說話之際，小混蛋狡猾地整頓自己的弩弓。

他喊道：「卡西莫多，我要把你的外號改了。以後你就叫瞎子吧。」

說話之間箭已射了出去。箭羽呼嘯而過，直射駝子的左臂。

卡西莫多卻無動於衷，就好像法拉蒙王的雕像受了一點抓傷似的。他伸手抓住箭杆，把它從左臂裡拔了出來，不動聲色地在那粗壯的膝蓋上一磕，折成了兩截。斷箭從他的手裡滑下來，他顧不上把它扔在地上。卡西莫多喘了口粗氣，像蚱蜢一般朝那學生跳了過來。而若望來不及射第二箭了。甲胄被撞在牆上，壓得扁平了。

照明的火把飄忽不定，在這半明半暗的光亮中，模糊可以看見一件可怕的事情發生。

卡西莫多左手一把抓住了若望的雙臂，若望頓時覺得自己快完了，再無力掙扎。聾子伸出右手，不聲不響，慢悠悠，凶狠狠地解除了他的全副武裝，佩劍、匕首、頭盔、鎧甲、護臂，一件一件被剝離，好像猴子在剝核桃。卡西莫多把剝下的學生的鐵殼一塊一塊地扔在他的腳邊。

學生看到自己已是手無寸鐵了，脫掉了衣服，差不多全身赤裸，毫無氣力地落在這雙可怕的巨掌之中，他也不想與這個聾子說什麼，厚著臉皮對聾子大笑起來，並以他二八少年百折不撓和無憂無慮的神情，唱起了當時廣為流傳的民謠：

康布萊名城，
穿戴齊又整。

被馬拉番剝個光……

沒等他唱完，卡西莫多就站到樓廊的欄杆上，用一隻手倒提著學生的雙腳，把他像投石那樣在空中甩來甩去。接著又聽到一聲悶響，就像一隻骨製的盒子碰在牆上爆裂一般，炸裂開來。只見有一樣東西墜落下來，掉到三分之一的地方就停在那座建築的一個突角上了。

原來是一具死屍掛在那個地方！他腰肢被摔斷，身子折成兩截，腦漿迸裂。

無賴漢中響起了一陣陣恐懼的喊叫聲。

克洛潘喊道：「報仇！」

人群聲答道：「搶啊！衝啊！衝啊！」

於是人群中爆發出一陣奇異的吶喊，各種語言、方言、口音全都混雜在一起。可憐的學生死去了，同時也在人群裡激起了瘋狂的憤怒。他們感到了恥辱、憤怒，一個駝子，竟把他們阻擋在教堂門前這麼久，讓他們束手無策。狂怒使得他們找來了一架架梯子，點起了一支支火把。不一會兒，卡西莫多驚惶地看到這可怕的人群，像螞蟻般從各個方向一齊湧上來，圍攻聖母院。

沒有梯子的人就用繩子打成結踏著往上爬，沒有繩子的就攀著雕塑的突出處往上爬。他們前後彼此拽著破衣爛衫，沒有什麼辦法能抵抗得住這相貌可怖的上升的人的浪潮。因爲憤怒，這些狂野的臉上紅光煥發，滿是泥汙的前額上汗如雨注，眼睛閃耀著可怕的凶光。所有這些鬼臉，這些醜態都一起向卡西莫多逼近。好像某個教堂派來了許多蛇髮妖女、猛犬、山妖、魔鬼、最怪異的雕像來攻打聖母院，好像是一群活怪物爬到前牆的石頭怪物上來了。

這時，廣場上燃著千萬個火把。剛才還被夜幕籠罩的混亂場面，突然之間被火光照得通亮。聖母院的廣場亮如白晝，一道光輝直射天空。鐘樓平台上的柴堆一直熊熊燃燒，把這座城市照耀得在遠處都看得見。兩座鐘樓的巨大側影也遠遠投射在巴黎的屋頂之上，在這一片亮光中撕開了兩道龐大陰暗的缺口。城市好像也在那裡忙碌起來，遠處警鐘哀鳴。

無賴漢們在吶喊著，喘息著，咒罵著，攀登著，面對這麼多的敵人，卡西莫多也已無力對付，他爲了埃及女郎而直打哆嗦。眼看那一張張憤怒的面孔愈來愈迫近他所在的長廊，他只有絕望地搓著雙手，祈求上蒼降臨奇蹟。

法王路易的祈禱室

讀者或許沒有忘記，就在卡西莫多發現那幫夜行的無賴漢之前不久，他在高高的鐘樓上眺望過巴黎，看到的只是一道燈光在聖安東尼門的附近閃亮。那亮光照著一塊窗玻璃，像顆星星一樣掛在一座高大黑暗的建築物頂層。那個建築那就是巴士底獄，那顆星星就是路易十一的燭光。

其實，國王路易十一到巴黎已經有兩天了。他後天就要動身到蒙蒂萊圖城堡。他在愜意的巴黎城內，一向難得露幾次面，即便來了，也只作短期逗留。他總覺得四周的圈套、絞架和蘇格蘭弓手不足以保護自己的安全。

這天，他來到了巴士底獄過夜。他在羅浮宮裡有間十米見方的大臥室，有只刻著十二個巨獸和十三個高大先知像的大壁爐，還有一張十二尺長、十一尺寬的大床，他對這些都沒有興趣。置身在那什麼都大的房間裡，他覺得茫然若失。這位市民氣十足的可愛國王更喜歡巴士底獄，那裡有小房間和一張小小的床。再說，巴士底獄比羅浮宮更爲堅固。

國王在這座有名的國家監獄裡爲自己保留了一個「小房間」。其實這房間還是非常寬敞的，佔據了城堡中的一個小塔的最高一層。這是一間圓形的四壁掛著閃光的麥秸席子的小屋，天花板的橫樑上裝飾著鍍金錫質的百合花，小樑間用彩色木條間隔著，華麗的板壁上綴滿了白錫的玫瑰，漆成靛青和紫堇混合的漂亮明快的綠色。

房間裡只有一個小窗戶，爲尖拱形長窗，帶著銅鋅合金絲網，鑲著鐵條。除此之外，那華麗的彩色玻璃窗上都是國王與王后的紋章，它的每塊玻璃就值二十二個蘇。這使房間裡的光線顯得很幽暗。

那個房間只有一個入口，而且是一個當時很時髦的門。門拱低矮，門裡邊掛著布簾，門外爲木製愛爾蘭式的門廊。這種細工修成的木質結構，玲瓏剔透，在一百五十年前的許多老式房屋中屢見不鮮。索瓦爾曾經失望地說道：「雖然這些東西有損雅觀、妨礙進出，但我們的老祖宗仍然不願拆毀，不顧任何人干涉，依舊保存下來。」

在這個房間裡，找不出任何一種普通房間裡常見的傢俱。沒有板凳、檯子，沒有軟凳，沒有箱子狀的方凳，也沒有價值四蘇一隻的漂亮柱腳凳。只能看到一把可折疊的扶手椅，非常華麗：木頭漆成了紅色，上面繪著玫瑰圖案，椅座爲朱紅色羊皮面，墜著長長的絲綢質流蘇，釘著許許多多金扣。這把唯一的坐椅就是房間裡孤零零的座位，表明這裡只有一個人有權坐在上面。

椅子邊緊挨窗戶的地方放著一張鋪著百鳥織錦台布的桌子。桌上有個沾滿墨跡的墨水瓶，幾張羊皮紙，幾支鵝毛筆，還有一隻玲瓏剔透的高腳銀酒杯。再過去一點是個炭盆，一張鋪著繡花紅絨台毯的祈禱台，還釘著小金扣兒。

房間的盡頭有一張簡樸的床，上鋪紅黃雙色錦緞，既沒有金屬飾片，也沒金銀絲繡，流蘇也不算考究。這張床因爲路易十一曾在上面睡眠或者度過不眠之夜而出了名。兩百年以前，我們還可以在一位樞密官的家裡觀賞到它。那位以「阿麗西德」和「道德化身」的名字著稱的寫《西須斯》那本書的皮魯老太太就曾經在那裡見過。

這便是人們稱爲「法蘭西的路易閣下的祈禱室」的那個房間。

當我們給讀者介紹這間小屋裡的時候，裡面是漆黑一團。宵禁鐘聲在一個鐘頭之前就響過了。天已經黑了，只有一枝火苗搖曳的蠟燭放在桌子上，照見房間裡分別站在幾處的五個人。

燭光首先照到的是一位穿著華麗外衣的老爺，下身穿緊身褲，上身穿銀色條紋的猩紅半長上衣，外罩金色作底上繡黑色圖案的半截袖外套。

這套華服，映著閃耀的燭光，好像所有褶折都閃著光亮的火焰。穿這件衣服的人胸襟上用鮮明的色彩繡著他的紋章：一座小山，山底下有隻黃鹿在奔跑。盾形紋章的右側有根橄欖枝，左側配著一隻鹿角。此人腰間掛著一把華麗的短刀，鍍銀的刀柄雕刻成山峰形狀，峰頂像伯爵的帽子。他好像在發脾氣，神情傲慢，高傲地抬著頭。第一眼看他，他的表情是目空一切，再看，是詭計多端。

他光著頭，沒有戴帽子，手中拿著一長卷文書，直直地站在扶手椅子的後面。椅子上坐著一個衣著極不考究的人，身子歪斜著，高蹺著二郎腿，一隻胳膊靠在桌上，看起來非常不雅觀。

讀者不妨也想像一下：在那富麗堂皇的羊皮椅子上，兩隻膝蓋彎曲著，一雙瘦小、可憐巴巴的大腿穿著寒酸的黑色的毛線褲，上身裹著絲絨大衣，外邊套著皮衣，皮衣上的毛都快掉光了。這樣還嫌不夠，他還戴著一頂油污破舊的黑色帽子，質地粗劣，帽簷四周還飾著一圈鉛製人物，骯髒的帽襯差不多遮住了所有的頭髮。這就是我們從那坐在椅上的人身上能看到的一切了。他的頭垂在胸前，他那被陰影蓋著的臉根本看不見，只有那鼻尖有一縷光線正好落在上面，看得出鼻子很長。從那佈滿皺紋和消瘦的手上還可以猜出他是個老頭。這就是路易十一。

在他們身後稍遠的地方，有兩個人在低聲交談，他們穿著弗朗德勒式服裝。陰影沒有完全遮住他們。看過格蘭古瓦聖蹟劇演出的人們一定還會認出，他們是弗朗德勒使團的主要成員：一個是足智多謀的居約姆，他是根特的享俸祿者；另一個是聲望極高的科勒諾爾，他是民眾擁護的襪子商。人們都還記得，這兩個人參與過路易十一的秘密政治活動。

最後，在最遠的地方快靠近房門那兒，站著一個力氣超人、四肢尤其發達的人。他像石頭一般，紋絲不動，身穿軍服和繡有紋章的外套；此人四方臉孔臉上長著一對凸出的眼睛，咧著一張大嘴，看不見額頭，頭髮像擋風板似的從兩邊壓下來，遮住了耳朵，遮住了腦門，模樣像條狗兒又像虎。

除了國王以外，大家都脫帽而立。

站在國王跟前的那位老爺眼下正在給他念一份長篇備忘錄之類的東西，陛下似乎在留心傾聽。兩個弗朗德勒人在交頭接耳。

「上帝的十字架作證！」科勒諾爾嘟囔著說，「我真站累了。這裡就沒有一把椅子嗎？」

居約姆不安地笑了一下，搖搖頭就表示了回答。

「憑上帝的十字架起誓！」科勒諾爾不得不放低聲音，確實感到不幸地說道，「我情願坐在地上交叉著兩腿，就像我在自己店鋪裡當我的襪店老闆那樣。」

「安靜點吧，科勃諾爾先生！」

「好吧！居約姆先生！難道在這裡就只能站著嗎？」

「要不然跪著也行啊。」居約姆應和著。

這時，國王開了口。這倆人便立刻緘口不語了。

「奴僕做件衣服要五十蘇，王室的神甫做件外套十二個利勿爾！就這樣把黃金成噸地往外倒呀！奧里維，難道你瘋了？」

這樣說著，老頭把頭抬起來了。只見他脖子上掛著的聖蜜雪兒項鍊上的金貝殼在閃閃發光，燭光把他瘦削陰沉的臉孔整個兒照亮了。他一把從那人手裡奪過羊皮紙。

他那枯澀的目光在那份帳單上掃視了一下，叫道：「你想讓我傾家蕩產嗎？這都是些什麼？我們哪裡用得著這麼豪華的別墅呢？

「兩個祈禱神父，每人每月十利勿爾，一名小教堂僧侶，一百蘇！一個宮內侍從要九十利勿爾一年！四名御廚，每人每年一百二十利勿爾！一個燒烤師，一個湯羹師，一名臘腸師，一名燴製師，兩名卸甲師，兩名助手，他們都是每人每月十利勿爾！兩名轉叉師，每人八利勿爾一個月！看馬師一名，外加兩名助手，每人每月二十四利勿爾！一名搬運工，一名糕點師，一名麵包師，兩名熟肉師，每人每年六十利勿爾！馬掌師一百二十利勿爾！總帳房先生一千二百利勿爾一年，帳房審核五百……

「我怎能知道還有些什麼！這簡直是發了瘋！王室傭人的工錢，簡直就會把法蘭西搜刮空了！羅浮宮的所有財物，也經不起這把開銷的大火呀！我們因此只好變賣餐具度日啦！到了明年，假若上帝和聖母（說到這裡，他舉了舉帽子）還讓我們再活著的話，我們也只好用錫罐子來喝藥湯了！」

說到這裡，他朝桌上那閃閃發光的銀盃瞥了一眼，又咳嗽了一聲後，繼續說：

「奧里維先生，身爲統治廣大疆土的君王，如國王和皇帝，是不能任由華麗奢侈在自己的家裡滋長的，因爲這種宮中的火災會蔓延到外省。所以，奧里維先生，務必記住這話，別讓我再重複講了。我們的花費逐年增加，我不喜歡這種事情。你看，上帝知道！直到七九年，開支從沒超過三萬六千利勿爾。八〇年，開支卻達到了四萬三千六百一十九利勿爾，八一年，我記得清這個數目，是六萬六千六百八十利勿爾，今年呢，我敢打賭！將達到八萬利勿爾啦！四年中就翻了一番！這真是駭人！」

他氣喘吁吁，便停了停，然後又焦躁地說道：「在我的四周，我看見盡是吃瘦了我的王國、養肥了自己的人啊！你們從我的每一個毛孔裡吮吸著銀幣。」

大家默不作聲。這是那種只好任其發洩的惱怒。他繼續說：

「正像法國貴族用拉丁文寫的這份奏章所說的，我們必須重新確定一下他們所說的重建王室那沉重的負擔！確實是負擔！可以壓碎人的負擔！啊！先生們！你們說我不像個國王嗎，『既無司肉官，又無司酒官』。我要讓你們看一看，帕斯克——上帝！就讓你們看一看我是不是一個國王！」

這時，他意識到了自己的權威，便微笑了一下，脾氣緩和些了，於是轉向弗朗德勒人又說：

「您知道嗎，居約姆夥計？麵包總管，司酒，司寢，總管等，還不如一個小小的奴僕。科勃諾爾夥計，他們一點兒用處都沒有。他們在國王跟前毫無用處，我覺得就像四福音聖徒圍著王宮大鐘的鐘面一樣，而菲利浦·伯西耶最近才把它修理一新。他們全身鍍金，但並不指時間，時針沒有它們完全可以。」

他若有所思地停頓了一下，搖著老態龍鍾的腦袋補充說道：「唉！唉！聖母啊，我不是菲利浦·伯西耶，我才不去給那些大臣鍍金呢。我贊成愛德華的看法：拯救平民，殺掉貴族！奧里維，接著往下念吧。」

國王指名道姓的這個人又雙手捧起那份帳單，大聲地念起來：

「……給巴黎總督府執印官亞當·德隆十二巴黎利勿爾。此款用於鐫刻新的圖章，因原來的印璽已破舊不復能用，需鑄刻翻新。」

「給居約姆·弗埃爾老哥總計有四利勿爾四蘇巴黎幣。因爲他在今年一月、二月、三月間提供了鴿食並餵養了杜爾內爾宮兩座鴿舍裡的鴿子。另外，還要爲鴿食支付七塞斯提大麥呀。」

「給一位結繩派神甫四巴黎蘇，因爲他爲一名罪犯舉行了懺悔。」

國王一直默默地聽著。不時咳嗽上幾聲，又把銀盃舉到嘴邊，做著怪樣子呷了一口。

「今年一年內，奉司法宮的命令，在巴黎大街街口吹喇叭，通令曉諭，共舉行五十六次，此筆帳目應予付清。」

「根據傳說，在巴黎的某些地點和其他地方埋藏著金錢，因此進行了的搜尋和挖掘，卻一無所獲，付四十五巴黎蘇。」

「埋藏了一個小錢，卻要花一個蘇去挖掘！」國王說。

「在杜爾內爾宮放置鐵籠子的地方，爲陛下安裝了六塊白玻璃，付十三個蘇。」

「奉諭爲陛下製作並呈交四枚掛在鎧甲上的盾形徽章，四周裝飾玫瑰花冠，於鬼怪日交貨，共花去六利勿爾。」

「爲王上的舊緊身上衣換兩隻新袖子，二十蘇。」

「爲國王的皮靴上擦油，購鞋油一盒，十五德尼埃。」

「給國王的黑豬新建豬舍一座，三十巴黎利勿爾。」

「給在聖波爾府附近圈養的獅子，建造隔間若干間，安裝牆壁地板門窗等費用爲二十二利勿爾。」

路易十一說：「飼養那些動物可真浪費錢呀。沒關係！這是爲了國王應有的豪華氣派呀。有一頭紅褐色的優雅可愛的大獅子，我就喜歡牠那乖巧的脾氣。您見過牠嗎，居約姆先生？君王們應該有些珍奇的動物。我們作爲國王，應該以老虎代替貓，以雄獅代替狗。要這樣大才和國王的權威相稱。

「在信奉朱庇特的異教時代，當民眾獻給了教堂一百頭牛、一百頭羊時，皇帝就賞賜給教堂一百頭獅子和一百隻老鷹呢。那才值得驕傲，才有氣派呢。法國君王寶座四周一直有這種吼叫的聲音。不過，後世自會給我公正的評價，會說我在動物上花的錢比我祖先花得少，我用於獅、熊、豹的開銷還是比較節省的。你繼續往下念吧，奧里維先生，我只不過是想把這些情況告訴我們的弗朗德勒朋友。」

居約姆深鞠了一躬，而科勃諾爾卻擺出一副不高興的樣子，恰似國王剛才說到的那熊一樣。國王並沒有注意到這些。他剛剛用嘴唇沾了一下大銀盃，把剛才喝到嘴裡的藥汁吐了出來，說：「呸！這藥真是討厭！」念文書的人則繼續往下念著：

「一個攔路搶劫的賤民在剝皮場監獄等候著發落，關押已逾六個月了。其飲食費用爲六利勿爾四蘇。」

國王打斷了他的話說：「這是怎麼回事？還給該吊死的人供飯嗎！帕斯克──上帝！我決不再爲這種餵養付出一個蘇了。奧里維，此事您去跟代斯杜特維爾先生商量一下，從今晚起，讓那個該處絞刑的傢伙去同絞刑架結婚！接著再念吧。」

奧里維用大拇指在關於「攔路搶劫犯」那條目上做了個記號，又繼續念道：

「付巴黎司法劊子手首腦昂里耶．庫贊六十巴黎蘇。該款項是巴黎總督大人審定的，償付奉該大人之命購買一把闊葉大刀的費用。如有違法者被司法判處死刑，將用這把刀來執行斬首，備有刀鞘及其附件。同時將修復並磨利那把破舊的劍，也就是處決路易．德．盧森堡的那一把，以便再用該刀……」

國王插嘴說：「行了，我心甘情願降旨花這筆錢了。這種開銷我不在乎。我從來不後悔花這種錢。繼續往下念吧！」

「還新造了一個大籠子……」

「啊！」國王雙手按住椅子扶手說，「我就知道不會白來巴士底獄的。你等一等，奧里維先生，我現在要親自看一看這個籠子。你可以在我觀看的時候把它的價錢念給我聽。弗朗德勒先生們，你們也來看一看這個玩意，挺別致的呢。」

於是他站起身來，扶著同他談話的那個人的胳膊，向站在門邊的那個啞巴似的人揮了揮手，示意他前面帶路，叫兩位弗朗德勒人跟在後面，一起走出了那房間。

由拿著笨重鐵器的人和瘦長的執蠟燭的年輕侍衛組成的國王的衛隊，趕快聚到房門口來。他們穿過了厚牆內開鑿的樓梯和過道，在黑暗的城堡裡巡邏了一遍。巴士底獄典獄長走在前面，爲國王打開一個個小洞門。年老多病的國王便弓著腰，邊走邊咳嗽。

每到一個門洞口，所有的人都只好低下腦袋，只有那個因爲年老而佝僂的老頭子例外。他的牙齒全掉光了，從牙齦縫裡說道：「嘿！我們早已經準備好了，隨時可跨越墳墓之門。過矮門，就得弓著身子才過得去。」

最後到了一道鎖著好幾把鎖的門前，花了一刻鐘才把它給打開。走進去，裡面是一間又高又寬的拱形大廳。順著燭光望去，可以看到大廳中央放著一個巨大厚實的箱子，是石塊和鐵木結構。箱子裡面空著。

這是專門用來關押國家要犯的大籠子，他們被美稱爲「國王的小女孩」。籠壁上有兩三個小窗洞，上面裝著密密麻麻的粗壯的鐵條，連玻璃也看不到。門是一塊平滑的石板做成的，就像墓門那樣。開啓這種門，從來只是讓人進去並永遠不再出來。只是，在那裡面的並不是一個死人，而是一個活人。

國王慢慢地繞著這個像房子一樣的東西一面走一面仔細察看，而跟在他後面的奧里維先生高聲地念著帳本：

「新製大木籠一個，裝有粗柵欄樑木和底板，寬八法尺，長九法尺，從頂到底高七法尺，用大鐵板夾住，該籠子置於聖安東尼門的巴士底獄中一個房間內。按照國王陛下的旨意，在該籠中囚禁一名罪犯。原先的籠子已經破舊而損壞了。新籠子用去九十六根橫樑，五十二根柱子，十根桁木，長六米，共聘請十九名木工在巴士底獄院內斷料、切削、打製上述木料，施工總共二十天……」

「頂呱呱的橡木呢！」國王用拳頭敲了敲囚籠構架。

另一位繼續念著：「爲此籠共用去二百二十塊八法尺和九法尺長的厚重鐵夾板，其餘的是中等長度的。並附帶用於固定螺栓的板條、螺帽和襯板，上述各項共用鐵三千七百三十五斤，外加八根大鐵鉚釘固定住了籠子，再加抓釘和鐵釘，共計二百一十八斤。尙未計算放置該籠之室內窗上之鐵格，該室之鐵門及其他雜物……」

國王說：「爲了關一個微不足道的人竟用了那麼多的鐵呀。」

「……合計共付出三百一十七利勿爾五蘇七德尼埃。」

「帕斯克——上帝！」國王嚷道。

這是路易最喜歡說的口頭禪。這粗話剛一出口，彷彿驚醒了那籠子裡面的一個人。只聽得鐵鍊拖在地上的響聲，有個好似從墳墓裡發出來的微弱聲音：「陛下！陛下！求您開恩啊！」只聽到聲音，卻看不見說話的人。

「三百一十七利勿爾五蘇七德尼埃！」路易十一重複道。

囚籠裡發出的悲慘的聲音，使包括奧里維在內的全體在場的人心寒起來，只有國王一人彷彿沒有聽見一般。奧里維遵照他的命令又重新讀起來，國王冷漠地繼續察看籠子。

「……除此之外，一個泥瓦工給置放籠子的房間窗戶打洞，安裝鐵柵，加固房間的地板，因原有地板不堪承受新囚籠之重量。支出工資二十七利勿爾十四蘇巴黎幣。」

那聲音繼續在呻吟：

「陛下！開恩啊！我發誓，那個謀反的人是昂熱的紅衣主教啊，不是我呀！」

國王說：「這個泥瓦工也夠貴的啊！奧里維，往下念吧。」

奧里維接著念下去：

「……木工安裝窗戶、床榻、便桶等，付二十利勿爾二蘇巴黎幣……」

那聲音繼續在喊著：

「開恩吧，陛下！我向您發誓，寫告密信給居耶恩大人的可不是我，而是巴呂紅衣主教先生呀！」

「木工可真貴！」國王評論道，「就是這些了吧？」

「沒完呢，陛下。玻璃匠給上述房間安裝了玻璃，四十六蘇八德尼埃巴黎幣。」

「開恩啊，陛下！他們把我的全部財物都給了審判法官，把我的碗碟給了杜爾奇先生，把我的圖書給了比埃爾·杜西阿爾先生，壁毯給了魯西榮的總督，難道這還不夠嗎？我是無辜的呀。我已經在這冰冷的鐵籠子裡關了十四年了。開開恩吧，陛下！您會在天堂裡得到報答的。」

「奧里維先生，」國王說，「總共多少錢呀？」

「三百六十七利勿爾八蘇三德尼埃巴黎幣。」

「聖母啊！」這國王叫道，「真是貴得嚇人的囚籠啊！」

他從奧里維手中一把奪過了帳本，掂著手指頭計算起來，忽而看那帳本，忽而細察那籠子。這時候可聽到囚犯在哭泣，那哭聲在昏暗中顯得那麼淒慘。大家都臉色蒼白地面面相覷。

「十四年啊，陛下！轉眼都十四年了！從一四六九年四月開始。看在純潔的聖母的分上，陛下！請聽我說吧！在這段時間裡，您一直在溫暖的陽光下幸福地生活。而我呢，卻是體弱多病，難道我就不能再見天日了麼？

「開恩吧，陛下！發發慈悲吧。寬宏大量是君王的美德呀，寬容會讓您平息憤怒的波浪。難道王上認爲，在他臨終之時，想到他對任何的冒犯從不放過，難道會感到是一種巨大的快樂嗎？再說，我並沒有背叛您呀，陛下，背叛您的是安吉爾的紅衣主教先生。我腳下有一條沉重的鐵鍊，鐵鍊末端還墜著一個大鐵球呀，重得有悖常理。唉！陛下！您就可憐可憐我吧！」

「奧里維，」國王搖了搖頭說，「我發現每繆伊石灰開價二十蘇，實際上只值十二蘇吧。你得把這筆賬重算過。」

他又在籠子邊轉過身去，開始向大廳外走去。他轉身背著那個囚犯往房外走去。那可憐的犯人看見燭光遠了，聲音靜了，知道國王已經離去。

「陛下！陛下！」他絕望地叫喊著。

大門咣一聲又關上了。他再也看不見什麼，只聽到獄卒那嘶啞的聲音在唱著歌，在他耳邊迴盪：

若望．巴呂先生
他的主教職位
已經丟掉了。
凡爾登先生
再也沒有了；
兩人統統完蛋了。

國王默不作聲，走回祈禱室，他的隨從跟在後面，大家全都被囚犯最後的悲慘聲音嚇得魂不附體。突然，國王轉身向巴士底獄典獄長問道：「順便問一下，剛才在籠子裡面有一個人嗎？」

「當然哪，陛下！」典獄長回答說。這個問題使典獄長目瞪口呆。

「那是誰呀？」

「凡爾登的主教。」

事實上，國王比任何人都心中有數，這不過是他的一種手法罷了。

「噢！」他好像是頭一回想起了這件事似的，故作天真狀說：

「原來是居約姆．德．阿韓古爾，那是巴呂紅衣主教的朋友，是一個挺不錯的主教呢。」

過了片刻，祈禱室的門又被打開了，本章開頭讀者見過的那五個人進去之後，門隨即又關上了。他們各自回到先前站著的地方，恢復了先前的姿態和低聲的交談。

剛才，國王不在的時候，有人放了幾件緊急公文在他的案頭。他親自拆開封套，然後一封封快速地閱讀起來。他向奧里維先生做了一個手勢，這位先生好像在國王面前執掌著文書，國王叫他拿起筆來，並不告訴他信函的內容，只是低聲把覆文說給他聽。

奧里維跪在桌子前，很不自在，迅速地做起記錄。

居約姆在留神看著。

國王用很低的聲音說著，弗朗德勒朋友一點兒也聽不清覆文裡講些什麼。只是斷斷續續地能聽到難以理解的隻字片語。諸如：「以商業維持富庶的地區，以手工業扶持貧瘠的地區……讓英格蘭貴族看看我們的那四尊大炮：倫敦號、布拉邦號、布萊斯鎮號、聖奧邁號……大炮使得如今的戰爭更爲合理……致我們的朋友倍雷須爾……如果沒有糧餉，軍隊就無法維持下去……」

有一次，他還提高了嗓門：「帕斯克——上帝！西西里國王閣下竟跟法國國王一樣用黃火漆密封信件。我們允許他這樣做可是錯誤的。連我那勃艮第表兄的紋章也不用紅底。要保證皇家的威嚴，只有維護其特權的完整性。把這個記上，奧里維夥計。」

還有一次他說道：「啊！啊！重要消息！我的皇兄又要求什麼啦？」他一邊流覽信函，一邊不斷地發出感歎，「當然啦！德意志強大得簡直叫人難以置信。但也別忘了那句老諺語：最美麗的伯爵封地是弗朗德勒，最美麗的公國是米蘭，最漂亮的王國是法蘭西。不是嗎，兩位弗朗德勒先生？」

這一次，科勃諾爾和居約姆一齊鞠了一躬。襪商的愛國心被觸動了。

最後一件公文使路易十一皺起了眉頭。他大聲喊道：「這是怎麼一回事？抱怨起我們在庇卡底的駐軍！還要請願！奧里維，火速回信給盧奧都督，就說軍紀太鬆弛了。近衛士兵、封地貴族、自由弓手、瑞士兵，他們不斷傷害我的百姓。軍人在莊戶人家掠奪其財富還嫌不夠，還要用棍棒、鞭子逼迫佃戶進城乞討酒、魚、香料及其他奢侈品。就說國王知道全部情況了。我要保護我的人民，讓他們免遭騷擾，過上太平的日子，不受偷盜和搶劫。聖母在上，這是我的願望，說我不同意讓一個農村提琴師、理髮師或士兵打扮得像個王子，穿上天鵝絨或絲綢的衣服，戴上金戒指，這種虛榮浮華是上帝所憎恨的。就說，我雖為紳士，但有十六蘇一碼（巴黎尺碼）的呢子上衣也就滿意了呢。那些奢侈的隨軍僕役也該好好降降他們的要求了。說我吩咐並命令你們照辦。致我的朋友盧奧先生。欽此。」

他高聲口授著這封書信，語氣鏗鏘有力，念念又停停。他剛要結束講話之時，門突然打開了，跑進來一個人。那人一面害怕地跑進房間一面嚷道：「陛下！陛下！大事不好！巴黎發生了民眾暴亂！」

路易十一嚴肅的面孔一下子緊縮起來，不過那只是像電光般一閃而過。他強作鎮靜，冷靜而又嚴肅地說道：「雅克夥計，你進來得太魯莽了吧。」

「陛下！陛下！發生造反了。」雅克上氣不接下氣地說。

國王站起來抓住他的手臂，斜著眼睛望望兩個弗朗德勒人，怒不可遏，但為了不讓那兩人聽見，只好湊在他耳邊悄聲說：「小點聲！要不，你就給我閉上臭嘴！」

剛進來的人心領神會，便戰戰兢兢地走向國王報告了一個可怕的情況。

國王冷靜地聽著，而居約姆示意科勃諾爾要注意來人的面孔和衣著：皮風帽，短披風，黑色天鵝絨袍子，這身行頭一看就知道他是審計院的院長。

這人才向國王解釋了幾句，路易十一便哈哈大笑起來，大聲說道：「真的！大點聲說嘛，雅克夥計！你何必講得這樣輕聲呢？聖母知道，我們對弗朗德勒的好朋友們是什麼都不用隱瞞的。」

「可是，陛下……」

「儘管大聲講！」

雅克夥計驚詫得說不出話來。

「那麼，」國王繼續說，「您倒是說呀，先生！我們心愛的這座城裡居然有平民騷動起來了，是吧？」

「是的，陛下。」

「您說這騷動是針對司法官的，是嗎？」

「好像是的。」雅克結結巴巴地應道。他對國王剛才突如其來的莫名其妙的思想變化，依舊摸不著頭腦。

路易十一繼續又說：「巡防隊在哪兒碰上暴亂分子的？」

「是在那群人從乞丐大本營到歐頂熱橋去的路上。在我奉旨來見駕的半路上，我本人也遇見。我聽到他們有好幾個人在喊：打倒司法官！」

「那麼，他們對司法官有什麼仇恨呢？」

雅克夥計說：「啊，因爲法官是他們的領主老爺呀！」

「真的嗎？」

「當然，陛下。他們都是聖蹟區的賤民，歸守備管轄，對司法官守備不滿由來已久，他們不願意承認他是審判官，也不承認他是路政官吏。」

「是嘛！」國王接著又加上一句說，感到非常滿意，情不自禁地笑了笑。

雅克夥計又說：「他們在向高等法院提交的訴狀中曾說，他們只承認兩個主人，陛下和他們的上帝，我想，他們所說的上帝可能是魔鬼吧。」

「嘿！嘿！」國王說。

他搓弄著雙手，心裡的歡笑流露到臉上來了，使他滿臉放光。雖然他不時竭力地裝腔作勢，但卻無法掩飾內心裡的喜悅。

誰也搞不清楚國王是爲了什麼而笑，連奧里維先生也弄不明白。他好一會兒沒說話，看上去若有所思，但顯得很開心。

「他們人數很多嗎？」國王突然問道。

「當然，陛下！」雅克夥計回答說。

「有多少人？」

「不到六千人。」

國王情不自禁地說：「好！」接著又問：「他們都帶著兵器嗎？」

「他們拿著鏟子、鑽子、長矛、斧頭等各種厲害的兵器。」

國王對這種誇耀的話一點也沒表示驚慌，雅克夥計覺得應該提醒一句：「若是陛下不立即派兵增援，守備可就完蛋了。」

國王裝出認真的樣子說道：「我們要派兵的。這很好。我們一定要派兵，守備先生是我們的朋友。六千人！這都是些亡命之徒呀。他們膽大包天，對此，我十分氣惱。但今晚我身邊有什麼人可派。得等明天再說。」

雅克夥計叫了起來：「陛下！得即刻派救兵！要不然法官家裡早給搶上二十次了，領地會給搶空了，法官也給絞死了。看在上帝的分上，陛下！請在明天早晨前就發兵吧！」

國王正面瞅了他一眼說：「我告訴你，就是要等到明天早上。」

他那種目光叫人不敢再望。

沉默了一會兒，路易十一又提高嗓門說：「雅克，你應該明白這件事了吧。守備的……」他接著又說，「守備的領地在哪個地區？」

「陛下，司法官的領地包括壓布廠街，一直到草市街，擁有聖蜜雪兒廣場，田園聖母院（聽到這個字，路易十一抬了抬帽簷）附近俗稱繆羅的地方，那裡的府宅有十三座，加上聖蹟區，再加上稱作郊區的痲瘋病院，外加從痲瘋病院到聖雅克門的整條大街。他是這些地帶的路政官，絕對的統治者，是高級的中級的和初級的審判官。」

「怎麼！」國王用右手搔著左耳說道，「這可占了我城市的好大一塊地盤呀！啊！原來守備先生在這個地帶稱王呢！」

這回他不再說話了。他一副做夢似的模樣，繼續說著，彷彿在自言自語：「好嘛，守備先生！你可咬住我們巴黎的一塊好地方哪！」

忽然，他又激動地說：「帕斯克——上帝！這些人在我家裡自稱路稅官、司法宮、老爺和主子，都是些什麼東西呀！是誰讓他們時時刻刻收通行稅，誰讓他們把法庭和劊子手安置在每條路口，安置在我的人民中間？以至像希臘人那樣，有多少眼泉水就有多少個神，像波斯人那樣，看見有多少星星，就以爲有同樣多的神靈，對法國人來說，會因爲看見那麼多刑台就以爲有同樣多的國王呢！

「天啊！這種事太糟糕了，我簡直無法忍受這種混亂。我倒要弄個明白，這是不是上帝的恩賜，在巴黎除了國王外還有什麼路稅官，除了我們的高等法院之外還另有一個司法機關，除我之外，這個帝國中還有別的什麼皇帝！憑我心裡的法則起誓！必須有朝一日，那時法蘭西只有一個國王，一個領主，一個法官，一個有權處斬刑的人，像天堂裡只有一個上帝一樣！我確信這一天終會到來！」

接著，國王又舉了舉他的帽子，仍然好像做夢似的，神情與語氣像獵人引逗、放縱其獵犬一般。

他又說：「好啊！我的子民！勇敢些！推翻那些假冒的領主！好好幹！上！上！把他們都搶光，然後絞死他們！把他們打得落花流水！……啊！你們想當國王，老爺們？幹吧！我的百姓們！幹吧！」

說到這裡他忽然停住，咬著嘴唇似乎想要捉住已經溜掉一半的思路，不斷用犀利的目光輪流打量著四周的那五個人。突然，他用兩手抓住帽子，眼睛呆呆地盯著它，對它說：「嗨！你假若知道我腦子裡此刻有些什麼想法，我就把你也燒掉！」

隨後他重新環顧四周，眼光就像剛剛溜回洞穴的狐狸一般機警和不安：「不管它！我們還是要救援守備先生的。可惜此時此地我們身邊的兵馬太少了，不足以抵擋那麼多的賤民。非得等到明天不可。屆時將要在城島恢復秩序，凡被捕者通通吊死。」

雅克夥計說：「順便說一句，陛下！我開頭一陣慌亂，竟把這事都給忘了，巡防隊逮住那些暴民中的兩個。假若陛下想看看那兩個人，他們就在那兒呢。」

「還問我想不想看他們？」國王喊叫著說，「怎麼！帕斯克——上帝！這等大事你竟會忘掉了！奧里維，你快去！把那兩個人帶來！」

奧里維先生出去一會兒就帶著兩個俘虜回來了，由近衛弓手環立在那兩人身邊。頭一個長著一張大臉盤，一副呆頭呆腦、酒氣熏天、驚慌失措的模樣。他衣衫襤褸，走起路來一拐一拐地拖著腳步。第二個面孔蒼白，笑嘻嘻的，讀者早已經認識他了。

國王打量了他們一會兒，一言不發，隨後冷不防地問第一個人：

「你叫什麼名字呀？」

「吉佛華．潘斯布德。」

「幹什麼的？」

「無賴漢。」

「你打算在那該死的暴動裡幹什麼？」

無賴漢看看國王，昏迷地搖著胳膊，一付傻頭傻腦的模樣，這是奇形怪狀的腦袋，智慧在裡面不能再動彈了，好像壓上熄火罩的燈光熄滅了一樣。

「我不知道，」他說，「人家去，我也就跟著去了啊。」

「你們不是要去悍然發起進攻、攻打並搶劫你們的領主司法官嗎？」

「我只知道他們要到什麼人家裡去拿點什麼東西。」

一個士兵把從那個乞丐身上搜出的一把砍刀呈給國王看。

「你認得這件兵器麼？」

「認得，這是我的砍刀。我是種葡萄的。」

「你認得你這個同夥嗎？」路易十一加上一句，一面指著另外一個囚犯補充道。

「不，我不認識他。」

「夠啦，」國王說。他又向我們早已給讀者提到過的那個站在門邊的人說道：

「特里斯丹夥計，這個人就交給你發落了。」

特里斯丹躬身行禮。他低聲地命令兩個弓手把那可憐的無賴漢帶出去了。

這時，國王來到第二個囚犯的面前，那個俘虜正在大顆地淌汗。

「你叫什麼名字？」

「陛下，我叫格蘭古瓦。」

「幹什麼的？」

「我是個哲學家，陛下。」

「混帳！那你怎麼竟敢跟他們去圍攻朕的朋友司法官大人。對這次民眾暴動你有什麼要交代的？」

「陛下，我沒有參加暴動。」

「是嗎？壞蛋！你難道不是被巡邏隊從那群歹徒裡抓到的嗎？」

「不是的，陛下，他們弄錯了。是我命該倒楣。我是寫悲劇的。請陛下聽我陳述。我是個詩人。幹我這行的人大都有憂鬱的情緒，喜歡夜晚去街上蹓躂。今晚我正好經過那裡，那完全是出於偶然啊。他們卻不問清楚就把我抓起來了。我同群眾暴動的事毫無關係，王上您也看到了，那個無賴漢並不認識我的。我向陛下發誓……」

「閉嘴！」國王喝了口藥水說，「你鬧得我頭都脹破了！」

特里斯丹走上前來，指著格蘭古瓦說道：「陛下，這傢伙也得絞死吧？」

這是他首先想到的話。

國王漫不經心地說：「也罷！我看這樣也沒什麼不好。」

「我看萬萬不可！」格蘭古瓦說。

這時，我們的哲學家的臉色比橄欖還要綠。他看到國王那冷若冰霜的面孔始終無動於衷，他就想到除了裝出十分悲痛以外沒有別的辦法，於是一頭撲倒在路易十一的腳下，一邊頓首捶胸，一邊絕望地指手畫腳地喊道：

「王上請賜恩，容我上稟。陛下！請勿爲我這微不足道的小蟲子大發雷霆。陛下的神威霹靂，是不會摧毀一棵萵苣的。陛下，您是一位極有權威的君主，請憐憫一個誠實的可憐的人。我不會謀反，正像冰塊不會爆出火星一樣！

「無比仁愛的陛下呀，溫厚寬容是獅子和君王的美德呀。天啊！嚴厲只會嚇跑有才智之士，凜冽的北風刮不掉行人的外衣，而太陽以它的光芒，逐漸溫暖人們的身心，能使其脫下外套。陛下，您就是太陽。我的至高無上的主人，偉大的君王，我向您保證，我並不是偷盜胡來的乞丐一類人物，不是強盜小偷，不是放蕩之徒。我不參加叛亂和搶劫，我也不是他們的隨從。我絕不會投入爆發騷亂的烏合之眾的，加入招搖過市的叛逆隊伍中，那絕不會是我。我是王上的忠實的僕人。

「丈夫爲了維護妻子的貞節而懷有的嫉妒心，兒子爲孝敬父親而懷有的疾惡如仇之情，作爲一個好的臣民應該拿這兩種心情來愛他的國王的威名。他必須嘔心瀝血，滿腔熱情維護國王的事業，爲發展國王的大業效犬馬之勞。若有其他任何不義行爲的話，那只能是瘋狂。

「陛下，這就是我最高的座右銘了。因此，請不要因爲我的衣袖破得連胳膊都露出來了，就判定我是叛逆者和搶劫犯。如蒙陛下開恩，我就是磨破雙膝，也要早晚爲陛下向上帝祈禱的！啊！我不怎麼有錢，這是實情，我甚至還有點窮困。但我並不因此就作惡多端，而且貧窮並不是我的過錯呀。人人都明白，巨額錢財並不是用漂亮文章取得的，滿腹經綸之士冬天還生不起一爐好火呢。律師的手腕能夠將所有的糧食據爲己有，只把穀草留給其他各種行業的人。我可以把有關四十位哲學家破爛衣服的絕妙笑話背給陛下聽。

「啊，陛下！寬宏大量是唯一可以照耀一顆偉大靈魂的光輝。仁愛在一切德性之前高舉火把。如果沒有寬容，世人就是在黑暗中尋找上帝的盲人了。慈悲與寬大是同一的，有了它們，您就能獲得萬民的愛戴，這種愛戴是君王最好的護衛。陛下如日照中天，光芒四射，多少名人不敢仰視，世上再多我這樣的一個可憐的小民，這對陛下又有什麼妨礙呢？

「一個可憐的無辜的哲學家，在悲苦的黑暗中苟延殘喘，而且他囊空如洗，饑腸轆轆。況且，陛下，我是個文人。那些偉大的國王的王冠上都有一顆保護文化的珍珠。赫克勒斯沒有輕視繆斯的引路人這個頭銜。瑪蒂亞・科爾文寵愛讓・德・蒙羅瓦亞這顆數學的明珠。可是，如今卻用絞死文人的惡劣辦法來代替保護文化啦。

「話說回來，倘若亞歷山大把亞里斯多德吊死了，那將是一個多麼大的污點！這一行爲不會是一顆美人痣吧，給他美麗的臉上增添點什麼光彩，而是一個使他名聲敗壞的爛瘡啊。

「陛下，我曾經寫過一部非常得體的婚禮讚歌，獻給弗朗德勒公主和威武的太子殿下的。這不會是出自一個唯恐天下不亂的煽風點火者之手。陛下看得出，我並不是個拙劣的作家，我出自科班，成績優秀，而且天生能言善辯。乞求您寬赦我吧，陛下。您這樣做，就是爲聖母做了一件功德啊。我向您發誓，一想到要被人吊死，我就被嚇得魂不附體。」

悲苦的格蘭古瓦一面說一面去吻國王的拖鞋，居約姆悄悄對科勃諾爾說：「他趴在地上算是做對了。國王就像克里特島上的朱庇特，耳朵只長在腳上。」

襪商並不去留心什麼克里特的朱庇特，卻把眼睛盯住格蘭古瓦，微笑著回答道：「啊！千真萬確！我以爲聽到雨果奈大臣在求我開恩呢。」

當格蘭古瓦喘著氣說完了那篇話之後，他戰戰兢兢抬起頭來看看國王。國王此刻正用指甲在刮著短褲膝蓋部的一個小小的污點。隨後王上端起高腳杯喝起藥湯來，一句話也不講，這種沉默使格蘭古瓦好像受著苦刑。最後國王終於看了看他，說：「真是個吵人精！」然後轉向特里斯丹說，「咳！就放掉他吧！」

格蘭古瓦一屁股跌坐在地上，樂得仰身昏倒了。

特里斯丹小聲埋怨道：「把他放了！難道陛下不願意讓他在囚籠裡關一陣嗎？」

路易十一接過話頭說：「喂！夥計，你以爲我們花費三百六十七利勿爾八蘇三德尼埃製成的籠子，是用來關這種鳥兒的麼？立即放掉這個淫棍（路易十一偏愛這個詞，這個詞和『帕斯克——上帝』一起，是表示他極高興時的基本詞兒），拿大棍子把他趕出去！」

「唉喲！真是一位偉大的國王！」格蘭古瓦大聲嚷嚷道。接著，唯恐國王再發出一個相反的命令，格蘭古瓦急忙轉身向門口衝去，特里斯丹相當不情願地給他打開門。士兵們拳腳交加地把他推了出去。格蘭古瓦用一種真正的斯多噶派[200]哲學家的堅忍來忍受著這一切。

自從得知人們對法官造反的消息之後，國王的情緒一直很好，內心的喜悅從各個方面流露出來。剛才這種罕見的寬仁就是一個不小的標誌。特里斯丹依舊待在原來的角落裡，臉色不快，好像一條狗看見了什麼東西卻又弄不到一樣難受。

這時，國王卻愉快地用手指敲著椅子的扶手，和著奧德邁橋進行曲的節拍。這是一位不露聲色的君王，但他能夠比掩飾歡樂更巧妙地掩飾他的煩惱。在他聽到好消息之後，那種喜形於色的表現，有時實在太明顯了，例如，在得知莽漢查理的死訊時，他甚至許願給圖爾的聖瑪律丹教堂，賞賜幾條銀欄杆，在他即位當國王的時候，甚至忘記了傳旨安葬父王了。

雅克突然又叫了起來：「哎！陛下！陛下的病好些了嗎？我是奉旨來給陛下診病的。」

200. 斯多噶派，形成於西元前四世紀末的西方哲學流派。強調道德、理智和忍認。

國王說：「啊，對！我確實非常難受，夥計。我的耳朵直響，好像有很多燒紅的鐵耙在耙我的胸膛。」

雅克抓著國王的手腕，以行家的神態給他把脈。

居約姆輕輕說道：「科勃諾爾，您看。他一邊是雅克，另一邊是特里斯丹，他整個的朝廷都在這裡了。一個醫生是爲他自己用的，一個劊子手是對付他人的。」

雅克一邊摸著國王的脈搏，一邊流露出愈來愈吃驚的樣子。路易十一帶著幾分愁苦盯著他，眼看著雅克的臉色愈來愈黯淡了。這傢伙沒有別的謀生之計，專門靠國王的病痛過日子，他盡可能地加以利用。

他終於喃喃自語道：「唉！唉！這會兒情況很嚴重。」

「是嗎？」國王著急不安地問道。

「脈搏很快，氣喘，聲響，節律失調。」醫生接著說。

「帕斯克──上帝！」

「如果不好好調養，不出三天就會要人性命。」

「聖母啊！」國王喊道，「怎麼治療呢，老弟！」

「我正在考慮呢，陛下。」

他讓路易十一伸出舌頭瞧了瞧，看後又搖了搖頭，做出一副怪相，趁這機會他忽然說道：「天啊，陛下，我必須稟告王上您，有一個主教收益權的空缺，我正好有一個侄子。」

國王回答說：「雅克夥計，我把空缺給你的侄兒，但你得清清我胸腔中的火啊。」

醫生接著又說：「既然王上如此寬宏大量，您對於我在聖安德列．代．亞克街修建的房屋絕不會拒絕給點幫助吧。」

「嗯！」國王哼了一聲。

醫生接著說：「我的錢快用光了，寒舍如果沒有房頂，那真是太遺憾了。倒不是爲了那房子本身，那房子不過是簡陋的民房罷了，主要還是爲了牆板上那些賞心悅目的若望．富爾波的畫。有一幅空中飛翔的狄安娜，那麼精緻，那麼溫柔，那麼文雅，姿態那麼自然，頭飾那麼美好，戴著一頂新月形的帽子，皮膚非常潔白，走得太近一點去看的人真會受到誘惑呢。

「他還畫了一個色蕾絲[201]像，那也是一個絕色女神。她坐在幾捆麥子捆上，戴著一頂麥穗編成的花冠，上面還編有波羅門參和別的花卉。沒有什麼能比她的眼神更充滿愛意，比她的玉腿更圓潤，比她的神態更高雅，再沒有比她的衣裙更好的衣料了，沒有什麼作品能與之媲美。這是畫筆所能畫出的最純真無邪、最完美無缺的絕色佳人之一。」

「狠心的傢伙！」路易十一嘀咕道，「你究竟想要什麼？」

「陛下，我需要一個屋頂來遮蓋這些繪畫。雖說是雞毛蒜皮的小事，可是我已經沒有錢了。」

「你這個屋頂要花多少錢呀？」

「這個……鏤花鍍金的銅頂，頂多也就兩千利勿爾。」

國王又叫了起來：「啊！你這殺人不見血的傢伙。假若我的牙是鑽石的，你不拔我的牙才怪呢！」

201. 色蕾絲，古代羅馬神話中的谷禾女神。

「我可以得到這個屋頂，對嗎？」

「行！滾到魔鬼那兒去吧，可你一定要把我的病治好。」

雅克深深鞠了一躬說：

「陛下，只要服用消散劑就能救您的命。我給您腰部敷上了用蠟膏、氨膠、蛋清、油和醋做成的大福膏了。您必須繼續喝您的湯藥。陛下的康安包在在下的身上。」

一支發光的蠟燭不單是招引一隻蚊蠅。奧里維先生見國王毫不在乎的樣子，覺得機不可失，時不再來，也走上前來說道：「陛下……」

「你又有什麼事情？」路易十一說道。

「陛下，陛下知道西蒙·拉丹先生死去了嗎？」

「那又怎樣？」

「他在世時是專管財務司法的御前樞密。」

「那又如何？」

「陛下，他的職位現在空著呢。」

這樣說著，一向高傲的奧里維先生臉上的表情頓時由傲慢變得卑躬屈膝，這是可以看清楚廷臣本來面目的唯一時機。可國王直愣愣地緊盯著他瞅了一眼，用毫無表情的腔調說：「我明白了。」

國王接著又說：「奧里維先生，布西科都督經常說：『只有國王那裡才有賞賜，只有大海裡才有魚。』我知道，你和布西科先生的意見倒很一致。現在你聽好了：我記性是很好的，在六八年，我讓你當了內侍；六九年，我讓你成為聖克盧橋山莊守衛，薪俸為一百利勿爾圖爾幣（你想要巴黎幣）；

七三年十一月，我頒詔給熱若爾，把你封爲凡塞納森林的大總管，替換了吉貝·阿克勒馬廄總管；七五年，讓你代替了雅克·勒邁爾，封你爲聖克盧魯弗萊森林的護林官；七八年，我慷慨地頒發雙重綠火漆雙封御書一封，恩准你和你妻子到聖日耳曼學校附近的商人廣場去收取十利勿爾的年利；七九年，又封你爲瑟納爾森林的護林官，讓你代替那位可憐的若望·戴茲；後來又當上洛希城堡隊長；然後是聖岡丹總管；然後是墨朗橋的隊長，你還以自己的名字命名那座橋。每個理髮師在節日裡交納的五個蘇中，有三個是歸你的，剩下的才歸我。

「我真想給你改成『壞蛋』的雅號，因爲那同你的面目太符合了。七四年，我不顧貴族們的極大不滿，授給您五顏六色的各種紋章，讓您掛滿胸前，像孔雀那般驕傲。帕斯克——上帝！難道你還不滿意嗎？您撈的魚不是挺豐盛的嗎，這不是像奇蹟一般嗎？難道你不怕再多撈一條稜魚，就會把你的船翻沉嗎？夥計，驕傲會使你倒楣的，我的老弟，驕傲後面往往緊跟著毀滅和羞辱呢。好好想想這些吧，並且閉上您的嘴吧！」

國王說這番話，聲色俱厲，使奧里維先生又恢復了先前那種傲慢的神情。他高聲地嘟囔著說：「好吧。今天陛下御體欠安，這是明擺著的。他把什麼都給了醫生了。」

路易十一併沒有因爲這句無禮的話惱怒起來，反而和顏悅色地說道：「咳，我還忘記說我讓你在瑪麗夫人身邊當了剛城的使臣呢。是呀，先生們，」國王接著回過頭對弗朗德勒人添了一句，「這人做過我的大使呢。」他又對奧里維先生說，「瞧，夥計，咱倆不會鬧翻的，我們都是老交情了。天色已晚，公事也辦完了。給我刮刮鬍子吧。」

我們的讀者大概沒想到會從這位奧里維先生身上認出那可怕的費加羅[202]。我們無意在這裡就這個稀奇古怪的角色多加說明。這位國王的理髮師曾有三個名字：在宮裡，人們客氣地稱他爲奧里維・勒丹[203]；老百姓叫他魔鬼奧里維；而他的真名是壞蛋奧里維。

壞蛋奧里維站在那裡一動不動，正在和國王賭氣，而且斜著眼睛瞄著雅克，咬牙切齒低聲嘀咕：「是啊，是啊！醫生萬能！」

「咳，是呀，這個醫生，」路易十一接著說，脾氣好得出奇。「醫生比你更有聲望吧。這是很簡單的事。我們整個的身體都掌握在他手裡，而你才不過挑住我的下巴而已，是吧？去吧，我可憐的理髮師，機會今後有的是。假若我是像西爾倍里格[204]國王那樣，老喜歡用一隻手捋著鬍鬚，那還有你混的日子嗎？那時你還有什麼要說的呢？好啦，夥計，專心你的職務吧，快給我刮鬍子。去把你需要的東西拿來。」

奧里維看見國王決意想要開心，沒辦法再同他慪氣了，便只好又嘟囔著出去找理髮器具來執行他的吩咐。

國王起身走到窗前，忽然異常激動地把窗戶打開：「哎！是真的！」他一邊喊一邊在拍手。「瞧，城島上空一片紅光，那是法官家裡起的火。一定是這樣。啊！我的好臣民們！你們終於來幫我一把了，去摧毀領主制度吧！」

他隨即轉身對弗朗德勒人說：「先生們，到這裡來看一看。難道那不是一片紅色火光嗎？」

202. 十八世紀法國劇作家博馬舍的兩部名劇《塞維利亞的理髮師》和《費加羅的婚禮》中的主角。
203. 勒丹的原意是梅花鹿。
204. 西爾倍里格（五三九至五八四），法蘭克國王，他為領地曾多次和他的兄弟發生戰爭，後被刺死。

兩個根特人走近前去。

「是一片大火。」居約姆說。

「可不是嘛！」科勃諾爾兩眼忽然亮閃閃地說道。「這使我想起了焚燒安倍古府邸的那場大火了。那邊一定發生了大暴動。」

「科勃諾爾先生，您以爲是這樣嗎？」路易十一好像與襪商一樣，流露出興奮的目光。「真是勢不可擋，不是嗎？」

「上帝的十字架作證！陛下！陛下要派兵去的話，恐怕也得損失許多人馬！」

「哼！我嘛！那就是另一回事了，」國王回答說，「只要我願意……」

襪商大膽地答道：「倘若這次叛亂是像我設想的那樣，陛下，您就是派兵也是枉然呀！」

路易十一說：「夥計，只要用我的兩個近衛團和一尊大炮，就能把那些平民趕走。」

雖然居約姆以眼色向他示意，可襪商看樣子橫下一條心要和國王爭論一番。

「陛下，那些教堂侍衛也不過是些平民。勃艮第公爵是一位偉大的紳士，他沒把那些民眾放在眼裡。可在格朗松戰役之中，陛下，他高喊：炮手們，向那些賤民開火！還以聖喬治的名義破口大罵。可是司法官夏納希塔爾手執著大棒，帶領著那些民眾衝向英俊的公爵。那耀武揚威的勃艮第軍隊同皮厚得像水牛般的鄉下人一交手，就像玻璃被石塊猛烈打碎了一樣。一次有許多騎士被強盜殺死，勃艮第最大的領主夏多．居容和他那匹高大的灰色馬一塊兒死在一片泥沼裡。」

國王又說：「朋友，您談的是一次戰役吧，但現在這裡卻只是一次民變。我什麼時候高興，眨眨眼睛就能夠把它了結。」

那一位冷冷地又反駁說：「這是可能的，陛下。假若這樣，那就是因爲人民的時刻尚未到來。」

居約姆覺得自己應當開口了，說道：「科勃諾爾先生，您可要知道，你是在同一位權威的國王講話呀。」

「這我知道啊。」襪商嚴肅地說。

國王說：「讓他講嘛，我的朋友。我非常喜歡像他這樣直言不諱的炮筒子。先王查理七世常說，真話生了病，我吶，我自己以爲它已經是死了，就是在懺悔中也聽不到。科勃諾爾先生消除了我的疑惑。」

於是他親熱地把手搭在科勃諾爾肩膀上說：科勃諾爾先生，您剛才在說……」

「陛下，我是說，您也許是對的，在您的國家裡，屬於人民的時代還沒有到來。」

路易十一用他那洞察一切的眼睛盯住他。

「那麼，這個時刻何時到來呢，先生？」

「您終會聽到它的鐘聲敲響的。」

「那是什麼鐘呀，請問？」

科勃諾爾神色始終莊嚴而鎮靜，請國王靠近窗前。他說：「陛下，請聽！這裡有一座箭樓、一座鐘樓、數門大炮、市民和士兵。只要鐘聲敲響，炮聲隆隆，箭樓轟隆倒塌，市民和士兵齊聲吶喊、互相廝殺，這就是那一時刻到來啦。」

路易的臉色陰暗下來，若有所思。他好一會兒沒說話，隨後用手輕輕地拍打著箭樓厚厚的牆壁，好像在拍一匹戰馬的臀部。說：「啊！不會吧！我親愛的巴士底獄，你不會如此容易倒塌的，是不是？」

他突然轉身問那大膽的弗朗德勒人說：「科勃諾爾先生，您見過暴動嗎？」

「何止見過，我還造過反呢！」襪商說。

國王問：「你是怎樣造反的呢？」

科勃諾爾回答說：「這個嘛，並不很難。有上百種辦法呢。首先，需要城裡人心懷不滿，這種情況是常有的。其次需要的是市民的性格，根特人就是很適合造反的。他們總是喜歡君王的兒子，而從來不喜歡君王他本人。

「這麼說吧！如果某天早晨，有人到我的小店裡，對我說：科勃諾爾老爹，發生了這件事，又發生了那件事，如此這般地說上一通。比如說，弗朗德勒公主想保住她的大臣，大法官要把磨麵費增加一倍，或者諸如此類的事。你要怎麼說都行。於是我就會丟下活兒，走出襪店，走上大街去，大聲喊叫了：造反呀！有的是破桶，我就爬上去，大聲地喊話，想到什麼就說什麼，這些話本來是早就在我心裡的，只要你是人民的一分子，陛下，心裡總是有一點什麼委屈、不滿的。

「於是，人群聚集在一起，高聲喊叫，並且敲響警鐘。平民都拿起從士兵手中奪過來的武器。集市上的人也會參加進來，大家一起幹起來！今後事情也會這樣。只要領地裡還有領主，市鎮裡還有市民，鄉村裡還有農民，就會永遠是這樣的。」

「那麼你們是造誰的反呢？」國王問道，「反對你們的法官嗎？反對你們的領主嗎？」

「有時候是這樣的。要看情況吧。有時也造造大公爵的反。」

路易十一走過去重新坐下，然後微笑著說：「嘿！在這裡，他們還不過是在造法官的反呀！」

正在這時，奧里維走了進來。他後面還跟著兩個侍童，捧著國王的梳洗用品，可是使路易十一驚訝的是，同他們一起進來的還有巴黎總督和一個巡防騎士，這兩個人看起來都神色慌張的樣子。滿腹牢騷的理髮師臉上也同樣驚慌失措，其實他的心中卻有點幸災樂禍。正是他先開口說道：「請陛下原諒在下向您報告一個壞消息。」

國王急忙轉過身來，那椅子腳把地板擦得直響：「什麼消息？」

「陛下，這次暴動並不是造法官的反啊。」奧里維應聲道，說這話時陰陽怪氣，但慶幸能給國王一次沉重的打擊。

「那麼是造誰的反呢？」

「是造您的反，陛下。」

年老的國王一聽，從椅子上一躍而起，直挺挺地站起來，儼然像個年輕人：「奧里維，你給我說清楚點！你得給我講明白！好好保住你的腦袋，我的老弟，因爲我以聖潔的十字架發誓，假若你在這種時刻撒謊，砍斷盧森堡脖子的那把刀，還不至於壞得鋸不下你的腦袋！」

這個誓言極其可怕，令人毛骨悚然。路易十一生平只以聖潔的十字架發過兩次誓啊。

奧里維張口結舌想要辯解：「陛下……」

「跪下！」國王粗暴地打斷了他的話，「特里斯丹，給我守住這個人！」

奧里維跪下，冷靜地說道：「陛下，您的大理院法庭把一個女巫判了死刑。她躲進了聖母院裡避難，可是民眾想強行用武力把她給搶走。總督大人和騎士先生是從叛亂地點來的，假若我說的不是實話，他倆可以當面對質，揭穿我的謊言。民眾正在圍攻的就是聖母院。」

「哎呀！聖母院！」國王氣得臉發白，渾身發抖，他低聲說道，「他們在聖母院主教堂圍攻我們仁慈的聖母嗎？快起來，奧里維，你說得有理，我把西蒙．拉丹的職務賞賜給你。你是對的，他們是攻擊我呀，女巫在主教堂的庇護之下，而主教堂是受我保護的。可我原來一直以爲是反對司法官的呢！現在才明白，這是造我的反呀！」

就這樣，他好像被憤怒激動得年輕起來，他開始大踏步走來走去。臉上神情可怕極了，露出凶相，狐狸一下變成了豺狼。他好像透不過氣，嘴唇嚅動，連一句話都說不出來，緊握著瘦骨嶙峋的拳頭。突然，他抬起頭來，凹陷的眼睛裡好似充滿了憤怒的光芒，嗓門像軍號般地吹響：「砍碎他們，特里斯丹！狠狠收拾這幫刁民！快去，我的朋友特里斯丹。殺呀！殺！」

這陣暴怒發作了一陣，他又坐了下來，忍住怒火，不在乎地說：「來，特里斯丹！在我們身邊，在巴士底獄，有紀甫子爵的五十名炮兵呢，這抵得上三百匹戰馬，你帶去吧。還有菲比斯隊長的一隊近衛弓箭手，你也帶去吧。你是憲兵司令，你帶上你手下全部的人馬。在聖波爾府，還有太子殿下的侍衛弓手四十名，你把他們都召集起來也帶去。你帶上所有這些人馬，馬上前往聖母院。啊，巴黎的平民先生們，你們想推翻法蘭西的王冠，想推翻聖母院的神聖同這個國家的和平嗎？統統斬盡殺絕，特里斯丹！不許讓一個人逃脫！逮住的全都送往隼山去處決。」

特里斯丹躬身施禮：「是，陛下！」

停了一下，他又問道：「那女巫如何處置？」

這個問題使國王沉吟起來。

他想了想說道：「噢！那個女巫嘛！代斯杜特維爾先生，民眾打算把她怎麼辦呢？」

巴黎總督回話說：「陛下，我想民眾是打算把她拖出聖母院的避難所，就是那個蕩婦惹起了他們的惱怒。他們打算把她絞死。」

的，進去抓她呀？」

國王又沉思了一會兒，隨後他吩咐特里斯丹：「那好吧，夥計！那就殺光刁民，絞死女巫。」居約姆低聲對科勃諾爾說：「這辦法可真絕妙，命令懲罰老百姓，卻又照老百姓的願望行事！」

特里斯丹立即應聲道：「明白，陛下！不過，女巫還躲在聖母院裡，是不是該不管聖地不聖地的，進去抓她呀？」

國王又搔著耳根說：「帕斯克——上帝！該死的避難權！總之得把那女巫絞死。」說到這裡，他便靈機一動，好像想到了什麼妙計似的。他衝過去跪倒在椅子前面，摘下了帽子，把它放在座位上，虔誠地望著帽上一個鉛製的護身符，雙手合十祈禱：「啊！巴黎的聖母呀，我崇敬的女護神啊，請你寬恕我吧。我只幹這一回，那個女犯應該受懲罰呀。聖母呀，我仁慈的女主人，我向您保證，那肯定是一個女巫，她不值得您憐惜。聖母呀，您是知道的，很多虔誠的君王都爲了上帝的光榮和國家的需要，侵犯過教堂的特權。例如，英國大主教聖雨格曾允許愛德華國王進入教堂，去抓捕一個魔法師。我的祖上聖路易也爲了同樣目的侵犯過聖保羅先生的教堂。還有耶路撒冷國王的太子阿爾封斯親王，他甚至還侵犯過聖墓教堂呢。巴黎的聖母，請寬恕我這一回吧，巴黎的聖母啊，我決不再犯。我要獻給您一個美麗的銀像，就像我去年獻給聖代苦依聖母的那個一樣。阿門！」

他畫了一個十字便站起身來，重新戴上帽子，對特里斯丹說：「急速前往，我的夥計。讓菲比斯先生同你一道。你們去敲響警鐘，快把刁民擊潰，你們去絞死那女巫。就這麼說定了。我要求，追捕行刑等事由您親自監督辦理吧。辦完後要快向我報告。奧里維，今晚我不睡覺了。替我刮鬍子吧。」

特里斯丹鞠了一躬，退出。這時國王揮手向居約姆和科勃諾爾告別：「上帝保佑你們，我的好朋友弗朗德勒。你們去休息一下吧。黑夜快結束了，現在我們離天亮比離黃昏近了。」

倆人雙雙告辭退了出去，巴士底獄典獄長領路，把他倆送回他們各自的臥室。科勃諾爾對居約姆說：「哼！這國王老是咳嗽個不停，可叫我受夠啦！我曾見過喝得酩酊大醉的勃艮第的查理，但還不至於像生病的路易十一這麼可惡。」

居約姆回答說：「科勃諾爾先生，那是因爲國王喝的酒不像他的藥那麼厲害呀。」

小火把在閒遊

格蘭古瓦一走出巴士底獄，就像脫韁的馬一般飛快地沿聖安東尼街往下跑去，到達波多瓦耶門，他就徑直走向了廣場中央的石頭十字架。他好像已經在黑暗裡看清了那個坐在十字架台階上的黑衣黑帽的人。

格蘭古瓦問道：「老師，是您吧？」

「該死的，真急死人！」黑衣人站了起來，「格蘭古瓦，你真叫人著急。聖熱維塔上的報時人剛叫過淩晨一點半。」

格蘭古瓦接過話頭說道：「啊！這不能怪我，全要怪巡防兵和國王。我才逃脫了他們的手掌心呢！看來，我真是命該如此，差一點就被吊死。」

那人說：「你什麼都差一點。咱們還是快走吧，你有通行的口令嗎？」

「老師，您不妨想一想，我看見國王啦。我剛從他那裡出來，他還穿著絲絨短褲。這真驚險呀。」

「喂！廢話真多！你的驚險同我有什麼相干？你有無賴漢們的口令嗎？」

「有。您別發脾氣了。口令是『小火把在閒遊』。」

「那好。不然的話，我們就進不了主教堂了。無賴漢們封鎖了一切街道。幸好，他們似乎碰到了抵抗。我們或許還能及時趕到。」

「對呀，老師。可是，我們怎樣進聖母院呢？」

「我有那座鐘樓的鑰匙。」

「那我們又怎樣出來呢？」

「隱修院後面有一道小門，朝著河灘，從那裡就能到河岸去。我有那道小門的鑰匙，今天早上我還拴了一隻船在那裡。」

「我真慶幸差點兒沒有被絞死啊！」格蘭古瓦又說。

「快點！走吧！」那人說。

兩人便邁著大步向舊城區走去。

菲比斯趕來救援

讀者可能還記得，卡西莫多正處在極端危急之中。這個勇敢的聾子四面全都是流浪漢們，雖然沒有喪失全部的勇氣，但至少已經失掉援救那埃及女郎的希望了。

他倒不是在為自己擔心，而是為埃及女郎祈禱，他把自己的生死置之度外。聖母院眼看就要被無賴漢們攻破了。突然，鄰近的街上響起一片馬蹄聲，一條長龍般的火把由遠而近，一支浩浩蕩蕩的騎兵隊伍策馬橫戈，這一陣狂風暴雨式的聲音一下子席捲了廣場：「法蘭西！法蘭西！斬殺刁民！菲比斯趕來救援！憲兵司令！憲兵司令！」

無賴漢們嚇得團團轉，連忙掉頭。

卡西莫多雖然聽不見，卻看到刀劍出鞘，火把通明，戈矛閃亮，他也知道來了一隊騎兵了。他認出領頭的就是菲比斯隊長，他還看到無賴漢們一片混亂，有人驚恐萬狀，連最勇敢的也驚惶失措。卡西莫多見救兵到了，頓時恢復了勇氣，力量倍增，把已經跨上柱廊的頭一批進攻者扔到教堂外面去。

的確，這是國王的軍隊突然來到啦。

無賴漢的隊伍英勇抵抗，他們在失望中進行自衛。他們的側翼在聖彼得街，後部在前庭街，前後都受到了攻擊。他們被迫退到聖母院前面，繼續攻打主教堂，卡西莫多依然在抵抗著。他們既在進攻，又被圍攻，腹背受敵。他們正處在一種尷尬的境地。正像一六四〇年「居罕之戰」那樣，亨利·達果爾伯爵圍攻薩伏瓦的湯瑪斯親王，但又被勒加奈侯爵包圍封鎖。正像他的墓誌銘所說的，圍攻都靈同時也受到圍攻。

這場混戰真是駭人，如同馬太神父所說「狗牙咬住了狼肉」。在國王的騎兵之中，菲比斯勇猛殺敵，一步也不放鬆。無賴漢們逃得了槍尖卻躲不了劍刃，他們拿著劣等兵器，連喊帶罵，亂啃亂咬。男女老少竄上了馬背，抱住馬的脖子，像貓兒那樣，牙齒和手腳並用，揪住戰馬不放，有些人把火炬朝那些弓箭手的臉上扔去，有些人將鐵鉤紮進騎兵的脖子，把他們拉下馬來。凡是掉下馬的都被砍成碎塊。

只見一個男人，手裡提著雪亮的大寬鐮刀，不停地砍著馬腿。樣子非常可怕，他帶著鼻音哼著一支歌，把他的大刀砍出去又收回來。他每砍一刀，四周就落下一圈砍斷的馬腿。就這樣，他向騎兵隊最密集的地方大肆砍殺，一路上不慌不忙、穩紮穩打，像一個莊稼漢開鐮收割麥田那樣晃著腦袋，均勻喘氣，步履穩健。這人就是克洛潘．圖意弗。一支火繩槍把他擊中了。

這時那些窗戶都打開了。市民們聽見了國王兵士的喊殺聲，也加入了戰鬥。子彈從每座樓的窗口裡像雨點般落到乞丐那裡。廣場上硝煙瀰漫，火銃劃出一道道火光。人們還可以模糊看見聖母院正面和破爛的主宮醫院，許多蒼白的病人從醫院屋頂上那些窗口裡探出頭來。

終於，無賴漢們只好讓步了。他們已經筋疲力盡了，而且缺乏精良的武器，再加上對突然襲擊的驚恐，窗口上的火繩槍，以及國王兵士的猛烈攻擊，這一切導致他們很快遭受挫敗。他們衝破了包圍圈，四處奔逃，留下一大堆屍體在聖母院廣場上。

卡西莫多一刻也沒有停止戰鬥。當他看到圍攻的人敗退了，不由跪倒在地，雙臂舉向天空，然後，他便高興得如癲似醉，像鳥兒一般飛速奔跑，衝向那間他英勇保衛過並禁止他人進入的小屋子。他此刻只有一個念頭，就是跪倒在剛才他第二次搭救了的少女面前。

當他走進小屋時，卻發現裡面空無一人。

chapter 11

絞刑架

小鞋

無賴漢們攻進主教堂時，愛斯梅拉達正在熟睡。

不一會兒，主教堂四周的喧鬧聲越來越大，比她先醒的羊兒驚恐不安，急得咩咩直叫。這一切把她從睡夢中吵醒了。她一骨碌翻身坐起，聽了聽，看了看，被火光和喧囂聲嚇壞了。她就一頭衝出了小屋，想去看個究竟。

但見廣場上一片恐怖景象，那晃動的人影，那混亂的搏鬥，那可怕的人群像一大群跳來跳去的青蛙似的，在黑暗中只能依稀看見，嘶啞的叫聲響成一片，像在湖面的霧靄中閃現的流星似的紅紅的火把，面對這些情景，她彷彿看見安息日會的魔鬼們在同主教堂的石怪作戰。

從孩提時起，她滿腦子就習染了波希米亞部落裡的迷信思想，因此她第一個念頭就是撞見了夜間才出沒的怪物正在興風作浪。她不由嚇得魂不附體，跌跌碰碰地跑回房間去躲起來，蜷成一團，祈求那張小床別給她帶來更可怕的噩夢。

可是，最初的恐懼疑雲漸漸散去了，聽著那不斷增多的喧鬧聲，又辨認出其他一些跡象，逐漸明白包圍她的並不是魔鬼，而是血肉之軀的人。於是，她的恐懼雖然沒有繼續膨脹，但性質也完全轉化了。

她想，大概是一次打算把她從聖地拖出去的群眾暴動。想到她將再次失去生命、希望、可望而不可及的菲比斯，她頓時覺得軟弱無力了。她的柔弱，她的無處逃避，她的無依無靠，她的孤立無助等等念頭又一齊佔據了她的心。她跪倒在地，頭伏在床上，雙手合掌放在前額上，惶恐不安，渾身哆嗦，她雖然是個埃及女郎、崇拜偶像者和異教徒，但現在她還是哭訴著向基督教的仁慈上帝祈求保佑，也向保護她的聖母祈禱。因爲，一個什麼都不相信的人，到了性命攸關的時刻，也會求助於近在咫尺的那座神廟的。

她就這樣在地上跪拜了許久許久。實際上，當她祈禱的時候，身體也一直在發抖。聽著狂怒的喊聲越來越近了，她驚慌得透不過氣來，對群眾的這種狂怒百思不得其解，他們暗中在策劃什麼，他們想要幹什麼。這一切她全然不知，卻預感到這一切將導致的結局是十分可怕的。

正當她這樣愁苦的時候，她忽然聽到身後有腳步聲。她轉過身去，看見有兩個男人剛剛走進了小屋，其中一個提著一盞燈籠。她不由發出一聲微弱的驚叫。

「別害怕，是我。」一個她聽來並不陌生的聲音說。

「誰呀?你是誰?」她問道。

「格蘭古瓦。」

這個名字使她放心了。抬頭一看，的確是那位詩人。但他旁邊有一個從頭到腳被黑袍遮住的人，她嚇得說不出話了。

格蘭古瓦略帶責備的口氣接著說：「啊！加里還比你先認出了我呢！」

確實，小山羊沒等格蘭古瓦自報姓名就認出了他。他剛一進門，小山羊就一下子就跑到他身邊，親熱地在他膝頭上擦來擦去，擦了他一身的白毛，因爲正是山羊換毛季節。格蘭古瓦也親熱地撫摸著牠。

「同你一道的是誰？」埃及女郎輕聲問道。

格蘭古瓦回答說：「放心吧，是我的一個好朋友。」

這時，哲學家把燈籠放在地上，在石板地上蹲下來，把加里抱在了懷裡，真心實意地喊道：「啊！多迷人的小山羊啊！雖然你的個兒頭不大，但相當愛乾淨，還很聰明，機警，還識字呢，像一個語法家一般有學問呢！瞧，我的加里，你有沒有忘掉你的戲法？雅克・沙爾莫呂怎麼來著？」

沒等他說完，黑衣人靠近格蘭古瓦，粗暴地碰他的肩膀。格蘭古瓦便站起來，說：「這倒也是，我差點就忘了我們得趕快呢。不過老師，這不成爲一個理由可以這樣粗暴地對待人呀……我親愛的美麗的孩子，您的生命在危險中，加里也是。他們要再次絞死你們。我們是您的朋友，來救助您。跟我們走吧。」

「真的嗎？」她不知所措問道。

「是的，千真萬確。趕快來吧！」

「我聽您的，」她結結巴巴說道，「可您那位朋友爲什麼不說話呢？」

格蘭古瓦說：「噢！這個嘛，因爲他的父母都是幻想家，養成了他天生沉默寡言的性格。」

聽到這個解釋她也只得將就了。格蘭古瓦拉住她的手，他的同伴拿起燈籠，走在前面。恐懼使少女有些昏頭昏腦，任他們隨便帶著走。小山羊蹦蹦跳跳地跟在他們後面。牠見到格蘭古瓦十分高興，不時地把兩隻角鑽到他的胯下去，弄得格蘭古瓦跌跌絆絆的。

「生活就是這個樣子的，使我們摔跤的常常是我們最要好的朋友！」那位哲學家每當差點跌倒時這樣說道。

他們迅速走下鐘樓的樓梯，穿過黑暗荒涼的教堂。這座教堂被廣場上的喧鬧聲震動著，形成了一種可怕的對照。他們從後門出去，來到隱修院。

院裡一個人也沒有，司鐸們早就全躲到主教府一齊禱告去了，院子裡空空蕩蕩的，只有幾個驚慌的僕役蹲在庭院角落裡。他們向院子通向灘地的那個小門走去，黑衣人用自己身邊的鑰匙把門打開。讀者知道，灘地是一條狹長的河灘，向著老城的這一邊有牆圍著，它也屬於聖母院神甫們的領地，在教堂後面構成城島的東端。

那裡空無一人，在這個地方，那震天價響的喧鬧聲已經減弱了。無賴漢進攻的聲音隱約傳到這裡時，已經變成混雜一片，不太刺耳了，他們只聽見水上的風把德罕岸頭那棵枯樹的葉子吹得颯颯作響。不過，這時他們還沒有脫離險境。離他們最近的建築就是主教府和主教堂。可以看得一清二楚，主教府裡有著很大的騷動。它陰暗的前牆上不斷透出光亮，從一個窗口亮到另一個窗口，就像剛剛燒過的紙片，留下一堆黑糊糊的紙灰，餘燼的火星東躥西跳的，千奇百怪。旁邊，聖母院兩座高大的鐘塔，從背後望去，同支撐它們的主教堂那長方形的中堂一道呈現在遍佈巴爾維廣場的紅紅火光裡，其黑黝黝的輪廓，格外分明，彷佛是希臘神話中獨眼巨人的火爐裡的兩個巨大的柴火架。

巴黎的大部分看起來就像個黑影，一切都在明暗混合中搖曳不定，昏暗與光亮在這裡已經混為一體了。我們在倫勃朗的畫面上往往可以找到這種背景。提燈籠的男人徑直向灘地尖角的方向走去。那兒臨水的地方有一排釘著木條的木樁，那些木樁早已被蟲子蛀得殘缺不全了，上面低低地繞著幾根細長的葡萄藤，看上去就好像張開的手指一般。後面，在葡萄架的陰影下藏著一條小船。

那男人做了個手勢，示意格蘭古瓦和他的女伴一起上船。山羊也跟他們一塊兒上了船。那男人最後才上船。隨後他解了纜，用一根長長的篙把船撐離岸邊，然後抓起雙槳，坐在船頭，拚命向河中間劃去。塞納河這一段的水流很急，他很不容易劃離島尖。

格蘭古瓦上船之後，第一件事就是小心翼翼地把山羊抱在膝蓋上面，坐在後邊。少女覺得陌生人身上有種說不出的怪異，令人害怕，便走來坐在詩人身邊，緊緊靠著他。

當我們的哲學家感到船已經在動了，於是高興得拍著手，並且吻著山羊兩隻犄角當中的地方，說道：「啊！我們四個總算得救啦。」接著擺出哲學家一付莫測高深的神態添上一句說，「偉大事業的完美結局，有時要碰運氣，有時得靠計謀啊。」

小船慢慢靠近了右岸，少女打量著陌生人，感到一種隱約的恐怖。那人早已把啞燈的光線細心地遮蓋起來。在黑暗之中，他坐在船頭，模模糊糊看上去像個幽靈一樣。風帽一直耷拉著，臉上好像戴了面具似的，他的頭巾依舊披垂著，成了他的面幕，他張開寬大的衣袖伸出手臂搖槳時，就像蝙蝠的兩隻翅膀。何況，他還是一句話都沒有說，一點聲息都沒有發出過。

船上沒有任何其他的聲音，只聽見一推一帶的搖槳聲和水波衝擊船舷的聲音。

「憑我的靈魂擔保！」格蘭古瓦突然又喊叫起來，「我們輕輕鬆鬆，快活得就像貓頭鷹！現在怎麼卻默不作聲，好像畢達哥拉斯的信徒那樣緘默，或者像魚類那般沉寂！朋友們，我倒真想有誰跟我說說話兒。人類的聲音在人類的耳朵聽來就是音樂。這話並不是我發明的，而是亞歷山大城的狄丁[205]說的，真可謂金玉良言呀！誠然，亞歷山大城的狄丁決不是個平庸的哲學家。

「說一句話吧，我漂亮的孩子，我求你同我講句話吧。對了，您那小嘴一撅，就別有一番韻味，又可笑又奇特；您現在還常常這樣嗎？親愛的，您知道嗎？高等法院對各處避難雖所都擁有任何的司法權，但你知道你在聖母院那間小屋裡是多麼危險嗎。唉！那就像小蜂鳥在鱷魚嘴裡築的巢啊。

「老師，這不，月亮又出來了。但願不要被別人看見了！我們救出小姐做了一件值得稱讚的好事，可是，假若他們把我們抓去，人家就會以國王的名義把我們統統絞死。唉！人類的行動都是從兩個起點開始，在一個人那裡受到尊敬，在另一個人那裡卻被咒罵。崇拜凱撒的人卻責怪加梯里納[206]。不是嗎，老師？您認爲這套哲學怎麼樣？我嘛，我憑本能和天性掌握哲學，宛若蜜蜂學會了幾何學。

「算了！誰也不理睬我。你們兩人的脾氣真叫人惱火！那只好我獨自一個人說了。這在悲劇中叫做獨白。帕斯克——上帝！我告訴你們，我剛剛見過了國王路易十一，這句口頭禪是從他那裡學來的。真是，帕斯克——上帝！他們還在城島裡咆哮不已。那個路易十一是個可惡的老國王，他全身裹著黑毛皮，他還欠著我那賀婚詩的稿費呢。

205. 亞歷山大的狄丁有好幾個，這裡是指希臘哲學家。

206. [illegible]

「今晚他沒下令把我絞死，算是抬舉我了，這是存心不讓我開口討債嘛。他對賢良之士是那麼吝嗇，他該好好讀讀沙爾萬・德・科洛涅的那四本書《駁吝嗇》了。事實上，這位國王對待文人非常刻薄，他暴行累累，極爲野蠻，他彷彿是一塊海綿，吸盡老百姓的錢財，他的聚斂就像脾臟，身體其他各部分越消瘦，它就越膨脹。因此，人民時時發出的痛苦呻吟在這位國王聽來卻好像喃喃低語。

「在這位和善虔誠的國王統治下，絞刑架上吊滿受刑犯，斷頭台下血流成河，監獄裡面人滿爲患，像吃得太飽的肚皮就要炸開了一樣。這位國王一手搜刮人民，一手屠殺人民。他是鹽稅夫人和絞架大人的保護人，貴族們被剝奪榮譽，小民不斷遭受壓榨欺凌。這位國王太過分了，我可不喜歡他。您呢，老師？」

黑衣人聽任詩人滔滔不絕地說，他繼續與湍急的逆流搏鬥。這道激流把城島的頂端和聖母島（如今叫做聖路易島）的末端分割開。

「我說，老師！」格蘭古瓦突然又說道，「我們通過那密集的乞丐群到達巴爾維廣場的時候，您是否看見那個可憐的小鬼？您那個聾子正把他的腦袋在國王長廊的石欄上磕破。我從下面望見了，但看不清他是誰。您也許知道他是誰了？」

陌生人一句話也不回答。但他突然停下了，他的雙臂好像被折斷了一般，腦袋垂在胸前，愛斯梅拉達聽到他一陣陣的歎息聲。她驚慌得戰慄起來，這種歎息聲她曾經聽到過。

小船沒有人駕駛，就順水漂了一會兒。但黑衣人一會兒又打起精神來，重新抓住了雙槳，又頂著水流划起來。他繞過聖母島的尖角，駛向草料港碼頭方向。

格蘭古瓦說：「啊！就快到達巴爾波府邸了。瞧，老師，您看，這批黑色房頂的角度多麼奇怪！

喏，那邊，那堆又低又亂又髒的雲彩下，殘缺的月亮像破了殼的蛋黃一般掛在那裡。這是一幢美麗的府宅。裡面有個小教堂，小拱頂上雕刻精細的作品豐富極了。在那個小教堂頂上還有一座小鐘樓，玲瓏剔透。

「這裡還有個景色宜人的花園，讓人賞心悅目，裡面有個小池塘，一個鳥棚，那是山林女神的化身[207]，一條林蔭路，一條曲徑，一間飼養野獸的屋子和幾條綠陰掩映的對維納斯非常適合的小路。還有一棵流氓樹，因爲它爲某位著名公主和一位多情的才華橫溢的法蘭西提督尋歡作樂提供過方便。

「唉！像我們這些可憐的哲學家呀，若跟法國提督比起來，簡直就像捲心菜和蘿蔔比之於羅浮宮內的花園。可是這又有什麼關係呢？偉人的人生和我們的生活一樣，都是有時好有時壞。痛苦總有歡樂相伴，就像揚揚格詩緊挨揚抑抑格詩[208]。

「老師，我必須把那巴爾波府邸的故事講給你聽，其結局非常悲慘。那是在一三一九年，菲利浦五世統治的時期，他是法國國王中在位最久的一位。這個故事的寓意是，肉欲是惡毒的，有害的。不管鄰人的妻子姿色是多麼誘人，就算是我們的五官被都吸引得按捺不住，也不要老盯著她看。通姦是很放肆的念頭，私通是出於對別人的肉慾的好奇……噯！那邊的喊聲怎麼變得越來越大了！」

確實，聖母院四周的喧鬧聲更厲害了。他們側耳聽著。勝利的歡呼聲聽得相當清楚。突然，照得人們身邊的兵器亮閃閃的幾百個火把在高高的教堂頂上、鐘塔上、樓廊上和飛簷下面出現，遠遠看去，那些火把好像在尋找什麼東西，不一會兒，遠去的這些喧嘩聲清楚地傳到這幾個逃亡者的耳邊，

207. 山林女神因得罪天后朱諾而受到懲罰，變成一塊岩石，不斷重複別人的話。

只聽見：「埃及女郎！女巫！處死埃及女郎！」

不幸的少女把腦袋埋在手裡，陌生人就使勁向岸邊划去。這時，我們的哲學家沉思起來。他把山羊緊緊地摟在了懷裡，輕輕地離開波希米亞女郎。可是她益發緊偎著他，好像這是她唯一的一點避難所。

很顯然，格蘭古瓦真有點左右爲難了。他想，根據現行的法律，山羊若是被逮住了，就得被絞死，那太可惜啦，可憐的加里！兩名罪犯都這樣依附著他，這對他來說太多了，還有，那位同伴正是十分願意照顧那埃及女郎的。這些想法在他腦子裡正進行激烈的鬥爭。

戰鬥中，他像《伊利亞特》中的朱庇特一樣，翻來覆去地思考著埃及女郎和山羊，他眼睛裡含著淚水，咬著牙說道：「可我沒法一下子救你們兩個呀。」

小船咣噹搖晃了一下，他們知道船已經靠岸了。舊城區始終喧囂不止，令人毛骨悚然。陌生人站了起來，朝埃及女郎走了過來，想抓住她的胳膊把她扶下船去。她推開他，拽住格蘭古瓦的衣袖，格蘭古瓦一心照料著小山羊，差不多一下子把她給推開了。於是，她自個兒從船裡跳上岸去。她心慌意亂，連自己要做什麼，要到何處去，全都茫然不知。

她木然地站了一會兒，望著河水出神。可是，當她稍微有點清醒的時候，發現只剩下自己一個人和陌生人一起待在碼頭上。很顯然，格蘭古瓦乘下船這個有利時機，已經帶著山羊，偷偷地溜進水上穀倉街的那片密密麻麻的房屋中去了。

可憐的埃及女郎發覺自己單獨同那個陌生人在一道，不由得全身哆嗦起來。她想說話，喊叫，呼喚格蘭古瓦，但舌頭卻彷彿釘牢在嘴裡了，連一丁點兒聲音也發不出來了。忽然，她感到陌生人抓住了她的手。雖然那是一隻冰冷的手，但很有力氣。她頓時上下牙齒咯咯直打冷戰，臉色變得同照著她的月光一般慘白。

那人一語不發，拽著她的手，開始大步向格雷沃廣場那邊走去。就在這時，她迷迷糊糊感到命運是一種不可抗拒的力量。她一點力氣也沒有了，任人拖著走。他在前面走，而她被拖著在後面跑。這裡的河岸是上坡路，可她卻好像覺得是沿著斜坡往下滑去。

她向四周張望，路上一個行人都沒有。碼頭上十分荒涼，聽不到一點兒聲響，感覺沒有人走動，除了火光通紅的騷亂的舊城區之外，再也聽不見人的聲音了。她與那裡僅有塞納河這一水之隔。從那邊傳來了她的名字的喊聲，嚷著要把她處死。她的目光所及，巴黎其餘地方都是大團大團的黑影。

這時，陌生人還是在拽著她，依舊沉默不語，照樣急步前進。她記不得走過了什麼地方，在經過一扇亮著燈光的窗戶時，她使勁想要掙脫，並且突然喊了起來：「救命啊！」

那個窗戶裡的市民好像聽到了什麼，打開了窗戶，穿著襯衫就把燈舉在窗口，愣頭愣腦地看了一下河岸，嘀咕了幾句她聽不明白的話兒，但她沒有聽清。那人重新又關上了窗戶。最後的一線希望也熄滅了。

黑衣人還是一言不發，卻把她抓得更緊，越走越快起來。她不再反抗，乖乖地跟在後面，她已經筋疲力盡。

她偶爾鼓起一點兒力氣，便問：「您是誰？您是誰？」

因爲路面高低不平，加之跑得氣喘吁吁，她的聲音斷斷續續。但那人一句也不回答。

他們就這樣沿著碼頭走到了一個相當大的廣場。那時，已經有了一點兒月光。原來是格雷沃廣場。只見廣場中央矗立著一個黑黑的像十字架一般的東西，那是絞架。她認出了一切，明白自己在什麼地方了。

那個男人停了下來，轉過身面對著她，並且把頭巾揭開了。

「哎呀！」她早就嚇得魂飛魄散，張口結舌，「我就知道還是他呀！」

他就是神甫。他看上去一點也不像個活人，倒像是他自己的幽魂。這是月色照射的結果。因爲在月光下，一切事物看起來都像幽靈似的。

「聽著，」他開口道，而她聽見這種久已沒聽到的陰慘聲調，不由得戰慄起來。他繼續往下說，由於內心驚惶不安，顫震動盪，他用很短的句子喘息著一句一頓地說。「聽著，我們到了這裡。我有話要對你說。這裡是格雷沃廣場，這就到了盡頭啦。命運把我倆彼此交付給了對方，我要主宰你的生死，你呢，即將決定我的靈魂了。這裡只有廣場和夜色，除此之外什麼也看不見了。因此你要好好地聽我講，我要告訴你……首先，別向我提起你那菲比斯。（他說這話時，就像一個片刻也不能安靜的人那樣，拖著她走來走去。）千萬別跟我提他！聽見了嗎？你假若說出這個名字，我不知道會做出什麼事情，但肯定是十分可怕的事。」

說罷，他彷彿又找到了重心，靜止不動。但那些話並沒有使他的激動平息下來，他的聲音越來越低了。

「別把頭轉過去。聽我說，這是一樁嚴肅的事情。首先，要告訴你發生過什麼事。這一切都不是開玩笑的，我向你發誓。我剛才說什麼來著？讓我想想！哦！高等法院做出了判決，還要把你送上絞刑架。是我，剛剛把你從他們的手中營救了出來，但他們還在那裡追捕你呢，看吧。」

他抬手指著舊城區。確實，搜捕看上去還在繼續，而且叫喊聲越來越近了。格雷沃廣場對面的副將署箭樓裡人聲嘈雜，燈火通明，可以清楚地看見士兵們手中拿著火把，在對面河岸上來回的奔跑，高喊：「那個埃及女郎！那個埃及女郎在哪裡？處死她！處死她！」

「你都看清了吧，他們正在追捕你呢，我並沒有說謊。我，我愛你。別說話，如果你只是對我說你恨我，還是別說爲妙，我已經下決心，絕不再聽這種話。我剛剛救了你的性命。先讓我說完，我完全可以再救你。一切都準備就緒，只要你願意，我就能辦得到。」

說到這裡，他突然猛然停住了。「不，我不應該這樣說。」

他拔腿就跑，也拉著她跑，因爲他一直抓住她沒有放開，徑直向絞架那裡走去。他指著絞架，冷酷地說：「在它和我當中，你可以選擇一個。」

她從他手中掙開，一下子撲倒在絞刑架下，抱著那預示著死亡的陰慘的柱腳。然後，她半轉過她那美麗的頭，從肩頭上看了看神甫，好像是一個跪在十字架下面的聖處女。神甫待在那裡依舊一動不動，手指還指著絞架，如同一尊雕像。

埃及女郎終於對他說了：「它還沒有您那樣令我害怕。」

於是他慢慢垂下手臂，垂頭喪氣，盯著石板地面。他輕輕嘀咕道：「要是這些石頭能說話，定會說這兒有個多麼不幸的人呀。」

他繼續往下說。少女跪在絞架前面，把臉孔埋在長長的頭髮裡，任他說，不加理會。現在他的聲調既悲苦又溫柔，同他面容的粗暴和高傲，恰好形成了鮮明的、令人同情的、辛酸的對比。

「我，我愛您。啊！這是千真萬確的。我內心如同烈火焚燒，但一丁點兒也沒有表露出來！唉！

小姐啊！我日日夜夜，是的，就是日日夜夜都是如此，這難道不能換取您的一丁點憐憫嗎？啊！這是朝朝暮暮，日夜眷戀的愛情，我可以肯定地告訴您，這是一種苦刑啊。啊，我太受罪了，我可憐的孩子！這是值得同情的事呀，我向您保證。

「您看到了，我跟您講話，柔聲細氣。我很希望您不再害怕我。說到底，一個男人愛上了一個女人，這並不是他的過錯啊！我的上帝！怎麼？您永遠也不會原諒我嗎？您一直對我懷恨在心！就是這個使我變得凶狠，您知道的，我自己都討厭自己了！

「您看都不看我一眼，是嗎？我站在這兒跟您說話，站在死亡線上心驚膽戰！而您大概正在想別的事！尤其別提那個什麼破軍官！什麼！我真想撲倒在您腳下，不是嘛！我真想親吻您的……不是吻一吻您的腳，我知道您不願意那樣，而只是吻一吻您腳下的泥土，不是嘛！我要哭得像個小孩子，我要從我的胸腔裡掏出……不是語言，而是我的心肝，我的腑臟，爲了告訴你我愛你。

「可這些又有什麼用呢？一切都沒有用！而您，您的心靈裡只有溫柔和寬容，你全身發出最美麗最溫柔的光芒，您充滿柔情蜜意，整個人兒善良，仁慈、嫵媚、溫馨。哎，你單單對我一個人這樣冷漠無情。啊，怎樣的命運呀！」

他把臉埋在手裡，這還是他生平的第一次哭泣。少女聽他在哭泣。這樣如雕塑般站立著，哭得渾身哆嗦，比跪著的時候顯得更加悽楚了，懇求更加強烈了。他就這樣哭了好一陣子。

「啊呀！」哭了一陣之後他接著說道，「算了！我找不出話說了。原本倒是想了許多要對您說的話兒。現在我在發抖，在戰慄，我在決定性的關頭倒糊塗起來。正當我覺得我們被某種至高無上的東西緊緊裹住，因此我說不明白了。啊！如果您不可憐我，也不可憐您自己了，我就要倒在地上了。別把我們倆人都給毀了，行嗎？

「您要知道，我是多麼的愛您！我的心是怎樣的一顆心啊！啊！我不顧一切，逃避真理！我不顧一切，自暴自棄！作爲博士，我卻辱沒了科學；作爲貴族，卻敗壞了自己的名聲；作爲神甫，我把彌撒書當做淫蕩的枕頭，我向上帝臉上吐了痰！妖女啊，我所做的一切都是因爲你！我想可能地獄跟你更加相配吧！而你卻不要我這罪人！唉！讓我全部告訴你！還有呢，還有一件更可怕的事情呢，啊，更可怕的呀！」

說這最後一番話時，他完全是一副神經錯亂的樣子。他又是一陣沉默，隨後又說，好像也是在對自己說，但聲音很高：「該隱[209]，你是怎樣對待你弟弟的？」

沉默了一會兒，他接著說道：「我是怎樣對待他的呀，主啊？我收留他，我哺育他，給他吃的，給他愛，把他當成偶像，崇拜他，可我把他殺了！是的，主啊，人家剛才在我面前把他的腦袋在你教堂的石頭上摔開了花。這一切都是因爲我，也是因爲這個女人，因爲她……」

他的眼神變得兇暴起來，聲音也越來越低，他機械地翻來覆去說了好幾遍，每遍的間隔相當長，像一口鐘在發出最後的震顫。「因爲她……因爲她……」然後，他的舌頭再也不能發出任何聲音了，只有嘴唇還在一直翕動不已。突然，他雙腿一軟，像一件什麼東西坍塌似的跪倒在地上不動了，把頭埋在了兩膝之間。

少女輕輕地把壓在神甫身子底下的腳抽出來的時候，這微微一動使他清醒過來。他慢慢地用手摸

209. 該隱是亞當和夏娃的長子 [illegible]

了摸自己凹陷的臉龐，驚訝地望了好一會兒他那沾濕的手指，喃喃地說道：「什麼？我哭了！」

他猛地轉身對著埃及女郎，難過得不知道該怎麼說才好：

「唉！你看著我哭居然一點也不動心呢！這滴滴眼淚是熔漿，你知道嗎？難道不是嗎？對待你所恨的人，死活都不能打動你的心，難道這居然是真的？你看著我去死倒會發笑呢。啊！我可不願看著你死去的！說句話吧！就一句你寬恕我就行了！你不用說你愛我，只要說你願意接受我，這就足夠了，我就會立刻來搭救你。否則……

「唉！時間來不及啦，我以一切最神聖事物的名義在懇求你，你不要磨蹭，不要等到我又變得像那要你性命的絞刑架一般冷酷無情吧！好好想一想吧，我手裡掌握著我們兩個人的命運，考慮一下，我已經喪失理智了，我可以聽任一切毀滅。這是可怕的，想想我是能夠摧毀一切的吧，想想我們下面有一個無底的深淵吧，不幸的女人，我會跟著你一起墮下這深淵去，萬劫不復啊！說句善意的話吧！好心地說一聲吧！只要一句！」

她張口打算回答他的話。他爬到她跟前去以便虔誠地聽她嘴裡講出的話，說不定從她口中說出來的是一句情意纏綿的話語。但是她對他說：「您是個兇手！」

神甫則發狂地把她摟在懷裡，惡狠狠地大笑了起來。他說：「這個，是呀！我是兇手！我一定要得到你。你不願要我當你的奴隸，那就讓我成爲你的主人好了。我會得到你的！我有一個窩，我要把你拖進去。你將跟我走，也只能乖乖跟我走不可，否則我就把你交出去！美人兒，你只有兩條路可選擇：你必須死掉或者屬於我，你屬於神甫，屬於叛教者，屬於兇手！從今天晚上起，你就屬於我，你聽到了嗎？來！來！吻我呀，瘋女人！你得選擇墳墓或是我的床褥！」

他的眼睛中噴發出齷齪而又瘋狂的火花，他那貪慾的嘴唇火熱地碰著少女的脖子。她在他懷裡無力地掙扎著。他拿濕漉漉的親吻蓋了她一臉。

她喊道：「別咬我啊，魔鬼！啊！討厭的骯髒妖僧！我要揪下你醜惡的白頭髮，一把一把往你臉上扔去！」

他臉上紅一陣白一陣，隨後放開了少女，神情陰鬱地看著她。她以爲自己是個勝利者了，就繼續說：「我告訴你，我是屬於菲比斯的，我愛的是菲比斯，只有菲比斯才是英俊的！你，神甫，你是個老頭！你是醜八怪！滾開！」

他好像受著炮烙之刑的罪人一樣，發出一聲猛烈的叫喊：「去死吧！」他咬牙切齒地說。看見了他那凶狠的眼光，她打算逃開去。他一把揪住少女，拚命搖晃她，把她摔倒在地上，攥住她秀美的小手，在石板地上拖著，邁開大步朝羅蘭塔樓拐角處走過去。

一到那裡，他轉過身對她說：「最後一次回答我，你願不願意服從我？」

她斬釘截鐵地說道：「不。」

於是他高聲喊道：「居第爾！居第爾！埃及女郎在這裡呢！報仇吧！」

少女感到胳膊突然被另外一個人抓住了。她一看，原來有一隻瘦骨嶙峋的胳膊從牆上的窗口伸了出來，如同一隻鐵手把她緊緊抓住。

「抓緊她！」神甫說，「她是在逃的埃及女人。別鬆開她。我就去叫巡防隊長。你會看見她給絞死的。」

於是一陣發自喉底的笑聲從牆內傳出來，回答了這血腥的話語。「哈！哈！哈！」

埃及女郎看見神甫飛速地離開了，朝聖母橋方向跑了去。一陣馬隊的聲音從那邊傳來。

少女一下子認出來這就是那個可惡的隱修女。她害怕得透不過氣來，竭力掙扎，扭動身子，痛苦和絕望地蹦了幾蹦，但那手用異乎尋常的力氣緊緊抓著她。那骨瘦如柴的手指緊緊地卡著，深深掐進了她的肉裡，並在四周合攏起來，這隻手被釘牢在她的胳膊上了。這比鐵鍊、枷鎖、鐵箍更厲害，這是一把從牆裡伸出來的有生命知覺的鐵鉗子。

她筋疲力盡地倒在牆腳下。這時，她已經感受到了死的恐懼。她又想到生活的美好，想到青春，想看見天空的景色，大自然的千姿百態，想到愛情，想到菲比斯，想到正在消逝的和即將臨近的一切，想到出賣她的可惡神甫，想到將要到來的劊子手們，想到聳立在那裡的絞刑架。她覺得恐怖一直升到了她的頭髮根，她又聽到隱修女淒厲地笑著，低聲對她說道：「哈！哈！哈！你就要被絞死了呀！」

她氣息奄奄地回頭朝窗口看。透過窗柵，她看見了那麻袋女惡狠狠的面孔。

「我做了什麼事情，得罪您了呢？」她差不多毫無表情地問道。

隱修女不回答她，只是用一種憤怒的聲音，開始嘀嘀咕咕起來，聲調既像唱歌，又像嘲笑：「埃及女人！埃及女人！埃及女人！」

不幸的愛斯梅拉達低下了頭，披頭散髮，明白了自己並不是在同一個人打交道。

突然，隱修女大嚷起來，彷彿這麼長時間埃及女郎的問題才能到達她的頭腦裡似的：「你是說，你怎麼得罪了我，噢！你得罪我什麼了？埃及女人！那好，你聽著。我，我曾有過一個孩子的！你明白了嗎？我曾有過一個孩子！我告訴你！一個漂亮的小女孩！我的阿涅絲。」她魂不附體，並在黑暗中親吻著什麼東西。接著又惡狠狠說道，「嗳！你明白嗎，埃及女人？有人把我的孩子奪去了，是偷走的，她們還把我的孩子給吃掉了。這就是你對我做過的事。」

少女像隻可憐的羔羊一般應道：「唉！那時我也許還沒出生呢！」

「啊，出生了！」隱修女搶口說，「你肯定已經出生了。你是其中的一個。她假若活著，也是你這麼大了！就是這樣！我已經在這裡有十五年了，我痛苦了十五年，祈禱了十五年，把頭在牆上撞了十五年。我告訴你，是埃及女人把她偷走的，你聽明白了沒有？她們用利齒把她吃掉的。你有心肝嗎？你可以想像一下，一個活蹦亂跳的孩子呀，一個吃奶的孩子，一個睡著了的小寶貝，她會是什麼模樣兒。多麼天真爛漫呵！嗳！正是這樣一個孩子，他們把她奪走了，殺害了。仁慈的上帝知道得清清楚楚！

「今天，該輪到我了，我要吃掉埃及女人。啊！要不是鐵柵擋著，我真要狠狠地咬你幾口。可惜我的頭太大了，伸不出去！可憐的孩子！她那時還在睡覺！即使她們偷走她時，把她給弄醒了，她哭叫也是沒有用的，因爲我不在她身邊啊！啊，埃及母親們，你們吃了我的孩子！現在來看我吃你們的孩子吧！」

於是她大笑起來，或者是在咬牙切齒吧。因爲在那憤怒的臉上簡直分不清到底是在笑還是在咬牙。東方開始破曉了。一抹灰白的微光照著這一個場景，廣場上的絞架也看得更加清楚了。另一邊，在聖母橋附近，可憐的女犯好像聽到馬蹄聲越來越近了。

「夫人，」她雙手合十，雙膝跪地，披散著頭髮，驚惶失措地說道，「夫人！饒了我吧。他們來了。我沒有做過任何對不起您的事。您忍心就這樣看著我無辜地慘死嗎？我敢保證您是有憐憫心的。

那太可怕了，讓我趕快逃走吧。放開我！行行好！我可不願意那樣死去呀！」

「還我的孩子來！」隱修女說。

「鬆開我！開開恩吧！」

「把孩子還給我！」

「看在上帝分上，放開我吧！」

「還給我孩子！」

少女再次跌倒了。她真是一點力氣都沒有了，全身骨頭像散了架，眼睛像墳墓裡的人一般呆鈍。她結結巴巴地：「唉！您在找您的孩子。我呢，我在找我的父母呀。」

居第爾繼續說：「把我的孩子還給我吧！你不知道她在哪嗎？那好，你就去死吧！我告訴你。我從前是個娼妓，我有一個小女兒，人家把我的孩子搶走了。這都是埃及女人幹的。你現在很清楚，你得去死。要是你的母親跑來問你在哪兒，我會告訴她的：做母親的，就看那個絞架！要不，還我孩子來。你知道我的小女兒在哪裡嗎？瞧，我指給你看。這是她的一隻鞋子，這是她留給我的唯一的東西了。你知道同樣的另一隻在哪裡嗎？假若知道，就告訴我吧，哪怕是在地球的那一邊，我也會膝行去找她的。」

她這樣說著，另一隻手從窗子裡伸了出來，拿出一只精美的繡花小鞋給埃及女郎看。此時天已經亮了，完全可以看清鞋的形狀和顏色。

埃及女郎哆嗦著說道：「把這只小鞋給我看一看。上帝啊！上帝！」同時，她用另一隻沒有被抓住的手，急忙打開掛在脖子上、鑲有綠玻璃的小荷包。

居第爾吼叫道：「去！去！把你那鬼符拿出來吧！」

突然，她打住了話頭，渾身顫抖，用一種發自肺腑的聲音，大叫一聲：「我的女兒呀！」埃及女郎剛剛從小荷包裡拿出那只小鞋，與另一只一作對比，一模一樣。在這只小鞋上還繫著一張羊皮紙，上面還有這樣的題詞：

當同樣的一隻小鞋找到的時候，
你的母親正向你伸出雙臂。

隱修女的動作疾如閃電，早將兩隻鞋比較了一番，還看清了羊皮紙上的文字。她把佈滿天堂的歡樂的臉貼在了窗柵上，喊道：「我的女兒！我的女兒啊！」

「我的母親！」埃及女郎也哭叫了一聲。

此情此景，這裡我們無力描繪了。

牆和鐵柵隔在她們中間。

隱修女喊道：「啊！這牆！啊！我看得見你，卻不能擁抱你！你的手！伸過你的手來！」

少女把胳膊伸進窗戶裡，隱修女撲到那隻手上，將嘴唇貼在上面，久久不動，要不是她胸口一起一伏地在那兒哭泣，她簡直好像已經死去。唯有哭泣使她的背部不時起伏。可是，她在陰暗中靜靜地淚如泉湧，像傾盆大雨一般不斷地流淌。

可憐的母親把她那黑洞洞的、深不見底的淚水一股腦兒全傾注在了她所鍾愛的這隻手上，那是由她長達十五年的內心深處的痛苦，一滴一滴滲透積累而成的。

她忽然又抬起頭來，把額頭上的灰白頭髮往兩邊撩開，一聲不吭，開始如母獅一樣凶猛地用兩手搖晃小屋的窗柵。但那窗柵紋絲不動。

於是，她轉身到屋角去，找來一塊當枕頭用的大石頭，使勁向窗柵砸了去。只見火花四濺，其中一根鐵條冒出火花彎起來。她又砸了一下，就把窗口那老朽的鐵格子完全捶斷了。接著，她開始拚命地用手把生銹的鐵棍扳斷，拆掉。有時候，女人的手也會有超人的力量。

一共不到一分鐘，就把通路掃清了。母親伸出手，攔腰抱起了女兒，把她拖進了小屋裡。媽媽喃喃地說：「來！我要把你救出火坑！」

女兒進入了小屋後，她輕輕地把她放在地上，隨後又把她抱起來，緊緊抱在懷裡，好像她仍舊還是那個小阿涅絲。她抱著女兒在狹小的屋子裡走來走去，瘋癲了，陶醉了，快樂到了極點，又是叫，又是唱，一會兒吻吻女兒，一會兒又對她說話，一會兒開懷大笑，一會兒又放聲大哭，所有這一切都交織在一起，而且興奮不已。

她說：「我的女兒！我的女兒！我找到我的女兒啦！她就在這裡。仁慈的上帝把她還給我了。喂！你們！大家都來看看呀！有人想看看我又找到了我的女兒嗎？我主耶穌啊，她長得多麼漂亮！仁慈的上帝啊，您讓我等了整整十五年啊，可是那不過是為了使她長成個美人兒再還給我。埃及婆子們並沒有把她給吃掉！這是誰亂說的？我的小女兒！我的小女兒！吻我一下吧！那些好心的埃及女人！我喜歡埃及女人。真的是你呀。怪不得你每次打這裡經過，我的心就怦怦直跳。我還以為那是由於仇恨呢！

「請原諒我吧，我的小阿涅絲，原諒我吧。你一定覺得我挺凶的，是不是？我是愛你的。你脖子上的小黑痣還在嗎？我來看一看，它還在你脖子上呢。啊！你真漂亮！是我給了你這雙大眼睛，孩子。親親我。我愛你。別的母親有孩子，這跟我有什麼關係呢，我現在根本就瞧不上她們呢。她們只管來好啦。這是我的小女兒。看一看她這脖子，這頭秀髮，這雙眼睛，這隻手，你們倒試試找出像這麼好看的來呀。啊！我敢說，她呀，愛她的男人將來會數也數不清呢！我哭了十五年。我的美貌姿色全都離開了我，全到她身上去了。吻一吻我吧！」

她口若懸河對她說了很多其他的荒唐話，其語氣聲調動人極了。她亂扯著可憐的女兒的衣服，使她羞得臉孔通紅。她用手梳理她那絲一般的秀髮，吻她的腳，膝蓋，額頭，眼睛，女兒的一切都令她如此的癡迷、陶醉。少女任憑她怎樣，不時以無限的溫柔，悄悄地一而再，再而三地喊道：「我的母親！」

「你看，我的小女兒，」隱修女每說上一句話，就吻她一下，「親愛的孩子，我會好好地疼愛你的。我們要離開這個地方。我們會很幸福的。我在我們家鄉蘭斯繼承了一點財產。你知道蘭斯嗎？噢！不！你不知道這個的，你，那時候你還太小呢！你要知道，你才四個月的時候是多麼漂亮！一雙小腳丫兒多逗人喜歡，有好奇的人從七法里外的艾佩奈鎮也趕來看呢！我們將有一塊土地，一幢房子。我要讓你睡在我的大床上。我的上帝呀！我的上帝！誰能相信這是事實呢？我找到我的孩子啦！」

「啊，我的母親！」少女在情緒激動下好不容易有了說話的力氣，「埃及女人早對我說過了。我們那裡有個善良的埃及女人，她去年已死了。她一直待我像奶娘似的，把荷包掛在我的脖子上的就是她。她經常對我說道：『小乖乖，好好留著這件裝飾品。這是件寶貝喲，它會讓你找到你的親生母親的。你脖子上掛的是你母親啊。』埃及女人早就預言過這一天了！」

麻袋女重新把女兒緊緊地抱在懷裡。「來，讓我親親你！你說得多可愛呀！等我們回到家鄉後，我們把這雙小鞋送到教堂去給聖嬰耶穌穿。我們的確欠著善良的聖母的情分呢。我的上帝！你的聲音是多麼的甜美啊！你剛才跟我說話時，就如奏樂一樣好聽。啊！我在天上的主！我終於找到我的孩子了！但過去的事能令人相信嗎？人是不會無緣無故地死掉的，因爲我都沒有高興得死掉呀。」

接著，她就拍起手來，笑著嚷道：「我們就要幸福嘍！」

就在這時，一片兵器碰撞聲和馬蹄聲傳進了小屋，這聲音好像從聖母橋那邊傳過來，好像越來越近了。埃及女郎驚恐不安，撲到麻袋女人的懷裡。

「救救我呀！救救我呀！我的母親呀！他們來了！」

麻袋女霎時臉色煞白。

「啊，老天爺！你在說什麼？我都忘記了！有人在追捕你！你到底幹什麼了？」

「我不知道，」不幸的孩子回答說，「可是我被判了死刑啊。」

「死刑！」居第爾像受了雷擊一般打了個趔趄說道。

「死刑！」她慢慢重複了一遍，目光牢牢地又盯住女兒看。

「是的，母親，」少女魂不守舍地說，「他們想殺死我。瞧，他們已經抓我來了。那個絞架就是用來絞死我的！救救我吧！救救我呀！他們來了！救救我呀！」

隱修女像尊石像一般好一會動彈不得，然後搖搖頭，深不以爲然，並且突然縱聲大笑起來，她先前那可怕的笑聲又出現了：「嗄！嗄！不！你所說的只是一場夢。啊！是的！這又怎麼會呢，我失去了她，過了十五年了，突然我找到了她，可是找到後卻只能過一分鐘！居然有人又想把她奪去！她現在水靈靈的，剛剛才長大，剛剛跟我才說話，剛剛才愛我，而正在這個時候，他們要在我這個母親的眼皮底下把她給吃掉啊，不！這種事情是不可能的。仁慈的上帝不會允許他們這麼做的！」

她說到這兒，騎兵隊好像已停了下來，聽得見遠遠地有個聲音在說：「在這邊，特里斯丹大人！」神甫說，「我們在老鼠洞那裡找到她的。」馬蹄聲又一陣響了起來。

隱修女直直地站起身來，悲痛欲絕，大聲喊叫：「逃命吧，我的孩子！我全都想起來了。你說得對。要來處死你了！真可怕！該死！快逃！」

她把頭探向窗口，可是很快地又縮了回來。

「你待在這裡，」她用短促悽楚的聲音悄悄說道，同時痙攣地抓住少女的手。少女此時已半死不活，沒有一點生機了。「就待在這裡！別出聲！到處都有士兵。你出不去了。天已經大亮了。」

她的眼睛乾澀，如火在燃燒。她好一會兒不言語，只是在小屋裡大步地來回轉圈，有時停了下來，揪下一把把花白的頭髮，又用牙齒咬斷。

她突然說道：「他們來了。我這就去同他們講講。你躲到那個角落裡去。他們看不見你的。我告訴他們你已經逃跑了，是我把你放了，真的！」

她把她一直抱在懷中的女兒安置在一個從外邊看不見的角落裡。她讓她蹲下，小心翼翼地把她安頓好，不讓她的手腳露在陰影外面，還將她烏黑的頭髮披散開來，讓它們披在她的白衣服上作爲掩護，又把她的水罐和石板放在女兒前面。這是她僅有的家當，只希望這水罐和石板能把她藏住。安頓就緒後，她放心多了，便跪下來又一次祈禱。天才剛剛亮起來，老鼠洞裡依舊很黑暗。

正在這時，神甫那陰慘慘的聲音在離小屋不遠處喊道：「菲比斯隊長，往這邊來！」

愛斯梅拉達蜷縮在角落裡。聽到這個名字之後，她不由地悸動了一下。

「別動！」居第爾說。

話音一落，就聽見刀劍聲、人聲、馬蹄聲一片嘈雜，大隊人馬就來到了小屋跟前。母親一下子爬起來，跑去窗口那兒挺身堵住。她看到格雷沃廣場上排列著一大隊武裝士兵，有步兵，也有騎兵。

統帥士兵的那個人剛一下馬，就朝河灘走了過來。

這面目兇暴的人對她說：「老婆子，我們要把一個女巫找出來絞死。人家告訴我們，說你剛才抓住了她。是嗎？」

可憐的母親竭盡所能，裝出不在乎的神情，回答說：「我不明白您的話是什麼意思。」

那人又說：「上帝的頭！那個丟了魂似的副主教瞎扯些什麼呀？他哪去了？」

一個士兵說：「大人，他早就不見了。」

「嗳，我說瘋老婆子，」帶兵的又說，「別撒謊了。明明是有一個人把一個女巫交給你看管的，你把她怎麼了？」

為了怕引起疑心，隱修女不好全盤否認。於是，她遂用一種真誠但又生硬的口吻應道：「假若你們說的是人家交給我看管的那個女人，那我告訴您，她咬了我一口，我只好放開手。就是這麼回事。還是讓我歇著吧。」

兵頭大失所望，做了一個鬼臉。

他又說：「你別跟我撒謊，老妖怪，我叫特里斯丹，是國王的老朋友。特里斯丹，你可聽見了？」他朝格雷沃廣場上環視了一下之後又說：「我這名字在這裡威震一方的。」

「哪怕您是撒旦派來的密探，」居第爾開始有了點兒希望，回敬了他一句，「我也沒有別的話跟你說，我並沒有欺騙您呀。」

特里斯丹說：「上帝的頭！這倒是個能說會道的傢伙！啊！女巫跑啦！她往哪裡跑的？」

居第爾用不在乎的語氣說：

「我想，可能是朝羊肉街那邊跑去了。」

特里斯丹回過頭來，做了個手勢叫他的隊伍開步走。隱修女鬆了口氣。

「大人，」突然，一名弓手說：「那您問問老妖婆，她窗子上的鐵條為什麼會壞成這個樣子的？」

聽到這個問題，可憐的母親心裡又焦急萬分。但她還沒有完全失去清醒的頭腦。她結結巴巴地說道：「本來就是這樣的呀。」

「呸！」弓手又說，「直到昨天，那些鐵柵還是個叫人起敬的漂亮的黑十字架形。」

特里斯丹斜著眼睛看了隱修女一眼。

「依我看，你心裡有鬼啊！」

不幸的女人認為，一切都取決於她能否故作鎮靜了。雖然，她心裡害怕得要死，可是依舊在冷笑著。當母親的往往有這種本能吧。

她說：「呸！這個人喝醉了吧，一年多以前，有輛載石頭的大車，尾部撞到了窗洞上，將鐵柵撞壞了，我還把駕車的罵得狗血噴頭呢！」

「真的，」另一名弓箭手說，「我當時也在場。」

現實中到處總有一些無所不知的人。弓手出乎意料的證詞使隱修女又有了一線希望。因為這場盤問對她而言，就像叫她站在刀尖上跨過萬丈深淵。

不過，她註定要經受忽而驚惶失措，忽而滿懷希望這兩種情緒不斷交換的熬煎。

先頭那個士兵又說：「如果真的是車子撞的，鐵條的斷頭應該朝裡倒的，怎麼它們反倒是朝外彎的？」

特里斯丹對士兵說：「嘿！嘿！你的鼻子還真靈，比得上小堡的調查官的鼻子呢。老婆子，快回答他的問題吧！」

「我的上帝！」她已經差不多處於絕境了，聲音中不由自主地帶了淚水的味道，喊道，「大人，我向您發誓，是一輛馬車撞壞鐵條的。您聽到那位大人說了，他也親眼看見的。再說，這跟您追捕的埃及女郎又有什麼相干？」

「嗯！」特里斯丹呻吟了一聲。

「見鬼！」受隊長表揚的那個士兵又得意地說道，「鐵柵折斷的痕跡還是嶄新的！」

特里斯丹搖了搖頭。她則臉色變得煞白。「您說，這馬車把你的窗子碰壞，有多久了？」

「一個月，也許半個月吧，大人。我也記不大清楚了。」

「她剛才還說一年以前呢。」那個士兵指出。

「這裡頭有蹊蹺了！」那憲兵司令說。

「大人，」她叫道，依然顫抖著緊貼著窗口，戰戰兢兢，生怕他們再起疑心，把頭伸到小屋來探看。「大人，我向您發誓，的確是一輛大車把窗格子碰壞的。我向您起誓，以天堂眾聖天使的名義。假如不是馬車撞的，那麼我情願永遠下地獄，我大逆不道，背棄上帝！」

「您發誓倒挺起勁的呀！」特里斯丹說著，帶著審問的目光瞧了她一眼。

可憐的女人感到，她的保證越來越不起作用了。她已經到了胡言亂語的地步。她驚恐地發現，自己不應該講那樣的話。

此刻，另一名士兵喊叫著跑過來：「稟報大人，老妖婆在撒謊呢。女巫沒有從羊肉街逃跑掉。封鎖街道的鐵鍊整夜都鎖得好好的，鐵鍊看守人說，並沒有看見有人走過。」

臉色越來越陰沉的特里斯丹轉身質問隱修女道：「這你又怎麼解釋呢？」她還竭盡全力頂住：「我怎麼知道呀，大人，我可能弄錯了。我是想，她也許是逃過河去了。」

那長官說：「那就是對岸了。不過，她絕不會情願回到老城去，老城那邊到處在搜捕她。老婆子，你在撒謊吧！」

「再說，」那第一個士兵說，「河的這邊和對岸都沒有船隻啊。」

「她也可以游過去嘛。」隱修女步步設防地說道。

「女人也會游泳嗎？」士兵問。

「上帝的頭！老婆子！你撒謊啦！你騙人！」特里斯丹火冒三丈說道，「我倒想不去管那個女巫，卻想把你抓了去！先把你吊起來，只要一刻鐘的刑訊，也許你就全都說出真情來。走！跟我們走。」

她緊緊抓住這句話頭，「大人，隨您的便吧。來呀，來呀。刑訊，我願意領教呢。把我帶走吧。快點，快點，咱們馬上就走。」她嘴裡這麼說，可心中卻想到：「趁這個時間，我女兒就能夠得救了。」

那司令官說：「天殺的！居然倒想嘗嘗刑具的滋味呢！我真不明白這個瘋婆子想幹什麼。」

這時一個頭髮灰白的巡防軍警走出隊來，向巡檢大人稟告：「大人，她確實瘋瘋癲癲的！要是她真的放走了那個女巫，這也不能全怪她的，因為她是最痛恨埃及女人的。我幹巡防這行當已經十五年多了，每天晚上都聽到她用數不清的惡言惡語咒罵那些埃及女人。我想，如果我們追捕的女人就是那個帶山羊的小舞女，那更是她特別恨的一個呢。」

居第爾掙扎了一下說：「我最恨的就是她。」

巡防隊員眾口一詞作證，向巡檢大人證實了老巡兵的話。特里斯丹從隱修女那裡沒有問出半點線索，不勝失望，只好轉過身去。她看著他緩緩向他的馬走了去，焦躁不安的心情無以言狀。他從牙縫裡說：「走，出發，繼續搜尋。不把埃及女人吊死我是睡不著覺的。」

不過，他在上馬前還是又遲疑了片刻。看著他那張不安的臉探望著廣場一帶，居第爾緊張得差點沒有死過去。那個傢伙像條獵狗一樣，嗅到了獵物的藏身之處，實在捨不得離去。終於，他又搖了搖頭，跳上馬背。居第爾緊緊繃著的一顆心這才放了下來，她偷偷看了看女兒，輕聲說：「你可得救了！」自從那些人來了之後，她還沒敢看上女兒一眼呢。

在這段時間裡，可憐的孩子一直待在角落裡，大氣不敢出，不敢動彈，時刻想著死亡就在眼前了。居第爾和特里斯丹之間的對話被她聽得一清二楚，母親種種苦楚都傳到了她的心頭。她聽到把她吊在深淵之上的線繩一次連著一次地軋軋直響，她好像幾十次看到它就要斷了，終於能夠呼吸了，才覺得已經腳踏實地了。就在這時候，她聽到一個聲音對司令官說：

「牛的角！憲兵司令先生，絞死女巫可不是我們軍隊幹的差事啊。民眾暴亂已經平息了。我手下的人都在那邊，你自己幹你的去吧。您肯定認為我還是回到部隊為好，免得他們沒有衛隊長。」這聲音，就是菲比斯的聲音。此時她的心情真是難以描述。他就在這裡啊！她的朋友，她的保護人，她的支柱，她的避難所，她的菲比斯！她站起身來，母親還沒來得及阻攔，她已經撲到窗口上喊道：「菲比斯！救救我，我的菲比斯！」

菲比斯已經不在那裡了。他騎馬剛剛跑過了刀具廠街的街角。可是，特里斯丹還沒有走遠呢。隱修女吼叫著又向女兒撲了過去。她狠命把少女往回拽，因為用力太猛，指甲陷進了女兒的脖子。即使一隻母老虎也不會看管得這麼緊的。但是已經太晚了，特里斯丹已經看見了。

「哈哈！」他笑著又喊了起來，露出了所有的牙齒，使他那副尊容變成一頭餓狼的嘴臉，「原來老鼠洞裡有兩隻老鼠呢！」

那個士兵說：「我也疑心著呢。」

特里斯丹拍拍他的肩膀說：「你是一隻好貓兒！走。」他又問，「昂里耶·庫贊在哪裡？」

一個沒穿軍裝也不像士兵的人從行列裡走出來。他穿著一件半灰半棕的外套，留著平頭，戴著皮袖，一隻大手中拿著一大捆繩子。這個人是常常跟在特里斯丹身邊的，而特里斯丹總是陪著路易十一。

「朋友，」特里斯丹說，「我猜想，這就是我們要搜捕的那個埃及女巫了。你去給我把她抓來。你帶梯子了嗎？」

「在柱屋的棚子裡就有一架，」那人回答說，「這件事要由那個公證人來處理嗎？」那人指了指石砌絞刑架問道。

「是呀。」

「哈！嘿！」那人大笑了起來，那笑聲比那憲兵司令更加殘酷，「那咱們就用不著費多大事了啊。」

「趕快！」特里斯丹說：「完事後你再去笑吧。」

不過，自從特里斯丹發現了她的女兒後，隱修女好像頓時失去了一切希望，至此她還沒有說一句話。她把半死不活的可憐少女扔到洞穴的角落，重新站到了窗前，兩隻手像鷹爪一樣撐在窗台兩角上。她以這種姿勢，用一種無所畏懼的目光掃視著所有的士兵，那目光變得像從前那樣的凶狠、瘋狂。當昂里耶·庫贊走近小屋的時候，她的臉做出一副凶狠狠的樣子，嚇得他直往後退。

「大人，」他轉身去問憲兵司令，「要抓哪一個呀？」

「那個年輕的。」

「太好了。這老婆子好像很不好惹啊。」

「可憐的帶山羊的小舞女！」老年巡防軍警歎道。

昂里耶·庫贊再次靠近窗口。那母親的眼光使他低下了眼睛。他相當膽怯地說：「夫人……」

她用很低的極端憤怒的聲音問：「你要幹什麼？」

他說：「不是找您，是要抓裡面的那一位。」

「什麼那一位？」

「那個年輕的。」

她開始拚命地搖著頭，喊道：「沒有人！沒有人！沒有人！」

「有人！」劊子手說：「您明明知道的。讓我把那個年輕的帶走就行。我並不打算傷害您的。」

她古怪地冷笑道：「天啊！您還說不想傷害我！」

「夫人，把那個年輕的交給我吧。是司令先生要抓她的呀。」

她神色狂亂地重複著：「沒有人！」

劊子手反駁道：「我跟您說有人！我們都看見你們是兩個人呢。」

「再來看看！」隱修女冷笑著說：「把你的腦袋伸進來看一看啊。」

劊子手仔細看看那母親的指甲，再不敢上前。

「趕快呀！」特里斯丹喊道，他剛剛把隊伍排成半圓形，已經把老鼠洞圍起來了，他則騎著馬站在絞架附近。

昂里耶再次來到司令的身邊，顯得不知所措。他把繩子放在了地上，雙手笨拙地轉動著帽子。他問：「大人，從哪兒進去呀？」

「從門進。」

「沒有門。」

「從窗戶進。」

「從哪兒進去呀？」

特里斯丹生氣地說：「把它挖大些！你沒有十字鎬嗎？」

那個母親依舊站在窗口，從她的洞裡望著他們。她已不抱任何希望了，她也不知道該怎麼辦才好。可是她知道，就是不能讓人把她女兒抓走。

昂里耶．庫贊去柱屋棚子裡找裝著他的用具的箱子。他還從那裡拖來一架雙層的梯子，立刻把它靠在了絞架上。五六名兵丁拿起尖鎬和撬杠，特里斯丹和他們一起朝著小屋走來。

「老太婆，」憲兵司令厲聲說道：「老老實實把那女人交出來。」

她好像沒有聽懂似的望著他。

「上帝的腦袋呀！」特里斯丹接著說，「你為什麼不讓我們絞死這個女巫？這可是國王的旨意呀。」

可憐的老婆子像往常那樣狂笑了起來。

「為什麼？因為她是我女兒啊。」

她說這話時的語氣，就連昂里耶．庫贊聽了也會不寒而慄的。

「我很抱歉，」憲兵司令又說，「但這可是國王的聖意。」

她笑得更加厲害，同時也更加可怕，喊道：「你的國王跟我有什麼相干？我告訴過你了，她是我的女兒！」

「把牆砸開！」特里斯丹命令。

如果想在牆上開出一個足夠大的洞，只要把窗戶下面的石塊挖掉一層就行了。當母親聽到尖鎬和撬杠在攻打她的堡壘時，不由得驚恐地大叫一聲，隨即在洞裡急得團團直轉，快如旋風，像在籠子裡關了很久的野獸慣常做的那樣。她不再說話了，但她的眼睛閃著怒火。士兵們從心底裡感到了陰森森的寒冷。

突然，她抓起那塊石板來，大笑一聲，雙手舉著朝正在幹得起勁的人們狠狠擲去。石板砸得不準，因為她雙手發抖擲歪了，沒有打中一個人，只是滾到特里斯丹的馬腿邊才停住。她氣得咬牙切齒。

這個時候太陽雖然還沒有升起來，但天已經大亮了，柱屋那幾根殘舊蟲蛀的煙囪已經染上美麗的玫瑰色的光輝。正是這個時候，在這座大城市中，最早起床的人們歡樂地打開窗戶了。幾個村民，另外還有幾個騎著毛驢上菜市場的水果商販陸續走過格雷沃廣場。見這隊士兵圍住了老鼠洞，不由得停下片刻，驚奇地察看了一會兒，然後又逕自走開了。

隱修女走到女兒身邊坐下來，在她前面用自己的身體護住她，眼睛發呆，聽著一動也不動的可憐的孩子喃喃地一直念著：「菲比斯！菲比斯！」

隨著那些挖牆的人愈來愈迫近跟前了，母親也不由自主地直往後退，直往牆壁上靠，將女兒越摟越緊。忽然，隱修女看到石頭（因為她一直守望著，沒有把眼光移開過那塊石頭）已經鬆動了，還聽到特里斯丹在給拆牆的人不斷地鼓勁。從某個時候起，她就身心交瘁，這時振作起精神，拋棄了剛才那種軟弱，大聲地胡亂喊著什麼。

她說話的聲音忽而像鋸子一般刺耳，忽而結結巴巴不成腔調，彷彿嘴上擠壓著萬般的咒罵，想要一齊迸發出來一樣。

「哎！哎！哎！多麼駭人！你們這些強盜！你們真要絞死我的女兒嗎？我告訴你們，她是我的女兒！哎！膽小鬼！哎！劊子手們，奴才！可惡的卑鄙的兇手！救命呀！救命呀！著火啦！難道他們就要這樣把我的孩子搶去嗎？所謂仁慈的上帝，你究竟在哪裡呢？」

接著，她頭髮蓬亂地趴在地上轉向特里斯丹，眼神令人恐慌，口吐白沫，像一頭豹子那樣四爪著地，毛髮倒豎。說道：

「你走近些，過來抓我的女兒！難道你真的不明白我跟你說的話嗎？她是我的女兒。你到底知道不知道，有了孩子是怎麼回事？嘿！你這豺狼，你從來都沒有和你的母狼在一起睡過嗎？你從來就沒有過你的狼崽子嗎？如果你有了小崽子，當你聽到牠們號哭的時候，你難道也不動心嗎？」

特里斯丹說：「快把石頭撬下來，它已經鬆動了。」

終於，幾根撬杠一起撬開了那塊沉重的基石。我們說過，這是母親最後的堡壘了。

她撲了上去，想把它放回原處，用手抓著石頭。可是那塊石頭太大了，又有六個男人用撬杠撬動著，終於掙脫了她的手，只見它一脫手就順著撬杠漸漸滑落到地上。

母親看見入口已經被打開了，就乾脆橫躺在洞口上，用身體擋住那個豁口，扭曲著雙臂，頭撞著石板地，撞得直響，用她那由於疲倦已經啞得幾乎聽不清的聲音叫道：「救命呀！失火啦！失火啦！」

特里斯丹始終無動於衷，說道：「現在，去抓那個女兒吧。」

母親用十分可怕的神態瞪著那些士兵，樣子叫人望而生畏，嚇得他們直往後縮，都不敢上前。

憲兵司令又說：「給我上呀。昂里耶．庫贊，你去！」

沒有一個人敢往前一步。

憲兵司令罵道：「基督的頭！還算是些戰士呢！一個娘們就把你們嚇得屁滾尿流！」

昂里耶說：「大人，您說她是個女人麼？」

「她長了一圈獅子般的鬚毛呢！」另一位接著說。

憲兵司令又說：「上呀！那個缺口相當大。三個人齊頭進去，像鑽彭多瓦斯的缺口那樣進去。快幹，快點！死他娘的穆罕默德！誰後退，我就把他給砍成兩段！」

士兵們夾在憲兵司令和母親之間，兩邊都受著威脅。一時不知道怎麼辦，隨後下了決心，向老鼠洞前進。

隱修女見此情景，突然直挺挺跪了起來，撥開垂在臉上的頭髮，然後把兩隻瘦削開裂的手垂在腰下，於是，淚水奪眶而出，大滴大滴的淚珠順著面頰的皺紋撲簌簌往下直流，好像一條條溪流一樣順著自己沖刷成的河床奔騰洶湧。同時她又說起話來，但聲音是那麼的哀婉，那麼輕柔溫順，那麼感人，叫特里斯丹四周那些連人肉都敢吃的老魔頭聽了，也不止一個在那裡揩眼淚。

「各位大人，軍警先生們！請聽我說！我必須告訴你們一件事。她是我的女兒，你們知道嗎？是我從前丟失了的、親愛的女兒！你們聽著。這裡有故事。這事說來話長，你們想一想，我和各位總爺都十分熟悉吧。小孩子們因爲我是個妓女常向我扔石頭的時候，軍警先生們一向對我都是很好的，你們明白嗎？當你們知道底細以後，就會留下我的女兒的！

「我是一個非常可憐的妓女。波希米亞女人偷走了我的女兒。但她的一隻小鞋我一直保存了十五年之久。看吧，就是這一隻。她曾經有過這樣小的腳呢。那是在蘭斯！尙特孚勒里！在風流苦街！也許，你們能夠知道那裡呢。那就是我。那時你們還年輕的，正是美好的時光。那段日子過得很輕鬆愉快。你們會可憐我的，是不是，各位大人？

「埃及女人把她從我家裡偷走，把她藏了整整十五年。我過去一直以爲她已經死去了，所以我在這個洞裡住了十五年，冬天也沒有爐火，這是很艱苦的。可憐的親愛的小鞋子呀！我哭了那麼久，慈悲的上帝終於聽到了。今天夜裡，上蒼把女兒還給了我。這是仁慈的上帝顯示的奇蹟，她沒有死。我相信你們不會把她抓走的。再說，如果是要抓我，我保證什麼都不說，可是她還只是個十六歲的孩子！給她時間見見天日吧！她哪一點冒犯了你們呀？絲毫也沒有。我也沒有。

「你們原來不知道，我只有她這點血脈了，我已經老了，這是聖處女賞賜給我的。再說，你們大家都是很善良的人！你們本不知道她是我的女兒，現在你們已經知道了。啊！她是我心頭上的肉呀！大司令官先生，我情願在我所有的心肝胃等內臟上都戳一個洞，也不願她的指頭上有個小傷口呀！看您樣子就是一個仁慈的老爺吧！對您說的這一切，已經把事情的底細向你們解釋清楚了，難道還會有假？啊！如果您母親還在世的話，大人！您是司令官，就求您把我的女兒留給我吧！您看我就像懇求耶穌基督一般在懇求您！我從來不向誰祈求什麼，我是蘭斯人，各位大人，我有一小塊田地，是我的舅舅馬蒂厄·布拉東給的。我並不是一個乞丐。我不希求什麼，只要我的孩子！啊！我只是需要留下我的孩子啊！

「我的主，仁慈的上帝，他是萬物之主，不是無緣無故就把孩子還給我的！國王！你們說國王殺死我的女兒也不見得會使他怎麼高興。況且，國王也是仁慈的呀！這是我的女兒！是我的女兒，是我的啊！而不是國王的！也不是您的！我想走！我們要走！總而言之，無非是兩個過路的女子，一個是母親，另一個就是女兒。讓她們走吧！我們都是蘭斯人。啊！你們都是好人，各位大人，我喜歡你們大家。你們不會把我親愛的小人兒抓去，不會的！絕對不會的，是嗎？我的孩子！我的孩子呀！」

她的手勢，她的聲調，她說話時吞下去的眼淚，合掌絞扭的動作，那淒苦的苦笑，淚水盈眶的目光，痛苦的呻吟，辛酸的歎息，那些夾雜著沒條理的不連貫傻話、悲慘的激動人心的叫喊，所有的一切，我們不想再過多的描述了。當她停下來之後，特里斯丹緊蹙眉頭，那卻是爲了掩飾他虎視眈眈的眼睛中滴溜直轉的一顆淚珠。不過，他最終還是克制住了這種軟弱，用直截了當的聲調只說了一句：「國王的旨意就是這樣的。」

然後，他俯身靠近了昂里耶·庫贊的耳邊，悄悄說道：「快點了結！」這位威風凜凜的巡檢也許覺得，就連他的心也軟下來了。

劊子手和兵丁一道鑽進了小屋。母親沒有作任何的抵抗，只是向女兒身邊爬去，奮不顧身地撲到了她的身上。

少女看見士兵們走過來了，就又被死亡的恐懼抓住了。她喊道：「母親！」其聲調的悲愴難以言表，「母親！他們來了！快保護我吧！」

「是的，我的心肝，我在保護你呢！」母親回答說，聲微氣弱，一把將她緊緊抱在懷裡，不停地吻她。她們倆人都躺在了地上，母親壓在女兒上面，形成一副悲慘的景象，實在是催人淚下。

昂里耶·庫贊從少女美麗的肩膀下把她攔腰抱住。當她感覺到這隻手時，叫了一聲「啊！」隨即便昏迷過去。劊子手也情不自禁地心酸，眼淚一滴一滴地落在了她們的身上。

他要把她抱走，盡力把那個母親拽開，可是母親的雙手緊緊拴在了女兒的腰部。她把她的孩子死死地抱住，沒辦法把她倆分開。於是，昂里耶·庫贊把少女拖出了小屋，順帶著把吊在女兒身上的母親也給拖了出來。可憐的母親的眼睛也是閉得緊緊的。

這時太陽冉冉升起。廣場上已經聚集了一大堆人，遠遠觀望著他這樣拖著兩個女人向那個絞刑架走去。因爲這是特里斯丹司令行刑的一種方式。他總是禁止旁觀的人走到跟前去。

各家的窗口也沒有人了。只有在遠處，在那俯瞰格雷沃廣場的聖母院鐘樓頂上的窗洞裡，似乎有兩個黑色的人影突現在早晨明朗的天空裡，好像也在向這邊眺望。

昂里耶·庫贊拖著那兩個人，來到絞刑架腳下停了下來，那悲慘景象使他連大氣都喘不過來了。他把絞繩套住了少女那令人愛慕的脖子。不幸的少女感到了麻繩可怕的接觸，她慢慢睜開眼睛，看到頭頂上那石頭絞架兩隻瘦骨嶙峋的手臂攤開在她的頭頂。不禁搖晃了一下身子，用令人心碎的尖聲喊道：「不！不！我不要！」

母親一直把頭埋在女兒的衣服裡面，一句話也不說，魂飛魄散。

只看到母親的身體在劇烈地發抖，只聽到她使勁地親吻著她的孩子。

劊子手趁機趕快把她的兩隻胳膊扯開。

她也許因爲筋疲力盡，或許因爲心如死灰，她任憑劊子手擺佈。

於是，劊子手就把少女扛上肩，這可愛的女子就彎彎地搭在他那大腦袋上，垂落下來。然後，他踏上梯級準備往上爬。

這時的母親只能蜷縮在地上，可是她又突然睜開雙眼。

她沒有發出一點聲音，卻忽然一躍而起，神色非常駭人，像野獸撲向捕獲物一般撲到劊子手的手上，狠狠咬住了他的一隻手。真是快如閃電。劊子手疼痛得哇哇直叫。

助手們跑上來，好不容易才把他那鮮血淋淋的手從母親的牙齒間抽了出來。但她一直不說話。他們粗暴地又把她推開，就看見她的頭沉重地撞在石板地上。有好心人把她扶起來，她又倒在地上。原來她已經死了。

劊子手自始至終沒有鬆開那少女，此刻又扛著她攀著梯子繼續爬上去。

白衣美女

卡西莫多看到小屋裡空無一人，埃及女郎不在屋裡。在他保護她的時候，有人已把她給劫走了。

他氣得雙手直扯自己的頭髮，又吃驚又痛苦地跺起腳來。然後，他跑遍整個教堂，到處尋找那波希米亞女郎，向每個角落狂呼亂叫，把手裡的紅頭髮撒了一地。

此刻國王的弓箭手們勝利地走進了聖母院，他們也是在尋找埃及女郎。卡西莫多幫著他們，可憐的聾子絲毫也沒料到他們要置人於死地的意圖；他以爲無賴漢才是埃及女郎的敵人。

他親自給特里斯丹帶路，到一切可能藏身的地方去尋找，替他打開那些秘密的門，打開祭壇的夾層和聖器室的暗室。假若不幸的少女真是躲在那些地方，他定會把她交出去的。

特里斯丹是不會輕易善罷甘休的傢伙，此時也因爲一無所獲，疲憊不堪而洩氣了。卡西莫多於是一個人繼續去尋找。他數十次，上百次地把教堂找了一遍又一遍，從左到右，從上到下，一會兒上樓，一會下樓，跑著，叫著，喊著，嗅著，搜索，翻找，把奇怪的大腦袋伸進所有的洞穴去張望，用火把照亮所有的拱頂。他悲痛欲絕，瘋瘋癲癲，一隻失去了母獸的公獸，也不會像他這樣，咆哮如雷，喪魂落魄的。終於，他認定，萬分肯定她不在教堂裡面了，一切全完了，她給人抓走了。

他又重新慢慢爬上鐘塔的樓梯。那天當他救出她時興奮不已，凱旋歸來時爬的就是這個樓梯。可是，此刻又經過同一地點，他腦袋低垂，沒有聲音，沒有眼淚，差不多連呼吸也沒有了。

教堂裡又顯得荒涼寂靜起來。弓手們不理會他，前往城島去捕捉女巫了。卡西莫多獨自一人留在剛才還是鬧鬧嚷嚷地被攻打著的教堂裡面。埃及女郎在他的保護之下，曾在那小屋裡睡了好幾個星期。於是，他再次踏上了去小屋的樓梯。

靠近那小屋時，他仍然幻想著或許還能在那裡找到她。每次當他走到對著偏堂屋頂的長廊拐角處時，就能瞥見那間狹窄的小屋上的小窗和小門蜷縮在一道大扶拱下面，宛如一個鳥巢藏在樹枝下。可憐的人見了，頓時勇氣全消，便靠著一根柱子免得跌倒。他在想像，她也許已經回到那裡了，或許有個好心的天使把她送回去了。

這間小屋如此幽靜，如此迷人，如此安全，她不會不在那裡，他再也不敢向前邁進一步，唯恐自己的夢想破滅。他自言自語地說道：「是的，她也許在睡覺呢，或是在禱告。別去驚醒她吧。」

終於，他鼓起了勇氣，踮著腳尖輕輕走到那小屋跟前，望了望，然後走進去一看。空的！小屋裡依舊空無一人！不幸的聾子在屋裡慢慢地轉圈，把墊褥掀起來看看，彷彿她會藏在石板和床墊之間似的，隨即，搖搖頭，呆呆地站著。突然，他氣憤地用腳把火把踏滅，沒有說一句話也不歎一口氣，急速一衝，把頭撞向了牆上，一下子暈倒在石板上不省人事了。

當他醒來後，又撲到墊褥上滾來滾去，發瘋似的吻著少女曾經睡過的還存有一點兒餘溫的地方。他又在那裡躺了好一陣子，好像就要咽氣了似的一動也不動。然後翻身起來，汗流如柱，神志不清大口地喘著粗氣。

他如瘋似癲，把腦袋瓜往牆上直撞，那節奏均勻的就像他敲鐘時的鐘錘，好像決心要把腦袋碰破。終於，他筋疲力盡，再一次倒下。他屈膝爬出室外，蹲在房門的對面，一副驚慌失色的姿態。他就這樣毫不動彈地在那裡待了一個多鐘頭，眼睛定定地盯著那空寂的小屋，比一個坐在空空的搖籃和孩子的棺木之間的母親的眼睛更加淒慘。

他一言不發，只是每隔一段時間，不時發出一聲嗚咽，但那是沒有眼淚的抽泣，恰似夏天沒有雷聲的閃電。

當他在悲痛的想像之中，探索著到底是什麼意外把埃及女郎搶去了的時候，他想到了副主教。他想起，只有克洛德神甫一人有一把通往這小屋樓梯的鑰匙。他還回想起來，神甫曾兩次在夜裡企圖要對少女胡作非爲，第一次是卡西莫多自己幫了他的忙，第二次阻止了他。

他還聯想起其他許多細節，剎那間疑團頓消，覺得搶走埃及女郎的一定是副主教無疑了。可是，他對神甫是那麼的尊敬，那麼感激、忠誠和愛戴，這種感情在他心裡是那麼的根深蒂固，即使在此時，他也還在掙扎著不讓妒忌和絕望來制服他。

可憐的聾子想到準是副主教幹的。如果是換上任何別的人，他都會感到不共戴天的憤恨，但當他的滿腔憤怒和仇恨落到克洛德的身上，可憐的聾子卻感到成倍增長的痛苦。

當這樣不斷想著神甫的時候，曙光已經照上了那些拱形柱子。他忽然看見聖母院的頂層，在環繞半圓殿頂端外部石欄的拐角之處，有個人影在走動。這個人正在朝他這邊走來。

他一眼認出來了，這正是副主教。

克洛德的步履緩慢而沉重，而且他走路時眼睛並不朝前面看。他向北鐘樓走了去，但他的臉朝向另一邊，望著塞納河的右岸。他的頭揚得高高的，好像盡力想越過屋頂觀看什麼東西似的。貓頭鷹往往有這種歪斜的姿勢，牠在飛向一點時，卻看著另一點。神甫也從卡西莫多上面一層樓走過去，但並沒有發現他。

被神甫的突然出現驚呆了的聾子，看著神甫鑽進北鐘樓的樓梯門洞。讀者知道，從這座鐘樓能看到市政廳。卡西莫多站了起來，緊跟在副主教後面。

卡西莫多爬上樓梯，想弄清副主教爲什麼要上那座鐘塔去。儘管如此，他，卡西莫多，究竟想幹什麼，想要什麼，想說什麼，他心中全然無數。他心裡充滿了憤怒和惶恐。副主教和埃及女郎在他內心裡水火不相容，正在相互撞擊。

鐘樓平台四周都圍著一圈透空式欄杆。當他來到鐘樓頂上，還沒有從樓梯的陰影裡出來，來到平台上之前到達平台之間，他首先小心翼翼地察看了神甫在什麼地方。

神甫的眼睛俯瞰著城市，胸膛貼在朝向聖母橋那一面的欄杆上，他全神貫注地向外城眺望。

卡西莫多輕手輕腳地走到他背後去，看看他這樣出神地在張望什麼。

神甫全神貫注地望著別處，甚至連聾子從他身邊走過去的腳步聲都沒有聽見。

從聖母院鐘塔頂上望去，巴黎，尤其是清晨時刻的巴黎，在夏日黎明清新的霞光映照下，景色真是絢麗迷人，燦爛多彩。

七月裡的天氣怎樣呢？

天空晴空萬里，稀疏的晨星正在東一顆西一顆地逐漸消隱，其中一顆光亮耀眼，正在最明亮的天際升起。

太陽即將出來了，巴黎開始活動了。

一道極明亮的光把所有朝東的房屋的輪廓清楚地送到眼前。無數鐘樓的巨大陰影隨著屋頂移動，漸漸從這個屋頂伸展到另一個屋頂。

許多城區已經有人開始活動了，發出各種聲響。這邊一聲鐘鳴，那邊一聲錘擊，再遠處是大車滾動的嘈雜碰擊聲。在這片屋宇的表面上，已有零零落落的炊煙嫋嫋升起，就像從巨大的硫磺礦裡冒出的煙霧一樣。

河水從許多橋拱下，從許多小島尖頭流過，泛起重重波紋，銀白色的漣漪，波光閃耀。在城市的四周，在城牆外，是一片像羊毛那樣的濛濛的霧，透過那層霧氣，模糊的大片原野和優美的此起彼伏的山陵隱約在望。其中迴盪著的各種聲音，遍佈在這座似醒非醒的城市中。

東方，晨風從霧濛濛的山丘上推出幾片白絮，並把它們勻散在天空中。

在聖母院廣場，幾個端著牛奶罐子的老實婦人，看到聖母院大門那殘破的奇怪景象以及凝結在砂石縫裡的兩股熔鉛，非常驚訝地指指點點。

那是一夜騷動所留下的痕跡。卡西莫多在鐘樓之間點燃的柴堆早已經熄滅了。特里斯丹已經派人把廣場打掃乾淨，把死屍扔進塞納河裡。

像路易十一這樣的國王，在每次屠殺後總要留心把道路洗刷乾淨的。

在鐘樓欄杆的外面，正當那神甫站著的地點下面，伸出一個雕刻離奇的石製滴水槽，這在哥德式建築上屢見不鮮，在滴水槽的一個凹陷之處，有兩朵盛開的美麗紫羅蘭，在曉風吹拂下頻頻點頭，好像是有了生命一般，正嬉笑著點頭行禮。

在鐘樓的上空，高處，浩渺的天頂上，傳來啁啾的鳥叫聲。

可是，神甫對這一切既看不到也聽不到。他屬於不知道有早晨，有鳥雀，有花朵的那類人。置身在這景象萬千的廣漠天際之中，景物何止萬千，但他的眼光卻只集中在一點上。

卡西莫多心如火燎，急於要問他埃及女郎怎麼樣了。但副主教此刻卻好像魂飛天外。顯而易見，他正處於生命中最激動的時刻，顯然已進入那種即使地球在他腳下崩裂也毫無感覺的境界了。

他兩眼始終緊盯著某個地點，默默無言，呆立不動，但那種不動和默不作聲的神情卻如此可怕，即使粗野的敲鐘人見了也同樣不寒而慄，不敢上前驚動他。

不過，還有另外一種詢問方法，那就是順著副主教的視線，看他在看什麼，這樣一來，不幸的聾子的目光便自然落在河灘廣場上了。

這樣他便看見副主教望見的那景象了。梯子已經靠在了常設的絞架邊上。廣場上已聚集了一些市民，還有許多士兵。有個男人在石板地上拖著一個白色的東西，上面還掛著一個黑乎乎的東西。那男人在絞刑架下停住了。

那裡似乎正在發生什麼事，卡西莫多沒有看得很清楚。這倒不是因爲他那隻獨眼看不到那麼遠，而是因爲有一大堆士兵把他的視線擋住了，使他不能全部看清楚。況且，此時，旭日東昇，像海洋的波濤般，從地平線上湧起來無數光波，淹沒了巴黎的所有尖頂，變得像著了火一般通紅。

這時，那個人開始爬梯子。卡西莫多這下很清楚地看見他了。他肩上扛著一個女人，一個穿著白衣服的少女，脖子上套著一個繩結。

卡西莫多立刻就認出來了，那就是她呀！

那男人就這樣爬到了梯子的頂端。站在上面把活結整理了一下。在這邊，神甫在這裡爲了看得更清楚些，爬上欄杆跪了下來。

忽然，那人用腳後跟猛地踹開梯子。已經好一會屏住氣息的卡西莫多頓時看到那不幸的人被絞索吊著，在麻繩末端搖晃起來，離地面兩多瓦斯高[210]。那男人雙腳踩在少女的肩頭上蹲著。絞索轉了幾轉，卡西莫多看到了埃及女郎的全身上下可怕地抽搐了幾下。至於神甫，他伸長了脖子，眼睛似乎要爆出來似的，他在凝視著這男人和少女組成的恐怖畫面，真是一幅蜘蛛捕蠅的圖畫。

210. 多瓦斯，法國舊長度單位。一多瓦斯相當於一點九四九米。

就在這慘絕人寰的最恐怖的剎那，神甫臉色鐵青，猝然地迸發出一聲魔鬼般的獰笑。這種笑，是一種不復是人類所能有的笑。

卡西莫多聽不到這個笑聲，但他能看得到那個笑容。這個敲鐘人在副主教背後後退了幾步，突然，憤怒地向副主教猛撲過去，伸出兩隻大手，一下子就把克洛德神甫從他靠著的地方推向他所俯視的深淵。

神甫喊了一聲：「報應！」就立即掉了下去。

他往下墜時，他原來所站的地方下邊那道簷槽，在他跌下去時擋住了他。他趕緊伸出雙手，垂死掙扎，拚命抓住那條水槽。正要開口叫第二聲時，卻突然看見欄杆扶手處，卡西莫多那可憎的復仇的面孔在他的頭頂上探了出來。他於是不再吱聲了。

他的腳下就是深淵。腳下兩百多尺的地方就是石板地面了。處在那樣可怕的境地，副主教沒有說半句話，一聲也沒有呻吟，他只是在那水槽上扭著身子，使出罕見的力氣掙扎著，想往上爬。但他的雙手在花崗岩上找不到攀附之處，在黑溜溜的牆上雙腳劃出一道道痕跡，但始終踩不到支撐點。

凡是見過聖母院鐘樓的人都知道，緊接著欄杆下面的石頭都是逐漸向外邊突出去的。而可憐的副主教恰恰就在凸牆往裡縮進的角落，他已經掙扎得筋疲力盡。他面對的不是峭壁，而是一堵下邊朝裡傾斜的牆。

卡西莫多只要伸一伸手，就能把他拖出深淵，可是他連看都不看他一眼。他凝視著河灘的廣場和絞架，望著那個埃及女郎。

聾子雙肘撐在欄杆上面，就在剛才副主教待過的地方。

在那裡，他目不轉睛地死瞪著此刻他在世界上所關心的唯一的目標，此刻對他來說，世上只有這一樣東西還存在了。

他像受了雷擊的人一樣不動也不響。他那只僅僅流過一滴眼淚的獨眼，此時默默地淚流如河，淚水如汩汩的溪水滾滾而下。

這會兒，副主教正在那裡喘氣，他那禿頂的額頭上汗如雨下，抓著石頭的手指鮮血直淌，膝蓋在牆上蹭得皮開肉綻。

他聽見掛在水槽上的神甫服的撕裂聲，他每掙扎一下，袈裟就裂得更大。更加倒楣的是，水槽末端的那一根鉛管，已經被他的體重壓彎了下去。

副主教明顯感覺到鉛管慢慢地在下垂。這可憐蟲心想，當他的雙手疲軟時，當他的神甫服被完全撕裂時，當這根鉛管被壓彎時，他必定墜落下去。

想到這裡，恐懼鑽進了他的五臟六腑。

他迷迷糊糊地看著下面十來尺的地方，在那裡，有個因雕刻起伏不平而形成的狹小平台。有幾次，他自心底絕望地向蒼天祈求，讓他就在這兩尺見方的地方了卻餘生吧，哪怕待上一百年也行。還有一次，他向下面的廣場望去，也就是下面的深淵，他又趕緊抬起頭來，閉上眼，頭髮根根豎起。

這兩個人都沉默不語，十分可怕。副主教在距他數尺之下的極其可怕的狀態裡正做著垂死掙扎，而卡西莫多卻仍在上面望著格雷沃廣場哭泣。

副主教見自己一味掙扎，反而動搖了唯一還在的脆弱的支撐點，遂決心不再晃動了。他靜靜懸吊在那裡，緊抱著那條水槽，差不多大氣不出，一絲一毫也不敢動，唯有腹部還在機械的痙攣，好像一個人在睡夢中覺得自己往下墜落時所體驗到的那樣。

他呆愣愣的眼睛睜得很大，一副驚慌痛苦的樣子。可是，他漸漸地體力不支了，手指從水槽上往下滑。他越來越感到胳膊痠軟無力了，身體越來越重，支撐著他的鉛管也在一點一點地朝著深淵彎曲。

他向下望望，看到身下的圓形聖若望教堂的屋頂，小得如同折成兩半的小紙牌，這太可怕了！接著，他開始向鐘樓上那些無動於衷的雕塑一一望去，它們都和他一樣，空懸在崖壁之上，但它們並不爲自己的存亡有半點恐懼，也不對他的生死表示一點憐憫。

四周除了石頭還是石頭，眼前盡是大張其口的怪獸，下面最低處，是廣場的石板地，頭頂上，是正在哭泣的卡西莫多。

聖母院廣場上聚集著一些大膽的好奇的人，三五成群，平心靜氣地盡力猜想，這如此別出心裁尋開心的瘋子到底是誰。

神甫聽見他們說道：「他這樣玩，會摔得粉身碎骨哩！」他們的聲音一直傳到他的耳邊，既清楚又尖細。

卡西莫多一直哭泣不停。

副主教驚駭得口吐白沫，氣得發狂，可是他終於明白這一切都已經於事無補了。不過，他竭盡全力，做最後的一次掙扎。

他在水槽上挺直了身子，雙膝抵在牆上，雙手摳住石頭的一道夾縫，掙扎著，往上爬了約有一法尺左右，經過這一猛烈的掙扎，使得他賴以支撐的鉛管一下子彎垂下去，同時，他的袍子也徹底的被撕裂了。

此時，他覺得身下已沒有了任何依託，只有那雙僵硬和乏力的手還在攀著點什麼東西。這不幸的傢伙閉上眼睛，手鬆開了水槽。「嗖」一聲，掉了下去。

卡西莫多看著他朝下墜落。

從那麼高的地方掉在聖母院建築上，很少會是垂直下落的。副主教被拋在了空中，先是頭朝下的，兩臂攤開，然後在空中打了幾個旋。風又把他吹到一座房屋的房頂，不幸的傢伙被碰斷了幾根骨頭。可是，仍沒有死。

敲鐘人看見他還想拚命用手扣住山牆。可惜的是那山牆的牆面傾斜度較大，再說他一點力氣也沒有了。很快就像一塊往下掉的瓦片似的從那屋脊上滑落下去，摔在石板地上又彈了幾下。他就在那兒，再也不動彈了。

卡西莫多重新抬起眼睛去望埃及女郎。

只見她的身子遠遠懸吊在絞架上，遠遠看上去，還在白色衣裙下微微顫抖，是在做臨死前的最後戰慄。緊接著，他又垂目俯視副主教，只見他直挺挺躺在鐘塔下面，已經摔得不成人形了。

他泣不成聲，從心底裡發出一聲嗚咽：「啊！都是我愛過的人呀！」

菲比斯的婚姻

那天傍晚，主教的司法官員們來到聖母院廣場，把副主教碎裂的屍體從石板上抬走了，此時的卡西莫多已經從聖母院失蹤了。

這段奇事引起了許多流言飛語。人們非常確信，卡西莫多即惡魔，他在約定的日子前來抓走了克洛德，即那個巫師。

人們又猜想，卡西莫多摔碎了他的身體，取走了他的靈魂，好像猴子剝開核桃吃裡面的果仁那樣。

這就是副主教沒有被安葬在聖地裡的原因。

路易十一在第二年死去，當時正是一四八三年八月。

至於格蘭古瓦，他最終救出了母山羊，而且編了幾齣成功的悲劇。也對星相術、哲學、建築藝術、煉金術等瘋狂行當發生過興趣，之後他又開始重操舊業了，可是悲劇創作是所有行當中最瘋狂的。這也就是他所謂的「有了一個悲劇性結局」。

有關他在戲劇方面的成就，可以讀讀一四八三年的王室流水帳：

「若望．瑪律尙與彼埃爾．格蘭古瓦，木工與作家，此二人製作並編演了聖蹟劇，於教皇使節先生入城時在巴黎大堡上演，爲置辦該劇人物所需之衣服用具及建造所需看台等之費用，特此賞金一百利勿爾。」

菲比斯也得到了一個悲劇的收場，他結婚了。

卡西莫多的婚姻

我們上文曾提到，就在埃及女郎和副主教死去的那一天，卡西莫多從聖母院失蹤了。確實從此人們真的沒有再看見過他，也沒有人知道他的確切下落。

愛斯梅拉達被吊死的當天晚上，劊子手的助手們把她的屍體從絞架上解下來，並按照當時的慣例，運往隼山的地窖去。

正如索瓦爾所說的，隼山是「王國裡最古老最良好的刑台」。在聖殿鎮和聖瑪律丹鎮之間，距離巴黎城牆約一百六十尋遠的地方，離庫爾提幾箭之遙之處，在一個幾里外都看得見的高高的安靜的山丘頂上，坡平地緩，可以望見一個形狀古怪的建築，形狀很像克爾特人的大石台。在這裡也曾殺人祭過天。

請想像在一個大石灰堆的頂上，有一個磚砌的高大的平行六面體的建築物，高十五尺，寬三十尺，長四十尺，它有一道門，一排外欄杆，一個平台，平台上聳立有十六根粗糙的石砌成的粗柱子，高三十尺，排成柱廊，環繞在支撐它們的平台的三面，柱頂之間還有粗大的橫樑聯結起來，上面每間隔一段距離懸掛著一條條鐵鍊，這些鐵鍊上都吊著死人的骸骨，附近的平原上，屹立著一個石製十字架和兩座二等的絞架，看上去好像是主絞架上輻射出來的兩個小分叉，在這一切之上，在空中，永遠盤旋著一群烏鴉。這就是隼山了。

在十五世紀末，那駭人的刑台——上面記明是一三二八年建造的——已經十分老舊。橫樑都朽壞了，鐵鍊已鏽跡斑斑，柱子上長滿綠苔。

那些石料的石塊的黏合部位到處都是裂縫，因爲無人涉足，平台上雜草叢生，使得這一座龐大的建築高聳天際的剪影實在可怕。尤其到了夜間，當月光照著那些白色頭蓋骨的時候，或當夜裡凜冽的風吹得鐵鍊和骷髏嚓嚓作響、並在陰暗中不斷晃動時，這座絞架矗立在那裡，就足以使四周各處全都變得更加陰森恐怖。

這令人憎惡的建築物的石頭底座是中空的，裡面還挖了一個很大的地窖，用一道歪歪斜斜的鐵格子關閉著。

被拋在那裡面的不只是從隼山的鐵鍊上解下的屍骨，還有巴黎各處長期設置的刑台上處死的不幸的人的屍體。

在那個深邃的墓窖裡，有多少遺體化作了塵埃，多少罪惡一起腐爛，多少世上的偉人，多少清白無辜的人曾經先後被送到這裡。

上自第一個享用隼山的昂格安·德·馬意尼[211]，他是一個正直的人，下至最後的關門鬼郭里尼[212]，他是最後一個被送去的，也是一個正直的人。

至於那卡西莫多的神秘失蹤，下面就是我們所能披露的全部情況：

大約在這段故事結尾的情節發生了兩年或十八個月之後，有人去隼山地窖裡尋找奧里維的屍體，

211. 馬意尼（一二六〇至一三一五），法王菲利浦四世的財政總監，被非法處死在隼山。

他是兩天前才被絞死的。因查理八世特准他移葬聖洛朗，埋在比較善良的死者當中。

人們在那些駭人的骸骨中發現了兩具屍骨，姿勢十分古怪。其中一具奇特地摟抱著另一具。一具是一個女人的，身上還殘存著幾片白色布料的裙子碎片。她的脖子上掛著一串用念珠樹果子製成的項鍊，上面串著一個嵌綠玻璃片的絲綢荷包，荷包已經被打開了，裡面空無一物。這兩樣東西值不了幾個錢，肯定是劊子手不要才留下的。

緊緊抱著這具屍骨的，好像是一個男人的屍骨。可以看出，他有彎曲的脊樑骨，頭顱在肩胛骨之內，一條腿比另一條腿短。而且，他的頸椎骨上沒有一點兒傷痕，可見他不是被絞死的。因此，這具骨骼的所有人一定是自己前來，然後死在這裡的。

當人們要把他和他所摟抱的那具骨骼分開來時，他們卻化作了塵埃。

經典新版世界名著：8

巴黎聖母院之鐘樓怪人【全新譯校】

作者：〔法〕雨果
譯者：王岩
發行人：陳曉林
出版所：風雲時代出版股份有限公司
地址：10576台北市民生東路五段178號7樓之3
電話：(02) 2756-0949
傳真：(02) 2765-3799
執行主編：劉宇青
美術設計：吳宗潔
行銷企劃：林安莉
業務總監：張瑋鳳

初版日期：2019年7月
版權授權：鄭紅峰
ISBN：978-986-352-713-8

風雲書網：http://www.eastbooks.com.tw
官方部落格：http://eastbooks.pixnet.net/blog
Facebook：http://www.facebook.com/h7560949
E-mail：h7560949@ms15.hinet.net
劃撥帳號：12043291
戶名：風雲時代出版股份有限公司

風雲發行所：33373桃園市龜山區公西村2鄰復興街304巷96號
電話：(03) 318-1378
傳真：(03) 318-1378
法律顧問：永然法律事務所 李永然律師
北辰著作權事務所 蕭雄淋律師

行政院新聞局局版台業字第3595號 營利事業統一編號22759935

定價：490元

國家圖書館出版品預行編目資料

巴黎聖母院之鐘樓怪人 / 雨果著. -- 初版. -- 臺北市：風雲時代, 2019.06　面；　公分

ISBN 978-986-352-713-8(平裝)

876.57　　108006662